兪慰慈著

# 五山文學の研究

汲古書院

題字　九州大學・久留米大學名譽教授　岡村繁博士

雪景色の（五山之上）南禪寺三門（南禪寺派圓通寺住職吉富宜健氏撮影）

（97頁を參照して下さい）

（來日詩僧無學祖元の師である）無準師範頂相

無準師範贊（相國寺所藏）（110頁を參照して下さい）

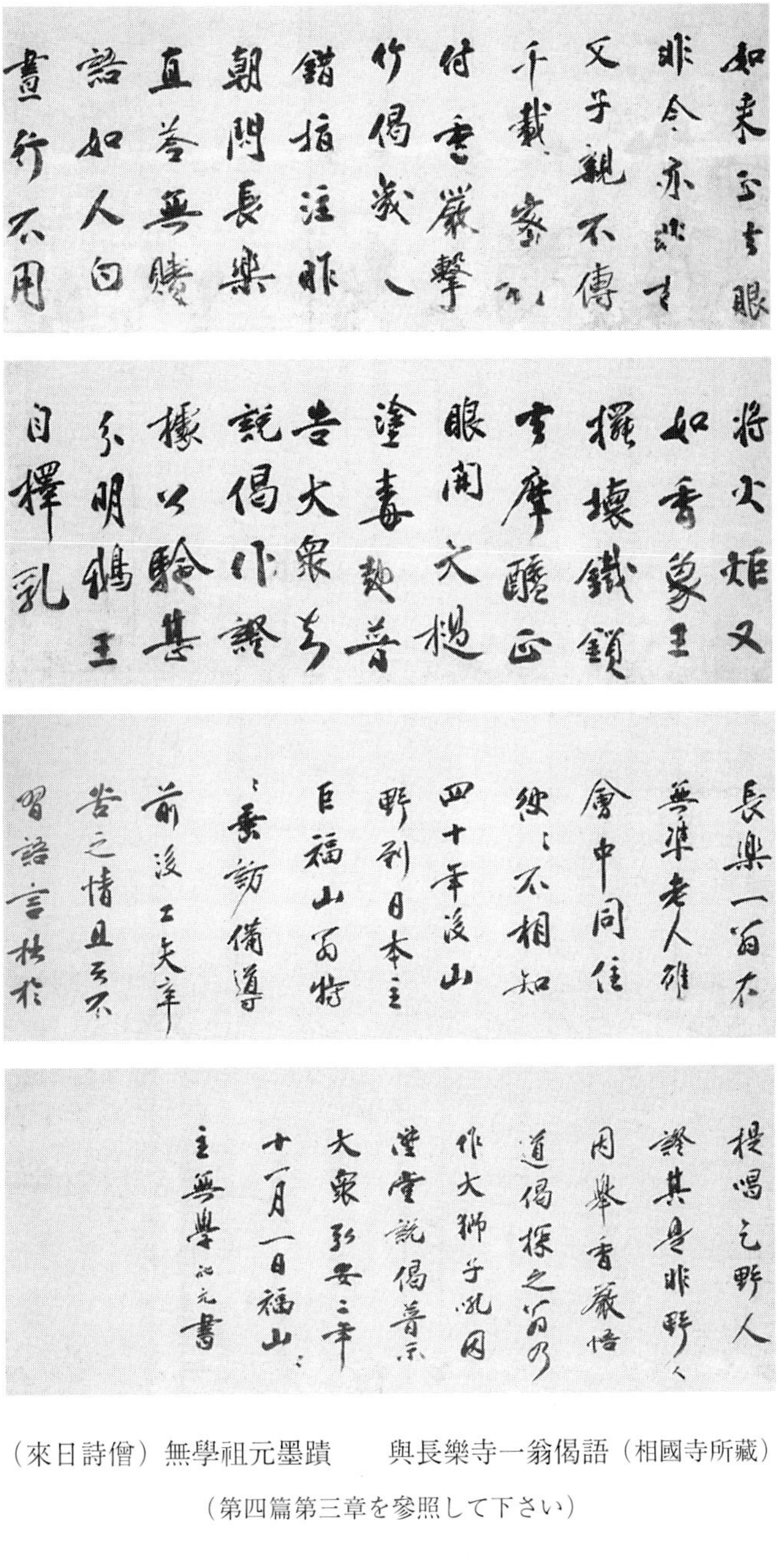

（來日詩僧）無學祖元墨蹟　　與長樂寺一翁偈語（相國寺所藏）

（第四篇第三章を參照して下さい）

寒山行旅山水圖　絕海中津題詩　傳張遠筆（相國寺所藏）（469頁を參照して下さい）

# 序

岡村　繁

そもそも「五山文學」とは、わが鎌倉時代末期から南北朝時代を經て室町時代までの前後約二百五十年間、鎌倉五山と京都五山を中心に、主として當時の禪僧たちによって展開された、わが國の文學史上稀有の高度な漢文學を謂う。思うに、かの平安時代以後、もしこの五山の禪僧たち——つまり當時中國から五山に來遊した名衲たち、五山から陸續と中國各地に留學した禪僧たちの文學的活躍がなかったならば、恐らく確實に、江戸時代における多彩で高逸な漢文學は到底花開く由もなかったであろう。正に「五山文學」は、わが國の漢文學史上、ただに平安文學と江戸文學との橋梁的役割を果たしただけではなく、優にこの前後の兩時代の漢文學をも凌駕するほどに、極めて高度な水準に達した文學であった。

然るに從來、わが國の「五山文學」に關する研究は、殘念ながら資料蒐集や現代語譯など紹介程度の段階に止まっており、しかもその研究者は、主として日本文學者・日本史學者・佛教學者など、言わば非漢文族と稱してもよい門外漢の手に多く委ねられてきたために、少なからず未開拓な研究分野が放置されたままになっていた。

今、例えば、玉村竹二『五山文學新集』自序の言を借りれば、「五山文學は、全く文學界の孤兒であり、天涯孤獨を喞つばかり」であって、「五山文學」は、とかくわが國の學界から「孤兒的な存在」として冷遇され敬遠されてきたのが實情であった。のみならず、かかる日本學界の「五山文學」に對する冷淡な視線は、私の見るかぎり、前述の玉村竹二編『五山文學新集』全六卷・別卷二卷という刮目すべき總集が公刊された以後も、すでに二十數年を經過したにもかかわらず、依然としてその大勢に變化はない。

これを要するに、かかる日本學界の絶望的で呆れ果てた實態は、確かに從來の日本學界の怠慢と無智の致す所とはいえ、わが國の文學の歴史を正しく把握する上で、まことに齒痒く歎かわしいことであった。

ところが、このたび、中國出身の篤實な新進中國古典文學者である兪慰慈博士の長年にわたる勞苦が實って、ついに『五山文學の研究』という本格的な學問的巨册が、わが國の代表的な中國學術出版社である汲古書院から發行される運びとなった。學界のために、まことに欣快に堪えない所である。

本書は、すでに上述したような從來のわが國の研究實態の偏向性に鑑み、もっぱら「五山文學」の精粹とも言うべき五山詩僧の漢詩にその研究對象を限定して、中國における禪宗の發展推移と關連させながら當時の日本における「五山文學」の實態を究明し、日本と中國との比較文學史的視點から客觀的に五山詩僧の漢詩を熟讀精思して、もってその文學史的特質・文學的本質を實證的に究察しようとしたものである。思うに、從來の日本文學者や日本史學者・宗教學者たちの學力では到底望み得べくもない、廣い國際的視野からの意欲的な畫期的勞作であって、正に現今學界の渇を癒やすに足りる壯擧と言えよう。私の見るところ、本書が、從來の研究を凌駕して、五山禪僧の漢詩の本質・特性を把握するのに一應成功し得た所以のものは、まず第一に、この問題解決の端緒を當時の中國禪林の法系に求め、これを突破口として問題探求の範圍を廣げ、その探求の鋒鋩を深めていったことに在る。その際、幸いにして著者の兪慰慈君は、先祖累代にわたって浙江省寧波を本貫とする名族の出身であり、また現在上海市を父母の住址としているので、杭州・明州・會稽など、五山詩僧たちが頻繁に往來した江南地方の舊迹を探訪追求するにも頗る好都合であった。かつて著者が大學院に進學してきた當初、まず私が著者に「五山文學」の研究を熱心に慫慂した所以も、正にここに在った。

その後、著者は、私の期待に能く應えて、東奔西走、莫大な資料を蒐集し、堅實執拗にその研究を推進し、ついにこの考證學的大著を完成した。思うに、このような著者の眞摯な努力研鑽は、上述した研究方法の適切さより以上に、本書を成功に導いた原動力であったと言える。

もともと本書は、著者の博士論文であって、その論文題目は、學術研究として嚴正を期する必要上、おのずから堅苦しくなってしまったが、『五山文學における日本漢詩の比較文學史的研究――日本漢詩史における五山漢詩を中心に――』という。本文七十二萬字、資料編五百十五頁にのぼる厖大な勞作であった。今、參考までに、その學位論文の總目を紹介すれば以下のごとくである――

序　論

一　本論文の目的、方法と意義／二　五山文學（五山漢詩）を選んだ理由／三　本論文の構成と趣旨

本　論

第一篇　「禪宗」「五山」の諸問題に關する研究――中國禪宗・五山制度の受容を中心に――

## 後　記

この學位論文の審査委員は、主査が中國哲學の福田殖教授、副査が日本中世文學の笠榮治教授と中國古典文學の私であった。なお、著者の大學院時代の指導教授であった私が主査にならなかった理由は、この學位論文が提出された二〇〇〇年十月、すでに私は老病のために退職しており、制度上主査になる資格が消滅していたからである

そこで、主査になっていただいた福田教授は、大學院研究科委員會に對する責任上、一應兩副査の所見を徵した後、詳細な審査報告を作成してくださった。見れば、この審査報告は、福田教授の人柄そのままに極めて懇篤周到な勞作であって、恐らく本書の絶好の解説にもなろうかと推察されるので、以下、紙幅の都合上、この報告のうち「論文審査結果の要旨」の部分だけを援用することにしよう――

著者の兪慰慈氏は、一九九三年、その修士論文「日本五山文學の比較文學的研究――絶海中津及び『蕉堅藁』をめぐって――」において、先行論文をふまえながら、絶海中津の漢詩の創作は『三體唐詩』を受容吸收しながら獨自にそれを轉換活用したところに特色があることを明らかにしたが、これがその後の

著者の五山文學研究の基盤となっている。

ついで同年、國際學會で發表した「日本禪林の書道における趙子昂書風の影響」は、元朝の趙子昂の書風が元朝の禪僧中峰明本を通じて五山禪林の書風に影響を與えたことを指摘、藝術史方面から五山文學の研究に意欲的に取り組んだものである。

またこの頃、著者は「絕海中津略傳についての考察」（『比較文化研究』第二號）を發表したが、これは彼の渡明の行程を明らかにした傳記的研究である。

一九九六年、日本中國學會全國大會で「絕海中津の自己形成と中國留學――『蕉堅藁』の「淸」に關する詩語をめぐって――」を口頭發表、絕海中津の詩風を解くキーワードである「淸」という詩語をとりあげて考察し、中國留學中に詩人としての才能が大きく開花したことを論證した。

一九九八年、和漢比較文學會全國大會で口頭發表した「中國禪林文學より見た『五山文學』の成立」は、先行研究をふまえつつ、日本中世の「五山文學」は、中國の「禪林文學」のような文學の一ジャンルではなく、日本漢文學史における一つの時代の文學史であることを指摘して「五山文學」の文學史的意義を明らかにした。

二〇〇〇年、日本比較文化學會誌『比較文化研究』第46號に掲載された論文「絕海中津の詠古詩をめぐって」は、先行研究をふまえながら、新たに比較文學的研究方法を通して絕海中津の詠古詩を中國詠古詩の流れの中で考察し、絕海中津は中國禪林文學を受容しつつも、より文藝的方向に傾斜進展していたことを明らかにした。

さらに一九九九年～二〇〇一年、比較文學の立場から箋註を加えた「絶海中津『蕉堅藁』箋註Ⅰ～Ⅴ」（『福岡國際大學紀要』第一號～第六號）という注釋學的業績もある。

著者は、上述のような經過をたどり、約十年間にわたって五山文學全般に關する基礎的研鑽を積み重ね、五山文學における漢詩を中心にとりあげて比較文學史的に論じた論文を提出するに至ったのである。

〔序論〕

序論一、五山文學は日本の學界で未開拓の分野であり「孤兒的な存在」と稱されているが、五山漢詩は平安漢詩・江戸漢詩・明治漢詩の中の一つとして位置づけられるべき重要な存在であるとし、また五山派の禪宗の研究も、從來の研究に比して、より總合的な比較研究を用いていかなければならないと指摘するなど、新しい研究方法を提示している。

序論二、五山文學は日本漢文學史上重要な位置をしめ、五山文學の存在が江戸時代の日本文化の成立に深くかかわったと主張、更に禪學・日本文學・日本語學、中國文學などとの總合的な研究とともに、比較文學的研究によらなければ、五山文學の徹底的な研究の目的は達成できないとする。この提言は、五山文學研究に對する大膽にして適切なものといえよう。

序論三、本論の構成と趣旨。

〔本論〕

第一篇「禪宗」「五山」の諸問題に關する研究――中國の禪宗・五山制度の受容を中心に――

第一篇は、「禪宗」「五山」の概念について、中國と日本の禪宗と五山制度との比較検討がなされ、中國から傳えられた禪林文學は日本化して五山文學になったことを實證的に究明しようとする。

本編に於いては、佛教學、特に禪學の研究を基礎に、中國の禪宗の起源とその流派について實證的、かつ綿密に檢討し、從來、異論の多かった法系についても、異説存在の理由を明らかにする。また禪宗の日本への流入の時期に關しても、歴史學者と禪學研究者との説に相違があることをとり上げて、その相違點は唐代の禪と宋代の禪とを全く同質のものとするかどうかという一點にかかっていると斷定して、禪宗の日本への移植の時期は、當時に密着した宋代以後の禪宗に焦點を合わせて考察すべきであり、そして五山文學の禪宗的源流を一一九一年留學僧榮西の歸國の時であると結論するが、妥當な見解であるといえよう。

禪宗の日本への流入の意義については、日本の僧侶は兼修禪流入には積極的に動いたが、純粹禪に對しては消極的な受容性が見られるとの觀點から論究を加えていく。榮西・圓爾・無本によって日本に移植された禪宗は全て兼修禪で、この三人によって黄龍派・聖一派・法燈派が形成され、五山文化形成に貢獻したことを法系圖を明示して論究したところは極めて説得力があるといえよう。

ちなみに、中國純粹禪に對する日本の反應については、從來の論考はきわめて簡單に扱われていて不十分である。中國純粹禪は、當時の日本人、專門家である禪僧にいたるまで理解の程度は低かったと思われる。それにもかかわらず、中國純粹禪は日本においてもてはやされ、禪寺が各地に建てられていったのは何故であるか。著者は、それには特別な理由があるにちがいないとし、鎌倉武家が新たな統治者として公家とはちがう立場をとろうとして中國純粹禪を手段として利用したのであると論述する。そして中國純粹禪を宗教として求法者の立場で受容するよりも、新貴族とでもいうべき鎌倉、室町の武家たちは、臨濟宗を中心とする純粹禪を宗教以外の世界、貴族的學藝の世界の方向に導入し、それが直接五山文學勃興の要因の一つとなったと分析する。かくて著者は、佛教學、特に禪學に關する今日までの研究成果をふまえつつ著者獨自の知見をもまじえて、中國から傳えられた禪林文學が日本において「五山文學」という見事な花を咲かせたが、中國の五山には日本の五山文學に匹敵する文藝の花はついに咲かなかったと指摘する。なお著者は、日本の五山の起源と變遷についても、從來の說をよく整理し、資料編の附錄において詳細に論究している。

第二篇「五山文學」成立の諸問題に關する研究

第二篇に於いては、五山文學の作者群と作品群との二方面からの考察を進めながら、五山文學獨特な文學現象成立の過程を究明しようとする。その手法は手がたく、五山文學の史的推移を三期に分け、五山詩僧をそれぞれ來日詩僧、留學詩僧、未留學詩僧の三類に分けて論究する。

すなわち五山文學濫觴期は一一九一年から一三二九年までの百三十八年間で、その間七十一名が活躍し、そのうち來日詩僧は二十一％の十五名、留學僧は四十五％の三十二名、未留學僧は三十二％の二十四名であることを確定する。

五山文學隆盛期は一三二九年から一四二五年までの九十六年間で、その間三百八名が活躍し、そのうち來日詩僧は四％の十一名、留學詩僧は三十八％の百十九名、未留學詩僧は五十八％の百七十八名であるとする。

五山文學衰頽期は一四二六年から一六二〇年までの百九十四年間で、その間二百九十名が活躍し、そのうち來日詩僧は〇％で存在せず、留學詩僧は十三％で三十七名、未留學詩僧は八十七％の二百五十三名であるとする。

さらに著者は、各期の詩僧を重要作家と一般作家とに二分類して、五山文學構成員の實態を詳細に検證する。特に五山詩僧の道號・法名の讀み方は獨特なものがあるが、その讀み方を明記する基礎的作業も丹念に行っている。これらの檢證を通して、三期それぞれの禪僧の活躍と各期の特色を統計的に如實に明示したところは評價できる。

五山文學の作品の内容と分類、五山版書籍の實態についても、著者は上村観光・玉村竹二兩氏の先行研究を十分に吸收しながら、兪氏獨自の整理の仕方によって五山禪僧が中國のどのような作品から影響を受けたかについて精密に檢討している。特に書籍の所在を明かにするという基礎的作業を行ない、また附錄において、「中國禪林關係圖」と宋版、元版、五山版の書籍については、圖版や刊行年表を附することにより、實證的研究に重厚さを加えることになっている。

第三篇「五山文學」研究史の諸問題に關する考察

第三篇は、五山文學研究史に關する考察である。五山文學は中國文學の一つのジャンルである中國禪林文學と異なり、日本漢文學史の中の一つとして位置づけられる存在であるとする。また江戸・明治・大正・昭和・平成各時代における研究史を分析し、その結論として今後の研究方向は總合的な比較文化的領域を志向すべきであるとの新知見を出している。

まず本篇第一章では、「五山文學」という概念が明治三十二年（一八九九）北村澤吉氏の論文に初めて見え、ついで明治三十八年（一九〇五）上村觀光氏の「五山文學小史」によって世に流通することとなったことを明らかにする。著者の所説に從えば、當初「五山文學」と「禪林文學」と二つのよび方があったが、やがて「禪林文學」説を主張していた學者も「五山文學」說に變わっていく傾向が見られる。しかし當時まだ「五山文學（禪僧の文學）」とか「新精神主義の文學」とかよぶ學者もあり、「五山文學」という概念が生まれて百年經過しても、まだ定説とはなっていなかった。かくして一九八七年、芳賀幸四郎氏は「禪文學と五山文學」という論文に「五山文學第一期の作品は禪文學であるが、第二・第三期に出た禪僧らの作品は禪宗に隨伴した文學ではあるが眞の禪文學でない」という。この主張は「五山文學」研究の新たな進歩を象徵するものであって、著者の五山文學觀の論據になっているように思われる。

中國の學界では「日本漢文學」を「中國文學の空間擴張」ととらえる說が有力であるが、著者はその比較文學的研究を通して、「日本漢文學」は中國文學から大きな影響を受けながらも、その受容上において、大和民族の「心」と「海洋性文化」の「美」とが融合して獨特な「民族文學」となったとする。

五山文學の定義としては、鎌倉の始めから江戶前期までの四百二十九年間、五山・十刹・諸山の禪寺で活躍した禪僧の漢詩文を中心とするもので、平安朝漢詩文・江戶漢詩文に對應していえば、中世漢詩文といえると主張。その文學の內容は、五山禪林內の詩文集・語錄・四六駢驪文・日記だけでなく、五山以外の公家・僧侶・儒家・武家などの漢詩文も含むものであると幅廣く規定する。これらの見解は、先行研究を十分に受容吸收しながら、今後の課題と展望を積極的にうち出したもので一定の評價ができる。

次に五山文學の特色は、文化的大和心と歴史的中華文化との融合であるとし、五山文學史は、本格的な漢詩として和臭の少ない點で優越し、日本漢文學史上の黃金時代を現出した、とする先行研究を一應繼承しながらも、この「和臭」は日本的受容における形式上の具體的表現であり、特に絕海中津の漢詩には「文化的大和心」という「和臭」があると主張する。

著者は、五山文學史の特定を先行研究の二期說、三期說、四期說、その期間を三百年とか四百年とか見る諸說をふまえながら、三期說、四百二十九年說をとる。つまり榮西が歸國し臨濟宗を廣めた時（建久二年・一一九一）から東福寺の學僧文之玄昌が歿する元和六年（一六二〇）までとする。ちなみに文之玄昌は、宋儒の新註に訓點を加えた僧侶で、その文之點と稱されるものは江戶時代の儒學者の和訓に影響を與えた。著者が五山文學史の最下限を文之和尚にするのも一見識であろう。

五山文學研究史に關しては、著者は、その研究成果を十項目の研究領域に分類し、またその研究史を二期（黎明期・發展期）に分けて考察し、終始、統計的手法を驅使して、研究領域と研究の歷史、研究成果を具體的に分析し、問題の所在と今後の研究の課題に論及する。これを要するに著者は、先行研究の視點であるところの、「今後は中古の漢詩文と近世の漢詩文との優劣評價、中國の漢詩文との比較文藝的研究に發展してゆくべきもの」との視點に贊同し、すでに比較文學的研究方法の試みも現れているとする。

第四篇　來日詩僧における五山漢詩に關する研究

第四篇は、中國の宋元明の禪林文學の受容が中心で、各時代の來日詩僧に見られる五山漢詩の詩風と五山漢詩への貢獻がその内容である。五山漢詩の源流に關する研究、五山漢詩の詩形に關する研究、來日詩僧の詩風を述べ、五山文學の源流は中國の禪林文學にあることを實證的に明らかにした。

まず、來日詩僧の蘭溪道隆と兀庵普寧とが五山漢詩の源流であることを强調、彼等の傳記、著作、詩風、法系圖について、實證的に詳說する。次に蘭溪道隆が宋代の純粹禪を擧揚した基盤の上に、より嚴格な禪風を樹立したのが兀庵普寧であることを論證、二人は中國で對立宗派に屬していたが日本ではその對立は解消して、日本禪林に對する貢獻の功績は偉大であるとする。

次に來日僧の大休正念は五山漢詩の「詩形」を文學的に整えた功勞者であり、また無學祖元は五山漢詩の「内實」を文學的に充實し、五山文學に大きな影響を與え、また來日詩僧として最初の日本の國師となった人物であると陳述し、それぞれの傳記、文學觀、法系圖を詳細に述べる。

以上の五山文學の源流、源泉ともいうべき流れの上に五山漢詩の基礎を構築する一山一寧が出た。また一山一寧は五山文學の優秀な教育家であり、その門流に雪山友梅、虎關師錬などを出した、とする。そして、一山一寧が基礎を構築した上に五山文學の隆盛をもたらしたのが來日僧の淸拙正澄である。彼の『禪居集』が五山漢詩の模範となったこと、また『禪居集』は、來日僧の文集の中では最も古いものの一つであるとする。淸拙正澄は嘉曆元年（一三二六）に來日し、次いで元德元年（一三二九）には明極楚俊が竺僊梵僊を伴なって來日する。これら三老宿は元朝第一流の名僧で、その招聰の成功によって日本禪林はその重みを增し、後の五山叢林の基盤はより整ったとする。そして嘉曆年間が五山文學濫觴期の終焉であり、元徳年間がその隆盛期の始まりであると陳述する。

以上來日僧によって五山文學の基礎が構築され五山文學が隆盛に向かったことを實證的に究明するが、特に先行研究の五山文學の源流に關する學說のちがいについて、著者は、五山文學の起源は宗教的と文學的という二つの起源を考えるべきで、宗教的起源は留學詩僧明庵榮西であり、文學的起源は來日詩僧の大休正念と無學祖元であるとする。この論點は先行研究を十分に吸收した上での妥當な見解である。

第五篇　留學詩僧における五山漢詩に關する比較文學的研究

第五篇では、中國と日本との比較文學的研究方法によって、特に絕海中津の中國文學の受容と吸收の實態が追究されている。すなわち著者は、まず五山文學における最も優秀な詩僧である存在として絕海中津をとりあげた理由を强調、ついでその詩文集である『蕉堅藁』の中から漢詩だけをとりあげて論究する。思うに、この第五篇は、著者兪慰慈氏が最も力を入れて考察した箇所である。絕海中津の求道者としての生き方、文藝創作者としての在り方、詩人としての感性、言語感覺、および文獻學的考證、傳記に關する考證、從來の研究史の分析と文學史的位置、さらには絕海中津の留學時代の詩風から歸國歷遊時代の詩風へ、そして退隱時の詩風への變遷についての論考等を通して絕海中津の全體像を明らかにし、もって從來の絕海中津の人と作品論に新しい解釋を加えたと言いうるであろう。

とにかく第五篇は、絕海中津の中國文學の受容と消化が中心課題であるが、特に彼の自選詩文集である『蕉堅藁』の漢詩に對する考察はその白眉であろう。

すなわち、第一章では、『蕉堅藁』の「蕉堅」の意味について、先行研究、特に入矢義高氏の解釋をふまえながら、著者は、これを「脆弱薄壽の肉身ではあるが、道心を堅固な筋骨の代わりに内に収め持って、修行精進しようとする志を、それ（詩文）によって的確に表明し得る」と解釋して、從來の解釋より一歩踏みこんだ解釋を行なっている。

『蕉堅藁』の版本の編次上梓は、從來の通說では應永末年（一四二七）とされているが、著者の見解によれば、その成立年代は少し早く應永十年（一四〇三）であること、また著者は、その版本や寫本の所在を精査してそれを明示し、さらに『蕉堅藁』は作者の自選詩文集であろうと推定する。

次に絶海中津の詩文に對する中國と日本における從來の評價をとりあげる。中國、明代の左善世道衍等四人の評者は、絶海の詩には多くの日本詩人が陷りがちな和臭がなく、その詩才においては中國の著名な文人と同じ程度まで到達、日本詩人として最高級の詩人であると絶贊した、とする。一方、日本でも、ほとんどの文人學者は義堂周信と絶海中津を五山詩人の雙璧として絶贊し、學殖の義堂に對し、詩才の絶海と賞贊しており、絶海中津の漢詩は日本漢詩史において「絶唱」の地位を得るべきであろう、とする。

絶海中津の傳記研究は、渡明するまでの略傳、渡明の往復路線、明國留學期の動向、歸國後の動靜について、先行研究をふまえつつ實地の踏査をふくめて精密に考察する。特に渡明の往復路線については『年譜』『本朝高僧傳』『空華日用工夫集』などの史料や先行研究にも論及がないため、著者は、絶海の漢詩を手がかりに、その渡明の路線と、歸國の上陸地點を天草島の本渡港と推論するなど、從來の研究の不備を補っているところは評價できよう。

第二章、絶海中津の漢詩の形式上の諸問題については、絶海中津の『蕉堅藁』は『三體唐詩』の影響がかなり大きいと思われるので、第一節と第二節とで律詩の頷聯・頸聯の「虛」「實」、及び絶句の轉句の「虛接」「實接」という詩作上にみられる技巧、卽ち修辭上の問題をとりあげ、『三體唐詩』の作詩技巧がどう受容され、そして改變されたかについて論じ、絶海の漢詩は、ただに中晩唐の詩人を目標にしその眞髓を身につけただけでなく、彼等を超えようとする努力が見られ、その結果獨特な絶海流の日本漢詩を成立させたと論述する。とりわけ、その第三節では、絶海詩の一つの特色である題畫詩という形式について論述する。すなわち著者は、「題畫軸」詩、「題扇面」詩、題「畫」詩、題「□□□圖」詩、題「畫□□」詩、「□□圖」詩、「□□畫」詩、「圖□□」詩などのさまざまなスタイルに分けて『蕉堅藁』の中の題畫詩をとりあげ、中國の代表的な詩人の作品をかかげて比較文學的に論じる。その手法は綿密にして實證的であり、著者の論述は、日本の漢詩文についてはもとより、中國の文學や藝術に對するすぐれた感性と深い理解がその基盤となっていることが窺知できる。

第三章は、絶海中津の漢詩の內容上の諸問題に關する研究である。その第一節「留學時代の詩風」では、絶海の詩の文學的用語の特色を論ずるために「淸猿」という詩語をとりあげ、先行研究をふまえつつ、中國と日本の代表的詩人の用例を數多くあげて比較檢討し、絶海中津の「淸」という詩語の內容は哲學的、空間的、視覺的、聽覺的なひろがりをもって用いられており、その內面的な淸らかな詩境は明初の僧道衍が評した「淸婉峭雅」が適評であり、彼は「淸狂」の詩人と言えるとする。また絶海の「詠古」詩は、明詩のレベルを超えて盛唐詩にせまるものであるとの新知見を示し、「多景樓」をその適例としてあげる。

第二節「歸國遊歷時代の詩風」は、「出塞圖」「赤間關」の兩詩をとりあげて、その詩風を古今内外の詩と比較檢討する。すなわち、「出塞圖」は唐詩の「邊塞詩」と比較し、「赤間關」は日本の漢詩人、菅茶山・賴山陽・廣瀨旭莊らと比較し、それぞれ絕海の作品が、これら先行後出の諸作品より、文學上ずばぬけてすぐれていることを實證的に論述する。

第三節「輦寺在住時代の詩風」は、まず「海棠」詩をとりあげて、晩唐の李商隱の同類の詩との比較を通して、李商隱の濃密で華麗な修辭法を受容吸收して、やがて五山文學後期の江西龍派の艷詩の先驅となった。また、この時期に作られた「居移氣」詩は、貴族的な詩風に變化した事例であり、絕海中津の晩年の詩風をよく示すものであるとする。絕海中津の詩風は、在明留學時期・歸國遊歷時期・晩年の輦寺在住時期と移行するに從って少しずつ變化しており、特に晩年の作品は、留學時期の人間的眞實からほとばしり出た詩風と異なり、王朝貴族的な詩風に變化していくことを鋭く指摘して說得力に富む。

これを要するに、五山文學は、これを平安時代の貴族文學及び江戶時代の儒家文學と比較すると、五山の禪僧を中心とする獨自な「五山文學」という文學的現象であると定義することができ、また模倣文學における類似點と獨自性という觀點に立って考察すると、もし模倣する側にも主體性があれば、そこにおのずから獨自性が發現されるものであり、それが日本的受容の典型的な態度である。絕海中津の漢詩は、詩魂として「文化的大和心」を内包する點で、全く五山漢詩そのものであると言えると著者は結論を下している。

本書は、中國の禪宗の推移發展と相關させながら、當時の日本の「五山文學」の實態を究明し、日本と中國との比較文學史的視點から五山詩僧の漢詩を味讀省察し、その歷史的特質、文學的本質を實證的に究明しようとした意欲的で畫期的な勞作である。著者の堅實で熱心な實證的研究と驚嘆に値する努力研鑽の研究態度が本書を完成させたといえよう。

ただ本書が元來『五山文學における日本漢詩の比較文學史的研究——日本漢詩史における五山漢詩を中心に——』という研究目的であった關係上、どうにも已むを得なかった結果とはいえ、ただ五山漢詩だけに限定した論究に終わっているのは甚だ惜しまれる。たとえば、虎關師錬の教えを受けてのち元に渡り、歸國後、萬壽・建仁・建長の諸寺に歷住した中巖圓月や、絕海中津と竝び稱された義堂周信についての考察がなされなかったのは、五山文學全般から見てやはり十分とは言えないであろう。このような問題は今後の課題として考えていくことを切望する。

以上が主査福田教授の「論文審査結果の要旨」である。

最後になって恐縮だが、このたび、わが國の五山文學研究を振興させるために、日本學術振興會から本書に對して平成十五年度「研究成果公開促進費」として多額の出版助成金を交附していただき、また格別な好意をもって煩瑣な本書の刊行を慫慂し且つその公刊を推進して下さったのは、汲古書院の坂本健彥前社長・石坂叡志現社長であった。ここに衷心より厚く御禮を申し上げる。

二〇〇三年十月

# 目次

第二篇　「五山文學」成立の諸問題に關する研究
――五山詩僧及び五山文學作品を通覽して――　109

# 五山文學の研究

# 第一篇　「禪宗」「五山」の諸問題に關する研究
## ――中國禪宗・五山制度の受容を中心に――

## 第一章　中國禪宗及び五山制度に關する考察

「五山文學」という概念を考察する前に、まず、「五山」の概念、起源、沿革を考察しなければならない。また「五山」の概念、起源、沿革を考察するためには、中國の禪宗の流れを考察しなければならない。これらの考察は佛教史及び禪宗史の範圍に屬するものである。

### 第一節　中國禪宗の起源及びその沿革

「禪宗」という語彙が最初に見えたのは、惠能『六祖壇經』上巻「讓（南嶽懷讓、惠能の弟子）、豁然として契會す、左右に執侍すること十五載、日に玄奥に臻る、後に南嶽に往いて大に禪宗を闡く」の「禪宗」である。その南嶽懷讓の弟子である馬祖の『馬祖道一禪師廣錄』にもこの「禪宗」が見える。今枝愛眞氏によれば、禪宗とは、内觀自省によっておのれの心性の本源を見極めようとする、坐禪を修行の基本とする宗派で、佛心宗とも達磨宗ともいわれる。その源を遡ると、禪はインドに發する思想といわれる(1)。

ここで、その起源とその後の變遷について考察してみたい。ちなみに、日本における禪宗史研究の大家である玉村竹二氏の研究に對して、齋藤夏來氏は次のようにこれを總括している。(2)

玉村氏の禪宗史研究を特徴づけている五山文學、叢林と林下、十方住持制など、現在も影響力を保っている論點は、先行研究の中に若干の萌芽はあるとしても、典據史料の提示やその總合的な把握など、基本的には玉村氏の獨創と認めてよいのではなかろうか。

このようなわけで、まず筆者は五山文學と密接に關わる禪宗の源流を考察するに當たり、取りあえず玉村氏の研究成果に焦點を合わせて、これを檢證することにしたい。玉村竹二氏の論説は次のように言う――

釋尊が靈山會上において（靈鷲山に於て）一大金波羅華を拈じたのみで、一言も説法せられなかったところ、高弟の摩訶伽葉尊者が、それを見て何かを理解したかのように、わずかに微笑した。釋尊は大いに喜ばれ、「我に正法眼藏涅槃妙心實相無相の法門あり、汝に付囑す」といわれた。これが拈華微笑の因縁であり、それより阿難・商那和修と、歴代、心を以て心に傳え（以心傳心）、その説く所は、「教外別傳、不立文字」というように、言葉を用いず、經典に據らず、また、「直指人心、見性成佛」というように、人と人とが直接に觸れ合って、直觀的に、悟の境地を傳え、自ら自性の佛であることを見ようとする（覺知する）ものであった。インドにおいて釋尊より二十八代まで傳法して、東土の初祖といわれる菩提達磨に至った。これが所謂西天二十八祖である。この達磨大師がついに西暦五二七年九月二十一日中國の廣州に着いた。達磨大師によって、實踐的な行を中心とする禪の系統が中國に傳えられ、達磨は東土の祖となった。これ以後、二祖慧可（大祖禪師）、三祖僧璨（鑑智禪師）、四祖道信（大醫禪師）、五祖弘忍（大滿禪師）、六祖慧能（大鑑禪師）と相承し、東土六祖といわれた。四祖の下より別に牛頭山の法融が牛頭宗という分派を立て、五祖の下より神秀が出て、慧能と對立した。慧能の宗を南宗といい、頓悟を旨とする。それに對して、神秀の宗を北宗といって、漸悟を旨とする。南宗たる慧能の門下に南嶽懷讓と靑原行思の二人が出て、更に二分され、南嶽下に馬祖道一を出し、それより百丈懷海・黃檗希運と相承して臨濟義玄に至り、臨濟宗が成立する。また百丈下より、潙山靈祐が出て、弟子仰山慧寂と共に潙仰宗をなしたといわれる。また靑原下より、石頭希遷・藥山惟儼・雲巖曇晟と相承して、洞山良價を出し、その門下の曹山本寂と共に曹洞宗を成し、また石頭下に、別に天皇道悟・龍潭崇信・德山宣鑑・雪峰義存・雲門文偃と相承し、雲門宗を形成し、雪峰下に、別に玄沙師備・羅漢桂琛・法眼文益と相承し、法眼宗を成した。ここに至って、いわゆる禪宗の五家（臨濟・潙仰・曹洞・雲門・法眼の五宗）が形成されることとなった。

臨濟宗は、臨濟義玄下より、興化存奬・南院慧顒など六傳して、石霜楚圓に到り、その門下に黃龍慧南と楊岐方會を出して、黃龍派・楊岐派の二派に分れる。さきの五宗にこの二派を加えたものを七宗という。楊岐方會は三傳して圜悟克勤に到り、その門下に大慧宗杲と虎丘紹隆を出して、大慧・虎丘の二派に分かれた。虎丘紹隆下より、應庵曇華・密庵咸傑と相承して、その門下に松源崇嶽・破庵祖先・曹源道生の三人を出して、松源派・破庵派・曹源派の三派に分かれる。

曹洞宗は、洞山より七傳して芙蓉道楷に到り、門下に丹霞子淳と淨因自覺を出して、丹霞・淨因の二派に分かれ、淨因の一派は北方の遼・金の地に榮え、丹霞の一派は南方の宋の地に傳播し、門下に眞歇淸了と宏智正覺の二人を出して、再び兩派に分かれた。

これら中國の禪宗のうち、臨濟宗の楊岐派虎丘派破庵派の無準師範の法系と、曹洞宗淨因派下の法系のみが元・明・淸の三代に亙って殘存して、近代に及んでいるのである。

右に敍述したところは、從來内外で說かれてきた中國禪宗史の概觀であるが(3)、その後、敦煌から禪宗文獻が發見されて以來[4]、斯界の研究の進展により、必ずしも從來の通説が當を得ているとは言えなくなった。かくて玉村氏はその後の進展状況を次のようにまとめている[5]。

インドのことは問わないにしても、中國における達磨[6]より六祖慧能に到る相承については、唐代の淨覺の著書『楞伽師資記[7]』によれば、そのまま楞伽經傳承の系統の一分派として扱われているようであり、その延長である北宗禪は、そのまま楞伽宗の教團であるようにも思われる。また、流布本の『六祖壇經』（六祖大鑑禪師慧能の著書[8]）には、六祖大鑑禪師慧能の高弟と記されている南嶽・青原の二人も、其の異本の一である敦煌出土本によると、その名が見えないので、その實在を疑う人さえいる。その法系のつながり方についても異論が多く、五家が全く南嶽下の馬祖より出るとする説もある。

一體これは異説があるのが當然で、はじめは、禪といっても達磨大師の系統をうけるもののみではなかった可能性があるのである。唐代華嚴宗の學僧の『禪源諸詮集都序[9]』という著書によると、達磨相承以外の禪として天台・稠那・石頭の三宗をあげている。よって天台も禪の一派に數えられていたことが分かると共に、從來達磨系と見做されていた靑原下の石頭希遷は、達磨系でないことになっている。そして、比較的達磨よりの相承關係が確實と見られている馬祖道一を中心とする洪州宗（江西宗）は、唐代の中葉には石頭宗と共に榮えており、その洪州宗が教團として確立し、後世潙仰宗と稱せられるものに發展し、その教團で守られるべき規律として、『百丈清規』（唐代の馬祖の門人百丈懷海の著書）が作られたと思われる。また、今日まで行われている禪宗の公案（參禪の時に出される問題）の多くが、この一派のものであり、南泉普願・趙州從諗・大梅法常・天龍和尚・俱胝和尚・末山尼了然・佛光如滿・龐蘊居士・百丈懷海・潙山靈祐・仰山慧寂・香嚴智閑・平田普岸・黃檗希運・睦州道蹤・靈樹如敏・靈雲志勤・芭蕉慧淸等に關係する公案が、『碧巖錄』や『無門關』に多く見える。その活發な活動を見ても洪州宗の勢力の大きさが伺われる。(10) そして、その洪州宗と何等かの繋がりを持つと思われる臨濟宗が、唐代末から次第に宗派の勢力を強めて行くので、禪といえば達磨からの相承を受けたものに限られるような通念が漸次に作られていった。そこへ唐代末五代の亂世にめぐりあわせて、唐代佛教は、全く打擊を蒙って壞滅してしまった。ただ福建・浙江の地方には吳越王錢氏の支配下にあり、それでは佛教は保護されていたので、この地方のみは、わずかに唐代の餘芳を漂わせていた。それが天台宗及び法眼宗である。唐代の佛教は何らかの意味で、未だインド佛教の翻譯的な性格を殘していたが、宋代に入ると、それがほとんどあとを絶ち、地方に殘存して、半ば民族信仰的になった佛教のみが殘った。それが臨濟宗・雲門宗などである。また五代の亂世にわずかに命脈を保った吳越の佛教などが、半ばは政治的な保護と干涉によって、生存したわけであろうが、とにかく再編成されることになった。當時の中國佛教は敎・律・禪に三大別されることになっていたので、その中間的なものは、一寸したきっかけで、どちらかに歸屬を決定されてしまった。天台と紛らわしかった法眼宗は、ついに禪に歸屬されてしまった。

ところが、當時禪といえば達磨禪のみであるという通念があったので、禪として立宗するには、如何にかしてその法系を達磨に結び付けなければならない、そこで、いろいろと考えられた結果、作り上げられた法系が、まず、雪峰義存門下の保福從展の弟子招慶省僜の手になる『泉州千佛新著諸祖師頌』（九五二）に示された、六祖慧能から青原行思までを結びつけた法系で、これより高麗の筠・靜二師の『祖堂集』（九五二）、法眼宗の永安道原の『景德傳燈錄』（一〇〇四）、雲門宗の明敎大師契嵩の『傳法正宗記』（一〇一六）が、(11) 次第にこの說を固定化し、完成して行ったと見られる。これによって見ると、靑原下の法系は、主として、五代以後に禪を稱した宗派によって、達磨と關係付けるために、次第に形成されていたように見られる。このようにして、五代には法眼宗、北宋には雲門宗及び臨濟宗黃龍派、南宋には臨濟宗楊岐派というように、次々に新しい宗派が隆替していったが、これらは法眼宗を除いては、地方の民俗に融合したものから興ったため、宋代以後の中國佛教は、全く中國化したものとして再興されたものである。これは、教・律・禪三宗を通じて普遍的に言えることであるが、殊に禪宗に於ては、この傾向が著しい。

日本に鎌倉時代以後傳來した禪宗とは、實はこのように中國的に生まれ變わった禪宗なのであった。卽ち原始佛教的な無神論の形骸に、中國的な合理主義精神が纏わり、然も佛殿を建て、本尊を禮拜し、諷經回向をする程度に神祕主義との妥協を遂げている。そして小乘的色彩が強く、同志の結合を強調し、廣大な山林を占めて、佛教の實踐的方面を重視すると稱し、「日用の工夫」という日常生活の規矩を重んじ、『淸規』に則って同志の僧が集團生活を實行するが、來る者は拒まず、去るものは追わず、敢えて布教宣傳を計ることはなかった。しかしながら、中國の民族性により、その寺院の規矩もおのずとシンメトリックに整頓されたものが生じ（一つの官僚組織の如き）、その規矩（淸規の規定する所）を中心にして、特殊な社會——禪林（五山・十刹・甲寺）が形成されたのである。

以上は、玉村竹二がまとめた中國の禪宗の起源及びその沿革である。

ついでながら、筆者は、中國の禪宗の形成に密接にかかわる達磨大師が實在的人物ではないと認識している。最新の研究にこの筆者の認識に似たような說がある。すなわち石川力山氏は「禪宗の成立と日本傳來」で次のように論述している。[12]

中國禪宗初祖とされる菩提達磨（達摩、?～五三六、三四六～四九五等、諸說あり）という祖師は、確かに實在した人物の投影であるかもしれないが、有り體にいえばインドより渡來した習禪僧達を集約した複合的人間像で、次第に出身地や俗姓、そして幼少時のエピソード、さらには梁の武帝との問答や弟子慧可（四八七～五九三）との出會いのような、歷史的機緣や說話的問答などが付加され、西來祖師としての達磨像が明確になってくる（關口眞大『達摩大師の研究』、『達磨の研究』、松本文三郎『達磨の研究』）。しかも、この祖師像形成に關わり、その目的に添ってこれを成し遂げた人たちは、中國の習禪者の群に連なる人々で、達磨像の單なるインド的習禪者の集約ではなく、まことに氣の長い話であるが、數世紀にわたって、一人の中國的達磨像を創作し、肉付けし、歷史性を持たせ、新しい思想を語らせ、人格を付與させたといってよい。これはもちろん、一人の人間のなせるところではなく、多くの習禪者や新しい時代を先取りした佛教の實踐者たちの、息の長い理想像の探求の精華といってもよく、それ自體が禪思想成立のプロセスでもあった。

「達磨大師が實在的人物ではない」という筆者なりの論考は別の機會に讓ることにするが、とにかく「菩提達磨を初祖とする中國禪宗の形成に先立って、中國民族自身による新しい宗教哲學の要求は、すでに佛教と儒道二教が最も自由な交流を遂げた魏晉六朝時代に、淸談や玄學と呼ばれる思想運動として現われ、さらに寶誌（四一八～五一四）や傅大士（四九七～五六九）などの半僧半俗の宗教家によって試みられた。菩提達磨の禪宗は、むしろそうした各派の流れを包容することによって、後に獨自な傳統を形成することに成功したといえる。事實、魏晉六朝時代を通じて、かつての諸子百家のように個性的な多くの實踐思想家が輩出した中で、わずかにその一派にすぎなかったはずの達磨の禪の一系がいち早くその傳統を形成し、隱然たる新思想の獨立を示して、中國佛教史の後半を代表するかのように發展するのは、必ずや體質的にそれらの諸子百家の說を一貫する中國民族の思想的要求を代辯し得たからである。そこには、傳統的な古典の訓詁注釋よりも生きた日常生活の實感を尊重し、永遠の眞理を身邊に見ようとする中國的な人間の精神が集約されていたと言ってよい。それはまさしく中國的な禪思想の誕生であり、生活技術の功夫であった」

ということである。[13]

注

（1）今枝愛眞『禪宗の歴史』一頁（日本歴史新書、至文堂、一九八六）。
（2）齋藤夏來『禪宗官寺制度の研究』一七頁（吉川弘文館、二〇〇三）。
（3）玉村竹二『五山文學』二四～二五頁（日本歴史新書、至文堂、一九六六）。
（4）中國甘肅省の西邊に位置し、古來中原と西域を結ぶ交通の要衝であった敦煌から、二十世紀初頭、厖大な數の古文書類が出現した。この古文書類を一般に「敦煌遺書」「敦煌文書」「敦煌文獻」などと呼んでいる。その數はおよそ四萬點、大部分が漢文文獻であり、その内の八十七・五パーセントが佛教文獻とされており、世界の學者の注目を浴びることになった。敦煌禪宗文獻（敦煌禪籍）は、その敦煌文獻の中における佛教文獻の一部をなし、それらを内容の上から大別すると次の四種類となる。
　a　禪宗の歴史を述べた燈史類。b　禪僧による説法や問答、或は問答形式による禪法の説示等を記録した語錄類。c　悟りの境地や修道の悦び、或は修行の用心や心構え等を韻文で歌い上げた偈頌類。d　禪僧による經典の注譯や要抄。或は經典の形式を借りて自らの思想や禪法を説示した僞經類
この内、a類の研究によって、中國禪宗史に關する從來の通説が、必ずしも當を得たものでないことが判明した。これについての注目すべき專門書は柳田聖山の『初期禪宗史書の研究』（法藏館出版、一九六七）であり、參考となる（田中良昭『禪學研究入門』、大東出版社、一九九四、四一～四四頁）。
（5）玉村竹二『五山文學』、二五～二九頁。
（6）達磨大師については、敦煌禪宗文獻b類の研究による次のような成果がある。著書としては、關口眞大の『達磨大師の研究』（彰國社出版、一九五七）、田中良昭の『敦煌禪宗文獻の研究』（大東出版社、一九八三）。論文としては、關口眞大の「新資料『達磨禪師論』（敦煌出土）について」（印度學佛教學研究六―二、一九五八）、中川孝の「敦煌出土達磨禪師論につ

いて」（印度學佛教學研究八―一、一九六〇）、鈴木哲雄の「四祖道信の禪風」（宗學研究十、一九六八）などがある（田中良昭『禪學研究入門』、四四～七五頁）。

（7）唐代の淨覺の『楞伽師資記』（七一三～七一六）という著書は、敦煌禪宗文獻 a 類の北宗燈史の雙璧と稱されるものの一つであり、もう一つは唐代の杜朏の『傳法寶紀』（七一三頃）である。杜朏とは、東都大福先寺の朏法師の事で、中嶽少林寺で達磨の禪を再興した法如を慕った普寂や義福を法如に推譲した人物とみられている。この書は普寂や義福の依賴によって法如を顯彰するために著わされたものといわれ、達磨から慧可、僧璨、道信、弘忍、法如を經て神秀に到る七代の傳燈系譜と七祖の略傳を記した最初の燈史である。

敦煌禪宗文獻 a 類の『楞伽師資記』の成立についての研究論文は、中川孝の「『楞伽師資記』の成立について」（東北藥科大學紀要七、一九六〇）、柳田聖山の「『楞伽師資記』の形成」その一、その二、「『楞伽師資記』の作者」（『初期禪宗史書の研究』法藏館出版、一九六七）等がある。その寫本については、矢吹慶輝の『鳴沙餘韻』（岩波書店、一九三〇）、金九經『校刊唐寫本楞伽師資記』（京城、一九三一）、金九經の『校刊唐寫本楞伽師資記』（中國瀋陽、一九三五）、篠原壽雄の「楞伽師資記校注」（『内野台嶺先生追悼論文集』、一九五四）、田中良昭の「敦煌新出ペリオ本楞伽師資記二種について――特に淨覺序の首缺を補う――」（宗學研究四、一九六二）、柳田聖山の『初期の禪史――楞伽師資記・傳法寶紀――』（禪の語錄二、筑摩書房、一九七一）などがある。なお、この書の作者淨覺は、法如や神秀と同じく東山法門の弘忍の十大弟子の一人である玄賾の弟子であり、この書は師の玄賾が著わした『楞伽人法志』を踏まえ、それを發展させたものであるとみられる。その主張する傳燈系譜は、達磨から僧璨に至る楞伽宗の三祖に東山法門の道信・弘忍を結び付け、弘忍の後に神秀・玄賾・慧安の三人、神秀の後に普寂・敬賢・義福・惠福の四人を立てて楞伽の傳燈を確立しようとしたものである（田中良昭『禪學研究入門』、四六～四七頁）。

（8）『六祖壇經』（六祖大鑑禪師慧能の著書）に關する研究は、田中良昭を首班とする駒澤大學禪宗史研究會の優れた研究成果である『慧能研究』（大修館書店、一九七八）がある。

（9）敦煌文獻としての唐代華嚴宗の學僧である圭峰宗密の『禪源諸詮集都序』に關する研究には、田中良昭「敦煌本『禪源諸詮集都序』殘卷考」（駒澤大學佛教學部紀要三七、一九七九）がある。

（10）馬祖道一を中心とする洪州宗（江西宗）に關する研究は、鈴木哲雄『唐五代の禪宗』（大東出版社、一九八四）、『唐五代禪宗史』（山喜房佛書林、一九八五）等があり、その中で詳しく考證されているので、參照されたい。

（11）新たな西天祖統說は『寶林傳』（八〇一）によって初めて確立され、それがその後の禪宗傳燈說の正統として確立し、以後それが『聖冑集』（八九九）、『泉州千佛新著諸祖師頌』『祖堂集』（九五二）、『景德傳燈錄』（一〇〇四）、『傳法正宗記』（一〇一六）へと繼承され、『祖堂集』以後は過去七佛を加え、「過去七佛、西天二十八祖、東土六代」の傳燈說が確固不動のものとなり、今日の日本禪宗學界にまで繼承されている。つぎに、本文中に擧げられた初期禪宗傳燈史に關わる禪籍について說明する。

『泉州千佛新著諸祖師頌』の唯一のテキストであるS1635（スタイン本）は矢吹慶輝によって發見された。その影印は矢吹慶輝『鳴沙餘韻』に、校定は一九三二年、大正藏第八十五巻古逸部に收錄されている。これの著者である泉州千佛は『祖堂集』の編者である靜・筠二禪師の師であり、『祖堂集』の序文作者でもあって、本書の頌は、『祖堂集』の各祖師傳の末尾に「淨修禪師讚曰」として付されている。

『祖堂集』二十巻は高麗版大藏經の印行に際し、その「淨修禪師讚曰」を附錄として彫造されたもので、その版本は現在韓國の伽耶山海印寺に國寶として保存されている。海印寺住持の林幻鏡の手澤本である花園大學圖書館藏本による影印が、柳田聖山主編『祖堂集』（禪學叢書四、中文出版社、一九七二）として出版され、その抄譯は柳田聖山『禪語錄』（世界の名著續三、中央公論社、一八七四）、柳田聖山譯『祖堂集』（大乘佛典、中國・日本篇十三、中央公論社、一八七四）があり、その索引は柳田聖山『祖堂集索引』上中下（京都大學人文科學研究所、上、一九八〇、中、一九八二、下、一九八四）の三册として出版されている。

『景德傳燈錄』三十巻は縮藏によるものが、大正藏第五十一巻史傳部に收錄されており、その他に、四部叢刊本の宋版と萬曆四十二年（一六一四）佛明山雙溪寺開版の高麗本が、柳田聖山主編『宋版・高麗本景德傳燈錄』（禪學叢書六、中文出版社、一九七六）として出版されている。また、近年の中日兩國における中國近世口語研究の成果を踏まえ、嚴密な訓注本を最も基本的な禪宗燈史である本書について作成しようとの意圖のもとに、入矢義高の監修により景德傳燈錄研究會が福州東禪寺版（北宋本）を底本とし、全三十巻を三巻ずつ十册に分けて刊行する計畫を實施しており、その第一回として、第三册に相當する巻七・八・九部分の訓注『景德傳燈錄三』（禪文化研究所、一九九三）が刊行され、ちなみに巻十・十一・十二部分の訓注『景德傳燈録四』も刊行され、今後の續刊が期待されている。なお、敦煌本も、オルデンブルク將來のレニングラード東洋學研究所藏のものの中に、L八九七、L二六八六の二種の殘巻の存在が知られている。またこの書に見える固有名詞の索引として、莊司格一編『景德傳燈錄固有名詞索引』（中文出版社、一九八八）がある。

『傳法正宗記』三十巻は增上寺報恩藏明本によるものが大正藏第五十一巻史傳部に收錄されている（田中良昭『禪學研究入門』、五一～五三頁）。

(12) 石川力山『禪宗小事典』七頁（法藏館、一九九九）。

(13) 柳田聖山「中國禪宗史」九頁（鈴木大拙監修・西谷啓治編集『講座　禪』第三巻「禪の歴史――中國――」、筑摩書房、一九六七）。

## 第二節　中國五山十刹甲刹制度の起源

ここで、外來宗教である佛教の最も中國化された宗派である禪宗の特殊な制度――言わば特殊な中國的社會――五山・十刹・甲刹（禪林）について、考察してみたい。

「五山」という文字が最初に見えたのは、林希逸の允憲（一一七九～一二四七）の塔銘「錢塘上天竺、諸教寺之冠也。位置其人、亦猶五山之雙徑焉」である。[1]その意味は文字通り五つの山で、當時の政府が定めた寺格の最上位にあった五つの禪寺である。五山の禪寺というものは、最も中國化した佛教――禪宗に特有の社會であり、一つの山林を所有し、政府の保護を受ける最上位の獨特な場である。これは、中國において巨大な中央集權的な官僚的色彩が宗教の表面に強く表われたものである。本質的にも官僚的な統制が、禪宗に深く浸透しているのである。中國の禪宗の教團は數多くの流派が誕生し、各流派が交互に盛衰を呈している。ここで、これらの各流派が交互に盛衰した經緯を整理し、そして、これらの流派と宋代禪宗の特殊な場——五山との關係を考察してみたい。

玉村竹二氏によると、唐代には北宗禪が榮え、ついで南宗禪に移り、中でも洪州宗（江西宗ともいい、のち潙仰宗に發展する）が興り、石頭宗はこれにつぎ、五代に入って法眼宗、北宋になって雲門宗及び臨濟宗黃龍派、南宋に入って臨濟宗楊岐派が興っている。(2) 唐代には、禪寺の獨立が完全でなく、たとえ獨立しても、未だ官の保護を受けるには至っていなかった。北宋に至って、楊子江の北部には、汴京（東京）に大相國寺が開かれたが、その時、六律二禪と稱して、律僧と禪僧とを六對二の割合で住せしめたのが、禪宗に對する官僚統制のはじめである。(3)

一說によれば、一方、楊子江の南部においては、唐末五代の際、吳越王錢氏（八五二〜九三二）が、江南の教寺を改めて禪寺に變化させている。かくて南宋に入って、江南の禪寺はさらに大いに興り、官僚の保護を受け、禪寺が完全に獨立した。これが所謂五山十刹制度の基礎である。

中國五山・十刹の源は天竺（インド）にあるといわれている。天竺には、鹿苑・祇園・竹林・大林・那爛陀の五精舍（梵語 Vihara の譯、智德を精錬させる僧侶の居住する舍宅をいう、寺院のこと）があり、また頂塔・牙塔・齒塔・髮塔・爪塔・衣塔・鉢塔・錫塔・瓶塔・輿塔の十塔所がある。これに準じて、中國では臨濟宗を中心とする五山・十刹が設置されたのである。

中國の五山に關して考察すべき問題は、⑴その成立時期、⑵その存在場所、⑶五山の位次順列である。これら諸問題に關する詳細な論考は別の機會にゆずるが、取りあえずここでは、今日までの先行研究の結果を整理して置きたい。

## （一）　中國五山の成立時期について

中國の五山・十刹に關して系統的に論述している人物は、江戸時代における臨濟宗屈指の碩學である妙心寺の無著道忠（一六五三～一七四五）である。その名著『禪林象器箋』巻一の「區界類」中の「五山」と「十刹」の項での説明が有名で、かつ肝要である。[4] と、無著の説の根據には、中峰明本（一二六三～一三二三）の「五山十刹」についての言及、[5] 虎關師錬（一二七八～一三四六）の「五山」についての説明、[6] 及び宋濂（一三一〇～八一）の『宋學士全集』巻二五に収められた「覺原禪師遺衣塔銘序」であった。[7]

ところが、筆者の見るところ、五山十刹制度の起源に關して、最も詳細に説明されている最初のものは鷲尾順敬博士の「五山十刹の起源沿革」という論文である。[8] しかし、そこに引用されている先行文獻は、やはり宋濂の『宋學士全集』巻四十に收める「住持淨慈禪寺孤峰德公塔銘」という文である。この文は次のように述べている。

古者、住持各據席説法、以利益有情、未曾有崇庳之位焉。逮乎宋季、史衛王奏立五山十刹。如世之所謂官署。其服勞於其間者、必出世小院、候其聲華彰著、然後使之拾級而升。其得至於五名山、殆猶仕宦而至將相。爲人情之至榮、無復有所增加。緇素之人往欣豔之。然非行業夐出常倫、則有未易臻此者矣。

古は、住持各おの席に據りて説法し、以て有情を利益し、未だ曾つて崇庳の位有らず。宋季に逮んで、史衛王（彌遠）奏して五山十刹を立つ。世の所謂官署の如し。其れ其の間に服勞する者は、必ず小院より出世し、其の聲華の彰著するを候って、然る後に之をして級を拾して升らしむ。其の五名山に至るを得るは、殆んど猶ほ仕宦して將相に至るがことし。人情の至榮と爲し、復た增加する所有ること無し。緇素の人は往きて之を欣豔す。然れども行業の常倫に夐出するに非ざれば、則ち未だ此に臻ること易からざる者有り矣。

石井修道氏によれば、宋濂が孤峰明德（一二九四～一三七二）の塔銘を作ったのは明代の初めであるから、この時期に至って初めて五山十刹制度について知られることになる。もし史彌遠（一一六四～一二三三）が奏上して成立した制度であれば、彼が太師右丞相に在位したのは一二〇八から三三年のことであろう。史衞王の「衞王」とは彼の死後に追封された呼び名であり、當時は、寧宗（一一九四～一二二四年在位）及び理宗（一二二四～六四年在位）の時代である。よって史彌遠が太師右丞相になってもっとも活躍した嘉定年間（一二〇八～二四）の寧宗の時に制度が公的に認められたと宋濂の記事が解釋されて現在に至っている。[9]結局、石井氏は、嘉定年間に定着したのは五山十刹制度ではなく、五山制度であり、しかもそれは慣例的な色彩の強い制度と言えるのである。[10]

玉村竹二氏によると、五山制度の成立時期は、南嶽下第十五世の祖である大慧宗杲の頃（一〇八九～一一六三／およそ南宗の頃）で、この時期禪宗は一層深く中國の貴族である士大夫階級に受け入れられ、臨濟宗楊岐派のうちでも大慧宗杲を中心とする大慧派が貴族社會に迎えられ、官僚統制がふたたび始められることとなった。杭州の靈隱寺の僧らが同寺内の直指堂に集まって相議した結果、禪寺に寺格を定めることになった。[11]この説と、先述の宋濂の所謂「南宗の寧宗の時（一一九五～一二二四）、太師右丞相史彌遠の奏言により初めて禪寺の等級を制定した」という説とを合わせ考えて見ると、時間的にも、順序的にも合致していると思われる。

要するに、南宋に入ってから禪寺が大いに興り、官僚の保護を受け、完全に獨立し、禪僧らに自ら禪寺の等級を決めたいという意志があって、その意志に沿って、政府が禪寺の等級（五山・十刹・甲刹）を制定したということであると思われる。今後新しい史料が出てこない限り、筆者はこの説が妥當であると認める。

（二）　中國五山の場所について

中國五山の場所がすべて臨安府（杭州）及び慶元府（寧波）に限られている事實は、南宋の皇室と深く關係していることを物語ること言うまでもない。南宋の都が臨安府であるから、五山のうち三山がこの地に屬することになったが、天童・育王の二山が慶元府に屬するのはなぜであろうか。石井修道氏は「寧宗・理宗の政治は、孝宗の政治を繼承しているので、當然、宗教政策もそれによるところが大きい。孝宗の兄の趙伯圭及び次子魏王趙豈と天童山の關係や孝宗及び三子趙惇（光宗）の育王山の舍利信仰において、五山の二つが慶元府に屬するに至った大きな要素となったのであろう」と指摘している。[12] 新しい史料が發見されるまでは、この解説は信憑性があると筆者は認識している。

（三）　中國五山の位次順位について

五山第二位を阿育王寺とする無著道忠の説がある。神保加天・安藤文英兩氏の『禪學辭典』（平樂寺書店、一九七六）も無著の説に從い、一に徑山寺（杭州）、二に育王寺（明州）、三に天童寺（明州）、四に靈隱寺（杭州）、五に淨慈寺（杭州）であると斷定している。この旨の記述は江戸時代の『五山記』にも見出せる。

ところが、鎌倉市二階堂所在の臨濟宗圓覺寺派の錦屏山瑞泉寺の所藏本『扶桑五山記』と松ヶ丘文庫所藏本『和漢五山記』とを對校した『扶桑五山記』（玉村竹二校訂、臨川書店、一九八三）では、一に徑山寺（杭州・開山道欽）、二に靈隱寺（杭州・開山慧理）、三に天童寺（明州・開山義興）、四に淨慈寺（杭州・開山永明延壽）、五に育王寺（明州・開山宣密素）と明記している。

このように中國五山の位次が異なる理由は、なぜか。石井修道氏の作成した「『扶桑五山記』の中國五山住持者一覽表」によれば、徑山住持者のうち、他の五山にも住した人の歴住の順序を調べて見ると、二十八世の佛照德光と三十二世の浙翁如琰のあいだに、一つの制度の成立が豫想される。實は、孝宗の禪宗保護で注目すべき點は、大慧派の庇護と共に密印安民（楊岐派・石橋可宣の師）下の庇護である。孝宗と徑山二十六世別峰寶印の結び付きは、やがて史彌遠と徑山三十一世石橋可宣の關係に發展するのである。この派は、その後に大きく發展することはなかったが、五山第一の徑山に、五山制度が成立した時點で住持していたのは石橋可宣だと思われる。石橋以後の三十二世浙翁如琰以降の住持者は、育王→淨慈→天童→靈隱→徑山の順で住持していて例外はないと言ってよい。要するに、徑山の三十二世以降において五山制度が機能しはじめたと言えよう。つまり、二十五世の密庵咸傑が徑山→靈隱→天童に住したように、また十六世月堂道昌が育王→徑山→靈隱→淨慈に住したような例は見出せない（注の（14）から（18）までを參考されたい）。そうみてくると、育王が五山第二という說がもしあったとすれば、大慧派下において佛照德光が活躍している頃に成立した可能性があるが、それが定着したとは考えられない。したがって、五山第一の徑山が決定した段階においては、靈隱が育王より上位にあったと言ってよかろう。[13] ちなみに、中國五山の開山について一應『扶桑五山記』及び『禪學辭典』（平樂寺書店、一九七六）を參考しながら確認して置きたい。

五山第一の徑山寺は浙江省杭州臨安府餘杭縣の西北五十里、天目山の東北峰にあり、徑山興聖萬壽寺という。唐代代宗の時（七六二〜七九）、牛頭宗七代目徑山道欽禪師（七一四〜九二）が開山し、南宋の紹興年間、徑山寺第十三世住持大慧派祖大慧宗杲禪師（一〇八九〜一一六三）が法幢を開き、徑山寺の中興の祖となった。[14]

五山第二の靈隱寺は浙江省杭州臨安府錢塘縣武林山にあり、北山景德靈隱寺という。東晉の咸和年間（三二六〜三四）天竺僧慧理が開山となり、その弟子には永明延壽禪師・宏智正覺禪師・月禪師・光禪師がいた。のち北宋の遵式はここに天台を弘め、その間に、第七世住持大慧派二代目佛照德光禪師、第十六世住持楊岐派五代目大慧宗杲・虎丘紹隆と同門である佛海（瞎堂）慧遠禪師（一一〇三〜七六）、第十八世住持虎丘派三代目密庵咸傑禪師（一一一八〜八六）、第二十世住持大慧派二代目最庵道印禪師、第二十三世住持虎丘派四代目松源崇嶽（松源派祖）禪師（一一三二〜一二〇二）等がここに禪旨を傳承した。[15]

五山第三の天童寺は浙江省明州慶元府の東の太白山にあり、太白山天童景德寺という。西晉の時（二六六〜三一六）、義興が開山となった。南宋に入ってから、第十六世住持曹洞宗九代目宏智正覺禪師（一〇九一～一一五七）、第三十一世住持曹洞宗十二代目長翁如淨禪師（一一六三～一二二八）がここに住し、大いに曹洞宗の門風を振興した(16)。

五山第四の淨慈寺は浙江省杭州臨安府錢塘縣南屏山にあり、南山淨慈光孝寺という。吳越の時、創建され、開山は法眼宗三代目永明延壽禪師（九〇四～七五）である。彼は名著『宗鏡錄』百巻を世に殘したが、當時高麗王はその學德を慕い、三十六人の僧を送り、その法を承けしめた。これより法眼宗は高麗に廣まったが、却って中國では衰退した(17)。

五山第五の育王寺は浙江省明州慶元府の東の阿育王山にあり、阿育王山貿峰廣利寺という。開山は法眼宗四代目宣密居素であり、梁武帝普通年間に再建され、宋代に入り、第十九世住持大慧派祖大慧宗杲禪師、第二十三世住持大慧派二代目佛照（拙庵）德光禪師（一一二一～一二〇三）、第三十二世住持破庵派二祖無準師範禪師（一一七八～一二四九）らが大いに臨濟宗の法雷を震わした(18)。

五山制度の論考はここまでに止めておきたい。次は十刹及び甲刹の位持について略述することにしよう。

中國の十刹の順位に關する異說は管見の及ぶ限りではなかったようである。『扶桑五山記』の順位に從えば、一に中竺寺（杭州・開山千歲寶堂）、二に道場寺（湖州・開山如訥）、三に蔣山寺（建康［現在の南京］・開山寶誌）、四に萬壽寺（蘇州・開山禪月）、五に雪竇寺（明州・開山常通）、六に江心寺（溫州・開山眞歇淸了）、七に雪峰寺（福州・開山眞覺）、八に雙林寺（金華・開山傳翁）、九に虎丘寺（蘇州・開山契嵩）、十に國淸寺（臺州［現在の臨海］・開山智顗）である。

また、その次に甲刹という寺格も設けられた。甲刹とは、禪院に甲（首位）たるものという意であるとも、各州に甲たる禪刹の意であるともいう。その順位は『扶桑五山記』に從うが、筆者の調査によりその內容を充實した。なお不明の場合は？という記號で疑問を殘したい。その順位はつぎのようである。華藏寺（常州・中興安民）、龍翔寺（建

康府・開山笑隱大訢）、仰山寺（袁州・開山慧寂）、東林寺（江州・開山照覺）、承天寺（蘇州・開山傳宗）、大慈寺（明州・開山笑翁妙堪）、金山寺（潤州鎭江府・開山裴頭陀）、焦山寺（潤州鎭江府・開山？）、何山寺（湖州安吉府・中興佛燈守珣）、保寧寺（建康府・開山牛頭法融）、天寧寺（秀州嘉興府・開山？）、永福寺（饒州・開山？）、百丈寺（洪州隆興府・開山懷海）、清涼寺（建康府・開山法眼文益）、雁蕩寺（溫州鎭江府・開山竹庵士珪）、圓通寺（江州山北路・開山道濟）、開先寺（廬山・開山善暹）、資福寺（湖州・開山如寶）、壽山寺（秀州嘉興府・開山靜惠）、香山寺（明州慈溪・開山慈溪智庄）、楓橋寺（蘇州平江府・開山？）、鼓山寺（福州・開山興聖）、大覺寺（杭州・開山高峰原妙）踈山寺（杭州・開山匡仁）、黄龍寺（洪州隆興府・開山超惠）、智者寺（婺州・開山智顗）、長蘆寺（眞州眞定縣・開山燈禪師）、東禪寺（福州・開山？）、報國寺（杭州・開山一峯□齊）、少林寺（洛州河南府・開山圓覺大師）、二祖寺（磁州彰德府・開山慧可）、五祖寺（蘄州黄梅縣・開山弘忍）、六祖寺（韶州・開山慧能）、三祖寺（舒州懷寧縣・開山僧璨）、四祖寺（蘄州黄梅縣・開山道信）などがある。

この甲刹の變動については、明代の文豪宋濂（景濂）の『宋文憲公文集』の中に見える「覺原禪師遺衣塔銘序」によれば、元代の文宗は金陵（南京）に在った潛邸を寺として、大龍翔集慶寺と稱し、覺原を開山として迎えられ、敕して五山に冠たらしめ、天界寺と改めたという。

以上は、これまでの中國の五山・十刹・甲刹に關する研究成果をまとめたものであるとはいえ、筆者なりの調査をも付け加えてきたので、一應筆者の中國五山十刹甲刹論とすることができるのではないか。

このような中國五山十刹甲刹制度は來日詩僧たち、竝びに留學詩僧たちによって日本に紹介されていた。これについての論述は次節に譲ることにする。

注

（1）林希逸『鬳齋集』卷二十一を參照。
（2）第一編第二章第一節の注（19）の「中國傳法圖及び日本禪宗流派圖」を參照。
（3）玉村竹二『五山文學』四頁。
（4）石井修道「中国お五山十刹制度の基礎的研究（一）」（『駒澤大學佛教學部論集』第十三號、駒澤大學佛教學部、一九八二）八九頁。
（5）中峯明本『山房夜話』の「五山十刹」についての説明は次の如くである。
及達磨東邁、百丈未生、牛頭横出一枝、南北宗分兩派、皆腰鎌荷鍤、火種刀耕、執爨負舂、鶉衣丐食。鐵石身心、氷霜懷抱、以佛祖大事因緣、一肩負荷、了無畏怯。蓋行處既親所到必的矣。彼時安有五山十刹之廣居、三玄五位之奇唱、放收殺活之異作、拈頌判別之殊音。不加雕琢、而玉本無瑕。安用規模。而眼元自正。自百丈建叢林已來、廣田大宅、指顧如意。其奈正因日墜、謬妄日滋、紀綱日繁、禮義日削。
（6）虎關師錬による「五山」についての説明は次の通りである。
唐土五山、起於大慧已後。當時、靈隱寺兄弟會於直指堂（在法堂傍）議定五山。非朝廷之制矣。一徑山、二靈隱等也。或問靈隱何因得獨議定耶。答曰、靈隱之在京都内也、如日本平安城有北山。徑山則隔遠、如平安於東大寺。故靈隱兄弟、得專定之。又徑山本小刹、至大慧初爲巨刹。此時王都在杭州也。
（7）宋濂は『護法錄』『覺原禪師遺衣塔銘序』で「五山十刹」について、次のように説明している。
浮圖之爲禪學者、自隋唐以來、初無定止。惟借律院以居。至宋而樓觀方盛。然猶不分等第。惟推在京巨刹爲之首。南渡後、始定江南、爲五山十刹。俾其拾級而升。黄梅・曹溪諸道場、反不與其間、則其去古也、益遠也。元氏有國。文宗潛邸在金陵。及至臨御、詔建大龍翔集慶寺獨冠五山。蓋矯其弊也。國朝因之。錫以新額、就寺建官、總轄天下僧尼。
（8）鷲尾順敬「五山十刹の起源沿革」（『禪宗』明治三十八［一九〇五］）。同氏の『日本禪宗史の研究』に所收（教典出版、一九四五）。
（9）石井修道「中國の五山十刹制度の基礎的研究（四）」（『駒澤大學佛教學部論集』第十六號、駒澤大學佛教學部、一九八五）九一頁。

（10）注（9）に同じ。八〇頁。
（11）玉村竹二『五山文學』、四頁。
（12）石井修道「孝宗（南宋）と禪宗――道元の南宋禪林観と關連して――」（『宗學研究』第二十四、一九八二）。
（13）注（9）に同じ。八一頁。
（14）中國五山第一徑山寺住持位次表（石井修道「中國の五山十刹制度の基礎的研究（三）」『駒澤大學佛教學部論集』第十五號を參考して作ったものであり、（　）は筆者の補正あるいは推測によるものである）。

| 世代 | 僧名 | 生沒年 | 宗派 | 嗣法の師 | 歴住地 |
|---|---|---|---|---|---|
| 開山 | 徑山道欽 | 七一四―九二 | （牛頭） | 鶴林玄素 | |
| 第二 | 無上鑑宗 | 七九三―六六 | （洪州） | 鹽官齊安 | |
| 第三 | 法濟洪諲 | 八一三―九五 | （洪州） | 潙山靈祐 | |
| 第四 | 演敬□賞 | | | | |
| 第五 | 法警□庠 | | | | |
| 第六 | □□□修 | | | | |
| 第七 | 無畏維琳 | ?―一一一九 | 雲門 | 大覺懷璉 | 大明→徑 |
| 十方住持 | | | | | |
| 第一 | 祖印常悟 | | 雲門 | 大通善本 | |
| 第二 | 淨惠擇隣 | | 雲門 | 大通善本 | |
| 第三 | 妙湛思慧 | 一〇七一―一一四五 | 雲門 | 大通善本 | 道場→徑→淨→顯親→黃檗→雪峰 |
| 第四 | 慧滿□扶 | | | | |
| 第五 | 寶月□方 | | | | |
| 第六 | 澄慧□國 | | | | |
| 第七 | 廣燈惟湛 | | 雲門 | 淨衆梵言 | 招提→?→徑 |

| | | | | | |
|---|---|---|---|---|---|
| 第八 | 淨慧□儀 | | | | |
| 第九 | 覺潤□雲 | | | | 靈九→徑 |
| 第十 | 圓應□仁 | | | | |
| 十一 | 普明□舜 | | | | |
| 十二 | 佛智端裕 | 一〇八五—一一五〇 | 楊岐 | 圜悟克勤 | 丹霞→虎丘→徑→西華→保寧→萬壽→賢沙→西禪→靈十二→西華→育十七 |
| 十三 | 大慧宗杲 | 一〇八九—一一六三 | 大慧 | 圜悟克勤 | 徑→配所衡州→配所梅州→育一九→徑 |
| 十四 | 妙空□明 | | | | |
| 十五 | 眞歇清了 | 一〇八八—一一五一 | 曹洞 | 丹霞子淳 | 長蘆→普濟→雪峰→育一三→蔣山→江心→徑→崇光 |
| 十六 | 月堂道昌 | 一〇九〇—一一七一 | 雲門 | 妙湛思慧 | 瑞光→穹窟→育一〇→大吉→秀峯→龜山→蔣山→徑→靈一四→淨七 |
| 十七 | 佛海智訥 | 一〇七八—一一五七 | 雲門 | 淨照崇信 | 天寧→靈一〇→靈巖→徑 |
| 十八 | 照堂了一 | 一〇九二—一一五五 | 雲門 | 妙湛思慧 | 石泉→聖泉→黃檗→徑 |
| 十九 | 圓悟了粹 | | 黃龍 | 普明慧林 | 報恩→龍翔→徑→何山 |
| 二十 | 可庵蘊衷 | | 雲門 | 癡禪元妙 | 徑→靈二一 |
| 廿一 | 大禪了明 | ?—一一六五 | 大慧 | 大慧宗杲 | 投子→長蘆→徑 |
| 廿二 | 無等有才 | 一一一六—六九 | 大慧 | 大慧宗杲 | 北山→資福→萬壽→徑 |
| 廿三 | 普慈蘊聞 | | 大慧 | 大慧宗杲 | 懷玉→幽巖→雪峰→徑→雪峰 |
| 廿四 | 寓庵德潛 | | 大慧 | 蒙庵思嶽 | |
| 廿五 | 密庵咸傑 | 一一一八—八六 | 虎丘 | 應庵曇華 | 烏巨→祥符→蔣山→華藏→徑→靈一八→天二一 |
| 廿六 | 別峰寶印 | 一一〇九—九一 | 楊岐 | 密印安民 | 鳳凰→崇慶→東禪→龍華→中巖→正法→保寧→金山→雪竇→徑 |
| 廿七 | 塗毒智策 | 一一一七—九二 | 黃龍 | 典牛天游 | 普澤→太平→祥符→等慈→能仁→護國→華藏→徑 |
| 廿八 | 佛照德光 | 一一二一—一二〇三 | 大慧 | 大慧宗杲 | 鴻福→光孝→靈一七→育二三→徑→育 |
| 廿九 | 雲庵祖慶 | | 大慧 | 大慧宗杲 | 南源→道林→鐘山→徑 |

| | | | | | |
|---|---|---|---|---|---|
| 三十 | 蒙庵元聰 | 一一三六－一二〇九 | 楊岐 | 晦庵慧光 | 光孝→雲居→隱靜→長蘆→雪峰→徑 |
| 卅一 | 石橋可宣 | | 楊岐 | 密印安民 | 淨（？）→徑 |
| 卅二 | 浙翁如琰 | 一一五一－一二二五 | 大慧 | 佛照德光 | 含清→能仁→光孝→蔣山→天二七→徑 |
| 卅三 | 少林妙崧 | ？　－一二三一？ | 大慧 | 佛照德光 | 報本→淨二九→靈二九→徑 |
| 卅四 | 無準師範 | 一一七八－一二四九 | 虎丘 | 破庵祖先 | 清涼→焦山→雪竇→育三二→徑 |
| 卅五 | 癡絶道冲 | 一一六九－一二五〇 | 虎丘 | 曹源道生 | 光孝→蔣山→雪峰→天三六→靈三五→法華→徑 |
| 卅六 | 石溪心月 | ？　－一二五六？ | 虎丘 | 掩室善開 | 報恩→能仁→蔣山→虎丘→靈三六→徑 |
| 卅七 | 偃溪廣聞 | 一一八九－一二六三 | 大慧 | 浙翁如琰 | 顯應→香山→慶元→雪竇→育三八→淨四〇→靈三九→徑 |
| 卅八 | 荊叟如玨 | | 楊岐 | 癡鈍智穎 | 淨四一→靈四〇→徑 |
| 卅九 | 淮海原肇 | ？　－一二六四？ | 大慧 | 浙翁如琰 | 光孝→雙塔→清涼→萬年→萬壽→江心→育四三→淨四五→靈四一→徑 |
| 四十 | 虚堂智愚 | 一一八五－一二六九 | 虎丘 | 運庵普巖 | 興聖→光孝→顯孝→瑞巖→萬松→雲黃→育四一→栢巖→淨四六→徑 |
| 四十一 | 藏叟善珍 | 一一九四－一二七七 | 大慧 | 妙峰之善 | 光孝→承天→思溪→圓覺→雪峰→育四五→徑 |
| 四十二 | 虚舟普度 | 一一九九－一二八〇 | 虎丘 | 無得覺通 | 半山→金山→鹿苑→疎山→承天→中竺→靈四三→徑 |
| 四十三 | 雲峰妙高 | 一二一九－　九三 | 大慧 | 偃溪廣聞 | 大蘆→勸忠→何山→蔣山→徑 |
| 四十四 | 虎巖淨伏 | | 虎丘 | 虚舟普度 | 石霜→？→靈四五→徑 |
| 四十五 | 本源善達 | | 大慧 | 雲峰妙高 | 慧雲→保寧→淨五六→徑 |
| 四十六 | 晦機元熙 | 一二三八－一三一九 | 大慧 | 物初大觀 | 百丈→淨五八→徑→仰山 |
| 四十七 | 虚谷希陵 | 一二四七－一三二二 | 虎丘 | 雪巖祖欽 | 仰山→徑 |
| 四十八 | 元叟行端 | 一二五五－一三四一 | 大慧 | 藏叟善珍 | 翔鳳→中竺→靈五〇・五二→徑 |

（15）中國五山第二靈隱寺住持位次表（同注14）。

| | | | | | |
|---|---|---|---|---|---|
| （開山） | （天竺慧理） | ～三二八～ | | | |
| （一） | 永明延壽 | 九〇四－　七五 | 法眼 | 天台德韶 | 淨一 |

| | | | | | |
|---|---|---|---|---|---|
| （三） | 宏智正覺 | 一〇九一―一一五七 | 曹洞 | 丹霞子淳 | 天一六 |
| （四） | □□□月 | | | | |
| （五） | （靈隱紹光） | | 法眼 | 天台德韶 | |
| （六） | （靈隱處光） | | 法眼 | 天台德韶 | |
| （七） | （靈隱清聳） | | 法眼 | 法眼文益 | |
| （八） | （光孝道端） | | 法眼 | 靈隱清聳 | |
| （九） | （靈隱玄順） | ?―一〇一六 | 法眼 | 支提辯隆 | |
| （十） | （靈隱□照） | | 法眼 | 慈濟文勝 | |
| （十方住持） | | | | | |
| 第一 | 靈隱玄本 | | 法眼 | 支提辯隆 | |
| 第二 | 慈濟文勝 | ?―一〇二六 | 法眼 | 雲居道齊 | |
| 第三 | 慧明延珊 | | 法眼 | 慈濟文勝 | |
| 第四 | 慧照蘊聰 | | 法眼 | 慈濟文勝 | |
| 第五 | 慈覺雲知 | | 雲門 | 泐潭懷澄 | |
| 第六 | 普慈幻旻 | 九九九―一〇五九 | 法眼 | 慧明延珊 | 上天竺→靈 |
| 第七 | 佛照□光 | | | | |
| 第八 | 圓明正童 | | 雲門 | 慈覺雲知 | |
| 第九 | 覺潤□雲 | | | | 徑九 |
| 第十 | 妙空智訥 | 一〇七八―一一五七 | 雲門 | 淨照崇信 | 徑一七 |
| 十一 | 圓智法淳 | ～一一三九～ | 雲門 | 祖照道和 | |
| 十二 | 佛智端裕 | 一〇八五―一一五〇 | 楊岐 | 圜娯克勤 | 徑一二 |

| | | | | | |
|---|---|---|---|---|---|
| 十三 | 寂室慧光 | | 雲門 | 慈受懷深 | 瑞巖→靈 |
| 十四 | 月堂道昌 | 一〇九〇—一一七一 | 雲門 | 妙湛思慧 | 徑一六 |
| 十五 | 懶庵道樞 | ?　—一一七六 | 黄龍 | 無傳居慧 | 何山→華藏→靈 |
| 十六 | 佛海慧遠 | 一一〇三—　七六 | 楊岐 | 圜悟克勤 | 龍蟠→琅→普濟→定業→光孝→南臺→護國→國淸→鴻福→虎丘→崇光→靈 |
| 十七 | 佛照德光 | 一一二一—一二〇三 | 大慧 | 大慧宗杲 | 徑三八 |
| 十八 | 密庵咸傑 | 一一一八—　八六 | 虎丘 | 應庵曇華 | 徑三五 |
| 十九 | 誰庵了演 | | 大慧 | 大慧宗杲 | 龍翔→興教→崇光→靈 |
| 二十 | 最庵道印 | | 大慧 | 大慧宗杲 | 鶴林→?→靈 |
| 廿一 | 可庵蘊衷 | | 雲門 | 癡禪元妙 | 徑三〇 |
| 廿二 | 介堂□倫 | | | | |
| 廿三 | 松源崇嶽 | 一一三二—一二〇二 | 虎丘 | 密庵咸傑 | 澄照→光孝→治父→薦福→香山→虎丘→靈 |
| 廿四 | 笑庵了悟 | | 虎丘 | 密庵咸傑 | 祥符→靈巖→靈 |
| 廿五 | 息庵達觀 | 一一三八—一二一二 | 楊岐 | 水庵師一 | 靈巖→?→金山→靈→天二六 |
| 廿六 | 鐵牛心印 | | 大慧 | 佛照德光 | ?→鐘山→?→靈 |
| 廿七 | 海門師齊 | | 大慧 | 佛照德光 | 瑞巖→天二九→靈 |
| 廿八 | 石鼓希夷 | | 大慧 | 無用淨全 | |
| 廿九 | 佛行妙崧 | | 大慧 | 佛照德光 | 徑三三 |
| 三十 | 枯禪自鏡 | | 虎丘 | 密庵咸傑 | 上藍→旌忠→白楊→太平→西禪→靈→天三二 |
| 卅一 | 高原祖泉 | ?　—一二三九? | 楊岐 | 退庵道奇 | 梨州→?→靈 |
| 卅二 | 笑翁妙堪 | 一一七七—一二四八 | 大慧 | 無用淨全 | 妙勝→金文→光孝→報恩→雪峰→靈→大慈→瑞巖→江心→慈三四→育三七 |
| 卅三 | 妙峰之善 | 一一五二—一二三五 | 大慧 | 佛照德光 | 慧因→鴻福→萬年→亭→瑞巖→萬壽→華藏→靈 |
| 卅四 | 石田法薰 | 一一七一—一二四五 | 虎丘 | 破庵祖先 | 高峰→楓橋→蔣山→淨三三→靈 |

| | | | | | |
|---|---|---|---|---|---|
| 卅五 | 癡絶道冲 | 一一六九－一二五〇 | 虎丘 | 曹源道生 | 徑三五 |
| 卅六 | 石溪心月 | ?　－一二五六? | 虎丘 | 掩室善開 | 徑三六 |
| 卅七 | 大川普濟 | 一一七九－一二五三 | 大慧 | 浙翁如琰 | 妙勝→寶陀→岳林→光孝→大慈→蘭亭→淨三八→靈 |
| 卅八 | 東谷妙光 | ?　－一二五三 | 曹洞 | 明極慧祚 | 本覺→靈巖→華藏→萬壽→育三九→靈 |
| 卅九 | 偃溪廣聞 | 一一八九－一二六三 | 大慧 | 浙翁如琰 | 徑三七 |
| 四十 | 荊叟如珏 | | 楊岐 | 癡鈍智穎 | 淨四一→徑三八 |
| 四十一 | 淮海原肇 | | 大慧 | 浙翁如琰 | 徑三九 |
| 四十二 | 退耕德寧 | ?　－一二六九 | 虎丘 | 無準師範 | 萬壽→靈 |
| 四十三 | 虚舟普度 | 一一九九－一二八〇 | 虎丘 | 無得覺通 | 徑四二 |
| 四十四 | 玉山德珍 | | 虎丘 | 虚舟普度 | |
| 四十五 | 虎岩淨伏 | | 虎丘 | 虚舟普度 | 徑四四 |
| 四十六 | 默庵□賢 | | | | |
| 四十七 | 竹塢□常 | | | | |
| 四十八 | 悦堂祖門 | | 大慧 | 介石智朋 | 西林→開先→東林→靈 |
| 四十九 | 雪庭正傳 | | | | |
| 五十十 | 元叟行端 | 一二五五－一三四一 | 大慧 | 藏叟善珍 | 徑四八 |
| 五十一 | 獨孤淳朋 | 一二五九－一三三六 | 虎丘 | 虎巖淨伏 | 天寧→?→靈 |
| 五十二 | 元叟行端(再住) | | 大慧 | 藏叟善珍 | 徑四八 |

（16）中國五山第三天童景德寺住持位次表（同注14）

| | | | | | |
|---|---|---|---|---|---|
| 開山 | □□義興 | | | | |
| 第一 | (天童咸啓) | | 曹洞 | 洞山良价 | 寶華→天 |
| 第二 | (天童□義) | | 曹洞 | 洞山良价 | |

| | | | | | |
|---|---|---|---|---|---|
| 第三 | （天童寶堅） | | 雲門 | 智門光祚 | |
| 第四 | （天童懷情） | | 雲門 | 五祖師戒 | |
| 第五 | （天童子凝） | | 法眼 | 崇壽契稠 | |
| 第六 | （天童利章） | | 雲門 | 雪竇重顯 | |
| 第七 | （天童□新） | | 法眼 | 歸宗義柔 | |
| 第八 | （天童澹交） | | 雲門 | 雲居曉舜 | |
| 第九 | （天童清簡） | 九五七―一〇一四 | 法眼 | 歸宗義柔 | 八聖→天→雪竇 |
| 第十 | □□普 | | | | |
| 十一 | （天童淸遂） | | 臨濟 | 慈明楚圓 | |
| 十二 | □□弼 | | | | |
| 十三 | □□可齊 | | 雲門 | 圓照宗本 | |
| 十四 | 資淥□源 | | | | |
| 十五 | （天童普交） | 一〇四八―一一二四 | 黃龍 | 泐潭應乾 | |
| 十六 | 宏智正覺 | 一〇九一―一一五七 | 曹洞 | 丹霞子淳 | 普照→太平→圓通→長蘆→天→靈（？）→天 |
| 十七 | 大洪法爲 | | 曹洞 | 宏智正覺 | 仗錫→天→大洪 |
| 十八 | 大休宗珏 | 一〇九一―一一六二 | 曹洞 | 眞歇淸了 | 延壽→岳林→香山→雪竇→天 |
| 十九 | 應庵曇華 | 一一〇三―一一六三 | 虎丘 | 虎丘紹隆 | 妙嚴→明果→安國→光孝→薦福→寶應→歸宗→寶林→光孝→歸宗→東林→蔣山→報恩→天 |
| 二十 | 慈航了朴 | | 黃龍 | 無示介湛 | 蘆山→育二一→萬壽→天 |
| 廿一 | 密庵咸傑 | 一一一八―一一八六 | 虎丘 | 應庵曇華 | 徑二五 |
| 廿二 | 雪庵從瑾 | 一一一七―一二〇〇 | 黃龍 | 心聞曇賁 | 靈巖→天 |
| 廿三 | 虛庵懷敞 | | 黃龍 | 雪庵從瑾 | 萬年→天 |
| 廿四 | □□□節 | | | | |

| | | | | | |
|---|---|---|---|---|---|
| 廿五 | 無用淨全 | 一一三七—一二〇七 | 大慧 | 大慧宗杲 | 狼山→承天→廣教→保寧→天 |
| 廿六 | 息庵達觀 | 一一三八—一二一二 | 楊岐 | 水庵師一 | 靈二五 |
| 廿七 | 浙翁如琰 | 一一五一—一二二五 | 大慧 | 佛照德光 | 徑三二 |
| 廿八 | 癡鈍智穎 | | 楊岐 | 或庵師體 | 嚴福→保寧→蔣山→報恩→靈巖→蔣山→雪竇→天 |
| 廿九 | 海門師齊 | | 大慧 | 佛照德光 | 靈二七 |
| 三十 | 無際了派 | 一一四九—一二二四 | 大慧 | 佛照德光 | 保安→天 |
| 卅一 | 長翁如淨 | 一一六三—一二二八 | 曹洞 | 足庵智鑑 | 清涼→瑞巖→淨三六→瑞巖→淨→天 |
| 卅二 | 枯禪自鏡 | | 虎丘 | 密庵咸傑 | 靈三〇 |
| 卅三 | 晦巖大光 | | 虎丘 | 笑庵了悟 | 育三一→天 |
| 卅四 | 松巖□印 | | | | |
| 卅五 | 雲臥□榮 | | | | |
| 卅六 | 癡絕道冲 | 一一六九—一二五〇 | 虎丘 | 曹源道生 | 徑三五 |
| 卅七 | 滅翁文禮 | 一一六七—一二五〇 | 虎丘 | 松源崇嶽 | 廣壽→能仁→福泉→淨三五→天 |
| 卅八 | 辯山了阡 | ?　—一二五二? | 大慧 | 浙翁如琰 | |
| 卅九 | 西巖了惠 | 一一九八—一二六二 | 虎丘 | 無準師範 | 定慧→鴈山→東林→天→瑞巖 |
| 四十 | 別山祖智 | 一二〇〇—　六〇 | 虎丘 | 無準師範 | 天王→西餘→蔣山→天 |
| 四十一 | 西江廣謀 | | 楊岐 | 純庵善淨 | 育四二→天 |
| 四十二 | 簡翁居敬 | | 虎丘 | 無準師範 | 淨四四→天 |
| 四十三 | 石帆惟衍 | | 虎丘 | 運庵普巖 | 淨四七→天 |
| 四十四 | 環溪惟一 | 一二〇二—　八一 | 虎丘 | 無準師範 | 瑞巖→惠力→潭→黃龍→資聖→黃檗→仰山→雪峰→天 |
| 四十五 | 月坡普明 | | 虎丘 | 無準師範 | |
| 四十六 | 止泓道鑑 | | 大慧 | 偃溪廣聞 | 眞→天 |

| | | | | | |
|---|---|---|---|---|---|
| 四十七 | 東巖淨日 | 一二二一―一三〇八 | 虎丘 | 西巖了惠 | 圓通→東林→育五三→雪竇→天 |
| 四十八 | 竺西懷坦 | 一二四五―一三一五 | 虎丘 | 虛舟普度 | 保寧→慧山→華藏→承天→靈巖→虎丘→華藏→天 |
| 四十九 | 雲外雲岫 | 一二四二―一三二四 | 曹洞 | 直翁德擧 | 石門→智門→天寧→天 |

（17）中國五山第四淨慈寺住持位次表（同注14）

| | | | | | |
|---|---|---|---|---|---|
| 開山 | 永明延壽 | 九〇四―七五 | 法眼 | 天台德紹 | 雪竇→靈（1）→淨 |
| 第二 | 永明光鴻 | | 法眼 | 清涼文益 | |
| 第三 | 圓照宗本 | 一〇二〇―一一〇〇 | 雲門 | 振宗義懷 | 瑞光→淨→慧林→靈巖 |
| 第四 | 大通善本 | 一〇三五―一一〇九 | 雲門 | 圓照宗本 | 雙雲→淨→法雲→崇德 |
| 第五 | 寶印楚明 | | 雲門 | 大通善本 | |
| 第六 | 普照□象 | | 雲門 | 寶印楚明 | |
| 第七 | 月堂道昌 | 一〇九〇―一一七一 | 雲門 | 妙湛思慧 | 徑一六 |
| 第八 | 水庵師一 | 一一〇七―一一七七 | 楊岐 | 佛智端裕 | 慈雲→天封→？→淨→光孝 |
| 第九 | 月堂彥允 | | 大慧 | 卍庵道顏 | |
| 第十 | 佛智道容 | | | | |
| 十一 | 水庵師一（再住） | | | | |
| 十二 | 自得慧暉 | 一〇九七―一一八三 | 曹洞 | 宏智正覺 | 補陀→萬壽→吉祥→雪竇→淨 |
| 十三 | 寶印楚明（再住） | | | | |
| 十四 | 光孝道端 | | | | |
| 十五 | 普照□象（再住） | | | | |
| 十六 | 混源曇密 | 一一二〇―八九 | 大慧 | 晦庵彌光 | 上方→紫→鴻福→萬年→淨 |
| 十七 | 月堂道昌（再住） | | | | |
| 十八 | 無象元淨 | 一〇一一―九一 | 天台 | 慈雲遵式 | 上竺→龍井→南屏→龍井→淨 |

| | | | | | |
|---|---|---|---|---|---|
| 十九 | 法眞守一 | | 雲門 | 圓照宗本 | 本覺→淨 |
| 二十 | □□德輝 | | | | |
| 廿一 | 晦翁悟明 | | 大慧 | 木庵安永 | 崇福→淨 |
| 廿二 | 隱之重顯 | 九八〇—一〇五二 | 雲門 | 智門光祚 | 翠峰→雪竇→淨 |
| 廿三 | 木庵安永 | | 大慧 | 懶庵鼎需 | 怡山→雲門庵→乾元→黃檗→鼓山→淨 |
| 廿四 | 普照□明 | | | | |
| 廿五 | 退谷義雲 | | | | |
| 廿六 | 退谷義雲(再住) | 一一四九—一二〇六 | 大慧 | 佛照德光 | 山→光孝→甘露→虎丘→萬壽→長蘆→育二五→香山→淨 |
| 廿七 | 谷源至道 | | 虎丘 | 松源崇嶽 | |
| 廿八 | 孤雲道權 | | 大慧 | 佛照德光 | 淨→育二九 |
| 廿九 | 少林妙崧 | | 大慧 | 佛照德光 | 徑三三 |
| 三十 | 中庵重皎 | | 曹洞 | 石窓法恭 | |
| 卅一 | 古巖堅璧 | | 曹洞 | 石窓法恭 | 瑞巖→雪竇→淨 |
| 卅二 | 潛庵慧光 | | 虎丘 | 密庵咸傑 | |
| 卅三 | 石田法薫 | 一一七一—一二四五 | 虎丘 | 破庵祖先 | 靈三四 |
| 卅四 | 笑翁妙堪 | 一一七七—一二四八 | 大慧 | 無用淨全 | 靈三二 |
| 卅五 | 滅翁文禮 | 一一六七—一二五〇 | 虎丘 | 松源崇嶽 | 天三七 |
| 卅六 | 長翁如淨 | 一一六三—一二二八 | 曹洞 | 足庵智鑑 | 天三一 |
| 卅七 | 敬叟居簡 | 一一六四—一二四六 | 大慧 | 佛照德光 | 般若→報恩→鐵觀音→大覺→圓覺→彰教→顯慶→崇明→慧日→道場→淨 |
| 卅八 | 大川普濟 | 一一七九—一二五三 | 大慧 | 浙翁如琰 | 靈三七 |
| 卅九 | 無極□觀 | 一一八四—一二四七 | 大慧 | 空叟宗印 | |
| 四十 | 偃徑廣聞 | 一一八九—一二六三 | 大慧 | 浙翁如琰 | 徑三七 |

| | | | | | |
|---|---|---|---|---|---|
| 四十一 | 荊叟如珏 | | 楊岐 | 癡鈍智穎 | 徑三八 |
| 四十二 | 斷橋妙倫 | 一二〇一－　六一 | 虎丘 | 無準師範 | 瑞峰→瑞巖→國清→淨 |
| 四十三 | 介石智朋 | ？　－一二六二？ | 大慧 | 浙翁如琰 | 鴈山→臨平→大梅→香山→雲黃→承天→拍山→淨 |
| 四十四 | 簡翁居敬 | | 虎丘 | 無準師範 | 天四二 |
| 四十五 | 淮海原肇 | | 大慧 | 浙翁如琰 | 徑三九 |
| 四十六 | 虛堂智愚 | 一一八五－一二六九 | 虎丘 | 運庵普巖 | 徑四〇 |
| 四十七 | 石帆惟衍 | | 虎丘 | 運庵普巖 | 天四三 |
| 四十八 | 東叟仲穎 | ？　－一二七五？ | 大慧 | 妙峰之善 | |
| 四十九 | 香山□遠 | | | | |
| 五十 | 石林行鞏 | | 虎丘 | 滅翁文禮 | 上方→法寶→黃龍→承天→淨 |
| 五十一 | 清溪了浣 | | 虎丘 | 枯禪自鏡 | 育四九→淨 |
| 五十二 | 無文正傳 | | 虎丘 | 癡絕道冲 | |
| 五十三 | 古田德垢 | ？　－一二九二 | 虎丘 | 斷橋妙倫 | 雍熙→靈山→鳳山→東山→虎丘→慧因→天寧→中天竺→淨 |
| 五十四 | 愚極智慧 | 一二一五－　九八？ | 虎丘 | 石田法薰 | 北禪→淨 |
| 五十五 | 方山文寶 | ？　－一三三五 | 虎丘 | 斷橋妙倫 | 瑞巖→淨 |
| 五十六 | 本源善達 | | 大慧 | 雲峰妙高 | 徑四五 |
| 五十七 | 雪庭正傳 | | | | |
| 五十八 | 晦機元熙 | 一二三八－一三一九 | 大慧 | 物初大觀 | 徑四六 |
| 五十九 | 東嶼德海 | 一二五七－一三二七 | 虎丘 | 石林行鞏 | 寒巖→寒山→薦巖→中天竺→淨→靈五二 |

（18）中國五山第五育王寺住持位次表（同注14）

| | | | | | |
|---|---|---|---|---|---|
| 開山 | 宣密居素 | | 法眼 | 雲居道齊 | 育→大梅（開山） |
| 第二 | （龜山義初） | | （曹洞） | 眞歇清了 | |

| | | | | | |
|---|---|---|---|---|---|
| 第三 | (育王常坦) | | 雲門 | 福昌重善 | |
| 第四 | (育王澄逸) | | 雲門 | 育王常坦 | |
| 第五 | 大覺懷璉 | 一〇〇九—九〇 | 雲門 | 泐潭懷澄 | 淨因→育 |
| 第六 | 寶鑑法達 | | 黄龍 | 福巖慈感 | 太平→育 |
| 第七 | (宏智正覺) | | (曹洞) | (丹霞子淳) | |
| 第八 | 眞戒曇振 | | 雲門 | 瑞巖子鴻 | 岳林→育 |
| 第九 | □□寧 | | | | |
| 第十 | 月堂道昌 | 一〇九〇—一一七一 | 雲門 | 妙湛思慧 | 徑一六 |
| 十一 | (廣慧法聰) | ?—一一三三 | 曹洞 | 宏智正覺 | |
| 十二 | 了堂□潭 | | | | |
| 十三 | 眞歇清了 | 一〇八八—一一五一 | 曹洞 | 丹霞子淳 | 徑一六 |
| 十四 | 無竭淨曇 | | 黄龍 | 圓通圓機 | 育→法慧 |
| 十五 | 野堂普崇 | | 黄龍 | 草堂善清 | |
| 十六 | 無示介湛 | 一〇八〇—一一四八 | 黄龍 | 長靈守卓 | 顯寧→蘆山→瑞巖→育 |
| 十七 | 佛智端裕 | 一〇八五—一一五〇 | 楊岐 | 圜悟克勤 | 徑一二 |
| 十八 | □□□默 | | | | |
| 十九 | 大慧宗杲 | 一〇八九—一一六三 | 大慧 | 圜悟克勤 | 徑一三 |
| 二十 | 大圓遵璞 | | 大慧 | 大慧宗杲 | |
| 廿一 | 慈航了朴 | | 黄龍 | 無示介湛 | 天二〇 |
| 廿二 | 妙智從廓 | 一一一九—八〇 | 大慧 | 大圓遵璞 | 廬山→育 |
| 廿三 | 拙庵徳光 | 一一二一—一二〇三 | 大慧 | 大慧宗杲 | 徑二八 |
| 廿四 | 秀巖師瑞 | | 大慧 | 拙庵徳光 | |

| | | | | | |
|---|---|---|---|---|---|
| 廿五 | 退谷義雲 | 一一四九—一二〇六 | 大慧 | 拙庵徳光 | 淨二六 |
| 廿六 | 空叟宗印 | | 大慧 | 拙庵徳光 | 湖山→崇光→保壽→育 |
| 廿七 | 海印□雲 | | | | |
| 廿八 | 晦庵大明 | | | | |
| 廿九 | 孤雲道權 | | 大慧 | 拙庵徳光 | 淨二八 |
| 三十 | 如庵慧崇 | | 楊岐 | 別峰宗印 | |
| 卅一 | 晦巖大光 | | 虎丘 | 笑庵了悟 | 天三三 |
| 卅二 | 無準師範 | 一一七八—一二四九 | 虎丘 | 破庵祖先 | 徑三四 |
| 卅三 | 大夢祖因 | | 楊岐 | 癡頓智顥 | 雪峰→育 |
| 卅四 | 佛惠□泉 | | | | |
| 卅五 | 斷崖蘊躬 | | 楊岐 | 息庵達觀 | |
| 卅六 | 晦堂法明 | | 大慧 | 遯庵宗演 | |
| 卅七 | 笑翁妙堪 | 一一七七—一二四八 | 大慧 | 無用淨全 | 靈三一 |
| 卅八 | 偃溪廣聞 | 一一八九—一二六三 | 大慧 | 浙翁如琰 | 徑三七 |
| 卅九 | 東谷妙光 | ?—一二五三 | 曹洞 | 明極慧祚 | 靈三八 |
| 四十 | 毒川□濟 | | | | |
| 四一 | 虛堂智愚 | 一一八五—一二六九 | 虎丘 | 運庵普巖 | 徑四〇 |
| 四二 | 西江廣謀 | | 楊岐 | 純庵善淨 | 天四一 |
| 四三 | 淮海元肇 | | 大慧 | 浙翁如琰 | 徑三九 |
| 四四 | 物初大觀 | 一二〇一—六八 | 大慧 | 敬叟居簡 | 法相→顯慈→象田→智門→大慈→育 |
| 四五 | 藏叟善珍 | 一一九四—一二七七 | 大慧 | 妙峰之善 | 徑四一 |
| 四六 | 東叟元豈 | | 大慧 | 大川普濟 | 蔣山→育 |

| | | | | | |
|---|---|---|---|---|---|
| 四七 | 寂窗有照 | | 虎丘 | 枯禪自鏡 | 東山→黄檗→江心→育 |
| 四八 | 頑極行彌 | | 虎丘 | 癡絶道冲 | |
| 四九 | 清溪了浣 | | 虎丘 | 枯禪自鏡 | 淨五一 |
| 五十 | 朽庵□祥 | | | | |
| 五一 | 横川如珙 | 一二二二－八九 | 虎丘 | 滅翁文禮 | 靈巖→能仁→育 |
| 五二 | 愚極智恵 | | 虎丘 | 石田法薫 | 淨五四 |
| 五三 | 東巖淨日 | 一二二一－一三〇八 | 虎丘 | 西巖了恵 | 天四七 |
| 五四 | 東生徳明 | 一二四三－一三二七 | 虎丘 | 頑極行彌 | 祖印→育 |

# 第二章　日本禪宗及びその五山制度に關する考察

日本の禪宗及び五山の起源は中國にあり、その中國禪宗及び五山制度を概ねそのまま日本に「移植」「流入」したと言って過言ではない。そして、「移植」「流入」された全てのものを日本化にしたのは日本文化の最大の機能であると言っても、これまた過言ではないと思う。これらの中國の禪宗、特に五山制度は完全に日本化されたからこそ、我々が普通に言う「五山文學」の「五山」及び「五山派」の「五山」は、すでに日本の「五山」であって、決して、中國の「五山」ではないということになる。

もともと中國には「五山文學」という文化的現象は存在しなかった。勿論、中國には禪林文學というものが確かに存在していた。時代によっては文人僧・學問僧がそれぞれ個別に作った文學作品集、所謂外集がそれである。この意味でいえば、北村澤吉氏が日本の禪林文學を「五山文學」と定義し[1]、さらに上村觀光氏がこれを體系化にしことは[2]、確かに優れた學問的判斷であったと言える。

この第二章では、以下二節に分け、中國禪宗及び五山が、どのようにして日本に傳わってきたのか、そして日本の禪宗及び五山制度はどのようにして形成されたのかを、詳細に檢證する。この檢證は比較宗教學の範圍になるものと認識するが、近人の呂大吉はイギリスのエリク・J・シャープ『比較宗教學史』華譯本の序文で次のように述べている[3]。

宗教の誕生及び社會の機能はまさにその人間性の上での根據があるからこそ、歷史上の各種の異なる宗教體系は、實際にこれを信仰している異なる民族及び異なる集團が人の生存問題ないし運命の問題を解決するために取った異なる方式を表現したものである。

實は、同じ禪宗にしても、同じ五山制度にしても、その信仰する民族、展開する地域が異なるとその表現の仕方が變わっていくものであろう。ところが、「比較禪宗學」は今だに成立していないので、これらの問題を詳細に敍述するためには、まずもって先行研究の成果を參照しなければならない。

## 第一節　日本禪宗の起源及びその形成

中國禪宗の日本への「移植」及び「流入」に關して、いくつかの問題を考察してみたい。禪宗の「移植」「流入」の時期、及びその意義、つまり日本禪宗の形成のプロセスを探ってみたい。なお、中國の禪宗流派が日本に渡來して、日本獨特の禪宗教團になった（所謂禪宗の日本化）ことは極めて興味深い問題であると思うが、これらの禪宗教團の存立・發展の場として、獨自の特徵をもった日本の「五山」が出現したという問題についての論考は次の第二節に讓る。

### 一　日本禪宗の起源

日本禪宗の起源については、歷史學者と禪學研究者との說には相違點がある。この相違點について、玉村竹二氏は次のように指摘している(4)。

從來、史學者は、禪宗の傳來を、通說として、建仁寺の明庵榮西が臨濟宗を、永平寺の永平道元が曹洞宗を傳えたと、至極簡單に言いのけてしまっている。そうかと思うと、禪宗の宗旨家は、もっと嚴密な表現をして、禪宗の傳來は、鎌倉時代よりも、遙かに早く、すでに奈良時代において、元興寺の道昭・大安寺の道璿・同じく大安寺の行表、更にやや降っては、平安時代には、最澄・空海・義空・道昉・瓦屋能光などが、入唐または來朝して、禪宗を傳えたとし、必ずしも榮西を以て初傳とすべきではないと説く。しかし、この説は、唐代の禪と、宋代の禪とを、全く同質のものとした上での説であって、……唐朝の禪門は、他の唐朝佛教諸派と共に、唐の滅亡と共に泯絶してしまったのであるから、宋朝の禪宗とは、全く別個のものといってよく、禪宗という語を宋朝禪宗の意に限れば、問題は自ら異なって來る。

論爭の視點は外部から、卽ち禪宗は中國から傳來したもののみという視點から見れば、こうなるかもしれないが、これに對して、廣瀬良弘氏は次のような觀點に立つ(5)。

日本禪宗成立の問題についても從來は僧傳中心に語られ、しかも、現在の宗派の歴史研究の延長線上で論述される場合が多く、そのために、その成立を鎌倉期に求め、中國からの傳播という點で述べられることが多かった。本このような傾向に多大な一石を投じたのが、船岡誠「奈良時代・平安時代の比叡山における禪僧」であった。本論文は、……日本の禪宗の成立を鎌倉初期に置き、それは、中國からの傳法であるという考え方に對して、禪宗を奈良・平安期の佛教との連續の面で把握するという劃期的な視點を示したものである。念佛宗・法華宗などと同様に古代佛教の展開の延長線上に置くべきであるとし、古代における内供奉禪師・十禪師などに注目して論述したものである。中國禪を受容し、禪宗が發展しうるだけの基盤が日本の宗教界の中に存在したとみなければならないとする。

ついで石川力山氏は、船岡誠氏のこの研究成果に對して、次のように高い評價を下している(6)。

今日においてもこの日本禪宗榮西初祖説は、教科書的な通説として、さまざまな局面で支配的な位置を占めている。……こうした常識的通説に對し、日本佛教には古代から實踐宗教家としての「禪僧」があり、内供奉十禪師や看病禪師、高野山や南部における禪僧、さらには往生傳類にも見られる葬祭に關わる禪僧など、實踐的佛教者としての禪僧の傳統が脈々として息づいており、特に平安末の比叡山における、下級僧侶としての堂衆が、上級僧侶である學侶階層からの自立をはかって擡頭し、これが念佛や禪、あるいは西大寺流の律宗などのような、實踐佛教の宗派化への動きを促したとする斬新な説が提示された。この間にはもちろん、榮西や道元を始めとする多くの禪者による中國からの傳禪があり、禪の日本定着に劃期的な契機をなしたことは否定できないが、基本的に、古代からの禪僧の傳統にこそ、宋代の禪宗を受け入れる基盤が存在したというのである。この見解は、從來、宗派佛教としてしか捉え得なかった禪宗史觀に、純歴史學的、あるいは社會史的手法を導入して、新たな視點から禪宗の日本定着を宗教運動とも言うべき社會現象として捉え直そうとしたものといえる。それは確かに、禪宗の教團としては成功したといえよう。

「純歴史學的、あるいは社會史的手法を導入」することによって、「宋代の禪宗を受け入れる基盤」は「古代からの禪僧の傳統」にあることが究明されたことは、まさに「斬新な説」である。さらにいえば、もともと榮西が移植したかった禪宗は「諸教の極理、佛法の總府」[7]である「一宗の別立を主張しながら一宗を超える」という宗風[8]の禪宗であり、教團としての禪宗ではない。ところが結果としては、日本に定着したのは教團としての禪宗であった。

玉村竹二氏によると、「禪宗という語を宋朝禪宗の意に限れば、問題は自ら異なって來る」のである。[9]この「宋朝禪宗の意」について、今枝愛眞氏は次のように認識している。[10]

　北宋の興隆とともに、從來地方に展開していた禪宗諸派が、中國の日常生活と結び付いて、佛殿を建て、本尊を禮拜し、諷經回向するなど、一般佛教と接近した中國的色彩の濃い獨立の宗教となって擡頭してきた。こうして、一定の清規を基準にした集團生活をし、公案問答による日用の工夫に重きをおいた實踐的修行形態が成立し、特に宋の南遷後は臨濟宗が榮えて、禪宗の代表的門派を形成するに至って、このように中國禪は、教外別傳不立文字をモットーとした中國特有の思想的產物として再生されたのである。

さて、五山文學の視點から考えると、日本禪宗の起源についての問題を、宋代の新しい「禪宗」に絞って考證することが妥當であると思われる。もしそうだとすれば、その起源を奝然に求めればよく、さらに謂えば日本禪宗の起源の段階においては、奝然・覺阿・能忍らが大きな役割を果したと認識している。[11]

虎關師錬の『元亨釋書』巻第十六力遊九によれば、奝然（～一〇一六）は永觀元年（太平興國八年／九八三）秋に入宋し、宋の地で禪宗の盛んな狀況を身をもって體驗し、目の當りに見た。彼は、この在宋五年の間に、汴都聖禪院などに寄住し、新興の宋朝禪宗の宗風に親しく接し、さらに、宋太宗に召されて、紫衣を賜わり、永延元年（雍熙四年／九八七）、台州の鄭仁德の船に乘って、大藏經などを日本に持ち歸った。[12]內閣文庫本の『三僧記類聚』によると、歸國後、朝廷に奏請し、新興の宋朝禪宗を天下に宣揚しようとしたが、朝廷が、諸宗の人々に、禪宗流布について古今の例を尋ねたところ、不分明の由を申し立てたので、奝然の申し入れを許されなかった。[13]勿論、奝然は禪宗が日本に移植された濫觴であるとは言えないが、中國で新たに興りつつあった宋朝禪宗を日本で宣布しようとした彼の試みが、日本禪宗史においては、劃期的なことであった、という說に筆者は同感している。[14]

その後、寂昭は長保二年（一〇〇〇）[15]、成尋は延久四年（一〇七二）に宋の商船に乘り、中國に渡って宋朝禪宗を體驗してきた。[16]建炎元年（一一二七）宋の高宗は都を北の開封から南の杭州に移して、時代は南宋に入った。承安元年（一一七一）、叡山の覺阿（一一四三～？）は宋の商人から南宋禪宗が盛んになったことを聞き、法弟金慶と共に海を渡り、楊岐派五世大慧派祖大慧宗杲禪師・虎丘派祖虎丘紹隆禪師と同門である靈隱寺（のち五山第二）十六世住持佛海慧遠禪師に參じ、『嘉泰普燈錄』卷二十「覺阿上人」によれば、長廬江岸に鼓聲を聞き、突然と悟って、始めて佛海の禪を知り、その所見を五首の偈で表明し、佛海の印可を得、その法を嗣いで歸國した。[17] これがはっきりした南宋禪宗を最初に移植しようとしたものであるが、日本ではまだ時機尚早、南宋禪宗に對する理解ができていなかったので、のち深山に隱れ、その影響は殆どなかった。[18] ところが、中國の代表的な燈史には覺阿の傳記が歴然と記載され、これが中國の燈史に記された最初の日本人であることは日本禪宗史上において特筆すべきであろう。叡山覺阿は日本禪宗五十九流派の第一流臨濟宗覺阿派の派祖となる。[19] 日本における禪の第六傳とも言われた。[20]

また、師蠻の『本朝高僧傳』卷十九によると、攝津三寶寺の開山大日能忍は比叡山に將來されていた禪籍で無師獨悟し、達磨宗を標榜して日本で最初の禪宗教團を立ち上げ、禪を廣めたが、嗣承がないため、文治五年（一一八九）弟子の練中・勝辨の二人を宋に派遣し、自ら書いた所解を持たせて、五山第五育王寺二十三世住持佛照禪師（拙庵德光）に呈して、その印可を得、さらに達磨の頂相（拙庵贊）、舍利や『潙山警策』を與えられて歸國した。[21] 今枝氏によると、能忍は無求禪尼の寄進を受けて、『潙山警策』を刊行した。おそらく、これは日本における禪籍開版の嚆矢であろう。[22] 玉村氏によると、拙庵德光は臨濟宗楊岐派大慧派初祖大慧宗杲の直弟子で、當時の中國禪林においても大物であったので、能忍の道譽はますます高く、日本達磨宗と稱した。能忍の説くところは、榮西より純粹であり、苛烈であったので、叡山の衆徒から睨まれた。この頃、禪宗停止の敕命が下った。これは、榮西の布教の結果ではなく、主として能忍にその原因がある。[23] その法系（臨濟宗楊岐派大慧派達磨宗）圖（玉村竹二『五山禪林宗派圖』を參考して作成したものである）は次頁の如くである。

大日能忍は日本禪宗五十九流派の第二派臨濟宗達磨宗の派祖とされている。[19] 彼の法脈は四代目の義荐まで生存したが、三代目の懷奘（孤雲懷奘）及び四代目の寒巖義尹らが永平道元の會下に投じたことによって、大日能忍の達磨宗

**【達磨宗】**（のち五十九流派の第二流となる）(19)

凡例：留學詩僧（枠囲み）　**重要詩僧**（太字）

- 大日能忍（達磨宗）
  - □□覺晏（多武峰）
    - □□懷鑒（越前波著寺）
      - □□義荐
      - 寒巖義尹
    - 天庵懷義
    - □□懷照
    - 孤雲懷奘（永平二世）
      - 徹通義介［留學詩僧］（義鑑／永平三世）
        - □□懷暉
        - □□宗圓
        - 瑩山紹瑾
          - 明峰素哲
            - 珠巖道珍
            - 松岸旨淵
            - 祖繼大智
          - 無涯智浩 ― 寂室了光 ― 中庭宗可
          - 峨山韶碩 ― 無底良韶
            - 大源宗眞
              - 了堂眞覺 ― 竹窓智嚴 ― 字堂覺卍
              - 梅山聞本 ― 如仲天誾
            - 無外圓照 ― 無著妙融
              - 覺海融圓 ― 蘭室清藝 ― 春湖清鑑
              - 得翁融永
            - 通幻寂靈
              - 了庵慧明
              - 石屋眞梁 ― **竹居正猷**（五山儒禪）
              - 普濟善救
              - 天眞自性
                - 希明清良
                - 英仲法俊 ― 牧翁性欽
      - 寶慶寂圓 ― □□義雲（永平五世）
  - □□練中［留學詩僧］
  - □□勝辨［留學詩僧］

- 永平道元（曹洞宗永平開山）…… 覺晏門下に連なる（点線）
  - …… 寒巖義尹 ……（六代で五十二の弟子がいる）

は泯絶してしまった。その孤雲懐弉は右の法系圖のように、曹洞宗永平寺の二世となり、その法弟徹通義介は三世、法孫義雲は五世となった。彼らは日本曹洞宗の創立に多いに貢献したことが分かる。

結論から言うと、宋朝禪宗が日本に移植され始める時期としては、一一七五年留宋僧侶阿覺が日本に歸ったときから、能忍の弟子である練中・勝辨の二人が宋から歸ってきたときまでであり、これが日本禪宗の起源であり、濫觴期である。

## 二　日本禪宗の形成

日本禪宗の形成期の始まりは、宋朝禪宗が本格的に日本に移植されようとしたときであり、これは、留學詩僧榮西が一一九一年二度目に日本に歸ったときから始まったのである。その故に、筆者はこの時が五山文學の禪宗的源流であると考えるので、五山文學濫觴期の始まりを一一九一年明庵榮西が日本に歸ったときと考えたい。

日本禪宗が形成されていく過程において、だえず中國禪宗が日本に流入してきたことは言うまでもない。この「流入」という現象の背後には二つの意味があるかと思う。一つの意味は「移植」であり、他の一つの意味は「傳來」である。その「流れ」が入ってくる日本のほうは「移植」の意識を持っているので、その「入」の速度を加速する。一方、「流れ」の本源である中國のほうはもともと「宣傳」の意識を持っているので、當然その「流」れていく日本の方向に働きかける。無論この場合、「移植」の意識を持つ日本側の人間は、その「入」の速度を加速しようとするとき、當然その積極的な能動性が出てくる。一方「宣傳」の意識を持つ中國側の人間は、その「流」が「入」っていく日本の方向に働きかけるとき、當然受け身の日本側としてはその消極的な受動性が出てくると思う。そこで、玉村氏がすでに指摘した二つの見方[24]を取り入れて、日本禪宗の形成過程において、この「移植」及び「傳來」の位置づけを考察してみたい。

（一）　日本における禪宗移植の位置づけ――「移植」の概念――

まず「移植」の概念から考えてみたい。「移植」という語彙の本義は、もともと植物をある場所から他の場所に移し植えることであり、これは、早くから中國後晋の劉昫（八八七～九四六）『舊唐書』食貨志下に現われ、またその直後、日本の『天德闘詩行事略記』（九五九）にも見えた。然し「外國の文物、制度などを自國に移して用いる」という轉じた意味の「移植」は、日本語の翻譯漢語として『近時政論考』（一八九一）に使用しており[25]、中國語では日本からの外來語として用いてきたのである。この「外國の文物、制度などを自國に移して用いる」というのが本節で使用する「移植」の概念である。

1　兼修禪の日本への移植の意義

日本の新宗教運動より見た場合、日本に移植された宋代禪宗の意義が、極めて積極的かつ能動的であったのは何故か。實は、留學詩僧明庵榮西・東福圓爾・無本覺心らによって日本に移植されたものは全て兼修禪である。かくて、この三人の留學僧侶によって黄龍派・聖一派・法燈派が形成され、それぞれ禪宗の一派として繁榮したわけだが、いずれも、五山文學を作り上げるうえでも大いに貢獻した日本の禪宗教團である。

なぜ當時の日本では新宗教運動が起こったのか。玉村氏の研究成果によれば次のように言う[26]。

奈良朝佛教の頽廢を救うために採り入れられた天台・眞言二宗を樞軸とする平安朝佛教も、漸くにして貴族佛教と化し、祈禱宗教に墮落し、教團としても爛熟し、百弊競いおこる有様になってしまったので、その行き詰まりを打開しようとする新宗教運動は、平安中期以來潛かに萠していたが、平安末の戰亂期を經過するに及んで、强力な運動として、表面化し、ここに鎌倉時代の新佛教諸派が生まれたのであるが、その改革の方法に淨土教のように新しい傾向に新生面を求めるもののある反面、釋尊の昔を懷かしみ、佛教の盛大であった昔を偲び、これに歸そうとする復古主義がある。……日宋間の交通は相當盛に行なわれ、日本にも南宋の事情はかなりよく知られていた。そこで、この復古主義は、外國に向ってその刺戟を求め出した。顯密諸宗の俗化に對して、私かに不滿を抱いていた宗内の人々は、自らの罪業の深いのを知り、釋尊または中國佛教の先覺者の聖地を巡禮して、その罪業消滅に資しようとする者を出した。寬建・日延・奝然・寂昭・成尋等の入宋僧は、いずれも天台に到って石橋に羅漢の應現を拜し、五台に到って文殊の聖地を拜するのを、無上の法悅としてこれに憧れて、萬難を排して入宋したものであろう。そして、これが一轉して、もっと切實となれば、天台・眞言等の諸宗の將に倒れんとする法幢を、中國佛教の力を借りて、何とかとして支えようとする努力に變ってくる。そうすれば明かに求法の精神の顯現である。

では、なぜ日本に移植されたものは全て兼修禪であったのか。今枝氏の研究成果によれば次のように言う。(27)

榮西・圓爾・無本らによって禪宗が傳えられたが、いずれも最初から一宗開立の意志があったわけではなく、既成教團の補强のため禪宗が傳えようとしたものであったことは注意しなければならない。この意味では、西大寺の叡尊、笠置の貞慶、高山寺の明慧、泉涌寺の俊芿などと同系列のものと言えよう。大日房などのように、積極的に禪宗を宣布しようとしたのは、むしろ例外であったのである。しかし、榮西らの法孫はその後隆盛となり、その間に禪宗的性格を增し、禪宗の一派として榮えたので、とくに禪僧として注目されるようになったのである。

日本新宗教運動の目的は「既成教團の補强のため」であり、榮西・圓爾・無本らは入宋し、積極的に禪宗を移植したが、これは宣布しようとするのではなく、自分自身のそれぞれの所屬する既成教團である密宗・天台宗・淨土宗を補强するためだから、彼らは積極的かつ能動的に兼修禪を日本に移植したのである。それは當時日本國內のニーズに應える最善の方策であった。以下、兼修禪を日本に移植した意義について、具體的に榮西・圓爾・無本及び彼らが創立した黃龍派・聖一派・法燈派三大禪宗教團に絞ってこれを檢證したい。

まず、榮西及び黃龍派について考察することとする。師蠻の『本朝高僧傳』巻三「京兆東山建仁寺沙門榮西傳」によれば(28)、榮西は明庵と號し、備州吉備津の人、十四歲、叡山に出家し、十九歲、叡山有辯に天台宗を、伯州基好に密宗を習い、蘊奧を得た。仁安三年（一一六八）四月、二十八歲の明庵榮西（永治元年～建保三年／一一四一～一二一五）は商船に乘し、明州に着いた。本國の重源に逢い、共に天台山に登り、石橋に靑龍を、羅漢を餅峰に拜した。阿育山に詣し、舍利が放した光を見た。千光の號を敕賜され、天台の章疏を齎し、同年九月重源と同船で日本に歸った。その二十年後、榮西は「達於天竺、拜釋尊八塔、而終身於佛國(29)」のため、文治三年（一一八七）夏、四十七歲にして再び入宋したが、臨安府知府按撫侍郎から「西域皆隸、關塞不通、何行之有(29)」と言われて、榮西は斷念せざるを得なかった。そこで再度天台山に登り、萬年寺に住している臨濟宗黃龍派第八世虛庵懷敞禪師に投じて、禪宗のあることを知り、參禪をし、淳熙十六年（一一八九）虛庵が中國五山第三天童寺二十三世に昇格すると、榮西も從侍した。そしてそこで、榮西は虛庵から印可を受け、その法を嗣いだ。虛庵からの書には「昔釋迦老子將圓寂、以正法眼藏涅槃妙心付屬摩訶迦葉。二十八傳而至達磨、六傳而至曹溪、又六傳而至臨濟、八傳而至黃龍、又八傳而至予。今以付汝、汝當護持佩此祖印、歸國布化、開示衆生、繼正法命。又達磨始傳衣而來以爲法信、至六祖止而不傳。汝爲外國人故、我授此衣爲法信、則乃祖。又曰、菩薩戒、禪門一大事也。汝航海來問禪於我、因以付之、副以應器、坐具、寶鉼、柱杖、白拂(29)」と書かれており、榮西を日本黃龍派の祖としたい虛庵の願望をこの書に託した。かくて建久二年（一一九一）

榮西は日本に歸り、翌年、香椎宮の傍に日本禪刹の濫觴といわれる報恩寺を創立し、始めて菩薩大戒布薩を行い、その三年後、博多に聖福禪寺を創立した。建仁二年（一二〇二）金吾大將軍賴家源公は京都に建仁禪苑を開き、榮西を開山祖として任命し、その翌年、尙書省は「旣成教團の補强のため」に建仁寺に台密禪三宗を劄置したが、榮西としては旣成教團とのバランスを取りながらも、本格的に禪宗を新唱した。(30) 更に關東の相州に壽福禪寺を創立した。こうして榮西が育てて後に十刹となった聖福禪寺・京都五山第三建仁禪寺・鎌倉五山第三壽福禪寺などを旣成教團のバランスを取りながら本格的に禪宗を布化する場として、日本黃龍派を育て、繁榮させてきた。榮西は日本臨濟宗黃龍派の開祖として、その法脈は永續したので、後世に影響を大いに及ぼしたという事實からすれば、やはり榮西を臨濟宗黃龍派の初傳者と見るべきであろう。日本禪宗五十九流派第三流臨濟宗黃龍派派祖は榮西であるが、(19) この榮西を日本臨濟宗の祖であると言うならば大いに異論があろう。要するに、前述したように宋代禪宗の日本への移植は多元的である。ただ、宋代禪宗をはじめて本格的に日本に移植したのが榮西であることは無論のことである。のちの史料を擧げて見れば、日本禪宗流派五十九流・四十六流・二十四流及び五山派には、榮西の臨濟宗黃龍派が全部入っている。

【黃龍派】（のち五山派の三十四流派の第一流となる(19)）　　留學詩僧　　**重要詩僧**

（中國五山第三天童寺二十三世）虛庵懷敞――明庵榮西（聖福壽福建仁開山）
　├退耕行勇（淨妙東勝開山壽福建仁二世）――大歇了心（壽福三建仁九世）（この頃から禪宗的性格が明らかになった）
　└□□明全・□□道珍・□□永舜・□□禪慶・□□玄珍（建仁四世）・□□嚴琳（建仁六世）・□□圓琳（建仁七世）

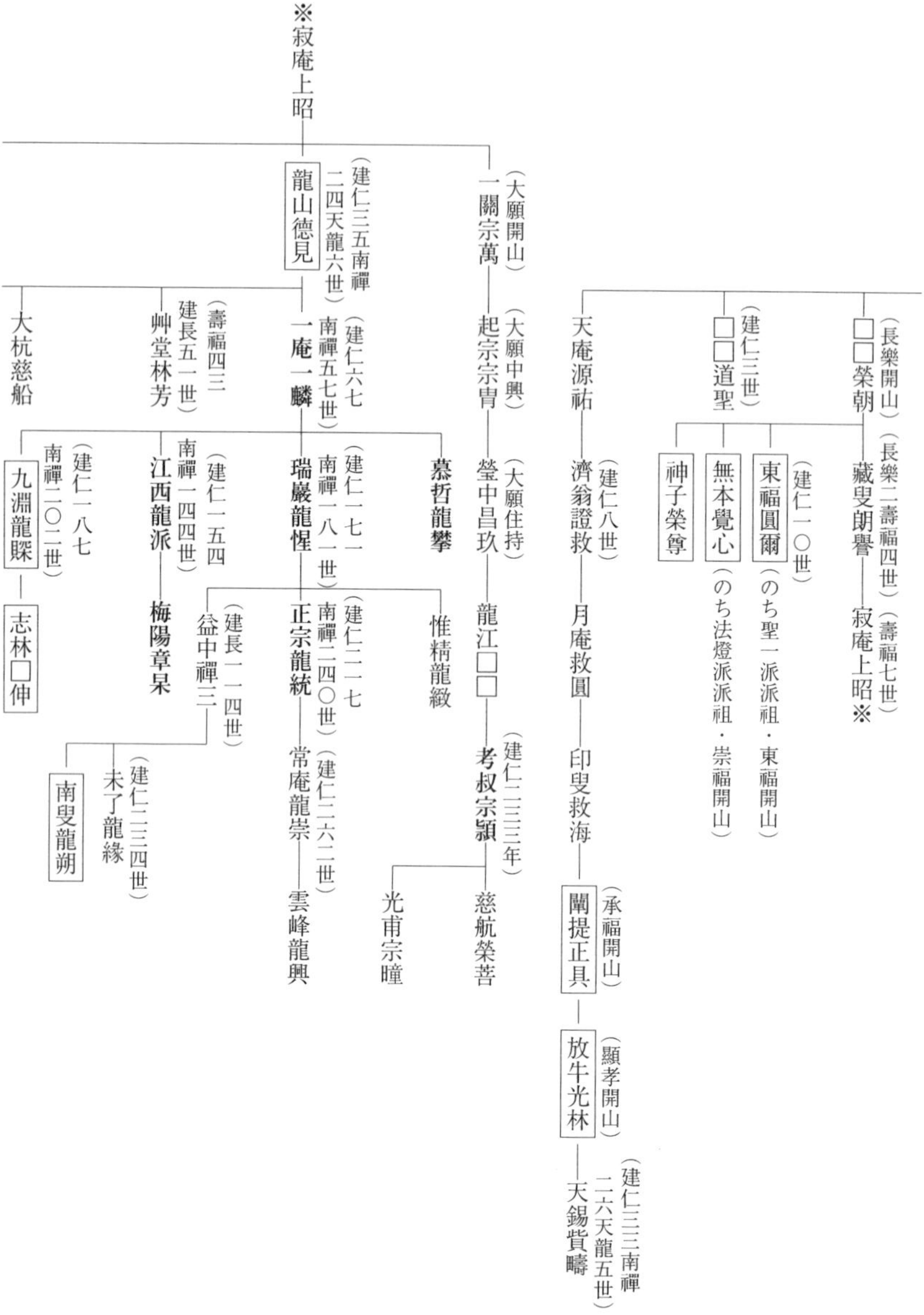
□□榮朝（長樂開山）
藏叟朗譽（長樂二壽福四世）
寂庵上昭※（壽福七世）
東福圓爾（建仁一〇世）（のち聖一派派祖・東福開山）
無本覺心（のち法燈派派祖・崇福開山）
神子榮尊
□□道聖（建仁三世）
天庵源祐
濟翁證救（建仁八世）
月庵救圓
印叟救海
闡提正具（承福開山）
放牛光林（顯孝開山）
天錫貲疇（建仁三三南禪二六天龍五世）
※寂庵上昭
一關宗萬（大願開山）
起宗宗冑（大願中興）
瑩中昌玖（大願住持）
龍江□□
考叔宗頴（建仁二二三年）
慈航榮菩
光甫宗曈
龍山德見（建仁三五南禪二四天龍六世）
一庵一麟（建仁六七南禪五七世）
慕哲龍攀
瑞巖龍惺（建仁一七一南禪一八一世）
惟精龍緻
正宗龍統（建仁二一七南禪二四〇世）
常庵龍崇（建仁二六二世）
雲峰龍興
益中禪三（建長一一四世）
未了龍緣（建仁二三四世）
南叟龍朔
艸堂林芳（壽福四三建長五一世）
江西龍派（建仁一五四南禪一四四世）
梅陽章杲
大杭慈船
九淵龍賝（建仁一八七南禪二〇二世）
志林□伸

無等以倫―文林壽郁（建仁一三七世）―西庵敬亮―悦巖東悆（建仁二六六世）―和仲東靖―梅仙東逋（建仁二九一世）―利峰東鋭（建仁二九七世）

（願成開山）雲叟慧海―（壽福一六世）寒潭慧雲―覺潭充本―（建長一四二世）智海充察―（建仁三五八世）峻厓東佺―（建仁三五二世）荊叟東玟―（建仁三四四世）嗣宗東緝―（建仁三三五世）高峰東晙

（寒潭慧雲）―（圓覺五二世）高山通妙

五十九流では第三流で、四十六流・二十四流及びその中の五山派においては第一流となっている。[19] かくて日本黄龍派の禪宗的性格が明白になってきたのは榮西の法孫である留學詩僧大歇了心の時代である。[31] 日本黄龍派の法系圖（玉村竹二『五山禪林宗派圖』を參考にして作成したものである）を見てみると、榮西の法系は五山文學に對して、大いに貢獻していることが分かる。

次に、同じ兼修禪を移植した明庵榮西の法孫に當る東福圓爾（建仁二年～弘安三年／一二〇二～八〇）は聖一派を結成し、この法系は五山文學に對してもかなり大きな影響を與えた。

東福圓爾の傳記は、その最も長文なものは彼の法孫に當る虎關師練の『元亨釋書』巻七「慧日山辨圓」であり、巻七の全てが圓爾傳に當てられている。ところが、その最も詳しいものは師蠻の「京兆慧日山東福寺沙門辨圓傳」である。[32] これら史料によれば、圓爾は最初に天台宗を學び、十八歳園城寺に出家、東大寺で受戒した。禪法を慕い、上野長樂寺二世榮朝・相州壽福寺二世行勇について、禪門大戒を得た。やがて宋代禪宗を求め、入宋の志を興し、宋人豪商謝國明の庇護を受けて、嘉禎元年（一二三五）、同門の神子榮尊らと同伴して海を渡り、十日ほどかかって明州に着いた。かくして景福院で月宗主に律を拜聽し、五山第三天童寺三十六世癡絕に會った。その後都の杭州に入り、十刹第一天竺寺において柏庭から自撰楞嚴・楞伽・圓覺・金剛疏鈔・竝台宗相承の圖を授與され、また五山第四淨慈寺三十四世笑翁を、また五山第二靈隱寺三十四世石田法薫を參じて、ついに退耕德寧（のち靈隱四十二世）が自分の師に圓爾を紹介し、圓爾は中國五山第一徑山三十四世無準師範の門下となり、その法を嗣いだ。こうして當時中國禪門の主流に接すること數年、仁治二年（一二四一）仲夏、無準の會中龍象卽庵・東山慧日・西巖了惠（天童三十九世）・斷橋妙倫（のち淨慈四十二世）・別山祖智（天童四十世）・環溪惟一（天童四十四世）・簡翁居敬（のち淨慈四十四世天童四十二世）・希叟紹曇・雪巖祖欽・絶岸可湘らは圓爾の歸國を見送った。

歸國後の圓爾は、間も無く太宰府の湛慧の要請で崇福寺の開山となり、博多の宋人豪商謝國明の要請で承天寺の開山となり、のち兩寺ともに十刹となった。湛慧の紹介によって、攝政藤原道家・良實父子の知遇を得た。この史實について、師蠻の「京兆慧日山東福寺沙門辨圓傳」は次のように記述している[33]。

　湛慧有事入京、訴於藤府。大相國道家藤公、延見問法。慧宗說泛濫、藤公大稱曰、上人隨誰得此智辯。慧曰、我師圓爾入宋得徑山無準正印、現今住崇福・承天、盛唱禪宗。我謭識非其髣髴。藤公乃發使聘請、館於光明峰、終日問道。恨相見之晩、就受禪門大戒。尋禀密灌、因任僧正、爾辭不受。復補日本國總講師、爾又辭。重親書聖一和尚四字授之、擬唐代宗賜徑山法欽於國一也。先是藤公洛之東南構大伽藍、名東福寺（取東大興福字）。將爲八宗衆園、禱國家安寧。曁聞爾道、延請爲開山祖。令其三子執弟子禮。文武百官拜禮相繼。

この史實からすれば、多くの舊佛教系の人々が東福寺に合流し、東福寺が兼修禪の一大淵叢となったのは圓爾の本意ではなく、特に「因任僧正、爾辭不受。復補日本國總講師、爾又辭」という圓爾の堅い信念は、「提唱祖道」という彼の恩師無準の教えに基づいたものである。また大相國道家藤公が「禪門大戒」を受けたことも圓爾が祖道を提唱した結果であり、さらに圓爾は、兼修禪から純粹禪へ、ついに聖一派という莫大な禪宗教團を形成した。つぎの法系圖

**【聖一派】**（のち五山派の三十四流派の第二流派となる）(19)

留學詩僧（枠囲み）　**重要作家**（太字）

- 慈一房（圓通三聖開山 東福二世）東山湛照 三聖門派祖
  - （神贊道福開山南禪一五 東福一五世）**虎關師練**（虎關派祖）
    - （東福三七世）檀溪心凉
      - 太華心璞
        - 玉峰心琢 ― （東福一七三世）雲英首慶
        - 德中光佾 ― （東福一八〇世）東昇希杲 ― （東福一九一世）要津東梁 ― （東福二〇九世）叔龍東興
      - 江月□千 ― （天龍一三三南禪一九八 東福一三六世）月泉祥洵 ― （東福一八二世）儀雲士敦 ― （東福二七五南禪二一九世）諦州至信……（※法雲下）惟松圓融
        - （南禪二七六世）言如圓遵
    - （東福四三南禪四〇 天龍一七三聖二五世）性海靈見（枠囲み）
      - （東福八四世）明江聖悟 ― （東福一三三世）中川永原 ― （東福一一八世）嚴陽聖香 ― （東福一六七世）旭昇慧桑 ― 允芳慧菊 ― （東福二一三世）竺雲慧心
      - （東福二三七世）虛白靈眞 ― （東福二一六世）瑤甫慧瓊
    - （萬壽三二世）龍泉令淬
      - （東福六二世）在先希讓
      - （天龍六七 南禪九四世）月巖今在 ― （南禪二〇九）一芳應曇
      - 愚溪知至 ― （天龍一〇八 南禪一七五世）邵外令英 ― （南禪二一三 東福一六四世）月建令諸 ― （東福一八七世）作成令偉 ― （東福二〇五世）高嶽令松 ― （東福二一九世）汝源令見
        - （※善室下）善室周慶……（東福二二一世）文坡令偲 ― 玉仲法種 ― 高嶽令松
    - （常定開山）回塘重淵
    - 無比單況
  - （竹林開山）耕叟僊原
  - （安國開山）高叟圓尊
  - 應準圓然

（東福開山）圓爾
（中國五山第一徑山三四世）無準師範
（萬壽開山）十地覺空
本智房 正堂俊顯
一圓房 無住道曉
隨乘房 □□湛慧
古策圓禪
西浦師曇
愚直師侃（愚直派祖）
無才智翁
（萬壽二世）松嶺智義
（東福四五世）日田利渉
南江宴洪
五峰師項
（東福四八世）起山師振
（三聖二八世）浦雲師棟
（東福一二〇世）別傳永教
□□處月
無塵至清
（天龍五一東福七九世）謙巖原冲
（南禅一九〇世）玉崖受環
（東福一四一世）雪岡方林
（東福六五世）東巌曇春
理中光則
（東福一九三世）仲邑景允
南堂處薫
（東福一一〇世）魯嶽永播
（南禪一七一世）大叔尚祐
（※無外下）無外令用
遣明隨員（南禪二〇四 東福一七〇世）斯立光幢
（東福一九九世）茂彦善叢
（東福一八一世）東歸光松
（東福二〇〇世）芳卿光隣
（東福二一七世）趙裔光潟
（※太華下）（東福二四一世）太華令瞻
（東福二三〇世）剛外令柔

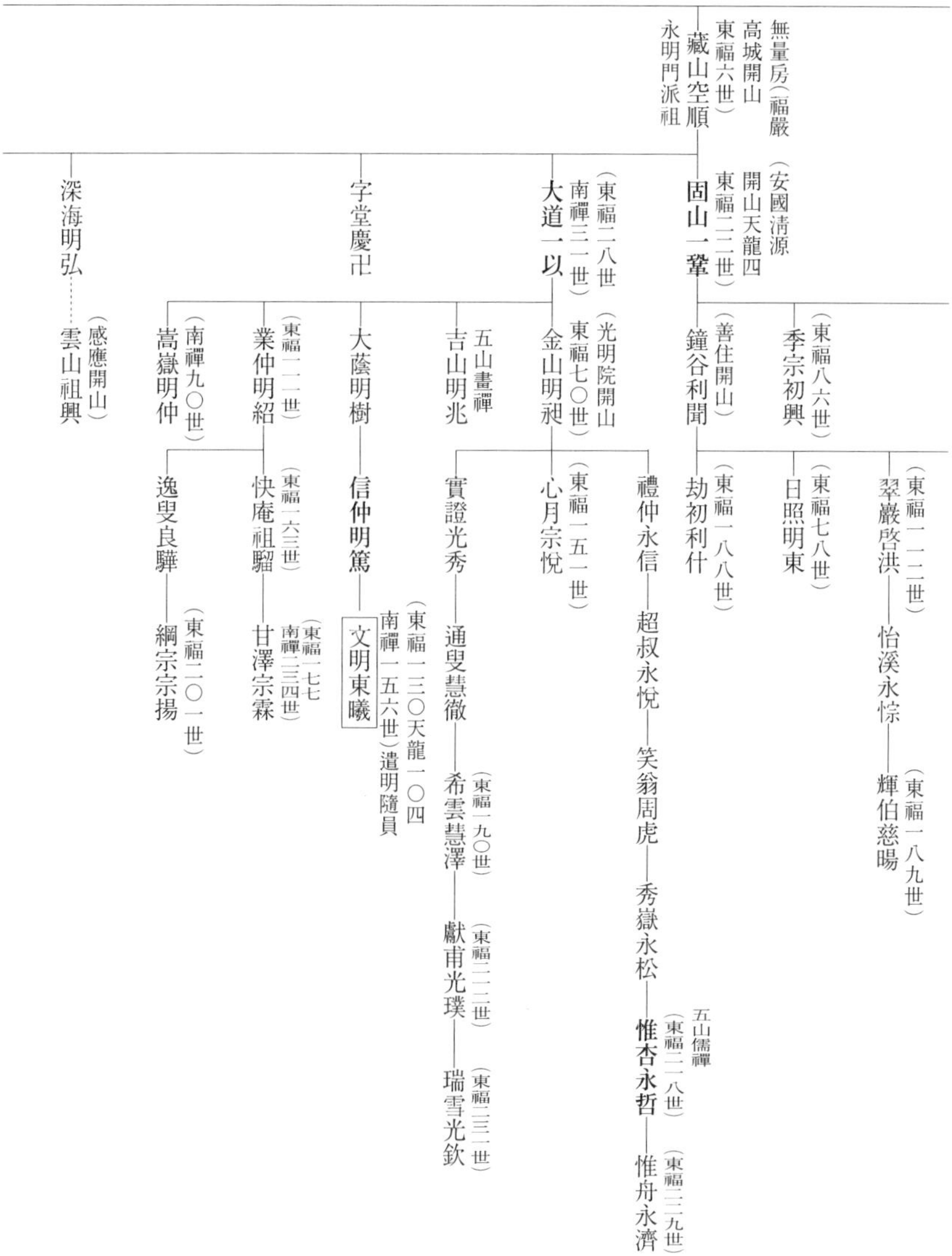
無量房（福嚴
高城開山
東福六世）
藏山空順
永明門派祖
（安國清源
開山天龍四
東福二二世）
固山一鞏
（東福二八世
南禪三二世）
大道一以
字堂慶卍
深海明弘
（感應開山）
雲山祖興
（東福八六世）
季宗初興
（善住開山）
鐘谷利聞
（東福一一二世）
翠巖啓洪
怡溪永悰
（東福一八九世）
輝伯慈暘
（東福七八世）
日照明東
（東福一八八世）
劫初利什
（光明院開山
東福七〇世）
金山明昶
五山畫禪
吉山明兆
大蔭明樹
（東福一一一世）
業仲明紹
（南禪九〇世）
嵩嶽明仲
禮仲永信
超叔永悅
笑翁周虎
秀嶽永松
五山儒禪
（東福二一八世）
惟杏永哲
（東福二二九世）
惟舟永濟
（東福一五一世）
心月宗悅
實證光秀
通叟慧徹
（東福一九〇世）
希雲慧澤
（東福二二一世）
獻甫光璞
（東福二三一世）
瑞雪光欽
信仲明篤
（東福一三〇天龍一〇四
南禪一五六世）遣明隨員
文明東曦
（東福一六三世）
快庵祖騮
（東福一七七
南禪二三四世）
甘澤宗霖
逸叟良騂
（東福二〇一世）
綱宗宗揚

正智房
（萬壽盛光院開山 東福十世）
直翁智侃
盛光門派祖
（平等開山）
息庵知止
星山至道
（南禪八五東福七四世）
悦雲宏怡
高明法揚
（寶陀開山）
悟庵智徹
貴庵從尊
（東福九八世）
密巖光堅
（妙觀開山）
不肯正受
（勝光開山）
大機智碩
（實際開山）
自聞正聰
豐山正義
（東福八八世）
中瑩豐璵
入圓房
（東福一四世）
天桂宗昊
大雄門派祖
一峰通玄
元亨通泉
（崇壽崇觀延福廣福開山壽福八圓覺一一建長二〇東福一一世）
南山士雲
莊嚴門派祖
（大光海會成願開山建長三三圓覺二五南禪二〇東福一七世）
乾峰士曇
瑞峰士麟
（東福五五世）
韶陽長遠
（東福九五世）
一中大麟
大有康甫
（東福五七世）
寰中長齡
石窗長珉
傳宗長派
（東福一四七世）
勝剛長柔
竹心周鼎
（東福二一四世）
月岑長玉
（大光開山）
嶽翁長甫
（圓覺七六建長一〇〇世）
建宗長會
（圓覺一〇〇建長一二五世）
華宗心棨
（圓覺一一二世）
東白長旭
（圓覺一三八世）
收甫長全
（圓覺一二五世）
中明心正
（圓覺一三三世）
東巖守旭
（圓覺一二六世）
大敍士倫
遣明正使
殊山文珪
（東福二三三世）
越溪禮格

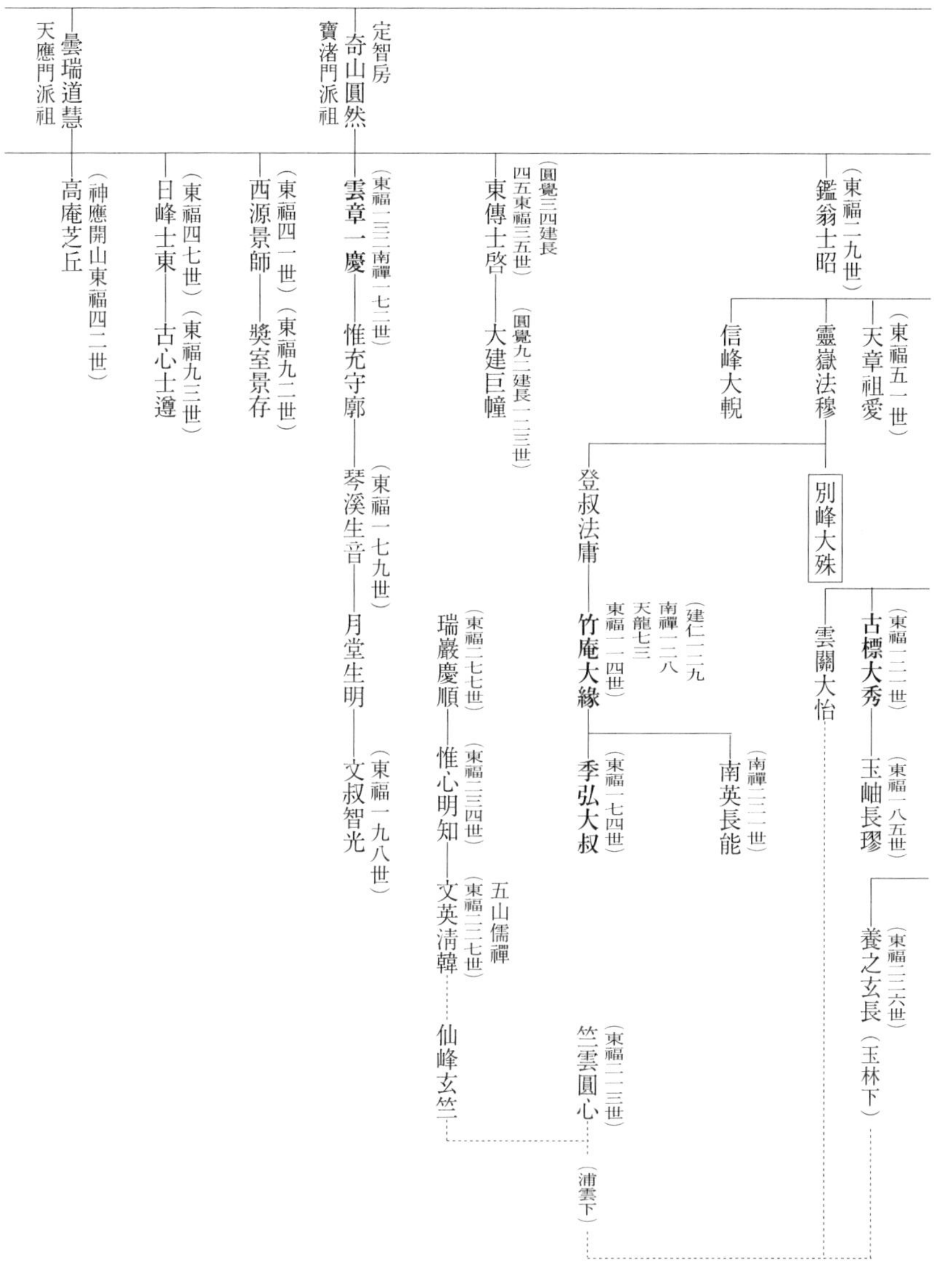
鑑翁士昭（東福一九世）
天章祖愛（東福五一世）
靈嶽法穆
信峰大輗
別峰大殊
古標大秀（東福一二一世）
玉岫長璆（東福一八五世）
養之玄長（東福二二六世）（玉林下）
雲關大怡
登叔法庸
竹庵大縁（建仁一一九 南禪一二八 天龍七三 東福一一四世）
南英長能（南禪二二一世）
季弘大叔（東福一七四世）
竺雲圓心（東福一一三世）
（浦雲下）
東傳士啓（圓覺三四建長四五東福三五世）
大建巨幢（圓覺九二建長一二三世）
瑞巖慶順（東福二七七世）
惟心明知（東福二三四世）
文英清韓（東福二二七世）
五山儒禪
仙峰玄竺
定智房
奇山圓然
寶渚門派祖
雲章一慶（東福一三一南禪一七二世）
惟充守廓
琴溪生音（東福一七九世）
月堂生明
文叔智光（東福一九八世）
西源景師（東福四一世）
奘室景存（東福九二世）
日峰士東（東福四七世）
古心士遵（東福九三世）
曇瑞道慧
天應門派祖
高庵芝丘（神應開山東福四二世）

- 友山士偲（東福三三世）
- 正堂士顯（善應開山）
  - 南宗士網（天龍二七東福五六世）―湖心士鏡（東福一二四世）
  - 雲心善洞（東福一〇一世）
- 龍巖士呈（建長一四一世）
- 濟翁景樹―春溪景芳（圓覺一一五世）
- 卍庵士顏（東福二六世）―龍門長原

- 鐵牛圓心（福泉開山）大幢派祖―義堂知信（大幢庵開山 東福三八世）―笑巖知忻（東福五二世）
- 神子榮尊（淨滿開山）大同派祖―徹叟道英―巖窗仍海―在山素璿（東福四九世）―大器□□―省伯令慧（東福二〇六世）
- 潛溪處謙（東福一三世）本成門派祖
  - 夢巖祖應（東福四〇世）―少室通量（普門五五 東福六三世）―存耕祖默（南禪一八六 東福一三四世）―太祖契觀―竹院妙淇（東福一六九世）
  - 桂巖子昌―日東祖旭（南禪五九 東福六一世）―大暉祖璨（東福一〇〇世）
- □□濟遍

- 龍谷廣雲
  - 哲巖祖濬（南禪五四 東福五八世）
    - 華嶽建冑（南禪一九三 東福一四二世）
    - 伯順祖恭（東福九七世）
- 大用子興（普濟開山）
- 白雲慧曉（永福開山 東福四世）道願房 栗棘門派祖
  - □□順蓮（今枝説：玉田祖璿）
    - 千巖友俊
      - 和翁令春
        - 琴江令薫（東福一二九世）
          - 文溪元作（東福一六〇世）
            - 汝南慧徹（東福一八三世）
              - 太虚祥廓（東福二〇四世）
          - 文伯元郁（東福一七二世）
  - 枯山慧海
    - 雪舟嘉猷（東福三一世）
      - 巨川等濟
        - 玄室維籌（東福一二六世）
  - 谷翁道空
    - 曇翁源僊
      - 心庵宗悟
        - 一桂祖芳（東福一三二世）
  - 竺山至源（嵩聖開山）
    - 全壁志蘭
      - 虎溪齊遠（東福一〇九世）
    - 秀峰尤奇
      - 南海聖珠
        - 金溪壽範（東福一一七世）
        - 徹叟珠得（東福一〇五世）
        - 直宗見剛（東福七三世）
  - 通叟至休（安國開山）
    - 華峰僧一
      - 東漸健易（南禪七三 東福六七世）
  - 虛室希白
    - 春山守元
      - 靈源性浚
        - 岐陽方秀（南禪九七 天龍六四 東福八〇世）
          - 象先會玄（東福一四四世）
            - 清巖正徹 五山歌人
          - 翺之慧鳳
          - 春江守潮
            - 自悅守懌（南禪二五九 東福一八四世）
              - 月汀守澄
                - 桂庵守廣 五山儒禪
                - 集雲守藤（東福二三三世）
              - 彭叔守仙 五山儒禪（東福二〇七世）
    - 桂林曇昌
  - 鑑仲眞遠（東福一二八世）

平等房（保福安養 開山東福九世）**癡兀大慧** 大慈門派祖

- 傑山寂雄—南明寂詢—心嶽通知
  - 起龍永春（東福一五五世）……圭叔龍玄（東福二三二世）……雄峰永俊（東福二三六世）
  - 笑隱善樟（東福二二〇世）
- 白牛寂聰—千巖寂大（南禪一六七天龍一二〇 東福一一三世）—惟宗德輔—大有德歡—載之德輿—大凝堅淳（東福二一〇世）
- 進翁寂先—大川通衍（東福八一世）
- 商林信佐（東福一七五世）
  - **湖月信鏡**（東福一九六世）
  - 白圭信玄（東福一九五世）
- 虚庵寂空（長福開山）
- 嶺翁寂雲
  - 大海寂弘
    - 伸伯僧蘭（南禪一〇五天龍七〇 東福一〇六世）
    - 大愚性智（南禪九二天龍 五七東福八九世）—大疑寶信—了庵桂悟（遣明正使中國育王一〇一 南禪一四一東福一七一世）—興甫智隆
  - 天外寂晴
    - 雲嶽圓岱（東福一二七世）
    - 岐峰慧周
      - 天順通祐—嚴伯通噩—**笑雲清三**
      - 笑嶽慧誾—孝仲光純—**一韓智翃**
    - 了堂慧安—義溪慧宣—常光周琛—雲叔周龍（東福一九四世）

自然居士

- 普門房（華報光雲 南禪開山 東福三世）
  - 無關玄悟（龍吟門派祖）
    - 道山玄晟（禪光開山）— 平田慈均（南禪二五 東福二四世）
      - 方田玄圭 — 景浦玄忻 — 桂庵玄樹（遣明隨員 建仁二四〇世）
        - 鄂渚玄棣 — 一翁玄心（五山文學の終焉）— ◇文之玄昌（五山儒禪）
        - 月渚英乘（遣明副使）
      - 靈叟玄承（南禪二七九世）— 英中玄賢（南禪二八〇世）
        - 青峰玄頤（南禪二九一世）— 仙山玄槃（南禪三一二世）— 椿洲玄昌（南禪三一六世）
        - 西巖玄竺（南禪二九二世）— 文禮玄豪（南禪三〇三世）
    - 釣叟玄江（弘誓開山）— 太朴玄素（圓應開山）— 大中玄任 — 笑翁會譚（東福九九世）— 範翁濟準（東福一四〇世）
    - 玉山玄提（大慈開山）— 剛中玄柔（東福五四世）— 季亭玄嚴（東福一三七世）
    - 靈虎玄生 — 要翁玄綱（長興海藏開山）— 菊莊有恆（東福五九世）
    - 直山玄侃（東福一六世）— 明室玄亮 — 太虛玄沖（東福七七世）— 南國玄紀（東福一二五世）— 天覺宗綱（東福一六一世）— **熙春龍喜**（東福二一四世）— 友月龍珊（東福二二五世）
    - 萬江守一（安國開山）
    - 明叟玄倫 — 徹堂玄薰（東福三九世）— 明叔玄晴（普門六八 東福九一世）
  - 雙峰宗源（崇聖萬福 大聖開山 南禪七 東福一二世）— 洞天源深（東福三三世）— **與可心交**（東福一二二世）

桂昌門派祖
- 定山祖禪（南禪二三三　東福二七世）—益翁祥學（東福八三世）
- 古源邵元（東福二五世）—南源昌詵（東福七一世）
- 南叟源康—松嶽祥秀（東福六四世）
- 五山儒禪　大方源用（東福五〇世）—景南英文（南禪一三一世）
  - —廷麟英瑞（南禪二四二世）
  - —膺選超榮（東福一五四世）—竺峰慧心（東福一九二世）
- 石門源聰（福園開山）

無爲昭元　東光門派祖（三聖二承　天八圓覺九　東福七世）
- 鐵牛景印（觀念開山）—瑞巖義麟（東福四六世）
- 大陽義冲（長興開山北禪　中興南禪二二　東福一九世）—振巖芝玉（東福五三世）—字山義篆—大翁禮圓（南禪一二七世）—平川禮浚（東福一四五世）—愚極禮才（五山書畫禪　南禪一四五東福一四九世）
- 無德至孝（南禪二八東福二三世）—可盧祖然—大素方中—惟精見進（南禪二一一　東福一六八世）—香仲見橘（東福二〇八世）

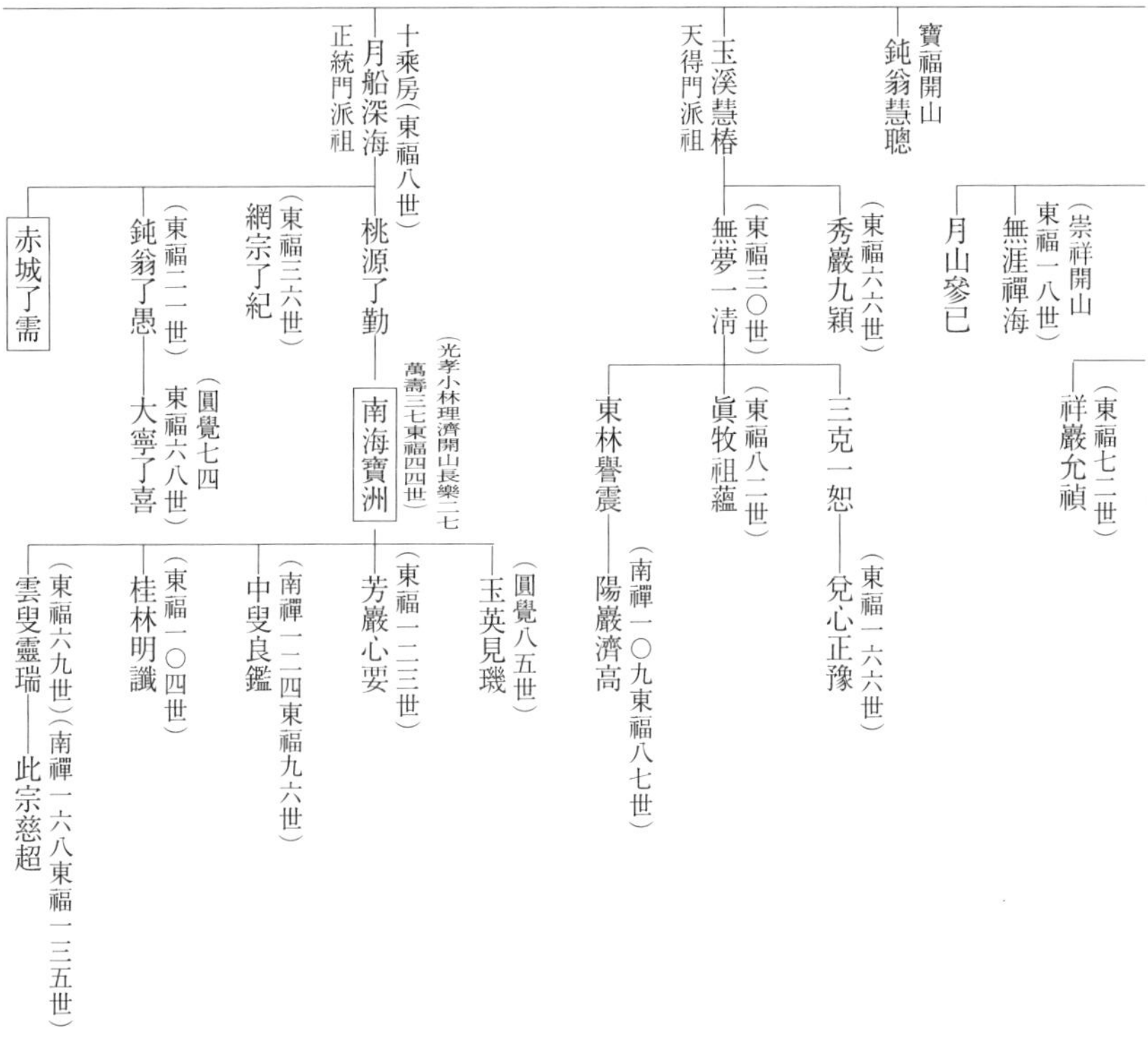
寶福開山
鈍翁慧聰
（崇祥開山
東福一八世）
無涯禪海
月山參巳
祥巖允禎（東福七二世）
玉溪慧椿
天得門派祖
秀巖九穎（東福六六世）
無夢一清（東福三〇世）
三克一恕
兌心正豫（東福一六六世）
眞牧祖蘊（東福八一世）
東林譽震
陽巖濟高（南禪一〇九東福八七世）
十乘房（東福八世）
月船深海
正統門派祖
桃源了勤
南海寶洲
（光孝小林理濟開山長樂二七
萬壽三七東福四四世）
網宗了紀（東福三六世）
鈍翁了愚（東福二一世）
大寧了喜
（圓覺七四
東福六八世）
赤城了需
玉英見璣（圓覺八五世）
芳巖心要（東福一二三世）
中叟良鑑（南禪一二四東福九六世）
桂林明識（東福一〇四世）
雲叟靈瑞（東福六九世）
此宗慈超（南禪一六八東福一三五世）

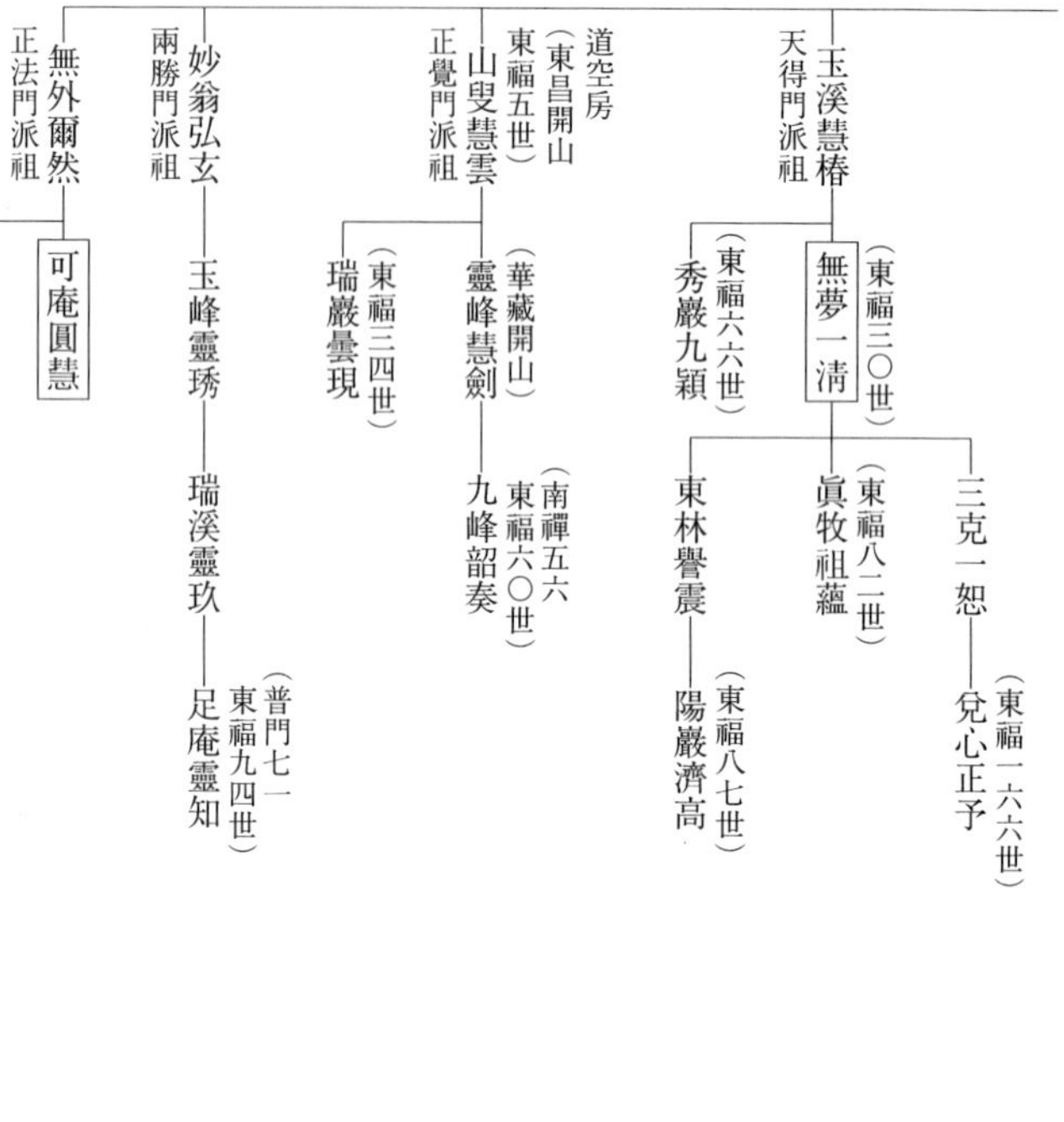
玉溪慧椿
天得門派祖
無夢一清
（東福三〇世）
秀巖九穎
（東福六六世）
三克一恕
兌心正予
（東福一六六世）
眞牧祖蘊
（東福八二世）
東林譽震
陽巖濟高
（東福八七世）
山叟慧雲
道空房
（東昌開山
東福五世）
正覺門派祖
靈峰慧劍
（華藏開山）
九峰韶奏
（南禪五六
東福六〇世）
瑞巖曇現
（東福三四世）
妙翁弘玄
兩勝門派祖
玉峰靈琇
瑞溪靈玖
足庵靈知
（普門七一
東福九四世）
無外爾然
正法門派祖
可庵圓慧
一峰明一
（正法院開山
東福二〇世）
直心是一
東陽珠堅
（東福一〇三世）
玉浦珠珍
（東福一七六世）
太山一元
象初仲爻
（東福一四六世）

を見ると聖一派の特徴が分かる。郁芳門院の追薦道場であった六條御堂を萬壽禪寺（のち京都五山第五となった）に開き直した十地覺空は淨土教から圓爾の門下に轉移したものであった。これそこ圓爾の「盛唱禪宗」の效果である。また聖一派の詩僧らは多量の優れた五山文學作品を殘している。そして、もう一つの特徴はこの教團が東福寺を本據地として活動し、作品としては文學より儒學の方を中心としていたことである。

以上は、東福圓爾が築いた五山文學を支えた巨大な聖一派禪宗教團であり、これは無論空間的にも時間的にも、日本の五山禪林においては稀な壯觀である。今枝氏の統計によると、聖一派は東福寺及び諸塔頭を本據地として保有しながら、そのほかにも勢力の場は全國に及び、「十刹十ヵ寺、諸山五十數ヵ寺を擁し」ていた。[34]そしてさらに言えば、やがて五山文學の幕を閉じたものも、圓爾の十代目法孫の文之玄昌であった。

最後に、同じ兼修禪を移植した榮西の法孫に當る圓爾の後輩ではあるが、眞言密教出身の無本覺心（承元元年～永仁六年／一二〇七～九八）は入宋してから法燈派を結成して、日本禪宗を誕生させるために大いに貢獻した。師蠻の「紀州鷲峰山興國寺沙門覺心傳」によると、釋覺心、號は無本、房號は心地房、信州神林縣の人で、その傳はつぎのようである。[35]

年十五投神宮寺讀佛書、略知大意、十九落髮披緇、適和州東大寺、禮忠覺律師登壇進具。乃上高野山、學密印於傳法院覺佛、習祕軌於正智院道範。因謁金剛三昧院行勇禪師、問教外之旨、易衣服侍。又稟金剛乘於三輪蓮道。受菩薩戒於深草道元。延應己亥（一二三九）勇公遷相之龜峰、心隨司紀綱。寶治丁未（一二四七）、春抵上野長樂寺。通法姪之好、參圓朝公。今茲秋朝公寂。又歸壽福、謁藏叟譽公。明年秋入京參勝林天祐順公、順者入宋傳法之僧、爲之箴割、從此有南詢之志。辭屆東福聖一國師、國師勸之曰、公參無準、必有所悟、爲修書通謁。

と記述している。無本覺心は建長元年（一二四九）圓爾の紹介で覺儀・觀明らを伴って入宋し、癡絕（中國五山第一徑山三十五世）・荊叟（中國五山第二靈隱四十世）・無門（諸山の報國・天寧・焦山・保寧などを歴任した）等の諸師の門に參じた。のち無門慧開の法を嗣ぎ、その後の傳は「甲寅（一二五四）春告歸。眼（無門慧開）付『月林和尚語』、『對御錄』、『無門關』等」と記載している。

かくて覺心は、建長六年（一二五四）に太宰府に到着した。のち紀伊十刹興國寺・但馬諸山安國寺・攝津諸山寶滿寺・山城十刹妙光寺などの開山となった。歸國後の四十四年間については、つぎのように述べている。

承佛眼之印、歸而播化畿內。非翅受寵遇於王公。又俾大廟皇神崇敬禪化。其靈驗奇跡皆是自禪定而得。

「問教問禪」といわれたこの法燈禪師（覺心）は歸國してから以後、無門慧開の禪を畿內から地方へと播化することに力を盡くしながら、禪を説くことによって「王公」らの「寵遇」を得、禪宗を日本に定着するよう大いに貢獻した。

永仁六年（一二九八）十月十三日、九十二歳を以て寂した。龜山上皇は法燈禪師を敕諡し、のち後醍醐天皇は「乃迎宮供養、歎曰、先帝二代面晤對譚、深生信挹。朕今對眞如逢生身。可謂三代有緣之師也」と稱贊し、重ねて法燈圓明國師の號を賜った。

無本覺心の著書には『法燈法語』『坐禪儀』『遺芳錄』などがあった。彼が築いた法燈派は五山派の第三流となり、彼らは紀伊十刹興國寺を本據地にして、鎌倉五山第一建長寺・京都五山第一天龍寺・京都五山第三建仁寺・京都五山第五萬壽寺・京都五山之上南禪寺などに出住しながら、その他は山城十刹妙光寺・出雲諸山雲樹寺（開山孤峰覺明）・美濃諸山正法寺（開山嫩桂正榮）・紀伊諸山能仁寺（開山孤峰覺明）・出雲諸山圓成寺（開山孤峰覺明）・備後諸山常興寺（開山無伴智洞）・紀伊諸山誓度寺（開山溪雲至一）・出羽十刹勝因寺（開山溪雲至一）・備後諸山善昌寺（開山辯翁智訥）・加賀十刹傳燈寺（開山恭翁運良）・越中十刹興化寺（開山恭翁運良）など十刹・諸山へその勢力を伸ばすに至った。その法系圖（玉村竹二『五山禪林宗派圖』を參考して作成したものである）はつぎの如し。

**【法燈派】**（のち五山派の三十四流派の第三流派となる）(19)

- 無門慧開（楊岐派東山下）
  - 〔無本覺心〕（興國安國寶滿妙光開山）
    - 孤峰覺明（能仁興聖圓成開山）孤峰派祖
      - 拔隊得勝
        - 俊翁令山
      - 〔簡中元要〕
      - 慈雲妙意
      - 南州聖珍（建仁九五世）
      - 聖徒明麟（南禪八三 建仁七七世）
        - **子晉明魏** 五山儒家
        - 伯巖殊楞（南禪一四七世）
          - **利涉守溱**（南禪二二四世）
      - 〔範堂令儀〕
      - 〔古劍智訥〕
        - 台巖能秀（建仁一一五世）
    - 無住思賢
    - 無伴智洞（常興開山）
    - 溪雲至一（誓度勝因開山）
    - 東海竺源
      - 無傳普傳
        - 遠芳一大（建仁八四世）
      - 在庵普在（建長四八 建仁四八 天龍一二 南禪三六世）
        - **天麟普岸**
        - 日巖一光（建仁八二世）
          - **九鼎竺重**
            - 了堂慈穩（建仁三五四世）
              - 天章慈英（建仁三五七世）（一八七一寂）
            - 全室慈保（建仁三四八世）……
      - 仲立一鷗（南禪六七世）
    - 辯翁智訥（善昌開山）

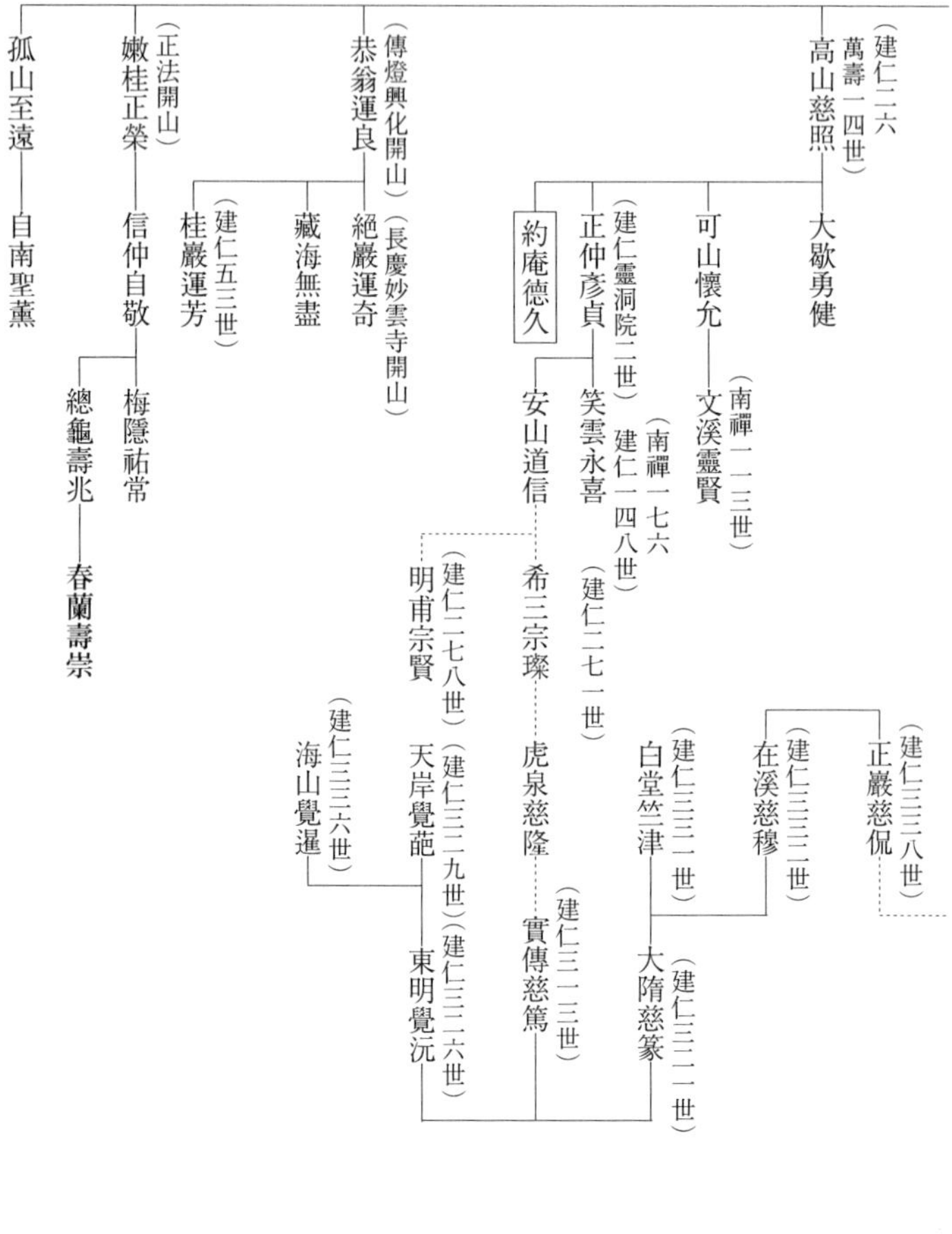
高山慈照（建仁二二六 萬壽一四世）
大歇勇健
可山懷允
文溪靈賢（南禪一一三世）
正仲彦貞（建仁靈洞院二世）
笑雲永喜（南禪一七六 建仁一四八世）
約庵德久
安山道信
希三宗璨（建仁二七一世）
明甫宗賢（建仁二七八世）
虎泉慈隆
實傳慈篤（建仁三一三世）
正巖慈侃（建仁三三八世）
在溪慈穆（建仁三三一世）
白堂竺津（建仁三三二世）
大隋慈篆（建仁三二一世）
天岸覺葩（建仁三二九世）
海山覺暹（建仁三三六世）
東明覺沅（建仁三二六世）
恭翁運良（傳燈興化開山）
絕巖運奇（長慶妙雲寺開山）
藏海無盡
桂巖運芳（建仁五三世）
嫩桂正榮（正法開山）
信仲自敬
梅隱祐常
總龜壽兆
春蘭壽崇
孤山至遠
自南聖薫

以上は法燈派の法系である。このように、日本に移植された禪宗は表面から見れば殆ど兼修禪なので、從來の舊佛教との習會によって、公・武家社會に迎えられた。だからこそ、明庵榮西・東福圓爾・無本覺心ら三人とも大きな教團を作り上げたのである。無論、これは鎌倉初期における禪宗受容時代のニーズである。しかしながら、以上の檢證によって、明庵榮西・東福圓爾・無本覺心ら三人とも、今枝氏が言う「既成教團の補强のため」ではなく、彼らは時代の流れを正しく判斷した上で、兼修禪を日本に移植しながらも、南宋の禪宗の普及に力を盡くした上で五山文學にも大いに貢獻したことを原典史料の檢證によって明らかにした。

## 2　純粹禪の日本への移植の意義

これと同時代、南宋の純粹禪を日本に移植し、その禪風を純粹に保とうとしているものも稀ではなかった。ところが、これに對して公・武家社會はともに極めて消極的態度で抵抗したので、残念ながら彼らは純粹禪を普及することができず、やむなく隱逸生活を營んでいたので、その法脈も殆ど後世まで繼續しなかった。これは確かに時代の悲劇ではあったが、實は彼らの努力は次の時代に繫いでいる。そこで、今度はこの純粹禪を日本に移植しようとした留學詩僧らについて考察してみたい。

まず、天祐思順の行狀について、文獻を通して檢證する。師蠻の「洛東勝林寺沙門思順傳」は、次のように記述している。(36)

釋思順、號天祐。不詳姓譜。初學臺教、三觀十乘咸罄其蘊。寄思禪法航海入宋。歷諸老。及見北磵簡禪師（大慧派三世敬叟居簡、一一六四～一二四六、中國五山第四淨慈寺三十七世）、命居侍局、坐臥著精而有所得、既承印記。一日告辭。簡公贈偈曰。在宋一十三載歸朝。就洛東草河椒勝林寺、唱大慧之禪。都下嚮風者多。法燈初參順、順示二偈以警策。順又善和歌、多詠宗乘。晩年閉門、謝絶人事、以無侍者、不記其終矣。

以上は思順傳（その中の三首詩偈百六十八字を除く）百三十一字の全内容であるが、この記錄によれば、彼は、大慧派の名僧・五山の重鎭敬叟居簡の門に投じ、その法を嗣ぎ、師の下で十三年間修業して、歸國してから勝林寺を開いた。大慧の純粹禪を唱え、崇拜者が多く、法燈國師までその門を叩いたというが、晩年に至り、侍者もなく、その終焉を記錄するものもいなかった、と言う。その原因は、彼が唱えた純粹の大慧禪は、たとえ「都下嚮風者多」であっても、當時の公・武家社會はこれを認めていなかったからである。その流派は、日本禪宗流派の五十九流派では第六流、四十六流派では第四流になっている。(19)

つぎ、性才法心については、師蠻の「奥州圓福寺沙門法心傳」に以下のごとく言う、(37)

釋法心、字性才。年過壯齒、厭世出家、不知文字、單要明個事。聞宋地禪宗之盛、卽附商舶、抵臨安府。直登徑山、謁佛鑑禪師（破庵派二世無準師範、一一七八～一二四九、中國五山第一徑山萬壽寺三十四世）、求開示。鑑於圓相中書一丁字示之。心留席下、寅夕參究、至寢食忘骨臀爛、志氣不撓。四威儀中觀丁字現、心復不爲眞、如是者九年、遂得悟處、鑑印證焉。辭歸本國、就奥州松島、開圓福寺（のち十刹となった）、唱佛鑑禪。……世言法心俗名平四郎。……郡守大喜、乃建圓福寺、請心爲開山始祖、恭敬日渥。東關禪客靡風集會、心說偈示衆曰、遠上徑山分風月、歸來開圓福道場、透得法心無一物、元是眞壁平四郎。是復一說也。載以垂世矣。

以上は性才法心の最も詳細な行狀である。彼が圓福寺の開山始祖になって以後、「東關禪客」らが「靡風集會」しても、その移植しようとしている純粹の佛鑑禪を當時の公・武家社會は理解できなかったので、さほどの影響を及ぼさないままにその法系は消滅してしまった。その流派は、日本禪宗流派の五十九流派では第九流に、四十六流派では第七流になっている。(19)

また、妙見道祐については、やはり師蠻の「洛北妙見堂沙門道祐傳」に以下のごとく言う(38)、

釋道祐、不詳其氏族。筑前州博多人。嘉禎年中（一二三五～三七）泛海入宋。徧謁諸善知識、後依佛鑑禪師研幾參訊。一日入室、鑑問曰、日本國裏有禪也無。祐應聲曰、大唐國裏亦無。鑑深肯之。從此一衆矚目。淳祐乙巳（一二四五）夏告辭。寫鑑頂相需讚、鑑乃題曰、從來震旦本無禪、少室單傳亦妄傳、卻被道祐等閑覷破、便知老僧鼻孔不在口邊。漫把虛空强描邈、好兒終不使爺錢。祐歸朝隱逸乎洛北妙見堂。不與世接。建長八年（一二五六）二月五日寂於東福延壽堂。有遺偈曰、五十六年無伎倆、不問諸祖與諸佛。今日今時告行來、日日日從東畔出。

これは道祐傳のすべてであり、且つ最も詳細な傳記である。道祐の約十年間中國で修業をしてきた佛鑑の純粋禪を日本に移植したいという願望は、兼修禪の汪溢する當時の日本の現實に對應することができなかったので、やむなく洛北の妙見堂に隱遁しながら、佛鑑の純粋禪を保ち續け、その法系は五代目まで繼續することが出來た。その流派は、日本禪宗流派の五十九流では第十流、四十六流派では第八流であった(19)。道祐の法系は次のようである。

無準師範→［妙見道祐］—［悟空敬念］—東巖慧安（正傳・聖海開山）—法位圓性—在庵圓有（福海開山）

道祐派の三代目である東巖慧安の法嗣については、從來の說では兀庵の法嗣となっていたが、筆者は師蠻の考證に從い(39)、道祐派の二代目である悟空敬念の法嗣としたい。道祐派の構成員の行狀で最も詳細的なものは三代目の東巖慧安の行狀である。同じく師蠻の「洛北正傳寺沙門慧安傳」によると(40)以下のごとく言う、

文永五年（一二六八）靜成法師崇其德望、於洛之今出河建正傳寺、敦請住持、四衆蝟聚。未幾台徒欲剽掠於寺。安乃拂衣東行、訪大休念公於壽福、念公下榻待遇。奧州太守平泰盛剏聖海寺請之。住職數稘、大接玄徒。

この記錄によれば、蘭溪道隆が來日して二十二年後の文永五年になっても、なお天台僧の必死の抵抗によって、京都で純粹禪を普及することは到底無理あったらしい。一方、奥州では東巖慧安の普及によって、却って純粹禪が盛んになった。だとすると、なんとか純粹禪を日本に移植しようとするものは、細々ながらも純粹禪を保ち續けるために隱遁を餘儀なくされ、時期が來るまでその力を蓄えているほかはなかったわけである。

蘭溪道隆が來日して九年後、樵谷惟僊は宋に入り、松源派三世虛堂智愚（一一八五～一二六九、中國五山第一徑山萬壽寺四十世）、大慧派四世偃溪廣聞（一一八九～一二六三、中國五山第一徑山萬壽寺三十七世）・物初大觀（一二〇一～六八、中國五山第五阿育王山廣利寺四十四世）・介石智朋（?～一二六二?、中國五山第四淨慈報恩光孝寺四十三世）、曹源派三世簡翁居敬（中國五山第三天童景德寺四十二世）等、當時南宋禪門における一流の大物禪師に就いて禪を受けた上で、破庵派二世無準師範の法嗣別山祖智（一二〇〇～六〇、中國五山第三天童景德寺四十世）に參じてその法を嗣いだ。師蠻の「信州安樂寺沙門惟僊傳」には、[41]「僊歸國後、不求聞達、隱逸信州、開安樂寺。不蹈紅塵四十餘載、而湖海包笠、憧憧旁午」という記錄がある。要するに、純粹禪を日本に移植するために、日本に持ち歸ったものの、これを保とうとすることさえ困難であったから、やむなく皆隱遁の方法でなんとか純粹禪を維持していくことに工夫を重ねたのである。惟僊の場合、中央から遠く離れた信州に修業の場である安樂寺を開き、南宋の純粹禪を地方で四十年間維持してきて、その結果、辛うじてその信仰者が絶えずにいたのである。その流派は日本禪宗流派の五十九流派では第十五流、四十六流派では第十三流であり、五山派中第九流でもあった。[19]

最後、桂堂瓊林について、やはり文獻を通してその經歷を檢證する。師蠻の「洛東勝林寺沙門瓊林傳」によると[42]以下の如く言う、

釋瓊林。文永年中（一二六四～七四）入宋、參徑山虛舟度和尙（虛舟普度、一一九九～一二八〇、中國五山第一徑山萬

壽寺四十二世）。舟付傳法偈併衣。歸居草河、韜晦不出、高尙天祐順公之風。嘉元年中（一三〇三～〇五）、虛舟和尙語錄付商舶至。林募緣壽梓、爲之序曰、「瓊林昔年絁海遊宋、往來吳越、多侍先師於武林湖山間、每聞火爐頭話、間擧平昔提唱、以其未許學者流通、紙襖所錄。才竺峰冷泉兩會語耳。別德三十年、不見大篇全章、爲恨痛切。不意忽獲八會全錄。喜不自勝、卷不釋手。觀其語句、詞氣簡古、幾鋒脫略、如侍座隅親聞激勵。眞末法光明幢也。然深恐此書湮沒、則非爲人後者職。故命工鋟梓、垂之無窮。儻閱此而知有松源師的傳之旨、則孰謂無補於宗門哉」

林後構見山庵而終。

以上は桂堂瓊林の傳であるが、虛舟普度の語錄の序文を除けば、全部で七十一文字しか書かれていない。前述の思順の短い傳よりもさらに六十字も少なめになった理由は、思うに、瓊林が移植しようとした純粹の虛舟禪が當時の日本の公・武家社會には理解できなかったからである。しかし瓊林は、日本で『虛舟和尙語錄』を刊行することによって、純粹の虛舟禪を日本で存續させることができると考えていたのであろう。師蠻はその贊の中で、これを次のように顯彰している。

寛元之間（一二四三～四六）、天祐順公入宋、傳北磵師之禪而歸。構勝林寺、懷藏利器、獨樂佛祖之道矣。過六十年、林公嗣虛舟和尙之法、復居此地、而不與世交、與順公名望相繼。余適看虛舟語錄、始知其名、因載其序、立爲傳焉。

師蠻でさえ、その『虛舟語錄』の序文を讀んでから、始めて瓊林の名を知ったのであり、それによって、瓊林の傳が立てられたのである。桂堂瓊林にとっては、蘭溪道隆が來日して六十年後、當時の公・武家社會では、純粹禪に對する理解が未だできない狀況にあったけれども、彼の盡力によって『虛舟和尙語錄』が刊行されたことは、純粹禪を確實に後世に殘すこととなり、そのことは、當時の世情に順應した瓊林なりの移植方法であったこと疑う餘地はない。

當然ながら、『虛舟和尚語錄』の刊行が五山版の濫觴となり、瓊林は五山版の先驅者となった。このことは、留學詩僧らによって純粹禪が日本に移植される過程において、最も重要な意義を有していると思う。

上述したように、明庵榮西・東福圓爾・無本覺心らと違って、天祐思順・性才法心・妙見道祐・樵谷惟僊・桂堂瓊林らは、敢えて時代のニーズに相應しくない行動を取り、純粹禪を日本に移植しようとしていたわけだが、兼修禪的なものが日本の禪宗受容の主流を占めていた時代の中、彼らは隱遁の道を取りながらも、純粹禪を必死に保ち續け、そして、試行錯誤も繰り返しつつ樣々の方法で密やかに純粹禪を普及することに力を盡くしたのであった。このように、來日詩僧らによって純粹禪を日本に傳來しようとする氣運と、彼らの竝竝ならぬ努力との合流によって、やがて純粹禪は徐々に京都・鎌倉へとその勢力を伸張していく。なお、日本における禪宗傳來の位置づけについては、次節で詳細にそれを論述する。

（二）　日本における禪宗傳來の位置づけ――「傳來」の概念――

日本の外來文化攝取史上から見れば、鎌倉初期の留學詩僧らが移植した南宋の純粹禪に對して、當時の日本社會は非常に受動的であったことがわかる。しかし、兼修禪とは違う全く新しいこの純粹禪によってこそ、日本側の受容態度は能動的から受動的に變わったのである。そして、この純粹禪から強い刺激を受け、さらには、はじめ受動的に受け取っていた純粹禪をやがて日本化したことこそ、まさに五山文學の起源の要因の一つだったのである。

この純粹禪を傳來したのは來日詩僧であるが、この純粹禪を實質的に日本の風土に移植したのは、さきに言ったような留學詩僧らである。しかし最初、公家や武家社會はこれを受け入れなかったので、これらの日本禪僧は純粹禪を移植しながらも、なんとかこの純粹の禪風を保つことだけは完遂しようとし、兼修禪と一線を劃して隱逸生活を營んだが、皮肉にもこのために、彼らの法脈を永續させることが困難な狀況を呈してきた。

こうした狀況の中で、建長年間（一二四九～五五）以後は、逆に南宋へ留學する日本の留學詩僧よりも却って來日する中國の詩僧のほうが多くなってきた。これについて、玉村氏は次のように述べている。(43)

結局日本は、禪宗の流入を受身になって、受け入れなければならなくなり、好むと好まざるとに拘らず、壓倒的な勢を以てする禪宗の流入をさばかねばならなくなった。こうして禪宗の傳來は、能動より受動に轉化したのである。

その中で、寬元四年（一二四六）、北條時賴の招請を受けて來日したのが蘭溪道隆（當時優位にあった破庵派に壓倒された松源派の三世であり、中國に安住できなかったのではないかという亡命說が從來からある。(44)最近、この亡命說に反對する說も出てきた）(45)である。これについて、今枝氏は次のように認識している。(46)

これまで專ら兼修禪によっていた鎌倉武士は、ここに初めて中國の純粹禪の眞價を見出し、進んで中國の禪僧を招請しようとしたので、こののち兀菴・大休・無學などの名僧が相次いで渡來し、鎌倉は宋朝禪の一大淵叢をなすに至ったのである。しかも、これらの人々は、いずれも中國屈指の名尊宿であったから、その感化力には絶大なものがあり、從って、その門下からは幾多の優れた禪傑を輩出したばかりでなく、時賴・時宗をはじめ武士の間にも多くの禪宗信奉者を育成することができたのである。

このようにして、來日詩僧らが傳來してきた純粹禪と留學詩僧らが移植してきた純粹禪とが合流して、ついにここに五山文學が芽生えてきたのである。

まず五山文學史第一期（濫觴期［一一九一～一三二八］）に來日した各流派の名尊宿はつぎのようである。

一二四六年來日したのは、松源派三代目の蘭溪道隆（日本で大覺派を創立し、その派は日本禪宗流派の五十九流派中第八流・四十六流派中第六流・二十四流派中第五流・五山派中第五流[19]となった）である。その傳は同じく師蠻の『本朝高僧傳』卷十九にある。[47]

一二六九年來日したのは、松源派四代目の大休正念（日本で佛源派を創立し、その派は五十九流派中十三流、四十六流派中十一流、二十四流派中第七流、五山派中第七流[19]となった）である。その傳は師蠻の『本朝高僧傳』卷二十一にある。[48]

一二六〇年來日したのは、破庵派三代目の兀庵普寧（日本で宗覺派を創立し、その派は五十九流派中十一流、四十六流派中第九流、二十四流派中第六流、五山派中第六流[19]となった）である。その傳は同じく師蠻の『本朝高僧傳』卷二十にある。[49]

一二七九年來日したのは、破庵派三代目の無學祖元（日本で佛光派を創立し、その派は五十九流派中十六流、四十六流派中十四流、二十四流派中第九流、五山派第十流[19]となった）である。その傳は師蠻の『本朝高僧傳』卷二十一にある。[50]また、この無學祖元と共に來日したのは、破庵派四代目の鏡堂覺圓（日本で大圓派を創立し、その派は五十九流派中二十流、四十六流派中十八流、二十四流派中十三流、五山派十四流[19]となった）である。その傳も同じく師蠻の『本朝高僧傳』卷二十二にある。[51]

一二九九年來日したのは、曹源派四代目の一山一寧（日本で、一山派を創立し、その派は五十九流派中十七流、四十六流派中十五流、二十四流派中第十流、五山派中十一流[19]となった）である。その傳も師蠻の『本朝高僧傳』卷二十三にある。[52]

一三〇八年來日したのは、曹源派四代目の東里弘會（一門派を形成するには至らなかったが、日本禪宗流派の五十九流派中二十九流、四十六流派中二十五流、五山派中二十一流に入っている。[19]ところが、二十四流派には入っていない）である。その傳も師蠻の『本朝高僧傳』卷二十三にある。[53]

一三〇九年來日したのは、曹洞宗十四代目の東明慧日である。彼は、來日してから、肥後で壽勝寺（諸山）を開き、そして鎌倉の十刹である禪興、五山である壽福・圓覺・建長に歷住し、曹洞の宗旨を宣揚した。日本曹洞宗の道元系の教團と違って、五山派の一派として一時の隆盛をみた曹洞宗宏智派を創立したのである。この派は五十九流派中二十三流、四十六流派中二十流、二十四流派中十五流、五山派中十七流に入っている。[19] のち圓覺寺に白雲菴を構えて隱棲の地となし、曆應三年（一三四〇）十月四日に寂した。その著『東明和尚語錄』は、當時の公・武家社會に大きな影響を與え、貞時は東明の下で禪を參じ、禪の奧義を悟ったと言われた。その會下からは二代目の別源圓旨（『南遊東歸集』）・不聞契聞（『不聞和尚語錄』）・東白圓曙・少林如春をはじめ、數多くの入元僧・入明僧を輩出し、中國通として日本の五山禪林で活躍している人が多く、そしてその三代目の玉岡如金（『洞裏春風集』）・五代目の文擧契選（『花上集』）・六代目の功甫洞丹（『釋門排韻』）・驢雪鷹灞（『驢雪集』）・七代目の元方正楞（『越雪集』）らは五山文學の大家として大いに詩壇に貢獻した。さらに、東明慧日は曹洞宗という宗派の枠を超えて、臨濟宗の來日詩僧である一山一寧・清拙正澄・明極楚俊・竺仙梵仙らとも親交があり、のち日本大慧派を創立した中巖圓月も東明の門下生の一人となった。その傳も師蠻の『本朝高僧傳』巻二十六にある。[54]

一三一九年來日したのは、破庵派四代目の靈山道隱（日本で靈山派を創立し、その派は五十九流派中二十二流、四十六流派中十九流、二十四流派中十四流、五山派中十六流[19]となった）である。その傳も師蠻の『本朝高僧傳』巻二十四にある。[55]

一三二六年來日したのは、破庵派四代目の清拙正澄（日本で大鑑派を創立し、その派は五十九流派中二十四流、四十六流派中二十一流、二十四流派中十六流、五山派中十八流[19]となった）である。その傳も師蠻の『本朝高僧傳』巻二十五にある。[56]

ついで五山文學史第二期（隆盛期［一三二七〜一四二五］）に來日した各流派の名尊宿はつぎのようである。

一三二九年來日したのは、松源派五代目の明極楚俊（日本で焰慧派を創立し、その派は五十九流派中三十一流、四十六流派中二十七流、二十四流派中十七流、五山派第二十三流[19]となった）である。その傳も師蠻の『本朝高僧傳』巻二十四にある。[57]

また、この明極楚俊と共に來日したのは、金剛幢派二代目の竺僊梵僊（日本で楞伽派を創立し、その派は五十九流派中三十三流、四十六流派中二十九流、二十四流派中十九流、五山派中二十四流[19]となった）である。その傳も師蠻の『本朝高僧傳』巻二十七にある。[58]

一三五一年來日したのは、曹洞宗十五代目の東陵永璵（一門派を形成するには至らなかったが、日本禪宗流派の五十九流派中五十六流、四十六流派中四十四流、二十四流派中二十四流、五山派第三十五流[19]となった）である。その傳も師蠻の『本朝高僧傳』巻三十にある。[59]

このように、幕府の一時的、集中的招聘によって、中國禪林の名尊宿らが純粹禪を日本に傳來したことは、日本佛教史上においても空前絶後の偉觀である。ところで、このような偉觀を呈するに至った最も重要な原因を追究するならば、留學詩僧らが懸命に南宋の純粹禪を日本に移植したこともさることながら、それ以上に、新政權を擔當する鎌倉武家の上層部が、新しい時代に相應しい精神、言いかえれば今までの日本の社會を支えてきた精神と違うものを南宋の純粹禪に求めはじめたからである。鷲尾順敬は『鎌倉武士と禪』という名著で、次のように述べている。[60]

日本の勤王報國という思想は、大に由來がありますが、南宋の學問宗教が皆勤王報國を説いたもので、鎌倉時代以後南宋の學問宗教の流傳に依って、獨特の發達した思想となったものであります。

その結果、これらの來日詩僧が、日本に定住しながら、身につけた純粹禪を公家・武家社會に浸透させると同時に、各自の流派を確立させ、彼等が育ててきた門弟らの努力によって、日本の禪宗が形成され、その上に五山文學の礎が築かれ、ついに五山文學の隆盛がもたらされたのである。

注

（1）『帝國文學』第五巻七、八、九、十二號（一八九九）に連載した北村澤吉氏の論文によって定義されたものである。

（2）上村觀光『五山文學小史』（裳華房、一九〇五）によって體系化したものである。
（3）イギリスのエリク・J・シャープ『比較宗教學史』華譯本、二頁（呂大吉・何光滬・徐大建譯、上海人民出版社、一九八八）。
（4）玉村竹二『五山文學』二九頁を參照。
（5）『禪とその歷史』（叢書　禪と日本文化⑩、ぺりかん社、一九九九）三六七頁。
（6）石川力山「禪宗の成立と日本傳來」（石川力山『禪宗小事典』）三三頁。
（7）榮西『興禪護國論』巻上、「世人決疑門」第三を參照。
（8）『禪の歷史――日本――』一一頁を參照（『講座　禪』第四巻、筑摩書房、一九六七）。
（9）注（4）に同じ。
（10）今枝愛眞『禪宗の歷史』七頁を參照。
（11）玉村氏は「禪宗の日本への傳來」という節で、論點を奝然・覺阿・能忍・榮西に絞り（『五山文學』二九頁）、今枝氏は「宋朝禪の流入」という節で、論點を奝然・覺阿に絞っている（『禪宗の歷史』八頁）。このように兩氏の論點は違うが、宋朝禪宗を日本に初めて傳來させたのは奝然であるという認識は一致している。
（12）虎關師練『元亨釋書』巻第十六を參照（新訂增補國史大系三一『元亨釋書』二三五頁）。
（13）注（4）に同じ。
（14）注（10）に同じ、八頁を參照。
（15）注（12）に同じ、巻第十六、二三五頁を參照。
（16）注（12）に同じ、巻第十六、二三六頁を參照。
（17）『卍續大日本續藏經』二編乙一〇ノ一、二『嘉泰普燈錄』巻二十「覺阿上人」、或いは『卍續大日本續藏經』二編乙一一ノ四『五燈會元』巻二十「覺阿上人」を參照。
（18）注（12）に同じ、巻第六、一〇〇頁を參照。
（19）中國禪宗の宗派略圖及び日本への傳法圖・日本の禪宗流派圖（玉村竹二『五山禪林宗派圖』を參考して作成したものであ

る）を掲げておく。

凡例、①四十六流順位。②二十四流順位。③五山派順位。**來日詩僧**　留學詩僧　→留學詩僧法嗣。

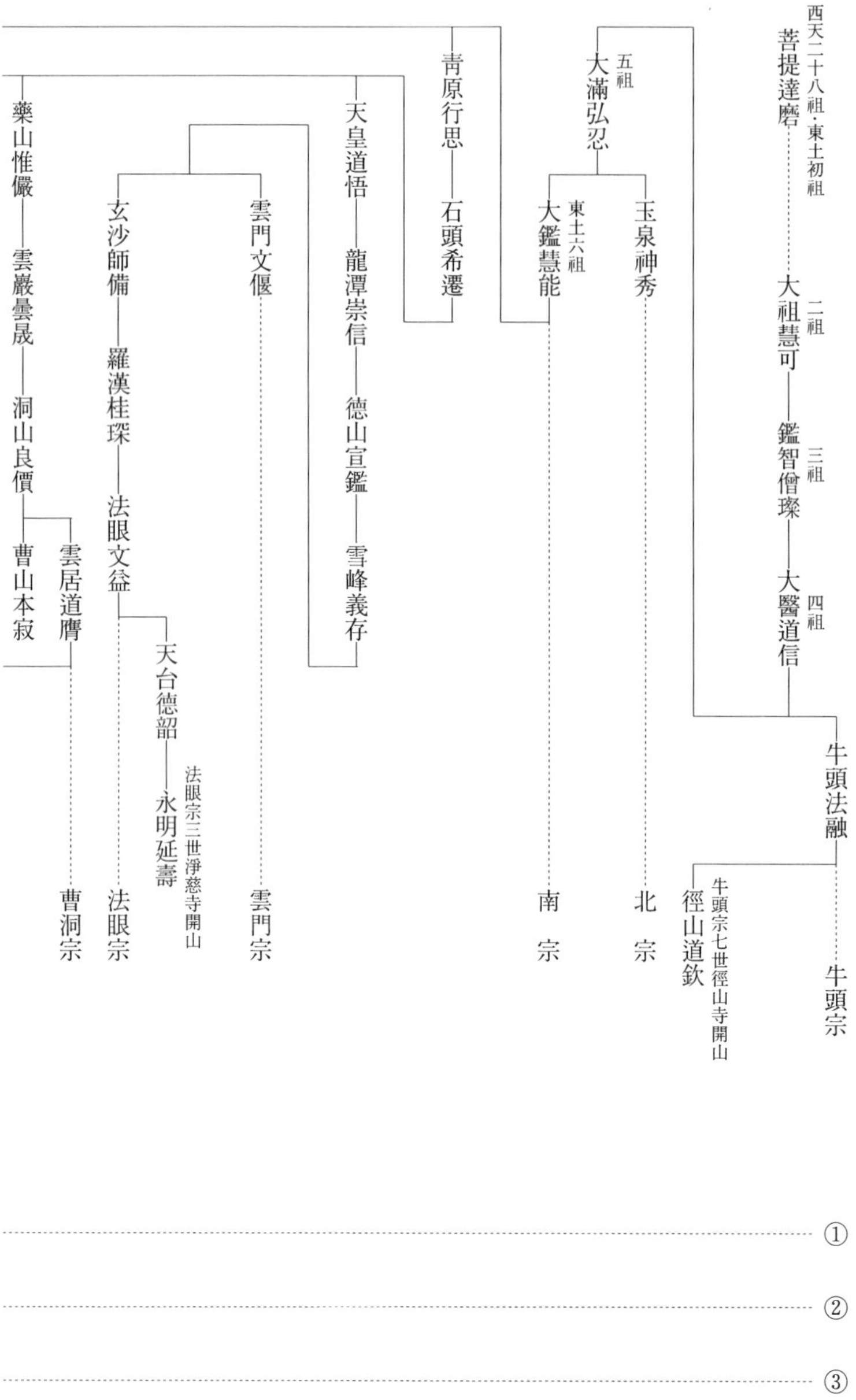

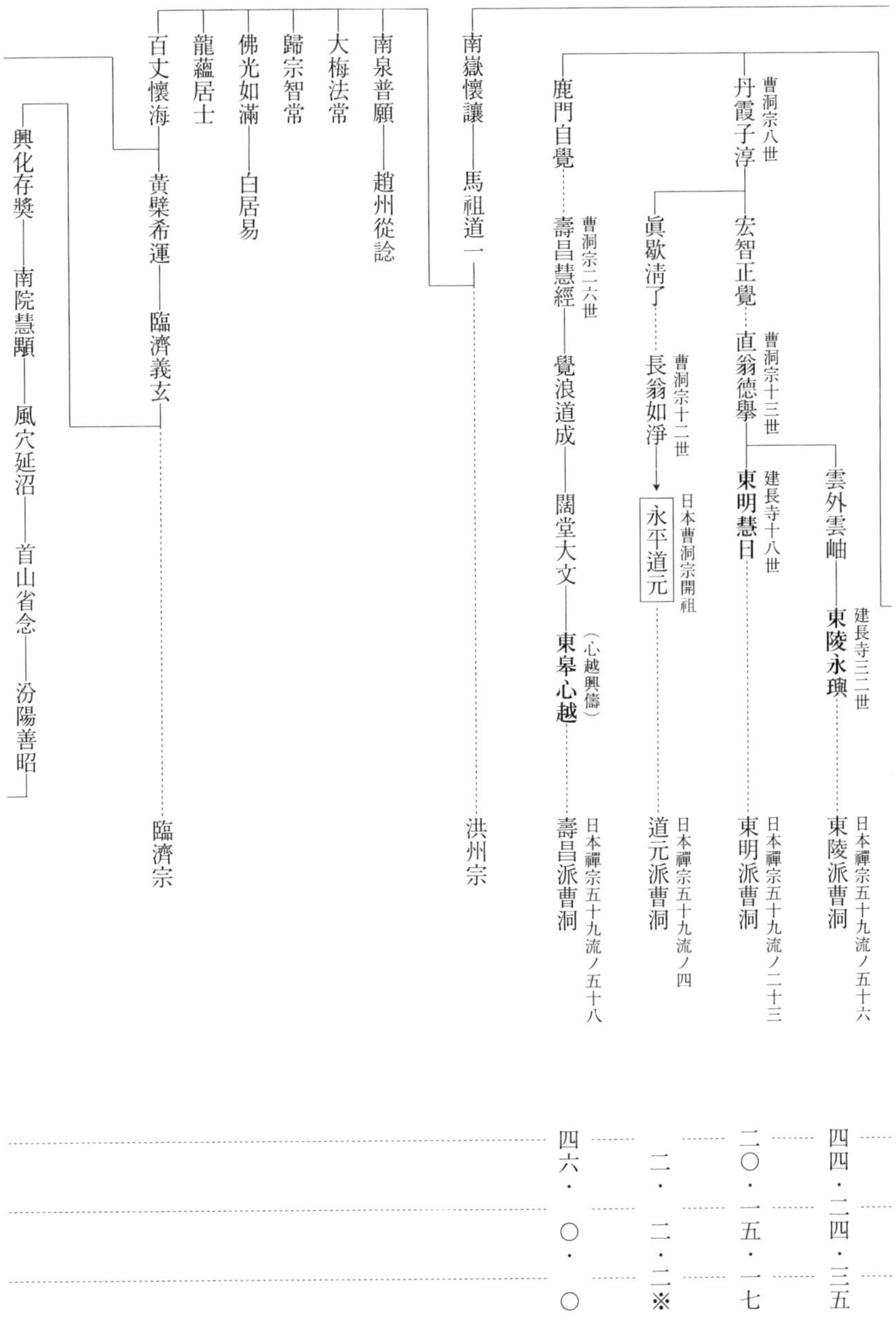
南嶽懷讓
馬祖道一
洪州宗
曹洞宗八世
丹霞子淳
宏智正覺
曹洞宗十三世
直翁德擧
雲外雲岫
建長寺三二世
東陵永璵
日本禪宗五十九流ノ五十六
東陵派曹洞
建長寺十八世
東明慧日
日本禪宗五十九流ノ二十三
東明派曹洞
眞歇清了
曹洞宗十二世
長翁如淨
日本曹洞宗開祖
永平道元
日本禪宗五十九流ノ四
道元派曹洞
鹿門自覺
曹洞宗二六世
壽昌慧經
覺浪道成
闊堂大文
（心越興儔）
東皐心越
日本禪宗五十九流ノ五十八
壽昌派曹洞
南泉普願
趙州從諗
大梅法常
歸宗智常
佛光如滿
白居易
龍蘊居士
百丈懷海
黃檗希運
臨濟義玄
臨濟宗
興化存奬
南院慧顒
風穴延沼
首山省念
汾陽善昭
四四・二四・三五
二〇・一五・一七
二・二・二※
四六・〇・〇

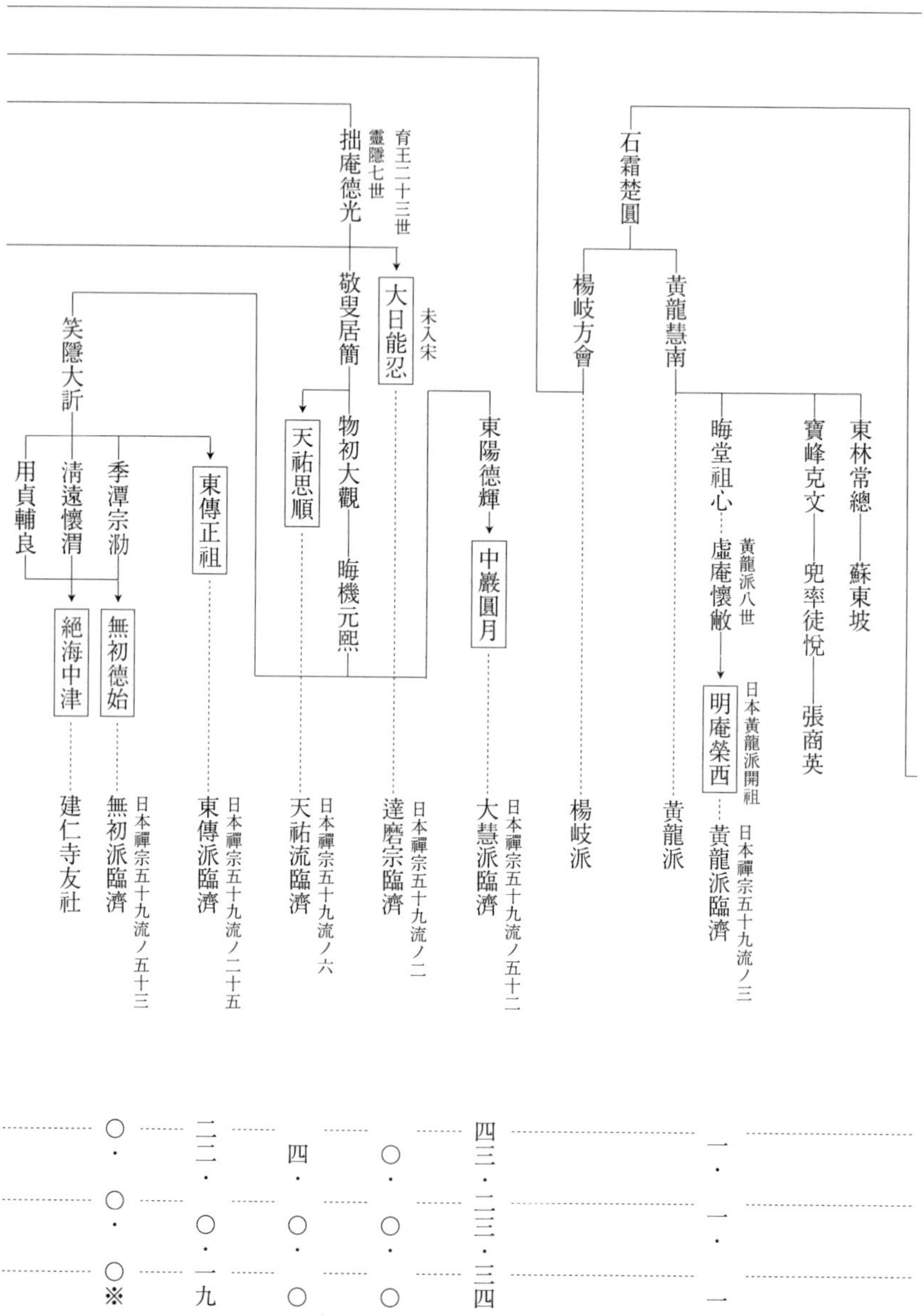
石霜楚圓
黃龍慧南
楊岐方會
東林常總
蘇東坡
寶峰克文
兜率徒悅
張商英
晦堂祖心
虛庵懷敞
黃龍派八世
明庵榮西
日本黃龍派開祖
黃龍派臨濟
日本禪宗五十九流ノ三
黃龍派
楊岐派
東陽德輝
中巖圓月
大慧派臨濟
日本禪宗五十九流ノ五十二
育王二十三世
靈隱七世
拙庵德光
大日能忍
未入宋
達磨宗臨濟
日本禪宗五十九流ノ二
敬叟居簡
物初大觀
晦機元煕
天祐思順
天祐流臨濟
日本禪宗五十九流ノ六
笑隱大訢
東傳正祖
東傳派臨濟
日本禪宗五十九流ノ二十五
季潭宗泐
無初德始
無初派臨濟
日本禪宗五十九流ノ五十三
清遠懷渭
絕海中津
建仁寺友社
用貞輔良
一・一・一
四三・二三・三四
○・○・○
四・○・○
二二・○・一九
○・○・○※

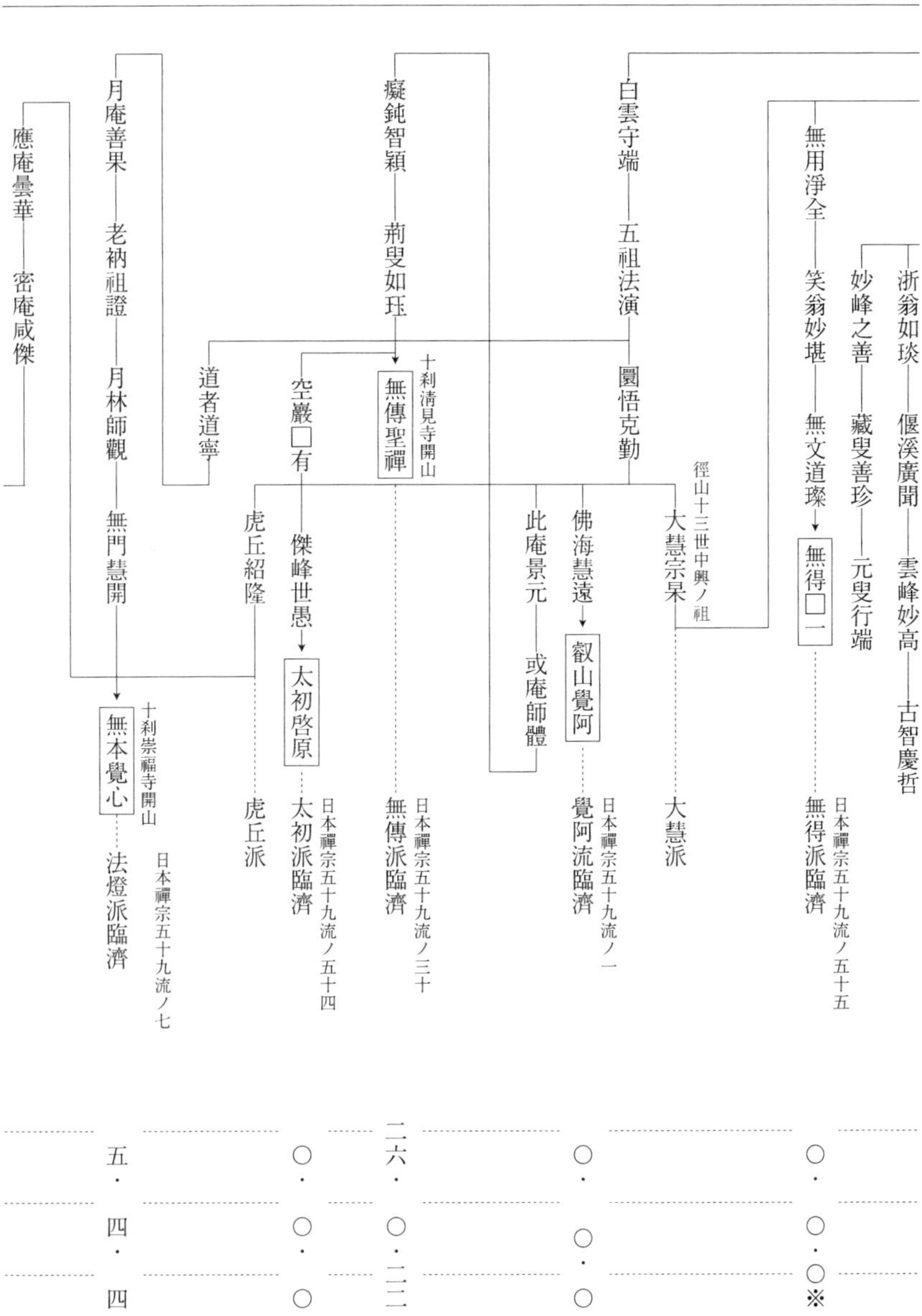

浙翁如琰
偃溪廣聞
雲峰妙高
古智慶哲
妙峰之善
藏叟善珍
元叟行端
無用淨全
笑翁妙堪
無文道璨
無得□一
日本禪宗五十九流ノ五十五
無得派臨濟
○・○・○※
白雲守端
五祖法演
圜悟克勤
徑山十三世中興ノ祖
大慧宗杲
大慧派
佛海慧遠
叡山覺阿
日本禪宗五十九流ノ一
覺阿流臨濟
○・○・○
此庵景元
或庵師體
凝鈍智穎
荊叟如珏
十刹清見寺開山
無傳聖禪
日本禪宗五十九流ノ三十
無傳派臨濟
二六・○・二二
空巖□有
傑峰世愚
太初啓原
日本禪宗五十九流ノ五十四
太初派臨濟
○・○・○
虎丘紹隆
虎丘派
道者道寧
月庵善果
老衲祖證
月林師觀
無門慧開
十刹崇福寺開山
無本覺心
日本禪宗五十九流ノ七
法燈派臨濟
五・四・四
應庵曇華
密庵咸傑

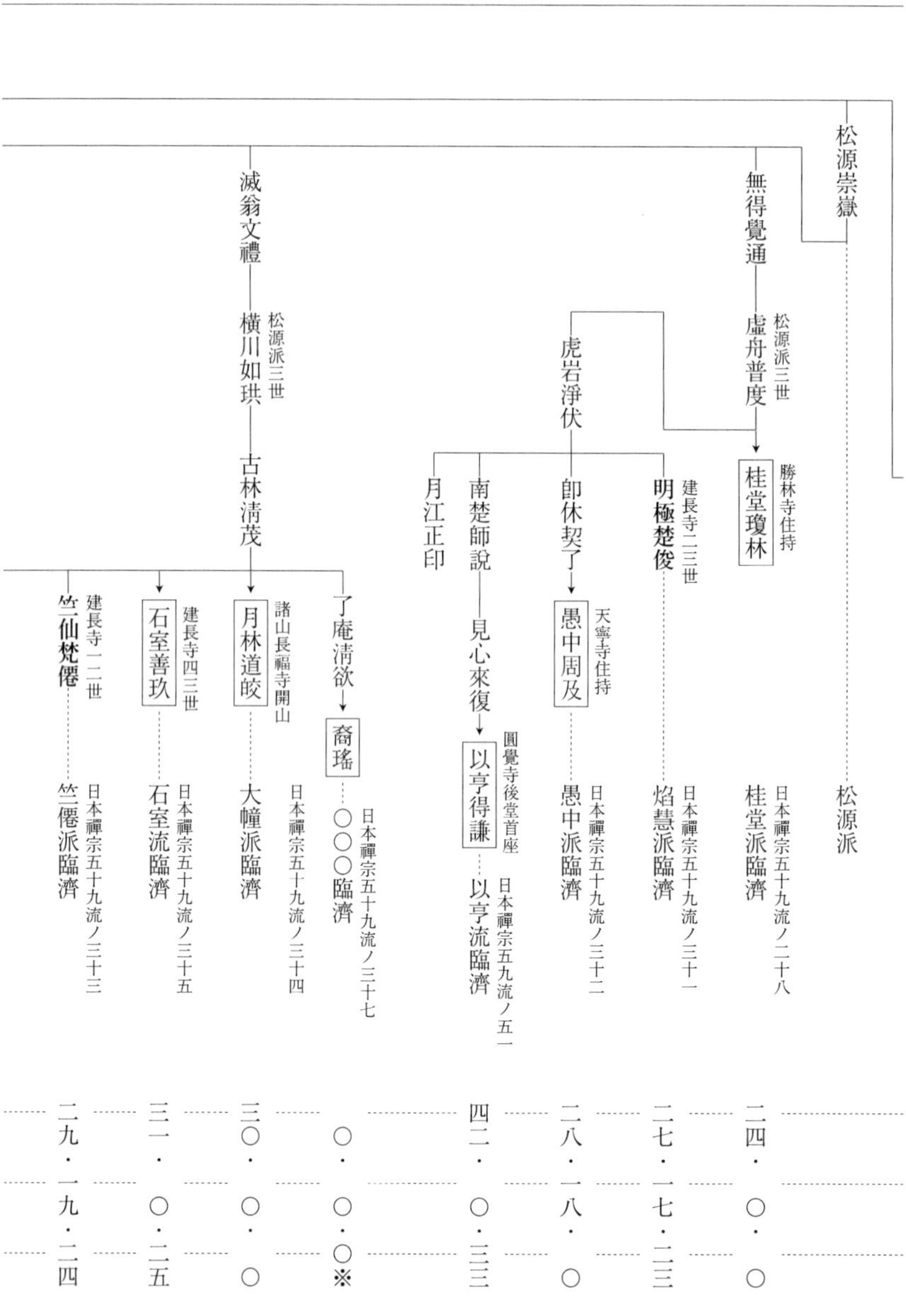
松源崇嶽
松源派
無得覺通
虚舟普度
松源派三世
桂堂瓊林
勝林寺住持
桂堂派臨濟
日本禪宗五十九流ノ二十八
二四・〇・〇
虎岩淨伏
明極楚俊
建長寺二三世
焰慧派臨濟
日本禪宗五十九流ノ三十一
二七・一七・二三
卽休契了
愚中周及
天寧寺住持
愚中派臨濟
日本禪宗五十九流ノ三十二
二八・一八・〇
南楚師說
見心來復
以亨得謙
圓覺寺後堂首座
以亨流臨濟
日本禪宗五九流ノ五一
四二・〇・二三
月江正印
滅翁文禮
橫川如珙
松源派三世
古林清茂
了庵清欲
裔瑤
〇〇〇臨濟
日本禪宗五十九流ノ三十七
〇・〇・〇※
月林道皎
諸山長福寺開山
大幢派臨濟
日本禪宗五十九流ノ三十四
三〇・〇・〇
石室善玖
建長寺四三世
石室流臨濟
日本禪宗五十九流ノ三十五
三一・〇・二五
竺仙梵僊
建長寺一二世
竺僊派臨濟
日本禪宗五十九流ノ三十三
二九・一九・二四

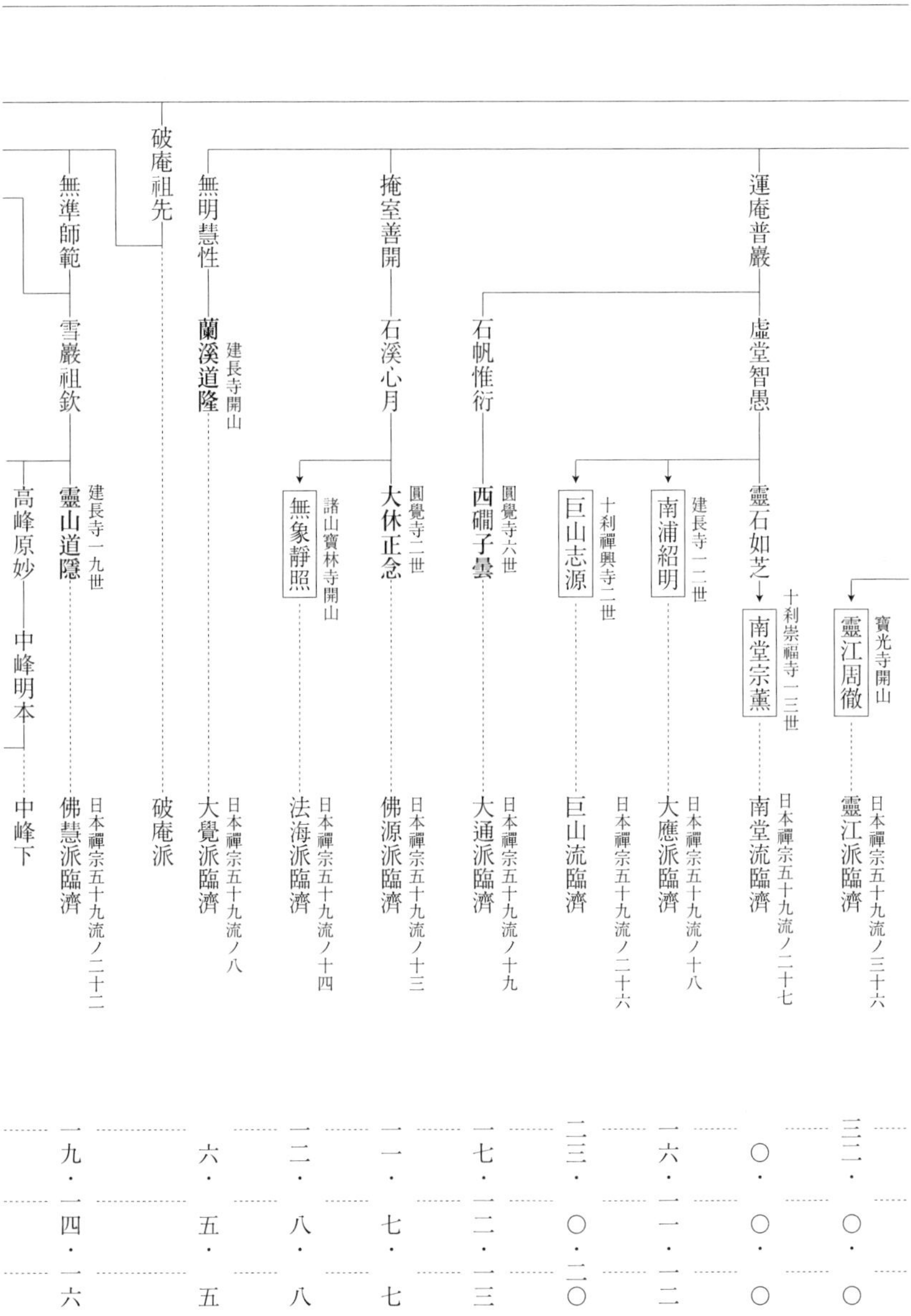
運庵普巖
虚堂智愚
靈石如芝
南堂宗薫
十刹崇福寺一三世
南堂流臨濟
日本禪宗五十九流ノ二十七
〇・〇・〇
靈江周徹
寶光寺開山
靈江派臨濟
日本禪宗五十九流ノ三十六
三二・〇・〇
南浦紹明
建長寺一二世
大應派臨濟
日本禪宗五十九流ノ十八
一六・一一・一二
巨山志源
十刹禪興寺二世
巨山流臨濟
日本禪宗五十九流ノ二十六
二三・〇・二〇
石帆惟衍
西礀子曇
圓覺寺六世
大通派臨濟
日本禪宗五十九流ノ十九
一七・二・一三
掩室善開
石溪心月
大休正念
圓覺寺二世
佛源派臨濟
日本禪宗五十九流ノ十三
一一・七・七
無象靜照
諸山寶林寺開山
法海派臨濟
日本禪宗五十九流ノ十四
二・八・八
無明慧性
蘭溪道隆
建長寺開山
大覺派臨濟
日本禪宗五十九流ノ八
六・五・五
破庵祖先
破庵派
無準師範
雪巖祖欽
靈山道隱
建長寺一九世
佛慧派臨濟
日本禪宗五十九流ノ二十二
一九・一四・一六
高峰原妙
中峰明本
中峰下

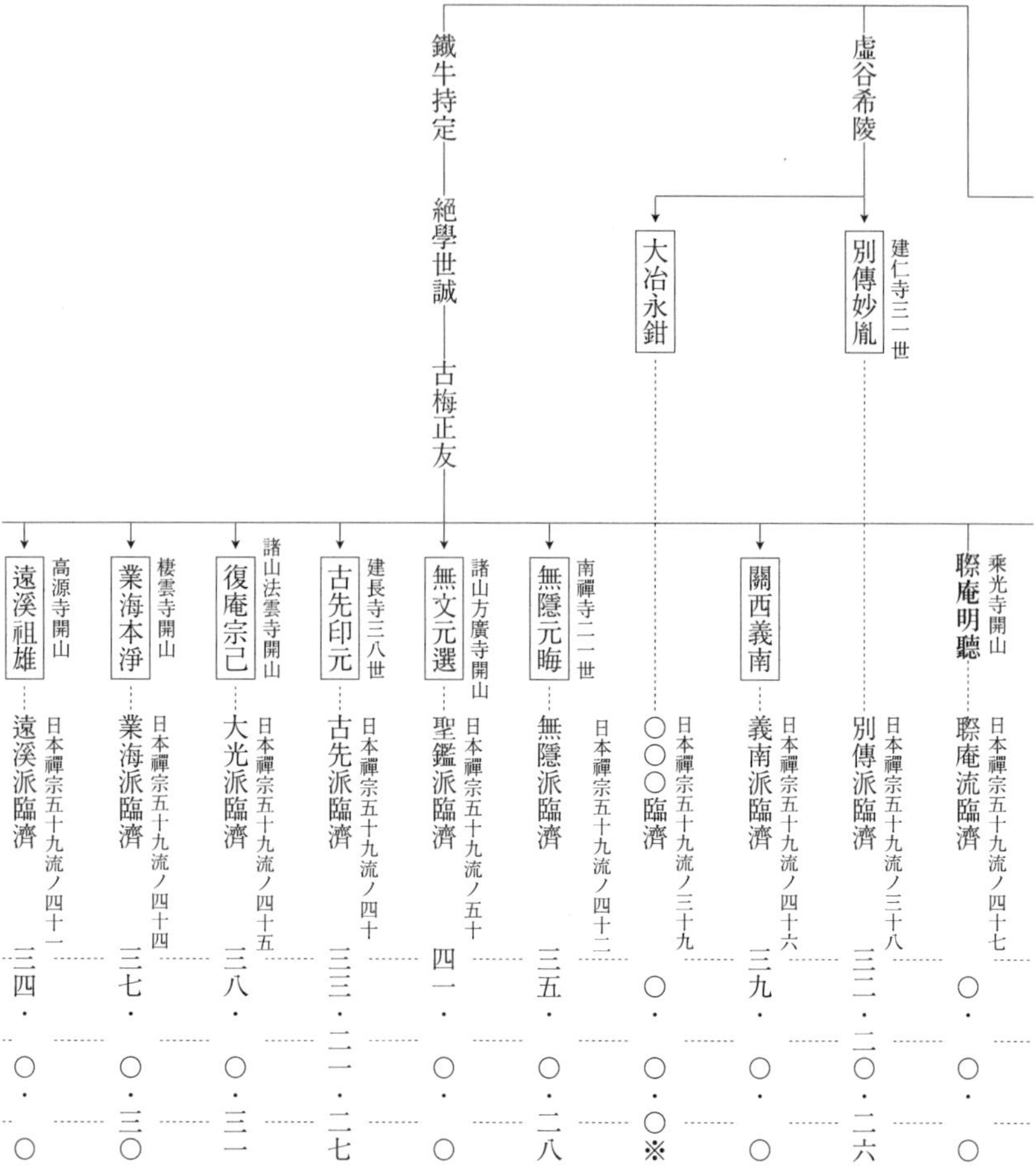

虚谷希陵
鐵牛持定
絶學世誠
古梅正友
別傳妙胤
建仁寺三一世
大冶永鉗
聯庵明聽
乘光寺開山
關西義南
無隱元晦
南禪寺二一世
無文元選
諸山方廣寺開山
古先印元
建長寺三八世
復庵宗己
諸山法雲寺開山
業海本淨
棲雲寺開山
遠溪祖雄
高源寺開山
聯庵流臨濟
日本禪宗五十九流ノ四十七
〇・〇・〇
別傳派臨濟
日本禪宗五十九流ノ三十八
三二・二〇・二六
義南派臨濟
日本禪宗五十九流ノ四十六
三九・〇・〇
〇〇〇臨濟
日本禪宗五十九流ノ三十九
〇・〇・〇※
無隱派臨濟
日本禪宗五十九流ノ四十二
三五・〇・二八
聖鑑派臨濟
日本禪宗五十九流ノ五十
四一・〇・〇
古先派臨濟
日本禪宗五十九流ノ四十
三三・二一・二七
大光派臨濟
日本禪宗五十九流ノ四十五
三八・〇・三一
業海派臨濟
日本禪宗五十九流ノ四十四
三七・〇・三〇
遠溪派臨濟
日本禪宗五十九流ノ四十一
三四・〇・〇

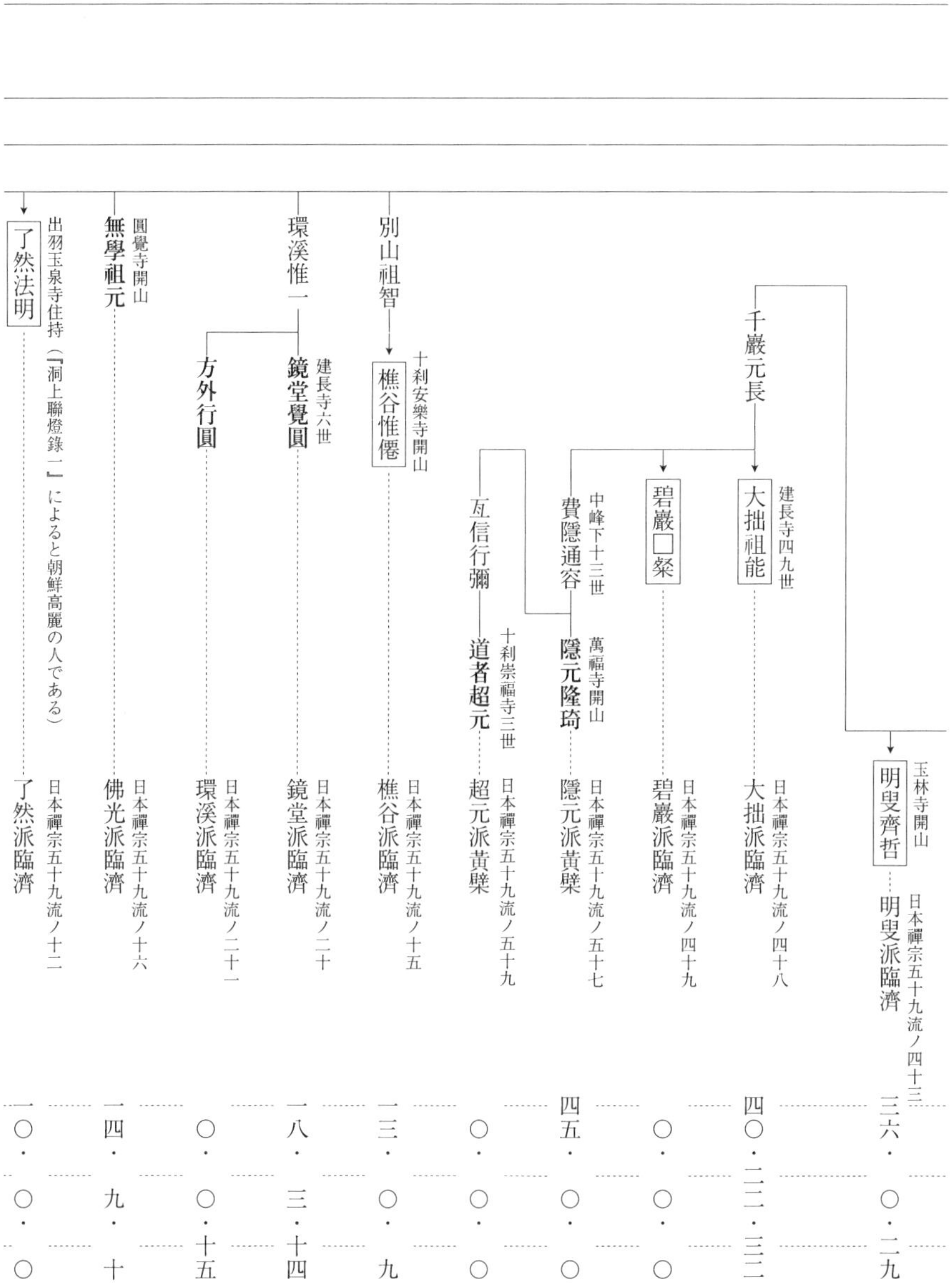
明叟齊哲
玉林寺開山
明叟派臨済
日本禪宗五十九流ノ四十三
三六・〇・二九
千巖元長
大拙祖能
建長寺四九世
大拙派臨済
日本禪宗五十九流ノ四十八
四〇・二二・三二
碧巖□粲
碧巖派臨済
日本禪宗五十九流ノ四十九
〇・〇・〇
費隱通容
中峰下十三世
隱元隆琦
萬福寺開山
隱元派黄檗
日本禪宗五十九流ノ五十七
四五・〇・〇
瓦信行彌
道者超元
十刹崇福寺三世
超元派黄檗
日本禪宗五十九流ノ五十九
〇・〇・〇
別山祖智
樵谷惟僊
十刹安樂寺開山
樵谷派臨済
日本禪宗五十九流ノ十五
一三・〇・九
環溪惟一
鏡堂覺圓
建長寺六世
鏡堂派臨済
日本禪宗五十九流ノ二十
一八・三・十四
方外行圓
環溪派臨済
日本禪宗五十九流ノ二十一
〇・〇・十五
無學祖元
圓覺寺開山
佛光派臨済
日本禪宗五十九流ノ十六
一四・九・十
了然法明
出羽玉泉寺住持（『洞上聯燈錄一』によると朝鮮高麗の人である）
了然派臨済
日本禪宗五十九流ノ十二
一〇・〇・〇

| 法系 | 流派 | 數 |
| --- | --- | --- |
| 建長寺二世 兀庵普寧 | 日本禪宗五十九流ノ十一 宗覺派臨濟 | 九・六・六 |
| 十刹圓福寺開山 性才法心 | 日本禪宗五十九流ノ九 性才派臨濟 | 七・〇・〇 |
| 東福寺開山 東福圓爾 | 日本禪宗五十九流ノ五 聖一派臨濟 | 三・三・三 |
| 山城妙見堂住持 妙見道祐 | 日本禪宗五十九流ノ十 妙見派臨濟 | 八・〇・〇 |
| 石田法薫―愚極智慧―建長寺二二世 清拙正澄 | 日本禪宗五十九流ノ二十四 大鑑派臨濟 | 二一・一六・一八 |
| 曹源道生 | 曹源派 | |
| 凝絶道冲―頑極行彌―建長寺一〇世 一山一寧 | 日本禪宗五十九流ノ十七 一山派臨濟 | 一五・一〇・一一 |
| 凝絶道冲―月潭智圓―建長寺一六世 東里弘會 | 日本禪宗五十九流ノ二十九 東里派臨濟 | 二五・〇・二一 |
| 百丈下 潙山靈祐―仰山慧寂 | 潙仰宗 | |

※私なりに綿密に考證した結果では、※を付けた四流が傳法者にならないので、五十五流説を提唱したい。

（20）神保如天・安藤文英らは、覺阿が日本における禪の第六傳であると認識している。因みに、初傳は道昭（六二九〜七〇一）である。彼は六五三年に入唐して、三藏玄莊に東土四祖道信の禪要を學び、楞伽經をもって歸國し、初傳となった。『禪學辭典』一七〇頁・一〇四〇頁を參照。

（21）佛書刊行會編纂『大日本佛教全書』卷一〇二『本朝高僧傳』卷十九「播州三寶寺沙門能忍傳」二七三頁を參照（大日本佛教全書刊行會、一九三二）。

（22）注（10）に同じ。一三頁を參照。

（23）注（4）に同じ。三一頁を參照。

（24）注（4）に同じ。三二頁及び三六頁を參照。

（25）『日本國語大辭典』（第二版）第一卷九七二頁を參照。

（26）注（4）に同じ。三二頁を參照。

（27）注（10）に同じ。一四頁を參照。

（28）注（21）に同じ。『本朝高僧傳』卷三「京兆東山建仁寺沙門榮西傳」八三頁を參照。師蠻のこの榮西傳は最も詳しい傳記資料である。彼は『日本國千光法師祠堂記』『吾妻鏡』第二二『沙石集』第十『元亨釋書』第二『洛城東山建仁禪寺開山始祖明庵西公禪師塔銘』『延寶傳燈錄』第一などの史料を集大成して、この傳を記述したのであり、これが私の基本研究資料になる故である。

（29）注（28）に同じ。八四頁を參照。

（30）注（28）に同じ。八六頁に「元久二年春、畿內大風、都人僉曰、比來榮西新唱禪宗、其徒衣服異制、伽梨博幅、直裰大袖行道之時、特包颷風、今之風災因於西也。蒼謠甚喧、達於天聽、帝詔有司、驅西出都」とある。

（31）佛書刊行會編纂『大日本佛教全書』卷一〇八（『延寶傳燈錄』卷六「京兆建仁大歇了心禪師」）の一〇九頁に「本朝禪苑雖權輿於明庵、而衣服禮樂至師（大歇了心）備矣」とある。

（32）注（21）に同じ。『本朝高僧傳』卷二十「京兆慧日山東福寺沙門辨圓傳」二八二頁を參照。師蠻のこの辨圓傳は最も詳しい傳記資料である。彼は「聖一國師年譜」「圓照上人行狀」卷上『鷲峰開山法燈圓明國師行實年譜』『元亨釋書』第七卷『塵添壒囊鈔』第一『東福紀年錄』『三井續燈記』第一『延寶傳燈錄』第二『五山傳』『五山歷代』『皇年代記』『續史愚抄』第五『和漢禪刹次第』『諸宗敕號記』などの史料を集大成して、この傳を記述したのであり、これが私の基本研究資料になる故である。

(33) 注（32）に同じ。二八四頁を參照。

(34) 注（10）に同じ、三二頁を參照。

(35) 注（21）に同じ。『本朝高僧傳』巻二十「紀州鷲峰山國寺沙門覺心傳」二八六頁を參照。師蠻のこの覺心傳は最も詳しい傳記資料である。彼は『鷲峰開山法燈圓明國師行實年譜』『元亨釋書』第六『延寶傳燈錄』第二『高野春秋編年輯錄』第九などの史料を集大成して、この傳を記述した。

(36) 注（21）に同じ。『本朝高僧傳』巻十九「洛東勝林寺沙門思順傳」二七七頁を參照。『延寶傳燈錄』第一にもこの傳がある。

(37) 注（21）に同じ。『本朝高僧傳』巻十九「奧州圓福寺沙門法心傳」二七八頁を參照。師蠻のこの法心傳は『扶桑五山記』第二、『沙石集』第十、『元亨釋書』第六、『延寶傳燈錄』第一などの史料を集大成して、この傳を記述した。

(38) 注（21）に同じ。『本朝高僧傳』巻十九「洛北妙見堂沙門道祐傳」二七八頁を參照。「東巖安禪師行實」、『延寶傳燈錄』第二にもこの傳がある。

(39) 「洛北正傳寺沙門慧安傳」に「系曰、古來謂東巖之宗派者僉曰、兀庵之嗣也。余曾考之。安公自謂、吾雖受兀庵之印證、而無絲毫從他得。只於念公言下打破漆桶。兀庵道眼清明、故爲證明焉。須請念公報乳恩」という論述がある。佛書刊行會編纂『大日本佛教全書』巻一〇二『本朝高僧傳』巻二十一「洛北正傳寺沙門慧安傳」二九八頁を參照。

(40) 注（21）に同じ。『本朝高僧傳』巻二十一「洛北正傳寺沙門慧安傳」二九七頁を參照。「東巖安禪師行實」、『延寶傳燈錄』第十四、『山城名勝志』第十一などの史料を集大成して、この傳を記述した。

(41) 注（21）に同じ。『本朝高僧傳』巻二十一「信州安樂寺沙門惟僊傳」二九六頁を參照。『延寶傳燈錄』三、『扶桑五山記』第二などの史料を集大成して、この傳を記述した。

(42) 注（21）に同じ。『本朝高僧傳』巻二十三「洛東勝林寺沙門瓊林傳」三三三頁を參照。『延寶傳燈錄』第三にもこの傳がある。

(43) 注(4)に同じ、四〇頁を參照。

(44) 亡命説を主張しているものは、玉村竹二氏の『岩波講座日本歴史』七(一九六三)所收の「新佛教教團の發展」のち「五、禪宗の發展」、『五山文學』である。これを受けるのが芳賀幸四郎氏の「渡來禪僧とその業績」(『中世日本の禪とその文化』所收、鹿野山禪青少年研修所、一九八七)である。

(45) その亡命説に反對しているのは、西尾賢隆の『中世の日中交流と禪宗』(吉川弘文館、一九九九)である。

(46) 注(10)に同じ、四〇頁を參照。

(47) 注(21)に同じ。『本朝高僧傳』卷十九「相州巨福山建長寺沙門道隆傳」二七九頁を參照。「大覺開山塔銘」、『元亨釋書』第六、「鷲峰開山法燈圓明國師行實年譜」、『日本名僧傳』、『諸宗敕號記』、『延寶傳燈錄』第三、『鎌倉五山記』、『五山記考異』などの史料を集大成して、この傳を記述した。

(48) 注(21)に同じ。『本朝高僧傳』卷二十一「相州淨智寺沙門正念傳」二九九頁を參照。『元亨釋書』第八、『日本名僧傳』、『延寶傳燈錄』第三、『鎌倉五山記』などの史料を集大成して、この傳を記述した。

(49) 注(21)に同じ。『本朝高僧傳』卷二十「相州建長寺沙門普寧傳」二八九頁を參照。『元亨釋書』第六、「東巖安禪師行實」、『日本名僧傳』、『延寶傳燈錄』第二、『山城名勝志』第十一、『鎌倉五山記考異』などの史料を集大成して、この傳を記述した。

(50) 注(21)に同じ。『本朝高僧傳』卷二十一「相州瑞鹿山圓覺寺沙門祖元傳」三〇〇頁を參照。「無學禪師行狀」、「佛光禪師塔銘」、「佛光禪師行狀」、「大日本國山城州萬年山眞如禪師開山佛光無學禪師正脈塔院碑銘」、『元亨釋書』第八、『日本名僧傳』、『延寶傳燈錄』第二、『續史愚抄』第七、『如是院年代記皇代略記』、『鎌倉五山記』、『五山記考異』、『新編鎌倉誌』第三などの史料を集大成して、この傳を記述した。

(51) 注(21)に同じ。『本朝高僧傳』卷二十二「京兆建仁寺沙門覺圓傳」三一四頁を參照。「大圓禪師傳」、『日本名僧傳』、『延寶傳燈錄』第三、『鎌倉五山記』、『五山記考異』『扶桑五山記』第四などの史料を集大成して、この傳を記述した。

(52) 注(21)に同じ。『本朝高僧傳』卷二十三「京兆南禪寺沙門一寧傳」三三〇頁を參照。「一山國師妙慈弘濟大師行記」、『元亨釋書』第八、「雪村大和尚行道記」、『日本名僧傳』、『延寶傳燈錄』第四、『和漢禪刹次第』、『皇年代記』、『鎌倉五山記』、『五山記考異』、『扶桑五山記』第三、『五山歴代』などの史料を集大成して、この傳を記述した。

(53) 注(21)に同じ。『本朝高僧傳』卷二十三「相州建長寺沙門弘會傳」三三三頁を參照。『延寶傳燈錄』第四、『五山記考異』などの史料を集大成して、この傳を記述した。
(54) 注(21)に同じ。『本朝高僧傳』卷二十六「相州建長寺沙門慧日傳」三六四頁を參照。「東明和尙塔銘」、『日本名僧傳』、『延寶傳燈錄』第四、『日本洞上聯燈錄』第一、『鎌倉五山記』、『五山記考異』などの史料を集大成して、この傳を記述した。
(55) 注(21)に同じ。『本朝高僧傳』卷二十四「相州建長寺沙門道隱傳」三四〇頁を參照。『延寶傳燈錄』第四、『鎌倉五山記』、『五山記考異』などの史料を集大成して、この傳を記述した。
(56) 注(21)に同じ。『本朝高僧傳』卷二十五「京兆南禪寺沙門正澄傳」三五一頁を參照。「清拙大鑑禪師塔銘」、『日本名僧傳』、『延寶傳燈錄』第四、『新編鎌倉誌』第三、『五山歷代』、『五山記考異』、『鎌倉五山記』、『扶桑五山記』第三などの史料を集大成して、この傳を記述した。
(57) 注(21)に同じ。『本朝高僧傳』卷二十六「京兆南禪寺沙門楚俊傳」三六一頁を參照。「佛日焰惠禪師明極俊大和尙塔銘」、『日本名僧傳』、『延寶傳燈錄』第四、『鎌倉五山記』、『五山記考異』、『五山歷代』、『扶桑五山記』第三などの史料を集大成して、この傳を記述した。
(58) 注(21)に同じ。『本朝高僧傳』卷二十七「京兆南禪寺沙門梵僊傳」三八三頁を參照。「建長禪寺竺仙和尙行道記」、『日本名僧傳』、『延寶傳燈錄』第五、『新編鎌倉誌』第三、『和漢禪刹次第』、『鎌倉五山記』、『五山記考異』、『五山歷代』、『扶桑五山記』第三などの史料を集大成して、この傳を記述した。
(59) 注(21)に同じ。『本朝高僧傳』卷三十「京兆南禪寺沙門永璵傳」四二一頁を參照。『日本名僧傳』、『延寶傳燈錄』第四、『日本洞上聯燈錄』第一、『新編鎌倉誌』第三、『五山記考異』、『五山歷代』、『扶桑五山記』第三などの史料を集大成して、この傳を記述した。
(60) 鷲尾順敬『鎌倉武士と禪』(大東名著選31、大東出版社、一九四二)二二二頁を參照。

# 第二節　日本五山・十刹・諸山の起源と變遷

日本の五山・十刹・諸山の起源と變遷について、玉村氏はつぎのように述べている。[1]

禪宗が日本に傳來してより以來、彼我禪林の交渉は長く續いたので、萬事中國の制度はそのまま日本に移入された。五山・十刹以下の寺格も、その例外ではなかった。禪宗傳來當初は、日本では禪寺に對しても、平安朝以來の官寺の制である定額寺の格式がそのまま適用され、延慶元年（一三〇八）十二月、建長・圓覺の兩寺がこれに列せられている。しかし既に鎌倉時代に於て、五山の稱があったことは、二、三の史料によって明らかである。この制度は、あく迄も武家のものであって、公家がその管理する禪寺を五山に列する場合、例えば、大覺寺統の皇室が南禪寺を五山に准ずる時も、遂一關東の承認を求められている。ともあれ、鎌倉時代に、五山制度が既に始められていることは確實と見られるが、どの寺とどの寺がこれに列せられていたかという事に就ては、一向明かでない。

要するに、日本の五山の起源とその順位は一向明らかになっていない。[2]この節では、日本の五山・十刹・諸山について、三つの項目に分けて、今までの研究を踏まえながら考察してみたい。

## 一　日本五山の起源と變遷

### 1　禪寺の起源についての考察

日本の五山制度が鎌倉時代に於てすでに始められていることは明らかであるが、初めて五山の禪寺が設置された年月は、記録がないので確認することが難しい。僅かに残された史料を辿ってみたい。

時間的には、五山の中で一番古い寺院は壽福寺である。入宋した榮西は建久二年（一一九一）に歸國し、兼修禪としての臨濟宗黃龍派を廣めはじめた。翌年、賴朝が征夷大將軍となり、鎌倉幕府が成立した。建久九年（一一九八）に、榮西は「興禪護國論」を發表した。のち、鎌倉幕府の保護を受け、正治二年（一二〇〇）榮西は、相州の壽福寺の開山となった。建仁二年（一二〇二）に源頼家は京都で建仁寺を創建し、また榮西はその開山となった。この事については、上村觀光氏の「五山文學者年表」には、「建仁二年、將軍源賴家、京都に建仁寺を建て、榮西を開山とし禪宗を弘む、是より先き榮西、文治二年（一一八六）を以て入宋し、建久二年歸朝す。前二年相州に壽福寺を創す」[3]と記されている。ただ問題は、當時の壽福寺・建仁寺はまだ單なる禪寺ではなかったことである。

鎌倉五山第一の古刹は建長寺である。『吾妻鏡』第四十三では、次のように記述している。[4]

（建長五年）十一月小、二十五日庚子。霰降、辰尅以後小雨灌。建長寺供養也。以丈六地藏菩薩爲中尊、又安置同像千躰。相州殊令凝精誠給。去建長三年（一二五一）十一月八日有事始、已造畢之間、今日展梵席。願文草前大内記茂範朝臣、淸書相州、導師宋朝僧道隆禪師。

この記事によると、建長寺は建長三年（一二五一）十一月八日に寺の建築が始められ、同五年十一月二十五日に落慶供養が行われた。その導師は宋朝僧の道隆禪師であり、この蘭溪道隆がその開山であった。

また、正平二年（一三四七）住持某撰の『建長興國禪寺碑文』（『新編鎌倉志』所收）に「遍擇靈地、至建長辛亥（一二五一）、得之於山內、曰巨福禮鄕、十一月初八被開基創草、爲始作大伽藍、擬中國之天下徑山、爲五岳之首」云云とある。この碑文によれば、建長寺は杭州臨安府の興聖萬壽禪寺（卽ち徑山）に模倣して建てられ、日本の五山の第一とされるものであったと。

『新編相模國風土記稿』（間宮士信・蘆田伊人、大日本地誌大系、第二版、雄山閣、一九九八）にも「建長元年に寺地を定め、坊舍を建てて、大覺禪師が住したこと、寺は中國徑山萬壽寺を模した大伽藍であったので、主な建物の建設は建長三年から始まり、同五年に落慶し供養が行われた」という記録がある。今日でも現存する建長七年（一二五五）に造られた梵鐘（國寶）に「建長禪寺」と書かれているように、建長寺はまさに日本で初めて「禪寺」と稱した中國風の純粹禪の專門道場であったに違いない。のち圓覺寺、淨智寺などが相次いで建てられた。

## 2　五山制度の導入時期及びその順位配列に關する考察

「淨智第四世法海禪師無象和尚行狀記」（『續群書類從』第九輯）に、

正安元年巳亥五月在大慶寺受淨智請、師便拒辭、鈞選惟嚴、且又御書荐臻、要令興隆佛法、煩視篆、師不獲已以往淨智、使其淨智昇五山之列者又因師之往也

という記述がある。よって淨智寺が五山の列に入られたのは正安元年（一二九九）であり、また筆者の調査によれば、恐らくこれが日本の五山の配列に關する最初の記録である[5]。

德治二年（一三〇七）、京都の南禪寺は始めて鎌倉の五山に準じられた。延元元年（一三三六）智明撰の「南院國師行狀」に、「德治二年法皇宣下東關、此寺（南禪寺）當準五山、兩國司謹應詔旨、爲永式」とあるように、北條貞時の敕旨を奉じて遵行され、この事實は漸く京都にも禪宗の新勢力が及んでいたことを窺わせるものである。

そもそも、來日詩僧らが傳來した南宋の禪宗は、まず鎌倉を根據地として發展し、興隆し、やがて京都にまで流傳してから、舊宗の天台・眞言宗などの間で一種の新勢力となった。かくて花園・後醍醐兩天皇は深くこれに歸依し、大德宮中も禪宗興隆の地となった。そして、やがて元弘の變によって鎌倉幕府は崩壞し、從って鎌倉五山の力も大い

に弱くなり、禪宗の情勢はここに一變して、京都が新しい根據地となってきた。

建武元年（一三三四）、公家の中興が成り、それに伴って、禪寺の等級を改め、正月廿六日に敕して南禪寺を以て五山の第一に陞し、同月廿八日に大德寺を以て南禪寺に準ずることになった。

玉村氏によると、[6]建武年中（一三三四～三七）に定められたらしい順位配列は最も古いものであって、その位次はつぎの通りである。

| 寺名 | 場所 | 開山 | 開山時期 |
|---|---|---|---|
| 五山第一南禪寺 | （京都） | 留宋詩僧　無關普門 | 一二九一年 |
| 五山第二東福寺 | （京都） | 留宋詩僧　東福圓爾 | 一二四三年 |
| 五山第三建仁寺 | （京都） | 留宋詩僧　明庵榮西 | 一二〇二年 |
| 五山第四建長寺 | （鎌倉） | 來日詩僧　蘭溪道隆 | 一二五三年 |
| 五山第五圓覺寺 | （鎌倉） | 來日詩僧　無學祖元 | 一二八二年 |

恐らく最初のこの五山の位次配列を見ると、やはり中國の五山制度をそのまま移入したものであるように思われる。京都は三寺で、鎌倉は二寺である。

その後、北朝の曆應元年（一三三八）に足利尊氏が征夷大將軍となり、時代は南北朝に移った。かくて足利尊氏は嵯峨に天龍寺を開創し、これを五山に列した。康永元年（一三四二）四月、幕府は再び武家を中心とする五山の位次に改め、京都と鎌倉と、それぞれ四寺ずつ、五山に收めた。

| | |
|---|---|
| 五山第一 | 建長寺（鎌倉）　南禪寺（京都） |
| 五山第二 | 圓覺寺（鎌倉）　天龍寺（京都） |
| 五山第三 | 壽福寺（鎌倉） |
| 五山第四 | 建仁寺（京都） |
| 五山第五 | 東福寺（京都） |
| 准五山 | 淨智寺（鎌倉） |

この現象について玉村氏は次のように分析している。[7]

天龍寺を五山に加えれば、從來の五山のどれか一寺を除外せねばならず、ついに窮餘の一策として、五山という事を五つの大なる寺という意味から、五段階の寺格という事に轉化させて、その一段階には二個以上の寺を列せしめることとしたのである。ここに於て、五山という語が、日本獨特に訛って、新しい意味を生じた次第である。[8]

その後、更にこの意味の適用の範圍を擴大して、年代ははっきり分からないが、大體文和二年（一三五三）以後のある時期に、五山に列する寺院數を十寺に增加して、左の通りとした。[9]

五山第一　建長寺（鎌倉）　南禪寺（京都）
五山第二　圓覺寺（鎌倉）　天龍寺（京都）
五山第三　壽福寺（鎌倉）
五山第四　建仁寺（京都）
五山第五　東福寺（京都）　淨智寺（鎌倉）　淨妙寺（鎌倉）　萬壽寺（京都）

その後、北朝の永和三年（一三七七）臨川寺を十刹より上して五山に列し、のち再び十刹に落とした。玉村氏によると[10]、永和（一三七五〜七九）永德（一三八一〜八四）兩年代の間の或る時期、或いは康曆二年（一三八〇）かとも思われる時に、足利義滿は三たび左の通りに改めた。

| | | |
|---|---|---|
| 五山第一 | 建長寺（鎌倉） | 南禪寺（京都） |
| 五山第二 | 圓覺寺（鎌倉） | 天龍寺（京都） |
| 五山第三 | 壽福寺（鎌倉） | 建仁寺（京都） |
| 五山第四 | 淨智寺（鎌倉） | 東福寺（京都） |
| 五山第五 | 淨妙寺（鎌倉） | 萬壽寺（京都） |

玉村氏はさらにつぎのように述べている[11]。

これまでは、寺院數においては、京都鎌倉は同數であるが、位次からいえば、鎌倉の寺院の方が、とかく上位を占め、同一段階のものについても、鎌倉の寺を先に擧げているところに、鎌倉中心主義が現れている。ところが、至德三年（一三八六）、足利義滿が、京都に相國寺を開創するや、之をも五山に加えたく思い、その定數に困却して、元朝に於て、皇帝の南京（金陵）に於ける潛邸を寺とした大龍翔集慶寺（天界寺）を五山に加えるに當って、之を五山に冠たらしめた（五山以外に、さらにその上位を作って、之に列した）例に倣って、義堂周信の忠告を容れて、南禪寺（龜山法皇の離宮を寺とし、歷代朝廷外護の寺である點が、龍翔寺と似ている）を「五山之上」に昇格し、その他の位次は大略もとのままであるが、ただ京都を中心として、鎌倉を從とするように改めた。これは恐らく足利氏が、いよいよ關東武士的な本質を捨てて、京都に土着し、自らを公家化しようとする時代的風潮を示したものとして、興味ある事である。

| | （京都） | （鎌倉） |
|---|---|---|
| 五山之上 | 南禪寺 | |
| 五山第一 | 天龍寺 | 建長寺 |
| 五山第二 | 相國寺 | 圓覺寺 |
| 五山第三 | 建仁寺 | 壽福寺 |
| 五山第四 | 東福寺 | 淨智寺 |
| 五山第五 | 萬壽寺 | 淨妙寺 |

南禪寺を五山之上に昇格するに際しての義堂周信の役割について、東福寺內の靈隱軒主太極の『碧山日錄』に、「南禪、曾以天下龍門揭其門。後撤之、爲天龍門額。又義堂住南禪之時、改第一山爲五山之上」と記されている[12]。また大有（田）有諸の『南禪寺記』には、「至德三年丙寅七月十三日、義堂和尙住升位於天下五山之上、准大明天界禪寺例也」と記されている。これによれば、天龍寺が益々勢力を得ていることが窺える。また南禪寺は敕願の皇居であるために、五山の上になったが、この記載の如く、夢窗國師の法嗣である義堂周信禪師が住持となる故、特に變革することにしたのであって、やはり義堂禪師を重遇したわけである。

ここまでくると、日本の「五山」の概念はすでに中國五山制度の概念から外れてしまって、日本獨自の五山制度が誕生したのである。ここにいたって、日本の五山位次の配列は政治の影響及び新舊宗派の爭いを蒙りつつ、ついに完全に定められた。『扶桑五山記』には、この位次が明記されているので、それを上に掲げた。

これと對等なものとして大德寺（京都）を加えるものもある。學僧は多く五山に移錫するが、定住することはない。また、尤も五山に緣故が深く永年掛錫し、五山文學に大いに貢獻した高僧は次の如くである。

京都五山

南禪寺　無關普門（開山・聖一）　一山一寧（三世・一山）　明極楚俊（一三世・焰慧）
　清拙正澄（一四世・大鑑）　竺仙梵僊（一六世・竺僊）　義堂周信（四四世・夢窗）
　希世靈彥（終身侍者・大鑑）　惟肖得巖（九八世・焰慧）　蘭坡景茝（二二六世・夢窗）

| | | | |
|---|---|---|---|
| 天龍寺 | 夢窗疎石（開山・佛光） | 龍湫周澤（一五世・夢窗） | 策彦周良（遣明正使・夢窗） |
| 相國寺 | 夢窗疎石（開山・佛光） | 春屋妙葩（二世・夢窗） | 雲溪友山（五世・一山） |
| | 絶海中津（六世・夢窗） | 觀中中諦（九世・夢窗） | 西胤俊承（二三世・夢窗） |
| | 瑞溪周鳳（四二世・夢窗） | 横川景三（七九世・夢窗） | 桃源瑞仙（八〇世・夢窗） |
| | 景徐周麟（八三世・夢窗） | 周興彦龍（首座・夢窗） | 仁如集堯（九一世・一山） |
| 建仁寺 | 明庵榮西（開山・黄龍） | 雪村友梅（三〇世・一山） | 中巖圓月（四二世・大慧） |
| | 別源圓旨（四四世・宏智） | 古劍妙快（五八世・夢窗） | 江西龍派（一五四世・黄龍） |
| | 心田清播（一五七世・夢窗） | 正宗龍統（二一七世・黄龍） | 天隱龍澤（二一八世・一山） |
| | 桂庵玄樹（二四〇世・聖一） | 月舟壽桂（二四六世・幻住） | 常庵龍崇（二六二世・黄龍） |
| 東福寺 | 東福圓爾（開山・聖一） | 東山湛照（二世・聖一） | 虎關師錬（一五世・聖一） |
| | 固山一鞏（二二世・聖一） | 岐陽方秀（八〇世・聖一） | 了庵桂悟（一七一世・聖一） |
| 萬壽寺 | 東山湛照（開山・聖一） | 可翁宗然（一六世・大應） | 天境靈致（二四世・大鑑） |
| | 鐵舟德濟（二九世・夢窗） | 龍泉令淬（三二世・聖一） | 竺堂圓瞿（三五世・焔慧） |

鎌倉五山

| | | | |
|---|---|---|---|
| 建長寺 | 蘭溪道隆（開山・大覺） | 兀菴普寧（二世・宗覺） | 靈山道隱（一九世・佛慧） |
| | 物外可什（三七世・大應） | 石室善玖（四三世・古林） | 東林友丘（四四世・一山） |
| 圓覺寺 | 無學祖元（開山・佛光） | 嵩山居中（二〇世・大通） | 古先印元（二九世・幻住） |
| | 傑翁是英（三八世・佛源） | 曇芳周應（五八世・夢窗） | 一華心林（一二四世・大覺） |

壽福寺　明庵榮西（開山・黃龍）　秋澗道泉（一一世・佛源）　鐵庵道生（一四世・佛源）
了堂素安（二七世・大覺）　古天周誓（四六世）
淨智寺　大休正念（開山・佛源）　鏡堂覺圓（四世・環溪）
淨妙寺　退耕行勇（開山・黃龍）　天岸惠廣（？・佛光）　靈巖道昭（一三世・大覺）
方外宏遠（四二世・夢窗）

勿論、これはほんの一部の代表的人物を擧げたにすぎないが、これを見ても、五山文學は室町時代京都五山を中心としたのがその第二期卽ち隆盛期であり、鎌倉時代はその第一期卽ち濫觴期であったといってよかろう。

のち、應永八年に、幕府の命令によって、天龍・相國の位次を改め、上下を變えた。これは應永三年八月以來、絶海國師が相國寺の住持となるに從って、義滿は國師を重遇したわけである。『翊聖國師年譜・九周和尙疏序』に「寺（相國寺）乃以辛巳某月日官命陞位於五山第一、而復吾法兄前南禪絶海禪師於鹿苑以住持焉」とある。しかし翌九年に、天龍寺は再び第一となり、相國寺を第二位に戾した。これは同年三月八日、太岳禪師が天龍寺の住持になったので、義滿は太岳禪師を重遇したわけである。その後、五山の位次の變動はあまり行われていない。

要するに北朝の至德三年に至るまで、幕府の命令によって、初めて京都の五山と、鎌倉の五山との兩方が對立することになった。殊に、京都五山は大いに興り、佛光法派である夢窗國師の法嗣は幕府の供養を受けて大いに繁衍し、五山位次の配列に大きな影響を與え、聖一派、大應派を壓倒するに至った。應永以後京都五山には宗乘擧揚の風が弱くなるところがあるが、室町時代の內政・外交・詩文・書畫など、いわゆる「五山文化」に關しては、大いに見るべきものがある。

以上を通觀すると、結局五山とは、五つの大きな官寺という元來の意味が次第に變化して、五という數に關係をもつ一定數を以て構成される禪寺の官寺としての寺格であると定義することができる。

## 二　日本の十刹の起源

日本の十刹に關しては、いつから始まったのか、五山よりもさらに不分明である。しかし、元弘四年（一三三四）正月二十六日に五山第一に昇格されるまでの南禪寺は十刹位であったことが知られるから、十刹の起源も五山と同様に鎌倉末期にあったのではないかと見られる。今枝氏によると、「曆應四年（一三四一）八月二十三日には、足利直義によって、第一淨妙・第二禪興・第三聖福・第四京都萬壽・第五東勝・第六鎌倉萬壽・第七長樂・第八眞如・第九京都安國・第十豐後の十ヵ寺が設定された」というこれが、日本十刹位次の始めであった。ただ、『無德至孝和尚行狀』によると、曆應五年（一三四二）に京都の北禪寺（のちに山城の安國寺に指定される）が十刹に列せられているという。[13]

また、玉村氏によれば、『扶桑五山記』（臨濟宗圓覺寺派の錦屏山瑞泉寺所藏寫本）の注記をみると、「大日本國禪院諸山座位條々」とある下に、「曆應四年（一三四一）八月二十三日評定、同五年四月二十三日重沙汰」とあるから、曆應四年八月に評定されたのは五山の位次であって、十刹の方は曆應五年（康永元年）四月に、「重ねて沙汰」されたのである。『無德至孝和尚行狀』の記事が、これを指すと見れば、この矛盾はなくなる。よって、日本におけるはっきりした十刹位次制度は、曆應五年四月二十三日に制定されたのが最初である。その後、十刹のうちから、五山に昇格するものが多く出て、その代わりに、新たに十刹に列せられるものもでき、概ね、五山の位次變更の度毎に、十刹の位次も變わっている。

文和二年（一三五三）には、尊氏の深信を受けた夢窗疎石一派の根本道場である臨川寺が、十刹に列せられているが、延文三年（一三五八）九月二日に、これを踏まえて、五山の改定と共に改定された。これでほぼ東西對等の列位が出來上がったように感じられる。十刹の位次は次の通りである。

第一禪興寺　第二聖福寺　第三萬壽寺（乾明山、相模）　第四東勝寺　第五長樂寺　第六眞如寺
第七安國寺（山城）　第八萬壽寺（蔣山、豊後）　第九淸見寺　第十臨川寺

ところが康曆元年（一三七九）に天下僧錄の制度ができると、禪林統制が安定したために、義滿は再び十刹の大改造を實施している。すなわち、康曆二年（一三八〇）正月二十六日、改造した十刹の位次を發表した。それは次の通りである。

第一等持寺　第二禪興寺　第三聖福寺　第四東勝寺　第五萬壽寺（乾明山、相模）　第六長樂寺　第七眞如寺
第八安國寺（山城）［玉村竹二說[14]］　第八萬壽寺（京都）［今枝愛眞說[15]］　第九萬壽寺（蔣山、豊後）　第十淸見寺

さらに準十刹としての六寺を付加した。位次は次の通り。

第十一臨川寺　第十二寶幢寺　第十三瑞泉寺（相模）
第十四普門寺　第十五寶林寺　第十六國淸寺（伊豆）

これについて、今枝氏は次のように述べている[16]。

あわせて十六ヵ寺が評定された。このようにして、再び等持寺が十刹首位となり、新たに準十刹が設けられたが、夢窗派の寺院が等持寺をはじめ五ヵ寺も含まれていることは注目すべきである。なお、五山と同様に、十刹もこのとき十ヵ寺の定數に限らない寺格として再生されたのであるが、このように一旦その定數が破られると、地方の有力禪院が競って十刹に昇格しようとした結果、こののち十刹の數は時を追って增大していった。

また、玉村氏によれば、恐らく至德三年（一三八六）、五山位次の最後の改訂と同時に、十刹をさらに全國と關東と

に分け、全國のほうは二十二ヵ寺に増え、關東は十刹となった。今枝氏によると、至徳三年（一三八六）七月十日に、義満が十刹を京都十刹と關東十刹とに分けることを發表した。その位次は、兩説それぞれ次の通りである。

［玉村竹二説］（『五山文學』による）

| 順位 | 寺名 | 存廢 | 開山 |
|---|---|---|---|
| 全國十刹 | | | |
| 第一 | 等持寺 | 廢 | 夢窗疎石（夢窗初祖） |
| 第二 | 臨川寺 | 存 | 夢窗疎石（夢窗初祖） |
| 第三 | 聖福寺 | 存 | 明庵榮西 |
| 第四 | 眞如寺 | 存 | 無學祖元（勸請）（佛光初祖） |
| 第五 | 安國寺 | 廢 | 大同妙喆 |
| 第六 | 萬壽寺 | 存 | 直翁智侃 |
| 第七 | 清見寺 | 存 | 無傳聖禪 |
| 第八 | 定林寺 | 廢 | 無學祖元（勸請）（佛光初祖） |
| 第九 | 寶幢寺（鹿王院ノミ） | 存 | 春屋妙葩（聖一初祖） |
| 第十 | 崇禪寺 | 廢 | 春屋妙葩（夢窗二世） |
| 十一 | 普門寺 | 廢 | 東福圓爾（聖一初祖） |
| 十二 | 廣覺寺 | 廢 | 桑田道海 |
| 十三 | 大德寺 | 存 | 宗峰妙超 |
| 十四 | 寶林寺 | 存 | 雪村友梅（雪村初祖） |

［今枝愛眞説］（『禪宗の歴史』による）

| 順位 | 寺名 |
|---|---|
| 京都十刹 | |
| 第一 | 等持寺 |
| 第二 | 臨川寺 |
| 第三 | 眞如寺 |
| 第四 | 安國寺 |
| 第五 | 寶幢寺 |
| 第六 | 普門寺 |
| 第七 | 廣覺寺 |
| 第八 | 妙光（心）寺 |
| 第九 | 大德寺 |

| | | | | |
|---|---|---|---|---|
| 十五 | 興國寺 | 存 | 無本覺心（法燈初祖） | 第十　龍翔寺 |
| 十六 | 承天寺 | 存 | 東福圓爾（聖一初祖） | |
| 十七 | 乘福寺 | 存 | 鏡空淨心 | |
| 十八 | 光孝寺 | 廢 | 南海寶州 | |
| 十九 | 天寧寺 | 存 | 春屋妙葩（夢窗二世） | |
| 二十 | 弘祥寺 | 廢 | 別源圓旨 | |
| 二一 | 興化寺 | 廢 | 恭翁運良 | |
| 二二 | 光福寺 | 存 | 天庵妙受 | |

關東十利

| | | | | |
|---|---|---|---|---|
| 第一 | 瑞泉寺 | 存 | 夢窗疎石（夢窗初祖） | 第一　禪興寺 |
| 第二 | 禪興寺 | 存 | 蘭溪道隆（大覺初祖） | 第二　瑞泉寺 |
| | （明月院ノミ） | | | |
| 第三 | 東勝寺 | 廢 | 退耕行勇 | 第三　東勝寺 |
| 第四 | 萬壽寺 | 廢 | 無學祖元（佛光初祖） | 第四　萬壽寺 |
| 第五 | 長樂寺 | 存 | 榮　朝（黃龍二世） | 第五　大慶寺 |
| | [天台] | | | |
| 第六 | 國清寺 | 存 | 無礙妙謙（佛國二世） | 第六　興聖寺 |
| 第七 | 大慶寺 | 存 | 大休正念（松源四世） | 第七　東漸寺 |
| 第八 | 圓福寺 | 存 | 性才法心（破庵三世） | 第八　善福寺 |
| | （瑞巖寺） | | | |
| 第九 | 善福寺 | 廢 | | 第九　法泉寺 |

| | | | |
|---|---|---|---|
| 第十 | 東光寺 | 廢 | 月山友桂（一山二世） |
| 第十 | 長樂寺 | | |

この兩説には互いに異なる部分がかなり多いが、やはり玉村説の方が信頼性が高いと思われる。というのは、文明末年（一四八六）ごろには、十刹には四十六ヵ寺が列せられているが、これは玉村説の方向に沿って發展したものともいえるからである。その十刹位次の順位は次の通りである。

| | | | | |
|---|---|---|---|---|
| 第一等持寺／山城 | 第二臨川寺／山城 | 第三禪興寺／相模 | 第四聖福寺／筑前 | 第五東勝寺／相模 |
| 第六萬壽寺／相模 | 第七長樂寺／上野 | 第八眞如寺／山城 | 第九安國寺／山城 | 第十萬壽寺／豐後 |
| 十一清見寺／駿河 | 十二定林寺／美濃 | 十三寶幢寺／美濃 | 十四崇禪寺／出羽 | 十五瑞泉寺／相模 |
| 十六普門寺／山城 | 十七廣覺寺／山城 | 十八大德寺／山城 | 十九妙光寺／山城 | 二十寶林寺／播磨 |
| 廿一國清寺／伊豆 | 廿二興國寺／紀伊 | 廿三承天寺／筑前 | 廿四乘福寺／周防 | 廿五光孝寺／伯耆 |
| 廿六天寧寺／備後 | 廿七圓福寺／陸奥 | 廿八興聖寺／陸奥 | 廿九雲巖寺／下野 | 三十善福寺／相模 |
| 卅一東光寺／相模 | 卅二弘祥寺／越前 | 卅三興化寺／越中 | 卅四安國寺／丹波 | 卅五能仁寺／下野 |
| 卅六光明寺／出羽 | 卅七法雲寺／播磨 | 卅八崇福寺／筑前 | 卅九興德寺／陸奥 | 四十米山寺／越後 |
| 四一海會寺／和泉 | 四二開善寺／信濃 | 四三補陀寺／阿波 | 四四大慈寺／日向 | 四五正觀寺／肥後 |
| 四六天福寺／美濃 | | | | |

十刹は、その後もますますその數を加え、中世末までには實に六十數ヵ寺に達している。勿論、その中には大德寺のように、自らその地位を拒否するものもあった。

## 三　日本諸山（甲刹）の起源について

中國においては、官寺は五山の下に十刹を設け、十刹の下に甲刹を設けるという三段構造をとっていた。この官寺制度はそのまま日本に移植されたが、結局、上述したように日本の五山・十刹の意義はもとの意義と全く異なって、完全に日本化したものになった。日本では、官寺の位次として、十刹の下に諸山という寺格を設けた。普通は甲刹とも言っているが、公文書には諸山とのみ見えるから、法制的には諸山という名稱が用いられていたと思われる。中國で諸山といえば、單に州內の諸々の寺院というだけの意味であるが、日本では官寺の三段位にある寺の名稱となっている。これも一つの日本化の現われであると言えるであろう。

諸山の位次について、玉村氏は次のように述べている[17]。

鎌倉時代に遡り、十刹よりも古い時代に見られる。すなわち元亨元年（一三二一）に相模の崇壽寺がこれに列せられている。その後元德二年（一三三〇）六月には肥後の壽勝寺がこれに列せられ、建武三年（一三三六）には相模の長壽寺・山城の臨川寺・肥後の高城寺が、曆應元年（一三三八）には新濃の開善寺、曆應二年には播磨の法雲寺、曆應三年には山城の正傳寺（賀茂）が、それぞれ諸山に列せられ、ついには全國に亙って約百八十個寺の列位に及んでいる[18]。

このようにして、五山文學濫觴期の末までに、全國に亙って增設されたこれら約三百の十刹・諸山は、それぞれ各地における五山派諸刹の據點をなすものであったから、それらの增加は地方五山派の充實と發展過程を示すものにほかならない。こうして、中國の五山十刹制度も全く日本化してしまった。

以上は、中日兩國における禪宗及びその五山に關する考察である。そのはじめ達磨大師が中國に傳えたものは「インド」の禪宗である。五百年後、それは純粋な「中國」禪宗に生まれ變わった。そして、その附屬物として「五山」も生まれた。のち、入宋・入元・入明日本詩僧及び來日詩僧によって日本に傳來した純粋な中國禪宗及び「五山」は、いつしか「日本風」の禪宗に變化した。かくして、この「不立文字」の禪宗は、ついに「五山文學」という花を咲かせた。

以上、本論の第一篇は、中日の「禪宗」及び「五山」に關して、今日までの研究成果をふまえつつ、多少ながら筆者の考え方をも含めて論述してきた。これこそが、これから展開する「五山文學」を生んだ環境であった。

ところが、この篇の結論として、最も重要なことは、「五山文學」の「五山」という概念は、中國禪宗史の中の「五山」ではなく、日本獨自の「五山」であるということである。なぜならば、中國の五山叢林には終に「五山文學」という花は咲かなかったからである。

注

（1）玉村竹二『五山文學』八頁。

（2）石川力山『禪宗小事典』一〇一頁を參照。玉村竹二の『五山文學』から石川力山『禪宗小事典』までは三十三年の歲月を經ても、この問題はなお「その實態については不明な點が多い」と、石川力山氏は言う。

（3）上村觀光『五山文學全集』別卷（思文閣復刻、一九七三）二七一頁。

（4）新訂增補『國史大系』卷三十三『吾妻鏡』後篇（吉川弘文館、一九六五）五六八頁。

（5）今枝愛眞『禪宗の歷史』七九頁。

（6）注（1）に同じ、九頁。

（7）注（6）に同じ。

(8) 注(5)に同じ、八〇頁。今枝氏は「この直義の改定によって、五山は五ヵ寺に限られるという中國傳來の原則が破棄され、五山はただ寺格をあらわすものとなった」と認識している。石川氏の認識は注(2)の一〇二頁を參照。
(9) 注(5)に同じ、八〇頁を參照。この改定はについて今枝氏は延文三年(一三五八)としている。石川氏は今枝氏に從う。注(2)の一〇二頁を參照。
(10) この足利義滿の三たびの改定について、今枝氏は言及していない。石川氏も同樣。櫻井秀雄氏が代表とする駒澤大學禪學大辭典編集委員會が編集した『禪學大辭典』にも言及していない。
(11) 注(1)に同じ、一一頁。
(12) 『增補續史料大成』第二十卷(臨川書店、一九八二)二五頁。
(13) 注(5)に同じ、八一頁。
(14) 注(1)に同じ、一五頁。
(15) 注(5)に同じ、八四頁。
(16) 注(5)に同じ、八二頁。
(17) 注(1)に同じ、一七頁。
(18) 注(14)に同じ、(諸山の數は)實に二百三十の多數に上っている。

# 第二篇　「五山文學」成立の諸問題に關する研究
## ——五山詩僧及び五山文學作品を通覧して——

### 第一章　五山文學の作者群に關する考察

第一篇では、中國禪宗及び五山制度の受容を中心として、日本禪宗及び五山制度の成立に關する諸問題を考察した。その受容の結果として、日本禪宗の活動の場としての五山は、いくたびかの變遷を經て、すでに中國の場合と異なり、いわば日本的な五山に變質していた。そこで、本篇では、これを作者群と作品群との二章に分け、その日本的な五山で活動した五山詩僧、及び彼等が創出した大量の「五山文學」作品をそれぞれ具體的に確認することによって、「五山文學」全般の實態を一應ながら把握して置きたいと思う。

本篇では、後述の第三篇で論證する豫定である筆者の「五山文學」三期説、卽ち濫觴期（一一九一～一三二六）・隆盛期（一三二七～一四二五）・衰頽期（一四二六～一六二〇）という時期區分に從い、それぞれの時期において活躍した作者（五山詩僧）を對象として、その具體的な確認作業を進める。そのために便宜上、各時期において活躍した作者（五山詩僧）を來日詩僧・留學詩僧・未留學詩僧という三つのグループに分けて、これを考察してみたい。このようなグループ分けによって、各詩人の作風の傳來・影響・受容・形成・成立という形成過程が比較的に明確に把握できるように思われるからである。

# 第一節　五山文學濫觴期の作者群

## 一　來日詩僧について

### 1　南宋の來日詩僧（南宋　一二一七～一二七九）

蘭溪道隆（一二一三～七八）、臨濟宗松源派大覺派祖。無明慧性の法嗣。一二四六年來日。建長寺開山。建仁寺十一世。大覺派は五山教團五十九流派中の第八流となった。日本最初の禪師號大覺禪師の敕謚號を受けた。重要詩僧。

義翁紹仁（?～一二八一）、大覺派。蘭溪の法嗣。四川省西蜀涪江人。蘭溪と共に來日した。建仁寺十二世、建長四世。のち普覺禪師の敕謚號を受けた。一般詩僧。

龍江應宣（?～?）、大覺派。蘭溪の法嗣。涪州人。蘭溪と共に來日した。淨妙六世。一般詩僧。

兀菴普寧（?～?）、臨濟宗破庵派宗覺派祖。無準師範の法嗣。一二六〇年に來日した。建長寺二世。宗覺派は五山教團五十九流派中の第十一流となった。一二六五年歸國した。重要詩僧。

大休正念（一二一五～八九）、臨濟宗松源派佛源派祖。法を石溪心月に嗣ぐ。一二六九年に來日した。圓覺寺二世、建長三世。佛源派は五山教團五十九流派中の第十三流となった。重要詩僧。

### 2　元朝の來日詩僧（元朝　一二七九～一三六七）

無學祖元（一二二六～八六）、臨濟宗破庵派佛鑑派佛光派祖。無準師範の法嗣。一二七九年に來日した。圓覺開山、

建長五世。佛光派は五山教團五十九流派中の第十六流となった。重要詩僧。

鏡堂覺圓（一二四三〜一三〇六）、佛鑑派環溪派大圓派祖。環溪惟一の法嗣。一二七九年に來日した。建仁寺十六世、圓覺寺三世、建長寺六世。遺偈は「甲子六十三、無法與人説、任運自去來、天上只一月」である。大圓派は五山教團五十九流派中の第二十流となった。重要詩僧。

不昧一眞（?〜?）、佛光派。無學祖元の法嗣。一二七九年に來日した。一般詩僧。

一山一寧（一二四六〜一三一七）、曹源派一山派祖。曹源道生の法孫。一二九九年に來日した。圓覺寺七世、建長寺十世。遺偈は「横行一世、佛祖飲氣、箭既離弦、虚空落地」である。重要詩僧。

西澗子曇（一二四八〜一三〇六）、松源派大通派祖。石帆惟衍の法嗣。一二九九年に來日した。圓覺寺六世。重要詩僧。

石梁仁恭（一二六六〜一三三四）、一山派。一山の法嗣。臺州人。一山に隨伴して來日。聖福寺十八世、建仁寺二十二世。のち慈照慧燈禪師の敕謚號を受けた。一般詩僧。

東里弘會（?〜?）、曹源派東里派祖。明州人。月潭智圓の法嗣。一三〇八年に來日した。建長寺十六世。東里派は五山教團五十九流派中の第二十九流となった。重要詩僧。

東明慧日（一二七三〜一三四〇）、曹洞宗宏智派東明派祖。明州定海人。俗姓は沈氏。直翁德擧の法嗣。一三〇九年、北條貞時の請に應じて來日した。建長十八世、圓覺十世。遺偈は「六十九年、有生有死、古渡雲收、靑天在水」である。東明派は五山教團五十九流派中の第二十三流となった。重要詩僧。

靈山道隱（?〜一三二五）、佛鑑派雪巖派靈山派祖。雪巖祖欽の法嗣。一三一八年に來日した。建長寺十九世、圓覺寺十二世。靈山派は五山教團五十九流派中の第二十二流となった。重要詩僧。

清拙正澄（一二七四～一三三九）、破庵派石田派大鑑派祖。愚極智慧の法嗣。一三二六年に來日した。建仁寺二十三世、建長寺二十二世、圓覺寺十六世。遺偈は「毘嵐卷空海水立、三十三天星斗濕、地神怒把鐵牛鞭、石火電光追莫及」である。大鑑派は五山教團五十九流派中の第二十四流となった。重要詩僧。

## 二　留學詩僧について

### 1　留宋詩僧（南宋　一一二七～一二七九）

叡山覺阿（?～?）、臨濟宗楊岐派覺阿派。入宋して、楊岐方會五世大慧宗杲の同門瞎堂慧遠に參じて、その法を嗣いだ。覺阿派は五山教團五十九流派中の第一流となった。重要詩僧。

大日能忍（?～?）、臨濟宗達磨宗。弟子のうち練中・勝辨の二人を宋に派遣し、南宋の拙庵德光に自らの所悟を呈して、印可を受けた。その派は五山教團五十九流派中の第二流となった。一般詩僧。

明菴榮西（一一四一～一二一五）、日本臨濟宗黃龍派祖。備中人。一一八七年に入宋して、虛庵懷敞の法を嗣ぐ。一一九一年に歸國した。壽福開山、建仁開山。黃龍派は五山教團五十九流派中の第三流となった。重要詩僧。

永平道元（?～?）、曹洞宗永平派祖。入宋して長翁如淨の法を嗣ぐ。歸國後、永平開山。曹洞宗永平派は五山教團五十九流派中の第四流となった。重要詩僧。

東福圓爾（一二〇一～八〇）、破庵派佛鑑派聖一派祖。駿河人。一二三五年に入宋して、無準師範の法を嗣ぐ。一二四一年に歸國した。東福開山、建仁十世。のち聖一國師の敕謚號を受けた。聖一派は五山教團五十九流派中の第五流となった。重要詩僧。

天祐思順（?～?）、大慧派天祐派。入宋して、敬叟居簡に參じて大慧派の法を嗣ぐ。天祐派は五山教團五十九流派中の第六流となった。歸國後、山城草河の勝林寺に寓した。重要詩僧。

無本覺心（?～?）、楊岐派法燈派祖。入宋して、無門慧開の法を嗣ぐ。法燈派は五山教團五十九流派中の第七流となった。歸國後、紀伊由良の西方寺の開山となった。洛北に妙光寺を開いた。重要詩僧。

性才法心（?～?）、破庵派佛鑑派性才派。入宋して、無準師範の法を嗣ぐ。性才派は五山教團五十九流派中の第九流となった。歸國後、陸奥松島の圓福寺に住した。重要詩僧。

妙見道祐（?～?）、破庵派佛鑑派妙見派。入宋して、無準師範の法を嗣ぐ。妙見派は五山教團五十九流派中の第十流となった。歸國後、山城草河の妙見堂に住した。重要詩僧。

了然法明（?～?）、破庵派佛鑑派了然派。入宋して、無準師範の法を嗣ぐ。了然派は五山教團五十九流派中の第十二流となった。歸國後、出羽玉泉寺に住した。重要詩僧。

無關普門（一二一二～九一）、聖一派龍吟門派祖。信濃の人。一二五一年に入宋して、斷橋妙倫から印可を受けた。圓爾辨圓の法嗣。一二六二年に歸國した。南禪開山、東福寺三世。のち佛心禪師・大明國師の敕諡號を受けた。重要詩僧。

白雲慧曉（一二二七～九七）、聖一派栗棘門派祖。讃岐人。雅號は隱谷子。一二六六年に入宋して、希叟妙曇から印可を受けた。圓爾辨圓の法嗣。一二七八年に歸國後、東福寺四世となった。遺偈は「來也如是、去也如是、更問如何、如是如是」である。のち佛照禪師の敕諡號を受けた。一般詩僧。

無隱圓範（一二二九～一三〇七）、大覺派。紀伊人。蘭溪隆道の法嗣。蘭溪に參じた後に宋へ留學。歸國後、建仁寺十五世、建長寺十一世、圓覺寺八世。遺偈は「來無所從、去無所至、皎日麗天、清風匝地」である。敕して覺雄禪師の號を諡られた。一般詩僧。

無象靜照（一二二三～一三〇六）、松源派法海派祖。俗姓は平氏。一二五二年入宋。石溪心月の法嗣。一二六五年歸國後、淨智寺に入院した。遺偈は「諸佛來也如是、諸佛去也如是、諸佛來去一般、教我說也如是、首座大衆、伏惟珍重」である。法海禪師の敕謚號を受けた。法海派は五山教團五十九流派中の十四流となった。重要詩僧。

樵谷惟僊（?～?）、樵谷派。一二五九年入宋、別山祖智の法嗣。一二六四年歸國後、信州別所の安樂寺を開いた。樵谷派は五山教團五十九流派中の第十五流となった。重要詩僧。

南浦紹明（一二三五～一三〇八）、松源派大應派祖。一二五九年入宋、虛堂智愚の法嗣。一二六七年歸國後、建長寺一三世。遺偈は「訶風罵雨、佛祖不知、一機瞥轉、閃電猶遲」である。大應派は五山教團五十九流派中の第十八流となった。重要詩僧。

桃溪德悟（一二三九～一三〇六）、大覺派。九州の人。蘭溪隆道の法嗣。入宋して頑極行彌に參じた。一二七八年無學祖元と同船、歸國した。筑前聖福寺一二世、圓覺寺四世。遺偈は「芭蕉虛幻體、片々總成眞、驀地皈根去、露出法王身」である。のち宏覺禪師の敕謚號を受けた。葦航道然・無及德詮・約翁德儉と共に大覺會下の「四傑」と稱せられた。一般詩僧。

約翁德儉（一二四四～一三二〇）、大覺派。法を蘭溪隆道に嗣ぐ。入宋して、藏叟善珍に參じた。八年後歸國。のち建仁寺一七世、建長寺一五世、南禪寺五世。遺偈は「七十六年、不生不死、雲散長空、月行萬里」である。その法嗣に寂室元光らがいる。一般詩僧。

無及德詮（?～?）、大覺派。蘭溪隆道の法嗣。一二七八年入宋して、無學祖元の招致に成功した。一二七九年無學に隨伴して歸國した。一般詩僧。

傑翁宗英（?～?）、大覺派。法を蘭溪隆道に嗣ぐ。一二七八年入宋して、無學祖元の招致に成功した。一二七九年無學に隨伴して歸國した。一般詩僧。

方外行圓（?～?）、環溪派方外派祖。入宋して、環溪惟一に法を嗣ぐ。方外派は五山教團五十九流派中の第二十一流となった。重要詩僧。

大歇了心（?～?）、黄龍派。退耕行勇に參じた後、入宋したことがあった。歸國後、建仁寺九世となった。一般詩僧。

南洲宏海（?～?）、宗覺派。兀庵普寧の法嗣。入宋してから、淨慈寺に掛搭し、更に諸刹を遊方した。歸國後、一二八一年淨智寺に住した。のち眞覺禪師の敕謚號を受けた。一般詩僧。

直翁智侃（一二四五～一三二二）、聖一派。東福寺の圓爾の法嗣。上野國の人。俗姓は源氏。建長寺の蘭溪道隆に參じた後入宋。歸國後、東福寺一〇世となった。遺偈は「應世隨緣、七十八年、撒手便行、古路坦然」である。佛印禪師の敕謚號を受けた。一般詩僧。

東傳正祖（?～?）、大慧派東傳派。入宋して、笑隱の法嗣。東傳派は五山教團五十九流派中の第二十五流となった。重要詩僧。

巨山志源（?～?）、松源派巨山派祖。一二六四年入宋して、虛堂智愚の印可を受け、臺州の雁蕩に赴いた際、虛堂は「師道嚴明善應酬、石橋過了問龍湫、一華一艸人皆見、是子知機獨點頭」という偈を巨山に贈った。一二六九年歸國後、無學に隨伴して武藏杉田の東漸寺に遊び、「層欄危欄半江村、海遶山腰樹影昏、目送不知餘幾里、孤煙淺處著蟾痕」と、その風景を詠じた。巨山派は五山教團五十九流派中の第二十六流となった。重要詩僧。

南堂宗薫（?～?）、松源派南堂派祖。入宋して、靈石如芝の法を嗣ぐ。南堂派は五山教團五十九流派中の第二十七流となった。重要詩僧。

桂堂瓊林（?～?）、松源派桂堂派祖。入宋して、虛舟普度の法を嗣ぐ。歸國後、山城草河の勝林寺に寓した。桂堂派は五山教團五十九流派中の第二十八流となった。重要詩僧。

悟空敬念（?～?）、松源派。筑前太宰府の人。入宋して、無準師範の法を嗣ぐ。歸國後、京都北山の妙見堂に住した。一般詩僧。

無傳聖禪（?～?）、佛果派無傳派祖。入宋して、徑山の荊叟如珏の法を嗣いだ。歸國後、駿河清水の巨鼇山清見寺の開山となった。無傳派は五山教團五十九流派中の第三十流となった。重要詩僧。

太初啓原（?～?）、佛果派大初派祖。入宋して原翁の法を嗣ぐ。大初派は五山教團五十九流派中の第五十四流となった。重要詩僧。

無得□一（?～?）、大慧派無得派祖。入宋して大慧宗杲四世の無文の法を嗣ぐ。無得派は五山教團五十九流派中の第五十五流となった。重要詩僧。

## 三　未留學詩僧について

若訥宏辯（一二一七～九三）、大覺派。蘭溪來日後初めての弟子。肥前の圓通寺で示寂。遺偈を「假成幻質、七十七年、一蹈蹈碎、萬里靑天」という。圓通寺は建長寺の規模を模倣し、建長寺が「海東法窟」と稱するのに對して、「海西法窟」と稱している。一般作家。

葦航道然（一二一八～一三〇一）、大覺派。信濃の人。蘭溪隆道の法嗣。圓覺寺五世、建長寺六世。遺偈は「空華亂墜、八十三年、卽今依舊、葦航道然」である。桃溪德悟・無及德詮・約翁德儉と共に大覺會下の「四傑」と稱せられた。のち大興禪師の敕諡號を受けた。一般作家。

癡兀大慧（一二二九～一三一二）、破庵派佛鑑派聖一派大慈門派祖。著作には『大日經見聞』『枯木集』『十牛訣』がある。東福寺九世。重要作家。

東山湛照（一二三一～九一）、破庵派佛鑑派聖一派三聖門派祖。東福寺二世。一般作家。

悅堂聽賀（?～?）、大覺派。葦航道然の法嗣。鎌倉中期の人。一般作家。

藏山順空（一二三三～一三〇八）、破庵派佛鑑派聖一派永明門派祖。俗姓は源氏。東福寺六世。その法嗣に大道一以らがある。圓鑑禪師の敕謚號を受けた。一般作家。

玉峰潛奇（?～?）、佛源派、大休正念に師事した。一二九一年、大休の寂後、かつて大休が一二八三年、北條顯時の施入の費用によって出版した『傳心法要』を、一三〇二年に再刊し、自ら刊記を加えた。一般作家。

古倫慧文（?～?）、佛光派。無學の法嗣。一二八七年、淨善撰述の『禪門寶訓』を上梓し、この版を建長寺正統庵の無學の塔前に寄付し、同庵の藏版とした。一般作家。

松嶺智義（?～一三二六）、聖一派三聖門派。東山湛照の法嗣。後深草天皇の皇子と傳えられる。萬壽寺二世。遺偈を「昔年恁麼來、著趙州布衫、一去一來莫相嫌、發明千山與萬巖」という。一般作家。

喝岩聽一（?～一三一九）、大覺派。約翁德儉の名書記としてその名は叢林に鳴り響いた。葦航道然の法嗣。遺偈は「靈光常在、遍界不藏、性地不昧、法身堂々」である。一般作家。

潛溪處謙（?～一三三〇）、破庵派佛鑑派聖一派本成門派祖。東福寺一三世。一般作家。

高峰顯日（一二四一～一三一六）、破庵派佛鑑派佛光派佛國派祖。俗は後嵯峨天皇の皇子。建長寺一三世。廣供廣濟國師の敕謚號を受けた。重要作家。

無爲昭元（?～一三一一）、聖一派。圓爾の法嗣。京都の人。承天寺八世。三聖寺二世。東福寺七世。圓覺寺九世。

その參徒に虎關師錬・秋澗道泉・無極志玄等がある。大智海禪師の敕謚號を受けた。一般作家。

嶮崖巧安（一二四七～一三三三）、佛源派。大休正念の法嗣。肥前の人。筑前聖福寺一五世。建仁寺一九世。圓覺寺一四世。建長寺二三世。遺偈は「臨行一着、不假兩脚、踢倒須彌、踏翻碧落」である。のち佛智圓應禪師の敕謚號を受けた。一般作家。

春谷德熙（?～?）、大覺派。蘭溪の法嗣。鎌倉中期の人。一般作家。

玉山德璇（一二五四～一三三四）、大覺派。信濃の人。蘭溪道隆の法嗣。晩年、鎌倉に回春院を開いて退隱した。その法嗣に月山希一・東岡希杲がある。建長寺二一世。一般作家。

雲屋慧輪（一二五七～一三三一）、佛光派。無學祖元の法嗣。圓覺寺一三世。一般作家。

規庵祖圓（一二六一～一三一三）、破庵派佛鑑派佛光派規庵派祖。無學祖元法嗣。遺偈は「一躍々翻黃鶴樓、一拳々倒鸚鵡洲、臨行一着元無別、黃鶴樓前鸚鵡洲」である。重要作家。

建翁慧鼎（?～?）、佛光派。無學祖元の法嗣。鎌倉の淨妙寺に住した。一般作家。

無外爾然（?～一三一七）、破庵派佛鑑派聖一派正法門派祖。圓爾の法嗣。一般作家。

孤雲慧約（?～?）、佛光派。無學祖元の法嗣。建武年間（一三三四～三七）に相模の萬壽寺に住した。一般作家。

秋澗道泉（一二六三～一三二三）、佛源派。備中の人。大休正念の法嗣。壽福寺一一世。のち大法源禪師の敕謚號を受けた。重要作家。

鐵菴道生（一二六二～一三三一）、佛源派。出羽の人。大休正念の法嗣。筑前の聖福寺一六世。建仁寺二〇世。壽福寺一一世。のち本源禪師の敕謚號を受けた。重要作家。

元翁本元（一二八二～一三三二）、破庵派佛鑑派佛光派佛國派佛德派祖。南禪寺一一世。のち佛德禪師の敕謚號を受けた。一般作家。

五山文學濫觴期は一一九一年から一三二九年までの一三八年間であり、その間、活躍した五山文學の代表的作者として、以上の七十一名を確認することができた。その中、來日詩僧は十五名で、總數の二十一%を占めており、留學詩僧は三十二名で、總數の四十五%を占めており、未留學詩僧は二十四名で、總數の三十四%を占めている。

その中、重要作家は三十九名（單純に禪宗的なもの二十三名を含む）があり、總數の五十五%を占めている。そして、その三十九名の中には、來日詩僧が十一名で總數の二十八%を、留學詩僧は二十一名で總數の五十四%を、未留學詩僧は七名で總數の十三%をそれぞれ占めている。一方、一般作家は三十二名（單純に禪宗的なもの十九名を含む）があり、總數の四十五%を占めている。そして、その三十二名の中には、來日詩僧は四名で總數の十三%を、留學詩僧は十一名で總數の三十四%を、未留學詩僧は十七名で總數五十三%をそれぞれ占めている。

以上の總括からみると、五山文學濫觴期の來日詩僧・留學詩僧らは中國からの作風の傳來・影響という役割を大いに果たしていたと考えられる。これに反して未留學詩僧の數は、わずかに全體の三分の一を占めるに過ぎず、また、重要な作家も少なく、一般的な普通の作家がはるかに多かった。これを要するに、濫觴期には、留學詩僧は中國の影響を受け、これを模倣するのに、懸命な段階に留まり、また未留學詩僧も、まだ來日詩僧・留學詩僧から懸命に學び取っている最中という段階にあったことが推察される。

## 第二節　五山文學隆盛期の作者群

### 一　來日詩僧について

1　元朝の來日詩僧（元朝　一二七九～一三六七）

明極楚俊（一二六二～一三三六）、松源派焰慧派祖。虎巖淨伏の法嗣。一三二九年來日。建仁寺二四世。建長寺二三世。焰慧派は五山教團五十九流派中の第三十一流となった。重要作家。

竺仙梵僊（一二九二～一三四八）、松源派古林派楞伽派祖。古林清茂の法嗣。一三二九年來日。建長寺二九世。楞伽派は五山教團五十九流派中の第三十三流となった。重要作家。

懶牛希融（?～一三三七）、焰慧派。明極楚俊の法嗣。一三二九年來日。『滄海餘波』の編者でもある。一般作家。

東陵永璵（?～一三六五）、曹洞宗宏智派東陵派祖。雲外雲岫の法嗣。四明の人。足利直義の招聘に應じて、一三五一年來日。天龍寺三世。南禪寺二三世。建長寺三二世。圓覺寺二六世。かつて元の皇帝より、妙應光國慧海慈濟禪師の號を特賜された。東陵派は五山教團五十九流派中の第五十六流となった。重要作家。

道元文信（?～?）、松源派。東嶼德海の法嗣。東陵永興と同行來日したかと見られる。建仁寺に掛搭して、同寺の義堂・心華・太白・惟忠らと親交があった。一般作家。

2　明朝の來日詩僧（明朝　一三六八～一六六二）

仲猷祖闡（?〜?）、大慧派。元叟行端の法嗣。天寧寺の住持である。一三七三年來日。足利義滿が祖闡を引き留めて、天龍寺の住持に任命しようとしたが、祖闡はその命を奉ぜずに去った。一般作家。

一菴一如（?〜?）、大慧派。元叟行端の法嗣。明の惠帝の命を奉じて、一四〇二年來日。一般作家。

天倫道彝（?〜?）、大慧派。元叟行端の同門愚庵智及の法嗣。師叔一菴一如と共に一四〇二年來日。一般作家。

雪軒□成（?〜?）、大慧派。秋潔の法嗣。明の成祖の命を奉じて、一四〇三年來日。一般作家。

倨巖德廉（?〜?）、夢窗派靈松門派。溫州天臺人。筑後の鄂隱慧奯の法嗣。一般作家。

龍室道淵（一三八五〜一四三三）、大覺派。明州人、俗姓は張。一四一四來日後出家した。筑前の聖福寺九三世。天龍寺九一世。遣明正使として、一四三三年六月、北京の朝廷で宣宗皇帝に謁見し、七月二十四日歸途杭州に客死した。一般作家。

## 二　留學詩僧について

### 1　留元詩僧（元朝　一二七九〜一三六七）

闡提正具（?〜一三三九）、黃龍派。印叟救海の法嗣。入元して、中峰・古林に參じた。その法嗣に放牛光林・高山榮元がある。遺偈は「離却殼漏、處々相見、馬腹驢腹、日面月面」である。重要詩僧。

秀巖玄挺（一二六四〜一三二〇）、佛光派。元に留學したことがある。高峰の法嗣。十刹長樂寺第九世。その法嗣に無際彌浩があり、參徒に乾峰士曇らがある。一般作家。

一峰通玄（?〜?）、聖一派大雄門派。天柱宗昊の法嗣。入元して、一三四五年歸國。重要作家。

愚直師侃（?〜?）、聖一派三聖門派愚直派祖。東山湛照の法嗣。永仁の初め（一二九三）入元。歸國後、三聖寺八世となった。一般作家。

士林得文（?～一三四二）、焰慧派。明極を招聘するため、一三二九年入元し、同年明極の來日と共に歸國した。一般作家。

可庵圓慧（一二六九～一三四三）、聖一派正法門派。無外爾然の法嗣。一二九六年入元。一三〇八年歸國。遺偈に「平生活路、七十五年、金剛眼目、只對吾禪」とある。稱光天皇より圓光禪師の敕謚號を受けた。一般作家。

天岸慧廣（一二七三～一三三五）、佛光派。高峰の法嗣。一三二〇年入元。一三二九年歸國。その偈頌集を『東歸集』という。佛乘禪師の敕謚號を受けた。重要作家。

嵩山居中（一二七七～一三四五）、大通派。西澗の法嗣。一三一八年入元。一三二三年歸國後、南禪寺一二世。建仁寺第二十五世。圓覺寺第二十世。建長寺第二十七世などを歷任。重要作家。

月山友桂（?～?）、一山派。一山の法嗣。一三一八年古先・明叟・復庵・石室・嵩山等と共に入元した。一三二九年明極と同船で歸國した。一般作家。

可翁宗然（?～一三四五）、大應派。南浦紹明の法嗣。一三一九年入元。一三二六年歸國。萬壽寺一六世、建仁寺二八世、南禪寺一八世などを歷任。水墨名家。五山派と大德派の徹翁義亨と妙心派の關山慧玄との連絡をとる役割を演じた。重要作家。

復庵宗己（一二八〇～一三五八）、佛鑑派雪巖派幻住派大光派祖。一三一八年入元、中峰明本の法嗣。一三二六年歸國。後光嚴上皇より大光禪師の敕謚號を受けた。大光派は五山教團五十九流派中の第四十五流となった。重要作家。

復初本禮（?～?）、大覺派。一三二九年の前に入元して、無及德詮の法嗣。一三二九年天岸と同船で歸國した。一般作家。

龍山德見（一二八四～一三五八）、黄龍派寂庵派。下總香取人。俗姓は千葉氏。寂庵上昭の法嗣。一三〇五年入元。一三五〇年歸國。建仁寺三五世。南禪寺二四世。天龍寺六世などを歴任。生前、後光嚴天皇より眞源大照禪師の特賜號を受けた。重要作家。

遠溪祖雄（一二八六～一三四四）、佛鑑派雪巖派幻住派遠溪派祖。丹波佐治庄の人。俗姓は藤原氏、光基の子。一三〇七年入元、中峰の印可を受けた。一三一六年歸國後、丹波で瑞岩山高源寺を創めた。その法嗣に了庵玄悟がある。その後、この派からは一華碩由という教團組織の天才が出て、一派の禪風を形成した。遠溪派は五山教團五十九流派中の第四十一流となった。一般作家。

足庵祖麟（一二八八～一三五四）、大覺派。靈巖道昭の法嗣。入元して中峰・古林に參じた。歸國後、壽福寺二五世、萬壽寺一九世、建仁寺三四世などを歴任。一般作家。

太朴玄素（一二八九～一三四八）、聖一派龍吟門派。釣叟玄江の法嗣。一三一九年入元して、中峰・古林・靈石・月江らに參じた。元の宣宗皇帝は彼に眞覺廣慧大師の號を特賜した。一三三二年歸國。一般作家。

東白圓曙（?～?）、曹洞宗宏智派。東明に參じた後入元、古林・了清等に參じた。一般作家。

寂室元光（一二九〇～一三六七）、大覺派。約翁德儉の法嗣。一三二〇年入元、中峰・元叟・古林・清拙・靈石・絕學・無見・斷崖らに參じた。一三二六年歸國。五山隱逸詩僧。重要作家。

雪村友梅（一二九〇～一三四六）、曹源派一山派雪村派祖。一山一寧の法嗣。一三〇七年入元。在元時の作品集を『岷峨集』という。一三二九年歸國した。その後の語錄詩文集を『寶覺眞空禪師語錄』という。建仁寺三〇世。五山隨一の大詩僧。重要作家。

別傳妙胤（?～一三四七）、雪巖派別傳派。入元して、虛谷希陵の法嗣。一三二九年歸國。建仁寺三一世。金剛幢下

（古林清茂）友社のメンバーは、竺僊梵僊・天岸慧廣・龍山徳見・友山士偲・別傳妙胤である。別傳派は五山教團五十九流派中の第三十八流となった。重要作家。

南堂徳薫（?～?）、松源派。最初は南浦の徒で、のち入元して靈石如芝に參じ、その法を嗣いだ。歸國後、筑前崇福寺一三世。一般作家。

不昧興志（?～?）、焰慧派。入元して、明極に參じ、師と同船して歸國した。一般作家。

赤城了需（?～?）、聖一派正統門派。一三一九年入元、月船深海の法嗣。一般作家。

無著良縁（?～?）、一山派。一山一寧の法嗣。入元したことがある。一般作家。

靈江周徹（?～?）、古林派靈江派祖。鎌倉末期に入元。古林清茂から印可を受けた。一三四一年歸國。遺偈に「欲知居處、不隣神仙、金剛腦後、那吒面前、喝一喝」とある。靈江派は五山教團五十九流派中の第三十六流となった。一般作家。

滿翁明道（?～?）、夢窗派。夢窗の法嗣。入元して中峰に參じた。甲斐惠林寺に住した。一般作家。

無夢一清（一二九三～一三六八）、聖一派天得門派。玉溪の法嗣。一三〇五年入元。一三五〇年歸國。東福寺三〇世。遺偈は「一顆寶珠、祕人我山、今日擊碎、地濶天寬」である。一般作家。

□□妙愚（?～?）、夢窗派。夢窗に師事したが、のち入元、一三五〇年龍山徳見・無夢一清と同船して歸國した。一般作家。

平田慈均（一二九四?～一三六四）、聖一派龍吟門派。道山玄晟の法嗣。在元中、古林・中峰・月江・靈石等に歷參した。歸國後、東福寺二四世。南禪寺二五世。一般作家。

別源圓旨（一二九四～一三六四）、曹洞宗宏智派。一三二〇年入元、東明慧日の法嗣。一三三〇年歸國。建仁寺四四

世。遺偈は「捏聚虚空、栽龜毛兎角、楊岐一頭驢、只有三隻脚、蹈翻虚空、拈殺幡綽」である。中巖圓月・不聞契聞・東白圓曙とは文學上の交友が篤かった。重要作家。

物外可什（?～一三五一）、大應派。南浦紹明の法嗣。一三二〇年入元、一三二九年歸國。建長寺三七世。天岸慧廣・別源圓旨・石室善玖・中巖圓月・竺仙梵僊・可翁宗然らと、同じく「金剛幢下」（古林清茂の下）の人として特に親交を結んだ。一般作家。

古先印元（一二九四～一三七四）、佛鑑派雪巖派幻住派廣智派祖。桃溪德悟の法嗣。一三一八年入元、無見・古林・中峰・月江・靈石・笑隱・斷江・別傳等に歴參した。一三二六年歸國。萬壽寺二〇世。圓覺寺二九世。建長寺三八世などを歴任。廣智派は五山教團五十九流派中の第四十流となった。一般作家。

無隱元晦（?～一三五八）、佛鑑派雪岩派幻住派無隱派祖。豐前人。一三二〇年入元、中峰に參じた。一三二六年歸國、筑前十刹聖福寺二一世。建仁寺三二世。南禪寺二一世等を歴任。後花園天皇より法雲普濟禪師の敕謚號を受けた。無隱派は五山教團五十九流派中の第四十二流となった。一般作家。

明叟齊哲（?～一三四七）、佛鑑派雪巖派幻住派明叟派祖。一三一八年石室善玖・無涯仁浩・古先印元・復庵宗己・業海本淨・嵩山居中等と同船（恐らく幕府派遣の建長寺船）して入元、天目山幻住庵において中峰明本に參じ、その印可を得た。一三二六年古先・無印元晦等と共に、清拙と同船で歸國した。明叟派は五山教團五十九流派中の第四十三流となった。一般作家。

頂雲靈峰（?～?）、大鑑派。清拙正澄の法嗣。入元して、雪窗普明に隨侍し、畫法を雪窗より受けた。蘭畫の名手。一般作家。

鈍庵□俊（?～?）、大覺派。無隱圓範法嗣。一三二〇年入元。一般作家。

業海本淨（?～一三五二）、幻住派業海派祖。一三一八年入元、中峰明本の法嗣。一三二六年歸國。一三四八年甲斐に棲雲寺を開創した。その山號を天目山と稱して、中峰への思慕を表した。業海派は五山教團五十九流派中の第四十四流となった。一般作家。

夢庵顯一（?～?）幻住派無隱派。無隱元晦の法嗣。入元して、徑山にて藏主（禪寺で大衆の閲藏看經をは掌る役）を司った。歸國後、筑前聖福寺三九世となった。一般作家。

無涯仁浩（一二九四～一三五九）、佛源派。鐵庵道生の法嗣。一三二一年入元、了庵清欲らに參じた。一三四五年歸國。建仁寺三九世。一般作家。

古鏡明千（?～一三六〇）、大鑑派。清拙正澄の法嗣。一三三五年入元、樵隱悟逸に參じた。一三五六年歸國。萬壽寺二六世。一般作家。

無方宗應（?～?）、大應派。月堂宗規の法嗣。入元して古林・楚石に參じた。筑前聖福寺五七世。崇福寺三〇世。一般作家。

古源邵元（一二九五～一三六四）、聖一派桂昌門派、雙峰宗源の法嗣。一三二六年入元。一三四七年歸國、東福寺二五世となった。遺偈は「末後一句、始到牢關、擊碎鐵壁、足易倒銀山、阿呵々」である。一般作家。

放牛光林（?～一三七三）、黃龍派。闡提正具の法嗣。入元して古林に參じた。歸國後、建仁寺三三世、天龍寺五世、南禪寺二六世などを歷任。學藝上の門下生に義堂・絕海・春屋・天祥などがある。夢窗・石室・雪村・龍湫・鐵舟とは親友であった。また、金剛幢下のメンバーでもある。遺偈は「一來一去、今生今死、虎吃大蟲、蛇呑鼇鼻」である。重要作家。

無雲義天（?～一三六七）、環溪派大圓派。鏡堂覺圓の法嗣。一三一〇年入元。歸國後、建仁寺三七世となった。一般作家。

此山妙在（一二九六〜一三七七）、佛光派此山派祖。一三二五年入元。一三四五年歸國、萬壽寺二三世、建仁寺三八世、南禪寺二九世、圓覺寺四二世などを歴任。遺偈に「賣弄一生過、彌天犯罪多、今朝機轉位、無佛亦無魔」とある。遺稿に『若木集』がある。重要作家。

月林道皎（一二九八〜一三五一）、松源派古林下大幢派祖。山城の人。村上源氏久我具房の子。一三二一年入元して、古林清茂の法を嗣いだ。一三三〇年歸國。著作に『月林和尚拈古』一巻がある。大幢派は五山教團五十九流派中の第三十四流となった。一般作家。

特峰妙奇（一二九九〜一三七八）、佛光派。高峰顯日の法嗣。入元後、諸尊宿に歴參し、最後に金山に至って卽休契了に參じ、その印可を受けた。觀應元年（一三五〇）龍山德見・無夢一淸・妙愚（吉田冬方）らと同船して歸國した。丹波横山に慧日寺を開創し、ここに隱棲した。一般作家。

中巖圓月（一三〇〇〜七五）、楊岐派大慧派祖。鎌倉の人。俗姓は桓武平氏、土屋氏。一三二四年入元、東陽德輝の法嗣。一三三二年歸國、建長寺四二世、建仁寺四二世などを歴任。著作には、詩文集『東海一漚集』、論文『中正子』、自撰年譜『中巖月和尚自暦譜』、隨筆『藤陰瑣細集』『文明軒雜談』、語錄『佛種慧濟禪師語錄』、歴史書『日本書』、注釋『蒲室集注解』等がある。大慧派は五山教團五十九流派中の第五十二流となった。重要作家。

果山正位（?〜一三七〇）、佛光派佛國派佛德派。元翁本元の法嗣。入元して徑山で書記を掌った。一般作家。

實翁聰秀（?〜一三七二）、大覺派、葦航道然の法嗣。入元して古林に參じた。歸國後、淨妙寺四〇世、建長寺三五世等を歴任。一般作家。

東林友丘（?〜一三七〇後）、一山派。一山一寧の法嗣。一山の寂後、入元した。歸國後、建長寺四四世、圓覺寺三二世等を歷任。一般作家。

清溪通徹（一三〇〇～八五）、夢窗派。夢窗の法嗣。一三一五年入元。一三四六年歸國、天龍寺一一世、南禪寺三六世などを歷任。遺偈は「五彩畫虛空、空何有形容、虛空乃萬象、萬象乃虛空」である。一般作家。

太虛元壽（?～?）、大覺派。約翁德儉の法嗣。一三二八年入元して、樵隱・靈石・笁田・月江らに參じた。五山畫家。一般作家。

友山士偲（一三〇一～七〇）、聖一派莊嚴門派。南山士雲の法嗣。一三二八年法兄正堂士顯と共に入元し、樵隱・月江・南楚・古智・無見・了庵・夢堂等に參じた。一三四五年歸國、東福寺三一世となった。遺偈は、「生是何物、死是何物、打破虛空、風生八極」である。著作に『友山錄』がある。重要作家。

正堂士顯（?～?）、聖一派莊嚴門派。南山士雲の法嗣。一三二八年入元。一般作家。

不聞契聞（一三〇一～六八）、曹洞宗宏智派東明派。東明慧日の法嗣。一三二五年入元。一三三三年歸國、圓覺寺三三世となった。遺偈に「也太奇也太奇、末後句無人知、大洋海底遭火熱、虛空產下木羊兒」とある。重要作家。

無礙妙謙（?～一三六九）、佛光派佛國派。高峰顯日の法嗣。入元して、中峰明本に參じた。歸國後、壽福寺三三世、圓覺寺三六世などを歷任。佛眞禪師の敕謚號を受けた。一般作家。

少室慶芳（?～一三八一）、佛光派佛國派。空室妙空の法嗣。元から歸國後、圓覺寺四四世、建長寺五五世等を歷任。一般作家。

鈍夫全快（一三〇九～八四）、大覺派。靈妙道昭の法嗣。入元して、湖州萬壽寺月江正印の印可を受けた。歸國後、圓覺寺四五世、建長寺五三世などを歷任した。遺偈は「末後一句、應用無虧、手把明月、倒上須彌」である。一般作家。

默庵靈淵（？～？）、大鑑派。清拙正澄の法嗣。五山畫家。一三三〇年入元。そのまま元で示寂。一般作家。

無我省吾（一三一〇～八一）、大應派。月堂宗規の法嗣。一三四八年入元。一三八一年明で示寂。遺偈は「此岸彼岸、一蹈蹈翻、迦文求藥、平呑乾坤」である。一般作家。

約庵德久（一三二一～七六）、法燈派高山派。高山慈照の法嗣。入元して、楚石に參じた。明で示寂。一般作家。

中山清誾（？～？）、大鑑派。清拙正澄の法嗣。中年入元、歸國後、建仁寺四九世となった。一般作家。

大虛契充（一三二一～八〇）、曹洞宗宏智派東明派。東明惠日の法嗣。入元して了庵に參じた。圓覺寺四三世。一般作家。

碧巖□燦（？～一三六五）、佛鑑派雪巖派幻住派碧巖派。一三四四年入元、大拙・無文元選とともに伏龍山に千巖元長に參じた。一三五八年歸國。碧巖派は五山教團五十九流派中の第四十九流となった。一般作家。

大拙祖能（一三一三～七七）、佛鑑派雪巖派幻住派廣鑑派祖。一三四四年入元。一三五八年歸國、圓覺寺四〇世。建長寺四九世。廣鑑派は五山教團五十九流派中の第四十八流となった。一般作家。

直翁□侃（？～？）、佛光派。一三四四年天龍寺船で二十四名の入元僧（性海靈見も含め）と共に入元した。その時、足利直義は二つのことを直翁に命じていた。一つは直義の壽牌を徑山の祠堂に納めること。二つは明州天寧寺の東陵永璵を日本へ招聘することである。この二つの使命は遂行され、一三五一年歸國した。一般作家。

宗遠應世（？～一三七九）、大覺派。肯山聞悟の法嗣。入元したことがある。建長寺六二世。一般作家。

中山法頴（？～一三八九）、佛光派。太平準妙の法嗣。入元して了庵清欲に參じた。壽福寺四四世。建長寺五六世。天龍寺二一世。南禪寺四七世。一般作家。

月心慶圓（？～？）、大覺派。月翁元規の法嗣。入元中、博學浩識を以て鳴り、「大乘菩薩」と言われた。建長寺五

八世。建仁寺五六世。南禪寺五二世。一般作家。

性海靈見（一三一五〜九六）、聖一派三聖門派虎關派。信濃の人、俗姓は橘氏。虎關師錬の法嗣。一三四四年雲澤・南海・天然と同船で入元した。虛谷・月江・即休・竺遠らに參じ、徑山に虎關の牌を納めた。一三五一年歸國、三聖寺一五世。東福寺四三世。天龍寺一七世。南禪寺四〇世等を歷任。遺偈に「生也正和乙卯年、老也逗至八十二、病也八苦共交煎、死也應永丙子祀、生也不生、死也不生、隨順世間假名字」、「天上人間休覓我、大千沙界無行蹤、不須撈漉水裡月、誰敢縛住空中風」の二章がある。語錄を『石屏集』『石屏拾遺』という。重要作家。

伯英德儁（?〜一四〇三）、大覺派。了堂素安の法嗣。一三六八年入元。一三七六年歸國、圓覺寺五〇世。建長寺六〇世などを歷任。遺偈は「生死涅拌、全不相干、須彌踍跳、虛空展顏」という。一般作家。

古劍智訥（?〜一三八二）、法燈派。孤峰覺明の法嗣。生前、後村上天皇より佛心慧燈國師の特賜號を受けた。一般作家。

大嶽妙積（?〜一三八二）、佛光派。樞翁妙環の法嗣。中年入元、楚石に參じた。淨妙寺四八世。圓覺寺四六世。義堂と親交があった。一般作家。

古劍妙快（一三一八〜?）、夢窗派。夢窗の法嗣。南北朝初めに入元、恕中・楚石・穆庵に參じた。一三六五年歸國、建仁寺五八世、建長寺六一世などを歷任。詩文集を『了幻集』『扶桑一葉』という。義堂・絕海に次ぐ五山文學の大家。重要作家。

元章周郁（一三二〇〜八六）、夢窗派。夢窗の法嗣。一三六六年入元、用章廷俊らに參じた。一三七五年歸國、天龍寺二三世となった。一般作家。

南海寶洲（一三二一〜八二）、聖一派正統門派。桃源了勤の法嗣。曆應二年（一三三九）三十數人の入元者と共に入元

せんとして、中巖と共に九州へ下ったが、官禁により出國ができなかった。一三四一年ようやく入元した。歸國後、上野長樂寺二七世。萬壽寺三七世。東福寺四四世。一般作家。

用堂明機（?～一三八六）、雪巖派。入元して、徑山の竺源□遠（虚堂希陵の法嗣）の法嗣。歸國後、周防に漢陽寺の開山として請ぜられた。一般作家。

石室善玖（一二九四～一三八九）、松源派古林下石室派祖。筑前姪濱の人。一三一八年入元、古林から印可を得た。一三四五年歸國。肥前瑞光寺開山。長福寺四世。圓覺寺三九世。建長寺四三世。詩偈に優れ、五山文學者への影響は甚大であり、門下生に義堂・鐵舟・春屋等がある。書道・繪畫にも堪能である。一八一五年光格天皇から直指見性禪師の敕謚號を受けた。石室派は五山教團五十九流派中の第三十五流となった。重要作家。

獨芳清曇（?～一三九〇）、大鑑派。清拙正澄の法嗣。のち入元した。歸國後、天龍寺二四世。一般作家。

無二法一（?～一三九〇）、佛光派。駿河の人。太平妙準の法嗣。入元して楚石に參じた。歸國後、伊豆十刹國清寺第二世。一般作家。

無文元選（?～一三九〇）、佛鑑派雪巖派聖鑑派祖。一三四四年入元して、古梅正友の法嗣。一三五八年歸國。聖鑑派は五山教團五十九流派中の第五十流となった。一般作家。

物先周格（一三三一～九七）、夢窗派。夢窗の法嗣。入元して以中に參じた。建仁寺六四世。相國寺七世。重要作家。

哲巖祖濬（一三三二～九九）、聖一派本成門派。龍谷廣雲の法嗣。のち入元した。東福寺五八世。一般作家。

別峰大殊（一三二一～一四〇二）、聖一派莊嚴門派。周防の人。靈嶽法穆の法嗣。入元して中峰に參じた。一般作家。

椿庭海壽（一三二〇～一四〇三）、古林派。一三五〇年入元。一三七二年歸國。竺仙の法嗣。圓覺寺四七世、天龍寺一二三世、南禪寺四六世等を歷任。著作に『木杯餘瀝』『傳燈錄抄』（『碧巖錄』の抄）がある。重要作家。

大年祥登（?〜一四〇八）、大覺派。了堂素安の法嗣。一三六八年伯英と共に入元、了堂惟一・恕中に參じた。一三七六年歸國。建仁寺六八世、南禪寺五八世などを歴任。一般作家。

無聞普聰（?〜?）、曹洞宗永平派寒巖派。薩摩の人。入元して楚石等諸師に歴參した。歸國後、愚谷常賢の法嗣。一般作家。

休翁普貫（一三三二〜一四一〇）、夢窗派。夢窗疎石の法嗣。入元したことがある。一般作家。

愚中周及（一三二三〜一四〇九）、松源派愚中派祖。一三四二年入元、即休契了の法嗣。一三五一年歸國。遺偈は「出行得好日、快馬痛著鞭、萬回瞠其後、雲門豈爭先」である。愚中派は五山教團五十九流派中の第三十二流となった。重要作家。

大本良中（一三二五〜六八）、一山派。東林友丘の法嗣。信濃の人。在元十五年。長樂寺三〇世。著作には『大本中禪師外集』『大本中禪師疏』がある。重要作家。

鐵舟德濟（?〜一三六六）、夢窗派。夢窗疎石の法嗣。のち入元、笁田・古智・古林・月江に參じた。元の順宗皇帝より圓通大師の號を特賜された。五山書畫家。萬壽寺二九世。著書に『語錄』一巻と詩集『閻浮集』二巻がある。重要作家。

鐵牛景印（?〜?）、聖一派東光門派。東光門派祖無爲昭元の法嗣。一般作家。

秀涯全俊（?〜?）、大覺派。鈍夫全快の法嗣。室町初期の人。入元留學、文豪宋濂の知遇を得て、詩の唱和をした。重要作家。

以亨得謙（?〜?）、松源派虎巖派。入元二・三十年にして、見心來復の法を嗣ぐ。一三六八年歸國。一般作家。

石屏子介（?〜?）、雪巖派靈山派。靈山道隱の法嗣。南北朝時代に活躍した人、入元して楚石に參じた。『語錄』

一巻がある。一般作家。

少林如春（?～一四一一）、曹洞宗宏智派。東明慧日の法嗣。南北朝初期に入元し、恕中・以中・楚石に參じた。圓覺寺六二世、建長寺八三世。重要作家。

斗南永傑（?～?）、焔慧派。春谷永蘭の法嗣。南北朝後期活躍した人。中年入元。一三七六年に出版された陶宗儀の『書史會要』に、斗南・權中・大用を名筆家として擧げ、殊に斗南・權中は初唐の虞世南に似るとしている。五山書家。重要作家。

2　留明詩僧（明朝　一三六八～一六六二）

子建淨業（?～一三七一）、大慧派。中巖圓月の法嗣。一三七一年入明。恐らく明で寂す。彼の名句「魚陽烏鵲猶狼藉、蹴落沈香亭畔花」は五山詩僧に愛唱された。重要作家。

絕海中津（一三三六～一四〇五）、佛鑑派佛光派佛國派夢窗派靈松門派祖。一三六八年入明、全室に師事した。一三七八年歸國、のち等持寺・相國寺・南禪寺の名刹を歷任。遺偈に「虛空落地、火星亂飛、倒打筋斗、抹過鐵圍」とある。著作に『絕海和尙語錄』三卷『蕉堅藁』二卷がある。義堂周信と竝んで五山文學の雙璧の一人。重要作家。

觀中中諦（一三四二～一四〇六）、夢窗派永泰門派。夢窗の法嗣。一三七三年入明、同年歸國。相國寺七世となり、相國寺慶讃の十高僧の一人に列せられた。遺偈は「平呑佛祖、斡旋乾坤、末後一句、怒雷驚奔、喝」である。その抄物には『碧巖錄抄』『三體詩抄』がある。詩作が『百人一首』に入れられた。重要作家。

簡中元要（?～?）、法燈派孤峰派。花山院家賢の子。孤峰覺明の法嗣。一三七四年明に亡命した。一般作家。

範堂令儀（?～?）、法燈派孤峰派。孤峰覺明の法嗣。一三六二年に入明し、中國で示寂した。一般作家。

如心中恕（?～一四四一後）、夢窗派。古劍妙快の法嗣。一三六八年絶海・汝霖・大年・明室と共に入明し、清遠懷渭に參じた。一三七八年以後歸國。詩集を『碧雲稿』という。重要作家。

汝霖良佐（?～?）、夢窗派鹿王門派。春屋の法嗣。一三六八年絶海と共に、明の太祖皇帝に英武樓に召されて、熊野三山の事について敕問を受け、詩を賦して之に答えた。一三七八年歸國。著作には『汝霖佐禪師疏』『高園集』がある。重要作家。

久庵僧可（?～一四一七）、佛光派佛國派。無礙妙謙の法嗣。一三七七年明から歸國。圓覺寺七二世、建長寺七三世などを歷任。佛印大光禪師を敕謚された。一般作家。

寰中元志（一三四六～一四二八）、大覺派。大方元恢の法嗣。入元して、楚石梵琦に參じ、彼の送別の長偈を受けた。遺偈は「日本非生土、大唐亦客鄕、虛空兼法界、平等我家常」である。一般作家。

鄂隱慧奯（一三五七～一四二五）、夢窗派靈松門派。絶海中津の法嗣。一三八六年入明。一三九六年歸國後、相國寺一九世、天龍寺六一世。詩集を『南遊集』という。重要作家。

權中中巽（?～?）、夢窗派大雄門派。祖青山の法嗣。一三六八年絶海中津・明室・汝霖・如心・伯英と共に入明。一三七二年歸國。五山書家。一般作家。

大用全用（?～?）、松源派大通派。嵩山居中の法孫。入明したことがある。一三七六年出版された陶宗儀の『書史會要』に斗南、權中、大用を名筆家として擧げ、殊に斗南と權中は唐の能筆家虞世南の筆法を受容したものと評している。一般作家。

## 3　遺明詩僧（明朝　一三六八～一六六二）

聞溪□宣〔隨員〕（？〜？）、派不明。一三七四年入明、東陽德輝の法嗣。一三七五年歸國。一般作家。

殊山文珪〔正使〕（？〜？）、聖一派莊嚴門派。別峰大殊の法嗣。一三七六年入明。一般作家。
□□祖阿〔正使〕（？〜？）、派系不明。一四〇一年入明。一般作家。
仲芳中正〔隨員〕（一三四二〜一四五一）、佛國派夢窗派慈濟門派。曇仲道芳の法嗣。一四〇一年入明。一般作家。

堅中圭密〔正使〕（？〜？）佛光派佛國派。璣叟圭璇の法嗣。一四〇二から三度入明。歸國後、天龍寺三六世、南禪寺七五世などを歷任。一般作家。

明室梵亮〔正使〕（？〜？）夢窗派壽寧門派。龍湫周澤の法嗣。足利義滿の命により、一四〇三年入明した。一四〇五年歸國、建仁寺七四世となった。一般作家。

祥庵梵雲〔隨員〕（？〜一四一七）、夢窗派鹿王門派。春屋の法嗣。一四〇三年堅中・明室に隨行して入明。一四〇六年歸國、天龍寺四二世となった。一般作家。

攸敍承倫〔隨員〕（？〜？）、夢窗派慈濟門派。空谷明應の法嗣。參徒に曇仲道芳らがある。一四〇八年入明。重要作家。

4　遣朝詩僧

無涯亮倪（？〜？）、大應派。無方宗應の法嗣。一四一九年朝鮮に使節として赴いて、大藏經を求め、仁政殿において國王に謁して大藏經を贈られ、一四二〇年宋希を隨伴せしめられて、日本に歸った。一般作家。

三　未留學詩僧について

南山士雲（一二五四〜一三三五）、破庵派佛鑑派聖一派莊嚴門派祖。遠江人。俗姓は藤原氏。東福寺一一世、壽福寺八世、圓覺寺一一世、建長寺一九世などを歴任。一般作家。

雙峰宗源（一二六三〜一三三五）、佛鑑派聖一派桂昌門派祖。日本禪林に於て喝食行者（喝食を衆僧に告げる役）となった最初の人ともいう。東福寺一二世、南禪寺七世。のち雙峰國師の敕謚號を受けた。一般作家。

一峰明一（?〜一三四九）、聖一派正法門派。正法門派祖無外爾然の法嗣。東福寺二〇世。一般作家。

耕叟僊原（?〜?）、聖一派。鎌倉中期の人。圓爾の法嗣。筑前承天寺五世。肥後竹林寺開山。『耕叟和尙遺藁』がある。一般作家。

耕雲克原（?〜?）、大通派。鐵庵道生の法嗣。建武年間（一三三四〜三七）萬壽寺一〇世となった。一般作家。

高山慈照（一二六五〜一三四一）、法燈派。無本覺心の法嗣。京兆萬壽寺第十四世、建仁寺二六世などを歴任。一般作家。

眞空妙應（?〜一三五一）、佛光派。高峰顯日の法嗣。一般作家。

樞翁妙環（?〜一三五四）、佛光派。下野の人。高峰顯日の法嗣。雲巖寺六世。建長寺二九世。佛壽禪師の敕賜號を受けた。一般作家。

峰翁祖一（一二七五〜一三五八）、大應派。南浦紹明の法嗣。崇福寺三世。峰翁は『碧巖錄』の提唱に長じ、その講案を『遠山抄』と稱し、のち正宗大曉禪師の敕謚號を受けた。重要作家。

夢窗疎石（一二七五〜一三五一）、佛鑑派佛光派佛國派夢窗派祖。伊勢の人。高峰顯日の法嗣。南禪寺九世。圓覺寺一五世。天龍開山。相國開山。五山碩學の雄である。重要作家。

蒙山智明（一二七七〜一三六六）、佛光派。規庵祖圓の法嗣。筑前聖福寺二〇世、建仁寺二九世、南禪寺一九世、天

龍寺第十三世などを歴任。五山碩學の雄である。重要作家。

虎關師練（一二七八～一三四六）、破庵派佛鑑派聖一派三聖門派虎關派祖。東福寺一五世。五山碩學の雄である。重要作家。

菊溪周旭（?～?）、夢窗派。夢窗の法嗣、等持寺に住した。一般作家。

肯山聞悟（?～?）、大覺派。石庵旨明の法嗣。建長寺二八世。のち敕して覺海禪師の謚號を受けた。その法嗣に絕學應宰らがある。一般作家。

無極志玄（一二八二～一三五九）、佛鑑派佛光派佛國派夢窗派慈濟門派祖。俗では足利義滿の大叔父になる。その法嗣に空谷明應らがある。のち敕によって覺海禪師の謚號を受けた。一般作家。

無德至孝（一二八四～一三六三）、聖一派。無爲昭元の法嗣。東福寺二三世。南禪寺二八世。一般作家。

固山一鞏（一二八四～一三六〇）、聖一派、藏山の法嗣。東福寺二二世、天龍寺四世。南北朝前期には夢巖祖應と竝んで、東福寺を代表する學匠であった。重要作家。

月堂宗規（一二八五～一三六一）、大應派。筑前太宰府の人。南浦紹明の法嗣。筑前聖福寺二五世。俗姓は惟宗氏。一般作家。

乾峰士曇（一二八五～一三五六）、聖一派。南山の法嗣。東福寺一七世、建長寺三三世、圓覺寺二五世。重要作家。

浦雲師棟（?～?）聖一派。三聖門派愚直派。愚直の法嗣。三聖寺二八世。一般作家。

平心處齊（一二八七～一三六九）、大覺派。肥前小味の人。俗姓は那路氏。林叟德瓊の法嗣。のち覺源禪師の敕謚號を受けた。寂室元光・元翁本元・特峰妙奇・復庵宗己等と同様に全く隱逸の人である。一般作家。

龍泉令淬（?～一三六四）、聖一派三聖門派虎關派。俗は後醍醐天皇皇子。虎關の法嗣。萬壽寺三二世。詩文集を

『松山集』という。五山儒家でもある。重要作家。

碧潭周皎（一二九一～一三七四）、佛鑑派佛光派佛國派夢窗派地藏門派祖。一般作家。

了堂素安（一二九二～一三六〇）、大覺派。筑前博多の人。同源道本の法嗣。壽福寺二七世。建長寺三四世。その法嗣に大年祥登らがある。本覺禪師の勅謚號を受けた。一般作家。

石庵旨明（?～?）、大覺派。若訥宏辯の法嗣。若訥の五大弟子の一人。肥前圓通寺二世。西禪寺を開創した。その法嗣に肯山聞悟がある。一般作家。

明極聰愚（?～?）、大覺派。葦航の法嗣。陸奥圓福寺九世。一般作家。

大道一以（一二九二～一三七〇）、聖一派永明門派。藏山順空の法嗣。東福寺二八世。一般作家。

學拙契習（?～一三六九）、宏智派。東明慧日の法嗣。一般作家。

月篷圓見（?～?）、曹洞宗宏智派。東明慧日の法嗣。建仁寺四六世。一般作家。

西源景師（?～一三七〇）、聖一派莊嚴門派。南山士雲の法嗣。壽福寺に住した。東福寺四一世。一般作家。

絕學應宰（?～?）、大覺派。肯山聞悟に從學し、義堂周信と文筆上の交友あり。一三六七年四月二十六日鎌倉公方足利基氏が死去したとき、東勝寺住持として、その奠湯佛事を勤めた。一般作家。

信峰大輗（?～?）、聖一派莊嚴門派。乾峰士曇の法嗣。一三五一年、乾峰の使者として公賢を訪れた。一般作家。

聞溪良聰（?～一三七二）、一山派。一山の法嗣。別源圓旨を繼いで、建仁寺四五世となった。勅して佛海慈濟禪師と謚した。一般作家。

簡翁思敬（?～一三七六）、古林派大幢門派。月林道皎の法嗣。一般作家。

傑翁是英（?～一三七八）、佛源派。秋澗道泉の法嗣である之庵道貫の法嗣。圓覺寺三八世。作品集を『金波海』という。重要作家。

天境靈致（一二九三～一三八一）、大鑑派。清拙正澄の法嗣。萬壽寺二四世。建仁寺四一世。南禪寺三二世。天龍寺一三世。詩文集を『無規矩』という。寶鑑圓明禪師の謚號を受けた。重要作家。

九峰信虔（?～一三八一）、佛光派。中巖より薫陶を受け、詞藻をも能くした。義堂と深い友情がある。一般作家。

定山祖禪（一二九七～一三七四）、聖一派桂昌門派。雙峰宗源の法嗣。東福寺二七世。南禪寺二三世。交友には夢巖祖應・友山士偲・大道一以らがある。遺偈は「順縁逆縁、冠地履天、打翻筋斗、歸路坦然」である。一般作家。

無惑良欽（?～?）、一山派。一山一寧の法嗣。壽福寺二六世。南禪寺三四世。一般作家。

在庵普在（一二九七～一三七六）、法燈派。東海竺源の法嗣。建仁寺四八世。天龍寺一二世。南禪寺三六世。建長寺四八世。その法嗣に竺文普籍・日岩一光・祥麟普岸がある。のち佛惠廣慈禪師の敕謚號を受けた。一般作家。

義堂知信（?～一三八一）、聖一派。圓爾の法嗣である鐵牛圓心の法嗣。東福寺三八世。一般作家。

默翁妙誡（一三〇〇～八四）、佛鑑派佛光派佛國派夢窗派華藏門派祖。晩年嵯峨に華藏院を創めて退居した。その門派からは『漢書』『史記』に精しい學僧が輩出して、かなりの程度繁榮した。一般作家。

檀溪心涼（一三〇二～七四）、聖一派三聖門派虎關派。因幡の人。虎關の法嗣。東福寺三七世。『海藏和尚紀年錄』を編集した。一般作家。

青山慈永（一三〇二～六九）、佛鑑派佛光派佛國派夢窗派大統門派祖。建長寺三九世。門人柏庭清祖の奏請により、佛觀禪師の謚號を受けた。その法嗣に柏庭清祖（足利義滿の兄、義詮の子）をはじめ、友山周師（義滿の子）・行中中令・梅谷中靖らがある。一般作家。

蘭洲良芳（一三〇四～八四）、一山派雪村派。雪村友梅の法嗣。建仁寺五四世、南禪寺四一世などを歴任。遺偈は

「須彌倒卓、虛空消亡、日面月面、常時寂光」である。一般作家。

龍湫周澤（一三〇八～八八）、佛鑑派佛光派佛國派夢窗派壽寧門派祖。甲斐の人。武田の一族。建仁寺四七世、南禪寺三五世、天龍寺一五世などを歷任。春屋妙葩（後述）と併立した。詩文集は『隨得集』二卷がある。重要作家。

天澤宏潤（一三〇八～六七）、佛光派。雲屋慧輪の法嗣。上野長樂寺二〇世。淨智寺に住した。圓覺寺三一世。建長寺四一世。一般作家。

滅宗宗興（一三一〇～八二）、大應派。尾張の人。柏庵宗意の法嗣。のち圓光大照禪師の敕謚號を受けた。一般作家。

春屋妙葩（一三一一～八八）、佛鑑派佛光派佛國派夢窗派鹿王門派祖。天龍寺一〇世。南禪寺三九世。建長寺五四世。相國寺二世。一三七九年、後圓融天皇は春屋を「天下僧錄司」に任命した。これが日本禪林における僧錄（僧衆の任免推擧を掌る官職）の職の濫觴である。また、智覺普明國師の號を特賜された。鹿王門派は五山派中の一大主流である。重要作家。

不遷法序（一三一二～八三）、佛鑑派佛光派佛國派夢窗派三秀門派祖。天龍寺一六世。南禪寺四二世。佛照慈明禪師の敕謚號を受けた。一般作家。

正宗中序（?～?）、夢窗派。夢窗疎石の法嗣。一般作家。

季明周高（?～?）、夢窗派鹿王門派。花園天皇の皇孫。春屋妙葩の法嗣。一般作家。

起山師振（一三一七～八六）、聖一派三聖門派愚直派。愚直師侃の法嗣。東福寺四八世。外學を夢巖祖應に受け、交友には大道一以・剛中玄柔・中山清閤らがある。一般作家。

正仲彥貞（南北朝時代の人）、法燈派。高山慈照の法嗣。建仁寺靈洞院の徒。一三六八年、『五燈會元』を刊行。その板を靈洞院に置いた。のち靈洞院二世の塔主となった。一般作家。

默庵周諭（一三一八〜七三）、佛鑑派佛光派佛國派夢窗派善入門派祖。外學を夢巖祖應に學ぶ。一般作家。

剛中玄柔（一三一八〜八八）、聖一派龍吟門派。玉山玄提の法嗣。東福寺五四世。外學を虎關に受け、その法嗣に耕牛玄深・季亨玄嚴があり、春屋・一源會統と親交があった。一般作家。

太淸宗渭（一三二一〜九一）、一山派雪村派。雪村友梅の法嗣。相國寺四世。一般作家。

九峰韶奏（一三二四〜一四〇五）、聖一派正覺門派。正覺門派祖山叟慧雲の法嗣である靈峰慧劍の法嗣。東福寺六〇世。南禪寺五六世。一般作家。

古岩周峨（一三二四〜七一）、夢窗派。夢窗の法嗣である幹翁の法嗣。南宋の文學僧敬叟居簡の『北磵詩集』を日本で重刊しようとしたが、志半ばにして示寂した。その法嗣幹翁周楨は彼の遺志を繼ぎ、一三七四年『北磵詩集』の日本での重刊を果たした。夢巖祖應がその跋文を草している。義堂周信・鐵舟德濟・春屋妙葩・龍湫周澤・中巖圓月・乾峰士曇・仲方圓伊らと親交があった。重要作家。

玉林昌旒（?〜?）、夢窗派鹿王門派。春屋妙葩の最高の弟子である。南禪寺六九世。一三七三年から一三八八年の間に活躍した人。一般作家。

德叟周佐（一三二四〜一四〇〇）、佛鑑派佛光派佛國派夢窗派正持門派祖。天龍寺一〇世。南禪寺四九世。宗猷達悟禪師の敕諡を受けた。一般作家。

古天周誓（?〜一三八三）、佛光派佛國派夢窗派永仙門派祖。壽福寺四六世。建長寺五七世。一般作家。

在中廣衍（?〜一三八六）、佛光派。天岸慧廣の法嗣。師の天岸の開創した鎌倉報國寺三世となった。長樂寺三十五世。壽福寺四六世。のち佛語心宗禪師の敕謚號を受けた。一般作家。

海印善幢（?〜一三九一）、夢窗派。夢窗疎石の法嗣。終身黑衣。一般作家。

靜室周恬（?～?）、夢窗派。夢窗疎石の法嗣。壽福寺に住した。一般作家。

月庵宗光（一三二五～八九）、大應派遠山派祖。一四〇六年、後小松天皇より正續大祖禪師の號を敕謚された。一般作家。

西江宗湛（?～?）、大應派。通翁鏡圓の法嗣。一般作家。

月溪源心（?～?）、夢窗派。夢窗疎石の法嗣。一般作家。

義堂周信（一三二五～八八）、佛鑑派佛光派佛國派夢窗派慈氏門派祖。土佐長岡の人。建仁寺五五世、南禪寺四四世。絕海中津と共に五山文學の雙璧。學藝の門下生には玉畹梵芳・嚴中周噩・圓鑑梵相・惟忠通恕・心華元棣・東漸健易ら、及び建仁・東福兩寺の徒ら、幅廣い層の人々がある。重要作家。

夢巖祖應（?～一三七四）、聖一派本成門派。潛溪處謙の法嗣。東福寺四〇世。大智圓應禪師の敕謚號を受けた。學藝の門下生に、岐陽方秀・大愚性智・東漸健易・大嶽周崇・惟肖得巖らがある。詩文集に『旱霖集』がある。重要作家。

祥麟普岸（?～?）、法燈派。在庵普在の法嗣。重要作家。

江心□川（室町初期の人）、夢窗派慈氏門派。義堂の法嗣。『周易』に精しく、門下生に牧中梵祐がある。五山儒家。重要作家。

玉林妙璇（?～一三九五）、佛光派佛國派佛德派。元翁本元の法嗣。その法嗣には雲岫妙惠がある。一般作家。

無因宗因（一三二六～一四一〇）、大應派。尾張の人。『周易』に精通。興文圓慧禪師の敕謚號を受けた。五山儒家。重要作家。

玉岡如金（一三二六～九七）、曹洞宗宏智派。別源の法嗣。雪村に學藝を學んだ。建仁寺六一世。天龍寺二八世。詩文の交友には、義堂周信・天境靈致・雲溪支山・太清宗渭・相山良永・月心慶圓・獨芳清曇・中巖圓月らがある。『洞裏春風集』という作品集がある。重要作家。

器之令簠（一三二六～九八）、一山派雪村派。雪村の法嗣。萬壽寺五三世。天龍寺三一世。外學を義堂周信・絕海中津に受けた。文雅の交友には雲溪支山・天境靈致・一條良基がある。一般作家。

友峯等益（一三二七～一四〇五）、幻住派。古先印元の法嗣。上野長樂寺三九世。建長寺六八世。遺偈は「幻生亦不滅、非幻亦不滅、方外立乾坤、壺中掛日月」である。一般作家。

寰中長齡（?～一三九八）、聖一派莊嚴門派。乾峰士曇の法嗣。東福寺五七世。一般作家。

堅中妙彌（?～一三九九?）、佛光派。九峰信虔の法嗣。佛光派と大覺派との和合に盡力した。一般作家。

一源會統（一三二八～九九）、聖一派龍吟門派。肥後の人。俗姓は菊池氏。平田慈均に參じた。一般作家。

空谷明應（一三二八～一四〇七）、夢窗派慈濟門派。無極志玄の法嗣。相國寺三世。一般作家。

月潭中圓（?～一四〇七）、夢窗派慈氏門派。義堂の法嗣。圓覺寺六六世。一般作家。

一庵一麟（一三二九～一四〇七）、黃龍派寂庵派龍山派。龍山德見の法嗣。建仁寺六七世。遺偈は「有々々々、無々々々、裂破鐵絲網、擊碎驪頷珠、咄、珍重」である。重要作家。

起潛如龍（?～?）、曹洞宗宏智派。別源圓旨の法嗣。義堂周信・惟忠通恕・絕海中津・一庵一麟らと和韻して、詩を作った。一般作家。

雲溪支山（一三二九～九一）、一山派雪村派。雪村友梅の法嗣。相國寺五世。著書に『西巖集』『賸隱集』がある。重要作家。

月山周樞（一三三〇～九九）、夢窗派。夢窗疎石の法嗣。一般作家。

不昧道杲（?～?）佛光派此山派。此山の法嗣。一三八〇年頃完成した日向大慈寺八景の中の「野市炊煙」のうちに、「數簇人家郊外村、炊煙漠々近黄昏、牧童横笛欲歸去、竹戶柴門酒旆翻」という詩がある。一般作家。

曇芳周應（?～一四〇一）、佛鑑派佛光派佛國派夢窗派瑞林門派祖。壽福寺四八世。圓覺寺五八世。建長寺五九世。水墨畫に巧みであった。五山畫家。重要作家。

無求周伸（一三三二～一四一三）、佛鑑派佛光派佛國派夢窗派大慈門派祖。相國寺一二世。南禪寺六六世。天龍寺五三世。五山儒家。重要作家。

模堂周楷（一三三四～七一）、夢窗派。夢窗疎石の法嗣。三十八歳で示寂した。一般作家。

模堂承範（?～?）、夢窗派慈濟門派。空谷明應の法嗣。俗は日野房光の子。一般作家。

藏海性珍（一三三五～一四〇九）、大應派。山城の人。西江宗湛の法嗣。圓覺寺五六世。建長寺六七世。學藝上の門下生に惟肖得巖らがある。一般作家。

萬宗中囦（一三三五～一四一〇）、夢窗派鹿王門派。春屋妙葩の法嗣。相國寺八世。一般作家。

梵西清瞿（?～?）、大鑑派。清拙正澄の法嗣。聖福寺四四世。一般作家。

無外圓方（?～一四〇八）、曹洞宗宏智派。不聞契聞の法嗣。圓覺寺六世。建長寺七七世。一般作家。

松蔭常宗（?～一四〇七）、夢窗派。晦谷祖曇の法嗣。俗は足利義滿と從兄弟の關係にある。義堂周信に學藝を受けた。等持寺に住した。著述に『春雨集』がある。重要作家。

古雲清遇（?～一四一二）、古林派大幢派。簡翁思敬の法嗣。長福寺一七世。一般作家。

鏡湖以宗（康曆・至德年間の人）、佛光派、此山妙在の法嗣。外學を義堂に受けた。一般作家。

靈巖道昭（?～?）、大覺派。桑田道海の法嗣。生國・俗姓不詳。鎌倉末期の人。淨妙寺二三世。その法嗣に足庵祖麟・鈍夫全快等がいる。一般作家。

大年法延（?～一三六二）、古林派。伊豫の人。竺仙梵僊の法嗣。『履踐括要』という法語集がある。一般作家。

無傳昌燈（?～?）、夢窗派。義堂の法嗣。一三八八年三月二十六日、義堂は病を押して、無傳という道號を彼に與え、その義を解いた字說を作成し、彼に授けた。これが義堂の絶筆となった作品である。一般作家。

用中中孚（?～?）、夢窗派。義堂疎石の參徒。一般作家。

無等周位（?～一三五〇?）、夢窗派。義堂疎石の參徒。五山畫家。重要作家。

陽谷周向（?～一三六九）、夢窗派。夢窗疎石の法嗣。一三五九年八月春屋の命により、足利基氏の要請と稱して、關東に夢窗門徒を盛ならしめんが爲に、その直弟十人を鎌倉に送り込み、籤によって、陽谷周向ら五人は圓覺寺、模堂周楷ら五人は建長寺とした。義堂が陽谷を悼んだ詩があり、「四海平生陽谷叟、論文幾度想高風、知君夢筆曾通妙、笑我雕蟲謾費工、千首雲霞詩滿篋、半生清苦鉢囊空、不知輔教今誰主、腸斷武林煙雨中」と詠じている。重要作家。

竺堂圓瞿（?～一三七八）、焰慧派。明極楚俊の法嗣。のち萬壽寺三五世。遺偈を「不隨前釋迦、不待後彌勒、出世於中間、分身千百億」という。一般作家。

九峯信虔（?～一三八一）、佛光派。明徹光琮の法嗣。無學四世の法孫。相模の淨妙寺に住した。一般作家。

極先周初（?～一三九七）、夢窗派。古庵普紹の法嗣。建仁寺八三世。一般作家。

方外宏遠（?～一三六三）、佛光派佛國派夢窗派黃梅門派祖。相模の淨妙寺四二世。夢窗會下の重鎭である。一般作家。

無己道聖（?～一三九一）、夢窗派。無極志玄の法嗣。參徒に曇仲道芳があった。重要作家。

天鑑存圓（?～一三九六）、佛光派。無礙妙謙の法嗣。伊豆國清寺三世。圓覺寺五一世。建長寺六三世。佛果禪師の勅諡號を授けられた。一般作家。

高崖宗彌（?～一四〇一）、大應派。大用宗任の法嗣。一般作家。

在先希讓（一三三五～一四〇三）、聖一派。越中の人。龍泉の法嗣。山城諸山三聖寺二四世、山城十刹普門寺五二世、東福寺六二世等を歴任。學藝を義堂に學び、詩文集『北越吟』がある。北山時代五山文學名家の一人である。重要作家。

無功周功（南北朝時代の人）、夢窗派。京都の人。夢窗疎石の法嗣。一般作家。

愚溪右慧（?～?）、夢窗派。五山畫家。室町初期に活躍した人。重要作家。

心翁中樹（?～?）、夢窗派黃梅門派。方外宏遠の法嗣。圓覺寺七五世、南禪寺七六世などを歴任。文筆の交友には義堂周信・石室善玖・鐵舟德濟・古劍妙快・觀中中諦・絕海中津等があった。一般作家。

中山中嵩（一三三五～一四一〇）、夢窗派。夢窗の法嗣。建仁寺七九世。相國寺一一世。雅號は眞牧子。一般作家。

足庵靈知（?～一四一九）、聖一派。瑞溪周鳳の法嗣。のち普門寺七一世。東福寺九四世。一般作家。

明叔玄晴（?～一四二〇）、聖一派龍吟門派。徹堂玄薫の法嗣。十刹普門寺六八世、東福寺九一世などを歴任。一般作家。

錦溪守文（?～一四一二）、大應派。德巖保譽の法嗣。建長寺の海性庵に塔した。一般作家。

密傳中穩（一三三八～一四一二）、夢窗派。京都の人。夢窗の法嗣。天龍寺四八世。春屋・義堂・絕海と親交があった。一般作家。

密室守嚴（?～?）、大覺派。鳳林德彩の法嗣。義堂周信の詩友。一般作家。

明遠彥諒（?～?）、一山派雪村派。京都の人。雪村友梅の法嗣。義堂周信の詩友。一般作家。

在中中淹（一三四二～一四二八）、夢窗派壽寧門派。龍湫の法嗣。相國寺一三世、天龍寺三八世、南禪寺七〇世などを歷任。交友には惟肖得巖・太白眞玄があり、その法嗣には用堂中材・天英周賢等がある。一般作家。

東漸健易（一三四三～一四二三）、聖一派栗棘門派。遠江の人。俗姓は藤原氏。華峰僧一の法嗣。東福寺六七世。南禪寺七三世。學藝を義堂に學ぶ。重要作家。

玉畹梵芳（?～?）、夢窗派鹿王門派。春屋の法嗣。建仁寺七八世、南禪寺八一世などを歷任。五山畫家。蘭畫の名手。一四二〇年に隱遁した。重要作家。

季璞梵珣（一三四四～一四〇八）、夢窗派慈濟門派。無極志玄の法嗣。一四〇七年に萬壽寺に昇住した。一般作家。

圓鑑梵相（一三四五～一四一〇）、夢窗派鹿王門派。圓鑑梵相の法嗣。天龍寺四一世、相國寺一六世。一般作家。

幻住正證（?～一四一一）、佛光派。果山正位の法嗣。一般作家。

大岳周崇（一三四四～一四二三）、夢窗派華藏門派。默翁妙誡の法嗣。相國寺十世。鹿苑院塔主となり、僧錄の事を司った。天龍寺四六世、南禪寺七一世などを歷任。交友には、觀中中諦・絕海中津らの先輩、惟忠通恕・西胤俊承らの同輩、惟肖得巖の如き後輩があった。學藝の門下生には竺雲等連・瑞溪周鳳・竺華梵蕚らがある。著書には『翰苑遺芳』がある。五山儒家。重要作家。

大周周奝（一三四八～一四一九）、夢窗派。大照圓臨の法嗣。相國寺一七世、南禪寺八七世などを歷任。その詩集を『三周集』という。重要作家。

松崖洪蔭（?～?）、夢窗派慈濟門派。空谷明應の法嗣。俗は伏見宮榮仁親王の王子。南北朝後期の人。一般作家。

吉山明兆（一三五一～一四三一）、聖一派永明門派。大道一以の法嗣。五山畫家。明兆の畫風を繼ぐ者に靈彩・赤脚子などがあり、いわゆる東福寺畫系を形成している。重要作家。

仲芳圓伊（一三五四～一四一三）、大覺派。南嶺子越の法嗣。播磨諸山法雲寺二九世、建仁寺八一世、南禪寺七八世などを歴任。惟肖得巖・太白眞玄と共に「三疏」といわれた。學藝を絶海に學ぶ。學藝の門生に雲章一慶等がいる。五山儒家。重要作家。

太白眞玄（一三五七～一四一五）、一山派雪村派。太清宗渭の法嗣。義堂に詩を、絶海に四六文を學ぶ。建仁寺九〇世。五山儒家。重要作家。

柏堂梵意（一三五七～一四三四）、夢窗派慈氏門派。義堂周信の法嗣。相國寺二四世。南禪寺一一一世。『空華集』の一部「空華文集」の編集を擔當。一般作家。

簡翁志敬（一三五七～一四二〇）、夢窗派慈濟門派。空谷明應の法嗣。相國寺二〇世。一般作家。

西胤俊承（一三五八～一四二二）、夢窗派靈松門派。絶海の法嗣。相國寺二三世。外學を絶海・觀中に學ぶ。詩集を『眞愚稿』という。重要作家。

仲安梵師（?～?）、夢窗派鹿王門派。春屋妙葩の法嗣。南禪寺九六世。五山畫家。重要作家。

一曇聖瑞（?～?）、幻住派大光派。復庵宗已の法嗣。圓覺寺八四世、南禪寺一〇六世などを歴任。應永年中の關東禪林では、朴中梵淳と共に文筆僧の雙璧といわれた。學藝の門下生に柏巖繼趙・邵庵全雍・誠仲中諄・竺雲顯騰がある。五山儒家。重要作家。

古標大秀（?～一四三七）、聖一派。別峰大殊の法嗣。東福寺一二一世。詞藻に富み、北山時代に制せられた多くの詩畫軸に加贊している。重要作家。

元容周頌（一三七〇～一四二五）、夢窗派鹿王門派。春屋の法嗣。相國寺三〇世。嚴中周噩の法弟。その法嗣に維馨梵桂・笑巖周喜がいる。一般作家。

與可心交（?〜一四三七）、聖一派桂昌門派。定山祖禪の法嗣。東福寺一二二世。著作に『如水觀』があるが佚した。重要作家。

秋白妙銑（?〜?）、夢窗派三秀門派。不遷法序の法嗣。一四〇二年、明朝の使節として臨濟僧の天倫道彝、と天台僧の一庵一如が來日した時、その歡迎の齋筵の賓對として列席を許された。一般作家。

一關妙夫（?〜?）、佛光派佛國派。北翁妙濟の法嗣。一四〇八年に建仁寺七九世住持となった。一般作家。

少室通量（?〜一四〇九）、聖一派本成門派。夢巖祖應の法嗣。普門寺五五世。東福寺六三世。その法嗣に存耕祖默があり、外學の門下生に岐陽方秀・東漸健易・大愚性智があった。五山儒家。重要作家。

金峰明昶（?〜一四一三）、聖一派永明門派。大道一以の法嗣。光明院を創めた。東福寺七〇世。一般作家。

古篆周印（?〜?）、夢窗派鹿王門派。春屋妙葩の法嗣。天龍寺五四世。一四一八年、當時の五山派の諸山以上の位に昇ったものを網羅し、中國よりの傳法をも示す宗派圖を撰述して『佛祖宗派圖』と稱し、之を木版にして世に流布せしめた（金剛印藏版）。世に『古篆宗派圖』ともいう。また『五燈會元抄』『俯仰天觀圖』の著書がある。重要作家。

益翁祥學（?〜一四二二）、聖一派桂昌門派。定山祖禪の法嗣。東福寺八三世。一般作家。

謙巖原冲（?〜一四二二）、聖一派三聖門派虎關派。日田利涉の法嗣。東福寺七九世、天龍寺五一世。詩文に優れ、仲芳圓伊・岐陽方秀・惟肖得巖と交友があった。重要作家。

月堂宗圓（?〜一三五八）、佛光派。元翁本元に師事した。一般作家。

華宗心棨（?〜一四二六）、聖一派莊嚴門派。瑞峰士麟の法嗣。圓覺寺一〇〇世。建長寺一二五世。一般作家。

瑩中昌玖（?〜一四二八）、黄龍派。一庵一麟に從學した。一般作家。

喝巖自欽（?〜一四二八）、佛光派。天岸慧廣の法嗣である虎溪玄義の法嗣。建長寺一二六世。一般作家。

桂林明識（?～一四二八）、聖一派。南海寶洲の法嗣。東福寺一〇四世。一般作家。

心華元棣（一三四二?～?）、大覺派。頑石曇生の法嗣。外學は義堂に學ぶ。著書には『杜詩心華臆斷』『業鏡臺』がある。文學の交友には惟忠通恕・來日詩僧道元文信・大傳有承・竺芳祖裔・太白眞玄・雲溪支石・古劍妙快・玉岡如金・子建淨業・在先希讓等がある。重要作家。

惟忠通恕（一三四九～一四二九）、佛源派。無涯仁浩の法嗣。建仁寺八八世。南禪寺八九世。五山儒家。重要作家。

用健周乾（?～一四三一）、夢窓派鹿王門派。春屋に師事した。俗は崇光天皇皇子である。一般作家。

子瑜元瑾（?～?）、大覺派。頑石曇生の法嗣。建仁寺一〇三世。一般作家。

雲峰梵興（?～一四三四）夢窓派鹿王門派。春屋に師事した。一般作家。

雲夢裔澤（?～?）、竺僊派。竺僊梵僊の法嗣。中巖圓月と親交があった。南北朝初期に活躍した。一般作家。

紫岩如琳（南北朝後期の人）、曹洞宗宏智派。別源圓旨の法嗣。その法嗣に文學契選などがいる。一般作家。

誠中中欵（?～?）、夢窓派鹿王門派。春屋の法嗣。一四二四年相國寺三三世。重要作家。

嚴中周噩（一三五九～一四二八）、夢窓派鹿王門派。春屋に師事した。俗は攝家九條經敎の子。相國第二二世。天龍寺第六十五世。南禪寺一〇二世。相國寺鹿苑院塔主を司り、僧錄の事を掌った。一般作家。

雪洲如積（?～?）、曹洞宗宏智派。別源圓旨の法嗣。南禪寺一〇八世。一三九四年～一四二八年に活躍した人。一般作家。

岐陽方秀（一三六〇～一四二四）、聖一派栗棘門派。靈源の法嗣。東福寺八〇世。天龍寺六四世。岐陽は日本儒學史上にも一時代を畫する重要な人物であり、五山儒家。學藝上の門下生には雲章一慶・翔之慧鳳・滕剛長柔・太極・華屋宗嚴・惟正明貞・景召瑞棠・瑞溪周鳳・一條兼良らがある。重要作家。

慶仲周賀（一三六三～一四二五）、夢窗派鹿王門派。法を春屋妙葩に嗣ぐ。相國寺二五世。天龍寺七一世。重要作家。

子晉明魏（?～一四二九）、法燈派孤峰派。俗は花山院長親、內大臣家賢の子。南朝に於て、後村上・長慶・後龜山三朝に歷仕し、左右兵衞より權大納言を經て右大臣に任じ、聖徒明麟を通じて、三光國師孤峰覺明の法を嗣いだ。著書には『耕雲千首』『宇佐八幡宮法樂和歌』『仙源抄』（『源氏物語』の注釋）がある。また外典にも詳しく、『列子』『莊子』『唐書』『漢書』にも精通していた。雅號は耕雲山人である。五山儒家。重要作家。

元璞慧珙（一三七二～一四二九）、夢窗派靈松門派。絕海中津の法嗣。相國寺三一世。鄂隱慧奯・曇仲道芳・惟肖得巖等、絕海の門下生と親交がある。また、嚴中周噩・西胤俊承とともに杜甫の詩の攻究に力を致した。重要作家。

古幢周勝（一三七〇～一四三三）、夢窗派三秀門派。不遷法序の法嗣。相國寺二八世。天龍寺七六世。相國寺鹿苑院の塔主となり、僧錄の事を司った。南禪寺一二六世。一般作家。

雲林妙冲（?～?）、佛光派。天庵妙受の法嗣。南禪寺七九世。一般作家。

聖徒明麟（?～?）、法燈派。孤峰覺明の法嗣。一四〇七年建仁寺七七世住持となり、一四一三年南禪寺八三世住持となった。一般作家。

春作禪興（?～?）、大應派。大模宗範の法嗣。ちなみに、大模は大德寺第七世言外宗忠の弟子。華叟宗曇とは同門であるが、大模は大德寺を五山派にし、十刹の官寺とするために盡力した人であり、一方の華叟は本來の公家の寺院としようとして盡力した人である。春作は師の主張を繼承し、華叟に對抗した。また、開山宗峰妙超の『大燈國師行狀』、徹翁義亨の『天應大現國師行狀』を撰した。一三九四年～一四二七年の間に活躍した。一般作家。

竺西等梵（?～?）、幻住派廣智派。古先印元の法嗣。淨妙寺五一世。建長寺一三二世。一三九四年～一四二七年の間に活躍した。一般作家。

錦江省文（?～?）、大覺派。古調省韶の法嗣。一四一九年～二九年の間に活躍した。一般作家。
竺源慧梵（一三六一～一四三一以後）、佛光派。俗は後村上天皇の皇子で、兵部卿師成親王である。元翁本元派下に屬する。著書には『古今集注』がある。歌道の系統は二條爲世→二條爲子→宗良親王→竺源慧梵となり、子晉明魏と同門であり、その歌道の弟子に大内教弘がある。重要作家。
曇仲道芳（一三六七～一四〇九）、夢窓派慈濟門派。空谷明應の法嗣。終身黒衣。學藝を絶海に學ぶ。著作には『曇仲遺藁』がある。重要作家。

五山文學隆盛期は一三二九年から一四二五年までの九十六年間であり、その間、活躍した五山文學作者の代表として、三百八名を確認することができた。その中、來日詩僧は十一名であって、總數の四%を占め、留學詩僧は百十九名であって、總數の三十八%を占め、未留學詩僧は百七十八名であって、總數の五十八%を占めている。

重要作家は九十一名であって、總數の三十%を占めている。そのうち禪宗的なものは三名であり、文學との割合は三%對九十七%である。そして、その六十六名の中には、來日詩僧が三名、總數の三%を、留學詩僧は三十四名（派遣一名）、總數の三十七%を、未留學詩僧は五十四名、總數の六十%を占めている。

一般作家は二百十七名であって、總數の七十%を占めている。そのうち禪宗的なものは殆どいなかった。そして、その二百十七名の中には、來日詩僧は八名、總數の四%を、留學詩僧は八十五（派遣八名）名、總數の三十九%を、未留學詩僧は一百二十四名、總數の五十七%を占めている。

## 第三節　五山文學衰頽期の作者群

### 一　留學詩僧について

#### 1　留明詩僧（明朝　一三六八〜一六六一）

翺之慧鳳（一三六二〜一四六四）、聖一派栗棘門派。岐陽方秀の法嗣。一四三二年入明。一四三四年歸國。著作に『西遊稿』『竹居清事』がある。五山儒家。重要作家。

江心承董（?〜?）、夢窗派三秀門派。天文年間の人、不遷法序の四代の法孫。入明したことがある。一般作家。

#### 2　遣明詩僧（明朝　一三六八〜一六六一）

恕中中誓〔正使〕（一三七三〜一四四四）、夢窗派。物先周格の法嗣。一四三四年入明。一四三六年歸國。正使として遣明の使命（勘合貿易）を果たした。相國寺三八世。天龍寺一〇三世。一般作家。

□□永頊〔隨員〕（?〜?）、派別不明。一四三四年入明。一四三六年歸國。一般作家。

東洋允澎〔正使〕（?〜?）、夢窗派靈松門派。鄂隱慧奯の法嗣。一四五三年入明。一四五四年歸國。天龍寺一二四世。重要作家。

□□芳貞〔同行〕（?〜?）、派別不明。一四五三年入明。一四五四年歸國。一般作家。

九淵龍睬〔隨員〕（?〜一四七四）、黄龍派。一庵一麟の法嗣。一四五三年入明。一四五四年歸國。建仁寺一八七世、

南禪寺二〇二世などを歴任。學藝を一庵一麟、希世靈彦に受け、その門下生には天隱龍澤がある。詩文集を『葵齋集』『九淵唾藁』という。重要作家。

志林□伸〔隨員〕（?〜?）、黄龍派寂庵派。九淵の法嗣。一四五三年入明。一四五四年歸國。一般作家。
□□允卲〔隨員〕（?〜?）、派別不明。一四五三年入明。一四五四年歸國。一般作家。
斯立光幢〔隨員〕（?〜一四七四）、聖一派三聖門派。理中光則の法嗣。一四五三年入明。一四五四年歸國。一般作家。

文明東曦〔隨員〕（?〜?）、聖一派永明門派。信仲明篤の法嗣。一四五三年入明。一四五四年歸國。一般作家。

天與淸啓〔正使〕（?〜?）、大鑑派。信濃の人。伯元淸禪の法嗣。一四五三年隨員として入明。一四五四年歸國。一四六七年、第二回遣明使正使として入明。建仁寺一九一世。著作を『萬里集』『再渡集』という。五山儒家。重要作家。

雪舟等楊〔隨員〕（一四二〇〜一五〇六）、夢窗派鹿王門派。春林周藤の法嗣。一四六七年、天與淸啓の第二回遣明使に同行、明の畫風の影響を受けた。五山隨一の畫家である。一般作家。

蘭隱□馨〔隨員〕（?〜?）、夢窗派正持門派。玉岫英種の法嗣。一四五三年入明。一四五四年歸國。一般作家。

笑雲瑞訢〔隨員〕（?〜?）、夢窗派。季章周憲の法嗣。著作に『笑雲和尙入明記』がある。南禪寺二〇六世。一四五三年入明。一四五四年歸國。一般作家。

東林如春〔隨員〕（?〜一四九一）、曹洞宗宏智派東明派。大僊□竺の法嗣。一四五三年入明。一四五四年歸國。趙子昂の書風を學び、書道の名筆僧。その法嗣には驢雪鷹灞がある。五山書家。一般作家。

南叟龍朔〔隨員〕（?〜一四五五）、黄龍派寂庵派。瑞巖龍惺の法嗣。正宗龍統の俗兄。一四五三年入明。一四五四年歸國。一般作家。

竺芳妙茂〔正使〕（?~?）、夢窗派靈松門派。天錫成綸の法嗣。一四七六年入明。一四七八年歸國。一般作家。

玉英慶瑜〔副使〕（?~一四八一）、夢窗派靈松門派。東洋允澎の法嗣。一四七六年入明。一四七八年歸國。天龍寺一三七世。一般作家。

肅元壽嚴〔隨員〕（?~一四九四）、夢窗派靈松門派。東洋允澎の法嗣。一四七六年入明。一四七八年歸國。天龍寺一五五世。一般作家。

伯始慶春〔隨員〕（?~?）、夢窗派靈松門派。極先俊玄の法嗣。一四七六年入明。一四七八年歸國。天龍寺一七三世。一般作家。

用林梵材〔隨員〕（一四四六~八三）、夢窗派靈松門派。一四七六年入明。一四七八年歸國。入明中の見聞を錄して、『三國甕天錄』を著した。一般作家。

子璞周瑋〔正使〕（?~一四八五）、夢窗派華藏門派。大岳周崇の法嗣。一四八三年入明。一四八五年中國四明で示寂。一般作家。

圭圃支璋〔隨員〕（?~?）、夢窗派華藏門派。京都の人。歸化元人林淨因五世の孫。子璞周瑋の法嗣。一四八三年師について入明した。一般作家。

文學全融〔隨員〕（?~?）、一山派雪村派。文叔眞要の法嗣。一四八三年入明。一四八六年歸國。一般作家。

堯夫壽冥〔正使〕（?~?）、夢窗派鹿王門派。德翁中佐の法嗣。一四九三年入明。一四九六年歸國。一般作家。

古川清勤〔隨員〕（?~一四九六）、大鑑派。信濃の人。俗姓は伊那郡の知久氏。天與の俗姪。天與清啓の法嗣。一四九三年入明。一四九六年歸國の途中で溺死した。一般作家。

文成梵鷟（隨員）（?～?）、幻住派廣鑑派。龍室元珠の法嗣。夢窗派靈松門派でもあり、絶海の法嗣でもある。一四九三年入明。一四九六年歸國。一般作家。

育英承才（隨員）（?～?）、夢窗派慈濟門派。東岳の法嗣。一四九三年入明。一四九六年歸國。一般作家。

□□壽冥（隨員）（?～?）、法系不明。一四九三年入明。一四九六年歸國。一般作家。

了菴桂悟（正使）（一四二五～一五一四）、聖一派大慈門派。大疑寶信の法嗣。一五一一年入明、一五一三年中國五山の育王寺一〇一世となった。同年歸國。東福寺一七一世、南禪寺二四一世などを歴任。五山儒家。重要作家。

桂庵玄樹（隨員）（一四二七～一五〇八）、聖一派。長門赤間關の人。景浦の法嗣。一四六七年遣明使の隨員として入明、在明中に專ら宋學（朱子學）を學んだ。一四七三年歸國。建仁寺二四〇世となった。禪宗より派生した宋學諸學派（土佐南學・藤原宋學・羅山宋學）のうち薩南學派を形成した。著作に『桂庵和尚家法倭點』、詩文集『島陰漁唱』がある。重要作家。

謙道宗設（正使）（?～?）、法系不明。一五二三年遣明使の正使として入明。一般作家。

月渚英乘（副使）（?～一五二三～?）、聖一派龍吟門派。桂庵玄樹の法嗣。一五二三年遣明使の福使として入明。一般作家。

鸞岡省佐（隨員）（?～?）、幻住派。一五二三年遣明使の副使として入明。一般作家。

湖心碩鼎（正使）（一四八一～一五六四）、幻住派遠溪派。一華碩由の法嗣。筑前博多の新篁寺・聖福寺に歴住。一五三九年遣明使の正使として、策彥以下數百名の僧を率いて、明に渡った。著作に『三脚稿』『頤賢錄』がある。五山儒家。重要作家。

策彥周良（副使）（正使）（一五〇一～七九）、夢窗派華藏門派。心翁等安の法嗣。一五四八年遣明使の正使として入明。著作に『南遊集』『謙齋雜稿』『謙齋詩集』『初渡集』『再渡集』がある。五山儒家。重要作家。

## 二　未留學詩僧について

惟肖得巖（一三六〇〜一四三七）、焰慧派。草堂得芳の法嗣。天龍寺六九世、南禪寺九八世などを歴任。學藝の門下生に希世靈彦・瑞溪周鳳・存耕祖默・龍崗眞圭・東沼周嚴・邵庵全雍らがあり、交友には玉畹梵芳・曇仲道芳・鄂隱慧奯・仰之令岱・鼎甫崇鎮・元璞慧珙・大蔭宗松らがある。五山儒家。重要作家。

雪溪正安（?〜一四三七）、佛光派。果山正位の法嗣。圓覺寺一一五世。一般作家。

竹庵大緣（一三六二〜一四三九）、聖一派莊嚴門派。登叔法庸の法嗣。東福寺一一四世、建仁寺一二九世、南禪寺一一九世などを歴任。重要作家。

愚極禮才（一三六二〜一四五二）、聖一派東光門派。平川禮浚の法嗣。東福寺一四九世、南禪寺一四五世などを歴任。書畫に優れ、室町中期の五山では、益之宗箴と竝び稱せられる名筆家で、その作品には自畫贊が多い。五山書畫家。重要作家。

盛元梵鼎（一三六一〜一四三七）、夢窗派三世。遠江の人。嶽雲周登の法嗣。一四一八年、相國寺二六世住持となった。一般作家。

南英周宗（一三六三〜一四三八）、幻住派。武州の人。俗姓は秦氏。白崖寶生の法嗣。外學を大年祥登・古劍妙快・絕海中津・春屋妙葩に學ぶ。雅號は懶雲。一般作家。

天錫成綸（一三七五〜一四六六）、夢窗派靈松門派。絕海の法嗣。天龍寺一四二世。五山儒家。重要作家。

盈進寶泉（?〜?）、夢窗派靈松門派。天錫成綸の法嗣。五山儒家。重要作家。

大有有諸（?〜?）、一山派雪村派。太淸宗渭の法嗣。建仁寺一四一世。一四四七年、南禪寺一六〇世住持に昇住した。重要作家。

純中周瑕（?〜?）、夢窗派鹿王門派。南北朝の後期に活躍した。一般作家。

大椿周亨（?〜?）、夢窗派慈氏門派。義堂周信の法嗣。南禪寺六三世。五山儒家。重要作家。

惟正明貞（?〜?）、曹洞宗宏智派、建仁寺一八九世。岐陽方秀に儒學を受けた。薩南學派桂庵玄樹の儒學の師。五山儒家。重要作家。

景召瑞棠（?〜?）、聖一派、岐陽方秀に儒學を受けた。桂庵玄樹の儒學の師。五山儒家。重要作家。

玉岫英種（?〜?）、夢窗派正持門派。德叟周佐の法嗣。天龍寺九三世、南禪寺百一四〇世などを歴任。永享年間に活躍した。一般作家。

琴江令薫（?〜一四四四）、聖一派栗棘門派。和翁令春の法嗣。東福寺一二九世。一般作家。

香林宗簡（?〜一四五三）、大應派。月庵宗光の印可を受け、大德寺二二世、南禪寺一三九世を歴任。眞乘院を構え、その法嗣に華屋宗嚴・梅屋宗香があり、儒教にも精進した。重要作家。

景南英文（一三六四〜一四五四）、聖一派桂昌門派。大方源用の法嗣。南禪寺一三二世。瑞溪周鳳と親交あり。五山儒家。重要作家。

堯夫寶勛（?〜?）、大覺派。玉田元瑛の法嗣。一四二九年、建仁寺一四五世住持に昇住した。一般作家。

文鼎中銘（?〜?）、夢窗派。玉泉周皓の法嗣。一四〇三年〜一三年、萬壽寺七一世。一般作家。

叔京妙祁（一三七二〜一四三六）、夢窗派靈松門派。絕海中津の法嗣。かつて高峰顯日・絕海中津の年譜を撰述した。一般作家。

海門承朝（一三七三〜一四四三）、夢窗派慈濟門派。俗は長慶天皇の皇子。空谷の法嗣。相國寺三二世。南禪寺三三

世。外學を空谷・絶海に學ぶ。鄂隱と文學の親交がある。重要作家。

強中□忍（?〜?）、夢窓派壽寧門派。俗は後圓融天皇の皇子。在中中淹の法嗣。室町初期に活躍した。一般作家。

一關周玄（?〜?）、夢窓派鹿王門派。春屋妙葩の法嗣。一四二一年、相國寺二九世住持、天龍寺六八世、南禪寺九四世を歴任。一般作家。

遊叟周藝（?〜一四四五）、夢窓派大雄門派。柏庭清祖の法嗣。建仁寺一三四世、南禪寺一四一世を歴任。その法嗣に東沼周曮らがいる。雅號は榮巢老人。一般作家。

猷仲昌宣（?〜?）、夢窓派。先覺周怙の法嗣。一般作家。

希明清良（?〜一四四五）、曹洞宗永平派通幻派。建仁寺友社の江西龍派・春作禪興・聖持とともに四博學と稱せられた文學僧である。重要作家。

一華心林（?〜一四四六）、大覺派。月心慶圓の法嗣。圓覺寺一二四世、建長寺一四五世を歴任。一般作家。

敬叟彥軾（?〜?）、一山派雪村派。太淸宗渭の法嗣。天龍寺八四世。一般作家。

慶年永賀（?〜?）、焰慧派。草堂得芳の法嗣。一四四〇年、南禪寺一四三世住持となった。一般作家。

用剛乾治（一三七四〜一四四六）、夢窓派靈松門派。土佐の人。絶海中津の法嗣。相國寺三七世、天龍寺九七世、鹿苑院塔主を歴任。一般作家。

明遠俊哲（一三七五〜一四五五）、夢窓派靈松門派。絶海中津の法嗣。相國寺五七世。一般作家。

明遠天哲（?〜?）、幻住派廣鑑派。大拙祖能の法嗣。圓覺寺一〇一世。一般作家。

笑巖法誾（?〜?室町中期の人）、一山派雪村派。器之の法嗣。雪村の三世法孫。建仁寺一二四世。一般作家。

心田淸播（一三七五〜一四四七）、夢窓派大雄門派。柏庭淸祖の法嗣。雅號を春耕・聽雨叟・松花老人・松岡といい、室號を謙齋という。建仁寺一五七世、南禪寺一六一世を歴任。學藝を惟肖得巖から習得した。文學の交友には瑞溪・東沼・江西・希世・南江・信仲明篤等がある。著書には『聽雨集』『春耕集』『心田播禪師疏』『聽雨外集』がある。當時、惟肖の文、江西の詩、太白の四六、心田の講説を四絶と稱せられた。五山儒家。重要作家。

江西龍派（一三七五～一四四六）、黃龍派寂庵派龍山派。俗姓は遠藤氏。一庵一麟の法嗣。建仁寺一五四世、南禪寺一四四世を歴任。學藝詩文は絶海の直接の薫陶を受け、四六文に優れ、太白・曇仲・信仲と共に四天王と稱せられた。また詩にも優れ、心田の講説、太白の四六、惟肖の文とともに四絶と稱せられた。著作に『江西和尙語錄』『續翠詩藁』『江西和尙疏藁』『江西和尙四六之講』『天馬玉津沫』『江西一節集』等がある。雅號を木蛇・續翠・晩泊老人という。五山儒家。重要作家。

心關清通（一三七五～一四四九）、古林派大幢派。古雲清遇の法嗣。天龍寺九九世。一般作家。

月溪中珊（一三七六～一四三四）、夢窗派三秀門派。三秀門派祖不遷法序の法嗣。相國寺四一世。遺稿に『道隱集』があるが、佚して傳わらない。その法嗣に天澤等恩がある。重要作家。

天章澄彧（一三七九～一四三〇?）、夢窗派慈濟門派。加賀の人。空谷明應の法嗣。文筆に專念し、終身黑衣。絶海に蒲室疏法を學ぶ。その學藝の門生に瑞溪周鳳がいる。雅號は梅庵・呆庵・栖碧散人と稱する。著作は『梅城錄』『前聞記』『佛日常光國師行實』、詩文集『栖碧摘藁』。重要作家。

慕哲龍攀（?～?）、黃龍派寂庵派。一庵一麟の法嗣。江西龍派の實弟。仲方圓伊に學藝を學び、詞藻に秀れ、江西と雙璧と稱せられた。著作に『新編集』がある。重要作家。

伯溫德瑛（?～一四五一）、佛光派佛國派。久庵僧可の法嗣。圓覺寺一二九世、建長寺一四八世を歴任。一般作家。

信仲明篤（一三九四～一四五一）、聖一派永明門派祖。大道一以の弟子の大蔭明樹の法嗣。東福寺一三〇世、天龍寺

一〇四世、南禪寺一五六世を歴任。四六文の作成に秀で惟肖得巖・江西龍派と竝稱される。その四六文集を『晦夫集』という。五山儒家。重要作家。

明江宗叡（?～?）、大應派。俗は崇光天皇の皇子。根外宗利の法嗣。一四四三年、妙心寺五世住持となった。一般作家。

平仲中衡（?～?）、夢窗派華藏門派。大嶽周崇の法嗣。重要作家。

勝剛長柔（?～一四五六）、聖一派莊嚴門派。傳宗長派の法嗣。東福寺一四七世。その抄物に『梅野的聞』がある。重要作家。

陽谷友南（?～?）、一山派雪村派。虛室祖白の法嗣。建仁寺一六〇世。一般作家。

竹居正猷（一三七九～一四六一）、曹洞宗永平派。石屋眞梁の法嗣。五山儒家。重要作家。

明叟彥洞（?～?）、一山派。蘭洲の法嗣。建仁寺一五〇世、南禪寺一六三世を歴任。一般作家。

友山周師（一三八一～?）、夢窗派。足利義滿の長男。俗は柏庭淸祖の法嗣。一般作家。

淸巖正徹（一三八一～一四五九）、聖一派栗棘門派。東福寺一四四世象先會玄の法嗣。五山歌人。彼の歌風は冷泉派から出ているが、特に、幽遠・縹渺とした象徵的、幻想的表現に長じている。これは當時の五山詩壇の作風にも通じ、不振を極めた室町時代の和歌史上に特殊な光彩を放っている。その著作には『草根集』『なぐさめ草』『正徹物語』『正徹百首』『正徹千首』『一滴集』等がある。一般作家。

雪心等柏（一三八三～一四五九）、夢窗派。美濃人。觀中中諦の法嗣。一四四六年相國寺六三世、一四五八年天龍寺一二九世を歴任。五山水墨畫家。一般作家。

瑞巖龍惺（一三八四～一四六〇）、黃龍派。一庵一麟の法嗣。建仁寺一七一世、南禪寺一八一世等を歴任。その學藝

の門下生には天隠龍澤・太極等がおり、交友には雲章一慶・東沼周嚴・九淵龍賝・天與清啓・瑞溪周鳳・南江宗侃らがいる。その外集を『蟫庵稿』という。雅號を蟫菴・稻庵という。その代表作に、「遠寺晩鐘」の詩「煙際招提暮靄寒、踈鐘杳々度重巒。何如長樂退朝後、花外斜陽數杵殘」がある。儒學にも精進した。重要作家。

雲章一慶（一三八六〜一四六三）、聖一派。東福寺一三一世、南禪寺一七二世を歴任。その代表作に、「漁村夕照」の詩「村路人稀夕照幽、寒鴉落木水悠々。遺賢已作朝家佐、臥楫苔生舊釣舟」がある。儒學にも精進。重要作家。

春夫宗宿（?〜?）、大應派關山派。無因宗因に參じた。永享（一四二九〜四〇）頃に活躍した人。筑前博多十刹崇福寺六五世。一般作家。

南江宗侃（一三八七〜一四六三）一山派。雲溪支山の法嗣。その詩文集を『漁庵小藁』、詩集を『鷗巣詩集』という。重要作家。

用章如憲（?〜一四六三）、古林派。雲龍清嶽の法嗣。長福寺二世、天龍寺一五〇世、南禪寺一四二世を歴任。一般作家。

春林周藤（?〜一四六三）、夢窗派。京都の人。俗姓は今小路。圓鑑梵相の法嗣。相國寺四三世、南禪寺一七四世を歴任。その法嗣に雪舟等楊らがいる。一般作家。

東嶽澄昕（一三八八〜一四六三）、夢窗派慈濟門派。京都の人。俗は一條經嗣の子。兼良の兄弟、雲章一慶とも兄弟である。空谷明應の法嗣。相國寺五八世、天龍寺一二七世、南禪寺一八五世を歴任。重要作家。

叔英宗播（?〜一四四一）、一山派。播磨の人。太清宗渭の法嗣。學藝を義堂・絕海に學ぶ。建仁寺一〇八世、南禪寺百十七世を歴任。その著作には『五燈會元抄』『禪林曇華集』がある。儒學にも精進。重要作家。

瑞溪周鳳（一三九一〜一四七三）、夢窗派。無求周伸の法嗣。相國寺四二世、相國寺鹿苑院塔主を歴任。學藝を嚴中・

惟肖・天章より學んだ。その著述には『臥雲日件錄』（原日記は佚したが、惟高妙安の拔萃した『臥雲日件錄拔尤』はその自筆本が傳存している）『臥雲夢語集』『坡詩脞說』（『脞說』そのものは尊經閣文庫に傳藏されており、笑雲淸三が編集した『四河入海』のうちにも多くその本文が引用されている）、詩集『臥雲藁』、四六文集『瑞溪疏』（一に『竹鄕集』ともいう）、『刻楮』『入東記』『溫泉行記』、『善隣國寶記』などがある。その文筆上の門下生には橫川景三・景除周麟・綿谷周瓞・文聰壽顯等があり、交友には勝剛長柔・南江宗沅・季瓊眞蘂・文叔眞要・維馨梵桂等がある。雅號は臥雲山人・竹鄕子・刻楮等という。儒學にも精進。重要作家。

東沼周巖（一三九一～一四六二）、夢窓派。遊叟周藝の法嗣。建仁寺一五八世、相國寺五〇世を歷任。その學藝を惟肖得巖に學ぶ。學藝の門生に月翁周鏡がいる。その著作に、詩文集『流水集』と『東沼和尙語錄』がある。儒學にも精進。重要作家。

西庵中蓮（?～一四六五）、夢窓派。月潭中圓の法嗣。義堂周信三世の法孫。圓覺寺一一二世。朴中梵淳・邵庵全雍・洞春妙英・伯溫德瑛等及び上杉憲實と文筆の友社を結成し、詩の唱和を行っていた。その詩集を『山林文岌集』という（『五山文學新集』第三卷所收）。室町時代中期の鎌倉禪林の數少ない文筆僧の代表的な一人であった。重要作家。

竺雲等連（一三九三～一四七一）、夢窓派。大嶽周崇の法嗣。相國寺第四〇世。儒學にも精進。重要作家。

古教妙訓（?～一四五一）、夢窓派。曲江の法嗣。圓覺寺一三〇世。一般作家。

元晦眞彰（?～?）、一山派。叔英宗播の法嗣。終身黑衣。彼が文學僧であることは、『諸師行實』の「一山派宗派圖」の注記に引く「迎翠十樓」と題する詩から窺われる。一般作家。

瑞雲中嘉（?～?）、夢窓派大雄門派。柏庭淸祖の法嗣。建仁寺一六一世。南禪寺一八七世。學藝面での交友には瑞溪周鳳・心田淸播・東沼周巖等があり、東坡詩・韓文に造詣が深かった。室町中期の隱れた學匠であった。一般作家。

祖溪德濬（?～?）、大圓派。阿波の人。俗姓は一宮氏。天隱から外學・詩文を學び、文筆上の交友は桂林德昌・月舟壽桂・正宗龍統・桃源瑞仙・雪嶺永瑾である。その著作を『水拙手簡』という。一般作家。

邵庵全雍（?～?）、大通派。少林桂蕚の法嗣。その作品は『山林文岕集』、『邵庵老人詩』等があり、『五山文學新集』第三巻に收錄されている。重要作家。

一休宗純（一三九四～一四八一）、大應派。重要作家。

天章周文（?～?）、夢窗派。薩摩の人。室町水墨畫における樣式確立者の一人として夙に著名であり、その作品はかなり多く殘されている。一般作家。

寶山乾珍（一三九四～一四四一）、夢窗派靈松門派。俗は足利直冬の子。絕海中津の法嗣。一四三一年相國寺三八世、天龍寺九四世、相國寺鹿苑院塔主を歷任。一般作家。

梅陽章杲（?～?）、黃龍派。江西の法嗣。その著作を『梅陽琴叔百絕』という。室町中期の五山文學作者の隱れた逸材の一人である。重要作家。

用堂中材（一三九五～一四五八）、夢窗派壽寧門派。在中中淹の法嗣。相國寺五九世。その法嗣に景徐周麟らがある。一般作家。

九鼎竺重〔器重〕（?～?）、法燈派。嘉吉・文安年間に活躍した五山文學作者。重要作家。

東旭等輝（一三九七～一四五七）、夢窗派。嚴中周噩の法嗣。相國寺五二世。重要作家。

錦江景文（一三九八～一四八五）、夢窗派。海門承朝の法嗣、一四九〇年相國寺鹿苑院塔主に任ぜられ、僧錄の事を掌った。一般作家。

原古志稽（一四〇一～七五）、夢窗派慈濟門派。京都の人。俗は細川義久の子。簡翁志敬の法嗣。一般作家。

文苑承英（?～一四八八）、夢窗派慈濟門派。京都の人。俗は宇多源氏庭田重賢の子。宗山等貴・就山永崇の兄弟とは從兄弟にあたる。一般作家。

希世靈彥（一四〇三～八八）、大鑑派。終身黑衣、五山文藝の大家。その學藝の門下生には正宗龍統・横川景三・景徐周麟・彥龍周興・月舟壽桂・天隱龍澤・古雲智云等がいる。また文學の交友には瑞溪周鳳・九淵龍賝・天與清啓・翔之慧鳳らがいる。その著作を『村庵藁』という。儒學にも精進した。重要作家。

古雲智云（?～一四八八）大鑑派。信濃の人。伊那郡の知久純翁居士の子。天與清啓の法嗣。一般作家。

虎山永隆（一四〇三～一四四二）、夢窗派。俗は足利義滿の子。空谷明應の法嗣。一四四一年相國寺鹿苑院塔主（僧錄）、相國寺五十四世。一般作家。

天遊爲播（一四〇三～六八）、焰慧派。惟肖に師事した。儒學にも精進した。一般作家。

惟馨梵桂（一四〇三～九〇）、夢窗派。相國寺七二世。一般作家。

益之宗箴（?～一四八七）、一山派。天龍寺一四六世。五山書道史上において、絕海中津・仲方中正・斗南永傑・愚極禮才らに續く名筆家である。儒學にも精進した。一般作家。

天英周賢（一四〇四～六三）、夢窗派。在中中淹の法嗣。相國寺六八世。重要作家。

季照中明（?～?）、夢窗派。天龍寺一一六世。瑞溪とは親交あり。一般作家。

虛中周頤（?～一四七一）、夢窗派。柏心周操の法嗣。圓覺寺一四〇世。一般作家。

有隣靈翰（?～一四七三?）、大鑑派。希世靈彥の法嗣。その詩作は師の靈彥の『村庵藁』に見える。一般作家。

綿谷周瓞（一四〇五～七二）、夢窗派。大梁梵梓の法嗣。儒學にも精進した。重要作家。

九峰以成（?～一四八三）、佛光派。天龍寺一四一世、建仁寺二一〇世を歷任。その法嗣に雪嶺永瑾・春澤永恩・東

輝永杲・虎巖永遠等がおり、いずれも五山文學者。またその過半數は武田氏一族の出身者である。一般作家。

雪江宗深（一四〇七～八六）、大應派關山派雪江派祖。義天玄承の法嗣。妙心寺六世、中興の祖。儒學にも精進した。一般作家。

存耕祖默（?～一四六七）、聖一派。少室通量の法嗣。東福寺藏主、東福寺一三四世、南禪寺一八六世を歴任。重要作家。

於船靈穩（?～?）、大鑑派。希世靈彦の門人。一般作家。

光遠珍曄（?～?）、夢窗派。俗は日野有光の子。德祥正麟の法嗣。天龍寺一三〇世。一般作家。

竺華梵蕚（?～一四六五）、夢窗派。大椿周亨の法嗣。南禪寺上生院・長照院・慈氏院・林光院・雲臥庵の塔主となり、同寺一八八世。一般作家。

春溪洪曹（?～一四六五）、夢窗派。空谷明應の法嗣。相國寺五五世。學藝を瑞溪周鳳等に學び、これを横川景三・景徐周麟に傳えた。文獻學者でもある。重要作家。

以遠澄期（?～?）、夢窗派。空谷明應の法嗣。相國寺七〇世。同輩の瑞溪周鳳、後生の横川景三と親友であり、文學の門下生に蜀英本棠がある。一般作家。

天祐梵嘏（一四〇九～七四）、夢窗派。雪心周安の法嗣。萬壽寺に住した。儒學にも精進した。一般作家。

仲安眞康（?～?）、派別不詳。建長寺の祥啓の師とされ、その畫風は廣く十六世紀のいわゆる關東派水墨畫に影響を及ぼしている。一般作家。

牧中梵祐（?～?）、夢窗派。義堂の法嗣。法兄江心に『史記』を學んで精通した上で、また桃源に傳えた。一四五九年萬壽寺に住した。一般作家。

抱節中孫（?～?）、夢窗派。大椿周亨の法嗣。義堂の孫弟子。南禪寺一八七世。一般作家。

一華建忶（?～?）、一山派。南禪寺一九一世。その文學の門下生に萬里集九・陽叔集雍がおり、また文學の交友には瑞溪周鳳・東芳眞詢・魯庵良周・大圭宗价がある。儒學にも精進した。一般作家。

竹香全悟（?～?）、夢窗派。大嶽周崇の法嗣。相國寺六〇世。雅號を蓬萊道人という。重要作家。

季瓊眞蘂（?～一四六九）、一山派。一四五八年「蔭凉軒主」と稱した。その法嗣に龜泉集證・茂叔集樹らがいる。その筆錄にかかる『季瓊日錄』（『永享日錄』）は禪宗史の基本史料で、『蔭凉軒日錄』の主部をなす。儒學にも精進した。重要作家。

利涉守溱（?～?）、法燈派。伯嚴殊楞の法嗣。一四七九年南禪二一四世住持。蘭坡景茝とは文筆上の親友であり、その代表作に「秋燈話舊」詩「曾燒枯蚌宿漁家、秋雨東湖鷗一沙。白髮雖殊霄壤勢、十年心事五更花」がある。重要作家。

雲澤叔衡（?～?）、聖一派。その代表作に「懸空一縷弄晴暉宇、輕燕高飛影自隨。天上癡仙愁底事、曉梳脫髮丈餘絲」がある。重要作家。

旃室周馨（?～?）、夢窗派。玉潭中湛の法嗣。東坡の詩に通じ、これを抄して『翰林殘稿』という。また『周易』にも詳しく、儒學にも精進した。重要作家。

彥材明掄（?～一四八七）、佛光派。幻住正證の法嗣。南禪寺二一五世。重要作家。

沒倫紹等（?～一四九二）、大應派。一休宗純の法嗣。五山畫家。雅號は墨齋・月婿・拾墮・禿樵・墨隱・漁白・樵靑・松江等という。一般作家。

正宗龍統（一四二九～九八）、黃龍派。瑞巖龍惺の法嗣。建仁寺二一七世。南禪寺二四〇世。重要作家。

月翁周鏡（?～一五〇〇）、夢窗派鹿王門派。嚴中の法嗣。南禪寺二二五世、相國寺鹿苑院塔主となり、僧錄の事を司った。その學藝の門下生には彥龍周興がいる。儒學にも精進した。重要作家。

考叔宗穎（?～?）、黄龍派。龍江の法嗣。建仁寺二二三世。その詩集は『祕密藏』一卷がある。一般作家。

正中祥端（一四一一～九二）、幻住派。友峰等益の法嗣。その法嗣には月舟壽桂等がある。後柏原天皇より祖燈大明禪師の稱號を敕諡された。五山儒家、五山書家でもあった。重要作家。

小魯靈洙（一四一五～八七）、大鑑派。希世に師事した。儒學にも精進した。一般作家。

悟溪宗頓（一四一五～一五〇〇）、大應派。雪江宗深の法嗣。儒學にも精進した。一般作家。

柏舟宗趙（一四一六～九五）、大覺派。傑巖禪偉の法嗣。永源寺二八世。『周易』の專門家で儒學にも精進した。一般作家。

特芳禪傑（一四一八～一五〇六）、大應派。雪江の法嗣。儒學にも精進した。一般作家。

蘭坡景茝（一四一九～一五〇一）、夢窗派。大模梵軌の法嗣。南禪寺二二六世。その詩文集を『雪樵獨唱集』という。後土御門天皇より佛慧圓應禪師の稱號を敕諡された。儒學にも精進。重要作家。

季弘大叔（一四二〇～八七）、聖一派。東福寺一七四世。應仁前後の五山有數の學僧。儒學にも精進した。重要作家。

太極正易（一四二一～?）、聖一派。隆中に師事した。著作を『碧山日錄』という。重要作家。

天隱龍澤（一四二二～一五〇〇）、一山派。建仁寺二一八世。一四八七年、南禪寺二三一世。その著作には『北斗集』『翠竹眞如集』『默雲藁』『默雲文集』『默雲集』『錦繡緞』『天隱和尚四六圖』等がある。儒學にも精進した。重要作家。

西江集䴡（?～?）、一山派。叔英宗播の法嗣。一四六三年相國寺鹿苑院で院主龍崗眞圭の主催による短策會（頌會）が開かれた時に、彼は相國寺の書記で、その執筆の役を勤めた。終身黑衣に終わったが、詞藻のある作家。重要作家。

東陽英朝（一四二七～一五〇四）、關山派雪江派。雪江宗深の法嗣。大德寺五十三世。妙心寺一三世。儒學にも精進した。一般作家。

萬里集九（一四二八～一五〇七）、一山派。大圭宗价の法嗣。その詩文集は『梅花無盡藏』（七巻八册）という。儒學にも精進した。重要作家。

光甫宗曈（?～?）、黃龍派。考叔宗穎の法嗣。一般作家。

仁甫齊諄（?～?）、夢窗派慈濟門派。一四八四年山城十刹景德寺の公狀を受けた。萬里集九との交友が深い。一般作家。

斯立周幢（?～?）、夢窗派。心田清播の法嗣。一四八七年建仁寺二一九世。一般作家。

仁甫聖壽（?～?）、大覺派。子璵元瑾の法嗣。建仁寺二三〇世。『杜詩』の抄である心華の『心華臆斷』の後を續けて、『續臆斷』を著した。應仁の亂直後の五山禪林の學藝僧の中では有數の人物である。重要作家。

桂林德昌（一四二八～一五一〇?）、大覺派。建仁寺二三一世、詩文に長じ、常庵龍崇・月舟壽桂・桃溪桂悟・横川景三・景徐周麟・古桂弘稽等と唱和應酬し、特に月舟とは親交があった。儒學にも精進した。一般作家。

琴叔景趣（?～一五〇七）、夢窗派勝定門派。南禪寺二五一世。儒學にも精進した。重要作家。

季揚宗贊（?～?）、一山派。天隱龍澤に學藝を習い、萬里集九とはしばしば詩の和韻を行い、風雅三昧に耽っていた。一般作家。

桃隱玄朔（一四二九～?）、大應派。京都の人。日峰宗舜の法嗣。一般作家。

子純得幺（?～?）、佛光派。雷溪存聞の法嗣。建長寺一五九世。一般作家。

惟明瑞智（?～?）、夢窗派。鄂隱の法嗣。文明年間活躍した。一般作家。

季亨玄嚴（?～一四五七）、聖一派。東福寺一三七世。文筆に長じ、その遺稿を『靈松集』という。一般作家。

仰之全岱（?～一四六九）、南禪寺歸雲院の僧。終身黑衣。その「亂後村居」詩に曰く、「戰場何處不傷情、亂後村居次第輕。昨日英雄今日涙、春風原上草空靑」。一般作家。

子庭梵訓（?～?）、夢窗派。大亨梵梁の法嗣。天龍寺一三二世。一般作家。

華嶽建冑（?～一四七〇）、聖一派。東福寺一四二世、南禪寺一九三世を歷任。重要作家。

月泉祥洵（?～一四八二）、聖一派。東福寺一三六世、天龍寺一三三世、南禪寺一九〇世を歷任。一般作家。

龍崗眞圭（?～?）、夢窗派。大周周奝の法嗣。相國寺鹿苑院塔主、南禪寺一九二世を歷任。一般作家。

文叔眞要（?～?）、一山派。叔英宗播の法嗣。一四六六年、京都の亂を避けて、横川らと近江に下向した。南禪寺二〇八世。學藝を瑞溪・希世に受けた。重要作家。

文和全印（?～?）、大通派。伯春全壽の法嗣。一四八七年九月十六日、南禪寺二三二世住持となった。一般作家。

立之瑞幢（?～?）、夢窗派鹿王門派。一四五三年、天龍寺一三五世住持となった。一般作家。

嶽翁藏丘（?～?）、派別不明。畫家。嶽翁の畫に著贊した詩僧としては、了庵桂悟・子通周量・横川景三・天隱龍澤・一鷗德容・湖月信鏡らがいる。一般作家。

子通周量（?～?）夢窗派。竺雲等連の法嗣。一四八七年南禪寺二三六世住持となった。一般作家。

梅雲承意（?～一五〇五）、夢窗派。僊巖澄安の法嗣。その著作に『歲寒集』『木母集』がある。重要作家。

華屋宗嚴（?～一五〇七?）、大應派。その學藝の門下生に景徐周麟・月舟壽桂らがおり、文學の友人に季弘大叔がいる。儒學にも精進した。一般作家。

横川景三（一四二九～九三）、夢窗派慈濟門派。曇仲道芳の法嗣。相國寺七九世、南禪寺二三九世を歷任。彼の詩文

集には『補庵集』『小補東遊集』（前・後・續の三卷）『補庵京華集』（前・後・續・別・新・外の六卷）『蔔集』（『東土蘿蔔集』）、その編書には『百人一首』『閨門集』等がある。重要作家。

文擧契選（?～?）、曹洞宗宏智派。その編書『花上集』には、義堂周信・絕海中津・太白眞玄・仲方圓伊・惟忠通恕・謙巖原冲・惟肖得巖・鄂隱慧奯・西胤俊承・玉畹梵芳・江西龍派・心田淸播・瑞岩龍惺・瑞溪周鳳・東沼周嚴・九鼎竺重・九淵龍賝・南江宗沅・如心中恕・希世靈彥ら二十人の詩（七絕）各十首宛を收めた。一四八九年五月、彥龍周興の序文がある。重要作家。

元芳正楞（?～?）、曹洞宗宏智派。詩文集に『越雪集』がある。重要作家。

約之令契（?～?）、肥前箕山の人。建仁寺の僧。法系・生沒等は詳らかでないが、詩才を以て名を知られた。その「送人之兵庫」（人の兵庫に之くを送る）詩に曰く、「秋風何處可縱梢、攝上之佳山水泓。手把珊瑚敲白夜、夜深月在老龍巢」。一般作家。

希瑣周顓（?～?）、夢窗派壽寧門派。一四八六年足利義政に招かれて東山殿に於て『孝經』を講じた。儒教にも精進した。一般作家。

春陽景杲（一四三〇～九二）、夢窗派慈濟門派。出雲の人。伯倫本彝の法嗣。一般作家。

九峰宗成（?～?）、一山派雪村派。啓宗承祖の法嗣。一般作家。

桃源瑞仙（一四三〇～八九）、夢窗派靈松門派。明遠俊哲の法嗣。五山學僧。儒教にも精進した。一般作家。

蜀英本棠（?～?）、夢窗派慈濟門派。仙巖澄安の法嗣。學藝を以遠澄期・橫川景三に習った。文明年間（一四六九～八六）に活躍した。一般作家。

嶽英德林（?～?）、大覺派。一四八一年、建長寺の公帖を受け、鄉里の越後圓通寺に歸住するとき、京洛諸五山の

尊宿玉莊德種・文紀曇郁・繼章元暉（大覺派）・勝幢宗殊・魯庵集璉・天隱龍澤・益之宗箴・義海良信（一山派）・春陽景杲・龜泉集證・蘭坡景茝・竺關瑞要・龍崗眞圭・惟明瑞智（夢窗派）の十四人は、送行の偈頌を軸裝して彼に贈った。一般作家。

興甫智隆（?～?）、聖一派大慈門派。了庵桂悟の法嗣。一般作家。

玉隱英璵〔宗猷〕（一四三一～一五二四）、大覺派。器庵の法嗣。建長寺一六四世。儒教にも精進した。一般作家。

金溪梵鐸（一四三二～一五一〇?）、夢窗派靈松門派。用剛乾治の法嗣。相國寺八一世、南禪寺二四六世、相國寺鹿苑院の塔主に任ぜられ、僧錄の事を掌った。一般作家。

少蕙梵箝（?～?）、夢窗派鹿王門派。玉崖梵琇の法嗣。相國寺八七世。一般作家。

壽春妙永（?～?）、夢窗派靈松門派。南洲乾能の法嗣。景徐周麟と親交あり、一五〇〇年五月この二人は攝津有馬に遊んで、聯句を行ない、五百韻に及んだ。その時の聯句集を『湯山聯句』という。雅號を南涯という。重要作家。

景徐周麟（一四四〇～一五一八）、夢窗派壽寧門派。用堂中材の法嗣。外學を瑞溪周鳳・月翁周鏡・横川景三・希世靈彥らに學ぶ。相國寺八三世。その語錄詩文集を『翰林葫蘆集』という。儒教にも精進した。重要作家。

竺關瑞要（?～?）、夢窗派慈氏門派。大基中建の法嗣。一四九七年、南禪寺二四九世となった。一般作家。

月江元修（一四四二～一五〇八）、大覺派。蘭坡景茝の文學門生、その和漢聯句會に列席している文學僧である。一般作家。

季玉承球（一四四五?～八五）、夢窗派慈濟門派。雲巖承慶の法嗣。一般作家。

龜泉集證（?～一四九三）、一山派雪村派。叔英宗播の法嗣の季瓊眞蘂の法嗣。鹿苑僧錄の輔翼として蔭凉職（僧侶の出處進退を掌る）についた。『蔭凉軒日錄』（六十一卷）の前半は季瓊眞蘂、後半は龜泉集證らがこれを記錄した。儒教にも精進した。一般作家。

天澤等恩（?～?）、夢窗派三秀門派。月溪中珊の法嗣。一般作家。

葦洲等緣（?～?）、夢窗派三秀門派。天澤等恩とは血緣上の從兄弟に當り、その法を嗣いだ。文明・明應年間活躍した人。一般作家。

以參周省（?～?）、夢窗派壽寧門派。癡純妙顯の法嗣。五山畫家。學藝を勝剛長柔に學ぶ。一般作家。

芳洲眞春（?～?）、一山派。大雅眞頌の法嗣。龜泉集證の蔭凉職業務を補佐し、詞藻も相當に豐富で、『蔭凉軒日錄』の隨所にその作品が散見する。一般作家。

景甫壽陵（?～?）、夢窗派大慈門派。瑞溪周鳳の法嗣。一五三五年に鹿苑院塔主となり、僧錄の事を管掌した。一般作家。

芳林中恩（?～一四九六）、夢窗派。宗甫紹鏡の法嗣。圓覺寺一四六世。一般作家。

竺源知裔（?～?）曹洞宗宏智派。愚谷智契の法嗣。一四九〇年、建仁寺二三三世。一般作家。

自悅守懌（一四四四～一五二〇）、聖一派。春江守潮の法嗣。東福寺一八四世、南禪寺二五九世を歷任。一般作家。

雪嶺永瑾（一四四七～一五四〇）、佛國派此山派。九峰以成の法嗣。その法嗣に三益永因がいる。儒教にも精進した。重要作家。

旭岑瑞杲（文明年間前後に活躍した人）、夢窗派靈松門派。玉淵の法嗣。學藝を希世靈彥・橫川景三等に學んだ。『日下一木集』という詩集がある。重要作家。

一華碩由（一四四七～一五〇七）、幻住派遠溪派。玄室碩圭の法嗣。その法嗣に湖心碩鼎らがいる。一般作家。

禹玉法璨（?～一五〇八）、佛光派佛國派。子文法林の法嗣。圓覺寺一四八世。一般作家。

賢江祥啓（?～?）、大覺派。五山畫家。室町水墨畫史上にいう鎌倉派の成立に寄與した。一般作家。

文摠壽顯（?～一五一二）、夢窗派大慈門派。綿谷周瓞の法嗣。一五〇二年相國寺鹿苑塔主となった。一般作家。

慶甫宗誕（?～一五一五）、大應派。東溪の法嗣。一五一一年建仁寺二四九世住持に昇任した。彥龍周興・萬里集九と文雅の交流があった。一般作家。

子明紹俊（?～一五三六）、夢窗派黃梅門派。宗甫紹鏡の法嗣。圓覺寺一四七世。同寺壽德庵の塔主となった。雅號を稱好道人という。一般作家。

江心龍岷（?～?）、一山派。天隱龍澤の法嗣。一般作家。

叔悅禪懌（一四四九～一五三五）、佛源派。俗は太田資長の甥。般賢禪彭の法嗣。圓覺寺一五〇世。一般作家。

溫仲敬光（?～?）、黃龍派。俗は林淨因の子孫。文林壽郁の法嗣。一般作家。

藍英善玉（?～?）、幻住派明叟派。心源善從の法嗣。學藝を希世靈彥に學ぶ。南禪寺二四五世。一般作家。

功叔周全（一四五二～九二）、夢窗派鹿王門派。嚴中周噩の法嗣。一般作家。

春莊宗椿（一四五七～一五一二）、一山派。その漢詩集『蒙庵百首』がある。儒教にも精進した。重要作家。

彥龍周興（一四五八～九一）、夢窗派鹿王門派。默堂祖久の法嗣。詩文集に『半陶文集』がある。儒教にも精進した。重要作家。

喜江壽歡（明應～永正年間に活躍した人）、幻住派廣智派。中和等睦の法嗣。一般作家。

堯夫承勛（?～?）、夢窗派慈濟門派。空谷明應の法嗣。參徒には橫川景三・景徐周麟等がある。文明年間前後に活躍した人。一般作家。

芳春圓柔（?～?）、曹洞宗宏智派。竺源知裔の法嗣。一五一四年建仁寺二五九世住持に昇任した。一般作家。

古桂弘稽（?～?）、一山派雪村派。蘭州良芳の法孫天華良曇の法嗣。建仁寺二四三世。その詩文集を『鶏筋集』という。儒教にも精進した。重要作家。

三益永因（?～一五二一）、佛國派此山派。雪嶺の法嗣。著作に『三益詩稿』『三益艶簡』がある。儒教にも精進した。重要作家。

一韓智翃（永正年間に活躍した人）、聖一派大慈門派。孝仲光純の法嗣。著作に『湯山聯句抄』『古文眞寶抄』がある。儒教にも精進した。重要作家。

如月壽印（?～?）、幻住派廣智派。月舟壽桂の法嗣。著作として『中華若木詩抄』を刊行した。儒教にも精進した。重要作家。

春和啓誾（?～?）、一山派雪村派。東明の法嗣。同門先輩の春荘宗椿と親交あり。著作に『春和駢驪』がある。重要作家。

茂叔集樹（?～一五二二）、一山派雪村派。季瓊眞蘂の法嗣。雅號を樂木叟という。建仁寺二四一世。南禪寺二五七世。一般作家。

竺雲顯騰（?～?）、佛光派。中叟顯正の法嗣。建仁寺一六二世、同寺龍華院の塔主となった。詩集を『繋雲集』という。重要作家。

心翁等安（一四四九～一五二三）、夢窗派華藏門派。竺雲等連の法嗣。天龍寺一七七世。その法嗣に五山末期の文豪、策彦周良と天溪周善がいる。一般作家。

之好□逑（?～一五二六）、臨濟宗。門派不明。俗姓は吉川氏。下野足利學校第五世の庠主。一般作家。

悦岩東悆（?～一五二九）、黃龍派寂庵派。西庵敬亮の法嗣。建仁寺二六六世。一般作家。

暘谷乾暲（?〜一五三三）、佛光派。芳琳廣譽の法嗣。建長寺一六九世。その學藝は玉隱英璵の薫陶を受けた。一般作家。

湖月信鏡（?〜一五三三）、聖一派。商霖信佐の法嗣。東福寺一九六世。五山學僧。儒教にも精進した。一般作家。

月甫清光（?〜?）、大鑑派。天與清啓の法嗣。清拙の遺漏作品を集め、『禪居附錄』を編んだ。重要作家。

芳卿光隣（?〜一五三六）、聖一派。斯立光幢の法嗣。一五二四年東福寺二〇〇世に昇住した。著作に『芳卿文集』一巻がある。重要作家。

常菴龍崇（?〜一五三六）、黄龍派寂庵派。正宗龍統の法嗣。建仁寺二六二世。儒教にも精進した。一般作家。

春蘭壽崇（?〜?）、法燈派。總龜壽兆の法嗣。常菴龍崇・萬里集九と親交がある。一般作家。

用林顯材（?〜?）、佛光派。天初顯朝の法嗣。初め陸奥巖城の禪長寺に住した。建長寺一七三世。一般作家。

笑雲清三（?〜?）、聖一派。嚴伯通謬の法嗣。東福寺大慈庵塔主。外學を萬里に學び、また東坡詩について、大岳周崇の『翰苑遺芳』、瑞溪周鳳の『脞說』、萬里集九の『天下白』、桃源瑞仙述の『蕉雨餘滴』（一韓智翃抄）の四種の抄を統合して、『四河入海』二十五卷を編した。明應・永正（一四九二〜一五二〇）年間の人。儒教にも精進した。重要作家。

月舟壽桂（一四六〇〜一五三三）、幻住派廣智派。正中祥端の法嗣。建仁寺二四六世。儒教にも精進した。重要作家。

就山永崇（一四六二〜一五〇八）、夢窗派慈濟門派。俗は伏見宮貞常親王の王子。同母弟は宗山等貴。虎山永隆の法嗣。一般作家。

宗山等貴（一四六四〜一五二六）、夢窗派慈濟門派。偃巖澄安の法嗣。一般作家。

大休宗休（一四六六〜一五四九）、關山派雪江派。特芳禪傑の法嗣。儒教にも精進した。一般作家。

東雲景岱（一四六九〜一五二七）、夢窗派慈濟門派。京都の人。俗は滋野井敎國の子、實種の弟。横川景三の法嗣。相國寺鹿苑院蔭凉軒主に任ぜられ、のち相國寺鹿苑院塔主に遷任した。一般作家。

春湖清鑑（?〜?）、曹洞宗永平下無著派。蘭室清藝の法嗣。建仁寺二五八世。一般作家。

松裔眞龍（一四八〇〜一五二八）、一山派雪村派。九條政基の子。龜泉集證の法嗣。一般作家。

惟高妙安（一四八〇〜一五六七）、夢窗派鹿王門派。瀑巖等紳の法嗣。儒教にも精進した。一般作家。

九成僧菊（?〜一五六七）、大覺派。玉隱英璵の法嗣。建長寺一七五世。一般作家。

仁如集堯（一四八三〜一五七四）、一山派雪村派。龜泉集證の法嗣。その相國寺九一世。著作に『縷氷集』がある。儒教にも精進した。重要作家。

太原崇孚（?〜一五五五）、大應派關山派雪江派。大休宗休の法嗣。儒教にも精進した。一般作家。

河清祖瀏（?〜一五四三）、一山派。廷瑞祖兆の法嗣。天文年間に活躍した。建仁寺二七五世。一般作家。

繼天壽戩（?〜一五四三）、幻住派廣智派。月舟壽桂の法嗣。その著作に『雪繼問答』『柳西落葉』『續錦繡段』がある。儒教にも精進。重要作家。

溫仲宗純（?〜一五一一）、大應派。春夫宗宿の法嗣。建仁寺二四一世。天文年間に活躍した。一般作家。

茂彥善叢（?〜一五四一）、聖一派。祐溪善保の法嗣。雅號を浣華道人、室號を恕庵という。東福寺一九九世。その詩文集は『恕庵駢驪』という。重要作家。

彭叔守僊（一四九〇〜一五五五）、聖一派栗棘門派。自悅守懌の法嗣。儒教にも精進した。一般作家。

文山等勝（?〜?）、夢窗派慈濟門派。山城の人。俗は伏見宮邦高親王の王子。俗の叔父に當る宗山等貴の法嗣。常に禁裡・仙洞・伏見宮の和漢聯句會に列席。一般作家。

竺雲慧心（?～一五七九）、聖一派三聖門派虎關派。允芳慧菊の法嗣。東福寺二一三世。一般作家。

鐵叟景秀（一四九六～一五八〇）、大覺派。桂林德昌の法嗣。儒教にも精進した。一般作家。

驢雪鷹灞（?～一五五八）曹洞宗宏智派。東林如春の法嗣。儒教にも精進した。重要作家。

雪村周繼（一五〇四?～九〇?）、夢窗派。五山畫家。一般作家。

江隱宗顯（一五〇五～六二）、大應派徹翁派春浦派。古嶽宗亙の法嗣。著作には『江隱稿』がある。儒教にも精進した。一般作家。

一翁玄心（一五〇七～九二）、聖一派龍吟門派。鄂渚玄棣の法嗣。一般作家。

文西洞仁（?～?）曹洞宗宏智派。建仁寺洞春庵の徒。一般作家。

春澤永恩（一五一一～七四）、佛國派此山派。九峰以成の法嗣。儒教にも精進した。重要作家。

桂庵守廣（?～一五八二）、聖一派栗棘門派。月汀守澄の法嗣。儒教にも精進した。一般作家。

熙春龍喜（一五一一～九三）、聖一派龍吟門派。天覺宗綱の法嗣。重要作家。

嘯岳鼎虎（?～一五九九）、幻住派遠溪派。頤賢碩鼎の法嗣。その著作に『嘯岳錄』がある。儒教にも精進した。重要作家。

玄圃靈三（一五三五～一六〇八）、破庵派石田派大鑑派。春光靈光の法嗣。南禪寺二六六世。一般作家。

文英清韓（?～一六二一）、聖一派莊嚴門派浦雲派。慈雲大忍の法嗣。儒教にも精進した。一般作家。

景徹玄蘇（一五三七～一六一一）、幻住派遠溪派。筑前宗像の人。湖心碩鼎の法嗣。博多聖福寺一〇九世。その著作に『仙巢稿』がある。五山儒僧。重要作家。

惟杏永哲（?～一六〇三）、聖一派永明門派。秀嶽永松の法嗣。東福寺二一八世。五山儒僧。一般作家。

南化玄興（一五三七～一六〇四）、關山派雪江派。美濃の人。快川紹喜の法嗣。その著作に『虚白錄』がある。定慧圓明國師の謚敕號を受けた。五山儒僧。學藝を惟杏永哲に受けた。重要作家。

古澗慈稽（一五四四～一六三三）、夢窗派大雄門派。奎文の法嗣。博多聖福寺に住した。建仁寺二九四世。その著作に『蘆瀑集』『口水錄』がある。五山儒僧。林羅山に學問を教えた。重要作家。

梅屋宗香（?～一五四五）、大應派。攝津の人。香林宗簡の法嗣。南禪寺二五九世。その著作に『梅屋和尚文集』がある。重要作家。

英甫永雄（一五四七～一六〇二）、佛國派此山派。若州の人。文溪永忠の法嗣。また幻住派遠溪派に屬し、頤仲碩養の法嗣。五山儒僧。その著作に『倒痾集』等がある。林羅山に『莊子』を教えた。重要作家。

西笑承兌（一五四八～一六〇七）、夢窗派慈濟門派。中華承舜の法嗣。また幻住派遠溪派に屬し、頤仲碩養の法嗣。五山儒僧。一般作家。

希周玄旦（?～?）、一山派雪村派。仁如の法嗣。華溪和尚に就いて『周易』を學び、博多聖福寺に住した。五山儒僧。一般作家。

閑室元佶（一五四八～一六一二）、大覺派。肥前の人。金庭菊に嗣いだ。また幻住派遠溪派に屬し、耳峰玄熊の法嗣。五山儒僧。一般作家。

文之玄昌（一五五五～一六二〇）、聖一派龍吟門派。一翁玄心の法嗣。五山儒僧。その著作に『南浦文集』『聖蹟圖和抄』『日州平治記』『決勝記』等がある。重要作家。

以心崇傳（一五六九～一六五五）、大覺派。靖叔德林の法嗣。南禪寺二七〇世。一般作家。

五山文學衰頽期は一四二六年から一六二〇年までの一九四年間であり、その間、活躍した五山文學作者の代表として、二百九十名を確認することができたが、來日詩僧はすでに一人もいなくなっている。その二百九十名の内、留學詩僧は三十七名（派遣詩僧は三十五名で、留學詩僧九十五％を占める）があり、その時期總數の十二％を占め、一方の未留學詩僧は實に二百五十三名にのぼり、總數の八十七％を占めている。

この時期の五山文學作者二百九十の中、重要作家は九十九名であり、總數の三十四％（禪宗的なものは無し）を占め、一般作家は百九十一名であり、總數の六十六％を占めている。

その總數の三十四％を占める重要作家のうち、すでに來日詩僧はゼロとなり、留學詩僧は七名（その中派遣詩僧は六名、八十六％）で、總數の七％を占め、一方の未留學詩僧は實に九十二名にのぼり、總數の九十三％を占めた。

なお、その總數の六十六％を占める一般作家の內、留學詩僧は三十（その中派遣詩僧は二十九名）名で、總數の十六％を占め、未留學詩僧は百六十一名で、總數の八十四％を占めている。

## 第四節　五山文學の作者群に關する特徵
### ――五山文學史における作者群の變遷を中心に――

以上の三節にわたって確認された五山詩僧を、來日詩僧・留學詩僧・未留學詩僧を中心にして、五山文學史における作者群の變遷を考察してみたい。まず、そのデータを一八二頁の表にまとめてみた。

五山文學史は一一九一年から一六二〇年までの四二九年にわたっている。その間、活躍した五山詩僧の代表としては六百六十九名を確認することができた。この表によって、各データをまとめて見てみたいと思う。

## 一　五山文學史における全體のデータについて

### 1　三分類別の詩人數

この四二九年の間に活躍した六六九名の五山詩僧を來日詩僧・留學詩僧・未留學詩僧という三つの種類に分類してみたが、その割合は次の通りである。すなわち、全體の六六九名のうち、來日詩僧は二十六名、總數の四％を占めており、留學詩僧は一八八名、總數の二十八％を占めており、未留學詩僧は四五五名、總數の六十八％を占めている。

この三つのデータから分かったこととしては、全體の四％を占めた來日詩僧が果たしたのは、中國禪林文學の傳來及びその指導という役割であり、それは五山文學の形成の基礎となった。また全體の二十八％を占めた留學詩僧が果たした役割は、中國禪林文學、及び中國文化の影響を直接受けて、その受容の規範となったものであり、それは五山文學の形成の根幹となった。さらに全體の六十八％を占めた未留學詩僧が果たした役割は、中國禪林文學の影響を間接に受けながら、完全に日本的受容を成立させたもので、それは日本における五山文學成立の要樞であったと言えるだろう。

### 2　三時期別の詩人數

五山文學史の四二九年の間に、總數六六九名の五山詩僧は、それぞれの時期に活躍してきた。その時期別を見てみると、全體の六六九名のうち、濫觴期の五山詩僧は七十一名、十一％を占めており、また隆盛期の五山詩僧は三〇八名、四十六％を占めており、さらに衰頽期の五山詩僧は二九〇名、四十三％を占めている。このように見てくると、第一期を濫觴期、第二期を隆盛期、第三期を衰頽期と名付けた理由がおのずから分かると思う。

| | | 來日詩僧 | | | 留學詩僧 | | | 未留學詩僧（宗教的） | 計 | |
|---|---|---|---|---|---|---|---|---|---|---|
| | | 受聘 | 派遣 | 宗教的 | 留學 | 派遣 | 宗教的 | | | |
| 濫觴期 | 重要 | 11 | 0 | (2) | 21 | 0 | (16) | 7 (5) | 39 (23) | 71 (23) |
| | 一般 | 4 | 0 | 0 | 11 | 0 | 0 | 17 (0) | 32 | |
| 隆盛期 | 重要 | 3 | 0 | 0 | 33 | 1 | (3) | 54 (0) | 91 (3) | 308 (3) |
| | 一般 | 4 | 4 | 0 | 77 | 8 | 0 | 124 (0) | 217 | |
| 衰頽期 | 重要 | 0 | 0 | 0 | 1 | 6 | 0 | 92 (0) | 99 | 290 |
| | 一般 | 0 | 0 | 0 | 1 | 29 | 0 | 161 (0) | 191 | |
| 計 | | 22 | 4 | (2) | 144 | 44 | (19) | 455 (5) | 669 (26) | |

## 二　五山文學史における各段階のデータについて

### 1　五山文學濫觴期の特徴

五山文學濫觴期は一一九一年から一三二九年迄の一三八年間である。その間に活躍した五山詩僧は、前述のごとく、七十二名を確認することができた。五山詩僧全體のデータと比べてみると、おおむね濫觴期の特徴が見えてくると思う。

すなわち、まず、この時期の來日詩僧は十五名があり、五山詩僧全體のわずか二%に過ぎないが、濫觴期における割合は當時の五山詩僧七十一名の二十一%に當たる。また全體の來日詩僧における割合は五十八%であり、すでに半數を越えている。それだけではなく、重要作者と一般作者との割合をみてみると、全體の二十六名の來日詩僧のうちで、重要作者は十四名であり、五十四%を占め、全體の十四名のうちで、濫觴期には十一名があり、その七十九%を占めている。濫觴期の重要作者は宗教的なものを除けば全部で十六名があり、そのうち來日詩僧は九名で、五十六%を占め、留學詩僧は五名で、三十一%を占め、未留學詩僧は二名で、十三%を占めている。濫觴期の重要作者においても、來日詩僧は六十四%を占めている。從って、來日詩僧は濫觴期における五山文學形成の基礎となった理由が分かる。

つぎに、留學詩僧は三十二名があり、全體では五%の割合ではあるが、濫觴期における割合は四十五%であり、全體の留學詩僧における割合は十七%であり、僅か五分の一にも滿たない。從って全體からみると、濫觴期の留學詩僧が少ないことが分かった。また、留學詩僧三十二名のうち重要作者が二十一名あり、六十六%を占めるが、その二十一名のうち宗教的なものが十六名あり、七十六%を占めている。從って濫觴期における留學詩僧の留學の目的が禪宗を中心とするものであったことが分かる。

最後に、未留學詩僧は二十四名であり、全體の六十八％の割合と比べると、濫觴期における割合は約四％であり、かなり少ないことが分かった。また、二四名のうちで重要作者は七名であり、二十九％を占め、その七名のうち宗教的なものは五名であり、七十一％を占めている。その中の一般作者は十七名で、七十一％を占め、宗教的なものは皆無である。つまり濫觴期における一般作者の割合が高く、宗教的なものは殆どなかった事象から、當時な外來的な禪宗文學にかなり興味が持たれていたことを伺うことができる。

## 2　五山文學隆盛期の特徴

五山文學隆盛期は一三二七年から一四二五年までの九十八年間である。その間に活躍した五山詩僧は、前述のごとく三〇八名を確認することができ、總數の四十六％を占めていることが分かる。これを濫觴期と比べると、三十五％増加し、衰頽期と比べても三％多い。さらにこれを全體の各データと詳細に比べてみると、隆盛期の特徴がはっきり見えてくると思う。

すなわち、まず、來日詩僧は十一名があり、全體の四％の割合と比べると、隆盛期における割合はほぼ同じ四％であるが、全體の來日詩僧における割合は四十二％で、約半分を占めている。また、重要作者と一般作者との割合をみてみると、全體の二十六名の來日詩僧のうちで、重要作者は十四名であり、五十四％を占め、全體の十四名のうちで、隆盛期は三名があり、二十一％を占めている。一方、一般作者は十二名であり、四十六％を占め、全體の十二名の內、隆盛期は八名があり、六十七％を占めている。從って、この時期、濫觴期の傳來・指導という役割はなお續いているが、中國國內の安定的な政權の誕生によって、來日詩僧の數が次第に減り、大勢の留學詩僧が日本に戻ったことによって、來日詩僧を招聘する必要も次第になくなってきたことが分かる。

つぎに、隆盛期の重要作者は宗教的なものを除けば、全部で八十八名があり、そのうち來日詩僧は三名で三％を占め、留學詩僧は三十一名で、三十五％を占め、未留學詩僧は五十四名で、六十二％を占めている。これを濫觴期と比べると、隆盛期の重要作者のほうは、來日詩僧は五十三％に減り、しかし逆に、留學詩僧は四％増え、未留學詩僧は四十一％増えた。つまり、隆盛期の重要作者においては、來日詩僧の影響がかなり減り、留學詩僧がその役割を果たしているが、一方、未留學詩僧の努力が著しく實を結んでいることを伺うことができる。

最後に、隆盛期の一般作者では來日詩僧は八名で、四％を占め、留學詩僧は八十五名で、三十九％を占め、未留學詩僧は一二四名で、五十七％を占めている。濫觴期と比べると、隆盛期の一般作者のほうは、來日詩僧は九％減り、留學詩僧は五％増え、未留學詩僧は四％増加している。つまり、隆盛期の一般作者においては、來日詩僧の影響が減少し、留學詩僧の役割が大きくなっており、未留學詩僧の努力も徐々に實を結んでいることを伺うことができる。

### 3　五山文學衰頽期の特徴

五山文學衰頽期は一四二六年から一六二〇年までの一九四年間である。その間に活躍した五山詩僧は二九〇名を確認することができ、總數の四十三％を占めていることが分かる。これを濫觴期と比べると、三十二％増え、隆盛期と比べると三％減っている。さらにこれを全體の各データと詳細に比べてみると、衰頽期の特徴が一層はっきり見えてくると思う。

すなわち、まず、來日詩僧はもはや存在しない。從って衰頽期の五山文學に對して、來日詩僧の影響はほとんどなかったと言える。

つぎに留學詩僧は三十七名で、全體の二十％を占め、隆盛期より四十三％減少し、濫觴期より三％増えている。これが衰頽期の留學詩僧に關する量の實態である。重要作者は七名（派遣六名）で、全體の十二％を占め、隆盛期より四十二％減少し、濫觴期より四％増え（文學的なものにより）、一般作者は三十名（派遣二十九名）で、全體の二十四％を占め、隆盛期より四十三％減少し、濫觴期より十五％増えている。これが衰頽期の留學詩僧の質の實態である。つまり質量兩面共に、隆盛期より（重要作者）四十二％・（一般作者）四十三％減少していたことは大變興味深い。同時に、質量兩面共に、濫觴期より（重要作者）四％（文學的なものにより）・（一般作者）十五％と三％増えたことも大變興味深いのである。

最後に、未留學詩僧は二五三名で、全體の五十六％を占め、隆盛期より十七％増え、濫觴期より五十一％増えている。これは衰頽期の未留學詩僧の量の實態である。なお、重要作者は九十二名で、全體の六十％を占め、隆盛期より二十五％増え、濫觴期より五十五％増え、また一般作者は一六一名で、全體の五十三％を占め、隆盛期より十二％増え、濫觴期より四十七％増えている。これは衰頽期の未留學詩僧の質の實態である。このように重要作者の割合が隆盛期より二十五％も増えている實情は、要するに、この時期に至って、中國禪林文學、及び中國文化からの直接的な影響が殆どなくなり、改めて未留學詩僧らの手により完全に日本化されて、ここに五山文學が完全に成立したことを意味するのである。ちなみに、第一節から第三節までの六六九名の五山詩僧を確認した基本史料は、『大日本佛教全書』（前出）の、巻一〇二『本朝高僧傳』、巻一一一『傳記業書』、巻一〇八『延寶傳燈錄』、巻一一〇『日域洞上諸祖傳』、巻一〇四『東國高僧傳』、及び『新訂增補國史大系』巻三一『元亨釋書』（吉川弘文館、一九六五）などであり、參考書は、上村觀光『五山詩僧傳』（東京民友社、一九一二）、玉村竹二『五山禪僧傳記集成』（講談社、一九八三）、『五山禪林宗派圖』（思文閣出版、一九八五）、足利衍述『鎌倉室町時代之儒敎』（日本古典全集刊行會、一九三二）、北村澤吉『五山文學史稿』（冨山房、一九四一）などである。

# 第二章　五山文學の作品群に關する考察

## 第一節　五山文學作品の分類——二部分類法を中心に——

第一章では、「五山文學」という概念を支えた二つの要件の中の一つである五山文學の作者群に對して考察を加え、これを確認した。この第二章では、「五山文學」という概念を支えたもう一つの要件、五山文學の作品群について考察を加えてみたいと思う。

五山文學の作品のごく一部は『續群書類從・文筆部』に收められているが、注目すべき作品は殆ど入っていないと言える。これに對して上村觀光氏の盡力により、つとに主要な作品を集めた上で、更にそれらを整理・考證・編集し、世界の文學界に誇るべき『五山文學全集』（全四巻）が刊行された。その後、上村觀光氏の遺志を繼承した玉村竹二氏の努力により、これまた世界の文學界に誇るべき『五山文學新集』（全八巻）が校訂刊行された。それは、無論五山文學の作品群全體の一部にすぎないのだが、この『五山文學全集』『五山文學新集』だけでも、一萬二千五百六十二ページにのぼり、ひととおり目を通すのは三年かけても困難だと言われる。

その膨大な作品群をどのように分類すべきか、これが無論第一の問題である。上村觀光氏は『五山文學小史』の第四節の「五山禪僧の文篇」に、次のように述べている。

抑も近時古史古典の研究四方に起り、古書の翻刻も亦之れに伴ふて盛なるに似ず、獨り識者の五山文學に對して冷淡なるは、洵に慨歎すべき事と謂ふべし。余は數年以來、之れが研究の道程に上り、就中五山の文學に就ては、多少の考證を重ね、從つて其遺著の捜索に從事したるに、得る所實に百有餘點に達し、一々之れが檢討を經たるに、其の全き者を得たるは、十の五に過ぎず、是に於てか、更に又之れが完整修補に幾多の辛慘苦楚を嘗め、昨秋漸く編輯の業を終え、詩文部・日記部・語錄部の三種に分類し、第一着に詩文部の印行に着手し、此頃に至り漸くその一部分を印刷し畢れり、思ふに此等の書は、今日にして之を印刻に附せずんば、原本遂に煙散霧消して、再び拾收するに由なく、獨り五山文學の名をのみ、歷史上に貽して、その實質を窺ふこと能はざるに至らんとを惧るればなり。[1]

と。つまり、上村觀光氏は、この膨大な五山文學作品群を詩文部・日記部・語錄部の三種に分類したわけである。

この問題に關して、玉村竹二氏は『五山文學──大陸文化紹介者としての五山禪僧の活動』の第五章の「五山文學の表現形式」で、この膨大な五山文學作品群を、宗旨表現手段の部類・語錄的性格の部類・寺制上實用の部類・純然たる在俗文學の部類の四種に分類しているのである。[2]

しかし、筆者は「五山文學」を、まずは「文學」として理解する必要上、新たに詩文類を設け、次に「五山」を禪宗として理解する必要上、語錄類を設けた。ただし「五山文學」を正しく讀むために不可缺の、五山文學史四二九年の間に、五山詩僧の手により著わされた「日記」「寺記」「游記」などは、「五山文學作品の參考類」に配屬した。

本章では、その膨大な作品群を筆者の分類法によって、詩文類・語錄類という二種類に分類し、現存するものを考證し、確認しておきたいと思う。因みに、「五山文學作品の參考類」の作品も考證して、附錄として本章に置くことにする。

注

（1）上村観光『五山文學小史』二六頁を參照（『五山文學全集』別卷、思文閣復刻、一九七三）。

（2）玉村竹二『五山文學』一〇七～一四七頁を參照

## 第二節　五山文學詩文類に屬する作品群

下文に集計された、各作品の冒頭のA記號は上村觀光氏によって確認されたもの、B記號は竹村玉二氏によって確認されたもの、C記號は川瀬一馬氏によって確認されたものであるが、筆者はこれを再度考證した上で、五山文學の作品群として認めることにしたわけである。作品の配列順序は刊行年代の前後による。

### 一　五山詩僧の模範となった五山版及び日本での覆刊版の中國典籍

#### 1　中國禪林詩文集について

| | 書名 | 卷數 | 時代　作者 | 刊年 | 種類／所存 |
|---|---|---|---|---|---|
| C | 雪竇和尚瀑泉集 | 四 | 宋・雪竇重顯撰 | [一二八九刊] | 五／東急 |
| C | 祖英集 | 一 | 宋・雪竇重顯撰 | [一二八九刊] | 五／東洋 |
| C | 祖英集 | 一 | 宋・雪竇重顯撰 | [鎌倉中期刊] | 五／内閣 |
| | | | 宋・惟蓋等編＊東福寺刊覆宋版 | | 覆／内閣 |
| C | 寒山詩 | 一 | 唐・寒山撰 | [一三二五刊] | 五／大谷大 |

| | | | | | |
|---|---|---|---|---|---|
| C | 豐干禪師錄（附寒山詩） | | 唐・豐干撰 | ［一三二五刊］ | 五／大谷大 |
| C | 冷齋夜話 | 一〇 | 宋・覺範慧洪撰 | ［鎌倉末期刊］ | 五／內閣 |
| C | 感山雲臥紀談 | 二 | 宋・仲澤曉瑩撰 | ［鎌倉末期刊］ | 五／成簣・東急・岩瀨 |
| C | 羅湖野錄 | 二 | 宋・仲溫曉瑩撰 | ［鎌倉末期覆宋刊］ | 覆／東洋 |
| C | 一華五葉集 | 五 | 元・中峰明本撰 | ［鎌倉末期覆元刊］ | 覆／靜嘉堂 |
| C | 枯崖和尚漫錄 | 三 | 宋・圜悟克勤 | ［南北朝覆宋刊］ | 覆／松本・谷村 |
| C | 鐔津文集 | 二〇 | 宋・仲靈契嵩撰 | ［南北朝覆元刊］ | 覆／三井・國會 |
| C | 祖庭事苑 | 八 | 宋・睦庵善卿撰 | ［南北朝刊］ | 五／東急・國會 |
| C | 雪岑和尚續集 | 二 | 宋・雪岑行海撰 | ［南北朝刊］ | 五／書陵・兩足 |
| C | 江湖風月集 | 一 | 宋・松坡宗憩撰 | ［南北朝刊］ | 五／東洋・成簣・石井 |
| C | 藏叟摘藁 | 二 | 宋・藏叟善珍撰 | ［南北朝刊］ | 五／東急・國會・東洋 |
| C | 天廚禁臠 | 三 | 宋・覺範慧洪撰 | ［南北朝刊］ | 五／兩足 |
| C | 翻譯名義集 | 七 | 宋・法雲撰 | ［南北朝刊］ | 五／東急・谷村・國會 |
| C | 廬山外集 | 四 | 宋・道惠性空撰・延秀東山集點 | ［南北朝刊］ | 五／足利 |
| C | 雪廬藁 | 一 | 元・釋克新撰 | ［南北朝刊］ | 五／兩足・內閣 |
| C | 澹居集 | 一 | 元・行中至仁撰 | ［南北朝刊］ | 五／兩足 |
| C | 金玉編 | 三 | 元・廷俊編 | ［南北朝刊］ | 五／兩足・內閣 |
| C | 白雲集 | 四 | 元・實存子英撰 | ［南北朝刊］ | 五／天理・小汀 |

C　碧山堂集　五　元・宗淵道原撰　［南北朝刊］　五／東洋
C　全室外集　九　明・釋季潭撰　［南北朝刊］　五／兩足・東洋・成簣
C　獨菴外集續藁　五　明・獨菴道衍撰　［南北朝刊］　五／兩足
C　古林和尚偈頌拾遺一　元・古林清茂・椿庭海壽編　［一三四五刊］　五／東急
C　五家正宗贊　四　宋・希叟紹曇撰　［一三四九刊］　五／龍門・國會
C　雪峰空和尚外集　一　宋・雪峰慧空撰　［一三四九刊］　五／書陵・東急・國會・東北大・內閣・谷村
C　蒲　室　集　二一　元・笑隱大訢撰　［元　刊　本］　元／大東
C　蒲　室　集　二一　元・笑隱大訢撰　［一三五七刊］　五／靈雲・國會・東洋
C　禪林類聚　二〇　元・道泰、智境編　［一三六七刊］　五／布施・國會
C　黃龍山南禪師書尺一　宋・慧南撰／守素編　［一三六七刊］　五／大谷大
C　碧山堂集　五　元・宗衍道原撰　［一三七二刊］　五／國會・東洋
C　白雲詩集　四　元・實存子英撰　［一三七四刊］　五／靜嘉・天理
C　北礀文集　一〇　宋・敬叟居簡撰　［一三七四刊］　五／內閣　國會・東洋
C　北礀詩集　九　宋・敬叟居簡撰　［一三七四刊］　五／內閣・國會・成簣
C　北礀外集　一　宋・敬叟居簡撰　［一三七四刊］　五／內閣・東急・梅澤
C　林間錄・林間後錄二　宋・覺範德洪　［一三八〇刊］　五／東急・岩瀨・國會
C　法苑珠林　一〇〇　唐・道世撰　［一三八一刊］　五／南禪
C　澹　遊　集　三　元・見心來復編　［一三八四刊］　五／內閣

C　拈八方珠玉集　三　宋・祖慶編　［一三八五刊］　五／東急・書陵

2　中國文人詩文集について

C　大廣益會玉編　三〇　唐・孫強編　［南北朝覆元刊］　覆／東急・石井・叡山
C　山谷詩集注　二六　宋・任淵撰　［南北朝覆宋刊］　覆／東急・東洋・成簣
C　毛詩鄭箋　二〇　漢・毛亨傳／鄭玄箋　［南北朝刊］　五／静嘉・成簣・早稲田大
C　昌黎先生文集（五百家註音辯）四十　唐・韓愈撰／宋・魏仲擧編　［南北朝刊］　五／内閣・國會
C　千字文注（新板大字附音釋文）　三　五代・李暹撰　［南北朝刊］　五／内閣・阿波國・東洋
C　山谷黄先生大全詩注　二十　宋・任淵撰　［南北朝刊］　五／静嘉・成簣
C　詩人玉屑　二〇　宋・魏慶之撰　［南北朝刊］　五／小汀・成簣・東洋
C　誠　齋　集　一　宋・楊萬里撰　［南北朝刊］　五／成簣

＊これは宋刊一三三巻本の巻九五のみを抽刻したものである。

C　聯珠詩格（精選唐宋千家）二〇　宋・于濟／蔡正孫編　［南北朝刊］　五／内閣・東洋・小汀
C　胡曾詩注（新板增廣附音釋文）二　宋・胡元質撰　［南北朝刊］　五／兩足
C　東坡先生詩（王狀元諸家注分類）二五　宋・蘇軾撰　［南北朝刊］　五／國會・東洋・東急
C　杜工部詩（集千家分類）　二五　宋・徐居仁編　［南北朝刊］　五／内閣・大英・京都府・書陵・松本
C　詩韻集大成（新增事吟料）　二　宋・胡繼宗　［南北朝刊］　五／内閣
C　簡齋詩集　一五　宋・陳與義撰　［南北朝刊］　五／龍門

| | | | | | |
|---|---|---|---|---|---|
| C | 陸放翁詩集前編 | 一〇 | 宋・陸遊撰／羅椅編 | ［南北朝刊］ | 五／龍門・小汀 |
| C | 陸放翁詩集後編 | 八 | 宋・陸遊撰／元・劉辰翁編 | ［南北朝刊］ | 五／龍門・小汀 |
| C | 莊子鬳齋口義 | 一〇 | 宋・林希逸撰 | ［南北朝刊］ | 五／國會・成簣・東洋 |
| C | 列子鬳齋口義 | 二 | 宋・林希逸撰 | ［南北朝刊］ | 五／國會 |
| C | 禮部韻略（増集互註） | 五 | 宋・丁慶撰／毛晃註・毛居正増 | ［南北朝刊］ | 五／龍谷大・内閣・岩瀬 |
| C | 唐朝四賢精詩 | 四 | 撰者不明 | ［南北朝刊］ | 五／内閣・國會・東洋 |
| C | 中　州　集 | 十 | 金・元好問撰 | ［南北朝刊］ | 五／内閣・國會・天理 |
| C | 古文眞寶 | 一〇 | 元・黄堅編 | ［南北朝刊］ | 五／穂久邇・東洋・内閣 |
| C | 古文眞寶後集（魁本大字署儒箋解） | 十 | 元・黄堅編 | ［南北朝刊］ | 五／國會・内閣 |
| C | 韻府群玉 | 二〇 | 元・陰時夫編 | ［南北朝刊］ | 五／東急・東洋・成簣 |
| C | 趙子昂詩集 | 七 | 元・趙子昂撰 | ［南北朝刊］ | 五／國會 |
| C | 揭曼碩詩集 | 三 | 元・揭傒斯撰 | ［南北朝刊］ | 五／内閣・安田・佐伯 |
| C | 皇元風雅 | 一二 | 元・傅習・孫存吾編 | ［南北朝刊］ | 五／龍門・内閣・兩足 |
| C | 薩天錫雜詩妙選藁全集 | 一 | 元・薩都利撰 | ［南北朝刊］ | 五／東洋 |
| C | 杜工部詩集（集千家注批點） | 二〇 | 元・高楚芳編／劉辰翁批點 | ［南北朝刊］ | 五／内閣・書陵・東洋・靜嘉・成簣・石井 |
| C | 杜工部文集（集千家注批點） | 二 | 元・高楚芳編／劉辰翁批點 | ［南北朝刊］ | 五／内閣・書陵・東洋・靜嘉・成簣・石井 |
| C | 杜工部年譜（集千家注批點） | 一 | 元・高楚芳編／劉辰翁批點 | ［南北朝刊］ | 五／内閣・書陵・東洋・靜嘉・成簣・石井 |
| C | 詩學大成（聯新事備） | 三〇 | 元・林貞編 | ［南北朝刊］ | 五／内閣・石井・東洋・成簣・松本・天理 |

C　雅頌正音　五　明・劉仔肩編　［南北朝刊］　五／內閣・尊經
C　詩法源流　一　明・王用章編？　［一三五八刊］　五／三井
C　範德機詩集　七　元・範德機撰　［一三六一刊］　五／內閣・書陵
C　翰林珠玉（增補新編）　六　元・虞集撰　［一三六三刊］　五／天理
C　蒙求（重新點校附音增註）　三　五代・李瀚撰／宋・徐子光注　［一三七四刊］　五／東急
C　昌黎先生聯句集（新刊五百家註音辯）　二　唐・韓愈撰　［一三七六刊］　五／蓬左・小汀
C　杜工部詩（集千家註分類）　二五　宋・徐居仁編／黃鶴注　［一三七六刊］　五／國會・蓬左・小汀
C　唐柳先生文集（新刊五百家註音辯）　四五　唐・柳宗元撰／宋・魏仲擧編　［一三八七刊］　五／靜嘉・國會
C　增註唐賢三體詩　三　宋・周弼編／元・釋圓至・裴庾增註　［室町初期刊］　五／東急・東洋等
C　四聲全形等子（重編改正）　一　明・楊從時撰　［室町初期刊］　五／內閣
C　大廣益會玉篇　三〇　唐・孫强編　［一三九七刊］　五／叡山
C　察病指南　三　宋・施發撰　［室町中期刊］　五／川瀨一馬
C　三體詩（明應版）　三　宋・周弼編　［一四九四刊］　五／岩瀨・東洋
C　韻　鏡　一　宋・張麟之撰　［一五二八刊］　五／龍谷大
C　韻　鏡　一　宋・張麟之撰　［一五六四刊］　五／東急・國會・東洋

3　中國經史類について

C　重編・詳備碎金　二　編者不明　［南北朝初期刊］　五／天理・穗久邇

C　歷代帝王紹運圖　一　諸葛深撰　［南北朝初期刊］　五／東洋・書陵等
C　春秋經傳集解　三〇　晉・杜預撰　［南北朝刊］　五／成簣・東洋・東急
C　氏族大全（新編排韻增廣事類）一〇　編者不明　［南北朝刊］　五／成簣・國會・內閣・東急・東洋・三井
C　論語集解（正平本）一〇　魏・何晏集解　［一三六四刊］　五／東洋・東急
C　歷代帝王編年互見之圖　一　宋・馬仲虎撰　［一三七六覆宋刊］　覆／慶應塾
C　十八史略（立齋先生標題解注音釋）七　元・曾先之撰　［室町初期刊］　五／國會・東急・東洋・成簣
C　大學章句　一　宋・朱熹撰　［一四二九刊］　五／懷德（西村天囚氏發見）
C　四體千字文書法　一（陰刻）　［一五三三刊］　五／東洋
C　論　語　一〇　魏・何晏集解　［一五三三刊］　五／書陵
C　歷代序略　一　明・孟散梁撰　［一五五四刊］　五／東洋・栗田

以上、五山版及び覆刊された中國典籍は、九九册、九六類。これらの中國典籍が、來日詩僧と同樣に、日本禪林並びに五山文學に莫大な影響を與えたことは疑問の餘地がないと思われる。

## 二　五山詩僧の詩文集（寫本・五山版・木版・活字版）

### 1　五山詩僧の個人詩文集について

書名　卷數　著者　住院　寂年　種類／所在

［曹洞宗宏智派（派祖、直翁德擧）］

A　南　遊　集　一　別源圓旨　建仁寺四四世　［一三六四寂］　五、木、活／五全一

| | | | | | | |
|---|---|---|---|---|---|---|
| A | 東歸集 | 一 | 同 | 同 | 同 | 五、木、活／五全一 |
| A | 驢雪集 | 一 | 驢雪鷹灞 | 建仁寺二七九世 | ［一五五〇寂］ | 寫 |
| B | 驢雪和尚詩集 | 一 | 同 | 同 | 同 | 寫／兩足 |
| A | 越雪集 | 一 | 元方正楞 | 建仁寺藏主 | ［一四五〇寂］ | 寫／史（B同） |
| ［臨濟宗黄龍派寂庵下（派祖、寂庵上昭）］ | | | | | | |
| A | 龍涎集 | 二 | 一庵一麟 | 建仁寺六七世 | ［一四〇七寂］ | 寫／史（B同） |
| A | 續翠稿 | 一 | 江西龍派 | 建仁寺一五四世 | ［一四四六寂］ | 寫 |
| A | 翠雲稿 | 一 | 同 | 同 | 同 | 寫 |
| A | 續翠疏稿 | 一 | 同 | 同 | 同 | 寫 |
| B | 續翠詩稿 | 一 | 同 | 同 | 同 | 活／續群 |
| B | 木蛇詩集 | 一 | 同 | 同 | 同 | 活／續群（豩庵集と同本か） |
| B | 江西一節集 | 一 | 同 | 同 | 同 | 寫／史 |
| B | 續翠駢驪 | 一 | 同 | 同 | 同 | 寫／史（一名江西和尚疏稿） |
| A | 蟬闇外稿 | 一 | 瑞巖龍惺 | 建仁寺一七一世 | ［一四六〇寂］ | 寫 |
| B | 蟬菴稿 | 一 | 同 | 同 | 同 | 寫／史 |
| B | 九淵唾稿 | 一 | 九淵龍賝 | 建仁寺一八七世 | ［一四七四寂］ | 活／續群（葵齋集と同本か） |
| A | 禿尾長柄帚 | 八 | 正宗龍統 | 建仁寺二一七世 | ［一四九八寂］ | 寫／史文集と主とす（B一册） |
| B | 禿尾鐵帚 | 一 | 同 | 同 | 同 | 寫／史語錄と主とす |

B　祕　密　藏　一　考叔宗頴　建仁寺二二三世　不明　寫／靈雲
A　角　虎　集　一　常菴龍崇　建仁寺二六二世　［一五三六寂］　寫
B　角虎道人文集一　同　同　同　寫／史
B　寅闇老漢遺藁一　同　同　同　寫／史
B　寅闇四六後集一　同　同　同　寫／史
B　栗　蒲　集　一　同　同　同　寫／史
B　寅闇詩集　一　同　同　同　寫／雜華、靈雲
B　冷　泉　集　一　同　同　同　活／續群
A　崇常菴文集　一　同　同　同　活／續群（寫）
A　寅　闇　集　一　同　同　同　寫／史（Bは寅闇藁）
A　寅闇序跋集　一　同　同　同　寫
A　悦　岩　集　一　悦岩東悆　建仁寺二六六世　［一五二九寂］　寫／兩（B悦岩詩集）
B　梅仙和尚草稿一　梅仙東逋　建仁寺二九一世　［一六〇八寂］　寫／史
B　片　雲　稿　一　利峰東鋭　建仁寺二九七世　［一六四三寂］　寫／兩
B　片雲四六對　一　同　同　同　寫／兩
B　無求子唯吾集一　以成東規　建仁寺三〇九世　［一六八五寂］　寫／兩

［臨濟宗楊岐派東山下法燈派（派祖・無本覺心）］

B　徹　心　錄　孤峰覺明　［一三六一寂］　所在不明

| | | | | | | |
|---|---|---|---|---|---|---|
| B | 在庵録 | | 在庵普在 | 建長寺四八世 | 〔一三七六寂〕 | 活／日書目 |
| B | 雲巣集 | 一 | 祥麟普岸 | | 〔一三八〇頃寂〕 | 寫／史 |
| B | 臥龍吟 | | 仲立一鶚 | | | 活／日書目 |
| B | 九鼎重禪師疏 | 一 | 九鼎竺重〔器重〕 | | 〔一四四〇寂〕 | 寫／史 |
| B | 錦栞集 | | 同 | | 同 | 存心軒書目（蘋齋集と同本か） |
| A | 蘋齋集 | 一 | 同 | | 同 | 寫（存心軒書目の錦栞集と同本か） |

〔臨濟宗楊岐派大慧派（派祖・中巖圓月）〕

| | | | | | | |
|---|---|---|---|---|---|---|
| A | 東海一漚集 | 三 | 中巖圓月 | 建長寺四二世 | 〔一三七五寂〕 | 五、寫、木／史、活／五全二 |
| A | 東海一漚別集 | 一 | 同 | 建仁寺四二世 | 同 | 寫、活／五全二 |
| A | 東海一漚拾集 | 一 | 同 | 同 | 同 | 寫、活／五全二 |
| B | 東海一漚餘滴 | 一 | 同 | 同 | 同 | 寫、活／史、五全二 |
| B | 文明軒雜談 | 一 | 同 | 同 | 同 | 寫／史 |
| B | 藤陰瑣細集 | 一 | 同 | 同 | 同 | 寫／史 |

〔臨濟宗楊岐派虎丘下松源派佛源派（派祖・大休正念）〕

| | | | | | | |
|---|---|---|---|---|---|---|
| A | 鈍鐵集 | 一 | 鐵菴道生 | 建仁寺七世 | 〔一三三一寂〕 | 五、寫、活／五全一 |
| B | 秋澗録 | 三 | 秋澗道泉 | 壽福寺一一世 | 〔一三三〇寂〕 | 寫／史 |
| A | 雲壑猿吟 | 一 | 惟忠通恕 | 建仁寺八八世 | 〔一四二九寂〕 | 寫／史、活／五全三、續群 |
| A | 繋驢橛 | 一 | 同 | 同 | 同 | 寫／史 |

［臨濟宗楊岐派虎丘下松源派法海派（派祖・無象靜照）］

この類の作品はなし。

［臨濟宗楊岐派虎丘下松源派大覺派（派祖・蘭溪道隆）］

| | | | | | | |
|---|---|---|---|---|---|---|
| A | 寂室集 | 二 | 寂室元光 | 永源寺開山 | ［一三六七寂］ | 五、寫 |
| A | 業鏡臺 | 一 | 心華元棣 | 建仁寺首座 | ［一四一〇寂］ | 寫、活／五全三 |
| A | 駢驪四十八篇 | 一 | 伯英德儁 | 圓覺寺五一世 | ［一四〇三寂］ | 寫 |
| B | 伯英俊禪師疏 | 一 | 同 | 同 | 同 | 寫／史 |
| A | 桂林疏稿 | 一 | 桂林德昌 | 建仁寺二三一世 | ［一五〇〇寂］ | 寫 |
| B | 葊庵駢儷 | 一 | 同 | 同 | 同 | 寫／史 |
| A | 元良和尚遺稿 | 一 | 最嶽元良 | 南禪寺二七四世 | ［一六五七寂］ | 寫 |
| B | 最岳和尚遺稿 | 一 | 同 | | | 寫／史 |

［臨濟宗楊岐派虎丘下松源派大通派（派祖・西澗子曇）］

| | | | | | | |
|---|---|---|---|---|---|---|
| B | 嵩山集 | 三 | 嵩山居中 | 建長寺二七世 | ［一三四五寂］ | 寫／史 |
| B | 邵庵老人詩 | 一 | 邵庵全雍 | 廣燈庵住持 | ［不明］ | 活／五新三 |

［臨濟宗楊岐派虎丘下松源派大應派（派祖・南浦紹明）］

| | | | | | | |
|---|---|---|---|---|---|---|
| A | 狂雲集 | 一 | 一休宗純 | 大德寺四七世 | ［一四八一寂］ | 寫 |
| A | 續狂雲集 | 一 | 同 | 同 | 同 | 寫 |
| B | 梅屋和尚文集 | 一 | 梅屋宗香 | 南禪寺二五九世 | ［一五四五寂］ | 活／續群（鷗庵集と同本か） |

［臨濟宗楊岐派虎丘下松源派古林下竺仙派（派祖・竺仙梵僊）］

A　天　柱　集　一　竺仙梵僊　南禪寺一六世　［一三四八寂］　五／活／佛全、五全一、續群

B　來々禪子集　一　同　建長寺二九世　同　五、活／佛全

B　來々禪子東渡集一　同　同　同　五、活／佛全

B　尙　時　集　一　同　同　同　五、活／佛全

［臨濟宗楊岐派虎丘下松源派古林下石室派（派祖・石室善玖）］

この類の作品はなし。

［臨濟宗楊岐派虎丘下松源派古林下大幢派（派祖・月林道皎）］

B　月林和尚拈古一　月林道皎　十刹長福寺開山　［一三五一寂］　五、寫／史（複製）

［臨濟宗楊岐派虎丘下松源派焰慧派（派祖・明極楚俊）］

A　明極楚俊遺稿二　明極楚俊　建仁寺二四世　［一三三六寂］　寫、活／五全三

A　夢窓明極唱和篇一　同　南禪寺一三世　同　寫、活／五全三

A　東海瓊華集　四　惟肖得巖　南禪寺九八世　［一四三七寂］　寫

B　東海橘華集　七　同　同　同　寫／史

B　少林一曲　二　同　同　同　寫／史、（四六文集とも言う）

［臨濟宗楊岐派虎丘下松源派愚中派（派祖・愚中周及）］

A　草　餘　集　三　愚中周及　安藝佛通寺住持　［一四〇九寂］　寫、五、木、活／五全二

B　宗綱和尚偈頌二　宗綱慧統　[一四三九寂]　寫／史
B　也足集二　千畝周竹　[一四五八寂]　寫／史

[臨濟宗楊岐派虎丘下破庵派宗覺派（派祖・兀庵普寧）]

この類の作品はなし。

[臨濟宗楊岐派虎丘下破庵派佛鑑下聖一派（派祖・辨圓圓爾）]

B　耕叟和尚遺稿一　耕叟仙源　[一二九〇寂]　寫／史
A　濟北集廿　虎關師練　東福寺一五世　[一三四六寂]　五、木、活／五全一
C　聚分韻略五　虎關師錬撰　同　同　東福寺版／神田 [一四一二刊]
C　聚分韻略五　虎關師錬撰　同　同　薩摩版／國會、東洋、上野 [一四八一刊]
C　聚分韻略五　虎關師錬撰　同　同　美濃版／神田 [一四八六刊]
C　聚分韻略五　虎關師錬撰　同　同　周防版／内閣、東洋 [一四九三刊]
C　聚分韻略五　虎關師錬撰　同　同　建仁寺版／國會、東洋、上野、龍大 [一五〇四刊]
C　聚分韻略五　虎關師錬撰　同　同　日向版／内閣、東洋、眞福寺、谷村 [一五三〇刊]
C　聚分韻略五　虎關師錬撰　同　同　大内版／東洋 [一五三九刊]
C　聚分韻略五　虎關師錬撰　同　同　駿河版／東洋 [一五五四刊]
A　松山集一　龍泉令淬　東福寺　[一三六五寂]　寫、活／五全一
B　海滴集一　一峰通玄　東福寺　[一三六五寂]　寫／史
B　赤肉團二　大道一以　東福寺二八世　[一三七〇寂]　木／史

| | | | | | | | |
|---|---|---|---|---|---|---|---|
| B | 萬年歡 | 三 | 友山士偲 | 東福寺三三世 | 〔一三七〇寂〕 | 寫／史（友山錄と號す） |
| A | 旱霖集 | 二 | 夢巖祖應 | 東福寺四〇世 | 〔一三七四寂〕 | 五、木、活／五全一、續群 |
| B | 夢巖和尚外集 | 一 | 同 | 同 | 同 | 寫／史 |
| A | 性海靈見遺稿 | 一 | 性海靈見 | 東福寺四三世 | 〔一三九六寂〕 | 活／五全二 |
| A | 石屏集拾遺 | 一 | 同 | 同 | 同 | 寫／史 |
| B | 搏桑集 | 一 | 不器中正 | 東福寺 | | 寫／積翠 |
| B | 北越吟 | 一 | 在先希讓 | 東福寺六二世 | 〔一四〇三寂〕 | 寫／史 |
| B | 在先有禪師疏 | 一 | 同 | 同 | 同 | 寫／史 |
| A | 懶室漫稿 | 一 | 仲芳圓伊 | 東福寺 | 〔一四一三寂〕 | 寫／史（B三）、五全三 |
| A | 龍石稿 | 一 | 東漸健易 | 東福寺六七世 | 〔一四二三寂〕 | 寫／史 |
| A | 不二遺稿 | 三 | 岐陽方秀 | 東福寺八〇世 | 〔一四二四寂〕 | 寫、活／史、五全三 |
| A | 草根集 | 一〇 | 清嶽正徹 | 東福寺 | | 寫 |
| B | 如水觀 | | 與可心交 | | 〔一四三七寂〕 | 活／日書目 |
| B | 堆雲和尚七處九會錄 | 一 | 大愚性智 | 東福寺八九世 | 〔一四三九寂〕 | 寫／史 |
| B | 晦夫集 | 一 | 信仲明篤 | | 〔一四五一寂〕 | 寫／史、（晦庵稿は續群に收錄） |
| B | 靈松集 | 一 | 季亨玄嚴 | 東福寺一三七世 | 〔一四五七寂〕 | 寫／史 |
| A | 投贈和答等諸詩小序 | 一 | 翱之慧鳳 | 東福寺 | 〔一四六〇寂〕 | 寫、活／五全三 |
| A | 竹居清事 | 一 | 同 | 同 | 同 | 寫、活／續群、五全三 |

| | | | | | | |
|---|---|---|---|---|---|---|
| A | 竹居西遊集 | 一 | 同 | 同 | 同 | 寫、活／五全三 |
| B | 月泉洵禪師頌 | 一 | 月泉祥洵 | 東福寺一三六世 | ［一四八二寂］ | 寫／閣 |
| A | 蔗菴遺稿 | 一 | 季弘大淑 | 東福寺一七四世 | ［一四八七寂］ | 寫／史 |
| A | 島陰漁唱集 | 三 | 桂菴玄樹 | 東福寺 | ［一五〇八寂］ | 寫、活／史、續群 |
| A | 島陰雜著 | 一 | 同 | 同 | 同 | 寫 |
| B | 儀雲示敦文集 | 一 | 儀雲示敦 | 東福寺一八二世 | ［一五二七寂］ | 寫／雜華 |
| B | 湖鏡集 | 二 | 湖月信鏡 | 東福寺一九六世 | ［一五三四寂］ | 寫／雜華（一名簑庵） |
| B | 芳郷和尚文集 | 一 | 芳郷光隣 | 東福寺二〇〇世 | ［一五三六寂］ | 寫／靈雲 |
| B | 恕庵駢驪 | 一 | 茂彦善叢 | 東福寺一九九世 | ［一五四一寂］ | 寫／史 |
| B | 雲安集 | 一 | 允芳慧菊 | 東福寺長老 | ［一五四八寂］ | 寫／史 |
| B | 藏六遺稿 | 一 | 同 | | 同 | 寫／史 |
| A | 猶如昨夢集 | 一 | 彭叔守仙 | 東福寺二〇七世 | ［一五五五寂］ | 寫／史（B三） |
| A | 鐵酸餡 | 二 | 同 | 同 | 同 | 寫／史（B三） |
| B | 熙春和尚疏藁 | 一 | 熙春龍喜 | 東福寺二一四世 | ［一五九四寂］ | 寫／兩 |
| B | 龍吟熙春和尚笑閣集 | 一 | 同 | 同 | 同 | 寫／靈雲 |
| B | 清溪稿 | 一 | 同 | 同 | 同 | 活／續群 |
| B | 宿盧稿 | 一 | 惟杏永哲 | 東福寺二一八世 | ［一六〇三寂］ | 活／續群 |
| B | 惟杏哲禪師疏 | 一 | 同 | 同 | 同 | 寫／史 |

B　月溪和尚疏藁一　月溪聖澄　東福寺二二二世［一六一五寂］寫／史
B　月溪和尚文集一　同　同　同　寫／史
B　南浦文集　三　文之玄昌　東福寺　［一六二〇寂］木
B　集雲和尚遺稿二　集雲守藤　東福寺二二三世［一六二一寂］寫／史
B　文英韓長老集一　文英清韓　東福寺二二七世［一六二一寂］寫／史

［臨濟宗楊岐派虎丘下破庵派佛鑑下佛光派（派祖・無學祖元）］

B　無隱爾禪師疏一　無隱法爾　十刹聖福寺三三［南北朝頃寂］寫／史
B　天龍一指　無極志玄　天龍寺二世　［一三五九寂］在佚不明
A　東　歸　集　一　天岸慧廣　淨妙寺住持　［一三六二寂］五、寫、活／史、五全一
A　閻　浮　集　二　鐵舟德濟　萬壽寺二九世　［一三六六寂］活／五全二、續群、大正（B）
B　雲　泉　集　蒙山智明　天龍寺九世　［一三六六寂］活／日書目
B　提　耳　訓　默庵周諭　天龍寺長老　［一三七三寂］活／日書目
A　若　木　集　一　此山妙在　南禪寺二九世　［一三七七寂］寫、活／五全二
B　禪　餘　吟　默翁妙誡　天龍寺長老　［一三八四寂］活／日書目
B　菩　薩　蠻　不遷法序　南禪寺四二世　［一三八三寂］活／日書目
B　鳳林咤之　同　天龍寺一六世　同　活／同
A　空　華　集　一〇　義堂周信　南禪寺四四世　［一三八八寂］木、活／五全二（B二）
A　隨　得　集　一　龍湫周澤　天龍寺一五世　［一三八八寂］木、活／五全二（B二）

| | | | | | | |
|---|---|---|---|---|---|---|
| B | 雲門一曲 | 一 | 春屋妙葩 | 相國寺二世 | [一三八八寂] | 寫/史（單行） |
| A | 高園集 | 一 | 汝霖良[妙]佐 | 天龍寺 | [一三九〇寂] | 寫/史 |
| A | 了幻集 | 二 | 古劍妙快 | 建仁寺五八世 | [一三九〇頃寂] | 寫、活/五全三（B） |
| B | 扶桑一葉 | | 同 | 建長寺六一世 | 同 | 活/日書目 |
| B | 栖碧稿摘藁 | 一 | 天章澄彧 | 相國寺黒衣 | [一四〇〇寂] | 寫 |
| A | 蕉堅集 | 二 | 絶海中津 | 相國寺六世 | [一四〇五寂] | 五、木、活/五全二一（B一） |
| A | 青嶂集 | 一 | 觀中中諦 | 相國寺七世 | [一四〇六寂] | 寫/史 |
| B | 曇仲遺藁 | 一 | 曇仲道芳 | 相國寺黒衣 | [一四〇九寂] | 寫/史 |
| B | 三周集 | 一 | 大周周奝 | 相國寺一七世 | [一四一九寂] | 寫/史 |
| B | 碧雲稿 | 一 | 如心中恕 | 相國寺黒衣 | [一四二〇寂] | 活/續群 |
| A | 眞愚稿 | 一 | 西胤俊承 | 相國寺二三世 | [一四二二寂] | 寫、活/五全三 |
| B | 大岳錄 | 一 | 大岳周崇 | 相國寺一〇世 | [一四二三寂] | 存佚不明 |
| A | 南遊稿 | 一 | 鄂隱惠奯 | 相國寺一九世 | [一四二五寂] | 寫、活/五全三 |
| B | 養浩集 | 一 | 巖中周諤 | 相國寺二二世 | [一四二八寂] | 寫/史 |
| B | 道蘆集 | | 月溪中珊 | 相國寺四一世 | [一四三四寂] | 活/日書目 |
| A | 聽雨集 | 一 | 心田清播 | 建仁寺一五七世 | [一四四七寂] | 寫/史 |
| A | 春耕文集 | 一 | 同 | 南禪寺一六一世 | 同 | 寫/史（B春耕集） |
| B | 心田詩稿 | 一 | 同 | 同 | 同 | 活/續群 |

| | | | | | | |
|---|---|---|---|---|---|---|
| A | 流水集 | 五 | 東沼周嚴 | 建仁寺一五八世 | [一四六二寂] | 寫／史（B四） |
| B | 繫雲集 | 一 | 竺雲等連 | 相國寺四〇世 | [一四七一寂] | 寫／兩足 |
| A | 臥雲夢語集 | 一 | 瑞溪周鳳 | 相國寺四二世 | [一四七三寂] | 寫 |
| A | 臥雲稿 | 一 | 同 | 同 | 同 | 寫／史（B臥雲集） |
| A | 竹鄕集 | 一 | 同 | 同 | 同 | 寫 |
| B | 天祐錄 | | 天祐梵嘏 | 萬壽寺住持 | [一四八〇寂] | 活／日書目 |
| B | 東蘆吟稿 | 一 | 維馨梵桂 | 相國寺七二世 | [一四九〇寂] | 寫 |
| B | 龍華竺雲藁 | 一 | 竺雲顯騰 | 建仁寺一六二世 | [不明] | 寫／兩足 |
| A | 半陶稿 | 六 | 彥龍周興 | 相國寺七九世 | [一四九一寂] | 寫、木 |
| A | 京華集 | 六 | 横川景三 | 相國寺七九世 | [一四九三寂] | 寫／史（B七） |
| A | 東遊集 | 一 | 同 | 同 | 同 | 寫／史（B三） |
| B | 薝蔔集 | 一 | 同 | 同 | 同 | 寫／史 |
| B | 蘿蔔集 | 一 | 同 | 同 | 同 | 活／續群 |
| B | 閬門集 | 一 | 同 | 同 | 同 | 活／續群 |
| B | 江介集 | 一 | 月翁周鏡 | | [一五〇〇寂] | 不明 |
| B | 交蘆集 | | 同 | | 同 | 活／日書目 |
| B | 日下一木集 | 一 | 旭岑瑞杲 | | [一五〇〇寂] | 活／續群 |
| A | 雪樵獨唱集 | 一 | 蘭坡景茝 | 南禪寺二二六世 | [一五〇一寂] | 寫／相國寺長得院 |

| | | | | | | |
|---|---|---|---|---|---|---|
| B | 雪樵獨唱集 | 四 | 同 | 同 | 同 | 寫／大東急 |
| A | 雪樵集 | 一 | 同 | 同 | 同 | 寫 |
| B | 偲館集 | 一 | 同 | 同 | 同 | 寫／史 |
| B | 木母集 | 一 | 梅雲承意 | | ［一五〇五寂］ | 寫／兩足 |
| B | 歳寒集 | 一 | 同 | | 同 | 寫／兩足、東急 |
| A | 松蔭集 | 一 | 琴叔景趣 | 南禪寺二五一世 | ［一五〇七寂］ | 寫／史、續群（松蔭吟稿） |
| A | 翰林葫蘆集 | 一七 | 景徐周麟 | 相國寺八三世 | ［一五一八寂］ | 寫／史（B一三）五全四 |
| A | 湯山聯句 | 一 | 同 | 同 | 同 | 寫 |
| B | 宜竹殘稿 | | 同 | 同 | 同 | 活／續群（翰林葫蘆集の一部となり） |
| A | 三益詩稿 | 一 | 三益永因 | | ［一五二〇寂］ | 寫、活／續群（B） |
| A | 三益艷詩 | 一 | 同 | | 同 | 寫、活／續群（B） |
| A | 梅溪集 | 一 | 雪嶺永瑾 | 天龍寺 | ［一五三七寂］ | 寫／史（B） |
| A | 識盧稿 | 一 | 同 | 同 | 同 | 寫、活／續群（B） |
| B | 識盧和尚疏稿 | 一 | 同 | 同 | 同 | 寫／兩足 |
| B | 嵐齋疏藁 | 一 | 江心承董 | 天龍寺一八六世 | ［一五六〇寂］ | 寫／史 |
| A | 惟高唫稿 | 一 | 惟高妙安 | 相國寺九〇世 | ［一五六七寂］ | 寫（B） |
| A | 枯木集 | 一 | 春澤永恩 | 建仁寺二八七世 | ［一五七四寂］ | 寫／史（B） |
| A | 南遊集 | 一 | 策彦周良 | 天龍寺藏首 | ［一五七九寂］ | 寫 |

| | | | | | | |
|---|---|---|---|---|---|---|
| A | 城西聯句 | 一 | 同 | 同 | 同 | 寫 |
| B | 策彥和尚遺藁 | 一 | 同 | 同 | 同 | 寫／史 |
| B | 謙齋詩集 | 一 | 同 | 同 | 同 | 寫／史 |
| A | 倒痾集 | 二 | 英甫永雄 | 建仁寺二九二世 | ［一六〇二寂］ | 寫／史（B一） |
| B | 羽弓集 | 一 | 同 | | 同 | 寫／史 |
| B | 土偶集 | 一 | 西笑承兌 | 相國寺九二世 | ［一六〇七寂］ | 寫／史 |
| B | 南陽稿 | 一 | 同 | 同 | 同 | 活／續群 |
| B | 西笑和尚疏藁 | 一 | 同 | 同 | 同 | 寫／史 |
| B | 西笑和尚文集 | 一 | 同 | 同 | 同 | 寫／史 |
| B | 口水集 | 二 | 古澗慈稽 | 建仁寺二九四世 | ［一六三三寂］ | 寫／史 |
| B | 鵝腿集 | 一 | 九巖中達 | 建仁寺三〇〇世 | ［一六六一寂］ | 寫／史 |

［臨濟宗楊岐派虎丘下破庵派佛鑑派環溪派（派祖・環溪惟一）］

| | | | | | | |
|---|---|---|---|---|---|---|
| A | 水拙手簡 | 一 | 祖溪德濬 | 建仁寺首座 | ［一五〇〇寂］ | 活／續群 |
| B | 水拙文集 | | 同 | 同 | 同 | 活／日書目 |

［臨濟宗楊岐派虎丘下破庵派佛鑑下雪岩派靈山下（派祖・靈山道隱）］

| | | | | | | |
|---|---|---|---|---|---|---|
| B | 業識團 | 一 | 靈山道隱 | 圓覺寺一二世 | ［一三二五寂］ | 寫／閣 |

［臨濟宗楊岐派虎丘下破庵派佛鑑下雪岩派聖鑑派（派祖・無文元選）］

該當なし。

[臨濟宗楊岐派虎丘下破庵派佛鑑下雪岩派幻住派無隱下（派祖・無隱元晦）]

該當なし。

[臨濟宗楊岐派虎丘下破庵派佛鑑下雪巖派幻住派廣智派（派祖・古先印元）]

A　幻　雲　稿　一　月舟壽桂　建仁寺二四六世　[一五三三寂]　五、活／續群

A　幻雲文集　三　同　同　同　寫、活／史、續群

B　幻雲疏稿　一　同　同　同　活／續群

B　獅子吼集　一　同　同　同　寫／史

A　柳西落葉　一　繼天壽戩　建仁寺二八四世　[一五四三寂]　寫／史

[臨濟宗楊岐派虎丘下破庵派佛鑑下雪巖派幻住派大光派（派祖・復庵宗己）]

B　幽　貞　集　一　一曇聖瑞　南禪寺一〇六世　[一四〇〇寂]　寫／史

[臨濟宗楊岐派虎丘下破庵派佛鑑下雪巖派幻住派明叟下（派祖・明叟齊哲）]

該當なし。

[臨濟宗楊岐派虎丘下破庵派佛鑑下雪巖派幻住派遠溪下（派祖・遠溪祖雄）]

A　三　脚　集　一　湖心碩鼎　博多聖福寺　[一五六四寂]　寫、活／續群

B　仙　巢　集　一　景轍玄蘇　博多聖福寺一〇九世　[一六一一寂]　寫／相國寺長得院

[臨濟宗楊岐派虎丘下破庵派佛鑑下雪巖派幻住派廣鑑派（派祖・大拙祖能）]

該當なし。

[臨濟宗楊岐派虎丘下破庵派石田下大鑑派（派祖・清拙正澄）]

| | | | | | | | |
|---|---|---|---|---|---|---|---|
| A | 禪居集 | 一 | 清拙正澄 | 建仁寺二三世 | [一三三九寂] | 寫、五、木、活／五全一 |
| A | 附雜著 | 一 | 同 | 同 | 同 | 寫、五、木、活／五全一 |
| A | 無規矢巨集 | 三 | 天境靈致 | 建仁寺四一世 | [一三八一寂] | 寫／史（B四） |
| A | 村菴稿 | 三 | 希世靈彦 | 南禪寺黒衣 | [一四八八寂] | 寫／史 |
| A | 村菴小稿 | 一 | 同 | 同 | 同 | 寫 |
| B | 雪巣集 | 二 | 同 | 同 | 同 | 寫／史 |
| B | 玄圃藁 | 一 | 玄圃靈三 | 南禪寺二六六世 | [一六〇八寂] | 寫／史 |

[臨濟宗楊岐派虎丘下曹源派一山派（派祖・一山一寧）]

| | | | | | | |
|---|---|---|---|---|---|---|
| A | 岷峨集 | 二 | 雪村友梅 | 建仁寺三〇世 | [一三四六寂] | 五、活／五全一 |
| A | 附、雪村大和尚行道記 | 一 | 大有有諸 | 南禪寺一六〇世 | [不明] | 五、活／五全一 |
| B | 大本中禪師外集 | 一 | 大本良中 | 長樂寺三〇世 | [一三六八寂] | 寫／史 |
| A | 雲溪疏稿 | 一 | 雲溪友[支]山 | 相國寺五世 | [一三九一寂] | 寫／史（B雲溪山禪師疏） |
| B | 賸隱集 | | 同 | 同 | 同 | 活／日書目 |
| A | 太白疏 | 一 | 太白眞玄 | 建仁寺九〇世 | [一四一五寂] | 寫 |
| A | 峨眉鴉臭集 | 一 | 同 | 同 | 同 | 寫、活／五全二 |
| A | 縷氷集 | 四 | 仁如集堯 | 相國寺九一世 | [一五七四寂] | 寫／史（B二） |
| A | 桃隱集 | 一 | 桃隱玄朔 | 尾州大樹寺住持 | [不明] | 寫 |
| A | 鷗巣集 | 一 | 南江宗沅 | 建仁寺黒衣 | [一四六三寂] | 寫／史（B漁菴小稿） |

| | | | | | | |
|---|---|---|---|---|---|---|
| A | 四六稿 | 一 | 同 | 同 | 同 | 寫 |
| B | 松泉集 | 一 | 龜泉集證 | 天龍寺一五一世 | [一四九三寂] | 活／日書目 |
| A | 梅花無盡藏 | 六 | 萬里集九 | 龍門寺黑衣 | [一五〇〇寂] | 寫、活／續群 |
| A | 春和驪語 | 一 | 春和西堂[啓閶] | 建仁寺西堂 | [一五〇〇寂] | 寫／史 |
| A | 春和絕句集 | 一 | 同 | 同 | 同 | 寫 |
| A | 默雲稿 | 一 | 天隱龍澤 | 建仁寺二一八世 | [一五〇〇寂] | 五、寫、活／續群 |
| A | 天隱和尚文集 | 一 | 同 | 同 | 同 | 寫／史 |
| B | 翠竹眞如集 | 二 | 同 | 同 | 同 | 寫、活／史、續群 |
| A | 鷄筋集 | 一 | 古桂弘稽 | 建仁寺二四三世 | [一五三〇寂] | 存佚不明 |
| B | 桂子禪味 | 一 | 同 | 同 | 同 | 寫／史 |
| A | 鐵牛集 | 一 | 鐵牛西堂 | | | 寫 |
| A | 靈雲集 | 一 | 大休妙心 | | | 寫 |
| B | 豩雲集 | 一 | 河清祖瀏 | 建仁寺二七五世 | [一五四三寂] | 寫／雜華 |
| B | 鏤氷集 | 一 | 仁如集堯 | 相國寺九一世 | [一五七四寂] | 寫／史 |

2　五山詩僧の詩文選集について

| | | | | |
|---|---|---|---|---|
| A | 北斗集 | 一 | 撰者不明 | 寫／靜嘉堂 |

*この撰集は蘭坡景茝以下六師の詩を集めたものである。

A　雑　　録　　　撰者不明　　　　　　　　　　　　　　　　寫／不明

＊この撰集は夢窗以下五山碩學數十師の詩文を集めたものである。以下の十二點を收錄している。◎虎丘十詠◎呑碧樓偈文◎獅子筋◎常樂拜塔偈彙◎永明獲衣偈彙◎不動亭偈彙◎悠然亭詩◎畫屏風贊◎御泉殿障子贊◎等持院屏風贊◎北山紅葉詩◎八景贊

A　花　上　集　一　文擧契選　十刹弘祥寺西堂［不明］　寫、活／續群

B　新　編　集　江西龍派　建仁寺一五四世［一四四六寂］　存佚不明

A　百人一首　一　横川景三　相國寺七九世［一四九三寂］　寫、活／續群、複製

B　梅陽琴叔百絕一　梅陽章杲・琴叔景趣　南禪寺二五一世　寫／史

A　蒙菴百首　一　春莊宗椿　建仁寺［一五一二寂］　寫／不明

A　遍界一覽亭集一　撰者不明　寫／不明

＊この撰集は夢窗以下百三十八師の詩文を收錄したものである。

A　叢林風月詰　一　撰者不明　寫／不明

＊この撰集は虎關以下三十六師の詩文を收錄したものである。

B　翰林五鳳集一四　以心崇傳　南禪寺二七〇世［一六五五寂］　活／佛全

以上が、五山文學を支えた作品群の主要著作であり、文學的な詩文集は二百四十二點、二百四十二種。ほかに文學的な詩文選集は十點、十種。未だ發見されていないものが、まだあると思われる。本論文では、この中のさらに代表的作品を對象として、比較文學的な視點に立ち、五山漢詩の形成及び成立の構造を究明したいと思う。

# 第三節　五山文學語錄類に屬する作品群

## 一　五山詩僧の模範となった五山版の中國禪林の語錄・法語

| | 書名 | | 著者／編者 | 住院 | 刊年 | 種類／所在 |
|---|---|---|---|---|---|---|
| | [雲門宗（派祖／唐・雲門文偃）] | | | | | |
| C | 雲門匡眞禪師廣錄 | 三 | 唐・雲門文偃撰／守堅編 | | [福州鼓山王溢刊本] | 宋版／兩 |
| C | 雲門匡眞禪師廣錄 | 三 | 唐・雲門文偃撰／守堅編 | | [鎌倉末期覆刻本] | 五／兩、東急、成簣、書陵 |
| C | 雪竇和尚語錄 | 二 | 宋・雪竇重顯撰／惟蓋等編 | | [一二八九刊] | 五／東洋 |
| | [臨濟宗黃龍派（派祖／宋・黃龍慧南）] | | | | | |
| C | 眞淨禪師語錄 | 三 | 宋・雲庵克文撰／福深編 | | [南北朝刊] | 五／成簣 |
| | [臨濟宗楊岐派（派祖／宋・楊岐方會）] | | | | | |
| C | 無門和尚語錄 | 一 | 宋・無門慧開撰／普敬等編 | | [鎌倉末期刊] | 五／兩 |
| C | 開福寧和尚語錄 | 一 | 宋・道寧善果撰／月庵道果編 | | [一三七三刊] | 五／書陵 |

注、按ずるに、道寧善果は楊岐派三世五祖法演の法嗣道者道寧であり、彼の法嗣月庵善果とは、卽ちこの書の編者月庵道果である。月庵道果の第四世法嗣無本覺心は法燈派の開山である。

| | | | | | |
|---|---|---|---|---|---|
| C | 佛果圜悟禪師語錄 | 三 | 宋・圜悟克勤撰／紹隆等編 | [一四〇四刊] | 五／成簣 |

[臨濟宗楊岐派大慧派（派祖／宋・大慧宗杲）]

C　介石和尚語錄　一　宋・介石智朋　淨慈寺四三世　[南北朝極初期刊]　五／閣
C　大川和尚語錄　二　宋・大川普濟　靈隱寺三七世　[南北朝極初期刊]　五／東急
C　大慧普覺禪師語錄　二　宋・大慧宗杲　萬壽寺一三世　[南北朝刊]　五／成簣
C　北磵和尚語錄　一　宋・敬叟居簡　淨慈寺三七世　[一三七四]　五／兩
C　物初和尚語錄　一　宋・物初大觀　育王寺四四世　[南北朝刊]　五／東急
C　偃溪和尚語錄　二　宋・偃溪廣聞　萬壽寺三七世　[南北朝刊]　五／兩
C　笑隱和尚語錄　二　元・笑隱大訢撰　[南北朝刊]　五／兩
C　愚庵和尚語錄　二　元・以中智及撰／觀通等編　[室町極初期刊]　五／兩

[臨濟宗楊岐派虎丘派（派祖／宋・虎丘紹隆）]

C　虎丘和尚語錄　一　宋・虎丘紹隆撰／嗣端等編　[一二八八刊]　五／成簣
C　應庵和尚語錄　二　宋・應庵曇華　天童寺一九世　[一二八八刊]　五／國會
C　密庵和尚語錄　二　宋・密庵咸傑　萬壽寺二五世　[一二八八刊]　五／靈雲

[臨濟宗楊岐派虎丘派松源派（派祖／宋・松源崇岳）]

C　松源和尚語錄　二　宋・松源崇嶽　靈隱寺二三世　[鎌倉末期刊]　五／東急
C　運庵和尚語錄　一　宋・少瞻普巖撰／元靖編　[南北朝刊]　五／國會
C　虛舟和尚語錄　一　宋・虛舟普度　萬壽寺四二　[一三〇三刊]　五／東洋
C　橫川和尚語錄　二　宋・橫川如珙　育王寺五一　[南北朝覆宋刊]　覆／天理

C　虛堂和尚語錄　四　宋・虛堂智愚　萬壽寺四〇　［一三一三刊］　五／東急
C　佛海禪師語錄　二　宋・石溪心月　萬壽寺三六　［一三八二刊］　五／成簣
C　雲谷和尚語錄　一　宋・雲谷懷慶撰／宗敬等編　［南北朝刊］　五／石井
C　古林和尚語錄　三　元・古林清茂　保寧寺　［一三四二刊］　五／成簣
C　月江和尚語錄　二　元・月江正印撰／妙心等編　［一三七〇刊］　五／東急
C　了庵和尚語錄　四　元・了庵清欲撰／元皓等編　［一三六八刊］　五／東急

［臨濟宗楊岐派虎丘派破庵派（派祖／宋・破庵祖先）］

C　破庵和尚語錄　一　宋・破庵祖先撰／圓照等編　［一二八八刊］　五／成簣
C　佛鑑禪師語錄　二　宋・無準師範　萬壽寺三四　［鎌倉末期刊］　五／東急
C　斷橋和尚語錄　一　宋・斷橋妙倫　淨慈寺四二　［南北朝極初期覆宋刊］　覆／三井
C　希叟和尚語錄　一　宋・希叟紹曇撰／自悟等編　［鎌倉末期刊］　五／東急
C　西巖和尚語錄　二　宋・西巖了惠　靈隱寺三九　［南北朝刊］　五／松本
C　高峯和尚語錄　一　宋・高峰原妙撰　［南北朝初期刊］　五／閣
C　天目中峯和尚廣錄十五　元・中峰明本撰／慈寂等編　［南北朝刊］　五／東急
C　天目中峯和尚法語　一　元・中峰明本撰　［南北朝刊］　五／國會
C　天目中峯廣慧禪師語一　元・中峰明本撰　［南北朝初期刊］　五／國會
C　天童平石和尚語錄　一　元・平石如砥／文栖等編　［南北朝刊］　五／龍門

［臨濟宗楊岐派虎丘派曹源派（派祖／宋・曹源道生）］

| | | | | | | |
|---|---|---|---|---|---|---|
| C | 曹源和尚語録 | 一 | 宋・曹源道生撰／癡絕道冲編 | | [南北朝刊] | 五／兩 |
| C | 癡絕和尚語録 | 二 | 宋・癡絕道冲撰 | 萬壽寺三五世 | [一四一四刊] | 五／東北 |
| C | 雪峰空和尚語録 | 一 | 宋・雪峰慧空撰 | | [一三四九刊] | 五／龍門 |
| C | 因師集賢語録 | 三 | 宋・德因撰／　元・如瑛編 | | [南北朝刊] | 五／兩 |

以上の四十二點、四十二種の作品は中國禪林の語録または法語である。これらの作品は日本禪林、竝びに五山文學に大きな影響を與えたと言える。

## 二　五山詩僧の語録・法語

| | 書　名 | | 著者／編者 | 住院 | 刊年 | 寂　年 | 種類／所在 |
|---|---|---|---|---|---|---|---|
| | [曹洞宗宏智派（派祖／直翁德擧）] | | | | | | |
| B | 白雲東明和尚語録 | 三 | 東明慧日 | 建長寺一八世 | | [一三四〇寂] | 木／史 |
| C | 東明惠日和尚語録 | 一 | 東明惠日 | 同 | | [一三八五寂] | 五／圓覺 |
| B | 東陵日本録 | 一 | 東陵永璵 | 建長寺三二世 | | [一三六五寂] | 寫／史 |
| B | 不聞和尚語録 | 一 | 不聞契聞 | 圓覺寺三三世 | | [一三六八寂] | 寫／史 |
| B | 驢雪和尚語録 | 一 | 驢雪鷹灞 | 建仁寺二七九世 | | [一五五〇寂] | 寫／兩 |
| | [臨濟宗黃龍派寂庵派（派祖・寂庵上昭）] | | | | | | |
| A | 龍山德見語録 | 二 | 龍山德見 | 建仁寺三五世 | | [一三五八寂] | 寫 |
| B | 黃龍十世録 | 二 | 龍山德見 | 天龍寺六 | | [一三五八寂] | 五、寫／史 |

C　黄龍十世録　一　無等以倫編　［一三八〇寂］　五／東急
A　江西和尚録　三　江西龍派　建仁寺一五四世　［一四四六寂］　寫
B　江西和尚語録　一　江西龍派　同　［一四四六寂］　寫／史
A　瑞巖和尚録　三　瑞巖龍惺　建仁寺一七一世　［一四六〇寂］　寫
B　瑞巖和尚語録　一　同　同　同　寫／史
B　禿尾鐵箒掃　一　正宗龍統　建仁寺二一七世　［一四九八寂］　寫／史（語録を主とする）
B　悦岩和尚語録　一　悦岩東悆　建仁寺二六六世　［一五二九寂］　寫
B　梅仙和尚法語集　一　梅仙東逋　建仁寺二九一世　［一六〇八寂］　寫／史
B　利峰和尚語録　一　利峰東鋭　建仁寺二九七世　［一六四三寂］　寫／史

［臨濟宗楊岐派東山下法燈派（派祖・無本覺心）］

B　正仲和尚語録　一　正仲彥貞　建仁靈洞院二世　［一三六〇寂］　寫／史

［臨濟宗楊岐派大慧派（派主・中巖圓月）］

A　中巖和尚語録　二　中巖圓月　建仁寺四二世　［一三七五寂］　寫
B　佛種慧濟禪師語録　一　中巖圓月　建長寺四二世　寫／史、木
C　中巖和尚語録　一　中巖圓月　同　［室町初期刊］　五／成簣

［臨濟宗楊岐派虎丘下松源派佛源派（派祖・大休正念）］

A　大休録　一　大休正念　圓覺寺二世　［一二八八寂］　寫
B　佛源禪師語録　六　大休正念　建長寺三世　同　五、木、佛全、

| | | | | | | |
|---|---|---|---|---|---|---|
| C | 大休和尚語録 | 七 | 大休正念 | 淨智寺開山 | [一二七八刊] | 五／東急 |
| B | 秋澗録 | 三 | 秋澗道泉 | 壽福寺一一世 | [一三三〇寂] | 寫／史 |
| A | 鐵菴録 | 一 | 鐵菴道生 | 建仁寺二〇世 | [一三三一寂] | 版 |
| B | 鐵庵和尚語録 | 一 | 鐵庵道生 | 諸山金剛寺開山 | [一三三一寂] | 寫／史 |
| A | 無涯和尚語録 | 一 | 無涯仁浩 | 建仁寺三九世 | [一三五九寂] | 寫 |
| B | 建仁無涯仁浩禪師語録 | 一 | 同 | 同 | | 寫／史 |
| B | 梅嶺録 | | 梅嶺禮忍 | 建仁寺一一八世 | | 活／日書目 |
| B | 合浦録 | | 合浦永琮 | 建仁寺二二五世 | [一四八八寂] | 活／日書目 |
| B | 顯令和尚語録 | 一 | 顯令通憲 | 建仁寺三〇六世 | [一六八一寂] | 寫／閣、大中院 |
| [臨濟宗松源派法海派（派祖・無象靜照）] | | | | | | |
| B | 無象和尚語録 | 一 | 無象靜照 | 諸山佛心寺開山 | [一三〇六寂] | 五／閣 |
| C | 無象和尚語録 | 二 | 無象靜照 | 諸山寶林寺開山 | [鎌倉末期刊] | 五／閣 |
| [臨濟宗松源派大覺派（派祖・蘭溪道隆）] | | | | | | |
| A | 隆蘭溪語録 | 二 | 蘭溪道隆 | 建長寺開山 | [一二七八寂] | 五、木、活／佛全、大正 |
| C | 蘭溪和尚語録 | 二 | 蘭溪道隆 | 建仁寺一一世 | [鎌倉末期刊] | 五／閣、書陵、三井 |
| A | 佛燈録 | 一 | 約翁德儉 | 南禪寺五世 | [一三二〇寂] | 寫 |
| B | 佛燈禪師語録 | 三 | 約翁德儉 | 建仁寺一七世 | 同 | 五、木／史 |
| C | 佛燈國師語録 | 二 | 約翁德儉 | 建長寺一五世 | [一三五二刊] | 五／建長寺のみ |

| | | | | | | |
|---|---|---|---|---|---|---|
| B | 月峰和尚語録 | | 月峰了然 | | | 寫／兩 |
| B | 永源寂室和尚語 | 四 | 寂室元光 | 十刹永源寺開山 | [一三六七寂] | 五、木／史、活／大正、國譯 |
| C | 永源寂室和尚語 | 二 | 寂室元光 | 同 | [一三七七刊原刻本] | 五／書陵、靈雲、東洋、尊經、成簣、布施 |
| C | 永源寂室和尚語 | 二 | 寂室元光 | 同 | [室町中期刊覆刻本] | 覆／國會 |
| C | 永源寂室和尚語 | 二 | 寂室元光 | 同 | [室町時代覆刻補刻本] | 覆／東急、石井、東洋、大中院、三井 |
| B | 覺源禪師語録 | 一 | 平心處齊 | 建長寺首座 | [一三六九寂] | 寫／史 |
| B | 頑石和尚語録 | 一 | 頑石曇生 | 建仁寺五二世 | [一三七六寂] | 不明 |
| B | 彌天和尚語録 | 一 | 彌天永釋 | | [一四〇六寂] | 寫／史 |
| A | 仲芳和尚録 | 一 | 仲芳圓伊 | 建仁寺八一世 | [一四一三寂] | 寫 |
| B | 仲方和尚語録 | 二 | 同 | 同 | 同 | 寫／史 |
| B | 金地祖師法語 | 一 | 大業德基 | 建仁寺七三世 | [一四一四寂] | 寫／雜華 |
| B | 子瑜和尚語録 | 一 | 子瑜元瑾 | 建仁寺一〇三世 | [一四二〇寂] | 不明 |
| B | 桂林和尚法語 | 一 | 桂林德昌 | 建仁寺二三一世 | [一五〇〇寂] | 寫／史 |
| A | 桂林和尚語録 | 一 | 桂林德昌 | 同 | 同 | 寫 |
| B | 松岳和尚法語 | 一 | 松岳元貞 | 建仁寺二六七世 | [一五二一寂] | 寫／史 |
| A | 玉隱和尚録 | 一 | 玉隱英璵 | 建長寺一六四世 | [一五二四寂] | 寫 |
| B | 玉隱和尚語録 | 一 | 同 | 同 | 同 | 寫／史 |
| B | 仁英和尚語録 | 一 | 仁英省輔 | 圓覺寺一五一世 | [一五三七寂] | 寫／史 |

| | | | | | | |
|---|---|---|---|---|---|---|
| B | 靖叔和尚語録 | 一 | 靖叔德林 | 南禪寺二六二世 | [一五七四寂] | 寫/史 |
| A | 本光國師録 | 一 | 以心崇傳 | 南禪寺二七〇世 | [一六三三寂] | 寫 |
| B | 本光國師語録 | 一 | 同 | 同 | 同 | 寫/史 |
| B | 最嶽和尚語録 | 一 | 最嶽元良 | 南禪寺二七四世 | [一六五七寂] | 寫/史 |
| [臨濟宗松源派大通派（派祖・西澗子曇）] | | | | | | |
| B | 西澗和尚語録 | | 西澗子曇 | 建長寺一一世 | [一三〇六寂] | 活/日書目 |
| [臨濟宗松源派大應派（派祖・南浦紹明）] | | | | | | |
| B | 大應國師語録 | 一 | 南浦紹明 | 建長寺一三世 | [一三〇九寂] | 五、木、活/大正、國譯 |
| C | 圓通大應國師語録 | 二 | 南浦紹明 | 十刹龍翔寺開山 | [一三七二刊] | 五/東急、國會 |
| C | 大燈國師語録 | 三 | 宗峰妙超 | 大德寺開山 [一四二六刊] | [一三三七寂] | 五/東洋、成簣 |
| B | 月堂和尚語録 | 一 | 月堂宗規 | 十刹妙樂寺開山 | [一三六一寂] | 五、書寫本/松ヶ岡のみ |
| A | 徹　翁　録 | 二 | 徹翁義亨 | 大德寺二世 | [一三六九寂] | 五 |
| C | 徹翁和尚語録 | 一 | 徹翁義亨 | 同 | [一四二五刊] | 五/閣、國會 |
| A | 月菴和尚録 | 二 | 月菴宗光 | 攝津善昌寺開山 | [一三七九寂] | 五 |
| C | 月菴和尚假名法語 | 一 | 月菴宗光 | 同 | [一四〇二刊] | 五/龍門、兩 |
| C | 月菴和尚語録 | 二 | 月菴宗光 | 同 [一三九一刊] | | 五/東急、國會、成簣、谷村、小汀、巖瀨、兩、三井 |
| C | 月菴和尚語録 | 二 | 月菴宗光 | 同 | [一四〇九刊追刻本] | 五/東急、尊經、三井 |
| B | 悅叔和尚語録 | 一 | 悅叔宗最 | 南禪寺二六九世 | [一六二二寂] | 寫/史 |

B　三江和尚語錄　一　三江紹益　［一六五〇寂］　寫／史

［臨濟宗松源派古林下竺僊派（楞伽門派）（派祖・竺仙梵僊）］

A　竺　仙　錄　一　竺仙梵遷　南禪寺一六世　［一三四八寂］　寫

B　竺仙禪師語錄　四　竺仙梵僊　建長寺二九世　同　五、活／佛全、大正、國譯

C　竺仙和尚語錄　四　竺仙梵僊　同　［南北朝刊］　五、傳本／書陵

C　竺仙和尚語錄　一　竺仙梵僊　同　［妙葩開版かも］　五、傳本／三井

［臨濟宗松源派古林下石室派（派祖・石室善玖）］

B　石室和尚語錄　一　石室善玖　天龍寺八世　［一三八九寂］　五、寫／史（複製）

［臨濟宗松源派古林下大幢派（派祖・月林道皎）］

B　月林和尚拈古　一　月林道皎　諸山長福寺開山　［一三五一寂］　五、寫／史

［臨濟宗松源派焰慧派（派祖・明極楚俊）］

A　明　極　錄　六　明極楚俊　南禪寺一三世　［一三三六寂］　寫

B　明極和尚語錄　六　明極楚俊　建仁寺二四世　同　五、木、活／五全一

C　明極和尚語錄　二　明極楚俊　建長寺二三世　［宋版］　五／成簣、兩

C　明極和尚語錄　二　明極楚俊　同　［南北朝中期刊］　五／兩、東洋

A　得巖惟肖疏錄　一　惟肖得巖　南禪寺九八世　［一四三七寂］　寫（東海橋華集）

［臨濟宗松源派愚中派（派祖・愚中周及）］

B　宗綱和尚偈頌　二　宗綱慧統　［一四三九寂］　寫／史

| | | | | | | |
|---|---|---|---|---|---|---|
| B | 永徳一笑禪師語録 | 一 | 永徳一笑 | | [一四六〇寂] | 寫／史 |

[臨濟宗破庵派宗覺派（派祖・兀菴普寧）]

| | | | | | | |
|---|---|---|---|---|---|---|
| A | 兀　菴　録 | 一 | 兀菴普寧 | 建長寺二世 | [一二七六寂] | 寫 |
| B | 兀菴和尚語録 | 一 | 兀菴普寧 | 同 | 同 | 木、活／國譯、續群 |
| C | 兀菴和尚語録 | 二 | 兀菴普寧 | 同 | [鎌倉末期刊] | 五／兩、三井 |

[臨濟宗破庵派佛鑑派聖一派（派祖・圓爾辨圓）]

| | | | | | | |
|---|---|---|---|---|---|---|
| A | 聖一國師語録 | 一 | 圓爾辨圓 | 東福寺開山 | [一二八〇寂] | 五 |
| B | 聖一國師語録 | 一 | 圓爾辨圓 | 建仁寺一〇世 | | 五、木、活／佛全、大正 |
| C | 聖一國師語録 | 一 | 圓爾辨圓 | 同 | [一四一七刊] | 五／國會、東急、成簣 |
| B | 耕叟和尚遺稿 | 一 | 耕叟仙源 | 十刹承天寺五世 | [一二九〇寂] | 寫／史 |
| B | 山叟和尚語録 | 一 | 山叟慧雲 | 東福寺五世 | [一三〇一寂] | 寫／史 |
| B | 佛印禪師語録 | 一 | 直翁智侃 | 東福寺一〇世 | [一三二二寂] | 寫／史 |
| B | 在山和尚語録 | | 在山素璿 | 東福寺四九世 | [一三八四寂] | 存佚不明 |

[聖一派三聖門派（派祖・東山湛照）]

| | | | | | | |
|---|---|---|---|---|---|---|
| A | 東　山　録 | 一 | 東山湛照 | 萬壽寺開山 | [一二九一寂] | 寫 |
| B | 寶覺禪師語録 | 一 | 東山湛照 | 東福寺二世 | | 活／大正 |

[聖一派三聖門派虎關下（派祖・虎關師錬）]

| | | | | | | |
|---|---|---|---|---|---|---|
| B | 十禪支録 | 二 | 虎關師錬 | 東福寺一五世 | [一三四六寂] | 木／史 |

| | | | | | | |
|---|---|---|---|---|---|---|
| B | 續十禪支錄 | 一 | 同 | 南禪寺一五 | 同 | 同 |
| C | 虎關和尚續禪支錄 | 一 | 同 | 同 | [一四一五刊] | 五／國會 |
| B | 在先和尚語錄 | 一 | 在先希讓 | 東福寺六二世 | [一四〇三寂] | 寫／史 |
| A | 月　泉　錄 | 一 | 月泉祥洵 | 東福寺一三六世 | [一四八二寂] | 寫 |
| B | 月泉和尚語錄 | 一 | 月泉祥洵 | 南禪寺一九八世 | 同 | 寫／閣 |
| [聖一派三聖門派愚直下（派祖・愚直師侃）] | | | | | | |
| B | 起山和尚語錄 | 一 | 起山師振 | 東福寺四八世 | [一三八四寂] | 寫／史 |
| [聖一派龍吟門派（派祖・無關普門）] | | | | | | |
| B | 平田和尚語錄 | 一 | 平田慈均 | 東福寺二四世 | [一三六四寂] | 寫／史 |
| B | 剛中和尚語錄 | 一 | 剛中玄柔 | 東福寺五四世 | [一三八八寂] | 寫／史 |
| [聖一派栗棘門派（派祖・白雲慧曉）] | | | | | | |
| A | 白　雲　錄 | 一 | 白雲慧曉 | 東福寺四世 | [一二九七寂] | 寫 |
| B | 佛照禪師語錄 | 二 | 同 | 同 | 同 | 活／大正 |
| A | 東　漸　錄 | 一 | 東漸健易 | 南禪寺七三世 | [一四二三寂] | 寫 |
| B | 一華東漸和尚語錄 | 一 | 東漸健易 | 東福寺六七世 | 同 | 寫／史 |
| B | 東漸和尚法語集 | 一 | 東漸健易 | 同 | 同 | 寫／史 |
| B | 彭叔和尚語錄 | 一 | 彭叔守仙 | 東福寺二〇七世 | [一五五五寂] | 寫／史 |
| B | 彭叔和尚法語 | 一 | 彭叔守仙 | 同 | 同 | 寫／史 |

[聖一派永明門派（派祖・藏山順空）]

B 圓鑑禪師語錄 一 藏山順空 東福寺六世 [一三〇八寂] 活／大正
B 金山和尚語錄 一 金山明昶 東福寺七〇世 [一四一三寂] 木／史（赤肉團に付載）
B 甘澤和尚語錄 一 甘澤宗霖 東福寺一七七世 [一四八八寂] 寫／史

[聖一派大慈門派（派祖・癡兀大慧）]

B 心嶽和尚語錄 一 心嶽通知 東福寺七五世 [一四一三寂] 寫／史
B 了庵和尚語錄 一 了庵桂悟 東福寺一七一世 [一五一四寂] 寫／閣
B 白圭和尚法語 一 白圭信玄 東福寺一九五世 [一五三〇寂] 寫／兩
B 湖月和尚語錄 一 湖月信鏡 東福寺一九六世 [一五三四寂] 寫／積翠

[聖一派莊嚴門派（派祖・南山士雲）]

A 南山士雲語錄 一 南山士雲 圓覺寺一一世（相模瑞泉寺） [一三三五寂] 寫／閣・史
B 南山和尚語錄 一 南山士雲 東福寺一一世 同
A 廣智錄 五 乾峰士曇 南禪寺二〇世 [一三六一寂] 五
B 廣智國師語錄 五 乾峰士曇 東福寺一七世 同 木／史
A 友山錄 三 友山士偲 東福寺三二世 [一三七〇寂] 寫／史（萬年歡）
B 韶陽和尚遺稿 韶陽長遠 東福寺五五世 [一三九二寂] 存佚不明

[莊嚴門派浦雲派（派祖・浦雲長怡）]

B 大照禪師語錄 一 竺雲慧心 東福寺二一三世 [一五七九寂] 寫／史

［聖一派桂昌門派（派祖・雙峰宗源）］

A　雙峰和尚語錄　一　雙峰宗源　東福寺一二世　［一三三五寂］　寫

B　雙峰國師語錄　一　同　南禪寺七世　同　寫／閣

B　景南和尚語錄　一　景南英文　南禪寺一三二世　［一四五四寂］　寫／南禪寺慈氏院

［聖一派本成門派（派祖・潛溪處謙）］

B　普圓國師語錄　一　潛溪處謙　東福寺一三世　［一三三〇寂］　寫／史

B　夢巖和尚語錄　一　夢巖祖應　東福寺四〇世　［一三七四寂］　五、木、寫／史

C　夢巖和尚語錄　一　夢巖祖應　同　［室町初期刊］　五／閣と成簣二本

［臨濟宗破庵派佛鑑派佛光派（派祖・無學祖元）］

A　佛　光　錄　七　無學祖元　圓覺寺開山　［一二八六寂］　五

B　佛光圓滿常照國師語錄十　同　建長寺五世　同　五、木、活／佛全、大正、國譯

C　佛光國師語錄　十　無學祖元　同　［南北朝極初期以前刊］　五／成簣

C　佛光國師語錄　無學祖元　同　［一三七〇天龍妙葩重刊］　五／東洋

C　佛光國師語錄　無學祖元　同　［應安前後眞如妙霖重刊］　五／東洋

C　無學和尚語錄　一　無學祖元　同　［一三八八刊］　五／閣、國會、東洋

［佛鑑派佛光派規庵下（派祖・規庵祖圓）］

B　南院國師語錄　一　規庵祖圓　南禪寺二世　［一三一三寂］　寫／史、活／佛全、大正

［佛鑑派佛光派佛國派（派祖・高峰顯日）］

| | | | | | | |
|---|---|---|---|---|---|---|
| A | 佛國國師語錄 | 二 | 高峰顯日 | 圓覺寺一四世 | ［一三一六寂］ | 五、木、活／大正 |
| C | 佛國國師語錄 | 一 | 高峰顯日 | 同 | ［南北朝刊］ | 五／雲巖、天理、書陵、成簣 |
| C | 佛國國師語錄 | 一 | 高峰顯日 | 同 | ［南北朝刊別版］ | 五／成簣 |
| ［佛國派佛德下（派祖・元翁本元）］ | | | | | | |
| A | 佛　德　錄 | 一 | 元翁本元 | 南禪寺一一世 | ［一三三二寂］ | 寫 |
| C | 佛德禪師語錄 | 一 | 元翁本元 | 同 | ［一三八四刊］ | 五／成簣、日大 |
| ［佛國派此山下（派祖・此山妙在）］ | | | | | | |
| A | 雪嶺永瑾語錄 | 一 | 雪嶺永瑾 | 建仁寺二四五世 | ［一五三七寂］ | 寫B（雪嶺和尚語錄）史 |
| A | 東　輝　錄 | 二 | 東輝永杲 | 建仁寺二七三世 | ［一五四二寂］ | 寫B（東輝和尚語錄）史 |
| A | 春　澤　錄 | 二 | 春澤永恩 | 建仁寺二八七世 | ［一五七四寂］ | 五 |
| B | 春澤和尚語錄 | 三 | 春澤永恩 | 同 | 同 | 寫／閣 |
| ［佛國派夢窗下（派祖・夢窗疎石）］ | | | | | | |
| A | 夢窗國師語錄 | 二 | 夢窗疎石 | 天龍寺開山 | ［一三五一寂］ | 五、木活／大正、國譯 |
| C | 夢窗國師語錄 | 二 | 夢窗疎石 | 南禪寺九世 | ［一三六五刊］ | 五／成簣、安田、閣、三井 |
| C | 夢窗國師語錄 | 二 | 夢窗疎石 | 相國寺開山 | ［南北朝刊］ | 五／東急、龍門、三井、尊經、巖瀨 |
| B | 鐵舟和尚語錄 | 一 | 鐵舟德濟 | 萬壽山二九世 | ［一三六六寂］ | 寫、活／大正 |
| B | 清溪和尚語錄 | 一 | 清溪通徹 | 南禪寺三七世 | ［一三八五寂］ | 活／日書目 |
| B | 景福朴中和尚語錄 | 一 | 朴中梵淳 | 圓覺寺九八世 | ［一四三三寂］ | 寫／史 |

［夢窓派慈濟門派（派祖・無極志玄）］

| | | | | | | |
|---|---|---|---|---|---|---|
| A | 常光國師語錄 | 四 | 空谷明應 | 相國寺三世 | ［一四〇七寂］ | 寫 |
| B | 佛日常光國師語錄 | 三 | 空谷明應 | 天龍寺四〇世 | 同 | 寫、活／史・大正 |

［夢窓派鹿王門派（派祖・春屋妙葩）］

| | | | | | | |
|---|---|---|---|---|---|---|
| A | 普明國師錄 | 二 | 春屋妙葩 | 相國寺二世 | ［一三八八寂］ | 五 |
| B | 智覺普明國師語錄 | 八 | 同 | 南禪寺三九世 | 同 | 木、寫、活／史、大正 |
| B | 東嶺和尚語錄 | 一 | 東嶺智旺 | 南禪寺二六一世 | | 寫／閣 |
| B | 月翁和尚語錄 | 一 | 月翁周鏡 | 南禪寺二二五世 | ［一五〇〇寂］ | 寫 |

［夢窓派壽寧門派（派祖・龍湫周澤）］

| | | | | | | |
|---|---|---|---|---|---|---|
| A | 龍　湫　錄 | 三 | 龍湫周澤 | 天龍寺一五世 | ［一三八八寂］ | 寫 |
| B | 龍湫和尚語錄 | 二 | 同 | 建仁寺四七世 | 同 | 木 |
| B | 潤甫玉禪師語錄 | 一 | 潤甫周玉 | | ［一五四九寂］ | 寫／史 |
| B | 有節和尚入寺法語 | 一 | 有節瑞保 | 相國寺九三世 | ［一六三三寂］ | 寫／史 |

［夢窓派大雄門派（派祖・青山慈永）］

| | | | | | | |
|---|---|---|---|---|---|---|
| A | 佛觀禪師語錄 | 一 | 青山慈永 | 建仁寺四三世 | ［一三六九寂］ | 寫／史 |
| A | 心田和尚語錄 | 一 | 心田清播 | 建仁寺一五七世 | ［一四四七寂］ | 寫／史 |
| B | 心田和尚語錄 | 一 | 心田清播 | 建仁寺一五七世 | ［一四四七寂］ | 寫／史 |

B　東沼和尚語録　一　東沼周嚴　相國寺五〇世　［一四六二寂］　寫／史

［夢窗下慈氏門派（派祖・義堂周信）］

A　義堂和尚語録　二　義堂周信　南禪寺四四世　［一三八八寂］　寫、木、活／史、大正

B　義堂和尚語録　二　義堂周信　南禪寺四四世　［一三八八寂］　同

C　義堂和尚語録　二　義堂周信　建仁寺五五世　［室町初期刊］　五／書陵、東急、內閣、石井、積翠、東洋

B　栢堂和尚語録　一　柏堂梵意　相國寺二四世　［一四三四寂］　叢林文藻所收／史

［夢窗下正持門派（派祖・德叟周佐）］

B　顯室和尚語録　一　顯室等誠　天龍寺一七二世　［一五二〇寂］　寫／史

［夢窗下靈松門派（派祖・絕海中津）］

A　絕　海　錄　一　絕海中津　南禪寺五五世　［一四〇五寂］　寫

B　絕海和尚語錄　三　同　相國寺六世　同　五、木、活／大正

C　絕海和尚語錄　二　絕海中津　同　［室町初期刊］　五／國會、成簣、東急、書陵、東洋、兩尊經、靜嘉、石井、三井

［夢窗下永泰門派（派祖・觀中中諦）］

A　觀　中　錄　一　觀中中諦　相國寺九世　［一四〇六寂］　寫

B　觀中和尚語錄　一　同　同　同　寫／史

［臨濟宗佛鑑派下諸派］

［佛鑑派環溪下大圓派（派祖・鏡堂圓覺）］

A　鏡堂錄　二　鏡堂圓覺　建仁寺一六世　［一三〇六寂］　寫／史
B　鏡堂錄　三　鏡堂圓覺　同　［一三〇六寂］　寫／史
B　無雲和尚語錄　一　無雲義天　建仁寺三七世　［一三六七寂］　寫／史
A　伯師錄　一　伯師祖稜　建仁寺一五二世　［一四五〇寂］　五
B　伯師和尚語錄　一　同　南禪寺一五四世　同　寫／史
B　有自和尚語錄　一　有自瑞承　建仁寺二七〇世　［一五二六寂］　寫／史

［佛鑑派雪巖派聖鑑派（派祖・無文元選）］

A　無文和尚錄　一　無文元選　諸山方廣寺開山　［一三九〇寂］　五

［佛鑑派雪巖派幻住派廣智派（派祖・古先印元）］

B　古先和尚語錄　一　古先印元　建長寺三八世　［一三七四寂］　木
A　月舟錄　三　月舟壽桂　建仁寺二四六世　［一五三三寂］　寫／史
B　月舟和尚語錄　月舟壽桂　建仁寺二四六世　［一五三三寂］　寫／史

［佛鑑派雪巖派幻住派大光派（派祖・復庵宗己）］

B　大光禪師語錄　一　復庵宗己　諸山華藏寺開山　［一三五八寂］　寫／史

［佛鑑派雪巖派幻住派遠溪下（派祖・遠溪祖雄）］

B　嘯岳鼎虎禪師語錄　一　嘯岳鼎虎　［一五九九寂］　寫、單行

［佛鑑派雪巖派幻住派廣鑑派（派祖・大拙祖能）］

B　白崖和尚語錄　一　白崖寶生　［一四一四寂］　寫／史

| | | | | | | |
|---|---|---|---|---|---|---|
| A | 南　英　録 | 一 | 南英周宗 | 江州香積寺開山 | [一四三八寂] | 寫／史 |
| B | 香積南英禪師語録 | | 南英周宗 | 江州香積寺開山 | [一四三八寂] | 寫／史 |
| | [臨濟宗破庵派石田下大鑑派（派祖・清拙正澄）] | | | | | |
| A | 清拙日本録 | 四 | 清拙正澄 | 南禪寺一四世 | [一三三九寂] | 寫 |
| B | 大鑑禪師語録 | 三 | 清拙正澄 | 建仁寺二三世 | 同 | 五、木 |
| C | 清拙和尚語録 | 一 | 清拙正澄 | 建長寺二二世 | [一三九一刊] | 五／東急 |
| C | 清拙和尚法語 | 一 | 清拙正澄 | 圓覺寺一六世 | [南北朝刊] | 五／書陵 |
| C | 清拙和尚語録 | 一 | 清拙正澄 | 同 | [南北朝刊] | 五／東急、東洋 |
| B | 玄圃和尚語録 | 一 | 玄圃靈三 | 南禪寺二六六世 | [一六〇八寂] | 寫／史 |
| | [臨濟宗一山派（派祖・一山一寧）] | | | | | |
| A | 寧一山語録 | 二 | 一山一寧 | 南禪寺三世 | [一三一七寂] | 五 |
| B | 一山國師語録 | 二 | 同 | 建長寺一〇世 | 同 | 五、木、活／佛全、大正、國譯 |
| C | 一山國師語録 | 二 | 一山一寧 | 圓覺寺七世 | [南北朝初期刊] | 五／國會 |
| C | 一山國師語録 | 二 | 一山一寧 | 同 | [一四〇七刊] | 五／成簣、兩 |
| A | 雪　村　録 | 二 | 雪村友梅 | 建仁寺三〇世 | [一三四六寂] | 寫／史單行 |
| B | 寶覺眞空禪師語録 | | 雪村友梅 | 建仁寺三〇世 | [一三四六寂] | 寫／史單行 |
| A | 雲溪支山語録 | 一 | 雲溪支山 | 相國寺五世 | [一三九一寂] | 寫 |
| B | 雲溪山禪師語録 | 一 | 同 | 同 | 同 | 寫／史（一名『西巖録』） |

| | | | | | | |
|---|---|---|---|---|---|---|
| A | 太清宗渭語錄 | 二 | 太清宗渭 | 南禪寺四三世 | ［一三九一寂］ | 寫 |
| B | 太清和尚語錄 | 一 | 同 | 相國寺四世 | 同 | 寫／史（一名『無上咒紙襖錄』） |
| A | 蘭　洲　錄 | 一 | 蘭洲良芳 | 南禪寺四一世 | ［一三八四寂］ | 寫／史（一名『弘宗定智禪師語錄』） |
| B | 太白和尚語錄 | 一 | 太白眞玄 | 建仁寺九〇世 | ［一四一五寂］ | 寫／史 |
| B | 明叟和尚語錄 | 一 | 明叟彥洞 | 南禪寺一六三世 | ［一四三〇寂］ | 寫／史 |
| B | 大圭和尚語錄 | 一 | 大圭宗价 | 南禪寺一九七世 | ［一四七〇寂］ | 寫／史 |
| A | 天　隱　錄 | 一 | 天隱龍澤 | 南禪寺二三一世 | ［一五〇〇寂］ | 寫／史（一名『天隱文集』） |
| B | 茂叔和尚語錄 | 一 | 茂叔集樹 | 南禪寺二五七世 | ［一五二二寂］ | 寫／史 |
| A | 茂　源　錄 | 四 | 茂源紹柏 | 建仁寺三〇三世 | ［一六六七寂］ | 不明 |
| B | 茂源和尚語錄 | 一 | 茂源紹柏 | 建仁寺三〇三世 | ［一六六七寂］ | 寫／積翠 |

以上、二二三點、一四六種の作品は五山歷代住持禪師（五山詩僧）の語錄及び法語であり、これも五山文學を支える非常に重要な作品群である。また、日本漢文學史上においても非常に貴重な文獻である。

附注

一　種類の略語

「五」は五山版。

「寫」は寫本。

「木」は木版。

「活」は活字印刷。

二　所在の略語

「國會」は國會圖書館。
「書陵」は宮內廳書陵部。
「足利」は足利學校遺蹟圖書館。
「天理」は天理圖書館。
「京都府」は京都府圖書館。
「大英」は大英博物館。
「龍谷大」は龍谷大學圖書館。
「慶應塾」は慶應塾大學圖書館。
「史」は東京大學史料編纂所。
「大谷大」は大谷大學圖書館。
「上野」は國會圖書館上野支部。
「松本」は松本文庫（京都大學人文科學研究所）。
「谷村」は谷村文庫（京都大學圖書館）。
「東北大」は東北大學圖書館。
「早稻田大」は早稻田大學圖書館。
「日大」は日本大學圖書館。
「東急」あるいは「大東」は大東急記念文庫。
「東洋」は東洋文庫。
「內閣」あるいは「閣」は內閣文庫。
「成簣」は成簣堂文庫。
「岩瀨」は岩瀨文庫。

「靜嘉堂」あるいは「靜嘉」は靜嘉堂文庫。
「小汀」は小汀利得氏小汀文庫。
「龍門」は阪本龍門文庫。
「梅澤」は梅澤文庫。
「叡山」は叡山文庫。
「阿波國」は阿波國文庫。
「穂久邇」は穂久邇文庫。
「尊經」は尊經閣文庫。
「蓬左」は蓬左文庫。
「懷德」は懷德文庫。
「栗田」は栗田文庫。
「積翠」は積翠文庫。
「松ヶ岡」は松ヶ岡文庫。
「三井」は三井家舊藏。
「布施」は布施巻太郎氏布施美術館。
「川瀬一馬」は川瀬一馬氏の藏書。
「神田」は神田喜一郎博士の藏書。
「福島」は福島俊翁氏の藏書。
「石井」は石井氏積翠軒文庫。
「存心軒書目」は黑川道祐の藏書目錄。
「兩足」あるいは「兩」は建仁寺兩足院。
「靈雲」は東福寺靈雲院。

「南禪」は南禪寺。
「雜華」は妙心寺雜華院。
「圓覺」は圓覺寺。
「大中院」は大中院文庫。
「雲巖」は那須雲巖寺。
「續羣」は『續羣書類從文筆部』。
「日書目」は『日本禪林撰述書目』。
「五全」は『五山文學全集』（一～四卷）。
「五新」は『五山文學新集』（一～八卷）。
「佛全」は『大日本佛教全書』。
「大正」は『大正新修大藏經』。
「國譯」は『國譯禪宗叢書』。

## （附錄）日記・史料類に屬する書物について

| | | | | |
|---|---|---|---|---|
| 空華日工集（寫） | 四 | 義堂周信 | 夢窗派 | 一三八八寂 |
| 蔭凉軒目錄（寫） | 六一 | 叔英宗播 | 一山派 | 一四四一寂 |
| | | 季瓊眞蘂 | 一山派 | 一四六九寂 |
| | | 龜泉集證 | 一山派 | 一四九三寂 |
| 臥雲日件錄（寫） | 二 | 瑞溪周鳳 | 夢窗派 | 一四七三寂 |
| 善隣國寶記 | 三 | 同 | 同 | 同 |

| | | | | |
|---|---|---|---|---|
| 續善隣國寶記（版） | 一 | 著者未詳 | | |
| 入　唐　記 | | 笑雲瑞訴 | 夢窗派 | 不明 |
| 三國甕天記 | | 用林梵材 | 夢窗派 | 一四八三寂 |
| 蔗軒日錄 | | 季弘大叔 | 聖一派 | 一四八七寂 |
| 碧山日記（版） | 五 | 大極藏主 | 聖一派 | 不明 |
| 戊子入明記（寫） | 一 | 天與清啓 | 大鑑派 | 不明 |
| 再　渡　集 | | 同 | 同 | 同 |
| 萬　里　集 | | 同 | 同 | 同 |
| 天隱紀年考（版） | 一 | 天隱龍澤 | 一山派 | 一五〇〇寂 |
| 壬申入明記（寫） | 一 | 了庵桂梧 | 聖一派 | 一五一四寂 |
| 臥雲日件錄拔尤（寫） | | 惟高妙安 | 夢窗派 | 一五六七寂 |
| 初　渡　集（寫） | 四 | 策彦周良 | 夢窗派 | 一五七九寂 |
| 再　渡　集（寫） | 二 | 同 | 同 | 同 |
| 鹿王院舊記（寫） | 一 | 著者不明 | | |
| 相國寺供養記（寫） | 一 | 著者不明 | | |
| 天下南禪寺記（版） | 一（一四一三） | 大有有諸 | 一山派 | 不明 |
| 萬壽寺記（版） | 一 | 同 | 同 | 同 |

＊上村觀光は「大有有諸」を「大田有諸」に誤っている。

| | | | | |
|---|---|---|---|---|
| 天隱紀年考（版） | 一 | 天隱龍澤 | 一山派 | 一五〇〇寂 |
| 曆應造營記（版） | 一 | 著者不明 | | |
| 明國別幅、兩國勘合 | 一 | 著者不明 | | |

| | | | | |
|---|---|---|---|---|
| 渡唐方進貢物諸色注文 | 一 | 著者不明 | | |
| 下行價銀帳 | 一 | 著者不明 | | |
| 大明譜 | 一 | 著者不明 | | |
| 異國來翰誌 | 一 | 西笑承兌 | 夢窗派慈濟門派 | 一六〇七寂 |
| 山門願書案記 | 一 | 同 | 同 | 同 |
| 交麟考略 | 一 | 同 | 同 | 同 |
| 交麟提醒 | 一 | 同 | 同 | 同 |
| 文祿中日記 | 三 | 同 | 同 | 同 |
| 西笑和尚慶長中文案 | 一〇 | 同 | 同 | 同 |
| 相國寺供養記 | 一 | 菅原秀長 | | |
| 本光國師日記 | 四六 | 以心崇傳 | 大覺派 | 一六五五寂 |
| 異國日記 | 四 | 同 | 同 | 同 |
| 武家諸法度 | 一 | 同 | 同 | 同 |
| 金地目錄 | 一 | 同 | 同 | 同 |
| 出世一大望之衆目子留書 | 一 | 同 | 同 | 同 |
| 寛永行幸 | 一 | 同 | 同 | 同 |
| 文永十一ノ十一月願文 | 一 | 同 | 同 | 同 |
| 寛永行幸御作記 | 一 | 同 | 同 | 同 |
| 社會式 | 一 | 著者不明 | | |
| 山門慶讃 | 一 | 著者不明 | | |
| 日韓書譯 | 一函 | 著者不明 | | |
| 編年考略 | | 著者不明 | | |

| | | |
|---|---|---|
| 梵舜日記 | 五八 | 梵舜藏主 |
| 五山世代記 | 一 | 著者不明 |

以上の四十七點は日記類の作品であるが、これらの記錄は室町時代の政治、外交ならびに幕府と五山との關係を知る上で極めて重要な資料であり、すべて、五山禪僧の手になった書物である。なかんずく「蔭凉軒日記」は、相國寺の叔英宗播・季瓊眞蘂・龜泉集證の三禪師が永亨七年より明應二年に渉り、その時代を詳しく記錄したものであり、足利時代の記錄の中で最も正確なものと見るべきである。また『空華日工集』は義堂と足利三代將軍義滿との關係、竝びに、幕府と五山との關係を詳細に記錄してある。また、『臥雲日件錄』は義政前後の幕府と五山との事情を知る上では極めて便益な書物である。また崇傳・西笑二禪師の日記には、豐臣秀吉、德川初代の政治及び外交の內容が詳しく書かれている。また策彥周良の『初渡集』『再渡集』と、了菴桂梧の『壬申入明記』と、天與淸啓の『戊子入明記』は、足利の中期から末期にかけての日本と中國との外交竝びに交通貿易の一班を研究するための重要な史料である。要するに、これらの日記類の作品は五山文學を全面的に理解するための最も重要な背景的史料であると思われる。

**附注**

（寫）は寫本のこと、（版）は版本のことである。

本篇は、「五山文學」成立の諸問題に關する研究」というテーマで、これを二章に分け、第一章は「五山文學作者群に關する考察」とし、第二章は「五山文學作品群に關する考察」として論じてきた。この二章を通して、五山文學詩の濫觴期・隆盛期・衰頽期の三期にそれぞれ活躍した五山詩僧、及び彼等が作った作品を全面的に整理・分類し、考察することによって、五山文學という獨特な文學現象が成立した經緯を明らかにしたつもりである。

本篇の不完全な集計によっても、四百二十九年の五山文學史の中で活躍した五山詩僧は實に六百六十九名に達した。

彼等の手によって「外集」という文學集は都合三百四十六種にものぼり、また撰集も五部が殘存する。そして、これらの作者がそれぞれの作品を通して各々の特質を表現しており、これら作者各々の特質が總合され、融合されて、ついに「五山文學」という獨特な文學現象が形成されたわけである。

# 第三篇　「五山文學」研究史の諸問題に關する考察

――五山文學の研究成果を通覽して――

## 第一章　「五山文學」研究の諸問題に關する考察

### 第一節　「五山文學」という概念の形成

「五山文學」という概念の成立については、まず、「五山文學」という學術用語がいつ生まれたのか、つぎに「五山文學」という概念は以後どのような分岐過程をたどったのか、そして最後に、中國禪林文學から見た筆者の「五山文學」觀――等、三つの項目に分けて、以下これを考察してみたい。

#### 一　「五山文學」という學術用語の成立過程

「五山文學」という學術用語が一體いつから生まれたかという問題については、管見によれば、明治三十二年（一八九九）『帝國文學』第五卷七・八・九・十二號に連載された北村澤吉氏の論文に見えているのが最初である（のちこの論文は一九四一年に刊行した氏の『五山文學史稿』の「總論」になった）。

この論文には「五山文學」という學術用語について、注目すべきところが二か所ある。その一は、「しかも彼等は別に超然世塵を脱せる叢林の別天地を有せり。泉水靈にして掬す可く、風月清くして嘯く可し。於是乎五山の文學は、世の紛亂に關せずして蔚然として興りぬ」であり、ここでは、「五山の文學」といっていることである。

その二は、「要するに剛健にして清新なるは五山文學の特性にして、是れ禪宗の直截にして活機を尊ぶに因りて養はれたる也」であり、ここでは、「五山文學」といっていることである。當時の北村氏には未だ「五山文學」が固定的な學術用語であるという意識がなかったといえるが、その後四十二年を經て刊行された『五山文學史稿』では、すでに彼なりの廣義の「五山文學」の概念ができあがっていたと言える。

遡ってみれば、江戸時代に、林羅山・江村北海・頼山陽・伊知地季安などが、「五山文學」という學術用語こそ使っていないが、五山の漢詩文に關する論述を殘しているので、これが、のちの明治以後の「五山文學」についての大討論を引き起こすことになった。この大討論に對して、大いに貢獻したのは上村観光氏であり、彼は初めて「五山文學」に定義らしい定義を與え、また、初めて「五山文學」を日本漢文學史の一つの歴史的段階として論述した。そしてその後、これらの論述をまとめて、『五山文學小史』というタイトルを付け、明治三十八年（一九〇五）にこれを刊行した。そのため、上村観光氏は「五山文學」研究の開拓者といわれる。(1)その論文の中で、上村氏は「五山文學」をつぎのように定義している。

稱して五山文學と云ふ、卽ち鎌倉の末より足利時代を通じて、臨濟五山碩學僧の手によりて、漸次發達したる文學にして、其の範圍は漢詩漢文ないしその時代の日記、又は隨筆等に限らるるも、我が中世の文明史上に、一道の光彩を放つべき特長を有する者たり、蓋し當時、戰亂相尋ぎて、文教の頽廢も亦極れり、此際風塵の外に超然として文權を既廢の餘に維持したるは、疑ひもなく五山學僧の力にして其跡宛も歐州中世紀の文明が、耶蘇教徒の手によりて維持せられたると相似たり、五山の僧徒は、實に我が中世の文明を聯絡せる橋梁なりと謂つべし。

以上のように、上村氏は「五山文學」をはっきりと日本漢文學史の一つの歴史段階と定めた。その影響を受け、先に述べたように三十六年後（一九四二）、北村氏の『五山文學史稿』が刊行されることにより、日本漢文學史の一つの歴史段階としての「五山文學」という概念がほぼ固められた。ただ、その概念の外延（時代）と内包（内容）とは、残念ながら未だはっきりとは定まっていなかった。

そこで、「五山文學」を一つの時代の文學として初めて論述したのが小野機太郎氏である。氏の『日本漢文學史』（岩波講座『日本文學』、一九三二年十月）では、日本漢文學史を三つの段階に分けてこれを論述した。即ち、漢學の傳來から奈良朝まで、平安朝時代、五山時代という時代分類がそれである[2]。そして、この小野説を受け繼ぐものが猪口篤志氏であり、氏は「五山文學」について、つぎのように説いている[3]。

佛教界において、鎌倉時代に新しく勃興したのは禪宗である。その不立文字の直截簡明な點が、學問の無い武士階級に喜ばれたのも無理はない。幕府はこれに手厚く庇護を加えた。平安朝の佛教は天台・眞言の二宗が主であった。それも、はじめは深遠な理論に立ったものであったが、しまいには加持祈禱ばかりとなり、僧兵さえ出て來て、墮落を重ねた。その上、其の庇護者であった堂上公卿の力も衰え、武士が擡頭し、日夜合戰が繰り返される時代を迎え、無常を感じた大衆は、眞の宗教を求めた。そこに、空也・良忍・源空、または親鸞・日蓮があらわれるにいたるのである。一方禪宗は淸和天皇の時、義空・道助がこれを傳え、高倉天皇の時、覺阿が入唐してまたこれを傳えた。能忍は入宋しなかったが自ら禪祖と稱し、その後、榮西は二度も中國に渡り、その風を扇揚した。舊佛教の壓迫により能忍は殺されたが、榮西は鎌倉に逃げ、源賴家の歸依を受け建仁寺の開山となった。これより、鎌倉・京都に五山十刹が相次いで建立され、禪宗は次第に隆盛となって行った。遣唐使の停止以後も僧侶の渡航は比較的自由であったために、彼等は大陸の新文明の輸入者となり、漢文學においてもはるかに王朝を凌駕する新生面を開くことになった。それに當時の緇は四民の外に別に一級を成し、王侯將相の間に翔し文教を鼓吹した。その出自を考えると、多くは民間の俊秀でなければ逆流の不平兒で、門閥の世に稜々たる風骨と廓大の氣宇を以て、その上に駕御し出でたもので、台閣の文章はここに至って全く緇流の手に落ちたといってよい。所謂「五山文學」である。

と、「台閣の文章」は「緇流の手」に落ちたという所謂「五山文學」の成立を論述して、「五山文學」は日本漢文學史上の一つの歷史的段階であるとはっきり認めた。

ところが、上述の如く「五山文學」という概念が一應生まれてから百年も經ったにもかかわらず、それが未だ定説となっておらず、その內包・外延面でかなり流動的なのが現狀である。

## 二　「五山文學」という概念の分岐過程

「五山文學」という學術用語は明治中葉から生まれたものと考えられる。學術的定義としては、明治三十八年（一九〇五）頃、上村氏の『五山文學小史』という論著によって、世に流通することになった。その後、氏の膨大な『五山文學全集』（全四卷、別卷一卷）が刊行された。その上で、玉村竹二氏は上村氏の『五山文學全集』の未收錄部分を集め、更に膨大な『五山文學新集』（全六卷、別卷二卷）を刊行した。それにもかかわらず、「五山文學」を「緇流文學時代」「中世禪林文學」というふうに定義している學者が未だにいる。では、その兩概念の分岐點は一體どこにあるのか。

まず、一九五六年に刊行された芳賀幸四郎氏の名著『中世禪林の學問及び文學に關する研究』から、この分岐點を確認してみよう。氏は、その研究對象を限定する際、つぎのように論述している。

禪林とは、禪宗の叢林卽ち禪宗寺院の意味で、更に具體的にいえば禪僧社會といふ程の意味である。從來、中世禪僧社會の荷擔し形成してきた文學・學問ないし文化は、一般に五山文學とか五山文化などと呼稱されてきている。しかし、わが國で五山・十刹の制度として確立するのは、その原初形態はすでに鎌倉期にみられるが、中世もほぼ半ばを過ぎようとする南北朝時代においてである。ところでこの小論の研究對象とする禪僧社會の學問や文學は、時代的には鎌倉時代のそれらをも含み、また京都・鎌倉の五山禪僧の荷擔し形成した學問・文學を中核としながらも、あえてそれだけに限らず、五山派に對して特に「林下」とも呼ばれた禪宗寺院、卽ち大德・妙心寺派の禪僧、曹洞宗系の禪僧、また京都・鎌倉以外の地方禪宗寺院系の禪僧らの荷擔し形成した學問・文學をも包含するものである。從って通念のままに一括して、これを「五山」の學問・文學とすることは、いかにも狹きに失するきらいがあり、かつ對象規定上の嚴密性をかき、學問的呼稱としては適切でない。それでここでは廣く禪僧社會一般をさすものとして、特に「禪林」の語を用いたのである。かくして中世卽ち十二世紀後半から十六世紀半ばまで、いわゆる鎌倉時代から南北朝時代をへて、戰國時代とも呼ばれる室町時代末期にいたるまでの間に、京都・鎌倉の五山十刹を中心とする禪僧社會が、その形成と展開に主體的役割を演じ、力強く荷擔し推進したところの學問及び文學、それがこの小論の研究對象である(4)。

この論述の中で、注目すべきところは、芳賀氏が「五山文學」と「禪林文學」という、二つの全く違う概念を同一視していることである。つまり、氏の「禪林文學」という概念の中には、「五山文學」、「林下文學」及び「地方禪林文學」などが全て含まれている。氏は「五山」という概念はただ五山の禪寺のみを指すと考えていた。要するに、「五山文學」と「禪林文學」との分岐點は「五山」「林下」にある。「五山文學」を定義するならば、「五山」の文學のみであり、もし「林下」の部分を含むなら、「禪林文學」と定義するのが適當であるというのが、芳賀氏を中心とする一部學者の説である。

芳賀氏のこの「禪林文學」説を忠實に繼承しているのが安良岡康作氏である。氏は昭和三十九年（一九六四）に刊行された『日本文學史・中世』でつぎのように論述している。

中世における漢詩文を代表するものは、前期に勃興し、後期に異常な發展を示した禪宗の僧侶によって製作された諸作品であって、いままでは漠然と、「五山文學」の名で概括されてきている。それは、この時期の漢詩文の著名な作家の多くが、京都・鎌倉の五山の禪院に住し、そこを中心として活躍しているからであろうが、しかし、當時の實況にふれ、ことに鎌倉期にまで逆上って考えてみるは、五山だけでこの時期の禪宗のすべてを代表させることができないと同じように、五山に住する禪僧の著作だけで、中世前期・後期にわたる漢詩文を概括することは無理である。五山派以外にもすぐれた詩文を遺し、特異な作風を示している禪僧のあることを顧みる時、筆者は中世漢詩文の主流は、これを「五山文學」と呼ぶよりは、「禪林文學」として概稱することが適當であると考える。[5]

この論述の中では、中世漢詩文に對して、はっきりと「筆者は中世漢詩文の主流は、これを「五山文學」と呼ぶよりは、「禪林文學」として概稱することが適當であると考える」という結論を下している。

ところが、「五山文學」と「禪林文學」とは全く違う概念で、「禪林文學」は「儒林文學」と同樣、文學の一つの領域であるが、「五山文學」は一つの文學史的段階であり、まさに、上村氏が定義したように、「稱して五山文學と云ふ、卽ち鎌倉の末より足利時代を通じて、臨濟五山碩學僧の手によりて、漸次發達したる文學にして、其の範圍は漢詩漢文ないしその時代の日記、又は隨筆等に限らるる」という文學史的段階なのである。

實は、兩派の分岐點はこの概念の外延にある。すなわち、上村氏が主張する「五山文學」説の外延には、大德寺の一休宗純も含まれている[6]。

一方、時間の經つにつれて、從來「禪林文學」説を主張していた學者らも、徐々に「五山文學」説に移行していく。すなわち、五年後の一九六九年、同じ安良岡康作氏は三省堂から出版した『講座・日本文學五・中世編』の中で、「五山文學は、五山派の禪僧たちによって、主として、鎌倉末期以降江戸初期に至る間に製作された漢詩文の總稱である」と説いている[7]。

芳賀氏の移行はそれ以上のものであり、一九七四年、「禪文學と五山文學」という論文を發表し、「禪文學」と「五山文學」とを明確に分けて、つぎのように考えている。

……そしてこの五山文學は、ほとんど無條件で禪文學の一翼、禪文學と通念されているようである。私はそれが禪宗に隨伴した文學であることを否定しようとは、むろん思わない。しかし、それらのすべてを本格的な禪文學と見ることには、大きな疑問を抱かざるを得ない。端的にいえば否定的である。五山文學の展開は、鎌倉時代中期から南北朝時代の末までの第一期、室町時代初期から應仁の亂頃までの第二期及びそれ以降の第三期と、三期に區分されるが、本來の意味での禪文學の名に値するのは、ほぼ第一期に屬する禪僧らの作品だけであり、第二・第三期に出た禪僧らの作品の大部分は、禪宗に隨伴した文學ではあるが眞の禪文學ではない、というのが私の見解である。私のこの提言は一般の常識や通説に對する一種の挑戰であり、事實無視の暴言とさえ受け取られるであろう[8]。

この思考の結果によって、「五山文學」の特色が明らかになった。その特質は、第一期の作品は禪文學であるが、第二・第三期は禪宗に隨伴した純文學である。これは「五山文學」研究の新たな進歩である。

なお、上村觀光氏と同じように明確に「五山文學」と呼ぶ學者[9]はいるが、またそれぞれの立場からと採られたほかの表現もある。すなわち朝倉尚氏は「五山文學（禪僧の文學）」と呼び[10]、安井小太郎氏は「五山僧侶の文學」とよび[11]、齋藤淸衞氏は「新精神主義の文學」と呼んでいるのがそれである[12]。

## 三　中國禪林文學から見た「五山文學」觀

筆者は、まず日本漢文學史の特色という立場から考えると、やはり「平安貴族の漢文學」、「五山禪僧の漢文學」、「江戸學者の漢文學」、「明治文人の漢文學」等という表現がよかろうとは思うが、ただし、比較文學史の立場（本論文の立場である）に立って見れば、日本漢文學史と中國古典文學史はまるで違うので、日本漢文學は當然日本文學に屬するものであるという大前題として、日本漢文學史は、日本文學史の一部として「平安文學」、「五山文學」、「江戸文學」、「明治文學」、「昭和文學」、「平成文學」というふうに分けるべきだと私は思う。すなわち、「五山文學」の「五山」が禪宗の寺院を意味するのは言うまでもないことだが、またそれは、鎌倉時代から江戸時代前期までの時代性をも含むという基本的な意味を有しているからである。

いわゆる「五山文學」は、すなわち日本の中世漢文學である。

こういう考え方を持っている日本の學者もおられた。例えば、北村澤吉氏の「五山文學史稿」の基本的な視點と私の考え方とはほぼ似ている。彼は、鎌倉時代から戰國時代までの漢文學を「五山文學」と定義していた。一應參考の爲、ここに北村氏の『五山文學史稿』のあらましの目次を掲げておく[13]。

第一編　鎌倉期

山　内　一　圓爾、二　蘭溪、三　子元、四　大休、五　高峰、六　南浦、七　鏡堂、八　一山、九　西澗、

十　規庵、十一　鐵庵、十二　東明、十三　清拙、十四　天岸、十五　明極。
山　外　一　足利學校、二　金澤文庫、三　朝廷儒者。
第二編　吉野期
山内本紀　一　虎關、二　雪村、三　別源、四　夢巖、五　中巖、六　鐵舟、七　天境。
山内外紀　一　夢窗、二　嵩山、三　蒙山、四　無極、五　大智、六　不聞、七　寂室、八　竺僊、九　石室、
十　龍山、十一　乾峰、十二　無涯、十三　無文、十四　此山、十五　友山、十六　龍泉、
十七　東陵、十八　蘭洲。
山　外　一　玄惠、二　北畠親房。
第三編（上）室町期（上半期）
山内本紀　一　義堂、二　絶海、三　汝霖、四　如心、五　椿庭、六　伯英、七　天祥、八　觀中、九　惟忠、
十　古劍、十一　太白、十二　仲芳。
山内外紀　一　龍湫、二　春屋、三　性海、四　太清、五　愚中、六　空谷、七　雲溪、八　大象、九　東漸、
十　大岳。
第三編（下）室町期（下半期）
山　内　一　玉畹、二　心華、三　鄂隱、四　西胤、五　儼仲、六　石屋、七　惟肖、八　岐陽、九　曇仲、
十　心田、十一　江西、十二　瑞巖、十三　信中、十四　雲章、十五　東沼、十六　南江、
十七　翔之、十八　瑞溪、十九　一休、二十　桃隱、二一　雪江、二二　村庵。
山　外　一　足利學校、二　朝廷儒者、三　卜部兼倶。

第四編　室町末造期（至戰國）

上半期　足利末造期

一　季弘、二　天隱、三　了庵、四　横川、五　九鼎、六　九淵、七　正宗、八　蘭坡、九　東陽、十　周興、十一　益之、十二　景徐、十三　琴叔、十四　月舟、十五　常庵、十六　雪嶺、十七　梅屋、十八　萬里、十九策彥。

下半期　戰國期

第五編　地方分布期

とある。以上の如く北村氏は、「五山」の山内及び山外という形で、鎌倉から戰國までの約四百年の中世漢文學をまとめて「五山文學」と定義している。かなり廣義的な定義であるが、「五山文學」は日本文學史の一つの歴史段階であるという意識は極めて明確である。

つぎに筆者は、研究對象規定上の嚴密性を期するために、中國禪林文學から見たいわゆる「日本の中世漢文學」を、學術的概念としての「五山文學」と定義すべきであることを論證してみようと思う。

すでに、本書の第一篇第一章第二節及び第二章第二節で論證したように、いわゆる中國の「五山」は、南宋時代、都の杭州にあった三つの寺院と明州にあった二つの寺院で、合計五つの寺院であるので「五山」と呼ばれている。その寺院の順位は、第一・二・四は都である杭州にあり、第三・五は港である明州にある。十刹はこの五山につぐ十の寺院を指す。

ところが、日本の場合は、京都に五山を置き、鎌倉にも五山を置き、その上で、また、「五山之上」という「南禪寺」を設け、合計で十一の寺を設けているにもかかわらず、あくまでも「五山」と呼ばれている。「十刹」にもなんと三十二の寺を設けている。中國の「五山十刹」制度は日本に移植されると中身は完全に變わってしまった。日本の「五山」はすでに本來の「五山」という概念からはずれていた。よって、日本の「五山」は新しい意味を生じたわけである。卽ち、日本に入ってきた禪宗そのものは武士階級の精神的な支えとしての新興宗教となり、日本の五山の成立はその新興宗教の勢力の擴張でもある。鎌倉の五山は鎌倉の武家を支え、京都の五山は京都の武家を支え、禪僧達は五山を據點として、公家、武家と一體になり、その時代の文學を釀成した。そこで釀成された文學を「五山文學」と定義すべきであると筆者は思う。

一方、日本中世漢文學の根源は中國にある。「五山文學」を發生させ、そして、これを花咲かせたのは榮西禪師・雪村禪師・絕海禪師らを初めとした日本の留宋・留元・留明の詩僧達であるが、日本に「五山文學」の根を下ろしたのは、蘭溪禪師・無學禪師・一山禪師・淸拙禪師・明極禪師を初めとする來日詩僧達であった。

そこで、ちなみに、「五山文學」という花を咲かせた日本留學詩僧の中國における嗣法・參學關係をみてみよう。

元の末に、「偈頌」運動を大いに起こした松源派の古林禪師會下に集まった日本一流の留學詩僧は、なんと六十一名もいた。その中で、嗣法關係は五名しかいないが、ほかは全て受業參學關係である。彼らの留學の目的は嗣法ではなく、參學であることがこれで分かる。その時期はちょうど金剛幢下の全盛時代であるからである。

明の初めに、禪林における純粹な文藝運動を起こしたのは大慧派である。その科擧出身の五山第一徑山の四十六世住持晦機禪師・四十八世住持元叟禪師らの會下に集まった日本の留學僧に注目してみると、なんと、ほぼ六割の留學詩僧は、「偈頌」運動を大いに起こした松源派の古林禪師會下に集まっている。彼等が派閥を越え、當時の中國で詩文に最も優れた禪師の下に集まり、參學にはげんでいた樣子が、ここから十分に感じ取られる。日本の留學詩僧達は蜂と同じようにいろんな花の眞髓を吸い込んで、その上で、ローヤルゼリーを釀出した。そのローヤルゼリーこそは、卽ち日本で咲いた「五山文學」である。

では、日本の留學詩僧達は、參學以外にどのような方法で、このローヤルゼリーを釀出したのか。それはやはり、書物である。

本書の第二篇第二章第二節及び第三節で多少言及したが、ここでさらに詳細に考察してみよう。

『文淵閣四庫全書』が認めた禪林文學は、「子部」を除けば、「集部」には、唐代は五種類、宋代は七種類、元代は五種類、明代は二種類しかないが、留學詩僧達が日本に持ち歸り、そして日本で再版した書物（いわゆる五山版）はこれをはるかに上回る。五山版には、「集部」に當る禪林文學作品としては、唐代は三種類、宋代は二十種類、元代は十種類、明代は二種類があるが、肝心の問題は、禪林文學よりも純文學のほうが多かったということである。この五山版に含まれる中國文人の詩文集は、唐代は七種類、宋代は二十二種類、元代は十四種類、明代は三種類がある。留學詩僧達の目が純文學のほうに向いていることがわかる。日本の禪僧らは中國禪宗の修得よりも中國文學の修得のほうにかなり努力していることがうかがえる。

その結果として、『翰林五鳳集』に見える作者數は、なんと二百二十名であり、中國の盛・中・晩唐の作者は一六七名で、それを五十三名も上回っている。

さらに、驚くべきことに、この「五山文學」の個人詩文集は、中國の禪林文學をはるかに越えている。「五山文學」の個人詩文集は實に約二四二種類に上る。このような文學現象をどのように理解したらよいのであろうか。

中國においては、禪林文學は文學部門中の一部門に過ぎない。無論、この現象は日本にも移植されていることは事實である。例えば、『懷風藻』の作者中には釋智藏以下四人を數え、ちなみに、釋淸潭『漢詩・名詩評釋集成』の「江戶幕府時代」には、釋元政と釋南山の二人しか擧げられていないが、鎌倉時代から江戶初期にわたって、四百年を超えた時空の中で、このような純文學に近い膨大な量の作品が生み出されたことは、それがすでに「禪林文學」の枠を超え、一つの「歴史的な文學段階」になったことを意味する。だから、この「歴史的な文學段階」を「禪林文學」と定義すれば、中國の「禪林文學」という概念と混亂する恐れがある。ところが「五山文學」と定義するならば、一つには中國には「五山文學」という概念は全く無いため混亂する恐れが有り得ないし、いま一つには日本漢文學の特徴をはっきり表現することができる。

その膨大な量だけではなく、中國の禪林文學からみると、「五山文學」の體系的な多彩化という特色はよりはっきりする。すなわち、その第一の體系は、宋末の俗化した禪林文學の影響を受け、とくに、一山一寧を中心とする來日詩僧らの直接指導を受けて、虎關禪僧を始めとする五山文學の學問僧が誕生し、やがて東福寺の傳統となったものである。また第二の體系は、元の偈頌運動、卽ち古林禪僧を中心とする金剛幢下の影響を直接受けた留學詩僧により、義堂禪僧を中心とする五山文學の詩偈僧が誕生し、やがて相國寺の傳統となったものである。さらに、第三の體系としては、明初の在俗文學を重んじた禪林文學を直接受け傳えた留學詩僧により、絕海禪僧を中心とする五山文學の詩文僧が誕生し、やがて建仁寺の傳統となったものがこれを物語る。

さて、ここでその日本留學僧達が釀成したこのローヤルゼリーを味見してみよう。

まず、東京の東洋文庫に收藏されている岩崎文庫本五山版の『全室外集』の中の「登多景樓」（多景樓に登る）という詩を讀むことにする。

水際一峰出　　飛樓倚沈寥
煙雲連北上　　風物見南朝
山勢臨淮盡　　江聲入海消

水際　一峰出で　　飛樓　沈寥に倚る
煙雲　北上に連なり　　風物　南朝を見る
山勢　淮に臨んで盡き　　江聲　海に入りて消ゆ

偶來閑眺客　憑欄興偏饒　　偶ま來る　閑眺の客　欄に憑りて　興　偏へに饒なり

ご覽の通り、留學僧絕海中津の師匠である中國一流の禪師全室の詩には、坊主臭がごく薄かったことをうかがうことができる。

つぎに國立國會圖書館に收藏されている鶚軒文庫本五山版の絕海中津の『蕉堅藁』に見える、同じ題目の「多景樓」という詩を鑑賞してみる。

その前に、神田喜一郎氏は『雅友』第二十三號所載の「禹域に於ける絕海」という論文の中で、「多景樓」について次のように激賞されている。

絕海の禹域に於ける行歷は、概略以上の如き事實ぐらいよりわからない。ただここに特筆しておきたいのは、絕海の禹域に滯留した時代の詩に實に素晴らしい傑作の多いことである。まえにも述べた「錢塘懷古」もその一であるが、特に「多景樓」の七律などに至っては、わが國に漢詩があって以來、古今未曾有の名什といわれるものである。禹域に於ける絕海が如何に作詩に努力し、また彼地の江山の氣に助を得たか、殆ど我々の想像以上のものがあるように思ふ。

それでは、絕海の「多景樓」を讀んでいくことにする。

北固高樓擁梵宮　樓前風物古今同　　北固の高樓　梵宮を擁し　樓前の風物　古今同じ
千年城塹孫劉後　萬里鹽痲吳蜀通　　千年の城塹　孫劉の後　萬里の鹽痲　吳蜀通ず
京口雲開春樹綠　海門潮落夕陽空　　京口　雲は開く　春樹綠　海門　潮は落つ　夕陽空
英雄一去江山在　白髮殘僧立晚風　　英雄一たび去って　江山在り　白髮の殘僧　晚風に立つ

ご覽の通り、弟子である絕海禪僧はその師匠である全室の衣鉢を繼承し、さらに、純粹な文藝性の方へ發展したことをうかがうことができる。

ちなみに、昭和の碩學である釋清潭は『漢詩・名詩評釋集成』の中で、絕海の「多景樓」について「此の詩も名篇無類のものである」と激賞したが、全室の「登多景樓」については「是れ常人の籬藩を越えない。天人の域には尙遠いと思ふ」と評價している。もって絕海の卓越した作詩能力を窺うに足るであろう。

なお、絕海の「英雄一たび去りて江山在り」という詩句は、杜甫の「國破山河在」と同じく、「流れゆく時間の推移を歌い上げた」ものだが、この詩史的な空間の「感懷をひとしお強くする」のは、「綠の春樹と、引き潮と共に落ちてゆく眞赤な夕陽」の空しさである。また、その歷史と風物とによる頷・頸二聯のたくみな對句は、博識と觀光とから生まれた絕唱である。神田博士の激賞は決して過言ではない。まことに日本漢詩の千古絕唱である。

このようにして、日本の留學詩僧らは、中國の禪僧達ならびに詩人達の眞髓を吸い込み、それを消化し、釀成したものこそは、世界中で唯一の「五山文學」であった。

中國の學界では、「日本漢文學」は「中國文學の空間擴張」であるという說が有力であるように感じられるが、ただ筆者は「五山文學」の比較文學史的研究によると、「日本漢文學」は「中國文學の空間擴張」ではなく、日本文學の眞名（漢字）文學としての主流となっていることがわかると考える。無論、「日本文學」が中國文學から莫大な影響を受容したことは事實であるが、しかし、その受容上で、大和民族の「心」と「海洋性文化」の「美」という獨特なものとが、完全に溶け合った結果、まったく獨特な「民族文學」となっていることは言うまでもない。

筆者はこの節を通して、對象規定上の嚴密性を考慮し、「五山文學」という概念を學問的定義としてまとめたいと思う。

「五山文學」は、もし英譯するとすれば、Gozan Literature であり、Literature of the Five Mountains ではない

と考える。つまり、その外延（Extension）は、鎌倉の始めから江戸前期までの四百二十九年の間、五山・十刹・諸山と稱される制度內の禪寺を活躍場所とした臨濟宗禪僧の漢詩文を中心とする中世の禪林に生まれた文學を概稱し、平安朝漢詩文・江戸漢詩文に對應する意味での中世漢詩文に限定するものである。一方、その內包（Intension）は五山內の語錄・外集・四六騈驪文・日記に限られるものではなく、五山以外の公家・僧侶・儒家・武將などの漢詩文をも含むものである。

本書は、このように「五山文學」を日本文學史の一環とした上で、鎌倉の始めから江戸前期までの約四百年間、臨濟宗の禪僧（所謂五山派禪僧）を中心として行われた漢文學を日本漢文學史の流れの中において、比較文學史の視點により考察していこうとするものである。

ただし、本書の中心テーマは、「五山文學」における日本漢詩を中心とし、とりわけ比較文學史から見た日本漢詩史における五山漢詩という獨特な文學現象を中心にして、日本文化の構造において、この「獨特な文學現象」を究明することを目的とするものである。

注

（1）芳賀幸四郎は、その名著『中世禪林の學問及び文學に關する研究』の中で、「明治以後、五山文學を取り扱った論考は決して少なくはないが、眞に內容ある研究として第一に擧げられるべきは、開拓者上村觀光氏の業績でなければならない」と、初めて上村觀光を五山文學研究の「開拓者」と稱した。（日本學術振興會、一九五六年三月）一〇頁を參照。

（2）小野機太郎『日本漢文學史』（『岩波講座・日本文學』、岩波書店、一九三二）の目次を參照、「はしがき。一、漢學の傳來から奈良朝まで。二、平安朝時代。三、五山時代」と書かれている。

（3）猪口篤志『日本漢文學史』一九〇頁を參照（角川書店、一九八四）。

（4）注（1）と同じ、二頁を參照。
（5）安良岡康作「中世漢詩文の主流」二五九頁を參照（『日本文學史・中世部分』、至文堂、一九六四）。
（6）上村觀光『五山詩僧傳』（民友社、一九一二）その目次を參照。
（7）安良岡康作「五山の漢文學」二五六頁を參照（『講座日本文學5』、三省堂、一九六九）。
（8）芳賀幸四郎「禪文學と五山文學」三九四頁を參照（山岸德平著『日本漢文學研究』、有精堂、一九七二）。
（9）青木正兒氏、川崎庸之氏、竹貫之勝氏、千坂彥峰氏、塙叡氏、岡見正雄氏、竹內道雄氏、入矢義高氏らの學者たちはすべてこのような見方をとっている。
（10）朝倉尙「五山文學の特性」二一一頁を參照（稻田利德・佐藤恆雄・三村晃功編集『中世文學の世界』、世界思想社、一九八一）。
（11）安井小太郎『日本儒學史附錄「日本漢文學史」』一三八頁を參照（冨山房、一九三九）。
（12）齋藤淸衞「鎌倉・室町時代」四一頁を參照（『日本文學史概說3』岩波講座、岩波書店、一九七五）。
（13）北村澤吉『五山文學史稿』その目次を參照。

## 第二節　五山文學の特色及びその役割

「五山文學」の特色について、猪口篤志氏は『日本漢文學史』で、久保天隨氏の說を引用しながら、つぎのように述べている（1）。

五山文學の特色は大陸文化の直接移入であり、久保天隨氏が「その吸收したものは宋元の詩文、その咀嚼したものは程朱の性理學」といったのは當っている。

と指摘している。全くその通り、五山文學の特色は大陸文化の直接移入である。實は久保天隨氏の說は、ただ北村澤吉氏の「其の吸收せし者は詩文也。其の咀嚼せしものは、宋儒程朱の學也」という説をそのまま繼承したものである。

五山文學の特色について、最も早く、最も詳しく論述したのは北村澤吉氏である。明治三十二年（一八九九）の『帝國文學』で、次のように述べている。(2)

虎關の韓文における、中巖の揚子における、雪村の莊子における、一庵の柳文における、あるいは絶海の唐詩における等、個人について見れば宋元以外に逸出せる者無きに非ざるも、一般の傾向に至りては宋元なりと云はざるを得ず。其の宋元というは裏面に雄健清新の風潮あるを指すもの也。ゆえに間韓柳を混へ莊揚に及ぶも、文體においては氣格を備へ思想においては脱落を養ふに就き、更に一般の風潮に妨礙無きのみならず、彼の六朝縟麗の風を受けて整細なる體裁の見るべきなく、盛唐を摸すと雖も徒に元薄白俗の餘味を味わふのみにして更に李杜韓柳雄渾の氣格なかりし王朝の氣風を一洗し、且つ薄弱平板なる縉紳的思想を除却し、更に之に加ふるに幽玄深遠野眞諦を以てしたるが如き、時代の新面目を顯はすに與りて頗る力ある者也。要するに剛健にして清新なるは五山文學の特性にして、是れ禪宗の直截にして活機を尊ぶに因りて養はれたる也すなわち一種の活力を以て支那文化を吸收し咀嚼し脱胎せしめたり。其の吸收せし者は詩文也。其の咀嚼せしものは、宋儒程朱の學也。其の脱胎せしものは謠曲是也。

と、その「吸收」という表現は大變適切であると私は思う。「受容」より「吸收」のほうが積極的であり、日本詩僧らは命を賭けて大陸に渡り、十年・二十年留まって、中國文化を懸命に吸收し、それを自らの體内で釀成したのがまさに五山文學であった。

中國文學者の靑木正兒氏は、五山文學を平安王朝の漢文學と比べながら、その特色をつぎのように論述している。(3)

此期間（五山時期）に於て禪學を輸入した儒學は王朝時代の漢唐訓詁の學を斥けて新興の宋明性理の學を以てし、

文に於ては駢驪體に代ふるに韓柳の復古文を以てし、詩に於ては白氏を取らず、主として蘇東坡、黃山谷を取り、傍ら中唐晚唐に出入した。要するに王朝時代が唐の文學を取り入れたに對して、此時代は宋の文學を輸入した是れ其接觸せる支那文運の時代的推移に伴へるに外ならぬ。……此の事實は如何なる結果を齎したかと云へば、文に於ては古文を主として駢文を倂せ取り、以て王朝以來專ら駢文を學んだ弊を矯正するに至り、詩に於ては中唐晚唐の律詩絶句を歸趨とし、古詩は餘り作らなくなった、是も亦王朝時代と異る傾向である。

と、五山漢詩の特色は「中唐・晚唐の律詩絶句を歸趨とする」ことを指摘している。

國文學者の朝倉尙氏は視點を變えて、その師である中川德之助氏の「觀念的世界」により「五山文學の特色」をつぎのように述べている(4)。

價値の轉換を內容とする禪的發想と觀念的世界の展開による博引旁證の徹底との二點は五山文學（禪僧の文學）の具有する特徵でもあると考える。……禪的發想は、時に晦澁・難解として受け取られたが、中世人（知識人）の求めていた新しい物の見方、考え方、處し方に合致したものと解されるのである。五山文學（禪僧の文學）が隆盛したゆえんである。……禪僧の觀念的世界は、日本の禪僧自身が獨自に附加したものも存するが、大半は中國文學の土壤で形成されたものを繼承したものである。禪僧の文學は、主としてこの觀念的世界を展開したものであるともいえる。

上述した學說を踏まえながら、筆者の結論を言えば、五山文學の特色は、文化的大和心と歷史的中華文化との融合である。この結論に關する實證は本書の第五篇に讓る。

五山文學は日本漢文學史においてどのような役割を果したのか。つまり、そもそも五山文學の日本漢文學史上における位置というものは、どのように捉えられ、如何に評價されるのか。參考までに、ここで幾つかの說を擧げて見

よう

北村澤吉氏はつぎのように述べている。(5)

夫れ斯くの如くにして五山は常に新要素を咀嚼し新發展をなし、さらに之を天下に布遍せしめて、徳川の文教を興起せしめたるを看來りなば、鎌倉以後世に未だ嘗て所謂る暗黒時代なる者の存せずして、ベネヂクトの五山に配するの非なるを悟り、彼の書以外に智識の出でざりし西歐中世紀と頗る其の趣を異にせる者あるを了するを得ん。ただそれ五山文學は幾百千年間臺閣的貴族的の氣習を降して江湖的たらしめ平民的たらしめ、能く六十州に分布せしめしが爲め、彼の深殿玉帳の中に瓊翰を弄し錦箋修め來りし華やかなる雲上の面影の忽然として消失するありて、更に之を蔽ふに暗澹紛飛の兵塵を以てせしかば、動もすれば人をして覺えず茫然自ら失はしむる者無き能はずと雖も、若し翻りて靜かに彼等碩僧が雨花の靈場を尋ね、方外自在の雲蹤を檢して（寺子屋教育等）徳川文運の起點を求め、列藩參差の情景を察するあらば、豁然として思半ばに過ぐるものあらんか。然れども此に之が細説に躊躇するは豫が今執筆の目的に違ふ。故に姑く之を措く。唯知るべし、彼の一代の諸家傑踵を接して草莽の間より輩出し、性理を稱し、古文辭を唱へ、幕學と命じ、勤王號び、佐幕となり、討幕となり、遂に維新に至り狂瀾怒濤の大奇關を呈するに至りし其の源頭の活水を探り來りなば、亦唯に此の幽僻なる五山叢林の間坐禪徑行の境に、時に天地の空寂を破りて微音を傳へし谿邊冷々の涓滴たりしに過ぎざることを。

と、適切な評價をされている。

芳賀幸四郎氏は「禪文學と五山文學」で、五山文學の役割について、つぎのように論述している。(6)

鎌倉時代中期から室町時代後期までの約三百年の間に、主として京都五山・十刹に據った禪僧らによって創作された漢詩文、世にいう五山文學は、「和臭」少い本格的な漢詩文であるという其の質からみて、又上村觀光氏編の『五山文學全集』、玉村竹二氏編の『五山文學新集』で窺せられるようなその厖大な量からみても、まさに本文學史上の一大偉觀であり、いわゆる「漢文學」史の最高峰をかたちづくるものである。……日本漢文學史の展開を大觀すると、そこに三つのピークがある。第一は天平期から弘仁期にかけて、天皇や貴族らを荷擔者として形成された、敕撰漢詩集凌雲集などを頂きとするピークであり、第二は鎌倉末期から室町末期にわたる時に、禪僧社會によって形成されたいわゆる五山文學のピークであり、第三は江戸時代の末期に、學者文人などの知識階級によってかたちづくられたピークである。そしてこの第二のピークいわゆる五山文學こそは、前後二者を媒介し、然も前者に對しては、生活體驗に深く根ざし、それだけ內容の充實している點でまさり、後者に對しては本格的な漢詩として和臭の少ない點で優越し、日本漢文學史上の黃金時代を現出したものである。

と、五山文學史は「日本漢文學史上の黃金時代」であると激賞している。

筆者は、芳賀氏の說と北村氏の說とは兩方とも正確であると思うが、ただ、芳賀氏の說中の「和臭」に關する自分の考え方を述べておきたい。比較文學的立場から考えると、言葉の上での「和臭」というのは、あたかも日本的受容における形式上の具體的な表現であるが、五山文學の中では、特に、絕海中津の漢詩の內容を味わうと、精神的な、所謂文化的大和心という「和臭」が確かにある。

つまり、五山文學は奈良・平安時代の漢文學の模倣性を受け繼ぎながらも、自分なりの「和臭」を少しずつでも生み出すように努力していたからこそ、やがて江戸時代になると、日本漢文學と和樣文學のいずれもが、內容から言葉までの日本的受容を完成し、獨特な日本文化を生み出すことができたのである。

注

（1）猪口篤志『日本漢文學史』一九二頁を參照。
（2）北村澤吉『五山文學史稿』一二頁を參照。
（3）青木正兒「國文學と支那文學」『青木正兒全集』第二巻三六五頁を參照（春秋社、一九八三）。
（4）朝倉尚「五山文學の特性」（稻田利德・佐藤恆雄・三村晃功ら編集『中世文學の世界』二一八頁を參照、世界思想社、一九八一）。
（5）北村澤吉『五山文學史稿』一五頁を參照。
（6）芳賀幸四郎「禪文學と五山文學」三九四頁を參照（『日本漢文學史論考』岩波書店、一九七四）。

## 第三節　五山文學史の特定及びその時期區分

まず、五山文學の時限の問題を検討してみたいと思う。

入矢義高氏は、「五山文學とは、中世四百年の歴史のなかで、いわゆる五山十刹の官寺に屬する禪僧によって作られた漢詩文の作品の總稱である」と述べている。(1)四百年とはっきりとはいっているが、いつからいつ迄かその期間がはっきりしていなかった。

芳賀幸四郎氏は、「五山文學とは鎌倉中期から南北朝時代をへて室町末期にいたる約三百年の間に、主として五山派の禪僧によって創作され、荷擔された漢詩文の通稱である」と述べている。(2)

佐々木朋子氏は、「平安朝漢文學が隆盛し終息したあと、鎌倉時代末期から南北朝・室町時代にかけて盛んになった漢文學の主潮を、今日では「五山文學」と呼んでいる」と言い、さらに「五山文學として扱う時代範圍は、弘安年間（一二七八～八七）から元和元年（一六一五）までとなっていて、三世紀以上にわたる」と詳しくはっきり述べている。[3]

蔭木英雄氏は、「無學祖元の來日した弘安二年（一二七九）頃を五山文學の上限としたい。……元和元年（一六一五）を以て五山文學の最下限と考えるものである」と最も詳しく述べている。[4] つまり、蔭木氏は、五山文學の歷史を三百三十五年間としたのである。

筆者は、五山文學の時限は榮西が歸國し臨濟宗を廣めた時（後鳥羽、建久二年、一一九一）から東福寺學僧文之玄昌の寂する元和六年（一六二〇）まで、四世紀以上（卽ち四百二十九年）にわたると考えている。

次に、五山文學の時期區分について檢討しておきたい。ちなみに、この時期區分については、上村觀光氏は二期説を主張し、[5] 北村澤吉氏は七期説を主張し、[6] 安良岡康作氏は三期説を主張した。[7]

そのほか、芳賀幸四郎氏は、「五山文學をこの變化に着目してみると、その草創期から南北朝末期までの前期（第一期）と、室町初期から應仁の亂前までの中期（第二期）、應仁の亂以後室町末期までの後期（第三期）と、三期に區分することが適當である。勿論、その境界はたがいに交錯してはいるが。そして前期に屬する存在としては、歸化僧一山一寧をはじめ虎關師錬・雪村友梅・寂室元光・天境靈致・別源圓旨・中巖圓月・愚中周及・義堂周信・絶海中津・觀中中諦・汝霖良佐らがその代表的なものであり、中期を代表する者としては心華元棣・太白眞玄・惟忠通恕・西胤俊承・惟肖得巖・江西龍派・心田清播・翺之慧鳳・瑞溪周鳳らがあり、後期五山文學を荷擔した者としては村庵靈彦・大極藏主・天隱龍澤・横川景三・景徐周麟・萬里集九・月舟壽桂・策彦周良・彭叔守僊・熙春龍喜らが、その主なものとしてあげられよう」という三期説を示している。[8]

また青木正兒氏は、「いわゆる五山文學の興隆は鎌倉末期正安元年に元の僧寧一山が來朝した事に基すと云ふ。一山は佛書の外に儒道百家より小說の類に至る迄精通し、大いに支那文學を鼓吹し、是より南北朝へかけて、優秀な詩僧を出す風氣を開いた。之を前にしては虎關・雪村・中巖、之を後にしては夢窗・義堂・絕海、これらはこの時代の代表的作家であり、五山文學は此時を最高潮とする。室町期に入って文運漸く下降に向ひ、應仁の亂後衰頽した」という三期說を主張した(9)。

これに對して、山岸德平氏は、二期說を主張した(10)。

また蔭木英雄氏は、「鎌倉時代末の弘安以前は五山文學の準備期間と考える。主な作者は來朝した中國人僧侶の蘭溪道隆・兀菴普寧がある。第一期は元德二年（一三三〇）まで興隆期である。作者には來朝僧の大休正念・無學元祖・一山一寧らがいる。彼等の教育者としての力量は大きく次の時代に日本人詩僧が輩出することになる。第二期は、至德三年（一三八六）まで最盛期である。作者には、來朝僧の淸拙正澄・竺僊梵僊、日本人僧の虎關師鍊・雪村友梅・寂室元光・中巖圓月・義堂周信・絕海中津らが擧げられる。第三期は南北朝が合一する年をはさんで應仁元年（一四六七）應仁の亂が始まるまで爛熟期となる。作者には、四絕として名高かった太白眞玄・惟肖得巖・江西龍派・心田淸播らがいる。第四期は元和元年迄の衰退期である・作者には希世靈彥・橫川景三・彥龍周興らがいる」という四期說を主張したものである(11)。

佐々木朋子氏も蔭木氏の四期說を妥當な說と考えられていた(12)。

私は三期說が妥當な說であると考える。つぎに述べるのは私の三期說である。

第一期：五山文學濫觴期（一一九一～一三二六）

建久二年（一一九一）榮西が歸朝して臨濟宗を廣めてから、嘉曆元年（一三二六）淸拙正澄が請に應じて博多に來た時までが濫觴期である。其の間はさらに前後二期に分けられる。前期の作者としては榮西・東福圓爾・蘭溪道隆・兀菴普寧らが擧げられる。後期の作者としては、大休正念・無學祖元・一山一寧・清拙正澄らが擧げられる。

第二期：五山文學隆盛期（一三一七～一四二五）

元德元年（一三二九）明極楚俊・竺僊兩詩僧の來日した年の二年前から、應永三十一年（一四二五）鄂隱慧奯の寂した年までが隆盛期となる。其の間はさらに前後二期に分けられる。前期の代表的作者としては、明極楚俊・竺僊梵僊・虎關師錬・雪村友梅・寂室元光・中巖圓月・別源圓旨・夢窗疎石らが擧げられる。後期の代表的作者としては、義堂周信・絕海中津・鄂隱慧奯らが擧げられる。

第三期：五山文學衰頽期（一四二六～一六二〇）

元和六年（一六二〇）東福寺學僧文之玄昌の寂した年までが衰頽期となる。前期の代表的作者としては、惟肖得巖・江西龍派・心田清播らが擧げられる。後期の代表的作者としては、希世靈彥・橫川景三・彥龍周興・文之玄昌らが擧げられる。

注

（1）入矢義高「五山の詩を讀むために」『五山文學集』三一九頁を參照。
（2）芳賀幸四郎「五山文學の展開とその樣相」（『國語と國文學』、一九五七年十月號、一一〇頁を參照）。
（3）佐々木朋子「五山文學の發展」に據る。
（4）蔭木英雄『五山詩史の研究』一〇頁を參照（笠間書院、一九七七）。
（5）上村觀光『五山文學全集』に據る。
（6）北村澤吉『五山文學史稿』に據る。
（7）安良岡康作「五山の漢文學」二五六頁を參照（『講座日本文學5』、三省堂、一九六九）。

（8）芳賀幸四郎「五山文學の展開とその基本動向」三〇頁を參照。
（9）青木正兒「國語と國文學」、『青木正兒全集』第二巻三六五頁を參照（春秋社、一九八三）。
（10）山岸德平「日本漢文學史總説」、『日本漢文學史論考』二頁を參照（岩波書店、一九七四）。
（11）注（4）に同じ。
（12）佐々木朋子「五山文學の發展」に據る。

# 第二章　五山文學研究の歴史に關する考察

## 第一節　五山文學の研究成果

本節は「五山文學」の研究成果を考察するために當てられる。この考察に入るまえに、これらの研究成果をつぎの十項目（研究領域）に分類しておくことにする。

Ⅰ　五山詩僧の作品集及び注釋書
Ⅱ　五山詩僧に關する傳記・論著
Ⅲ　五山文學に關する論著及び史料
Ⅳ　五山文學に關係する抄物類の論著
Ⅴ　五山文學に關係する日本漢文學類の論著
Ⅵ　五山文學に關係する日本文學類の論著
Ⅶ　五山文學に關係する禪宗の論著及び禪宗辭典類
Ⅷ　五山文學に關係する禪寺類の論著
Ⅸ　五山文學に關係する文化史學類の論著
Ⅹ　五山文學と關連する中國文學（中國禪林文學）論著

これらの研究成果によって、いままでの五山文學の研究史はこれを二期（黎明期・發展期）に分けて考察することができる。

## 一　黎明期について

五山文學研究史の黎明期は、さらに江戸時代・明治時代・大正時代という三期に分けることができる。以下にその發展ぶりを窺いたい。

### 1　江戸時代（一六〇二～一八六七）

五山文學衰頽期は江戸初期の一六二〇年までに終わったのだが、五山文學の研究は早くも一六一七年の林羅山の『五山文編』より始まった。それ以外に、羅山は彼の『隨筆』（十一卷）でも隨所に五山の文學を論じている。『五山文編』を繼ぐ賴山陽の『五山詩抄』竝びに塙保己一の『續羣書類從』（第十二／十三輯、文筆部、全四冊）も、やはり前述のⅠ類に屬する濫觴的研究である。ついでⅡ類に屬する濫觴的研究成果としては、塙保己一の『續羣書類從』（第九輯、傳部、上下二冊）がある。その後、無著道忠の『禪林象器箋』はⅦ類に屬する濫觴的な研究である。さらにその後、伊知地季安の『漢學紀源』と江村北海の『日本詩史』とは、Ⅴ類に屬する濫觴的研究である。これを要するに、黎明期の初期段階たる江戸時代の二百六十五年には、五山文學に關する研究成果は、私の調べによれば、この九點しかない。そして、Ⅲ・Ⅳ・Ⅵ・Ⅷ・Ⅸ・Ⅹという六項目の研究成果は認められない。

### 2　明治時代（一八六八～一九一二）

黎明期の中期段階たる明治時代になると、五山文學研究の先驅者と言うべき上村觀光氏の懸命の努力により、一九〇六年に『五山文學全集』（全四巻）が刊行された。これはⅠ類に屬する劃期的研究である。Ⅱ類に屬する研究成果は、高峰東晙氏の『蕉堅藁考』、上村觀光氏の『眞源大照禪師〔龍山德見〕略傳』『五山詩僧傳』などがある。Ⅲ類に屬する研究成果には、上村觀光氏の『五山文學小史』がある。Ⅴ類に屬する研究成果は、久保得二氏の『日本儒學史』、井上哲次郎氏の『日本朱子學派の哲學』、川田鐵彌氏の『日本程朱學の源流』、西村天囚氏の『日本宋學史』などがある。Ⅹ類に屬する研究成果は、上村觀光氏の『寒山詩集』がある。ただし、Ⅳ・Ⅵ・Ⅶ・Ⅷ・Ⅸという五項目の研究成果は存在しない。

### 3　大正時代（一九一二〜二六）

黎明期の末期段階たる大正時代になると、五山文學に關する研究は少しではあるが進歩するようになった。Ⅱ類に屬する研究成果は、佐賀東周氏の『千光國師御傳』（東山建仁寺略誌）、木宮泰彦氏の『榮西禪師』、上村觀光氏の『南院國師御略傳』がある。Ⅲ類に屬する研究成果は、上村觀光氏の『禪林文藝史譚』がある。Ⅴ類に屬する研究成果は、簡野道明氏の『和漢名詩類選評釋』がある。Ⅶに屬する研究成果は、白隱圜悟提唱『碧巖集祕抄』（永田春雄編纂）、今立裕氏の『禪宗史』、山田孝道氏の『禪門法語集』上卷、森大狂氏の『禪門法語集』中卷、山田／森の『禪門法語集』下卷、忽滑谷快天氏の『禪學思想史』上下卷がある。Ⅷに屬する研究成果は、佐賀東周氏の『東山建仁略寺誌』がある。Ⅸ類に屬する研究成果は、渡邊世祐氏の『關東中心足利時代の研究』がある。Ⅹ類に屬する研究成果は、鈴木虎雄氏の『支那文學研究』がある。ただし、この段階においては、Ⅰ・Ⅳ・Ⅵという三項目の研究成果は認められない。

つぎに、黎明期の三段階における五山文學の研究成果を一覽表にまとめて考察してみたい。

| | Ⅰ | Ⅱ | Ⅲ | Ⅳ | Ⅴ | Ⅵ | Ⅶ | Ⅷ | Ⅸ | Ⅹ | 各期合計 |
|---|---|---|---|---|---|---|---|---|---|---|---|
| 黎明期初期 | 五 | 一 | 〇 | 〇 | 二 | 〇 | 一 | 〇 | 〇 | 〇 | 九 |
| 黎明期中期 | 一 | 三 | 一 | 〇 | 四 | 〇 | 〇 | 〇 | 〇 | 一 | 十 |
| 黎明期末期 | 〇 | 三 | 一 | 〇 | 一 | 〇 | 六 | 一 | 一 | 一 | 十四 |
| 項目合計 | 六 | 七 | 二 | 〇 | 七 | 〇 | 七 | 一 | 一 | 二 | 三三 |

この表を見てみると、黎明期の三百二十四年間のあいだに、五山文學に關する研究成果は、わずか三十三點しかないことがわかる。平均で割ると、一つの研究成果にはおよそ十年間かかっている。しかしながら、その研究領域を見てみると、及んでいない領域は、Ⅳ類の五山文學に關係する抄物類と、Ⅵ類の五山文學に關係する日本文學類という二つの領域のみである。だとすれば、この時期は黎明期とはいえ、これらの論著は五山文學研究のいしずえを築いたものと言えるだろう。

## 二　發展期の論著について

### 1　昭和時代（一九二六～八九）

時代が昭和に入ると同時に、五山文學に關する研究も發展期に入り、研究成果は著しいものとなった。この節においては、十類項目毎に、時間順にその研究成果の具體なデータを竝べて置きたい。

Ⅰ　五山詩人作品總集及び注釋書

一九六六　山岸德平校注　『五山文學集・江戸漢詩集』（古典文學大系）　岩波書店
一九六七〜七二　玉村竹二校刊　『五山文學新集』（全六卷）　東大出版會
一九七七〜八一　玉村竹二校刊　『五山文學新集』（別卷二卷）　東大出版會

Ⅱ　五山詩僧に關する傳記・論著

一九二七　後藤亮一　『圓鑑國師傳』　妙心寺
一九三三　岡山教育會　『鄕土教育史料第一輯／僧榮西』　岡山教育會
一九三七　樋口實堂　『普明國師と鹿王院』　鹿王院文庫
一九四三　伊藤古鑑　『榮西禪師』　雄山閣
一九四四　福島俊翁　『虎關』　雄山閣
一九四四　荻須純道　『夢窗・大燈』　弘文堂
一九四四　衞藤卽應　『宗祖としての道元禪師』　岩波書店
一九五三　大久保道舟　『道元禪師傳の研究』　岩波書店
一九五五　山地土佐太郎『絕海國師と牛隱庵』　雅友社
一九五五〜五九　牧田諦亮　『策彥入明記の研究』上・下　法藏館
一九五八　玉村竹二　『夢窗國師』　平樂寺書店
一九五八　熊谷宣夫　『雪舟等楊』　東大出版會
一九八五　木宮之彥　『榮西』（高僧傳6）　集英社

一九六二　竹内道雄　『道元』　吉川弘文館
一九六五　多賀宗隼　『榮西』（人物叢書一二六）　吉川弘文館
一九六八　川瀬一馬　『夢窗國師　禪と庭園』　講談社
一九六九　田中一松　『周文から雪舟へ』（日本の美術十二）　平凡社
一九七五　梶谷宗忍　『蕉堅藁・年譜』　相國寺
一九七五　富士正晴　『一休』（日本詩人選二七）　筑摩書房
一九七五　吉村貞司　『雪舟』　講談社
一九七六　梶谷宗忍　『絕海語錄』　思文閣
一九七五　水上勉　『一休』　中央公論社
一九七七　蔭木英雄　『蕉堅藁全注』　私家版
一九七七　寺田透　『義堂周信・絕海中津』（日本詩人選二四）　筑摩書房

Ⅲ　五山文學に關する論著及びその史料

一九四一　北村澤吉　『五山文學史稿』　冨山房
一九四九　久松眞一　『禪の論考』　岩波書店
一九五五　玉村竹二　『五山文學』初版　至文堂
一九五六　芳賀幸四郎　『中世禪林の學問及び文學に關する研究』　日本學術振興會
一九五八　和島芳男　『中世禪僧の宋學觀』（魚澄先生古稀記念國史學論叢）

一九六八　鈴木大拙　『禪思想史研究』第二　岩波書店
一九六六　玉村竹二　『五山文學』増補版　至文堂
一九六八　水田紀久　『五山文學』（『中國文化叢書九日本漢文學』）　大修館書店
一九六九　市川本太郎　『五山文學』（『日本漢文學史概説』）
一九七二　玉村竹二　『上村観光居士の五山文學研究史上の地位及びその略歴』（『五山文學全集』別卷）　思文閣
一九三二　笹川種郎　『五山文學研究』（『日本文學講座』十四・十五）　新潮社
一九七六　玉村竹二　『日本禪宗史論集』上卷　思文閣
一九七七　蔭木英雄　『五山詩史の研究』　笠間書院
一九七八　竹内理三　『蔭凉軒日錄一～五』（増補續史料大成二一～二五）　臨川書店
一九七八　玉村竹二　『五山詩僧』（日本の禪語錄八）　講談社
一九七九　玉村竹二　『日本禪宗史論集』下之一卷　思文閣
一九八一　玉村竹二　『日本禪宗史論集』下之二卷　思文閣
一九八二　竹内理三　『碧山日錄』（増補續史料大成二〇）　臨川書店
一九八二　蔭木英雄　『訓注・空華日用工夫略集』　思文閣
一九八三　玉村竹二　『扶桑五山記』　臨川書店
一九五一　藤村　作　『五山文學の注疏類』（『日本文學大辭典』）　新潮社
〃　　同　『五山文學の詩文集』（『日本文學大辭典』）　新潮社
一九八五　朝倉　尙　『禪林の文學』　清文堂

一九八五　玉村竹二　『五山の學藝』（中川德之助・島田修二郎・川瀨一馬・入矢義高）　勉誠社
一九八五　玉村竹二　『五山禪僧傳記集成』　思文閣
一九八五　玉村竹二　『五山禪林宗派圖』　思文閣

Ⅳ　五山文學に關係する抄物類論著

一九六五　龜井　孝　『史記桃源抄の研究』　日本學術振興會

Ⅴ　五山文學に關係する日本漢文學類論著

一九二八　芳賀矢一　『日本漢文學史』（近古）（國語と國民性日本漢文學史）　冨山房
一九二九　岡田正之　『日本漢文學史』　共立社書店
一九三二　足利衍述　『鎌倉室町時代之儒敎』　日本古典全集刊行會
一九三二　小野機太郎　『日本漢文學史』（岩波講座『日本文學』）　岩波書店
一九三三　吉田增藏　『平安時代の詩』　岩波書店
一九三四　寺石正路　『南學史』　冨山房
一九三六　釋清潭　『漢詩・名詩評釋集成』（舊書名漢詩大講座）　名著普及會
一九三九　安井小太郎　『日本儒學史附日本漢文學史稿』　冨山房
一九四三　高須芳次郎　『近世日本儒學史』「五山の禪僧が維持した儒學の精神」　越後屋書房
一九五四　岡田正之　『日本漢文學史』（增訂本）　吉川弘文館

一九五七　戸田　浩曉　『日本漢文學通史』　武藏野書院
一九六五　神田喜一郎　『日本における中國文學』　二玄社
一九六六　川口　久雄　『菅家文草・菅家後集』（日本古典文學大系七二）　岩波書店
一九六七　神田喜一郎　『日本における中國文學』　二玄社
一九六九　松下　　忠　『江戸時代の詩風詩論』　明治書院
一九七〇　小川　貫道　『漢學者傳記及著述集覽』　名著普及會
一九七二　猪口　篤志　『日本漢詩』上（新釋漢文大系四五）　明治書院
一九七二　山岸　德平　『日本漢文學研究』（山岸德平著作集　）「日本漢文學史の諸問題」「轉換期の日本漢文學界」「拈華微笑と笑拈梅花」「日本の漢文學」「五山文學集と江戸漢詩集について」　有精堂
一九七八　竹林　貫一　『漢學者傳記集成』　名著刊行會
一九七六　石川　忠久　『漢詩の風景』　大修館書店
一九七九　入谷　仙介　『漢詩入門』　日中出版
一九七九　長澤　孝三　『漢文學者總覽』　汲古書院
一九八四　猪口　篤志　『日本漢文學史』　角川書店
一九八八　鈴木　重春　『山花集漢詩譯讀の試み』　銀河書房
一九八八　長澤規矩也　『漢文學概論』（日本漢詩）　政法大學出版局
一九八八　菅野　禮行　『日本漢詩の比較文學的研究』　大修館書店

## Ⅵ　五山文學に關係する日本文學類論著

一九三二　後藤　丹治　『室町時代』（日本文學書目解説四）（岩波講座『日本文學』）　岩波書店
一九三二　青木　正兒　『日本文學と外來思潮との交渉(三)』（岩波講座『日本文學』）　岩波書店
一九三三　齋藤　清衞　『南北朝時代文學新史』　春陽堂
一九三六　次田　潤　『國文學史新講』　明治書院
一九三六　齋藤　清衞　『近古時代文藝思潮史』［應永・永享篇］　明治書院
一九三六　吉澤　義則　『室町文學史』（日本文學史卷六）　東京堂
一九五五　藤村　作　「五山文學」『日本文學大辭典』　新潮社
一九五五　高木市之助　『日本文學――古典』　岩波書店
一九五九　安良岡康作　「五山文學」『日本文學史（六）』　岩波書店
一九六三　齋藤　清衞　『隱僊の文學』　武藏野書院
一九六四　久松　潛一　『日本文學史』（中世）（改訂新版）　至文堂
一九六七　岡見　正雄　『日本文學の歷史』（第六卷「文學の上剋下」）（全十二卷）　角川書店
一九七〇　安良岡康作　『中世文學の探求』　有精堂
一九七七　川崎・奈良　「五山・林下の文化」武者小路穰『日本文化史』（第一卷／古代・中世／第七章）　有斐閣新書
一九七七　久松　潛一　『日本文學史』（中世／禪林文學）（增補新版）　至文堂
一九七七　吉田　精一　『日本文學鑑賞』　東京堂
一九七八　市古　貞次　『日本文學全史』（三中世／五山文學）　學燈社

一九八二　市古　貞次　『國文學研究書目解題』　東京大學出版社
一九八三　青木　正兒　『國文學と支那文學』（『青木正兒全集』第二卷）　春秋社
一九八四　稲田　利德　『中世文學の世界』　世界思想社
一九八七　松村　雄二　『日本文藝史――表現の流れ』（第三卷・中世）　河出書房
　　　　　齋藤　淸衞　『鎌倉・室町時代』（日本文學史概説三）　岩波書店
一九八八〜九二　小西　甚一　『日本文藝史』ⅠⅡⅢⅣⅤ別卷　講談社

## Ⅶ　五山文學に關係する禪宗論著及び禪宗辭典類

一八八九　獨園　承珠　『禪林僧寶傳』　京都小川多左衞門
一九二〇　小畠　文鼎　『臨濟正宗七派の眞源』　相國寺私家本
一九二〇　小畠　文鼎　『大典禪師』　同右
一九三一　上村　觀光　『國譯碧嚴錄注解』　東京二松堂
一九三五　中川　澁庵　『禪語字彙』　森江書店
一九三七　白石　虎月　『禪宗編年史』　觀音堂
一九三八　小畠　文鼎　『續禪林僧寶傳』　相國寺私家本
一九三八　林　岱雲　『日本禪宗史』　大東出版社
一九三八　和田　利彦　『禪と文化』　春陽堂
一九三八　澤木　興道　『禪談』　大法輪閣

一九三九　久松　眞一　『東洋的無』　弘文堂書房
一九四一　辻　善之助　『武家時代と禪僧』　創元社
一九四二　鷲尾　順敬　『鎌倉武士と禪』（大東名著選三一）　大東出版社
一九四二　鈴木　泰山　『禪宗の地方發展』（畝傍史學叢書）　畝傍書房
一九四三　白石　虎月　『續禪宗編年史』　酒井本店
一九四四　小笠原秀實　『禪文化の體系』　昭森社
一九四五　鷲尾　順敬　『日本禪宗史の研究』　金尾文淵堂
一九四八　辻　善之助　『日本佛教史』（中世篇）　岩波書店
一九五六　田中　忠雄　『禪の人間像』　誠信書房
一九五六　古田　紹欽　『臨濟錄の思想』　春秋社
一九五九　陸川　堆雲　『臨濟錄詳解』　眞禪研究會
一九六〇　足利　紫山　『臨濟錄』（高橋新吉共著）　寶文館
一九六二　小川　靈道　『新纂禪籍目錄』　駒大圖書館
一九六二　今枝　愛眞　『禪宗の歴史』　至文堂
一九六三　阿部　肇一　『中國禪宗史の研究』　誠信書房
一九六三　無著　道忠　『禪林象器箋』（原著一七四一／活字は一九六三）　誠信書房
一九六四　鈴木　大拙　『趙州禪師語錄索引』　春秋社
一九六五　太田　悌藏　『禪と論理』　法政大學出版局

一九六五　荻須　純道　『日本中世禪宗史』　木耳社
一九六七　柳田　聖山　『臨濟の家風』　筑摩書房
一九六七　西谷　啓治　『禪の立場』（講座禪　第一卷）　筑摩書房
一九六七　西谷　啓治　『禪の實踐』（講座禪　第二卷）　筑摩書房
一九六七　西谷　啓治　『禪の歷史――中國』（講座禪　第三卷）　筑摩書房
一九六七　西谷　啓治　『禪の歷史――日本』（講座禪　第四卷）　筑摩書房
一九六八　西谷　啓治　『禪と文化』（講座禪　第五卷）　筑摩書房
一九六八　西谷　啓治　『禪の古典――中國』（講座禪　第六卷）　筑摩書房
一九六八　西谷　啓治　『禪の古典――日本』（講座禪　第七卷）　筑摩書房
一九六八　西谷　啓治　『現代と禪』（講座禪　第八卷）　筑摩書房
一九六九　久松　眞一　『禪の本質と人間の眞理』　創文社
一九六九　忽滑谷快天　『禪學思想史』（全二卷）　名著刊行會
一九六九　荻須　純道　『禪と日本文化の諸問題』　平樂寺書店
一九六九　岡田　宜法　『禪學研究法と其資料』　名著刊行會
一九七〇　藤吉　慈海　『禪關策進』（禪の語錄十九）　筑摩書房
一九七〇　久松　眞一　『東洋的無』（久松眞一著作集一）　理想社
一九七〇　久松　眞一　『禪と藝術』（久松眞一著作集五）　理想社
一九七〇　今枝　愛眞　『中世禪宗史の研究』　東大出版會

一九七〇 今枝 愛眞 『新訂圖說・墨蹟祖師傳』 柏林社
一九七一 久松 眞一 『覺と創造』（久松眞一著作集三） 理想社
一九七一 古田 紹欽 『禪僧の生死』 東京春秋社
一九七一 笠原 一男 『日本宗教史研究入門』（日本人の行動と思想） 評論社
一九七二 市川白弦他 『中世禪家の思想』 岩波書店
一九七三 久松 眞一 『茶道の哲學』（久松眞一著作集四） 理想社
一九七三 久松 眞一 『經錄抄』（久松眞一著作集六） 理想社
一九七三 梶谷 宗忍 『觀中錄・靑嶂集』 相國寺
一九七四 森 大狂 『日本禪宗史年表』（復刻） 臨川書店
一九七四 碧菴 周道 『禪林語句抄』 二玄社
一九七五 飯田 利行 『禪林名句辭典』 國書刊行會
一九七六 久松 眞一 『禪と美術』 思文閣
一九七六 神保 如天 『禪學辭典』 平樂寺書店
一九七四～七六 福島 俊翁 『福島俊翁著作集』 木耳社
一九七六 竹內 道雄 『日本の禪』 春秋社
一九七八 秋月 龍珉 『一休・正三・盤珪・良寛』（秋月龍珉著作集三） 三一書房
一九七八 田中良昭ら 『慧能硏究』［九大藏書］ 駒大禪宗史研究會編 大修館書店
一九七九 秋月 龍珉 『禪の探究』（秋月龍珉著作集九） 三一書房

一九七九　秋月　龍珉『禪入門』（秋月龍珉著作集十）　三一書房
一九七九　秋月　龍珉『空の詩』（秋月龍珉著作集十二）　三一書房
一九八〇　秋月　龍珉『禪宗語錄漢文入門』（秋月龍珉著作集十四）　三一書房
一九八〇　久松　眞一『任運集』（久松眞一著作集七）　理想社
一九八〇　久須本文雄『宋代儒學の禪思想研究』　日進堂
一九八一　上田　閑照『禪の世界』　理想社
一九八三　田中　良昭『敦煌禪宗文獻の研究』　大東出版社
一九八四　平野　宗淨『雪江禪師語錄』　思文閣
一九八四　山田　無文『臨濟錄』上下　禪文化研究所
一九八四　鈴木　哲雄『唐五代の禪宗』　大東出版社
一九八五　鈴木　哲雄『唐五代禪宗史』　山喜房佛書林
一九八六　西谷　啓治『禪の立場』（宗教論集　）　創文社
一九八六　櫻井　景雄『禪宗文化史の研究』　思文閣
一九八七　藤吉　慈海『禪者久松眞一』　法藏館
一九八七　禪文化研究所『禪の淵源を訪ねて』　禪文化研究所
一九八七　佐藤　弘夫『日本中世の國家と佛教』　吉川弘文館
一九八七　船岡　誠『日本禪宗の成立』　吉川弘文館
一九八八　廣瀨　良弘『禪宗地方展開史の研究』　吉川弘文館

## Ⅷ　五山文學に關係する禪寺類著書

一九二七　小畠　文鼎　『相國寺史稿』　相國寺私家本
一九三〇　小畠　文鼎　『萬年の翠』　同右
一九三一　白石　虎月　『東福寺誌』　東福寺
一九三二　小畠　文鼎　『萬年山聯芳錄』　相國寺私家本
一九四〇　櫻井　景雄　『南禪寺史』　南禪寺
一九五四　櫻井　景雄　『續南禪寺史』（安土以後）　南禪寺
一九六〇　芳賀幸四郎　『京の禪寺』　淡交新社
一九六〇　渡邊　世祐　『建長寺・圓覺寺』　美術出版社
一九六四　玉村　竹二　『圓覺寺史』　春秋社
一九六七　渡邊　世祐　『禪寺と石庭』（原色日本の美術）　小學館
一九七四　櫻井　景雄　『南禪寺文書上卷』　相國寺
一九七五　無著　道忠　『正法山誌』（復刻）　思文閣
一九七五　川上　孤山　『增補妙心寺史』　思文閣
一九七六　高橋　良和　『黃檗山萬福寺』　探究社
一九七六　關　牧翁　『古寺巡禮－京都：天龍寺』　淡交社
一九七六　伊藤　東愼　『古寺巡禮－京都：建仁寺』　淡交社

一九七六　有馬　賴底　『古寺巡禮―京都：相國寺』　淡交社
一九七七　勝平　宗徹　『古寺巡禮―京都：南禪寺』　淡交社
一九七七　小堀　南嶺　『古寺巡禮―東國：大德寺』　淡交社
一九七七　福島　俊翁　『古寺巡禮―京都：東福寺』　淡交社
一九七七　梶浦　逸外　『古寺巡禮―京都：妙心寺』　淡交社
一九八一　中川　貫道　『古寺巡禮―東國：建長寺』　淡交社
一九八二　足立　大進　『古寺巡禮―東國：圓覺寺』　淡交社
一九八四　藤岡大拙校注『相國寺史料』全十卷・別卷　思文閣

## Ⅸ　五山文學に關係する文化學類論著　A

一九三〇　辻　善之助　『海外交通史話』「五山禪僧」　内外書籍
一九三一　澤村專太郎　『日本繪畫史の研究』　星野書店
一九三八　辻　善之助　『日支文化の交流』　創元社
一九四二　森末　義彰　『東山時代とその文化』（秋津書房）　文松堂書店
一九四三　笹川　種郎　『東山時代の文化』　創元社
一九四五　芳賀幸四郎　『東山文化の研究』　河出書店
一九四六　西堀　一三　『日本茶道史』　河原書店
一九四八　芳賀幸四郎　『近世文化の形成と傳統』　河出書店

一九四八　森　克己　『日宋貿易の研究』　國立書院
一九五三　春山武松　『日本中世繪畫史』　朝日新聞社
一九五五　木宮泰彥　『日華文化交涉史』　冨山房
一九五五　谷　信一　『日本美術史概説』　東京堂
一九五八　太田博太郎　『中世の建築』　彰國社
一九五八　湯澤幸吉郎　『室町時代言語の研究』　風間書房
一九六一　辰野　隆　『古典劇集』（世界文學大系十四）　筑摩書房
一九六二　和島芳男　『日本宋學史の研究』　吉川弘文館
一九六二　芳賀幸四郎　『東山文化』　塙書房
一九六四　由良哲次　『南北朝編年史』上下　吉川弘文館
一九六四　芳賀幸四郎　『安土桃山の文化』　至文堂
一九六四　芳賀幸四郎　『三條西實隆』　吉川弘文館
一九六五　笠原一男　『詳説日本史研究』　山川出版社
一九六五　和島芳男　『中世の儒學』　吉川弘文館
一九六八　川上　貢　『禪院の建築』　河原書店
一九七一　永島福太郎　『中世文化の源流』　河原書店
一九七二　永島福太郎　『中世の民衆と文化』　創元社
一九七三　外山英索　『室町時代庭園史』　岩波書店

一九七六　久松　眞一　『禪と美術』　思文閣
一九八〇　白木　喬　『日本學之論』　『日本學之論』發行の會
一九八一　芳賀幸四郎　『東山文化の研究』上下（芳賀幸四郎歴史論集1・2）　思文閣
一九八一　芳賀幸四郎　『中世文化とその基盤』（芳賀幸四郎歴史論集4）　思文閣
一九八二　林屋辰三郎　『中世文化の基調』　東大出版社
一九八五　渡邊　一　『東山水墨畫の研究』（増補版）　中央公論美術出版
一九八七　入矢　義高　『禪林畫贊』　毎日新聞社

Ⅸ　五山文學に關係する文化學類論著　B（五山版に關する研究）

一九〇六　上村　觀光　『日本禪林撰述書目』（『五山文學小史』）　裳華房
一九六九　川瀬　一馬　『五山版の刻工について』（書誌學十七）　ＡＢＡＪ
一九七〇　川瀬　一馬　『五山版の研究』　ＡＢＡＪ
一九七〇　足利　衍述　『儒典の刊行』（『鎌倉室町時代之儒教』復刻版）　有明書房
一九三二　木宮　泰彦　『禪院の開版』（『日本古印刷文化史』にある）　冨山房
一九七八　和田維四郎　『五山版』（『訪書餘錄五』）　臨川書店

Ⅹ　五山文學と關連する中國文學（あるいは中國禪林文學）類論著

一九四八　入矢　義高　『寒山』（中國詩人選集五）　岩波書店

一九五〇　福島　俊翁　『大宋徑山佛鑑無準禪師』　三京房
一九五四　星川　清孝　『歷代中國詩精講研究と評釋』　學燈社
一九五四　松田　毅堂　『高靑邱詩の鑑賞』　北海詩友社
一九六二　入谷　仙介　『高啓』（中國詩人選集十）　岩波書店
一九六七　吉川幸次郎　『中國詩史』（筑摩叢書九五）　筑摩書房
一九六七　村上　哲見　『三體詩』（新訂中國古典選）　朝日新聞社
一九八〇　黃　　博仁　『寒山及其詩』　新文豐出版公司
一九八三　入矢　義高　『求道と悅樂——中國の禪と詩——』　岩波書店

これらの五山文學に關する研究成果をつぎの一覽表にまとめて置きたい。

| | Ⅰ | Ⅱ | Ⅲ | Ⅳ | Ⅴ | Ⅵ | Ⅶ | Ⅷ | Ⅸ | Ⅹ | 合計 |
|---|---|---|---|---|---|---|---|---|---|---|---|
| 發展期初期 | 二 | 二四 | 二六 | 一 | 二六 | 二三 | 八一 | 二四 | 三九 | 九 | 二五五 |
| 黎明期三期 | 四 | 七 | 二 | 〇 | 七 | 〇 | 七 | 一 | 一 | 二 | 三一 |

五山文學研究の發展期の初期に當る昭和時代に入ると、その研究成果は、黎明期と比べると遙かに增えてきた。この六十三年間のあいだに二百五十五點が世に刊行され、およそ一年間四點前後のペースで五山文學の研究成果が公表された。しかし、研究項目別から見てみると、意外にⅠ類の研究は、發展期昭和期が逆に黎明期三期より少なく、五十%を割っている。Ⅳ類の研究は、發展期昭和期においてはその研究成果は一點しかなかったが、一つの研究領域が開拓されたことは興味深いことである。そして、Ⅵ類の研究領域を開拓しながらも、二十三點の研究成果が公表され

た。倍増率の一番高いのがⅨ類の三十八倍であり、そのつぎは、二十三倍のⅧと十三倍のⅢである。

### 2　平成時代（一九八九〜九九）

五山文學研究の發展期の第二段階は、平成時代であるが、その最下限は便宜上一應一九九九年までとし、この十年間の研究成果を以下に示す。

#### Ⅰ　五山詩僧作品總集及び注釋書籍

一九九〇　入矢　義高校注　『五山文學集』（新日本古典文學大系四八）　岩波書店
一九九一　入矢義高等校注　『明菴榮西・一休宗純』（原典日本佛教の思想十）　岩波書店
一九九一　蔭木　英雄　『中世風狂の詩／一休『狂雲集』精讀抄』　思文閣
一九九三　市木　武雄注釋　『梅花無盡藏』（第一〜三卷）　續群書類從完成會
一九九四　市木　武雄注釋　『梅花無盡藏』（第四卷）　續群書類從完成會
一九九七　平野　宗淨譯注　『一休和尚全集、狂雲集／上』　春秋社
一九九七　蔭木　英雄譯注　『一休和尚全集、狂雲集／下』　春秋社
一九九七　平野　宗淨譯注　『一休和尚全集、自戒集・一休年譜』　春秋社
一九九七　飯塚　大展譯注　『一休和尚全集、一休假名法語集』　春秋社
一九九七　飯塚　大展譯注　『一休和尚全集、一休ばなし』　春秋社
一九九七　寺山　旦中譯注　『一休和尚全集、一休墨蹟』　春秋社

一九九八　蔭木　英雄譯注　『蕉堅藁全注』　清文堂

Ⅱ　五山詩僧に關する傳記・論著

一九九〇　藤原　東演　『禪の名僧列傳』（佛教文化選書）　佼成出版社
一九九五　今泉　淑夫　『本覺國師――虎關師錬禪師』　禪文化研究所
一九九六　「國文學」　『風狂の僧・一休／その實像と虛像』（解釋と鑑賞）　至文堂
一九九七　中川德之助　『萬里集九』（人物叢書二一五）　吉川弘文館

Ⅲ　五山文學に關する論著及びその史料

一九九二　入矢　義高　『空花集』（入矢義高短篇集）　思文閣
一九九二　久須本文雄　『日本中世禪林の儒學』　山喜房佛書林
一九九三　葉貫　磨哉　『中世禪林成立史の研究』　吉川弘文館
一九九四　蔭木　英雄　『中世禪林詩史』（『五山詩史の研究』增補版）　笠間書院

Ⅳ　五山文學に關係する抄物類論著

一九九五　大塚光信・尾崎雄二郎・朝倉尚　『中華若木詩抄と湯山聯句抄』　岩波書店
一九九六　朝倉　尚　『抄物の世界と禪林の文學』　清文堂

Ⅴ　五山文學に關係する日本漢文學類論著

一九八九　安岡　正篤　『漢詩讀本』　福村出版社
一九八九　志賀　一朗　『漢詩鑑賞讀本』　東洋書院
一九八九　高木　正一　『漢詩鑑賞入門』　創元社
一九八九　石川　忠久　『漢詩の世界―その心と味わい』　大修館書店
一九八九　石川　忠久　『漢詩の風景―言葉と心』　大修館書店
一九九〇　植木　久行　『人生の哀歡／漢詩の情景』　東方書店
一九九一　岡村　繁　『廣瀬淡窓・廣瀬旭莊』（江戸詩人選集第九巻）　岩波書店
一九九一　守屋　洋　『漢詩の人間學』　プレジデント社
一九九一　清水　茂等校注『日本詩史・五山堂詩話』（新日本古典文學大系六五）　岩波書店
一九九四　村上　哲見　『漢詩と日本人』　講談社

Ⅵ　五山文學に關係する日本文學類論著

一九九〇　小山　弘志　『日本文學新史』（中世）（八、漢詩文の世界／中本環）　至文堂
一九九五　ドナルド・キーン　『日本文學の歴史』（六古代・中世篇／五山文學）　中央公論社
一九九五　岩波講座　『日本文學史』（第五巻／佛教文學）　岩波書店
一九九五　岩波講座　『日本文學史』（第六巻／禪林文學）　岩波書店
一九九六　友久　武文　『中世文學の形成と展開』「十里松聲」考／朝倉尚　和泉書院

一九九七　「國文學」　『編年體古典文學一三〇〇年史』（解釋と教材の研究）　學燈社

Ⅶ　五山文學に關係する禪宗論著及び禪宗辭典類

一九八九　鈴木　大拙　『鈴木大拙未公開書簡』　禪文化研究所
一九八九　竹村　啓一　『佛教文化事典』　佼成出版社
一九八九　竹貫　元勝　『日本禪宗史』　大藏出版
一九九一　玉村　竹二　『臨濟宗史』　春秋社
一九九一　鈴木　大拙　『禪百題』（新版鈴木大拙禪選集第五卷）　春秋社
一九九一　入矢　義高　『臨濟錄』　岩波書店
一九九一　古賀　英彥　『禪語辭典』　思文閣
一九九三　秋月　眞人　『禪宗語錄漢文の讀み方』　春秋社
一九九三　松浦　秀光　『禪宗所用經典の研究』　山喜房佛書林
一九九三　Urs App　『臨濟錄一字索引』　花園大學國際禪學研究所
一九九三　椎名　宏雄　『宋元版禪籍の研究』　大東出版社
一九九四　田中　良昭　『禪學研究入門』　大東出版社
一九九四　飯田　利行　『禪林用語辭典』　柏書房
一九九六　古田　紹欽　『禪と藝術Ⅰ』（叢書『禪と日本文化』一）　ぺりかん社
一九九七　倉澤　行洋　『禪と藝術Ⅱ』（叢書『禪と日本文化』二）　ぺりかん社

一九九七　熊倉　功夫　『禪と能樂・茶』（叢書『禪と日本文化』三）　ぺりかん社
一九九七　柳田　聖山　『禪と文學』（叢書『禪と日本文化』四）　ぺりかん社
一九九七　鎌田　茂雄　『禪と文學』（叢書『禪と日本文化』六）　ぺりかん社
一九九七　末木文美士　『禪と思想』（叢書『禪と日本文化』八）　ぺりかん社
一九九七　藤井　正雄　『臨濟宗』　雙葉社
一九九九　石川　力山　『禪宗小事典』　法藏館

Ⅷ　五山文學に關する禪寺類著書　※なし

Ⅸ　五山文學に關する文化學類論著

一九九一　佐藤　和彦　『中世史用語事典』　新人物往來社
一九九五　赤澤　英二　『日本中世繪畫の新資料とその研究』　中央公論美術出版

Ⅹ　五山文學に關する中國文學類論著

一九九一　駒田　信二　『中國詩人傳』　藝術新聞社
一九九一　禪文化研究所『唐詩選・三體詩總合索引』　同右
一九九一　吉川幸次郎　『詩文選』　講談社
一九九一　石川　忠久　『中國の文人』　大修館書店
一九九二　入矢　義高　『中國文人詩選』（中公文庫）　中央公論社

一九九六　松浦　友久　『漢詩で詠む中國歴史物語』四巻・五巻　世界文化社

以上の研究成果を一覧表にして見ると、つぎの如くであるが、第二章第一節の一・二のしめくくりとして、五山文學研究史における黎明期と發展期との論著のデータを、ここでまとめてみたい。

| 研究領域 | | Ⅰ | Ⅱ | Ⅲ | Ⅳ | Ⅴ | Ⅵ | Ⅶ | Ⅷ | Ⅸ | Ⅹ | 合計 |
|---|---|---|---|---|---|---|---|---|---|---|---|---|
| 黎明期(324) | | 四 | 七 | 二 | ○ | 七 | ○ | 七 | 一 | 一 | 二 | 三一 |
| 發展期 | 昭和(63) | 二 | 二四 | 二六 | 一 | 二六 | 二三 | 八一 | 二四 | 三九 | 九 | 二五五 |
| | 平成(10) | 六 | 四 | 五 | 二 | 十 | 六 | 二一 | ○ | 二 | 六 | 六二 |
| 各領域の合計 | | 十二 | 三五 | 三三 | 三 | 四三 | 二九 | 一〇九 | 二五 | 四二 | 十七 | 三四八 |

まず、研究領域から、一つの研究成果に要する平均年數を見てみると（黎明期は①とし、昭和期は②とし、平成期は③とする）、Ⅰ①は八十一年、②は三十一・五年、③は一・七年であることが分かる。Ⅱ①は四十六・三年、②は二・六年、③は二・五年であることが分かる。Ⅲ①は百六十二年、②は二・四年、③は二年であることが分かる。Ⅳ①はゼロ、②は六十三年、③五年で一册であることが分かる。Ⅴ①は四十六・三年、②は二・四年、③は一年であることが分かる。Ⅵ①はゼロ、②は二・七年、③は一・七年であることが分かる。Ⅶ①は四十六・三年、②は○・八年、③は○・五年であることが分かる。Ⅷ①は三百二十四年、②は二・六年、③はゼロであることが分かる。Ⅸ①は三百二十四年、②は一・六年、③は五年であることが分かる。Ⅹ①は百六十二年、②は七年、③は一・七年であることが分かる。そこで、Ⅰ・Ⅳ・Ⅹの研究領域における③が②①に大差をつけていることが分かるが、具體的な内容を見てみると、實はⅠの研究領域においては、黎明期の上村觀光氏、昭和期の玉村竹二氏に匹敵しうるような學者はもういな

いように感じられる。注釋の對象も絶海・一休・萬里に絞られているが、考證學的注釋書が見られない。ただ、Ⅳの五山文學に關する抄物類の研究だけは、新研究分野としてこれから盛んになる可能性が大いにあると考えられる。

つぎに、黎明期においては、一つの研究成果に要する年數は平均で十・五年、昭和期は〇・三年、平成期は〇・二年である。

最後に、平成時代に入っても、五山文學に關する比較文學的研究は未だ開拓されていないように思われる。ここで、附錄として、日本における五山文學に關する比較文學的研究という方法論類に屬する著書について調べた結果を添付し、併せて五山文學に關する中國語で書かれた參考著書をも添付する。

附錄

五山文學に關する方法論類著書

一九一五　大日本文明協會編『比較文學史』　文明書院
一九七一　中島健藏ら編『比較文學――目的と意義』（比較文學講座1）　清水弘文堂
一九八六　和漢比文會編『和漢比較文學研究の構想』（和漢比較文學叢書一）　汲古書院
一九八七　和漢比文會編『中古文學と漢文學Ⅰ』（和漢比較文學叢書五）　汲古書院
一九八七　和漢比文會編『中古文學と漢文學Ⅱ』（和漢比較文學叢書四）　汲古書院
一九八七　鈴木　修次編『中國文學と日本文學』（東書選書）　東京書籍
一九八八　和漢比文會編『和漢比較文學研究の諸問題』（和漢比較文學叢書八）　汲古書院
一九八九　濱政　博司編『日・中・朝の比較文學研究』（和泉選書四七）　和泉書院
一九九〇　中西　進ら編『日本文學と外國文學――入門比較文學――』　英寶社

一九九六　源了圓・楊曾文編『宗教』（日中文化交流史叢書四）　大修館書店

中國語で書かれた參考著書

Ⅰ　五山文學に關する中國文學論著

一九五三　張　相　著『詩詞曲語辭滙釋』（全二册）　中華書局
一九七七　啓　功　著『詩文聲律論稿』　中華書局
一九七七［清］王　等注『李賀詩歌集注』（原著［唐］李賀）　上海人民出版社
一九八一　周　振甫　注『文心雕龍注釋』　人民文學出版社
一九八二　邱　漢生輯校『詩義鈎沈』　中華書局
一九八七　馬　興榮主編『中國古代詩詞曲詞典』　江西教育出版社
一九八九　韓　基國　譯『六朝文學論文集』（原著清水凱夫）　重慶出版社
一九八九　平岡武夫主編『李白的作品』（唐代研究指南九）　上海古籍出版社
一九九〇　斌　傑主編『白居易詩歌賞析集』　巴蜀書社
一九九〇　徐　達譯注『詩品全譯』（原著［梁］鍾　榮）　貴州人民出版社
一九九〇　臺大中文所編『宋代文學與思想』　藝文圖書公司
一九九二　肖　瑞峰　著『日本漢詩發展史』（第一卷）　吉林大學出版社
一九九二　王　元化　著『文心雕龍講疏』　上海古籍出版社
一九九二　唐　玲玲　著『東坡樂府研究』（宋代文學研究叢書）　巴蜀書社

一九九二　王維研究會編『王維研究』（第一輯）　中國工人出版社
一九九四　徐中玉主編『意境・典型・比興編』（中國古代文藝理論專題資料叢刊）　中國社科出版社
一九九五　王　永義編著『格律詩寫作技巧』　青島出版社
一九九五　王　福祥　編『日本漢詩拮英』　外語教學與研究出版社

Ⅱ　五山文學に關する中國語で書かれた禪宗論著

一九七九　呂　澂　著『中國佛學源流略講』　中華書局
一九八二　方　立天　著『魏晉南北朝佛教論叢』　中華書局
一九八四　〔宋〕普濟　著『五燈會元』（全三冊）（中國佛教典籍選刊）　中華書局
一九八六　孟　祥森　譯『禪與心理分析』（原著鈴木大拙・佛洛姆）　中國民間文藝出版
一九八六　葛　兆光　著『禪宗與中國文化』（中國文化史叢書）　上海人民出版社
一九八七　〔宋〕贊寧　著『宋高僧傳』（全二冊）（中國佛教典籍選刊）　中華書局
〔晉〕僧肇　著『肇論』（中國佛教典籍選刊）　中華書局
一九八七　〔梁〕僧祐　著『弘明集』（中國佛教典籍選刊）　中華書局
一九八七　〔梁〕僧祐　著『出三藏記集』（中國佛教典籍選刊）　中華書局
一九八七　〔梁〕慧皎　著『高僧傳』（中國佛教典籍選刊）　中華書局
一九八七　〔梁〕眞諦　譯『大乘起信論』（中國佛教典籍選刊）　中華書局
一九八七　〔陳〕慧思　著『大乘止觀法門』（中國佛教典籍選刊）　中華書局

一九八七［隋］智　著『童蒙止觀』（中國佛教典籍選刊）中華書局
一九八七［隋］吉藏　著『三論玄義』（中國佛教典籍選刊）中華書局
一九八七［唐］道宣　著『廣弘明集』（中國佛教典籍選刊）中華書局
一九八七［唐］道宣　著『續高僧傳』（中國佛教典籍選刊）中華書局
一九八七［唐］道世　著『法苑珠林』（中國佛教典籍選刊）中華書局
一九八七［唐］玄奘　譯『成唯識論』（中國佛教典籍選刊）中華書局
一九八七［唐］窺基　著『因明入正理論疏』（中國佛教典籍選刊）中華書局
一九八七［唐］法藏　著『華嚴一乘教義分齊章』（中國佛教典籍選刊）中華書局
一九八七［唐］法藏　著『華嚴金師子章』（中國佛教典籍選刊）中華書局
一九八七［唐］宗密　著『華嚴原人論』（中國佛教典籍選刊）中華書局
一九八七［唐］宗密　著『禪源諸詮集都序』（中國佛教典籍選刊）中華書局
一九八七［唐］慧能　著『壇經』（中國佛教典籍選刊）中華書局
一九八七［宋］　藏主著『古尊宿語錄』（中國佛教典籍選刊）中華書局
一九八七　石　峻主編『中國佛教思想資料選編』（第三卷全二册）中華書局
一九八七　朱　鳳玉　著『王梵志詩研究』上下　學生書局
一九八八「文史知識」編『佛教與中國文化』中華書局
一九八八　孫　昌武　著『佛教與中國文學』（中國文化史叢書）上海人民出版社
一九八九　王　雷泉等譯『禪與西方思想』（原著阿部正雄）上海譯文出版社

一九八九　梁　啓超　著『佛學研究十八篇』　中華書局
一九八九　張　錫坤主編『佛教與東方藝術』　吉林教育出版社
一九八九　傅　偉勳　著『從西方哲學到禪佛教』　三聯書店
一九九〇　賴　永海　著『佛道詩禪――中國佛教文化論』　中國青年出版社
一九九〇　劉　衞星　譯『中國佛教文學』（宗教文化叢書原著加地哲定）　今日中國出版社
一九九一　南　懷瑾　著『禪宗與道家』　復旦大學出版社
一九九一　張　中行　著『禪外說禪』　黑龍江人民出版社
一九九二　楊　曾文　譯『日本佛教史綱』（原著村上專精）　商務印書館
一九九二　上海古籍社編『禪宗語錄輯要』　上海古籍出版社
一九九二　張　伯偉　著『禪與詩學』（禪學叢書）　浙江人民出版社
一九九二　洪　修平　著『禪學與玄學』（禪學叢書）　浙江人民出版社
一九九二　張　育英　著『禪與藝術』（禪學叢書）　浙江人民出版社
一九九二　陳　兵　著『佛教禪學與東方文明』　上海人民出版社
一九九二　張　錫坤　著『禪與中國文學』　吉林文史出版社
一九九二　史　雙元　著『宋詞與佛道思想』（宗教文化叢書）　今日中國出版社
一九九二　丁　明夷　著『佛教藝術百問』（宗教文化叢書）　今日中國出版社
一九九二　潘　桂明　著『佛教禪宗百問』（宗教文化叢書）　今日中國出版社
一九九二　羅　竹風主編『宗教經籍選編』　華東師範大學出版社

一九九三 柳 雪峰 譯『韓國佛教史概説』 社會科學文獻出版社
一九九三 劉 長久編著『中國禪門公案』 上海知識出版社
一九九四 任 曉紅 著『禪與中國園林』(中國禪學叢書) 商務印書館國際有限公司
一九九四 黃 河濤 著『禪與中國藝術精神的 變』(中國禪學叢書) 商務印書館國際有限公司
一九九四 中國古典文學研究會主編 『文學與佛學關係』 學生書局
一九九四 蘇 軍 譯『圓覺經今譯』 中國社會科學出版社
一九九四 立 人 譯『寶積經今譯』 中國社會科學出版社
一九九四 幼 存 譯『勝鬘經今譯』 中國社會科學出版社
一九九五 朱 謙之 譯『韓國禪教史』(原著忽滑谷快夫) 中國社會科學出版社
一九九五 朴 永煥 著『蘇軾禪詩研究』 中國社會科學出版社
一九九五 高 文主編『禪詩鑑賞辭典』 河南人民出版社
一九九五 李 慶西 著『禪外禪』 上海三聯書店
一九九五 呂 子都選注『中國歷代僧詩精華』 東方出版中心
一九九五 馮 學成 著『棒喝截流——禪林奇韻』(中華佛學文學系列) 四川人民出版社
一九九五 龍 晦 著『靈塵化境——佛教文學』(中華佛學文學系列) 四川人民出版社
一九九五 于 谷 著『禪宗語言和文獻』(禪文化叢書) 江西人民出版社
一九九五 梁 曉虹 著『禪宗史話』(禪文化叢書) 江西人民出版社
一九九五 吳 平 著『禪宗祖師慧能』(禪文化叢書) 江西人民出版社

一九九五　段　曉華　著『禪詩二百首』（禪文化叢書）　江西人民出版社
一九九五　鐘　學梓　著『禪語三百則』（禪文化叢書）　江西人民出版社
一九九五　正　言　編『禪與悟』　中國世界語出版社
一九九五　楊　文園編著『維摩詰所說經譯釋』　書目文獻出版社
一九九五　黃　河濤　著『禪與中國藝術精神的嬗變』（中國禪學叢書）　商務印書館國際有限公司
一九九五　何　勁松　著『日蓮論』（日本研究博士叢書）　東方出版社
一九九五　楊　曾文　著『日本佛教史』　浙江人民出版社
一九九六　陳　耳東編著『歷代高僧詩選』　天津人民出版社
一九九六　方　杞　著『禪心人』（全二冊）　團結出版社
一九九六　袁　一峰等編『中國宗教名勝事典』　上海人民出版社
一九九六　季　羨林等著『禪與東方文化』（中國禪學叢書）　商務印書館國際有限公司
一九九六　高　峰等編著『禪宗十日談』　上海書店出版社
一九九六　蘇淵雷等編著『佛學十日談』　上海書店出版社
一九九六　楊　曾文編校『神會和尚禪話錄』（中國佛教典籍選刊）　中華書局
一九九七　賀　聖廸　著『大雄睿智――中國哲僧』（中國佛教文化叢書七）　華文出版社
一九九七　孫　小力　著『墨海禪蹤――中國書僧』（中國佛教文化叢書四）　華文出版社
一九九七　林　建福　著『文苑佛光――中國文僧』（中國佛教文化叢書六）　華文出版社
一九九七　周　紹良編著『敦煌寫本壇經原本』　文物出版社

一九九七　劉　　建　著『佛教東漸』　社會科學文獻出版社
一九九七　鄧　殿臣　譯『長老偈長老尼偈』（南傳佛教小部經典）　中國社會科學出版社
一九九七　『高僧山居詩』　江蘇廣陵古籍刻印社
一九九七　李　四龍　著『中國佛教與民間社會』　大象出版社
一九九七　劉　子瑜　著『敦煌變文和王梵志詩』　大象出版社
一九九七　孫　昌武　著『禪思與詩情』　中華書局
一九九八　楊咏祁等編著『悟與美／禪詩新釋』　四川人民出版社
一九九八　弘　　學　著『人間佛陀與原始佛教』（佛學小叢書）　巴蜀書社
一九九八　英　　武　著『佛典入門』（佛學小叢書）　巴蜀書社
一九九八　歸　　眞　譯『禪的頓悟』（原著〔美〕格拉斯曼著）　貴州人民出版社
一九九八　李　覺明等著『與佛陀對話』　宗教文化出版社
一九九九　袁　　賓　著『禪語譯注』　語文出版社
一九九九　逸　塵編著『禪定指要』　巴蜀書社
一九九九　釋　本光　著『周易禪觀頓悟指要』　巴蜀書社

以上の中國語の書物を確認したところでは、中國も九〇年代に入ると、中國禪宗文學（禪語・禪詩）に關する研究がかなり進んでいるように感じられる。ただ、日本の五山文學に關する研究は、未だ公刊されていないようである。

## 三　發展期の論文について

Ⅰ　五山詩僧の作品集及び注釋論文

兪　慰慈「絕海中津『蕉堅藁』箋注Ⅰ」（福岡國際大學紀要一）　一九九九年三月
兪　慰慈「絕海中津『蕉堅藁』箋注Ⅱ」（福岡國際大學紀要二）　一九九九年七月
兪　慰慈「絕海中津『蕉堅藁』箋注Ⅲ」（福岡國際大學紀要三）　二〇〇〇年二月
兪　慰慈「絕海中津『蕉堅藁』箋注Ⅳ」（福岡國際大學紀要四）　二〇〇〇年七月
兪　慰慈「絕海中津『蕉堅藁』箋注Ⅴ」（福岡國際大學紀要六）　二〇〇一年七月
兪　慰慈「絕海中津『蕉堅藁』箋注Ⅵ」（福岡國際大學紀要七）　二〇〇二年二月

Ⅱ　五山詩僧に關する傳記・論考

荻須　純道「宋僧契嵩の五山禪僧に及ばせる思想的影響」（龍谷學報三三二）　一九四一年五月
阿部　肇一「南宋の大慧宗杲」（駒大文學研究紀要二四）　一九六六年五月
竹内　尚次「禪林美術私稿（二）無準師範と東福寺圓爾」（茶道雜誌）　一九七二年四月
竹内　尚次「禪林美術私稿（三）佛鑑禪師・聖一國師とその墨蹟及び渡宋天神像と無準と圓爾」（茶道雜誌）　一九七二年七月
荻須　純道「榮西禪師の生涯」（禪文化三二）　一九六四年三月
古田　紹欽「興禪護國論について」（禪文化三二）　一九六四年三月
山口　光圓「榮西禪師」（南都佛教十六）　一九六五年五月
中尾　良信「榮西における宋朝禪の受容」（駒大佛教學部論集十一）　一九八〇年十一月

和島　芳男「聖一國師とその時代」（『中世文化史研究』所收）　一九四四年
荻須　純道「拔隊禪師の家風」（禪學研究）　一九六六年二月
鍋島　元隆「永平道元と蘭溪道隆」（金澤文庫研究紀要十一）　一九七四年
兪　慰慈「五山漢詩の「起源」に關する研究」（福岡國際大學紀要九）　二〇〇三年二月
光地　英學「禪淨兩者の交涉性」（駒大佛教學部論集十一）　一九八〇年十一月
蔭木　英雄「五山文學の源流――大休・無學を中心として」（國語國文四一・七）　一九七二年七月
森田　義三「宋に殘した無學祖元の法嗣について」（史觀）　一九三七年十一月
玉村　竹二「佛光國師無學祖元」（『日本禪宗史論集』）　一九七六年
兪　慰慈「五山文學における無學祖元の役割」（福岡國際大學紀要十）　二〇〇三年七月
玉村　竹二「宋僧泉古澗について」（『日本禪宗史論集』）　一九七六年
小野　勝年「一渡來僧の生涯――淸拙正澄のこと」（東洋藝林論叢）　一九八五年五月
蔭木　英雄「明極楚俊の詩」（禪文化七十）　一九七三年九月
蔭木　英雄「五山文學における金剛幢風――古林淸茂・竺僊梵僊・別源圓旨について」（關西大學國文學四七）　一九七二年九月
櫻井　景雄「南院國師傳」（禪文化二五）　一九六二年四月
柴山　全慶「南院國師を讃えて」（禪文化二五）　一九六二年四月
久松　潛一「虎關師錬の詩觀」（國語と國文學）　一九四五年九月
齊藤　淸衞「新舊の對立と中世思潮――虎關師錬の文學論を契機として」（國學院雜誌五七／三）　一九五六年六月

今枝　愛眞「『元亨釋書』の原本について」（國史大系月報）　一九六五年六月
安良岡康作「五山文學――『濟北集』における生活觀照」（國文學・解釋と鑑賞）　一九六九年三月
加藤　正俊「虎關學の總府丹波の瑞巖寺」（禪文化六九）　一九七三年六月
石川　力山「中世五山禪林の學藝について――『元亨釋書微考』の引用典籍をめぐって」（駒大佛教學部論集七）　一九七六年十月
小西　甚一「五山詩の表現――雪村友梅と形而上詩」（文學・語學五八）　一九七〇年十二月
武者公寺實「雪村友梅にみる「南北朝」」（日本文學）　一九七二年七月
玉村　竹二「梅雪村略傳」（『日本禪宗史論集』）　一九七六年
今中　寛司「釋注中岩圓月「自歷譜」「中正子」ノート」（文化史研究十六）　一九六五年
土岐　善麿「中巖圓月の二首」（禪文化三九）　一九六六年一月
中川德之助「中巖圓月の翔心」（廣島大教養部紀要一）　一九六八年三月
久須本文雄「中巖圓月の中國文學的背景」（禪學研究五七）　一九六九年二月
同　「中巖圓月の儒學思想」（禪文化研究所紀用五）　一九七三年十月
高　文　漢「五山文筆僧中巖圓月の世界」（『日本研究』十八集）　一九九八年九月
玉村　竹二『東海一鷗集』雜感（『日本禪宗史論集』）　一九七六年
玉村　竹二『東海一鷗集』作者傳記（『日本禪宗史論集』）　一九七六年
蔭木　英雄「五山文學の和樣化――高峰顯日・規庵祖圓・夢窗疎石について」（關西大學國文學四八）　一九七三年七月

荻須　純道「夢窗國師の生涯」（禪文化十二／十三）　一九五八年十月
木村　靜雄「夢窗國師遺蹟巡拜記」（禪文化十二／十三）　一九五八年十月
西村　　貞「夢窗國師の煙霞癖と假山水」（禪文化十二／十三）　一九五八年十月
古田　紹欽「夢窗疎石という人とその書蹟について」（禪文化十二／十三）　一九五八年十月
横山　文綱「禪僧の文學觀――夢窗國師の場合」（禪學研究五一）　一九六一年二月
川瀬　一馬「夢窗國師と庭園」（青山學院女子短大紀用十九）　一九六五年十一月
川瀬　一馬「夢窗國師の假名法語」（書誌學二・三）　一九六六年
衣斐　弘行「夢窗國師の生誕地説について」（三重の文化三九）　一九六八年十二月
武石　彰夫「夢窗疎石と兼好」（大東文化大文學部紀要八）　一九六九年十二月
川瀬　一馬「夢窗國師の蹟を辿りて」（禪文化五六）　一九七〇年三月
高橋　恭一「夢窗國師の遺蹟について」（三浦古文化七）　一九七〇年三月
古田　紹欽「夢窗疎石の發願文について」（大法輪三七巻七號）　一九七〇年七月
寺田　　透「夢中問答」（圖書）　一九七二・十一／十二
玉村　竹二「夢窗國師と西芳寺」（『日本禪宗史論集』）　一九七六年
横山　文綱「禪僧の文學觀――義堂周信の場合」（禪學研究五一）　一九六四年二月
寺田　　透「義堂周信、再び義堂周信について」（現代思潮社刊「わが中世」所收）　一九六七年十月
富田　雪子「義堂周信の詩的態度について」（金澤大國語國文四）　一九七一年一月
名波　弘彰「義堂周信詩論稿――偈頌と文藝詩との觀點から」（言語と文藝七七）　一九七三年十一月

孫　東臨「日僧義堂周信詩選注」（長崎縣立國際經濟大論集一九・四）一九八六年三月
大野實之助「絶海と『蕉堅藁』」（漢文學研究十）一九六二年十月
川口　久雄「禪林山居詩の展開について」（國學院雜誌七二）一九七一年十一月
神田喜一郎「禹域における絶海」（雅友　第二三號）一九五五年六月
古澤未知男「僧絶海の詩風」（九州中國學會報四）一九五八年五月
豹軒老人「絶海和尚の文藻」（一）（二）（禪文化四／五）一九五六年三月
牧田　諦亮「絶海中津と明僧との交渉――文學へのいましめ」（禪學研究五七）一九六九年二月
玉村　竹二「絶海和尚について」（『日本禪宗史論集』）一九七六年
兪　慰慈「絶海中津『蕉堅藁』之研究」（修士論文）一九九三年三月
兪　慰慈「絶海中津略傳についての考證」（比較文化研究二）一九九三年八月
兪　慰慈「絶海中津の「詠古」詩をめぐって」（日本比較文化研究四六）二〇〇〇年一月
兪　慰慈「絶海中津の漢詩の比較文學的研究」（福岡國際大學紀要五）二〇〇一年二月
蓮實　重康「雪舟研究の問題點」（歷史學研究）一九五七年五月
石丸　正運「雪舟等楊の藝術と思想」（文化史研究二一）一九六九年二月
中辻　　勉「雪舟等楊論」（立命館文學三一一）一九七一年五月
伊藤　東愼「瑞溪周鳳の「刻楮集について」（禪學研究五七）一九六九年二月
今枝　愛眞「太極の思想と文學」（國語と國文學四六・四）一九六九年四月
伊藤　東愼「三益永因の艷詩」（禪文化五九）一九七一年一月

中本　環「一休宗純と南江宗沅」（尾道短大研究紀要十六）　一九六七年二月
中川德之助「寂室元光の禪風――隱逸幽趣の禪」（國文學攷五二）　一九七〇年
中川德之助「寂室元光の禪風――獨處閑居の禪」（中世文藝四六）　一九七六年
玉村竹二「寂室和尚の日本禪宗史上の地位」（『日本禪宗史論集』思文閣）　一九九三年
上垣外憲一「寂室元光――孤高の入元僧」『異文化を生きた人々』中央公論社　一九七〇年四月
蔭木英雄「桃源瑞僊の史學」（東洋文化二二／二三）　一九六五年十二月
荒川秀俊「惟忠和尚」（金澤文庫十一）　一九六九／一九七三
中川德之助「萬里集九傳」（一）（二）（廣島大教養部紀要二／六）
市木武雄「萬里集九用語考」（一）（昭和學院短大紀要二十）　一九八三年
市木武雄「梅花無盡藏注釋」（一）（昭和學院短大紀要二四）　一九八七年
市木武雄「梅花無盡藏注釋」（二）（昭和學院短大紀要二五）　一九八八年
市木武雄「萬里集九の鎌倉紀行詩について」（昭和學院國語國文二二）　一九八九年
市木武雄「萬里集九用語考」（五）（昭和學院國語國文二四）　一九九一年
朝倉尚「景徐周麟寸見」（中世文藝四六）　一九七〇年三月
朝倉尚「翰林葫蘆集と鹿苑日錄との交渉について」（中世文藝四八四九）　一九七〇年十二月
朝倉尚「蘭坡景茝小論」（國文學攷四八）　一九六八年十月
朝倉尚「月浦清光小論」（國文學攷六三）　一九七四年一月
堂谷憲男「玉田宛梵芳の畫蘭について1・2・3」（禪文化四九・五三・五五）　一九六八・六／六九・六／七〇・一

今枝　愛眞「五山學藝史上における希世靈彦の歴史的地位」（國史學五四）　一九七二年十一月
下房　俊一「西笑承兌」（國語國文四一）　一九六六年二月
瀧田　英二「東陽英朝傳考異」（禪學研究五五）　一九五七年六月
安良岡康作「月庵宗光と世阿彌」（觀世）　一九五八年十月
藤　直幹「足利義滿」（禪文化十二／十三）　一九七一年七月
香西　精「萬法歸一――不二和尚と世阿彌」（禪文化六一）　一九五八年
小高　敏郎「雄長老傳參考補正」（關西大學國文學二一）　一九七一年十月
伊藤　東愼「狂歌師雄長老と若狹の五山禪僧」（禪文化研究所紀要三）　一九七三年九月
伊藤　東愼「高峰東日――五山文學研究の先驅者」（禪文化七十）　一九七二年一月
今枝　愛眞「禪僧房號考」（禪文化六三）　一九七一年七月
牧田　諦亮「道衍禪師の慨き」（禪文化六二）

## Ⅲ　五山文學に關する論文

中村　一良「五山文學の一形容」（歴史と地理三二／三）　一九三二年九月
岩崎小彌太「中世藝文における博士家と禪僧」（國學院大學紀要二）　一九四〇年十一月
吾鄉寅之進「五山文學と閑吟集歌謠」（奈良學藝大學紀要）　一九五二・三／五三・二／五四・三月
芳賀幸四郎「五山文學の展開とその基本的動向」（解釋と鑑賞）　一九五六年六月
芳賀幸四郎「五山文學の展開とその樣相」（國語と國文學）　一九五七年十月

千坂　修峰「五山文學と政治―序説―」（聖和二六）　一九九〇年三月
太田　靑丘「玉村竹二氏著『五山文學』」（國語と國文學）　一九五八年三月
赤澤　英二「詩軸と詩畫軸」（美術史四十）　一九六一年三月
荻須　純道「禪林學藝の起因について」（印度學佛教學研究十／一）　一九六二年一月
間中富士子「中世に於る禪及び禪僧の和歌」（鶴見女子短大紀用二）　一九六二年二月
金澤　弘「明兆畫事」（禪文化三三）　一九六四年六月
櫻井　景雄「禪宗祕話（一）紫衣をめぐる問題」（禪文化三五）　一九六五年一月
櫻井　景雄「禪宗祕話（二）禪宗興隆への抵抗」（禪文化三六）　一九六五年三月
櫻井　景雄「禪宗祕話（三）僧錄の話」（禪文化三七）　一九六五年六月
朝倉　尙「蔭涼軒日錄における漢聯句の當座的性格」（中世文藝三二）　一九六五年七月
朝倉　一修「蔭涼軒日錄より見た東山文化の一考察」（駒澤國文十三）　一九六六年四月
土岐　善麿「詩禪五山抄」（大法輪三三巻五號）　一九六六年五月
朝倉　尙「和歌漢詩唱和の際における韻の問題」一（中世文藝三七）　一九六七年三月
小泉　和「正徹と五山文學ノート」（玉藻三）　一九六八年五月
朝倉　尙「和歌漢詩唱和の際における韻の問題」二（中世文藝四一）　一九六八年七月
安良岡康作「五山の漢文學」（三省堂刊『講座・日本文學五』中世編　）　一九六九年一月
朝倉　尙「禪林における瀟湘八景詩について」（中世文藝四三）　一九六九年三月
佐々木朋子「五山文學の發展」（國文學・解釋と鑑賞）　一九六九年三月

中川德之助「五山の詩文に見る微茫の世界」（國語と國文學四六／四）　一九六九年四月
朝倉　尙「渡日僧の教化の姿勢」（中世文藝四五）　一九六九年十一月
入矢　義高「禪と言葉」（禪文化五六／五七）　一九七〇年
衞藤　駿「無聲の詩・有聲の繪」（禪文化五七）　一九七〇年六月
小西　甚一「五山詩の表現――雪村友梅と形而上詩」（文學・語學五八）　一九七〇年十二月
大村　豐隆「宋元代來朝僧と鎌倉禪――五山文學の淵源をめぐって」（東北福祉大學論叢十）　一九七一年三月
朝倉　尙「禪林における詩會の様相――友社の詩會」（中世文藝五〇）　一九七二年十月
中川德之助「五山の詩文に見る遐想の世界」（廣島大學中世文藝五〇）　一九七二年十月
山岸　德平「五山文學集と江戸漢詩集について」（有精堂刊『日本漢文學研究』所收）　一九七二年
朝倉　尙「禪林における贊李白詩について」（岡山大教養部紀要九）　一九七三年三月
多賀　宗隼「中世文學の成立について」（金澤文庫研究月報十）　一九七三年三月
朝倉　尙「禪林に於る贊海棠作品について」（岡山大教養部紀要十）　一九七四年三月
朝倉　尙「禪林に於る試筆詩・試筆唱和詩について」（國文學攷六五）　一九七四年十一月
芳賀幸四郎「禪文學と五山文學」（岩波書店刊『日本漢文學史論考』）　一九七四年十一月
朝倉　尙「禪林における杜甫像寸見」（岡山大教養部紀要十一）　一九七五年三月
玉村　竹二「中世前期の美濃に於る禪宗の發展」（金澤文研究月報十二）　一九七五年三月
久須本文雄「五山制度史攷」（禪文化研究所紀要七）　一九七五年七月
蔭木　英雄「渡唐天神畫像を巡ぐって」（禪文化八十／八二）　一九七六・三／一九七六・九

石川　力山「中世五山禪林の學藝について」（駒大佛學部論集七）　一九七六年
小西　甚一「詩と禪思想――五山の漢詩」（國文學）　一九八三年三月
入矢　義高「五山文學私觀」（駒澤大學佛教學會での講演稿）　一九八三年七月
中本　環「漢詩文の世界五山文學など」（國文學・解釋と鑑賞別册日本文學新史――中世）　一九八五年十二月
蔭木　英雄「『禪林の文學中國文學の受容の樣相』」（國語と國文學）　一九八八年四月
安良岡康作「中世文藝史に於る五山文學」（新日本古典文學大系岩波書店刊月報）　一九九〇年
今谷　明「五山禪院の國王觀」（新日本古典文學大系岩波書店館月報）　一九九〇年

Ⅳ　五山文學に關係する抄物類論文

大塚　光信「漢書抄について」（國語學三六）　一九五九年三月
大塚　光信「史記抄の諸本と本文」（國語・國文三三巻五號）　一九六四年五月
來田　隆「史記桃源抄の副詞語彙について」（國文學攷六一）　一九七三年四月
土岐　善麿「景印杜詩抄」（光風社書店「杜甫への道」所收）　一九七三年七月
柳田　征司「鈴木博著『周易抄の國語學的研究』」（國文學攷六三）　一九七四年一月
鈴木　博「叡山文庫藏の錦繡段抄について」（國文學攷六六）　一九七五年三月

Ⅴ　五山文學に關係する日本漢文學類論文

筧　五百里「岡田正之博士遺著『日本漢文學史』を讀む」（國語と國文學）　一九三〇年二月

中山久四郎「一般教養としての漢文學」（國語と國文學）一九三八年四月
神田喜一郎「賴山陽の論詩絶句」（東方文學）一九八七年一月
松浦　貞俊「三代集と漢詩文」（國文學・解釋と鑑賞）一九五六年六月
小島　憲之「萬葉集・懐風藻より經國集へ」（同上）一九五六年六月
金子彦二郎「本朝麗藻・本朝文粹の詩人群」（同上）一九五六年六月
齊藤　清衞「和漢聯句の文章」（同上）一九五六年六月
佐成謙太郎「平家・謠曲・近松の詞章における漢詩文」（同上）一九五六年六月
志田　延義「漢詩文への蕪村の關心」（同上）一九五六年六月
阿部喜三男「蕉風の發生と漢詩文」（同上）一九五六年六月
早川光三郎「漢詩集と川柳」（同上）一九五六年六月
池邉　　實「謠曲における漢詩文の影響」（同上）一九五六年六月
山岸　德平「轉換期の日本漢文學界」（國語と國文學）一九五六年十月
山岸　德平「日本漢文學史總說」（岩波書店刊『日本漢文學史論考』）一九七四年五月
島津　忠夫「鎌倉時代漢詩人の系譜――和漢兼作集を中心に――」（文學・語學七二號）一九七四年八月
板野　　哲「室町時代初期における儒教的教養の展開」（新居濱高專紀要・人文科學編）一九七四年九月
百瀬　　泉「東西詩の接點をめぐる斷章――詩の自覺について――」（中大文學部紀要文學科三六號）一九七五年三月

Ⅵ　五山文學に關係する日本文學類論文

齊藤　清衞「中世文學の史的定位」（國語と國文學）　一九三一年十月
後藤　重郎「中世初期研究文獻目錄」（國語と國文學）　一九五六年十月
暉峻　康隆「『日本文藝史における中世的なもの』」（同上）　一九五六年十月
西尾　光一「荒木良雄氏著『中世文學の形成と發展』」（同上）　一九五六年十一月
市古　貞次「文學史における南北朝の意味」（國文學・解釋と鑑賞）　一九六九年三月
井上　宗雄「動亂期の文學研究と文獻解說」（國文學・解釋と鑑賞）　一九六九年三月
笠原　伸夫「南北朝動亂期の美意識」（國文學・解釋と鑑賞）　一九六九年三月
永島福太郎「南朝と北朝」（國文學・解釋と鑑賞）　一九六九年三月
齊藤　清衞「鎌倉・室町時代」（日本文學史概說(三)『日本文學』岩波書店刊）

Ⅶ　五山文學に關係する禪宗類論文

赤松　俊秀「建治から應永まで」（禪文化一二／一三）　一九五八年十月
荻須　純道「京都禪と鎌倉禪」（禪學研究四九）　一九五九年二月
荻須　純道「日本中世禪思想の展開」（禪學研究五七）　一九六九年二月

Ⅷ　五山文學に關係する禪寺類論文

大石　守雄「日本禪宗寺院に關する考察」（禪學研究五一／五二）　一九六一年二月／一九六二年三月

荻須　純道「南禪寺のあゆみ」（禪文化二五）　一九六二年四月
大石　守雄「禪寺巡禮——西賀茂の正法寺」（禪文化二五）　一九六二年四月
池田　豐人「南禪寺案内」（禪文化二五）　一九六二年四月
立花　大龜「龍吟庵の素朴性」（禪文化二七／二八）　一九六三年一月
大石　守雄「禪寺巡禮——慧林寺」（禪文化二七／二八）　一九六三年一月
大石　守雄「禪寺巡禮——常照皇寺」（禪文化二九）　一九六三年六月
大井　際斷「わが道場萬壽山」（禪文化三四）　一九六四年九月
岡部　恆「湯山紀行」（禪文化七五）　一九七四年十二月
岡部　恆「古刹の命運——播磨法雲・寶林寺」（禪文化七六）　一九七五年三月
岡部　恆「古寺探訪——美濃小島瑞巖寺」（禪文化七八）　一九七五年九月
岡部　恆「古寺探訪——丹後久美濱宗雲寺」（禪文化八〇）　一九七六年三月
有馬　賴底「慈照寺世譜」（禪文化八一）　一九七六年六月

### Ⅸ　五山文學に關係する文化學類論文

齊藤　清衞「禪趣味と中世文化」（解釋と鑑賞）　一九六〇年十一月
古田　紹欽「日本文化と禪」（國學院大學日本文化研究所紀用一〇）　一九六七年三月
川瀬　一馬「正應年間における東福寺最初の五山版」（書誌學十六）　一九六九年七月
川瀬　一馬「五山版の刻工について」（書誌學十七）　一九六九年十一月

Ⅹ　五山文學に關する中國文學類論文

齊藤　清衞「支那文學同化の過程に關する一考察」（國語と國文學）　一九三八年四月

鹽谷　溫「支那文學と國文學との交渉」（國語と國文學）　一九三八年四月

荻須　純道「五山に投影したる中國文學」（禪學研究四二）　一九五一年三月

太田昌二郎「白氏詩文の渡來について」（國文學・解釋と鑑賞）　一九五六年六月

永澤規矩也「神田喜一郎『日本における中國文學Ⅰ』」（國語と國文學）　一九六七年七月

石井　修道「中國の五山十刹制度の基礎的研究」（駒大佛學部論集十三／十六）　一九八二年～一九八五年

千坂　嵃峰「大いなる誤解――五山文學に至る中國的なものと日本的なものとの葛藤――」（聖和二三）　一九八六年三月

以上は五山文學研究の發展期における研究論文の一覽表である。そのデータをまとめてみると以下の如くである。

| | Ⅰ | Ⅱ | Ⅲ | Ⅳ | Ⅴ | Ⅵ | Ⅶ | Ⅷ | Ⅸ | Ⅹ | 合計 |
|---|---|---|---|---|---|---|---|---|---|---|---|
| 發展期論文 | 四 | 一〇一 | 四七 | 六 | 十七 | 九 | 三 | 十三 | 五 | 七 | 二一二 |
| 發展期論著 | 八 | 二八 | 三一 | 三 | 三六 | 二九 | 一〇二 | 二四 | 四一 | 一五 | 二二五 |
| 合計七四年 | 十二 | 一二九 | 七八 | 九 | 五三 | 三八 | 一〇五 | 三七 | 四六 | 二二 | 四三七 |
| 黎明期三二四年 | 四 | 七 | 二 | 〇 | 七 | 〇 | 七 | 一 | 一 | 二 | 三一 |

以上の各データを見てみると、黎明期の研究成果と發展期の研究成果との差は一目瞭然である。すなわち、黎明期には、一つの研究成果には凡そ平均十年間かかったのに對して、發展期に入ると、一年間でおよそ六つの研究成果が

完成している。

また、同じ發展期とはいえ、特に注目すべきところが二つある。Ⅱ 五山詩僧に關する傳記及び論考の場合は、論文が一〇一篇であるのに對して、論著はその二十八％の二十八冊しかなかった。一方、Ⅶ五山文學に關係する禪宗類研究の場合は、論著が一〇二冊であるのに對して、論文はわずか三篇しかなく、その論著の三％に過ぎなかった。

實際の内容を見ると分かるように、特にⅩの研究領域においては、論文のほうに、比較文學的研究方法を用いて、五山文學を研究しようという新しい試みが若干ながら見られる。

## 第二節　五山文學の研究方向

第一節では、五山文學の研究成果を黎明期と發展期という二期に分け、詳細な統計を行なった。その結果、發展期とはいえ、五山文學の研究成果としては一年間に僅か六篇しか完成されていないことが分かる。

だから、「五山文學」という學問は、まさに玉村竹二氏の言うように、まだまだ學界の「孤兒的存在[1]」である。けれどもその學界の「孤兒的存在」になり得たことだけでも、數多くの學者達が命を賭けて努力した結果と言うべきであろう。そこで、今までの研究成果をその研究方法によって改めて分類し直してみると、以下の五項に大別することができる。

第一、整理的研究。その優れた成果としては、上村觀光編『五山文學全集』（四卷）、『五山詩僧傳』（民友社、一九一二）、玉村竹二編『五山文學新集』（共八卷、東大出版會、一九六七～八一）、『五山禪僧傳記集成』（講談社、一九八三）等がある。この整理研究については、かつて安良岡康作氏が「上村氏の遺業を繼がれたものとして、國史學者玉村竹二氏の業績であって、將來のこの方面の研究の方向を定められたものと言ってよい[2]」と評價された。とはいえ、五山文學の諸作品は、すでに『續郡書類從・文筆部』・『大日本佛教全書』などにも集錄されてはいるが、未だ整理されていない五山文學作品はまだ數多く殘っている。

第二、注釋的研究。優れた業績には、山岸德平注釋『五山文學集』（岩波書店、一九六六、『日本古典文學大系』のうち）、梶谷宗忍注釋『蕉堅藁・年譜』（相國寺、一九七五）『絕海語錄』（相國寺、一九七六）、玉村竹二注釋『日本の禪語錄八・五山詩僧』（講談社、一九七八）、入矢義高註釋『五山文學集』（『新日本古典文學大系』卷四十八、岩波書店、一九九〇）、市川武雄註釋『梅花無盡藏』（續群書類從完成會、一九九四）、蔭木英雄注釋『蕉堅藁全注』（清文堂、一九九八）などがある。さらにごく最近に至り、筆者にも「『蕉堅藁』箋注」（『福岡國際大學紀要』一～六、一九九九～二〇〇二）がある。

第三、專題的研究。優れた著作を擧げれば、北村澤吉著『五山文學史稿』（昭和十六年、冨山房、一九四二）、玉村竹二著『五山文學』（至文堂、一九五五）、芳賀幸四郎著『中世禪林の學問及び文學に關する研究』（日本學術振興會、一九五六）、蔭木英雄著『五山詩史の研究』（笠間書院、一九七七）、朝倉尚著『禪林の文學・中國文學受容の樣相』（清文堂刊、一九八五）等があり、また優れた論文を擧げれば、芳賀幸四郎著「五山文學の展開とその樣相」（『國語と國文學』、一九五七）、「禪文學と五山文學」（『日本漢文學史論考』岩波書店、一九七四）、安良岡康作著「五山文學」（『日本文學史』第六卷所收、岩波書店、一九五九）、「中世文學としての五山文學」（『文學研究』15、一九六〇）、「五山の漢文學」（『講座日本文學5』所收、三省堂刊、一九六六）などがある。

第四、傳記的研究。優れた著作を擧げれば、多賀宗隼著『榮西』（人物叢書一二六、吉川弘文館、一九六五）、玉村竹二著『五山禪僧傳記集成』（昭和六十年、思文閣、一九八五）、『五山禪僧宗派圖』（思文閣、一九八五）、今泉淑夫・早苗憲生著『本覺國師虎關師鍊禪師』（東福寺派海藏院、一九九五）、中川德之助著『萬里集九』（人物叢書二一五、吉川弘文館、一九九七）などがある。

第五、讀解的研究。優れた著作を擧げれば、富士正晴著『一休』（日本詩人選二七、筑摩書房、一九七七）、寺田透著『絶海中津・義堂周信』（日本詩人選二四、筑摩書房、一九七七）、蔭木英雄著『中世風狂の詩』（思文閣刊、一九九一）などがある。

現時點の研究現狀及び問題點については、まさに嘗て安良岡康作氏の言われたように、「五山の漢詩文は昔から、返り點・送り假名を付して讀まれ、鑑賞されて來たのであって、一種の和漢混淆文體として讀者に享受されていた。したがって、われわれは、五山文學を、中國文藝の一支流としてのみではなく、日本禪僧の經驗・心情の表現として讀む立場、しかも、禪的、佛教的傾向をも越えて、あくまでも、文藝作品として解釋し、批判する立場において研究すべきであろう。……五山文學研究の問題は、私には、結局、現在の國文學界の弊風たる雜學的詮索を越えて、研究者自身の深い精神的、學問的要求をどれだけ貫徹するか、否かに存すると思われてならない[3]」。筆者も同感である。

注

（1）玉村竹二『五山文學新集』巻一の序文を參照。
（2）安良岡康作「中世文藝史における五山文學」四頁を參照。
（3）注（2）に同じ。

以上、五山文學の研究成果を通覽して、今後、日本漢文學の文藝作品の基本研究動向については、安良岡氏は「中世文藝史における五山文學」で、次のように指摘している。

更に前行する中古の漢詩文、後來の近世の漢詩文との優劣を評價する問題にも及び、進んでは中國の漢詩文との比較文藝的研究にまで發展してゆくべきものと思われる。まさにその通りと思う。本篇の第二章第一節の集計によると、幸いにも比較文學的研究方法で五山文學を研究しようという試みがすでに若干現れてきている。

これを要するに、一つの時代の文學現象である「五山文學」、及び五山詩僧達の求道者としての生き方と詩文制作者としての在り方との繫がりに對しては、比較文學的研究法、比較文學史的研究法、竝びに學際的研究法を用い、更に深く研究していくことが、今後の五山文學の目指すべき研究方向であると私は考える。

本書は、まさにこのような試みである。

# 第四篇　來日詩僧における五山漢詩に關する研究

## ——中國宋元明の禪林文學の受容を中心に——

## 第一章　五山漢詩の「起源」に關する研究

### 第一節　來日詩僧松源派系大覺派の祖・蘭溪道隆

松源派系佛源派祖である大休正念は「讃建長開山大覺禪師」の中で、大覺派祖である蘭溪道隆は「東海宗仰謂西來之祖」であると、評價している[1]。同じ來日詩僧の曹源派系一山派祖である一山一寧は「蘭溪和尚／英長老請」に、「南詢離西蜀、傳法來東國。鼓濟北濤瀾、肆無明惡毒。龜毛在握兮、佛祖畏避。頂門四照兮、人天悅服。是謂此土禪宗之初祖。故敕旨謚之曰大覺、宗風自有英賢續」といっている[2]。この名僧の評價によれば、來日詩僧蘭溪道隆が日本臨濟禪史における初祖的位置を明白に與えられていたことはいうまでもない。

さらに、北村澤吉は『五山文學史稿』で、來日詩僧蘭溪道隆について、次のように述べている[3]。

圓爾歸朝の後五年にして東來し、鎌倉叢林の基礎を築き、文學禪學の大緒を發せる者を蘭溪と爲す。

また、日本では敕謚禪師號の授與は蘭溪道隆から始まったものである。そこで、筆者は五山漢詩の「源」を松源派系大覺派の祖・蘭溪道隆に求めなければならないと思う。その理由は以下の二點がある。

1．蘭溪道隆は純粹の臨濟禪宗の種を日本の地に植えた。

2．日本の地に最初の中國風禪寺を創立し、初めて五山漢詩を生む「場」を提供した。

本節では、この五山漢詩の「源」を立證するために、蘭溪道隆の傳記、著作、詩風、法系など、四つの項目に分けて述べたい。

## 一　蘭溪道隆の傳記について

蘭溪道隆の傳記について、中國の最新資料には、つぎのように述べている。[4]

道隆（一二一三～七八）宋僧。字蘭溪。涪陵（今屬重慶）冉氏。幼於成都大慈寺脱白。初遊講肆、次入浙謁無準範、癡絕沖、北磵簡諸老、轉依陽山無明、聞擧水牯牛過窗櫺話得悟。淳祐六年（一二四六）、附船赴日。初寓都城之來迎院、賴平元帥迎居常樂。問道有得、擇地巨福山建長興國寺居之。歷十三年、昇平安城建仁。寬元上皇欽其道、詔見内廷、留三載、返建長。後被誣謫甲州。寂於福山、謚大覺禪師。見《東渡諸祖傳》、《本朝高僧傳》十九、《元亨釋書》六。

この略傳の作者は清末の中國學僧震華全心禪師である。本文は百五十三字で構成されているが、その中、中國關係の傳記は六十八字で、四十四％を占め、日本關係の傳記は八十五字で、五十六％を占めている。傳記の重點はやや東渡後の方に置かれていることが分かる。

日本學僧である虎關師練の『元亨釋書』にある「巨福山建長禪寺開山蘭溪和尙行實」は次のように述べている。[5]

釋道隆。宋國西蜀涪江人也。姓冉氏。年十三薙髮於成都大茲（慈）寺。遊學講肆。棄而理峽棹。入浙見範無準冲癡絕簡北磵諸大老。皆無所契。漸居陽山。依無明性禪師。性室中擧東山牛過窗欞話。隆聞有省。嘗聽東僧之盛稱國光及禪門之草昧。常志遊化。遂以淳祐六年（一二四六）。乘商船著宰府。本朝寛元四年丙午也。乃入都城。寓泉涌寺之來迎院。又杖錫赴相陽。時了心踞龜谷山。隆掛錫於席下。副元帥平時賴聞隆之來化。延居常樂寺。軍務之暇。命駕問道。平帥乃啓巨福之基趾。搆大禪苑。請隆開山說法。東關學徒奔湊佇聽。一日示衆曰。參學人日用中。雖履踐這一片妙湛靈明田地。然於其中。不識祖翁者多。若識得祖翁。我且問你。契券今在何處。得契券之後。此一片田地。任汝操持。今時人全身在裏許。而不知裏許事者。病在於何。蓋不了目前。便有許多萬緣萬境。入汝眼內。入汝耳中。眼又不會收視。耳亦不能返聽。未免只隨聲色所轉無自由分。此乃非佗所障。是汝自障。自障者何。不會郤物。只管逐他。所以道。郤物爲上。逐物爲下。冬日示衆曰。諸兄弟究此一段大事。如三冬之内向寒爐中埋火一般。常令煖氣不斷。忽然通身上下。徹骨氷寒。開口不得。時須假佗力。雖然箇是引導之門。在瀟灑衲僧分上。須是向冷颼々中搜討。淸淡々處體究。挨得路通。着得眼活。然後傲雪欺霜。呵風詬雨。摠不由別人。收也在我。放也非佗。未到此田地。須是自信自修。自悟始得。信者信佛祖有無傳而傳之妙。修者修自家欲達未達之場。悟者悟現今迷頭認影之所。此猶是大概之辭。若據實而說。做工夫時。各々陟頓精神。莫隨境轉。虛靈自照。動靜返窮。窮至無窮。終有倒斷時節。居十三年。遷平安城建仁。都下緇素欽挹禪化。逢開山千光忌。上堂曰。蜀地雲高。扶桑水快。前身後身。一彩兩賽。昔年今日。死而不亡。今日斯晨。在而不在。諸人還知落處麼。良久曰。香風吹委花。更雨新好者。自此寺衆加畏愛焉。寛元上皇聞隆道譽。召見宮中。隆奏一偈曰。夙緣深厚到扶桑。忝主精藍十五霜。大國八宗今鼎盛。建禪門廢仰賢王。上皇嚮隆之護宗之志。經三藏返建長。福山寢室之後有池。池側有松。其樹條直。一日斜偃向室。衆僧怪之。隆曰。偉服之人居松上與我語。我問。住何處。對曰。山之左鶴岡也。語已不見。以其人之居故松偃耳。諸徒曰。鶴岡者八幡大神之祠所也。恐神來此耳。自此其徒欄楯其樹。名曰靈松。徒屬中有流言者。因此爲甲州之行。北地之胥吏氓黎。幸隆之竄謫。隆亦曰。我爲法跨海入此國。只周旋皇畿侯服而已。不遑誘導遠陬也。偶罹於讒誣。而狎於羯獠。是我弘道之素也。天龍豈有意於此乎。甲之居猶洛之數。又還相主龜谷山。六群之徒謗吻未合。再成甲行。又還壽福。弘安元年（一二七八）孟夏。歸於福山。秋七月。示微疾。至二十四日。書偈辭衆而寂。闍維得五色舍利。其煙觸樹葉。累然皆綴舍利。門人自遠方至者歷數十日。到葬所搜索林木。多得舍利。隆有所持鏡。沒後其徒收之。或夢。其鏡留隆儀貌。告徒乞見。髣髴似觀自在像。諸徒傳看異之。平帥聞之。請入府。疑其晻曖。令工磨治。其鏡初幽隱。經一磨鮮明嚴好。大悲之相。皆悉備足。平帥悔謝作禮。後寧一山爲記。今在鹿阜。府奏乞謚。賜大覺禪師。本朝禪師號始於隆也。賛曰。儉約翁應詔於龍山。予舊好。往來無間。一日問曰。大覺之行有狀乎。翁曰。吾師之道遍天下。人々之口。處々之碑。奚用區々之狀乎。予曰。不然。物之磨物也。無若歲月。金石之堅。久或消泐。翁之所謂口碑者猶其幾而已。綿時邈歲。口碑亦磨。吾恐盛業大德之晚進者或不耳也。予之步屧於福嵩。薰炙翁之仲季也。猶有未委之處乎。翁曰。子之好古也尙有之矣。況佗人乎。余之前言過也。佗日誌歲時。令侍僧送。付予之編修焉。

虎關師練の本文は千二百二十九字で構成されているが、中國關係の傳記は百九字で、八・九％を占め、日本關係の傳記は千一百二十字で、九十一・一％を占めている。傳記の重點は殆ど東渡後に置かれていることが分かる。

下線を引いている文章を見てみると、清末の中國學僧震華全心禪師が作った蘭溪道隆の傳記は下線部の文章と殆ど變わらないことが伺われる。しかし、中國學僧が作った傳記は中國關係の字數と日本關係の字數との比例はほぼ同様である。一方日本學僧が書いた傳記の重點は殆ど東渡後に置かれている。ここから、蘭溪道隆禪師を來日詩僧として日本禪師の一員と認めている理由が分かる。

さて、虎關師練が作った蘭溪道隆の傳記の信憑性を考察してみたい。

本文には「後寧一山爲記」という文があり、そして「翁曰、子之好古也尚有之矣。況佗人乎。余之前言過也。他日誌歳時。令侍僧送。付予之編修焉」という文もあった。この二つの文を通して、つぎのことを確認することができる。蘭溪道隆は一二一三年に生まれ、一二七八年に寂したが、同年、彼の傳記の作者である虎關師錬が生まれた。要するに、蘭溪道隆は全く前世代の人物である。しかし、「後寧一山爲記」という文を見ると、同じ來日詩僧一山一寧（一二四六～一三一七）と蘭溪道隆はほぼ同時代の人で、すでに蘭溪道隆の傳記を記している。無論、これは虎關師錬によって參考文獻として利用されていることが分かる。一方、蘭溪道隆の法嗣である留學詩僧約翁德儉（一二四四～一三二〇）は虎關師錬の「往來無間」の「舊好」であり、さらに「他日誌歳時。令侍僧送。付予之編修焉」という文が示しているように、虎關は約翁德儉から彼の師の傳記を書いてくれという要請を受けると同時に、蘭溪道隆の一次資料「日誌歳時」も與えられていることが分かる。要するに、虎關は約翁德儉から彼の師についての情報を聞くだけではなく、彼の師の「日誌歳時」に基づいて、蘭溪道隆の傳記を作ったわけであり、その信憑性は極めて高いことが分かる。

蘭溪道隆の六十六年間の生涯は、その半分の年月が日本で過ごされ、しかもその年月のすべては五山文學のいしずえを築くために捧げられたといっても過言ではないと思う。

さて、來日した松源派の詩僧である蘭溪道隆は、五山文學史上ではどのような役割を果したか、具體的にこれを考察しておきたい。

## 二　蘭溪道隆の著作について

蘭溪道隆の著作は『建長開山大覺禪師語錄』（上・中・下）三卷がある。[6]中國宋僧錄司上天竺佛光法師法照は景定三年（一二六二）二月望日の序で、次のように述べている。

……余觀其略曰。寒巖幽谷面面迴春。此土他邦頭頭合轍。

この序文から見れば、蘭溪道隆禪師は中國禪林内部の松源派と破庵派との宗派闘爭を避けることが彼の來日する原因の一つのであったことが分かる。

景定甲子（一二六四）の春にその跋を書いたのは中國五山第四の淨慈寺四十六世住持虛堂智愚（のち中國五山第一の徑山寺四十世住持に就任）である。この版本の末に「大宋紹興府南明孫源同　川石岱刊」という文字があるから、中國で刊行されたことは間違いないと思う。要するに、蘭溪道隆が來日して十八年目の出來事である。恐らくこの『建長開山大覺禪師語錄』を日本に舶來してきたときは、兀庵普寧が歸國する年であると思う。すでに日本禪林の重鎭となっている蘭溪道隆のこの『建長開山大覺禪師語錄』は、日本禪師の手本となったに違いない。

この本はのち延享二年（一七四五）に日本で再刊され、文政十年（一八二七）、さらにこれに遺作を補充して日本で刊行された。そのほかに、元祿六年（一六九三）、梅峰竺信が拾遺した『大覺拾遺錄』が刊行され、これは梵語、心經及び遺誡などから構成されている。いま、これらは全て『大日本佛教全書』九十五巻に収められている。

## 三　蘭溪道隆の詩風について

『建長開山大覺禪師語錄』では、蘭溪道隆の詩作として、十九首の頌古、十三首の偈頌、それに十四首の佛祖讃が収められている。(7) この「頌古」「偈頌」「佛祖讃」等は皆禪詩である。

禪詩については、加地哲定氏の『增補・中國佛教文學研究』では、つぎのように解釋されている。(8)

抑々禪僧の詩は普通詩人の作品と違って難解のものが非常に多い。普通詩人の詩は、山水風物を吟詠しても、人間の感懷を吐露しても、それは常情であって、誰にでも直ちに共鳴され同感される。然るに禪僧の詩はそうは行かない。時には常情を超え、時空を絶し、物我の境が立たないものもあり、時には逆說矛盾して意味の解し難いものもあり、時には表面上平々凡々、徒らに大言壮語しているように見えるものもあり、撞着し、飛躍し、瞞着し、人間の思慮を絶し、詩の評論の言葉さえ許されないものもある。禪者から見れば、これは至極當然のことを述べただけで、本來の風光何の藏する處あらん、ただ赤裸々に表現しているではないかというであろう。しかし普通には不可解としか思われないものがある。これは何故であろうか。いうまでもなく、禪者と普通人とはその心境が異なっているからである。

まったく加地哲定氏の言うように、禪僧の詩は山水風物を吟詠するではなく、山水風物を通して、自分の悟りを現わしたものである。禪僧は詩を以て自分の悟りを表現するから、禪者卽ち詩僧と言えるだろう。そして、その様々な禪詩の中で最も難解なものは「頌古」である。「頌古」とは、「擧古則爲韻語、發明其意者、稱爲頌古。其事始自汾陽」と解釋されている。[9]「古則」とは、「謂古人所示之語句也。是爲參禪者之法則、故名則」ということである。[10]さて、蘭溪の頌古は一體どういうふうに「發明其意」なのかを見てみよう。

第一番　世尊八萬衆前拈花。獨有迦葉。破顏微笑（古則）。

家珍何止直千金　○○●●○○◎
一口相酬沒二心　●●○○●●◎
兩手捧來分付去　●●○○○●●
潑天富貴到而今　○○●●●○◎

韻字：下平聲十二侵。金・心・今（○は平、●は仄、◎は韻字）。

右の頌古は、平仄法にしても、起・承・轉・結という章法にしても、普通の詩と全く同様ではあるが、「古則」として擧げられたその題と、「韻語」卽ち七絶との間の深い溝は、普通の禪者さえ埋めるがことできないのが普通である。これは蘭溪の悟りであり、その悟りがあったこそ師からの印可を戴くことができたのである。禪宗はこのような「悟り」をもって、その法系を傳えて行く宗教である。

第九番　潙山侍立百丈次、丈令看爐有火無（古則）。

寂寞江邊倚釣舟　　寂寞たる江邊　釣舟に倚れば
雪蘆霜葦冷颼々　　雪蘆　霜葦　冷たく颼々
竿頭誰謂無香餌　　竿頭　誰か香餌無しと謂わん
也有金鱗直上鉤　　また金鱗の直ちに鉤に上る有り

韻字：下平聲十一尤。舟、颼、鉤。

この題（古則）と二十八字の「七絶」との間の深淵は、禪宗の悟りがなければ、例え禪者でも乘り越えるはずはないと思われる。

第十四番　趙州因僧問狗子還有佛性也無。州云。無（古則）。

雪刃倚天勢　　雪刃　天勢に倚る
難容正眼看　　正眼の看を容れ難し
棄身挨得去　　身を棄ててこそ　挨り得去らん
遍界髑髏寒　　遍界　髑髏寒し

韻字：上平聲十四寒。看、寒。

この頌古については、蔭木英雄氏は、つぎのように説明している。(11)

單に「狗子佛性」の公案の意義を觀念的に歌うのでなく、公案と眞正面から取り組んで工夫する心境を具象的に表現した。雪刃とは趙州從諗そのものであろう。見渡す限りの髑髏、それは、趙州の公案に工夫を重ね、生身の肉體を捨てて參じ盡くし、公案との苦鬪の果てになりはてた禪僧の死骨であり、またそのままが「雪刃」に肉體を捨象した禪の眞髓を表すものであるが、そういう分別的觀念を却ける白く冷ややかな髑髏のイメージが強烈である。宗教的體驗を吐露した中に、自ら詩的香氣を放つ作品と言えよう。但し、蘭溪自身はただ己の心境を五言に托しただけであり、文學的意識を持って、文字言語を弄し推敲したのではあるまい。

禪と詩との關係からみれば、「宗教的體驗を吐露した中に、自ら詩的香氣を放つ作品と言えよう」という評價は全くその通りであるが、しかし、蘭溪は、文學の表現のためではなく、禪宗の悟りのため、懸命に文字言語を推敲しているのは間違いないと思う。

ところが、來日した蘭溪は、日本の禪者は禪に關する悟りと文學に關する表現という異次元の世界を誤って同一視していることに氣付いた。實はまさにこのような誤解があったからこそ日本で五山文學の花を咲かせることができたのである。その勘違いの誘發者は蘭溪本人であることにも氣付かざるを得なかった。そこで、「大覺禪師遺誡」ではつぎのように述べている[12]。

一　松源一派。有僧堂規。專要坐禪。其餘何言。千古不可廢之。廢則禪林何在。宜守行矣。
一　福山各庵。不論濟洞。和合輔弼。莫昧佛祖本宗。
一　戒是僧體。不許葷酒肉爛鬻門前。何況入山中。
一　參禪學道者。非四六文章。宜參活祖意。莫念死話頭。
一　大法莫授非器。吾宗榮衰唯在於此矣。

山僧遺訓。無它事。囑囑。

「と坐禪に徹することを教え、四六文（詩も含めているだろう）の如き死話頭を念じないように嚴誡している」[13]ことは、まさに、自分自身が誘發した誤解を防ぐためであったろう。それに留まらず、さらに『建長開山大覺禪師語錄』下卷の「普說」では、蘭溪道隆はつぎのように述べている。[14]

予或時巡寮密察、多是安筆硯於蓆上、執舊卷於手中、機緣公案裏、纔有風月之句、便抄入私册中、以爲自己受用之物。恰似老鼠偸川附子在穴内相似、肚飢之時、欲喫又喫不得、只在傍看守旣無奈何了、忽然硬喫一口反失性命。諸仁者自己不明、看人語錄幷四六文章、非但障道、令人一生空過。

この「普說」は『臨濟錄』の示衆にある「今時學人（中略）大策子上、抄死老漢語、三重五重複子裏、不教人見、道是玄旨、以爲保重。大錯」[15]という考えを受け繼いだものであるかもしれない。これについては、蔭木英雄氏は次のように說明している。[16]

徹底的に詩文を否定している。のちに、義堂周信の『貞和集』に蘭溪の作品を收載しなかったことが問題にされるが、その理由の一つにこの詩文否定觀があったかも知れない。それはさておき、蘭溪の右の法語は、彼が本格的な禪風を擧揚せんと努めた建長寺内に於てすら、作詩作文の資とするために奇言妙句や、風月之句をノートに書き集める日本修行僧が、存在したことを物語っている。かかる潛在的な詩文の熱が、他日、才能豊かな文學僧の出現を待って、五山詩の花を咲かせたのであろう。

ところが、蔭木英雄氏の言うような「詩文を徹底的に否定している」蘭溪自身さえ、宗教的體驗を吐露した中に、自ら文學的薫りが漂っている作品をかなり殘している。その例として蘭溪の『相州巨福山建長禪寺語錄』の「上堂語」の對句を幾つか擧げてみたい。

虎威墮地千里腥
龍血染波三月赤[17]

巖下白雲抱幽石
谿邊綠柳舞長絲[18]

戲蝶尚貪殘芯蜜
狂蜂猶戀故園香

新池蓮挺玉錢細
古岸柳飛金線長[19]

以上、四つの華麗な對句を觀賞すると、誰もこれが日本五山第一の住持である蘭溪禪師の「上堂語」の內容であるとは思わないであろう。まるで有名な詩人の詩の對句のようである。しかしこの程度の文學教養は、中國の禪者にとって、禪者になる以前に身に付けていた教養であるかも知れない。要するに文人が政治の場で失意すると、出家して禪者になるのが普通で、しかも、このような禪者は出世が早い。もう一つの原因は、中國はそもそも詩の國で、詩を以て自分の氣持ちを表すのは當り前のことであり、普通の人が山水風物を通して自分の感情を表すと、それが詩になり、禪者が山水風物を通して自分の悟りを表すと、それがやはり禪詩になるのである。だから、詩は禪者にとっては悟りを表す手段であり、決して本業ではなかった。ところが、この悟りを表す詩的手段は、日本の僧侶にとっては大變難しいものであることは言うまでもない。

だから、蔭木氏の言うように「彼（蘭溪）が本格的な禪風を擧揚せんと努めた建長寺内に於てすら、作詩作文の資とするために奇言妙句や、風月之句をノートに書き集める日本修行僧が存在した」ということは、實に當り前のことであり、蘭溪の「上堂語」の對句の刺激を受けたからこそ、日本修行僧の「かかる潛在的な詩文の熱が、他日、才能豐かな文學僧の出現を待って、五山詩の花を咲かせたのであろう」ということになったことは、當然であると筆者は思う。そのため、筆者は、來日詩僧蘭溪道隆は五山漢詩の「源流」の一であると考えるのである。

## 四　蘭溪道隆の法系について

蘭溪道隆が日本に來てから以降の三十三年、彼は豐かな文學の刺激、嚴しい禪の訓練を日本修行僧に與えて、多量の日本詩僧を育ててきた。そしてその後、弟子から弟子へと、二十一代の永きにわたって傳わってきた。これを要するに松源派系の大覺派は五山文學に對して、大變貢獻していると言えるのである。そのためにその總數五一七名の大覺派の五山詩僧の法系圖（玉村竹二『五山禪林宗派圖』を參考して作ったものである）を示しておきたい。

【大覺派】（のち五山派の三十四流派の第八流となる）[20]　［二重枠］は來日詩僧を示し、［枠］は日本からの留學詩僧を示す。

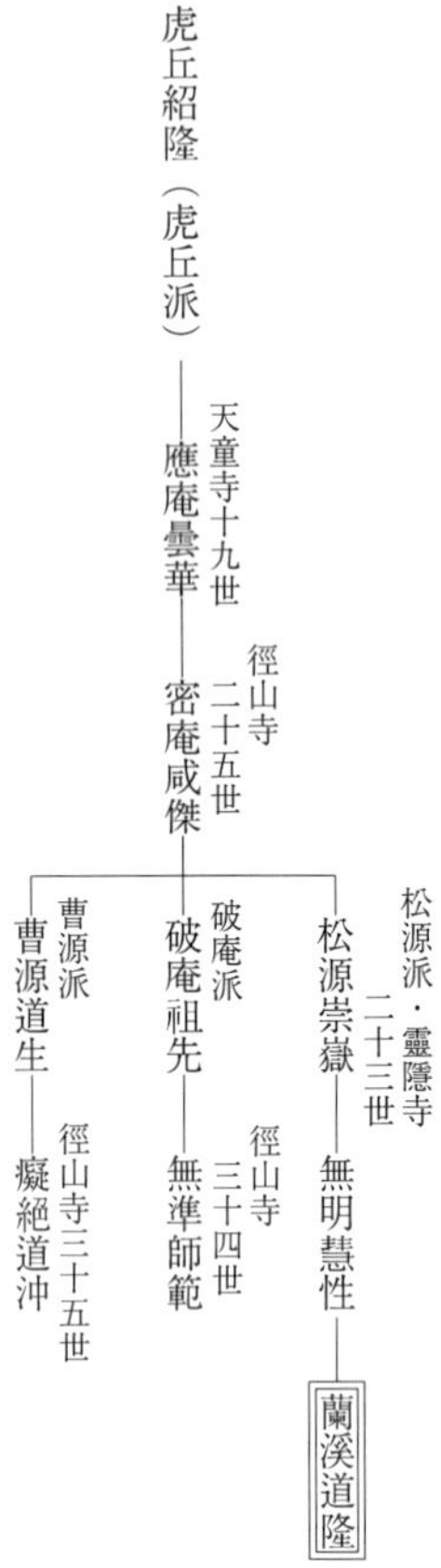

建長寺開山・建仁寺一一世
蘭溪道隆
南禪寺五世
建長寺一五世
約翁德儉
建仁寺一三世
虛庵祐圓
淨妙寺六世
龍江應宣
寶山□鐵
傑翁宗英
德英
春谷德熙
建仁寺一七世
隱逸詩僧
寂室元光
決翁元勝
方山元矩
靈岩□□
巨舟□□
彌天永釋
靈仲禪英
可庭祖芳
及翁與信
釣月元綸
無功元忠
高岳元正―虛白文玄―心月元淸―大道淸心―笑翁永忻―仁恕文山
汝舟元濟
□□永穆
月江元皎
西派　源
蘭窻元香
竺翁子舟―春榮淸忻―惟天正球
明叟元慧
金龍□準―三友□益
玉翁彈玖
叔逢□霖
傑岩禪偉
五山儒僧
柏舟宗趙―雪江□鈞
大章元繼―松壑元貞―蘭浦□□
□□龍琳
和甫齊忍
建仁寺二三一世
桂林德昌―鐵叟景秀
南禪寺二六三世
五山儒僧
繼宗禪派
子眞禪史―詢甫宗泉
□□宗源

- 北溟元濟
  - 寬天元宥
    - 春龍永初
  - 月湖□范

（寂室）
- 松嶺道秀
  - 嘉隱道贇
    - 規伯正訢
      - 久庵道永
      - 秋江義澄
    - 蓮夫慧因
  - 空極　性
  - 可庭道印
  - □□道通
  - 溪月道越
- 越溪秀格
  - 密山聖巖
    - 功林宗勳
      - 絕窻明心
  - 快翁□□
    - 仙英□□
- 智庵元周
  - 普門元融
    - 天容紹普
      - 祖山慧範
  - 齊岳元重
- 定巖乾一
  - □□元欽
- 足翁□睡
  - 西翁□曇

（蘭溪）

（約翁）
- 靈叟太古
  - 淳庵□□
- 方涯元圭（建長寺四七世）
  - 天與建祚
  - 楚材寶梁（建長寺一三〇世）
  - 玉澗□印
- 月窻元曉
  - 萬年□祝

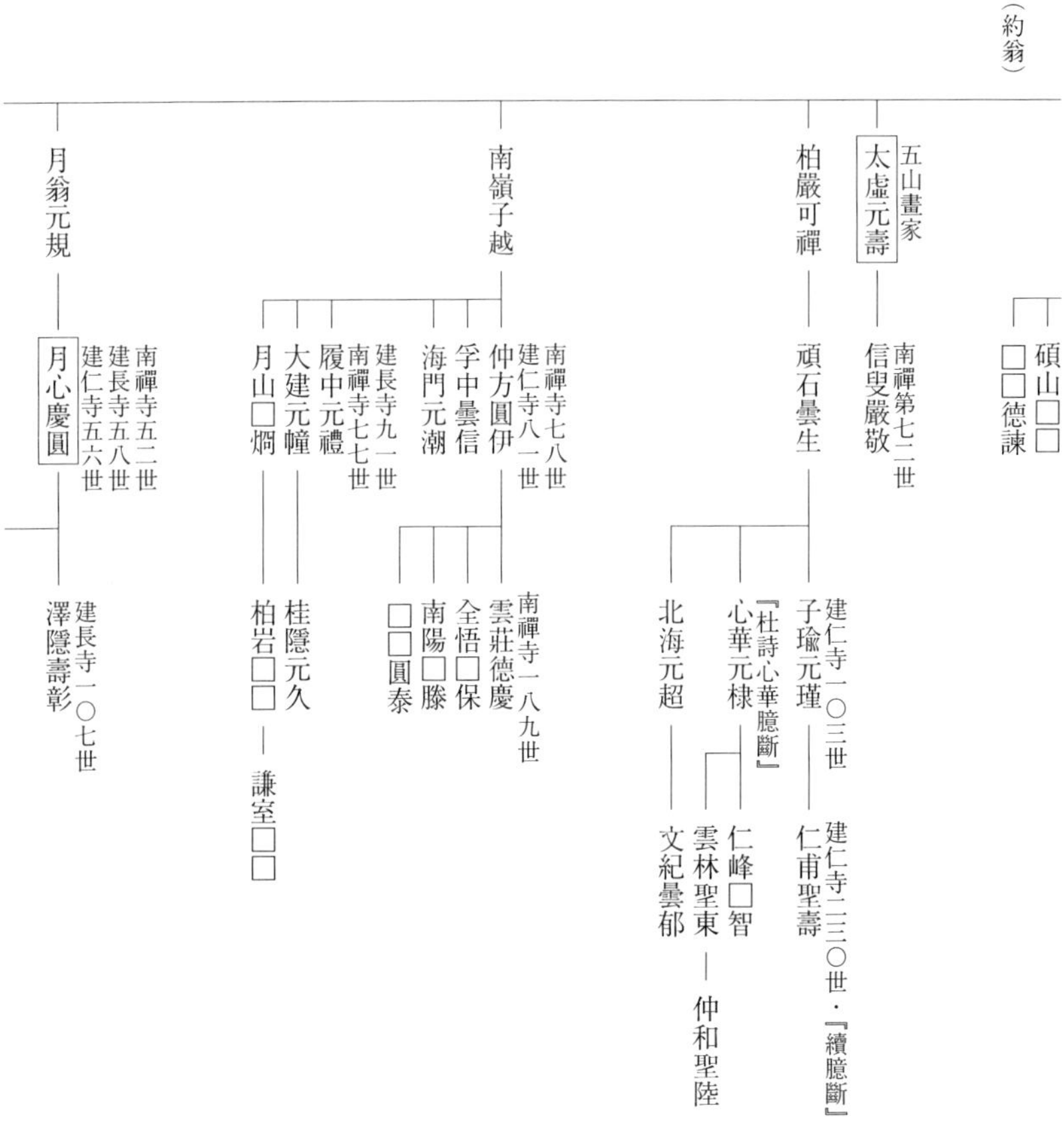
（約翁）
碩山□□
□□德諫
五山畫家
太虛元壽
南禪第七二世
信叟嚴敬
柏嚴可禪
頑石曇生
建仁寺一〇三世
子瑜元瑾
建仁寺二三〇世・『續臆斷』
仁甫聖壽
『杜詩心華臆斷』
心華元棣
仁峰□智
雲林聖東
仲和聖陸
北海元超
文紀曇郁
南嶺子越
南禪寺七八世
建仁寺八一世
仲方圓伊
南禪寺一八九世
雲莊德慶
全悟□保
南陽□滕
□□圓泰
孚中曇信
海門元潮
建長寺九一世
南禪寺七七世
履中元禮
大建元幢
桂隱元久
月山□烱
柏岩□□
謙室□□
月翁元規
南禪寺五二世
建長寺五八世
建仁寺五六世
月心慶圓
建長寺一〇七世
澤隱壽彰

- （月心）
  - 圓覺寺一二四世 建長寺一四五世 一華心林―月庵德滿―壽江宗福―聯叟德芳―山叟德芳―月岑元圓
  - 建長寺一一五世 一源元統
  - 悅堂□柏
  - 白圭□玄
  - 直叟□端
- （約翁）
  - 秀山元中
    - 大方元恢
      - 寰中元志
      - 以寧元清
      - 大愚道賢
      - □□曇聰
    - 大功□績
    - 仲謙□□
  - 寶田元穎
    - 通方□叡
      - 勉之聖昜
      - 玉霄德瑛
    - 正中□□
- 建長寺二二世 玉山德璇
  - 月山希一
    - 雲心希岳
      - 悟庵有了
    - 印江有月
    - 建長寺七〇世 心源希徹
  - 東岡希杲
- （蘭溪）
- 建仁寺一二世 建長寺四世 義翁紹仁
  - 建長寺二五世 獨照祖輝
    - 無性昌鑑
      - 福岩全禧―器成昌琇―□□昌才
    - 藏岩昌瓊
      - 大岡祖運
  - 月岩□□
    - 建長寺一〇四世 松崖有貞

〔法系圖一〕

- 林叟德瓊 — 平心處齊（隱逸詩僧）
  - 大化淨舜（圓覺寺八〇世）
  - 悅山紹誾
  - 淳庵素樸 — 快翁智訓
- 明窗宗鑑（建仁寺一八世） — 玉田元瑛 — 堯夫寶勛
  - 恰雲元順 — 玉叟元種 — 梅岳元眞 — 一宗元乘 — 建中元寅
    - 江峰宗澂 — 北澗道爾
  - 雪巖永嵩
- 桃溪德悟（圓覺寺四世）
  - 象外禪鑑（圓覺寺二三世　建長寺三二世）
    - 大拙文巧
      - 東岳文昱（圓覺寺六一世　建長寺七一世）
        - 以清嵩一（圓覺寺九九世　建長寺一五六世） — 源宗文泉
        - 高嶽文德—明中慧昉—日庵慧圻—思玄慧忖—惟鑑慧證
          - 心空慧有—逸叟有俊—仁翁有充—忠英有恕—明叟有昕
            - 蓬雲有慶—瑞林壽祥—弘叔清忍—大仲壽誕—天外慧天
              - 木禪慧眞—春林文昭—乾峰祖龍—玉堂祖珉—香峰祖薫（南禪寺三〇六世）
                - 水巖慧暾—玉潭慧琢—大器慧成
      - 月屋如明
    - 東源文易
    - 無猊文端
    - 大茂淨林（建長寺八六世）
    - 南宗禪能（建長寺七八世）
    - 牧林□囿
    - 玉芳等金
  - 泥牛正參
  - 桂峰文昌
  - 玉翁德瑩
  - 象先文岑
    - 悅山文怡 — 岳宗桂林 — 雲溪文龍
    - 仲山□甫 — 實堂文誠

（蘭溪）

- 同源道本
  - 了堂素安（建長寺三五世）
    - 大業德基（南禪寺六八世・建長寺七三世）
      - 藍田素瑛（南禪寺一五二世・建仁寺一四四世・崇瑛）
        - 靖叔德林（南禪寺二六二世）
          - 以心崇傳（南禪寺二七〇世）
            - 最嶽元良〔法系圖二〕
    - 無印素文
    - 大年祥登（南禪寺五八世・建仁寺六八世）
      - 玉溫德潤（南禪寺一五三世）
      - 伯純□陽
    - 大雲素大（建長寺七九世）
    - 大素素一
      - 慶堂資善（建長寺九二世）
        - 雲溪資龍
        - 用堂資禮
          - 恩江德荷（圓覺寺一三五世）
      - 文海資周
      - 古道資遵
    - 石心德固
    - 擇言素詮
    - 伯英德儁（圓覺寺五〇世・南禪寺五三世・建長寺六〇世）
      - 士峰元壯（南禪寺九三世・大江）
      - 仲幹□貞
      - 元幹貞祥（南禪寺一八〇世）
      - 無爲祥學（南禪寺一三八世）
      - 秀江□□
    - （了堂）

- 中溪文正
  - 光室□仰
- 遠峰□□

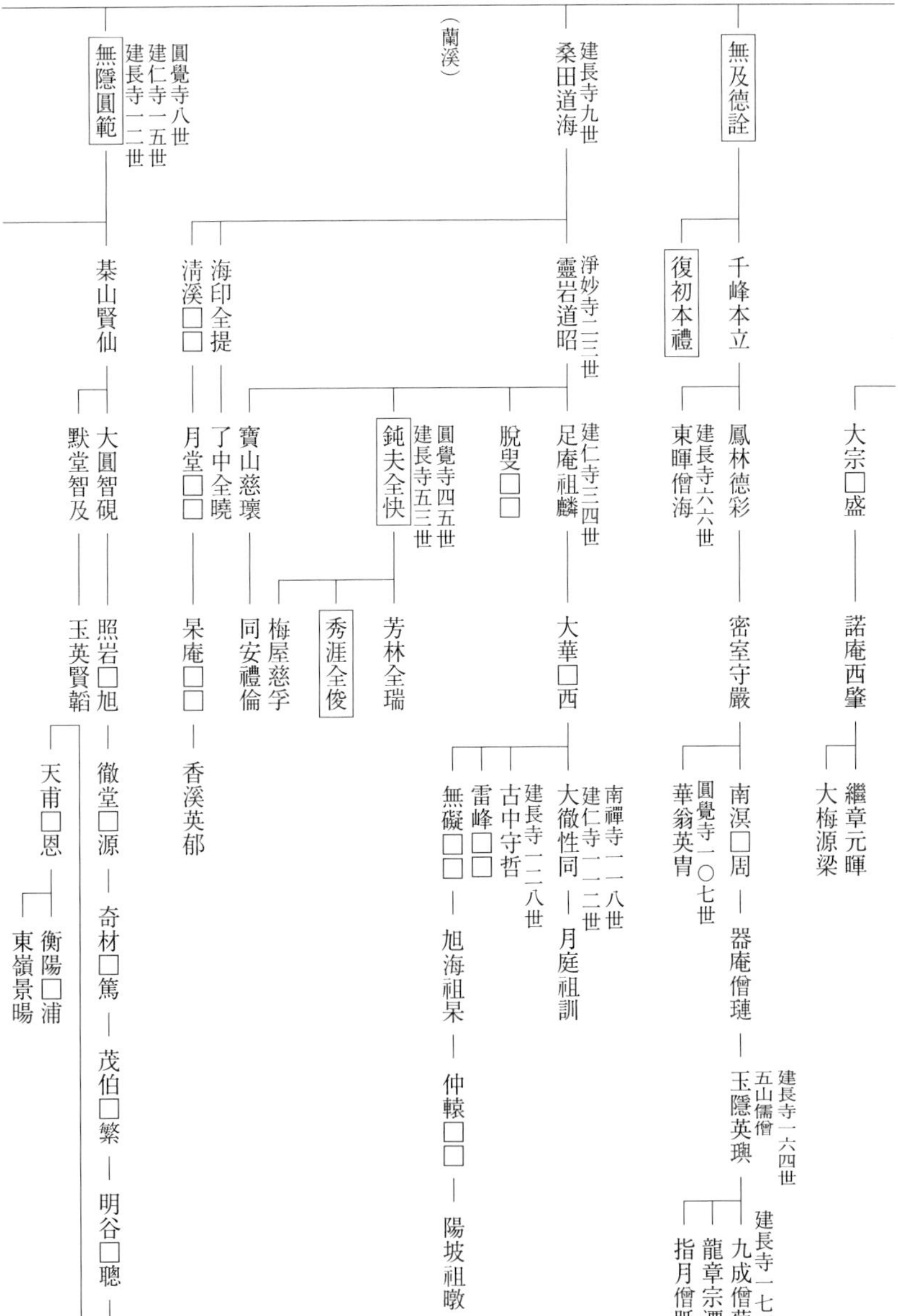
無及德詮
千峰本立
復初本禮
鳳林德彩
建長寺一六六世
東暉僧海
密室守嚴
南溟□周
圓覺寺一〇七世
華翁英冑
器庵僧璉
建長寺一六四世
五山儒僧
玉隱英璵
建長寺一七五世
九成僧菊
龍章宗潭
指月僧胝
大宗□盛
諾庵西肇
繼章元暉
大梅源梁
建長寺九世
桑田道海
（蘭溪）
淨妙寺二三世
靈岩道昭
海印全提
清溪□□
建仁寺三四世
足庵祖麟
脫叟□□
圓覺寺四五世
建長寺五三世
鈍夫全快
寶山慈瓌
大華□西
南禪寺一一八世
建仁寺一一二世
大徹性同
月庭祖訓
建長寺一一八世
古中守哲
雷峰□□
無礙□□
旭海祖杲
仲韡□□
陽坡祖暾
芳林全瑞
秀涯全俊
梅屋慈孚
同安禮倫
了中全曉
月堂□□
杲庵□□
香溪英郁
圓覺寺八世
建仁寺一五世
建長寺一二世
無隱圓範
棊山賢仙
大圓智硯
默堂智及
照岩□旭
徹堂□源
奇材□篤
茂伯□繁
明谷□聰
玉英賢韜
天甫□恩
衡陽□浦
東嶺景暘

- 定巖圓一
- 雲山智越（圓覺寺二七世）
- 鈍庵□俊

---

- 空山圓印
  - 古調省韶
    - 大雅省音（圓覺寺一〇二世）
      - 月溪省心 ― 仁英省輔（圓覺寺一五一世）
        - 器才省璉（璉器　省才）
        - 德因
        - 梅洲省因
        - 揚玉省琨 ― 不琢省球 ― 威仲省儀
      - 芳隱省菊（圓覺寺一三七世）
      - 久甫淳長
    - 錦江省文
  - 海山□智
- 海山寂惠
- 月岩□□
- 靈峰□劍 ― 聖福□宏 ― 龍室道淵（天龍寺九一世　遣明正使）
- 若訥宏辯
  - 石庵旨明（西禪寺開山） ― 肯山聞悟（建長寺二八世）
    - 宗遠應世（建長寺六二世） ― 無滴世澤（建長寺一五〇世）
    - 瑞翁應嘉（建長寺八二世）
    - 明浦德聰（圓覺寺九一世）
    - 契翁應符（建長寺一一一世）
    - 香林識桂（圓覺寺四八世） ― 柏巖繼趙（圓覺寺一〇四世）
    - 絕學應宰
  - 要翁□玄 ― 荊山□珠
  - 獨照□慧
  - 無方□規
  - 月株□桂
- 建長寺八世
- 癡鈍空性（建長寺一四世）
- 月峰了然
- 庾嶺是明
- 福山道祐

法系圖一

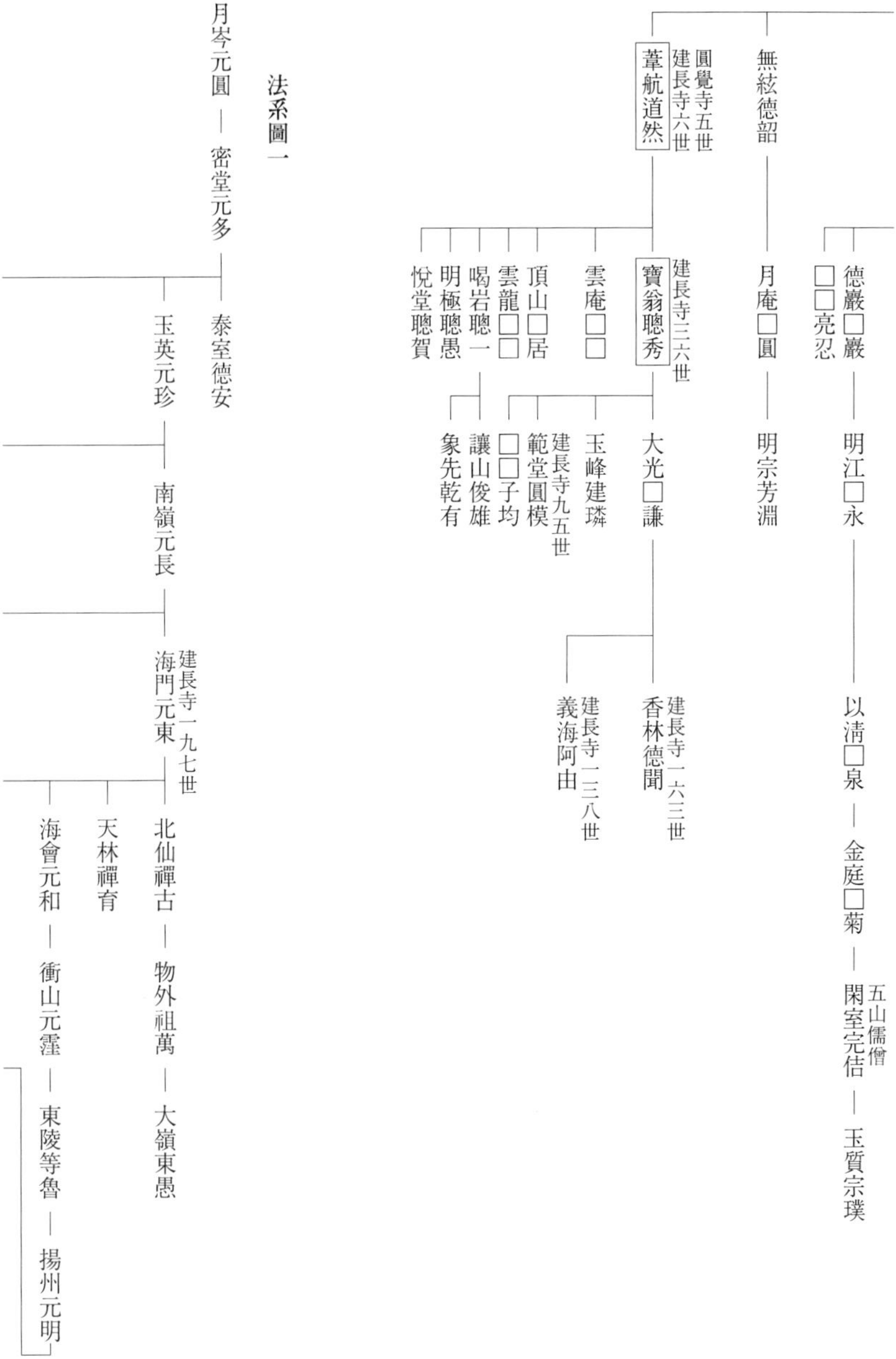
無絃徳詔
月庵□圓
明宗芳淵
徳巖□巖
□□亮忍
明江□永
以清□泉
金庭□菊
五山儒僧
閑室完佶
玉質宗璞
圓覺寺五世
建長寺六世
葦航道然
建長寺三六世
寶翁聰秀
雲庵□□
頂山□居
雲龍□□
喝岩聰一
明極聰愚
悦堂聰賀
大光□謙
玉峰建璘
建長寺九五世
範堂圓模
□□子均
讓山俊雄
象先乾有
建長寺一六三世
香林徳聞
建長寺一三八世
義海阿由
月岑元圓
密堂元多
泰室徳安
玉英元珍
南嶺元長
建長寺一九七世
海門元東
北仙禪古
天林禪育
海會元和
物外祖萬
大嶺東愚
衡山元霆
東陵等魯
揚州元明

（海門）
- 南山元薫
- 天英元清 — 鼎山顯周（建長寺二一一世） — 廣道元海 — 等隣元云（建長寺二二六世）
  - 盤庵元透
  - 心界慧業
  - 壽澤元明
- 丈巖元孚
- 節岩元貞
- 乾峰元竺
- 通玄元聰
  - 湛堂元丈
    - 眞淨元苗（建長寺二一八世）
      - 拙堂元劼（建長寺二三一世）
        - 和山元妙
        - 確堂等契
        - 願翁元志（建長寺二三四世） — 文國元柱
        - 拙山等猷
      - 觀山義瑱
    - 眞宗元誠
    - 象田□嵩
    - 心宗德及
    - 謙岩義恭
    - 潤道祖珉
    - 梁溪□楝
  - 知山禪能
  - 文窻□志
  - 孤峰禪超
  - 安禪祖泰
  - 劫外智億
  - 任運自肯

- 無隱自道
- 海音等聞
- 契宗元住 — 遠山慧梁
  - 月鑑兌宮

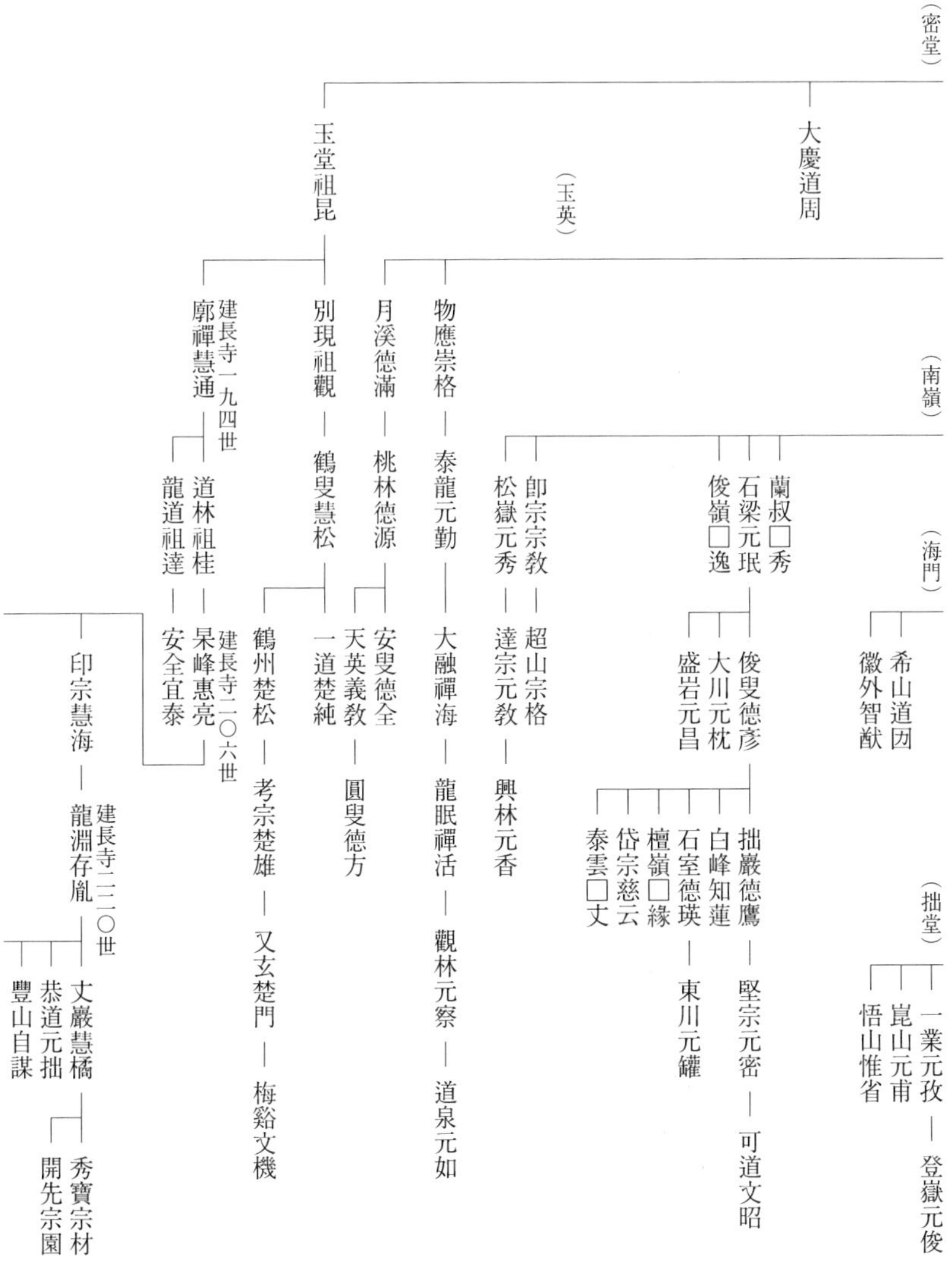

（密堂）
大慶道周
玉堂祖昆
（玉英）
物應崇格—泰龍元勤—大融禪海—龍眠禪活—觀林元察—道泉元如
月溪徳滿—桃林徳源
安叟徳全
天英義教—圓叟徳方
別現祖觀—鶴叟慧松
一道楚純
鶴州楚松—考宗楚雄—又玄楚門—梅谿文機
廓禪慧通
建長寺一九四世
道林祖桂—杲峰恵亮
建長寺二〇六世
龍道祖達—安全宜泰
印宗慧海—龍淵存胤
建長寺二二〇世
丈巖慧橋
秀寶宗材
開先宗園
恭道元拙
豐山自謀
（南嶺）
蘭叔□秀
石梁元珉
俊嶺□逸
卽宗宗教—超山宗格
松嶽元秀—達宗元教—興林元香
俊叟徳彦
大川元枕
盛岩元昌
拙巖徳鷹—堅宗元密—可道文昭
白峰知蓮
石室徳瑛—東川元罐
檀嶺□縁
岱宗慈云
泰雲□丈
（海門）
希山道団
徽外智猷
（拙堂）
一業元孜—登嶽元俊
崑山元甫
悟山惟省

## 法系圖二

- （杲峰）
  - 巨川慧鑿
    - 大雅慧音
      - 卽門慧樞（建長寺二三三世）
        - 蠢海慧旦
        - 龍井聞玉
      - 古巖慧徵
        - 無聞慧聰
      - 玉岡文珂
        - 文哉慧周
- （龍淵）
  - 達宗元孝
  - 濟宗元要
  - 止拙慧定
    - 龍山全理

---

- 最嶽元良（南禪寺二七四世・建長寺一八〇世）
  - 剛室崇寛（崇侃）（南禪寺二八一世・建長寺一八七世）
    - 玉隱元札（南禪寺二八七世）
    - 晦堂元晃（南禪寺二八六世）
    - 雲叟元云（南禪寺二八五世）
      - 乾巖元雄（南禪寺二八九世）
        - 中岩元紹（南禪寺二九九世）
          - 章山元甫（南禪寺三〇八世）
            - 天齡元珠（南禪寺三一四世）
        - 蒼溟元方（元汸）（南禪寺三〇一世）
          - 中谷元梗（南禪寺三一〇世）
        - 天柱元眞（南禪寺二九七世）
          - 熙叟元雍（南禪寺三〇五世）
            - 月澗元澄（南禪寺三一一世）
              - 惟業元弘
      - 實源元充（南禪寺二九五世）

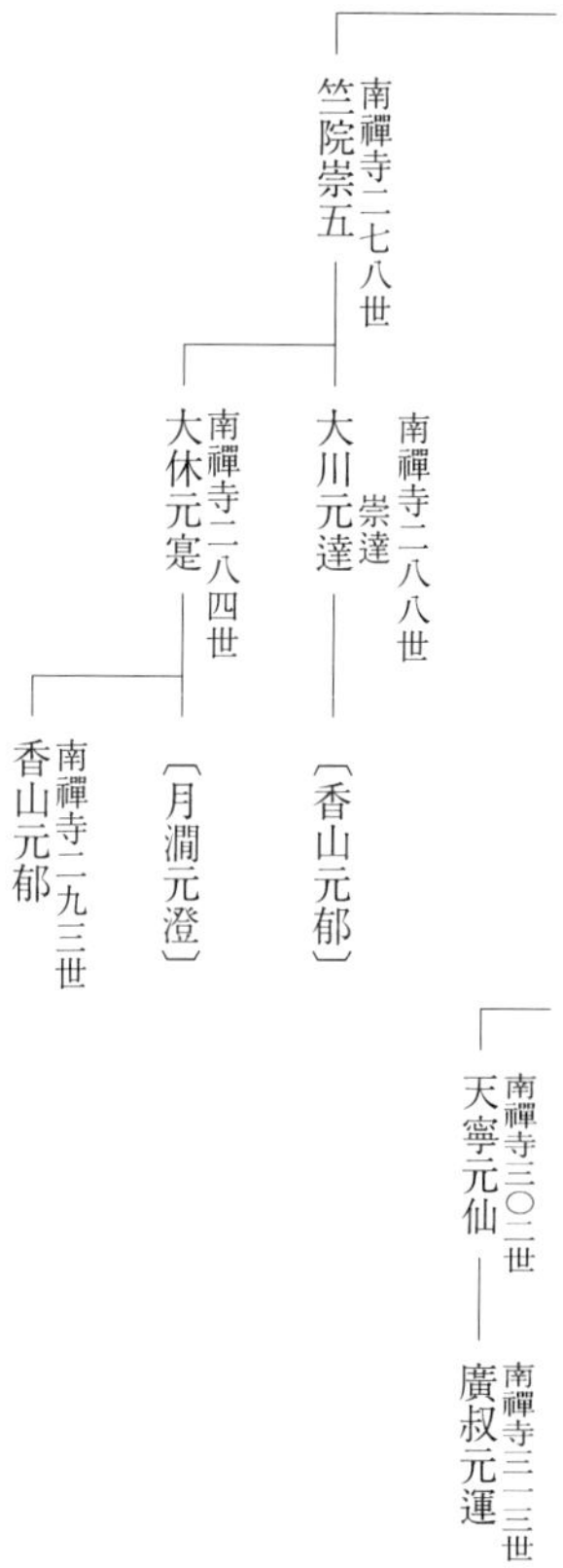


注

（1）『大日本佛教全書』九十六卷を參照。
（2）『國譯禪宗叢書』第二輯第三卷、四八四頁を參照（第一書房、一九七四）。
（3）北村澤吉『五山文學史稿』二二二頁を參照。
（4）震華法師『中國佛教人名大辭典』八一八頁を參照（上海辭書出版社、一九九九）。
（5）塙保己一『續羣書類從』第九輯上・傳部三二五頁を參照（『續羣書類從』完成會、一九二五）。
（6）『大日本佛教全書』九十五卷、一頁を參照（佛書刊行會、一九一二）。
（7）注（6）に同じ、八七～九二頁を參照。
（8）加地哲定『增補／中國佛教文學研究』二五三頁を參照（同朋舍、一九七九）。
（9）『實用佛學辭典』一六一二頁を參照（江蘇廣陵古籍刻印社、一九九一）。
（10）注（9）に同じ、五一七頁を參照。
（11）蔭木英雄『五山詩史の研究』二〇頁を參照。
（12）注（6）に同じ、一一頁を參照。

（13）　蔭木氏の認識である。注（11）の二一頁を參照。
（14）　注（6）に同じ、六六頁を參照。
（15）　入矢義高譯注『臨濟錄』一二〇頁を參照（岩波書店、一九八九）。
（16）　注（11）に同じ、二一頁を參照。
（17）　注（6）に同じ、二〇頁を參照。
（18）　注（6）に同じ、二一頁を參照。
（19）　注（6）に同じ、三三頁を參照。
（20）　本書の第一篇第二章第一節の注（19）を參照。

## 第二節　來日詩僧破庵派系宗覺派の祖・兀菴普寧

來日した破庵派の詩僧である兀菴普寧について、中巖圓月は「密林住禪興江湖疏」でこのようにいっている。

密以、西明寺主相公喫兀菴普寧禪師一蹈、直下百了千當。實爲我海東禪宗鼎盛之權輿也。

これを踏まえて、蔭木英雄は『五山詩史の研究』に、つぎのようにまとめている。(1)

北條時頼の歸依を得た蘭溪道隆が、建長寺を開いて宋朝の純粹禪を擧揚したその土台の上に、一層嚴格な禪風を樹立したのは兀菴普寧である。ややもすれば、禪をば新奇な外來文化、文字禪として受け容れようとした我が國に、時頼の接化を通じて峻烈なる棒喝を振るった兀菴普寧の功績は偉大である。

というように、兀菴普寧を高く評價している。

朝倉尚は『禪林の文學』において、「兀菴普寧は破庵派の來日詩僧として、日本の禪林に貢獻した」と、評價している。(2)

## 一　兀菴普寧の傳記について

兀菴普寧の傳記については、『元亨釋書』六、『延寶傳燈錄』二、『東巖安禪師行實』に載せられているが、震華法師遺稿である『中國佛教人名大辭典』は、以上の三種の書物をまとめて、中國禪僧の立場から、その要點を簡潔にまとめている。その全文を揭げて見ると、つぎのようである。(3)

普寧（一一九七～一二七六）宋僧。號兀菴。西蜀（四川成都）人。講肆、閱數年捨去。自幼出家、初習《維識》、後南遊參知識、依止阿育王山無準師範、一日入室通所見、準曰：汝徹。只是得道易、守道難、須默默守之、久久自然應驗。既退、唯兀兀度日、不忘所示。準大書「兀菴」二字遺之、因以爲號。於靈隱、天童居第一座。主象山靈巖、移無錫南禪。景定元年（一二六〇）赴日本、初抵博多聖福寺、尋至帝都、緇素歸化。後回國、達明州、主雙林。捨之遊江浙。晚住溫州江心龍翔寺。寂謚號宗覺禪師。有《語錄》三卷。

全文百七十七字であるが、來日前に關する傳記は百十六字で全文の六十六%を占め、來日中に關する傳記は二十六字で十四%を占め、歸國後に關する傳記は三十五字で二十%を占めている。兀菴は六十六歲のときに來日し、在日期間は六年で、歸國後の在世年數は十一年間である。このことから、中國語による傳記が書かれる際の文字の配分率が分かる。

以上の資料から、兀菴普寧は「阿育王山の無準師範に依止」したことが分かった。ここで兀菴普寧が屬している破庵派の法系(4)（次頁に、▣は來日詩僧を示し、□は日本からの留學詩僧を示す。）この法系から明らかなように、兀菴普

- 破庵祖先
  - 無準師範（育王寺三十二世 徑山寺三十四世）
    - 斷橋妙倫（淨慈寺 四十二世）
      - 古田德垢（淨慈寺 五十三世）
      - 方山文寶（淨慈寺 五十五世）
    - 石梁以忠
    - [無關普門]（南禪寺開山）
    - 希叟紹曇
    - 松坡宗憩
    - 簡翁居敬（淨慈寺四十四世 天童寺四十二世）
    - 東山慧日
    - 雪巖祖欽
      - 高峰原妙
        - 中峰明本
          - [聯庵明聽]（日本禪宗四十七流）
          - [關西義南]（日本禪宗四十六流）
          - [無隱元晦]（日本禪宗四十二流）
          - [古先印元]（日本禪宗四十流）
          - [復庵宗己]（日本禪宗四十五流）
          - [業海本淨]（日本禪宗四十四流）
          - [明叟齊哲]（日本禪宗四十三流）
          - [遠溪祖雄]（日本禪宗四十一流）
          - [□□宗日]
          - 千巖元長
            - [大拙祖能]（日本禪宗四十八流）
      - 虛谷希陵（徑山寺 四十七世）
        - [別傳妙胤]（日本禪宗 三十八流）

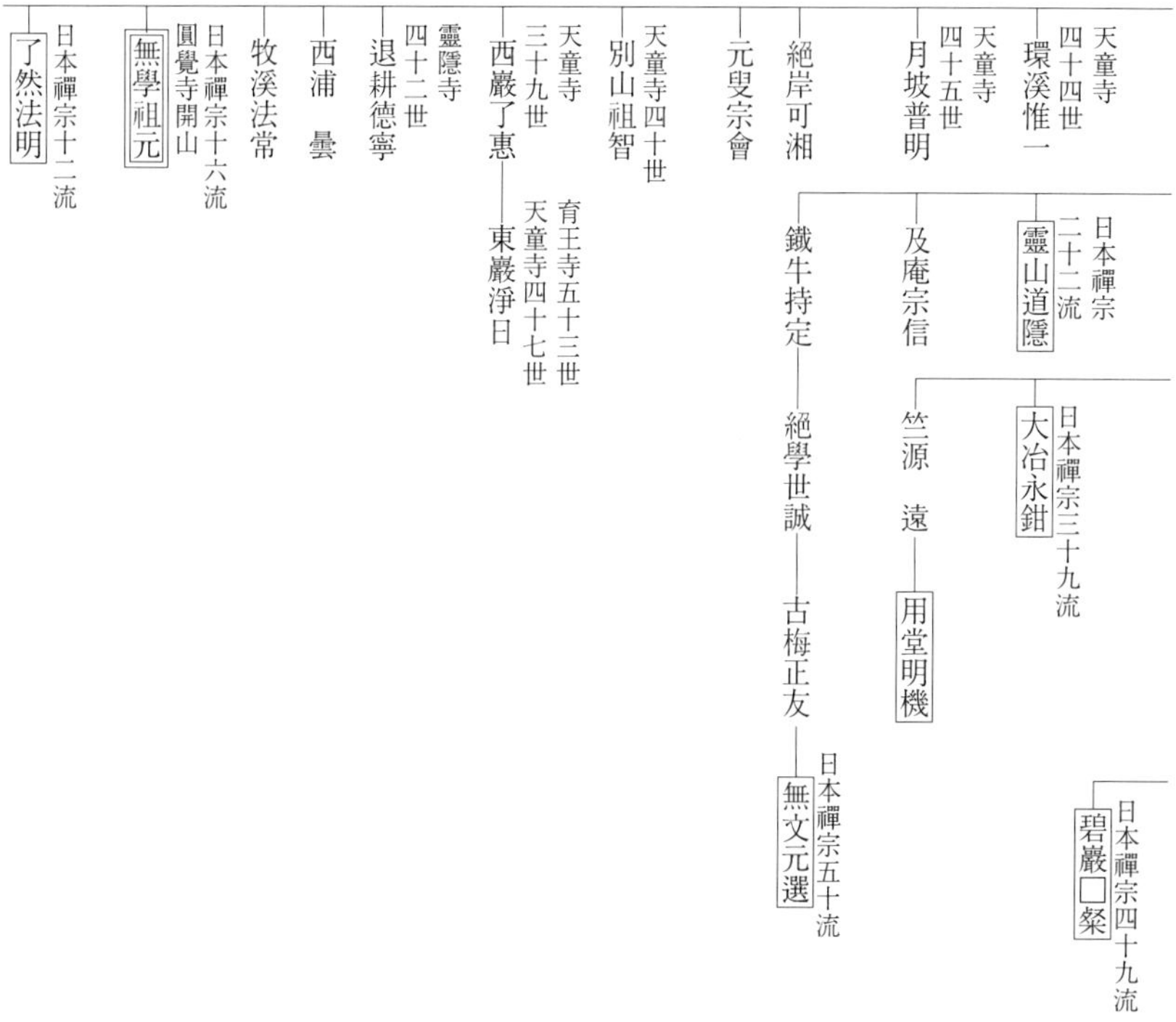
天童寺四十四世
環溪惟一
天童寺四十五世
月坡普明
絶岸可湘
元叟宗會
天童寺四十世
別山祖智
天童寺三十九世
西巖了惠
育王寺五十三世
天童寺四十七世
東巖淨日
靈隱寺四十二世
退耕德寧
西浦　曇
牧溪法常
日本禪宗十六流
圓覺寺開山
無學祖元
日本禪宗十二流
了然法明
日本禪宗二十二流
靈山道隱
及庵宗信
鐵牛持定
絶學世誠
古梅正友
日本禪宗五十流
無文元選
日本禪宗三十九流
大治永鉗
竺源　遠
用堂明機
日本禪宗四十九流
碧巖□粲

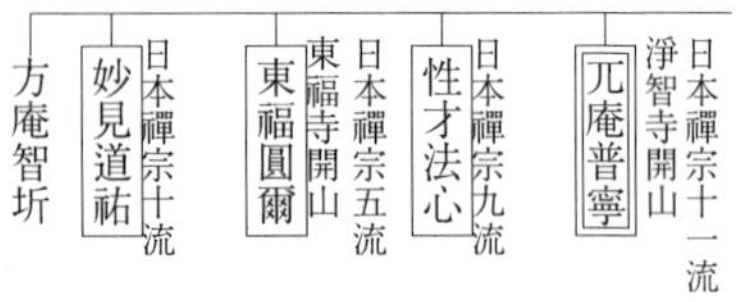


寧はこのような環境の中で、「禪」というものを悟って、そして「コツコツ」と悟ったものを身に沁み込ませていったのである。確かに彼は、無準師範の高弟といっても間違いないが、周圍の法兄、法弟の出世ぶり（五山第二の四十二世退耕徳寧、五山第三の三十九世西巖了惠・四十世別山祖智・四十二世簡翁居敬・四十四世環溪惟一・四十五世月坡普明、五山第四の四十二世斷橋妙倫・四十四世簡翁居敬）、及び法甥の出世ぶり（五山第一の四十七世虛谷希陵、五山第三の四十七世東巖淨日、五山第四の五十三世古田徳・五十五世方山文寶、五山第五の五十三世東巖淨日）がつぎからつぎへと兀菴に知らされると、兀菴は意識的に全く反應しなかったとは言い難い。更に、當時の兀菴普寧の樣子は『東巖安禪師行實』ではつぎように記されている。(5)

（兀菴普寧）自初祖正傳二十六世無準和尚上足。與別山斷橋西巖等竝駕。時號四吉。

彼は無準和尚の「上足」であり、「時號四吉」とはいえ、また、その名聲が「別山・斷橋・西巖」と「竝駕」していたとしても、實際には、西巖は五山第三天童寺の三十九世であり、別山は五山第三天童寺の四十世であり、斷橋は五山第四淨慈寺の四十二世であったのである。これに反して、兀菴普寧は少なくとも四十一歳前に、ようやく「出世出自諸山（慶元府象山靈巖廣福禪院）」となり[6]、さらに兀菴普寧は六十歳を超えても、甲刹以下の常州無錫南禪福聖寺の住持という位の出世しかできなかった。彼自身、出世したいという氣持ちがあったのではないかという疑いがないとは言えない。このような環境の中で、その前後、同門には圓爾をはじめ、道祐ら多數の日本留學詩僧がいた。彼等の再三の招請があり、またすでに日本に渡って日本で最初の禪寺建長寺を開山した蘭溪道隆からも「勸請」があったので[7]、のちついに、東渡の決心をしたわけである。

かくて一二六〇年、六十三歳の兀菴は海を渡って、九州に着き、同門法眷留學詩僧悟空敬念禪師（道祐の法嗣）が住した聖福禪寺（日本十刹第三）に泊まって、陞座して上堂語を行った。その後、京都東福寺に行き、圓爾らの招待を受け、また、陞座して上堂語を行った。それから、鎌倉建長寺に下って蘭溪道隆と出會い、一二六二年、念願の日本五山第一建長寺第二世住持になった。さらに、北條時賴の篤い信仰を受けて、日本五山第四淨智寺の開山になり、日本の禪林に純粹禪の根を伸ばした。『東巖安禪師行實』によると、「或云。兀庵和尚來朝。如皓月麗天。衆星掩光。是以間有懷憎妬之輩。陰謀數計。以勸退院。依此歸朝」という[8]。この文から逆に言えば兀庵は來日して、わずか五年の滯日であったが、その日本禪林に貢獻した功績は偉大であると認められるだろう。

さて、彼はなぜこんなに早く歸國したのかを考えてみたい。

蔭木英雄氏はつぎの二つの理由を擧げた[9]。

① 日本僧が修行に專一でないことへの憤り、加えて言葉の通じない不便もある。

② 彼は破庵派に屬するため、また自發的な來日ではなかったため、日本に亡命したのでもなかったため、日本

に永住する必要がなかったのである。

玉村竹二氏はつぎの理由を擧げた。[10]

③　日本に於て松源派である蘭溪と折り合わず、篤信者北條時頼が歿すると、歸國した。

『東巖安禪師行實』では、その理由はつぎのようである。[11]

④　彼を慰留する人に對して、兀菴普寧は「今見此國機緣、只在兩三輩、彼已得度、餘無因緣、是故歸朝」と答えた。

以上の理由を考えると、②は蔭木英雄氏が玉村竹二氏から引用したものであるが、それは理由にはならない。同じく破庵派に屬し、同じく自發的な來日ではなかった無學祖元禪師は、日本に永住する必要はなかったが、實際には永住したからである。③については蘭溪道隆が自ら兀菴を「勸請」したのであるから、折り合わないとは言えない。①は可能性があり、來日した時にすでに六十三歲の兀菴に日本語を勉强することが難しかったのは當然であり、そのことは兀菴自身も言っている。④は建前で、その本音は、やはり先に取り擧げた兀庵の貢獻に對して、「間有懷憎妬之輩。陰謀數計。以勸退院」があったからこそ、いくら日本で精魂を盡くしたいと思っても、兀菴としては「依此歸朝」という方法しかなかったと思うのは當然である。

## 二　『兀菴寧和尚語錄』について

『新纂禪籍目錄』によると、日本における『兀菴寧和尚語錄』の保存狀況については、つぎのようである。[12]

①　『兀菴寧和尚語錄』一冊、宋兀菴普寧。宋版、青洲文庫所藏。

②　『兀菴寧和尚語錄』一冊、宋兀菴普寧。五山版（應安六年／一三七三）、彥貞、貞柏刊行、成簣堂文庫所藏。

③『兀菴寧和尙語錄』一册、宋兀菴普寧。古刊本（室町時代）、建仁寺兩足院所藏。『日本古刊書目』による。
④『兀菴寧和尙語錄』一册、宋兀菴普寧。寫本、寶永元年（一七〇四）常信寫、松ヶ岡文庫所藏。
⑤『兀菴寧和尙語錄』一册、宋兀菴普寧。寫本、積翠文庫所藏。
⑥『兀菴寧和尙語錄』合册、一つは『國譯禪宗叢書』第二輯第二卷。いま一つは『卍續大日本續藏經』二編第二十八輯第一卷。

まず⑥『國譯禪宗叢書』（第二輯第二卷）に載せられている合册の『兀菴寧和尙語錄』から考察してみたい。この語錄の正式書名は『兀菴和尙語錄』である。[13]

その構成を見てみると、初めに「兀菴和尙語錄序」があるが、これは實は彼の師中國五山第一徑山三十四世住持無準師範禪師から送られた彼の出世を祝う手翰である。

本文はａ「初住慶元府象山靈巖廣福禪院語錄／侍者淨韻編」、ｂ「住常州無錫南禪福聖寺語錄／侍者淸澤編」、「無題（在日六年間の記述）」、ｃ「住巨福山建長興國禪寺（日本五山第一）語錄／侍者道昭・景用・禪了編」、ｄ「住婺州雲黃山寶林禪寺（中國十刹第八）語錄／侍者景用編」、ｅ「法語（八則）」、ｆ「序跋（六則）」、ｇ「佛祖贊（十一則）」、ｈ「自贊（三則）」、ｉ「偈頌（十一則）」、ｊ「小佛事（十三則）」など十一編から構成され、その後に、建長寺侍者景用の記事がある。

そして、その最後に四つの跋がある。Ａ跋の落款は「端平乙未（一二三五）中秋、徑山（破庵派）無準叟書於凌霄閣」である。Ｂ跋の落款は「端平丙申（一二三六）大寒、金陵北山（曹源派）（癡絕）道冲書於正傳」である。Ｃ跋の落款は「（松源派）（石溪）心月書」である。Ｄ跋の落款は「寶祐六年（一二五八）季夏望日、晉陵尤」である。

兀菴普寧の在日期間は一二六〇年から六五年までの五年間である。跋の落款年次からみれば、Cの年次は分からないが、やはり、A、B、C、Dという順番であろう。またDの撰者が不明であるが、ABCの撰者は中國禪林三大流派の領袖であり、いずれも五山の二住以上の重鎭である。とにかく、兀菴は宗派を超えた、「コツコツ」型の修業者であることが分かる。歸國後の兀菴はやっと十刹第八の雲黄山寶林禪寺の住持となり、最後に、十刹第六の江心山龍翔禪寺の住持となって一生を終った。兀菴にとって、一番殘念なことは中國五山の住持になることができなかったことであった。なお、前述のc、dの語録をみると、結局、建長寺の侍者景用は兀菴に伴って中國に行ったようである。

上述したことから考えると、①は兀菴が來日したときに持っていた中國で刊行したa、bの語録であるが、②から⑤までは、おそらく⑥と同様の版本であると思う。

## 三　兀菴普寧の詩風について

『兀菴和尚語録』には、詩偈については、佛祖贊（十一則）、自贊（三則）、偈頌（十一則）など三種類、合計二十五首がある。

その中の佛祖贊をみると、[14]「出山相」「渡江達磨」「寒山拾得」「行道持數珠觀音」「布袋」「普化」「魚婦觀音」「靈照女」「無準和尚頂相」「義簡禪人畫圓相請贊」「最明寺殿眞像」など十一則に編集されている。その中の一、二、三、十一を鑑賞してみよう。

出山相

入山出山、何異何別。六年所成、一時漏泄。那堪滿口嚼氷雪。

韻字：去聲八霽、別・泄・雪。

渡江達磨

道箇不識、自生荊棘。悽悽渡江、忍羞面壁。賴有神光與雪屈。

韻字：入聲十三職、棘・十二錫、壁・五物、屈（通韻）

寒山拾得

指東畫西、眼笑眉垂。心似秋月、髮如亂絲。

吟句不成句、題詩不是詩。豐干輕饒舌、敗缺一時知。

善哉苦哉、敢稱七佛之師。

韻字：上平聲四支、垂・絲・詩・知・師。

最明寺殿眞像

掌持國土、天下安堵。信向佛法、運心堅固。德重丘山、名播寰宇。

淸白傳家、望隆今古。參透吾宗、眼眉卓竪。末後一機、超佛越祖。

咦、汝辜負吾、吾辜負汝。

韻字：上聲七麌、堵・宇・古・竪・祖。上聲六語、汝。去聲七遇、固（上聲六語と上聲七麌とを通用し、上聲七麌と去聲七遇とを通用する）。

出典としては、例えば、「淸白傳家」は『書言故事・淸廉類』から引いたものである。

このように、佛祖贊という詩偈は四字句、五字句、六字句、七字句などの混在する詩句から構成されたものであるが、普通の漢詩と同じように韻を踏み、典故を踏まえている。

兀菴の詩偈作品は、また『元亨釋書』『東巖安禪師行實』「兀菴和尙語錄」などの中に散見している。

兀菴和尚は篤信者北條時頼が悟達した時に作った、「最明寺殿悟道後、師贈之助道頌」五首を「住巨福山建長興國禪寺語録」に載せている。その中の二首を詠んでみたい(15)。

其の一

老僧初到與三擧　　老僧初めて到り　三擧を與うれば
埋恨胸中結此寃　　恨みを胸中に埋め　此の寃を結ぶ
痛慢忽消開正眼　　痛慢忽ち消えて　正眼を開く
方知吾不妄宣傳　　方に知れ　吾れ妄には宣傳せざることを

韻字：下平聲一先、拳（ケン）・傳（テン）。上平聲十三元、冤（エン）。

注：三擧。『東巖安禪師行實』によると、「兀庵便祝三擧、崇忻然領話云、某蒙和尚拳。勸喜無量」とある(16)。

其の三

二十一年曾苦辛　　二十一年　曾て苦辛し
尋經討論枉精神　　經を尋ね　論を討ねて　精神を枉ぐ
驀然模着娘生鼻　　驀然模着す　娘生の鼻
翻笑胡僧弄吻唇　　翻って笑う　胡僧　吻唇を弄するを

韻字：上平聲十一眞、辛（シン）・神（シン）・唇（シン）。

この二首の結句については、蔭木氏は「これを讀む時、兀庵が五山文學に大きな影響を與えた文學僧であったとは、とうてい考えられない」と結論を下した(17)。そういうわけで、蔭木氏は蘭溪道隆と兀庵普寧とを五山文學から外してしまった(18)。その理由について、蔭木英雄氏はつぎのように述べている(19)。

> 聖一國師圓爾や大覺禪師蘭溪の偈頌を五山文學以前としたことには多くの異論があろう。第二篇序章にあげる偈頌は立派な文學作品であり、その作者も五山の大寺の開山であり、私の五山文學の定義にかなう。しかるに敢えて五山文學以前としたのは、彼等が①文學を強く否定し、②嗣承を重んずる禪林内で、文學の指導者又は開拓者たるの役割　を果たしていないからである。

この理由を讀めば讀むほど、どうも蔭木氏は五山文學の「文學」を詩人の純文學として理解しているように思われる。詩僧としては、「①文學を強く否定し」ているのは當然のことであり、また詩僧としては、「②文學の指導者又は開拓者たるの役割を果たしていない」ことも當然のことである。禪師の本業は「座禪」「修行」であるが、「座禪」「修行」の結果である悟りを、詩偈を以て表現するから、詩偈はあくまでも副業であることは言うまでもない。

問題は、詩偈の製作がうまく行かないと、せっかく悟った「悟り」をうまく表現できないし、詩偈の製作がうまく行っても、「悟り」がなければ、「實」のない詩偈しか作れないということにある。中國詩僧、特に蘭溪道隆と兀庵普寧の場合は、詩偈の製作は「座禪」以前の問題であり、「禪僧」の「禪」を中心としている。しかし、日本詩僧の場合は「座禪」をしながらも、外國語である中國語で詩偈を作ることは一生懸命勉強しなければできるはずがないから、「詩僧」の「詩」を中心として、中國詩僧から「刺激」を受け、さらに、「詩」作に專念した。こうして、五山文學はついに日本禪林で花開いたのである。

注

（1）蔭木英雄『五山詩史の研究』二一一頁を參照。

（2）朝倉尚『禪林の文學』一一八頁を參照（清文堂、一九八五）。

（3）震華法師『中國佛教人名大辭典』七九六頁を參照。
（4）①玉村竹二『五山禪林宗派圖』による訂正した法系である。中國の五山順位及び住持の情況は石井修道「中國の五山十刹制度基礎的研究」（『駒澤大學佛教學部論集』第十三～第十六、一九八一～八四）によるものである。そのほかの日本五山の事情は②玉村竹二『五山文學』によるものである。
（5）塙保己一編『續羣書類從』第九輯上、傳部三〇八頁を參照。
（6）國譯禪宗叢書刊行會編『國譯禪宗叢書』二輯二卷、一頁を參照（第一書房、一九七四）。
（7）中國佛教協會編『中國佛教』第一輯、一九三頁を參照（東方出版中心、一九八〇）。
（8）注（5）に同じ、三一三頁を參照。
（9）注（1）に同じ、二二頁を參照。
（10）注（4）の②に同じ、四一頁を參照。
（11）注（5）に同じ、三一三頁を參照。
（12）駒澤大學圖書館編『新纂禪籍目錄』一二五頁を參照（日本佛書刊行會、一九六二）。
（13）注（6）に同じ、一頁を參照。
（14）注（6）に同じ、五二頁を參照。
（15）注（6）に同じ、五三頁を參照。
（16）注（5）に同じ、三〇八頁を參照。
（17）注（1）に同じ、二三頁を參照。
（18）注（1）に同じ、一七頁の「序章　五山文學以前」を參照。
（19）注（1）に同じ、一一頁を參照。

# 第二章　五山漢詩の「詩形」に關する考察
## ——來日詩僧松源派系佛源派の祖・大休正念——

「明確な文學意識を持った詩僧大休正念の來日により、濫觴期の五山文學には一大轉機がもたらされ」、宋朝系の一流派としての松源派の根が日本に下ろされた。大休正念について玉村竹二氏はつぎのように述べている。(1)

無象靜照より少し前には、既に宋僧蘭溪道隆の來朝があり、ついで兀庵普寧・大休正念・無學祖元・鏡堂覺圓等も來朝し、これらの人にはそれぞれ語錄があって、上堂法語の外に、純文學的作品をも含み、それ相當な品格を備え、殊に大休正念には、形の整ったものがあり、無學祖元のものは內容的に優れているようである。

と、大休正念の語錄には形の整ったものがあるから、濫觴期の五山詩僧にとって、何より重要な模範になるに違いない。彼は五山文學の一大功勞者であると言える。

## 第一節　大休正念の傳記について

大休正念の傳記について、中國の資料によれば、つぎのように述べている。(2)

正念（一二一五～八九）、宋僧。號大休。永嘉（浙江溫州）人。受訣於石溪心月。咸淳五年（一二六九）、東渡日本至相陽（鎌倉）、副元帥平時宗以禮迎主禪興、次移建長、壽福、圓覺諸剎。寂謚佛源禪師。有《語錄》六卷。見《元亨釋書》八《日本名僧傳》《延寶傳燈錄》《東渡諸祖傳》《日本高僧傳》。

と、七十五年の生涯として、その傳記はあまりにも簡略過ぎて、特に、大半生の五十五年間は、ただの十七字で、全體六十一字の二十八％にしか過ぎないが、來日後の二十年間は、なんと四十四字で、七十二％を占めている。もって大休正念の日本に歸化したことの重大さを推察するに足るであろう。一方、北村澤吉の『五山文學史稿』では、その傳記をつぎのように記している。(3)

大休、名は正念、宋の溫州永嘉郡の人、初め東谷光に靈隱に參し、次いで石溪和尚に謁す。共に脫然として省悟するあり。咸淳五年（一二六九）の夏、商舶に乘じて東渡す。本朝文永六年なり。繼いで相州に居る。建長の蘭溪延いて高賓と爲す。北條時宗、禮貌を備へて禪興の精藍を主らしむ。次に建長・壽福・圓覺の諸刹に遷る。後壽の龜谷山巔に於て小庵を創め、扁して藏六と曰ひ、壽塔を築きて歸藏の地と爲し、自ら圓湛無生銘を著して行李の始卒を識す。正應二年冬、病に圓覺に寢す。十一月、病革り正觀寺に遷る。晦日、偈を書して曰く、拈起須彌槌、擊碎虛空鼓、藏身沒影蹤、日輪正當午、と。筆を置いて化す。春秋七十五、此方に淹留して龍象の衆に接して橫說竪說倦まざること二十二年を經たり。敕して佛源禪師と諡す。

と、中國での經歷は、無論中國の資料と比べると、やや詳しいけれども、その四十九字はただ全體二九一字の十七％に過ぎない、全篇の割合は中國の資料より十％減少したことが分かる。來日後の經歷は、何と全體の八十三％を占め、中國の資料より十一％も增えた。「春秋七十五、此方に淹留して、龍象の衆に接して、橫說竪說倦まざること二十二年を經たり。敕して佛源禪師と諡す」という表現は、大休が日本に定住し、彼自身の生命を五山文學に捧げていたことを評價している。全くその通りであると思う。

## 第二節　大休正念の著作について

大休正念の著作に關しては、北村澤吉の『五山文學史稿』によれば、「『高僧傳』に『大休語錄』六卷とあり。今東大圖書館所藏別置本五山版四册は永和四年（一三七八）東山同源塔下に重刊せるものに係る。第一册に弘安甲申（一二八四年）大休自述の序あり。禪興・建長・壽福の諸語を載せ、第二册は圓覺の語、諸寺の小參・普說・大小佛事、第三册は頌古・讚・偈頌雜題、第四册は偈頌・法語及び題跋竝びに無生銘等を收む(4)」である。それ以外に、大休正念の著作の所在は、筆者の調べによれば、つぎのようである。

① 『大休念禪師語錄』二卷一册。弘安七年（一二八四）大休自述の序あり。刊筆者は淸見寺常在。成簣堂文庫藏。

② 『大休念禪師語錄』六册。永和四年（一三七八）再刻五山版。京都東山同源塔仁到刻版。所藏者は大中院、兩足院、松ヶ岡文庫、大東急記念文庫（五册、永和五年刊行）、內閣文庫（頌古偈頌以下のものしかない）。

③ 『大休念禪師語錄』零一册。慶長年間の寫本。積翠文庫藏（拈古下火の部のみ）。

④ 『大休念禪師語錄』六册。寶曆十三年（一七六三）の寫本。積翠文庫藏。

⑤ 『佛源禪師語錄』六册。寫本。東京大學史料編纂所藏（原鎌倉圓覺塔頭藏六菴本）。

⑥ 『念大休禪師語錄』他二部合裝本。『大日本佛敎全書』九十六卷に所收。

## 第三節　大休正念の文學觀について

文學觀について、大休正念は東大圖書館別置本五山版の第一册に收める弘安甲申の序文で、つぎのように明明白白と述べている(5)。

深恐、學語之流、匿於知解、別開戶牖、摘其枝葉、不明本根。雖然言者載道之器、猶水能行舟、亦能覆舟。先聖、抑不得已而言之。嗟夫去聖時遙。人心淡泊、非藉曲施方便、則不能逗機信入。

という「載道説」であるが、この文に關しては、蔭木英雄氏はつぎのような認識を示している。(6)周敦頤がやむを得ずして言った「文所以載道也」という方便を用いなければ佛祖の心機に信入できないと、文字言語の效用を認めているのであり、大休は蘭溪や兀菴の文學否定の教化の路線に一大轉換をもたらしている。

と言う。蔭木氏の「蘭溪や兀菴の文學否定の教化の路線」については、既に第四篇第一章第二節に論述したように一種の勘違いである。「載道説」について、蘭溪も日本の修業僧に「看人語錄幷四六文章、非但障道、令人一生空過」（普說）と嚴誡している。この嚴誡と、大休の「摘其枝葉、不明本根。雖然言者載道之器、猶水能行舟、亦能覆舟」という考えとは、基本的に同じ趣旨である。

こうした「載道説」のもとで、大休正念の詩歌論について考察してみたい。まず、先行研究である蔭木英雄氏の『五山詩史の研究』を見てみよう。氏は大休の語錄を引きながらも、次のように論述している。(7)

大休は詩文について次の如く述べる。

疎影橫斜水淸淺、暗香浮動月黄昏、此和靖得意中句。如眞金不加色美、玉不雕文、後作所不及也。晝二多摭其句、發越其寓意之妙。猶化工生成萬物、曲施善巧之功。惟人萬物最靈、在心爲志、發言爲詩、可以動天地感鬼神。得之於心、應之於手、可以致精神奪造化。皆自吾方寸中流出、非剩法耳。

常總禪師に參じた蘇東坡の句は、既に『大覺禪師語錄』に「所謂谿聲便長廣舌、山色無非淸淨身、達是理已

（上堂語）とあるが、宋の隱士の林和靖が日本禪林に紹介されたのは、これが最初ではなかろうか。五山の文學僧はこれ以後盛んに、「疎影暗香」を吟ずるのである。それはさておき、大休は「心に在るを志と爲し、言に發するを詩と爲す。以て天地を動かし、鬼神をも感ぜしむべし」と、詩經大序や古今集序以來の傳統的詩歌論を述べ

て、それが禪の道にも通ずるという見解を明らかにする。即ち前掲の「題水墨梅花枕屏後板」の傍線の文は、次の「示道本侍者」という法語は、

明自本心、見自本性、返觀三乘十二分教、一千七百公案、乃至諸子百家、九流異學、皆自吾心性中流出、初非剩法。亦猶百川異流、同歸大海、更無二味。

の傍線の部分の論法と同じで、根本卽ち明心見性を得たならば詩も學問も禪も同味である、と斷じている。しかし、後の室町時代中期以後の詩禪一味論とは異なり、大休は禪と詩とに本末の嚴然たる區別を認め、その本末をたがえると「水が舟を覆えす」ような結果になる、と警めるのである。

今之師僧、輕心慢心、恰似村校法讀得上大人丘一巳、便道我文學過於孔孟。且莫錯。儞且暗地裏將鼻孔模索。

（上堂語）

と述べているのも同じ趣旨の教誡である。

長い引用文ではあるが、整理してみると、「根本卽ち明心見性を得たならば、詩も學問も禪も同味」と、「室町時代中期以後の詩禪一味論とは異なり、大休は禪と詩とに本末の嚴然たる區別を認め」という二つの見解である。實はこの二つの見解は、みな「載道説」から出てきたものである。要するに「根本卽ち明心見性」というのが「道」である。この「道」を得たならば、詩も學問も禪もどちらも表現方法であり、どちらも道を載せる手段であり、これは朱子學が成立した所以である。「水が舟を覆えす」の「水」とは「文字」であり、「舟」とは「道」であり、つまり、文字と道とのバランスを取らないと「水が舟を覆えす」ことになる。「道」を得たならば禪の悟りを開き、その悟りを表現するのが詩偈であり、ゆえに、大休は「禪と詩とに本末の嚴然たる區別を認め」るのではなく、「亦猶百川異流、同歸大海、更無二味」と言っているのである。

# 第四節　五山漢詩の詩形に關する考察

## 一　頌古という詩形を整えたこと

蔭木英雄氏の『五山詩史の研究』によれば、「現存の『聖一國師語錄』『大覺禪師語錄』『兀菴和尚語錄』と比較すると、『大休禪師語錄』は分量に於て格段の差があり、特に別表のように偈頌が比較にならぬほど多く殘されて」いる。(8) 實際にその「別表」をみてみると、「比較にならぬほど多く殘され」るのは偈頌ではなく、頌古である。その「別表」によると、圓爾の頌古は零首、蘭溪の頌古は十九首、兀菴の頌古は零首、大休の頌古は百八十五首、無學の頌古は零首、一山の頌古は十三首であって、大休の頌古がはるかに多いことが分かる。留學詩僧圓爾、來日詩僧兀菴、來日詩僧無學らは皆零首であるから、大休は五山漢詩における頌古という詩形を畫期的に整えてきた人物であったと言えるだろう。

## 二　語錄類作品を純文學的詩形で整えたこと

語錄類作品について、玉村竹二氏は次のように述べている。(9)

語錄は宗乘の擧揚のためのものであり、極めて實質的な說法記錄であり、本來は口述される口語體のままの筆錄であるはずであるが、それが中國の文字及び言語の特性よりして、次第に對偶の句を用い、比喩を連用するうちに、文學的表現がとり入れられ、ついには文學作品と何等區別がなくなってしまう。殊に住持が一旦口に信せて言出したものを、侍者が筆錄して住持に呈出して筆削を求める風習が出來て、この筆削の際に相當に體裁を整えられる機會が出來たため、一層文學的な要素が多く盛られることとなった。かくして、南宋以來、語錄の體裁は一應一定された。それによると、

- 入院法語 ┐
- 上堂法語 ├ 住院法語 ┐
- 小參法語 ┘　　　　　 │
- 秉拂法語 　　　　　　├ 問答を伴う同類の形式
- 陞座法語 　　　　　　┘
- 拈香法語 ┐
- 安座點眼法語 │
- 祖堂入牌法語 ├ 小佛事法語
- 下火（秉炬）法語 ┘
- 拈古・頌古
- 偈頌（道號頌を含む）
- 示衆法語
- 像　贊

これだけの部類が具備されているものが語錄として完全な形である。住院法語でさえ、文學的表現が施されている上、偈頌の部に到っては、題材上の區別こそあれ、形式は詩と異なることなく、用語や表現については全く

區別がない。こうなると法語と詩文（純文藝作品）と、どこで一線を引くべきか困惑するので、私はむしろこの部類全體を、五山文學の中に含めて考えたほうがよいと思うのである。

やや長い引用文ではあるが、まず「この部類全體を、五山文學の中に含め」るという考えは當を得たものと思う。但し、「住院法語でさえ文學的表現が施されている」というのは、ただ文學的用語の表現に過ぎない。住院法語中の上堂法語について、玉村氏によれば、つぎのようである。(10)

上堂とは、住持が行う定期的な説法をいう。元宵［上元・燈節］（正月十五日）端午（五月五日）中秋（八月十五日）重陽（九月九日）歳晩（十二月晦日）の俗節と、二祖三佛忌、卽ち達磨忌［祖忌］（十月五日）百丈忌（正月十七日）——以上二祖——佛涅槃（二月十五日）佛誕生（四月八日）佛成道［臘八］（十二月八日）——以上三佛——禪林規矩上の四節、歳旦（正月元日）結制［結夏］（四月十五日）中夏［半夏］（六月一日）解制［解夏］（七月十五日）冬至（大概十一月中）及び開爐（十月一日）と、これらと重ならない毎日の旦望（卽ち一日、十五日、これは祝聖卽ち聖壽を祝うため）に住持は法堂に於て須彌壇（卽ち法座）に陞って、正式に説法する。そして大衆中より疑のあるものが出て問をかけることを許す（之を參という）ので、別名を大參ともいう。この外、入院の儀式の際の初の説法として行われ、又特に事件のおこった時、臨時に行う因事上堂、秉拂（一年のうち結制・冬至の二回行う）の後にその役者に謝する謝秉拂頭首上堂、來訪者のあった時行う某々至上堂等があり、中でも特に四節の上堂は重んぜられる。

その上堂法語の例として、玉村氏が擧げられたものと同じものに掲げて見たい。これは竺仙梵僊の淨智寺における建武二年（一三三五）の正月元日の歳旦上堂である。(11)

歳旦上堂、垂語云、適聞鼓響時、室中亦問侍者云、昨夜說昨夜底法、今日更說甚麼。

侍者云、元正開旦、萬物昇平。山僧云、好箇消息、衆中還有共相慶賀者麼。僧云、元正啓祚、請師祝聖。

師曰、家家人唱萬年歡。

問、古德云、乾坤之內、宇宙之間、中有一寶、祕在形山。如何是形山之寶。

師曰、是甚麼乾屎橛。

進云、白雲（守端）和尚云、大衆、眼在鼻上、脚在肚下。且道、寶在甚麼處、又作麼生。

師曰、黄金自有黄金價、堪笑和沙賣與人。

乃云、今朝正月初一、普請從茲證人、何故、不見道、識得一萬事畢擊拂子一下。

復擧、金牛和尚、凡喫飯時、舁飯桶向堂前作舞云、菩薩子喫飯來。遂撫掌呵々大笑。

淨智謂、金牛大似暴富兒、謾將七珍八寶、呈似人看。爭奈開眼者小。

山僧當時若見、但向道、常住底物、人人有分、何用如斯良久云。

雖然常住若無箇漢、又爭得金牛。

既已收鋪金峯、正當開張、却不似佗暴富伎倆、要與諸人慶賀新年、各宜飽取遂以兩手、作舁飯桶舞勢云。

　菩薩子喫飯來乃撫掌呵々大笑、下座。


一見すれば、これは極めて實質的な説法であり、口述される口語體のままの散文の形になっているのが分かる。しかし、大休はこのような上堂法語さえも七言や五言の詩形で、いわゆる文學的詩形を整えたことは五山文學の芽生えに大きな刺激を與えたと考える。

そこで、大體の禪興寺での「因事上堂」の法語を掲げてみてと、

暖日烘桃杏　蜂蝶競追尋　涼風吹松林　遊子少知音

大道本寥廓　貞士多陸沈　唯有陶淵明　攢眉知此心

まるで五言律詩である。このような五言律詩の詩形である上堂法語は言うまでもなく大休が整えた形であろう。異國他郷の日本で清高を吟じている大休正念の上堂法語を、日本詩僧らは、どのように聞き、どのように理解していたのだろうか。それがのち五山漢詩の盛行に巨大な刺激を與えたこと疑う餘地はないであろう。なお、その尾聯の「唯有陶淵明、攢眉知此心」の「此心」は、大休なりの一つの言い方ではないか。今試みに、彼のほかの上堂法語を通して、これを考察してみたい。蔭木氏の調査によれば、次の「此心」「此意」がある。(12)

對景思陶令　登高憶孟嘉　誰人知此意　獨倚夕陽斜　（禪興寺重陽上堂）

淵明去後無知己　誰對東籬話此心　（重陽上堂）

却憶淵明知此意　南山一見萬機忘　（禪興寺重陽上堂）

これを見ると、おのずから陶淵明の「采菊東籬下、悠然見南山」という詩句を思い出すことになる。思うに、この二句は、「唯だ陶淵明だけが『貞士に陸沈多い』現實の次女に眉を攢めながらも、大休自身の此の『清高な心』を知ってくれるだろう」という意味ではなかろうか。大休にとって陶淵明は八百年前の歴史的な過去の詩人ではなく、彼の心の中に實在する彼の一知音であったことは蔭木氏も指摘している。(13)

ちなみに、蔭木氏によると、「『日本國見在書目錄』には陶淵明集十巻があり、平安時代にはすでに淵明の詩は讀まれていたのだが、『今日われわれが陶淵明に對してもつ尊敬は、宋人の發掘に負うところが少くない』（吉川幸次郎『宋詩概說』五八頁）という宋代に再評價された陶詩を、あらためて日本に知らせたのは、この大休らの渡來僧や彼の地へ渡って留學僧ではなかったか」とある。(14)

最後に、上述したところを一言で言えば、來日詩僧の大休正念の盡力により、五山漢詩は始めてその詩形を整えることができた、と言えるのではないか。

## 第五節　大休正念の法系について

大休正念は、來日してから二十二年間、その溢れるような文學感覺の刺激を、また嚴しい座禪の修業を日本詩僧に教え與えて、大勢の弟子を育ててきた。かくて彼の法嗣の鐵庵道生・秋澗道泉の二人は五山文學濫觴期を支え、そして以後、弟子から弟子へと十五代の永きにわたって、大休正念を祖とする松源派系佛源派は五山文學に對して大いに貢獻をしたと言える。臨濟宗楊岐派虎丘下松源派系佛源派の法系圖については、玉村竹二『五山禪林宗派圖』[15]二〇頁を參照されたい。



注

（1）玉村竹二『五山文學』五八頁を參照。
（2）震華法師『中國佛教人名大辭典』一二六頁を參照。
（3）北村澤吉『五山文學史稿』三四頁を參照。
（4）注（3）に同じ。
（5）東京大學圖書館所藏別置本五山版、第一冊の弘安甲申大休自述の序を參考。
（6）蔭木英雄『五山詩史の研究』二七頁を參照。
（7）注（6）に同じ、二八頁を參考。

（8）注（6）に同じ、二九頁の別表を參照。
（9）注（1）に同じ、一〇九頁を參照。
（10）注（1）に同じ、一二〇頁を參照。
（11）注（1）に同じ、一二二頁を參照。
（12）注（6）に同じ、三〇頁。
（13）注（12）に同じ。
（14）注（6）に同じ、二九頁を參照。
（15）玉村竹二『五山禪林宗派圖』二〇頁を參照（思文閣、一九八五）。

# 第三章　五山漢詩の「内實」に關する考察
## ――來日詩僧破庵派系佛光派の祖・無學祖元――

破庵派とは、臨済禪宗の宗派である。その創始者は虎丘派の破庵祖先である。破庵派で最初に來日した者は兀庵普寧禪師であり、彼は日本に宋朝の純粋禪の嚴格な禪風を樹立した。しかし様々な原因によって、わずか五年で兀庵は歸國した。その十五年後、同じ破庵派の無學祖元禪師が來日し、彼より十年前に來日した大休正念が日本における五山漢詩の詩形を文學的に整えていたが、その基礎の上に、無學祖元は五山漢詩の內實を文學的に完成させ、五山文學の文學的內實をなす佛光派を作り上げたのである。そうした意味で、無學祖元は五山文學に絶大な影響を與えたと言えるだろう。因みに、無學祖元は來日詩僧として、最初の日本の國師になった人物である。

北村澤吉は『五山文學史稿』で、つぎのように述べている[1]。

蘭溪の緒を續ぎて厚く其の根基を培養し、文字禪を實地に活用し、大いに邦人をして景仰向歸の心を加へしめしものに子元あり。

と絶贊している。つぎに、彼の經歴・著作・文學觀・詩風を通して、彼がなぜ五山文學の源泉の一つとなったのかを考察してみよう。

## 第一節　無學祖元の傳記について

無學祖元の傳記については、①無學の法甥に當る中國五山第四淨慈禪寺住持靈石如芝禪師の「無學禪師行狀[2]」、②

慶元路昌國州龍峯普慈禪寺住持用潛覺明禪師が大德戊戌（一二九八）に作った「無學禪師行狀」[3]、③留學詩僧無象靜照（一二三三～一三〇六）の「無學禪師行狀」[4]、④詩文は「元詩四大家」「儒林四傑」の一人と稱せられる翰林國史院編修掲斯（一二七四～一三四四）の「佛光禪師塔銘」[5]、⑤未留學詩僧虎關師錬の『元亨釋書』巻八「祖元傳」[6]、⑥無學の俗甥に當る建長寺第三十二世住持東陵永璵禪師（?～一三六五）の「正脈塔院碑銘」[7]、⑦建長寺第五十六世住持中山法頴禪師（?～一三八九）の「佛光圓滿常照國師年表雜錄」[8]、⑧元祿十五（一七〇〇）年に著わされた『本朝高僧傳』[9]、⑨北村澤吉の『五山文學史稿』[10]などの文獻史料から、我々は詳しくこれを知ることができる。ただ、問題は、各史料間で無學祖元の來日した年が一致していないことである。すなわち、①は一二七九年とし、②は一二七九年とし、③は一二七八年とし、④は一二七七年とし、⑤は一二七九年とし、⑥は一二七九年とし、⑦は一二七九年とし、⑧は一二七九年とし、⑨は一二八〇年としているが如きである。

この問題は、中國の文獻によれば[11]、つぎのように記述されている。

⑩祖元（一二二六～一二八六）、宋僧。字子元、號無學。鄞縣（今屬浙江）許氏。年十四至徑山參佛鑒慧懃。鑒寂後、遍參諸方、三十六大悟。住東湖白雲庵七年、繼住靈隱寺、台州眞如寺。後還天台山、旋爲天童寺首座。至元十三年（一二七六）應日本北條時宗聘、抵鎌倉、翌年創圓覺寺、爲開山第一祖。寂謚佛光禪師。見《元亨釋書》八、《本朝高僧傳》二二。

この中國史料によれば、彼の來日した年は一二七六年である。

これらをまとめてみると、⑩は一二七六年、④は一二七七年、③は一二七八年、①②⑤⑥⑦⑧は一二七九年、⑨は一二八〇年である。その五說のうちでは、果たしてどれが正しいであろうか。

この解答を『佛光國師語錄』巻三に求めてみよう。その巻三によれば、まず目に入るのは、平時宗の招聘狀である[12]。

その招聘狀（見存圓覺寺）には、

日本國副元帥平時宗請帖

時宗留意宗乘。積有年序。建營梵苑。安止緇流。但時宗每憶。樹有其根。水有其源。是以欲請宋朝名勝助行此道。煩詮英二兄。莫憚鯨波險阻。誘引俊傑。歸來本國爲望而已。不宣。

弘安元年戊寅十二月二十三日　　時宗和南

詮藏主禪師

英典座禪師

とある。弘安元年戊寅は一二七八年のことである。また、『佛光國師語錄』巻三には、「弘安二年八月二十一日入院」の「江湖疏」がある。これらによると、無學祖元は弘安二年に平時宗の招聘により、來日したことが間違いない。從って、①②⑤⑥⑦⑧の說が正確であることが分かる。

無學祖元の簡單な經歷は次の通りである。

無學は號、祖元は名、子元は字である。北宋の嘉定十八年（日本の嘉祿元年・一二二五）宋の明州慶元府（現在の寧波）に生まれ、元の至元十六年（日本の弘安二年・一二七九）八月に來日し、弘安五年（一二八二）圓覺寺の開山となり、弘安九年（中國至元二十三）九月、圓覺寺に示寂した。享年六十一。敕して佛光禪師と謚し、光嚴天皇（在位一三三二～三三）は重ねて圓滿常照國師を賜った。無學六十一年の生涯のうち、五十四年間は中國で送り、殘りのわずか七年間は日本で、五山漢詩の內實を文學的に完成させ、五山文學の基礎を作り上げ、そのため、來日詩僧として初めて國師となった。

無學は中國の宋王室が滅亡した半年後に來日したが、ほぼ同じ時期に、元使が博多で殺されており、國際情勢が最も緊迫した時期であった。無學の來日に關して、彼は「寄香燒獻熊野大權現」という詩偈で、やはり「老僧亦爲避秦來」と詠じ、宋・元の戰亂を避けるため來日したことを明らかにしている。なお、『蔭涼軒日錄』文明十七年九月三日の條には、彼の渡日が傳說的に記述されている。[13]のち、享保十一（一七二六）年遠孫圓覺一七四世住持義海昌宣等の補校により重刊された『佛光國師語錄』（全十卷）卷九にも同樣のことが記されている。さらに、この傳說は遠孫相國寺八三世住持景徐周麟（一四四〇～一五一八）の『翰林鐵蘆集』の「鳩拙齋詩序」にも、また遠孫南禪寺二二六世住持蘭坡景茝（一四一九～一五〇一）の『雪樵獨唱集』の「龍室字說」にも記されている。特に、焰慧派南禪寺九八世住持惟肖得巖（一三六〇～一四三七）の『東海璚華集』では無學渡日の傳說をあげることによって、「渡宋天神說が荒唐無稽の話でないことを論じているのは」[14]、まさに、光嚴天皇が來日詩僧である無學に國師を賜ったことを神聖化するためにほかならない。

## 第二節　無學祖元の文學的な經歷について

五山文學の文學的な內實を完成させた無學祖元には、どのような文學的な經歷があるのだろうか。これについて上述した史料①②⑤⑥⑦⑧に基づいて考察してみたい。これについて、蔭木氏はすでにまとめているので[15]、これを要約する。

1．詩偈は無學の空門に入る契機であった。十二歲頃、父兄と山寺に遊んだ無學は、一僧が『五燈會元』の雲峰志璿の上堂語にある「竹影掃階塵不動、月穿潭底水無痕[16]（竹影階を掃けども塵動かず、月潭底を穿つも水に痕なし）」という偈を吟じているのを聞き、心に默契する所があって、在俗する意志がなくなったという。この詩句の文學的意義を理解することによって宗教的開眼を成し遂げたことは注目すべきである。

2．洗練された言語で禪の悟りを表現するものは詩偈である。二十七歳の時、虚堂智愚に參じていた頃、ある日虚堂智愚が僧を送る偈を無學に見せたところ、無學は、「偈は總て閑長の語言、些子の禪もなし」[17]と反論した。間髪を容れず虚堂が、「こいつめ」と正面から一喝、その瞬間、無學は「句語三昧」を得たというのである。

3．詩偈は人を悟らせるものである。五十一歳の春、元兵が雁山能仁寺に侵入し、寺衆が恐れ匿れたが、無學はただ一人堂内に兀坐し、元兵の白刃に直面しながら、

乾坤無地卓孤　喜得人空法亦空　珍重大元三尺劍　電光影裏斬春風[18]

という詩偈を吟じたところ、これを聞いた元兵は謝罪して撤兵した、という。

これを要するに、上述したような文學的な經歴を持つ無學祖元が日本五山第一建長寺第二世住持として迎えられたこと、そして五山第二圓覺寺開山として迎えられたことは、やがて五山文學に大きな影響を與え、五山文學の文學的礎を築いていくことになる。

## 第三節　無學祖元の文學觀及び詩風にていて

無學祖元は「入室後普說」の中で、日本の弟子に自分の禪詩添削法を次のように述べている[19]。

上賓主。句上賓主。古人師資相見處賓主。我今與汝等相見處賓主。諸公都曉一些子不得。更有一箇譬喩。古人借公案普說示衆。其實不在公案之上。亦不離公案之上。如運土成山相似。語言初無揀擇。信手拈來。信口道出。不問石頭。不問瓦片。不論好惡。只要成山栽松種柏。上出雲雨。千年萬年。蔭涼天下。其實攻巧不在乎塊石擔土之

上。儞今禪和子無此力量。如人家疊假山相似。討一兩塊玲瓏石頭。要下在尺寸之內求千里萬里境致。豈可將塊頑石瓦片把來莊境致得。不是山僧揀擇諸公語言。只緣儞家活小就儞力量做些境致。待儞有古人力量。堆土爲山也得。堆糞掃爲山也得。移山作山也得。就山看山也得。何所不可。諸人不可不忖度放下決擇成就儞千劫萬劫事。老僧是多病諳藥性。不是强說道理。眼裏有筋底。胸中各自忖量。做頌之法。亦無定式。且要理到權實照用。諸人固是理曾未得髣髣髴髴底。只有一箇兩箇不免。向言語中。說與諸人。二十八字。須是字字要著實。句句要妥貼。首尾要平滿。血脈要連接。體中要空圓。不要將古人公案堆疊。不要將古人言語鬬湊。須是向自己胸襟中摸索。摸索不得處摸索。無罅縫中討門戶。無路中討路。無言語中討言語。如此辛苦做得三首十首廿首出來有地步。自然機路通透。左右逢原頭頭得妙。幾番諸公把頌子來改。我亦不欲滅當諸人威光。諸公旣是再三再四。眞實相扣。只得與諸人拈出鈍斧。東劄西劄。或移前作後。或將重就輕。或窒礙不通道理者。吾與汝去其沙土。令其流暢。或有斷絕接不得者。吾疊橋布路。接汝過來。或有義理前後相反者。吾與汝除去礙膺之物。令其寬廓。有束縛在事理中動不得者。吾掣去汝之家生。別討一片乾坤。與汝行。古人道頭頭垂示處。子細好生觀。大唐得知。只道老僧小兒氣引人落草。灼然也有引人落草處。也有引人出草處。也有引人向萬仞崖頭處。也有引人在煙雲風月之表盤礴處。也有引人合眼跳黃河處。也有移東換西處。也有當面相瞞處。不是與諸人改頌。只要開諸人千重茅塞之路。萬重荊棘之籬。剖出旃檀薝蔔。成就惠身。我入院來。與諸人改頌子五六軸。恐有三四佰箇。恐諸人肚皮裏。尚未知香臭。自道我了得。不要毀我所改舊藁本無事。風前月下。將儞自做底。將老僧改底。翻覆細看。不可不思。儞如今一時未曉得在。三年五年後。十年廿年後。方知老僧。若不理會老僧。也無奈何。佛法無人。全賴汝等勉力。鐃君下語一百轉。未契老懷終不休。四海禪流休造次。黃金不可換眞鍮。

これが彼の文學的意識であり、彼が懸命に自分の文學観を分かり易く弟子に説いていることが分かる。[20]

今殘っている彼の著作には、享保十一年に重刊された『佛光國師語錄』十巻があり（うち末の一巻は年譜）、『大日本佛教全書』巻九十五にこれを收錄している。今その語錄から、彼の文學觀を窺う上で、特に讀む價値があると見られる作品を選んで掲げておきたい。

まず、中國で作った詩作を掲げてみよう。

白雲庵居咄咄（二十八首錄三首）

描不成兮畫不成　白雲影裏又新正　寒巖殘雪消將盡　靈草無人漫地靑
參禪不識主人翁　癡拙無人在下風　一曲村歌爲誰發　海天空濶有孤鴻
千山風雪偃孤蹤　回首西天路不通　憶著普通年遠事　老猿啼上最高峰

馬郎婦（四首錄一首）

七喩千年恨未收　風煙如結馬郎愁　樓前不宿雙飛燕　寂寞楊花送釣舟

達摩（四十首錄一首）

九重春色正漫漫　花映千門萬戶寒　阿閣一聲鷄報午　睡仙猶在紫雲端

寒山（四首錄一首）

胡寫亂寫　先偈成集　寒巖倚天　飛湍箭急

虛堂和尙（四首錄一首）

舊去新來懶送迎　叢叢百草遶階生　明朝又是春風動　一雨還添一度靑

偃蓋序

欄干共倚送飛鴻　萬里晴天一蓋風　相識還如不相識　水聲松韻各西東

以上、無學が中國で作った代表的な絶句を擧げて見たが、その中でも特に、白雲庵居咄咄の二十八首の中の次の一首を取り上げて見てみたい。――起句の「千山風雪偃孤蹤」の「千山」という無限の「數字」、承句の「回首西天路不通」の遙かに斷絕した「西天」の「方向」、轉句の「憶著普通年遠事」という「年遠」の時間的「距離」が、結句の「老猿啼上最高峰」の「猿聲」にまとめられ、全詩は具體的な空間・時間・數字・音聲などの詩語を通して、修行に苦闘する無學の心情を巧妙に表現している。(21)

つぎに、來日後に作った詩作を掲げてみよう。

四郎金吾求偈

秋入扶桑海國寒　白蘋紅蓼接沙灘　夜來添得孤鴻跡　留與人間作畫看

示僧（二首錄一首）

碧天無際水風涼　楊柳絲絲引興長　獨立沙頭看山色　蓼花叢裏浴鴛鴦

沙彌求語

高下秋雲半欲睡　水光瑟瑟弄斜暉　鳥飛不度扶桑碧　萬里孤僧獨立時

題淸見寺

暫歇征鞍此地遊　回看廣岸一沙鷗　欲留姓字無新句　馬上頻頻又轉頭

題竹畫（四首）

葉葉戰西風　肅郎筆掃空　一聲雷電裏　龍去不知跡

湘岸綠猗猗　湘波弄夕暉　美人天共遠　獨自立多時

一雨一番新　蕭蕭入坐頻　香嚴猶自可　多福更愁人

曉露日欲上　嵐光一半收　休聽竹枝怨　孤棹在東州

寄香焼獻熊野大權現

先生採藥未曾回　故國關河幾度埃　今日一香聊遠寄　老僧亦爲避秦來

題屛風海圖二首　其一

爲愛扶桑水國淸　煙霞爲屋水爲城　十州三島蓬壺裏　添得龐眉一老僧

同　右　其二

碧天連水水連天　秋色依依上釣舟　我亦不知身是客　數聲寒雁斷雲邉

辭檀那求歸唐

故國望斷碧天長　那更衰齡近夕陽　補報大朝心已畢　送歸太白了殘生

信筆爲寶光書

得月樓前春未饒　靑山影裏雪初消　隔池兩樹梅花白　髣髴孤山第四橋

墨　梅

靑蛙與竹杖　尋訪過前村　一度見顏色　微月正黃昏

墨　竹（二首錄一首）

玉立映蒼苔　禪房一半開　通身風露冷　午夜定初回

畫　狷

歸心半落水雲邉　又看巴江江上狷　一聲啼斷碧天暮　回首何人在故國

このように、無學が來日後作った詩を詠めば詠むほど、彼の心の眞實が了解される。例えば、「寄香焼獻熊野大權現」

という詩では、彼は徐福に託して、祖國の現狀と自分の本心の一部を語っている。また、日本を愛する氣持ちを表白した「爲愛扶桑水國淸」という詩句がありながら、北條時宗が死んだ時に作った「相模四郎殿請讃」には、「雖然佛法滿肚、不會日本語」という、言葉の不自由による耐え難い望鄕の念がしばしば吐露され、例の「故國望斷碧天長、那更衰齡近夕陽」「一聲啼斷碧天暮、回首何人在故國」という詩句も時々見られる。こういう矛盾した心境こそまさに人間の眞情であろう。[22]

最後に、禪偈を掲げてみよう。

静　齋

森羅萬像寂無言　不住虛中落斷邉　垂乎空王殿前立　一塵不到髑髏寒

自　悼（七首錄三首）

頹然齒豁又頭童　一息靑山萬劫空　後二千年雲水客　是誰來比吊孤跡

同　右

爲法求人日本來　珠回五轉委荒苔　大唐沈卻孤笻影　添得扶桑一掬灰

同　右

七尺稜層疥狗身　一堆紅焰作紅塵　白雲流水寒溪曲　靑草年年補燒痕

この中でも、特に晩年の作である禪偈の「自悼」七首は、まさに詩偈として洗練され、詩語と悟りの境地が圓滿に融合されている。とはいえ、一方「後二千年雲水客、是誰來比吊孤跡」とも詠じており、「異鄕の土と化する自分の死後を思えば、空しい寂寞感に襲われるの[23]」は人間の心情であろう。

また、「七尺稜層疥狗身、一堆紅焰作紅塵」――「痩せさらばえた苦澁の身も、死後一堆の紅炎に燒かれては、灰塵となって空中に飛散し空に歸す」——という二句は、「有」から「無」への悟りをよく文學的に表現し、「白雲流水寒溪曲　青草年年補焼痕」——「流れていく自然の曲は絶えずに春を甦らせ、私の肉體を荼毘に付した焼跡に、青草が絶えることなく萌えてく」——という二句、「無」から「有」への悟りを文學的に詠じたものである。「七尺——一堆、紅焔——白雲——青草」は、空間的視覺的對象の「有」、起承句の有限と轉結句の無限との時間的感覺的構成の「無」が、巧妙に融合し、(24) 偈としても、詩としても、これを超えるものはなかろう。「七尺」という語彙は『淮南子・修務訓』の「七尺之形心、知憂愁勞苦」から援引されたものであるが、ここでは表現上でも内容面でも一石二鳥の效果を果たしている。

## 第四節　佛光派の五山文學への影響について

無學祖元の法系（佛光派）及びその文學觀は、高峰顯日から夢窗へと受け繼がれていった。その法孫である夢窗國師は室町時代最大の門派（夢窗派）を形成し、その法嗣からは、ついに五山文學の最高峰に立つ義堂周信や絶海中津をはじめ多數の文學僧が輩出して、禪林における文學的な裾野は廣く、ついに世界に前例のない獨特な五山文學（宗教における文學）の隆盛をもたらしたのである。

今試みに、この佛光派夢窗派の文學僧とその文學作品集を列擧し（①～⑫は、佛光派の初代から十二代を示す）、その法系の隆盛を確認してみよう。

| 著者 | 作品名 | 卷數 | 著者寂年 |
|---|---|---|---|
| ①　無學祖元國師 | 『佛光國師語錄』 | 一〇 | 一二八六 |

| | | | | |
|---|---|---|---|---|
| ② | 規庵祖圓國師 | 『南院國師語錄』 | 一 | 一三一三 |
| ② | 高峰顯日國師 | 『佛國國師語錄』 | 二 | 一三一六 |
| ③ | 夢窗疎石國師 | 『夢窗國師語錄』 | 三 | 一三五一 |
| ③ | 元翁本元 | 『佛德禪師語錄』 | 一 | 一三三一 |
| ③ | 此山妙在 | 『若木集』 | 一 | 一三七七 |
| ③ | 天岸廣慧 | 『佛乘禪師東歸集』 | 一 | 一三六二 |
| ③ | 蒙山智明 | 『雲泉集』 | | 一三六六 |
| ④ | 無極志玄 | 『天龍一指』 | | 一三五九 |
| ④ | 鐵舟德濟 | 『閻浮集』 | 一 | 一三六六 |
| ④ | 青山慈水 | 『佛觀禪師語錄』 | 一 | 一三六九 |
| ④ | 無隱法爾 | 『無隱爾禪師疏』 | 一 | 南北朝頃 |
| ④ | 默庵周諭 | 『提耳訓』 | | 一三七三 |
| ④ | 不遷法序 | 『菩薩蠻』 | | 一三八三 |
| ④ | 清溪通徹 | 『清溪和尚語錄』 | | 一三八五 |
| ④ | 春屋妙葩國師 | 『智覺普明國師語錄』 | 八 | 一三八八 |
| ④ | 龍湫周澤 | 『龍湫和尚語錄』 | 二 | 一三八八 |
| ④ | 義堂周信 | 『義堂和尚語錄』 | 二 | 一三八八 |
| | 〃 | 『空華集』 | 十八 | 〃 |

| | | | | |
|---|---|---|---|---|
| ④ | 默翁妙誠 | 『禪餘吟』 | | 一三八〇頃 |
| ④ | 古劍妙快 | 『了幻集』 | 二 | 一三九〇頃 |
| ④ | 絶海中津國師 | 『絶海和尚語錄』 | 三 | 一四〇五 |
| | 〃 | 『蕉堅藁』 | 一 | 〃 |
| ④ | 觀中中諦 | 『觀中和尚語錄』 | 一 | 一四〇六 |
| ⑤ | 空谷明應國師 | 『佛日常光國師語錄』 | 三 | 一四〇七 |
| ⑤ | 汝霖妙佐 | 『高園藁』 | 一 | 一三九〇頃 |
| ⑤ | 大周周奝 | 『三周集』 | 一 | 一四一九 |
| ⑤ | 如心中恕 | 『碧雲藁』 | 一 | 一四二〇頃 |
| ⑤ | 西胤俊承 | 『眞愚藁』 | 一 | 一四二二 |
| ⑤ | 大岳周崇 | 『大岳錄』 | 一 | 一四二三 |
| ⑤ | 古篆周印 | 『無碍集』 | | 不明 |
| ⑤ | 鄂隱慧歳國師 | 『南遊稿』 | 一 | 一四二五 |
| ⑤ | 嚴中周噩 | 『養浩集』 | 一 | 一四二八 |
| ⑤ | 朴中梵淳 | 『景福朴仲和尚語錄』 | 一 | 一四三三 |
| ⑤ | 月溪中珊 | 『道廬集』 | | 一四三四 |
| ⑤ | 柏堂梵意 | 『柏堂和尚語錄』 | 一 | 一四三四 |
| ⑤ | 瑞溪周鳳 | 『臥雲集』 | 一 | 一四七三 |

| | | | |
|---|---|---|---|
| ⑥竺雲顯騰 | 『龍華竺雲藁』 | 一 | 不明 |
| ⑥曇仲道芳 | 『曇仲遺藁』 | 一 | 一四〇九 |
| ⑥天章澄彧 | 『栖碧稿摘藁』 | 一 | 一四一〇頃 |
| ⑥心田清播 | 『心田和尚語録』 | 一 | 一四四七 |
| ⑥竺雲等連 | 『繋雲集』 | 一 | 一四七一 |
| ⑥天祐梵嘏 | 『天祐集』 | | 一四八〇 |
| ⑥惟馨梵桂 | 『東蘆吟稿』 | 一 | 一四九〇 |
| ⑥月翁周鏡 | 『江介集』 | 一 | 一五〇〇 |
| 〃 | 『交蘆集』 | | 〃 |
| 〃 | 『月翁和尚語録』 | 一 | 〃 |
| ⑥旭岑瑞杲 | 『日下一木集』 | 一 | 一五〇〇頃 |
| ⑥蘭坡景茝 | 『仙館集』 | 一 | 一五〇一 |
| 〃 | 『雪樵獨唱集』 | 五 | 〃 |
| ⑥琴叔景趣 | 『松隠吟稿』 | 一 | 一五〇七 |
| ⑥顯室等誠 | 『顯室和尚語録』 | 一 | 一五二〇頃 |
| ⑥東輝永杲 | 『東輝和尚語録』 | 二 | 一五四二 |
| ⑥雪嶺永瑾 | 『雪嶺和尚語録』 | 一 | 一五三七 |
| 〃 | 『識廬和尚疏稿』 | 一 | 〃 |

| | | | | |
|---|---|---|---|---|
| | 〃 | 『識廬稿』 | 一 | 〃 |
| | 〃 | 『梅溪集』 | 一 | 〃 |
| ⑥ | 春澤永恩 | 『春澤和尚語録』 | 三 | 一五七四 |
| ⑥ | 〃 | 『枯木藁』 | | |
| ⑥ | 潤甫周玉 | 『潤甫玉禪師語録』 | 一 | 一五四九 |
| ⑦ | 東沼周嚴 | 『流水集』 | 四 | 一四六二 |
| ⑦ | 彦龍周興 | 『半陶稿』 | 六 | 一四九一 |
| ⑦ | 横川景三 | 『小補東遊集』（正後續） | 三 | 一四九三 |
| | 〃 | 『補庵京華集』 | 七 | 〃 |
| | 〃 | 『薝蔔集』 | 一 | 〃 |
| | 〃 | 『閩門集』 | 一 | 〃 |
| ⑦ | 梅雲承意 | 『木母集』 | 一 | 一五〇五 |
| ⑦ | 景徐周麟 | 『翰林葫蘆集』 | 十三 | 一五一八 |
| ⑦ | 少蕙梵結 | 『一栗和尚相國五會録』 | 一 | 一五三〇頃 |
| ⑦ | 東嶺智旺 | 『東嶺和尚語録』 | 一 | |
| ⑦ | 三益永因 | 『三益詩稿』 | 一 | 一五三〇頃 |
| | 〃 | 『三益艶詩』 | 一 | 〃 |
| ⑧ | 江心承董 | 『嵐齋疏藁』 | 一 | 一五六〇頃 |

| | | | |
|---|---|---|---|
| ⑧　惟高妙安 | 『惟高吟藁』 | 一 | 一五六七 |
| ⑧　策彦周良 | 『策彦和尚遺藁』 | 一 | 一五七九 |
| ⑧　英甫永雄 | 『倒痾集』 | 一 | 一六〇二 |
| ⑧　虎林中虔 | 『虎林和尚天龍語錄』 | 一 | 一六六〇頃 |
| ⑨　西笑承兌 | 『土偶集』 | 一 | 一六〇七 |
| ⑨　有節瑞保 | 『有節和尚入寺法語』 | 一 | 一六三三 |
| ⑪　古澗慈稽 | 『口水集』 | 二 | 一六三三 |
| ⑫　九岩中達 | 『鵝腿集』 | 一 | 一六六一 |

以上、無學祖元の佛光派に屬する各派の著名な文學僧は、②二名、③五名、④十四名、⑤十三名、⑥十七名、⑦八名、⑧五名、⑨二名、⑪一名、⑫一名、總數六十九名にも上り、總計九十七部もの力作を世に殘した。よって、彼らは濫觴期、隆盛期、衰頽期においてそれぞれ大いに活躍したことが分かる。

無學祖元の佛光派から規庵派・佛國派が派生し、さらに佛國派から佛德派・此山派・夢窓派が派生し、夢窓派から慈濟門派・鹿王門派・壽寧門派・大雄門派・慈氏門派・正持門派・瑞林門派・靈松門派・大慈門派・黃梅門派・三秀門派・華藏門派・永仙門派・永泰門派・善入門派・地藏門派が派生し、慈濟門派から柏岫派が派生して、延べ千九百九十三名にも上る文學僧が出ることになった。その佛光派法系圖（玉村竹二『五山禪林宗派圖』を參考して作成したものである）は次頁の通りである。

佛光派法系圖を見てみると、無學祖元が五山文學史上において如何に大きな存在であったか、自ずから明らかになるであろう。あえて筆者が、無學祖元を五山文學の源泉としてその文學の內實を作り上げた第一人者と見なした所以である。

**【佛光派】**（のち五山派の三十四流派の第十流となる〔本書の第一篇第二章第一節の注（19）を參照〕）

- 無學祖元（破庵派系佛光派派祖　圓覺寺開山・建長寺五世　子元）
  - 規庵祖圓（如鏡）〔佛光派規庵派〕
  - 不昧一眞
  - 高峰顯日〔佛光派佛國派〕
  - 一翁院豪
    - 靈岩良眞
      - 夢嵩良英
        - 意翁圓淨
          - 金澤素城
            - 東川素順
              - 藏外素聞
              - 晦極素明
          - □□嵩詢
            - 玄外崇端
        - 直翁良忠
          - 清堂眞元
            - 因中元三
              - 以崇自敦
        - 東巖□□
    - 月庵自昭
      - 白翁守明
    - 斷岸□空
  - 大用慧堪
  - 建翁慧鼎（淨妙寺住持）
  - 雄峰奇英
  - 見山崇喜（南禪寺六世）
    - 克中致柔
    - 古傳崇抍
  - 桂澗清輝
    - 祥翁清瑞
      - 月浦宗見
  - 雲屋慧輪（圓覺寺一三世）
    - 龍峰宏雲
      - 奇峰□玄
        - 道峰祖貫
          - 文宗禪彩
            - 宜斅祖隨
          - 以震祖英
          - 玉震祖光
          - 春堂祖溫
        - 日峰□舜
    - 天澤宏潤（圓覺寺三一世　建長寺四一世）
  - □□慧常
  - 頓庵契愚
    - 天利正日
  - 無外如大（尼）

- 太古世源（五山第一建長寺第一七世）
  - 明徹光琮 ― 九峰信虔 ― 堅中妙彌
  - 歸山光一（建長寺四六世 圓覺寺三五世）
    - 縱岳光巨
    - 大仙光心
- □□一鏡
- 白雲慧崇（建長寺二六世 圓覺寺一八世） ― 古庭子訓 ― 明堂慧文 ― 心月慧中 ― 有材慧棟（建長寺一六八世）
- 孤雲慧約（萬壽山住持）
- 古倫慧文
- 無外慧方
- □□慧仙
- □□慧照
- □□慧俊
- □□慧雲
- □□覺一
- □□慧月
- □□慧蓮（尼）
- □□慧通
- □□慧敏
- □□一愚
- □□慧明
- □□慧曇
- □□慧朋
- □□慧蘭

- 佛光派規庵派派祖・南禪寺二世 規庵祖圓
  - 悦堂本喜
    - 東陽□□
      - 性天□廓
    - 南禪寺一二二世 希文正綸
      - 玄溪□伍
        - 月岑□昇
          - 南禪寺二六〇世 雲英正怡
            - 南禪寺二六七世 華溪正稷
              - 東岳玄俊
              - 南禪寺二七一世 梅心正悟
                - 南禪寺二七五世 默室榮宜
              - 玉光智瑛
      - 保寧□勇
    - 雪心□要
  - 瑞岩□光
    - 肅翁懷欽
    - 無言□□
    - 玉石靈琳
      - □□靈樹
  - 鏡空淨心
    - 大同可圓
      - 雲溪禪龍
    - 了庵會辨
    - 廬峰□□
  - □□覺元
  - 天龍寺九世・南禪寺一九世 蒙山智明
    - 南仲景周
      - 桃隱崇悟
        - 海樵眞超
          - 湖月□功
            - 天澤佐津
              - 乾仲宗貞
              - 雪岑津興
                - 景渭□晁
                  - 斷際□運
          - 雲夢崇澤
            - □□□佐
              - 檀溪□叢
        - □□聖春
    - 明叟景因
    - 南禪寺八八世 大椿 仁中景壽
      - 南禪寺一五一世 東越允徹
    - 東山崇忍
      - 巨闡崇誾
      - 寰中崇樞
    - 肯庵崇可
    - 虎森□□
      - 南禪寺一六二世 昇甫崇鎭
    - □□景滿
  - □□慧眞
  - 菊趣慧園
    - 鼎湖□銘
      - □□□壁
  - 源翁全歸
    - 勉之肯旃
      - 震岳全昉

- 佛光派佛國派派祖・建長寺一四世 高峰顯日
  - 智曤 夢窓疎石〔佛光派佛國派夢窓派〕
  - 元翁本元〔佛光派佛國派佛德派〕
  - 此山妙在〔佛光派佛國派此山派〕
  - 太平妙準
    - 無二法一 ― 建長寺一三六世 明湖法永 ― 津庵法梁
    - 曇江法面
    - 芳庭法菊
      - 大成法行
      - □□法操
      - 樂堂法音
    - 南禪寺四七世 建長寺五六世 中山法穎 ― 龍田法震
    - 建長寺四〇世 圓覺寺三〇世 大喜法忻
      - 建長寺八九世 日峰法朝
        - 介石法豫
        - 圓覺寺一三六世 續宗法紹
          - 揚宗法葩 ― 潤甫法澤 ― 仙皐法鶴
          - 季光□□
      - 圓覺寺一〇五世 一峰方玄
      - 建長寺八八世 一溪方聞
      - 建長寺八七世 大安法慶 ― 建長寺一七一世 龍江玄澤
      - 東溪惟丘
      - 圓覺寺八二世 天心惟中
      - 仲寛法廣
      - 建長寺六九世 中圓法方
  - 雲谷□□
  - 周叟妙松 ― 建長寺一一三世 劍江妙龍
  - 建長寺五二世 可翁妙悅
    - 藏中殊琛
    - □□□等
  - 杲山宗昭
  - 不識妙宥
    - 天泉志淳
    - 岳雲□崇
  - □□妙克

十刹第五長樂寺第九世
秀巖玄挺
祖庭□芳
無際彌浩
大忠賢勛
大同妙喆
正宗妙恕
秀崖可傑
心印可直
天岸慧廣
在中廣衍
東嶼廣曦
子西廣兌
一宗廣乘
竹隱廣虎
香林宗桂
華岩宗觀
以住廣清
柏岩純榮
養愚宗育
獨秀□□
鶴峰宗松
景坡宗印
五溪宗倫
春葩宗全
天用廣運
東洲□□
虎溪玄義
立翁廣本
東嶼廣曦
俊澤昌賢
香叟定薫
芳琳廣譽
建長寺一六九世
暘谷乾曈
建長寺一二六世
喝岩自欽
笑華廣喜
石牛廣鞏
南禪寺一七世
天庵妙受
大朴□淳
南禪寺七九世
圓覺寺七八世
雲林妙沖
圓覺寺六八世
輔宗妙佐
大寶法僧
季高法雲
子文法林
圓覺寺一四八世
禹玉法璨
西派法崑
圓覺寺一五五世
仁芳法堯
節秀法忠
心石□安
偉仙方裔

- （前頁より）
  - 大蔭妙繁（建長寺一五八世）
  - 雲溪妙澤
  - 大見妙喜（建長寺一五二世）
  - 大年□椿
  - 鳳山□□
  - 無外□廣
    - 秀雲妙穎
- 樞翁妙環（建長寺三〇世・圓覺寺二一世）
  - 適中□愜
  - 雷峰妙霖
  - 大嶽妙積（圓覺寺四六世）
    - 清河統三（建長寺一四四世）
    - 明海壽晙
  - 東州明昕
    - 謙谷用尊（圓覺寺一二三世・建長寺一四七世）
  - 大綱歸整（建長寺八一世）
    - 學海歸才（圓覺寺一一一世・建長寺一三九世）
  - 天初玄廓
    - 仁庵要賢（建長寺一四〇世）
- 玉峰妙圭
  - 南溟殊鵬
    - 璣叟圭璇
      - 堅中圭密（南禪寺七五世・遣明正使）
        - 君實□貞
        - □□永育
- 特峰妙奇
  - 愚翁堅慧
- 眞空妙應
  - 南峰妙讓
    - 心聞令聞（建長寺八五世）
    - □□覺殊
  - 雲峰□□
- 海翁妙振

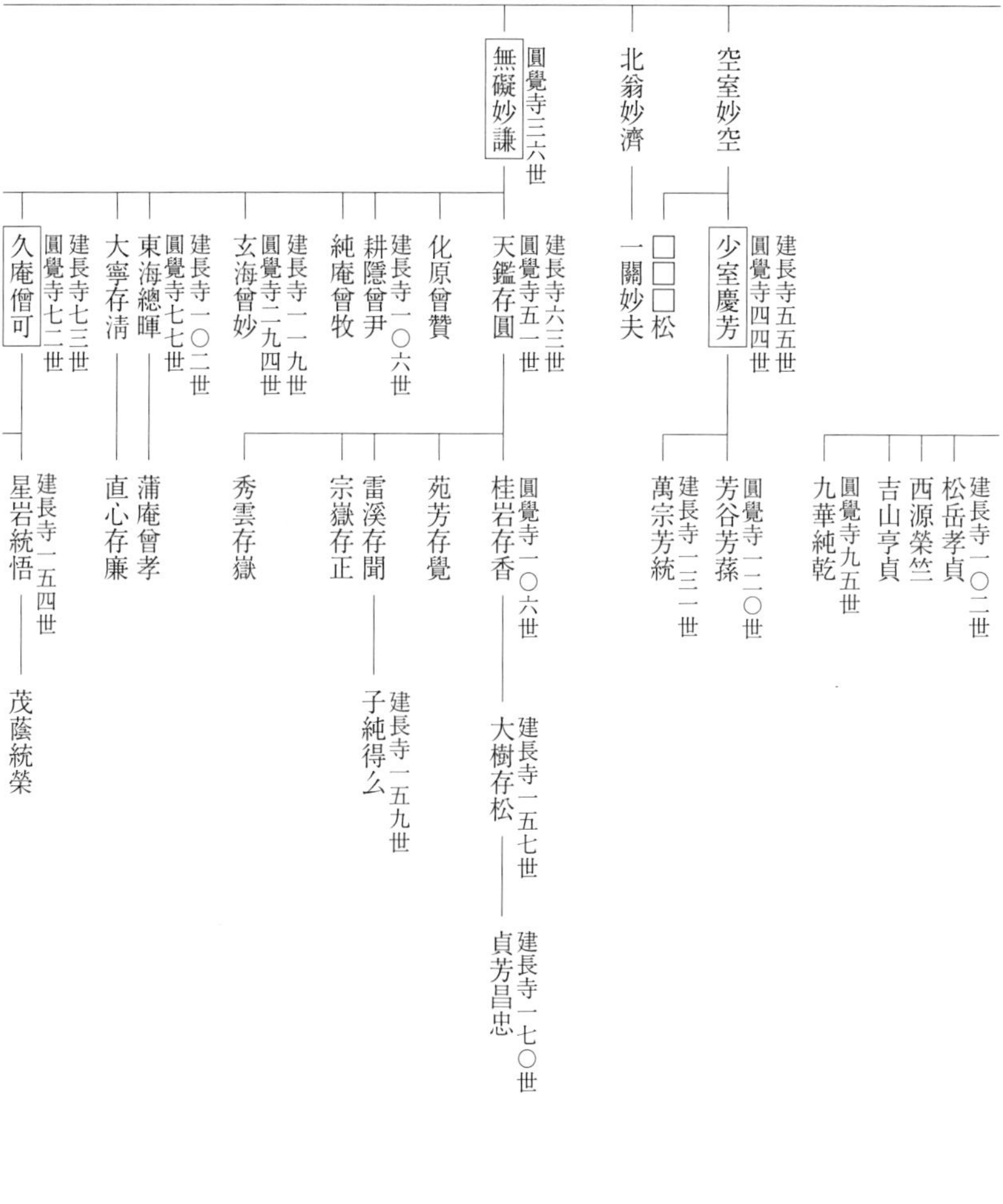
空室妙空
北翁妙濟
無礙妙謙
圓覺寺三六世
建長寺五五世
圓覺寺四四世
少室慶芳
□□□松
一關妙夫
建長寺六三世
圓覺寺五一世
天鑑存圓
化原曾贇
建長寺一〇六世
耕隱曾尹
純庵曾牧
建長寺一一九世
圓覺寺二九四世
玄海曾妙
建長寺一〇二世
圓覺寺七七世
東海總暉
大寧存清
建長寺七三世
圓覺寺七二世
久庵僧可
建長寺一〇二世
松岳孝貞
西源榮竺
吉山亨貞
圓覺寺九五世
九華純乾
圓覺寺一二〇世
芳谷芳蓀
建長寺一三一世
萬宗芳統
圓覺寺一〇六世
桂岩存香
苑芳存覺
雷溪存聞
宗嶽存正
秀雲存嶽
蒲庵曾孝
直心存廉
建長寺一五四世
星岩統悟
建長寺一五七世
大樹存松
建長寺一七〇世
貞芳昌忠
建長寺一五九世
子純得幺
茂蔭統榮

- （無礙）
  - 源叟妙本
  - 萬叟□一
    - 南林□□
    - 叔梁壽津
    - 以浩妙然（圓覺寺一四一世）
    - 伯溫德瑛（建長寺一四八世・圓覺寺一二九世）
    - 仲英本雄（建長寺一三五世・圓覺寺一一〇世）
      - 芳鄉妙續（圓覺寺四二世）—奇峰妙秀—乾秀存旭—以足德滿
    - 字江法水（建長寺一四九世）
      - 秀雲妙甫—秀峰妙流—寶室德珍—桂巖德昌
      - 正叟妙因—清岸妙瀏
  - 道庵曾顯（建長寺一〇五世）
    - 中叟顯正（建長寺一五五世）
      - 天初顯朝（建長寺一六〇世）
        - 用林顯材（建長寺一七三世）
          - 籌叔顯良
          - 悅圭顯懌
      - 竺雲顯騰（建長寺一六二世）
    - 柏堂□□
- （高峰）
  - 默翁祖淵—承先道欽（圓覺寺四九世）—正巖曹雅
- 佛光派佛國派佛德派派祖　元翁本元（南禪寺一一世）
  - 果山正位
    - 幻住正證
      - 彥材明掄（南禪寺二一五世）—德溪妙謙
      - 天霖正濡
    - 末宗正藝—東遠正渭（南禪寺二〇〇世）—竹溪正節
    - 玉霄正睬
    - 雪溪正安（圓覺寺一二六世）
  - 月堂宗圓

佛光派佛國派此山派派祖
南禪寺二九世
圓覺寺四二世
天龍寺七世
**此山妙在**

- 續芳以蓀（天龍寺一四一世　建仁寺二二〇世）
  - 九峰以成
    - 東輝永杲
      - 文溪永忠
        - 英甫永雄
          - 鈞天永洪
    - 雪嶺永瑾
      - 三益永因
    - 虎岩永遠
    - 廷秀光賢
    - 春澤永恩
      - 欣甫光榮
      - 雍伯□睦
      - 東溪□□
    - 芳磵妙菊
    - 春谷□葩
- 鏡湖以宗
- 大機以従（南禪寺六二世）
- 印空光信（南禪寺五一世）
- 明溪光聞
- 桂室光久
- 芳中□蘂
- 獨山以雄
  - 說溪光演
    - 古心慈柏
    - 廷瑞□□
- 無己□□
- 少林□春
- 絶疑□信
- 頌山妙偈
  - 笑溪妙虎
- 玉林妙璇
  - 雲岫妙恵
- 文翁□彦
- 玉堂□璨
- 月臺妙朗
- 桃縣妙令
- 竹庵□擊
  - 春岩妙育
- 松巖□周
- 節山□高
- 芳山□菊
- 如海□眞
- □□印珠

佛光派佛國派夢窓派
圓覺寺一五世・南禪寺九世・
天龍寺開山・相國寺開山
夢窓疎石

- 無極志玄（佛光派佛國派夢窓派慈濟派（柏岫派／七六名））（二七九名、三名留學詩僧を含む）
- 春屋妙葩（佛光派佛國派夢窓派鹿王派）（二三七名、四名留學詩僧を含む）
- 龍湫周澤（佛光派佛國派夢窓派壽寧派）（一一八名、一名留學詩僧を含む）
- 青山慈永（佛光派佛國派夢窓派大雄派）（四三名、一名留學詩僧を含む）
- 義堂周信（佛光派佛國派夢窓派慈氏派）（四一名）
- 德叟周佐（佛光派佛國派夢窓派正持派）（三七名、一名留學詩僧を含む）
- 曇芳周應（佛光派佛國派夢窓派瑞林派）（一六名）
- 絕海中津（佛光派佛國派夢窓派靈松派）（一五五名、七名留學詩僧を含む）
- 無求周伸（佛光派佛國派夢窓派大慈派）（三九名）
- 方外宏遠（佛光派佛國派夢窓派黃梅派）（一一〇名）
- 不遷法序（佛光派佛國派夢窓派三秀派）（三八名、一名留學詩僧を含む）
- 默翁妙誡（佛光派佛國派夢窓派華藏派）（一二一名、三名留學詩僧を含む）
- 古天周誓（佛光派佛國派夢窓派永仙派）（一四名）
- 觀中中諦（佛光派佛國派夢窓派永泰派）（四一名）
- 默庵周諭（佛光派佛國派夢窓派善入派）（四四名）
- 碧潭周皎（佛光派佛國派夢窓派地藏派）（一九名）
- 元章周郁
  - 性中梵等
- 大義周敦
- 心岩周己
- 天龍寺一一世 南禪寺三七世 清溪通徹
  - 忠室梵良
  - 秀鼇妙均

- 桂岩□久
- 春壑□□

- 建長寺六一世 古劍妙快
  - 如心中恕
  - 葦航至廣
  - 惟玉梵瑤
  - 叔明□葆
  - 流芳□傳
  - 南谷□吳
  - □□昌殊
  - 器之□□
  - □□淨觀
- 物先周格
  - 南化□讓
  - 恕中中誓
  - 岱宗中嶽
  - □□梵樾
- 南禪寺六五世 月庭周朗 ― 南禪寺一三七世 惟方梵梁
- 天龍寺一九世 香山仁與
  - 悅堂妙可
  - 春川梵淑
  - 雲章□昭
  - 南樵中以
- 中山中嵩 ― 桂室禮久 ― 穆庵梵昭 ― 東岳祖岱 ― 雲嶺紹結 ― 南陽中庸 ― 玉峰中玲
- 西泉中琮 ― 次中壽誠 ― 惟瑞□曇

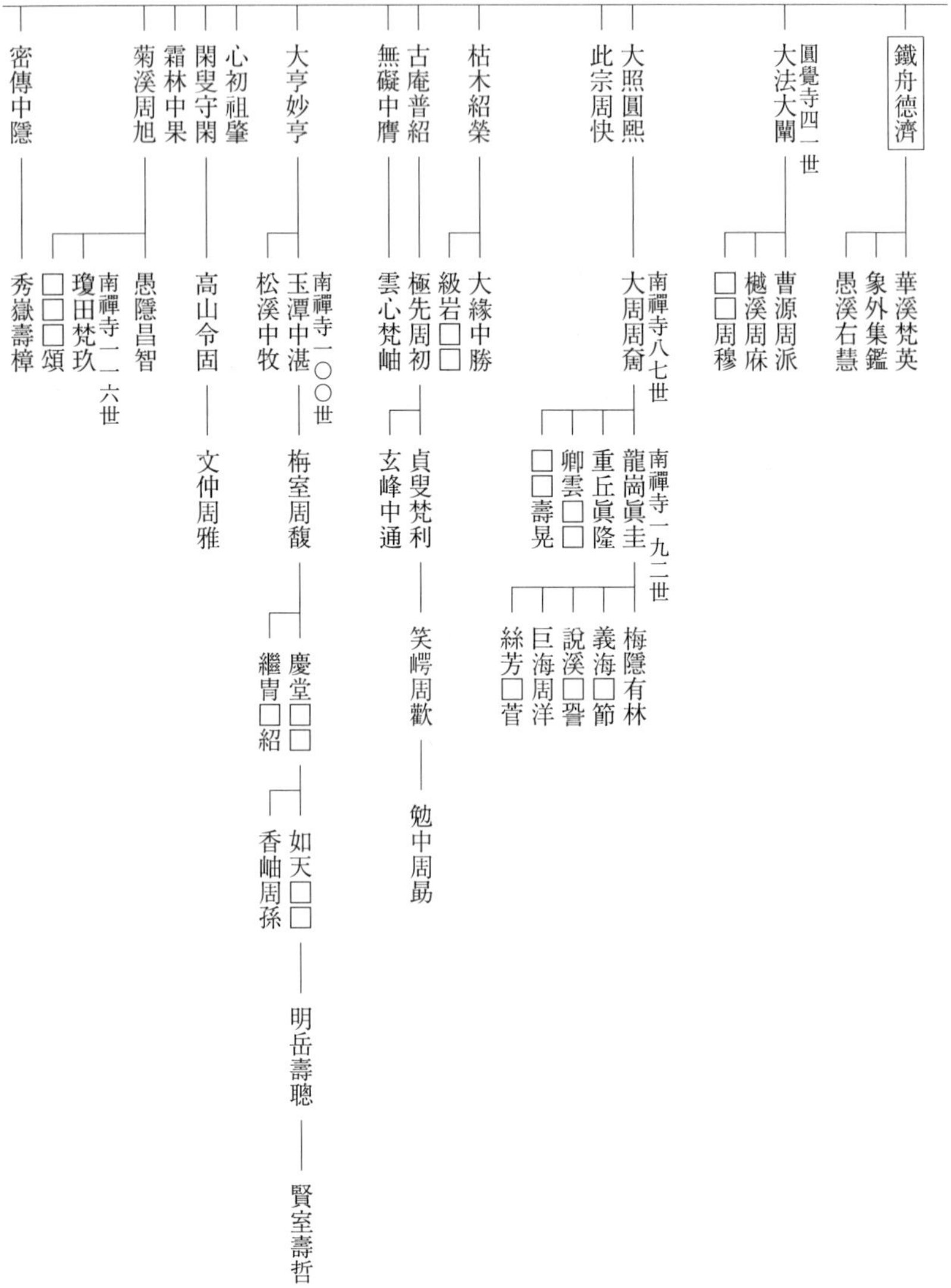
鐵舟德濟
華溪梵英
象外集鑑
愚溪右慧
圓覺寺四一世
大法大闡
曹源周派
樾溪周庥
□□周穆
大照圓熙
南禪寺八七世
大周周奝
南禪寺一九二世
龍崗眞圭
重丘眞隆
卿雲□□
□□壽晃
梅隱有林
義海□節
說溪□朁
巨海周洋
絲芳□菅
此宗周快
枯木紹榮
大緣中勝
級岩□□
古庵普紹
極先周初
貞叟梵利
笑愕周歡
勉中周勗
無礙中膺
雲心梵岫
玄峰中通
大亨妙亨
南禪寺一〇〇世
玉潭中湛
梅室周馥
慶堂□□
繼靑□紹
如天□□
香岫周孫
明岳壽聰
賢室壽哲
松溪中牧
心初祖肇
閑叟守閑
高山令固
文仲周雅
霜林中果
菊溪周旭
愚隱昌智
南禪寺二一六世
瓊田梵玖
□□□頌
密傳中隱
秀嶽壽樟

- 平山善均 ― 獨昇中擧（南禪寺九一世）
- 卽宗中遇 ― 東遠妙裔
- 少林周繁 ― 春岩□寅 ― 曇翁□瞿 ― 安溪□穩 ― 慶叔□豊 ― 徐丘□虎 ― 慶岳□誕
- 大虚一容 ― 子春梵苑（南善寺九五世） ― 松岳梵秀
- 東啓梵晃
  - 悦堂周怡
  - 竺峰周曇
- 玉泉周皓
  - 玉溪□□ ― 有隣□倫 ― □□周眞
  - 文鼎中銘
- 岳雲周登
  - 密印□嚴
  - 南江□郢 ― 古心□釋
  - 盛元梵鼎
  - 一宗□綱
- 俊茂中快（圓覺寺八三世）
- 靜室周恬
- 先覺周怙
  - 季英妙孫 ― 昧室□□ ― □□光信
  - 仲英昌哲
  - 猷仲昌宣
- 謙叟周龔
  - 無一周眞
  - 徐岡梵詳
- 晦谷祖曇 ― 松蔭常宗
  - 龍江妙濬 ― 太寧集康 ― 天用眞熹 ― 揚淸周伊
    - 舜岳玄光
    - 純甫周孝
  - 雲韶集會
- 月舟周勛 ― 茂堂亨林 ― 春溪亨藤 ― 理中周益 ― 雲峰周瑞 ― 大年周延
- 笑山周念
  - 紹中周慇 ― 玉章周璋
    - 玉圓周悟 ― 天啓周聰 ― 祝英周堯 ― 梅眞玄湜
    - 如琢□玉
    - 季仙□井
  - 東溟妙河
- 退耕周立
- 玉溪周溫
- 幹翁□楨 ― 古岩周峨

（梅眞玄湜 ― ）玄英玄洪 ― 文圃周章

- 心源周初
- 知堂玄覺
  - 文禮周郁
    - 月心性湛
    - 古溪性琴
    - 雪溪周鍊
    - 智門周恬
    - 荊山性玉
  - 行岫周勤
- 海印善幢
  - 無相中訓
    - 太虛梵仝
      - 慶岩等雲 ― 如環等楯
        - 雪庭周立
        - 芳園□桂
      - 光甫妙慧 ― 三英梵生
      - 友七周賢 ― 惟天周球
    - 梅仙□眞
  - 月浦明見 ― 菊泉□壽
- 茂林周春 ― 季章周憲
  - 明遠梵徹 ― 舜澤周薫 ― 有蘭□蕙
  - 笑雲瑞訢（南禪寺二〇六世）
- 了山昌義 ― 奇山□瑞 ― 賀庭□慶 ― 春甫□喜 ― 蕭庵周統 ― 實溪□寔
- 滿翁明道（建長寺一三七世 圓覺寺九八世）
- 適庵法順
  - 朴中梵淳
  - □□中賀
- 通叟宏感 ― 實夫□秀
- 天錫周壽 ― 介然中端
- 無範光智 ― 妙峰□覺 ― 德英□碩 ― 白英□圭 ― 春谷□芳 ― 景田□良 ― 一機□均 ― 秀峰□高 ― 雲屋□祥
- 〔靈江周徹〕（諸山勝樂寺二世）
- 月山周樞 ― □□□敬
- 鑑溪周察
- 無功周功
- 無等周位
- 邊岩周乙

- 正庵周雅
- 東山妙演
- 靈岩妙英
- 璧山法珏
- 中岩中本
- 用仲昌遵
- □□昌曇
- 絶照智光
- 勝庵伯奇
- 虎溪靈文
- 月窻元朗
- 大進彌忠

**休翁普貫**

- 無涯普廣
- 奇峰志雄
- 高山省哲
- 柳溪契愚
- 悦巖智誾
- 徹叟寂晃
- 足庵□也
- 日東□杲
- 模堂周楷
- 陽谷周向
- 雪江中梁
- 素中□璞
- 松隱昌洞
- 仲剛□柔
- 大用□機
- 定峰□法

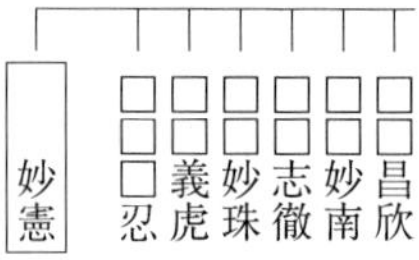


注

（1）北村澤吉『五山文學史稿』二七頁を參照。
（2）佛書刊行會『大日本佛教全書』巻九十五『佛光國師語錄』巻九、二三一頁を參照。
（3）注（2）に同じ、巻九、二三二頁を參照。
（4）注（2）に同じ、巻九、二三五頁を參照。
（5）注（2）に同じ、巻九、二三三頁を參照。
（6）佛書刊行會『大日本佛教全書』巻一〇一『元亨釋書』巻八、九六頁を參照。
（7）注（2）に同じ、巻九、二三七頁を參照。
（8）注（2）に同じ、巻九、二四一頁を參照。
（9）佛書刊行會『大日本佛教全書』巻一〇二『本朝高僧傳』巻二十一、三〇一頁を參照。
（10）北村澤吉『五山文學史稿』二八頁を參照。
（11）震華法師『中國佛教人名大辭典』五二七頁を參照。
（12）注（2）に同じ、巻三、三九頁を參照。
（13）『蔭涼軒日錄』巻二、二三八頁を參照（史籍刊行會、一九五四）。

（14）蔭木氏英雄『中世禪林詩史』三五頁（笠間書院、一九九四）。
（15）注（14）に同じ、三五～三七頁。
（16）注（2）に同じ、卷九、二三五頁を參照。
（17）注（2）に同じ、卷十、二四七頁を參照。
（18）注（2）に同じ、卷九、二三一頁を參照。
（19）注（2）に同じ、卷五、一一四頁を參照。
（20）蔭木氏はこれを分かり易く整理しているので、參考されたい。注（14）に同じ、三八～四〇頁。
（21）注（14）に同じ、四二頁を參考した。
（22）注（14）に同じ、四三頁を參考した。
（23）注（22）に同じ。
（24）注（14）に同じ、四四頁を參考した。
（25）注（2）に同じ、卷九、二二六頁を參照。

# 第五篇　留學詩僧における五山漢詩に關する比較文學的研究
## ――絶海中津における中國文學の受容及び消化――

## 第一章　「詩人」と「國師」（文學と禪宗）との融合

### 第一節　『蕉堅藁』の自選詩文集としての性格

絶海中津（一三三六―一四〇五）は五山の臨濟宗・相國寺の第六世住持であり、生活の主目的が禪理の探究、國家の護持、後進の誘掖という佛教的實利の面にあったことは勿論である。だが、絶海の活動は單にそれのみに止まらず、さらに文學の面にも大きな足跡を殘している。例えば江戸時代初期の林羅山が既に「五山文編敍」と題する文章を作り、彼の『蕉堅藁』を取り上げているのがそれである。(1)

絶海中津の文學方面における活動は、『絶海和尚語錄』(2)に見られる所謂「兼濟」的なものと、『蕉堅藁』に見られる所謂「獨善」的なものとの兩面に分けて考えることが出來る。たしかに文學の世界においては、「獨善」的と言っても、其の中に諷刺、諭諫の意のあるものも含まれ、純粹な意味において「兼濟」と「獨善」とを截然と區別することは困難であるが、ここに言っている「兼濟」と「獨善」とは大體其の重點のある所に從うものである。文學における

「兼濟」とは利己ないしは自己意識を主とせず、兼ねて世を益し人を救うことを目的とする文學であり、「獨善」とは世と人とを一先ず忘却し、自らなる自己の情意を率直に表現する文學を指すのである。文藝という立場からするならば、むしろ後者が文藝的な要素を多分に持っていると言えよう。絶海の口述『絶海和尚語錄』に言うところは疑う余地なく「兼濟」の文章であり、文藝として高く評價することが出來ないのはいうまでもない。

ゆえに、本論稿では絶海中津の詩文集『蕉堅藁』の漢詩を中心として取り扱い、比較文學的立場から、彼の詩文集の性格及び文學性を論述することにする。

## 一　『蕉堅藁』の「蕉堅」について

『蕉堅藁』の最も根本的な問題である「蕉堅」という言葉の意味について、從來五山文學の研究者らの解釋は分かれている。その中、まず代表的なものを以下に掲げてみよう。

かつて相國寺管長梶谷宗忍は「蕉堅」という題名について、

芭蕉の中に堅いしんのないこと。『維摩經』方便品に「是の身は芭蕉の如し、中に堅い有ること無し」とみえるのに基づく。

と解釋している。(3)

この梶谷宗忍の説を受けて、さらに發展的解釋をしたのは入矢義高氏である。彼は次のように解釋している。(4)

詩文集の『蕉堅藁』という名は、『維摩經』方便品に「是の身は芭蕉の如し、中に堅い有ること無し」と言い、同じく觀衆生品に「水上の泡の如く、芭蕉の堅さの如し」と喩えられる。このはかない空蟬の身が書き殘した作品、という意味である。つまり幻同然の書き物だというのではあるが、しかし、實は「幻化の空身こそは卽ち法身」（證道歌）という諦念に裏打ちされての逆説的修辭であろう。というのは現存の『蕉堅藁』所收の作品は、明らかに作者自らによって嚴選されたものであり、選び捨てられた作品は相當の數にのぼるものと推定されるからである。

そのほか、寺田透氏は次のように解釋している。(5)

其の詩文集を蕉堅藁というのは、中津が號を蕉堅道人と號したのに因んで、弟子の鄂隱慧奯が編纂の際つけたものだろう。蕉堅なる語の意味が明らかでなく、こういう熟語があるかどうかすら詳かにしないが、蕉は莊子人間世の用法に從い雜草の意、堅は固い地面のことだから、二字で、荒蕪地のような意を持たされているかも知れぬ。また、同じ莊子人間世に蕉を草刈るの意味に用いている件りがあり、他方堅には土を固めるの意があるから、二字で地行結庵の支度の如き意を持たせられ、人里遠くひとり精進しようとする心意氣を語るのかも知れないとも思う。

絕海中津が蕉堅道人を道號としたのは、確かに『維摩經』との關係がある。その方便品をよく讀めば、

諸仁者よ、是の身は無常、強き無く、力無く、堅き無く、速かに朽つるの法にして、信じる可からざるなり。苦爲り、惱爲り、衆病の集う所。諸仁者よ、此の如きの身は明智の者の怙まざる所。是の身は聚沫の如く撮み摩づる可からず、是の身は泡の如く、久しく立つる可からず。是の身は炎の如く、渴愛從り生ず。是の身は芭蕉の如く、中に堅き有る無し。是の身は幻の如く、顚倒從り起る。是の身は夢の如く虛妄の見爲り。是の身は影の如く、業緣從り現わる。是の身は響の如く、諸の因緣の屬とす。是の身は浮雲の如く須臾にして變じまた滅す。是の身は雷の如く念々住いせず。(6)

とある。號としては『維摩經』に基づく蕉堅の意味は納得ができ、確かに正しいと思う。つまり、脆弱薄壽の肉身で

はあるが、道心を堅固な筋骨の代わりに内に收め持って、修行精進しようとする志を、それによって的確に表明し得るからである。從って『蕉堅藁』の「蕉堅」という用語に對する筆者の解釋は入矢義高氏の解釋により近いと考えてよい。具體的な論述は次の各章節に展開する。

## 二　『蕉堅藁』の版本について

『蕉堅藁』は『五山文學集』に據れば、應永末年（一四二七）絕海中津の門人鄂隱慧奯が編次上梓したことが分かるが、それが成立したのはそれよりかなり以前である。西山招慶禪院藏版京都の書林聖華房發賣本に據るならば、二部二册から成り、その一部は詩集、後の一部は文集である。その詩集には明の僧錄司の官に在った左善世道衍の序文が巻頭についており、その文集には同じく明人如蘭の跋文が附されていて、この序文・跋文を見ると、二部ともに明朝第三代の皇帝成祖の永樂元年（一四〇三）、卽ち日本の後小松帝の應永十年に成立していることが分かる。(7)

國立國會圖書館藏の鶚軒文庫本［五山版］『蕉堅藁』（藏印［善慧軒］あり）の［鶚］二一〇八一の版本には、末葉に「日本國王源道義」（絕海和尚の文）の「朝鮮國王殿下」への手書があって、永樂二年（一四〇四）十一月十日の落款がある。(8)この年は卽ち如蘭が跋文を書いた一年後である。且つ印面が鮮明であるから、初梓の十刷以内のものではないかと感じられる。東洋文庫の岩崎文庫本［五山版］『蕉堅藁』には、室町期のものと思われる古い朱筆と江戸期に下るかと思われる少しく新しい朱で句讀朱引が施されている（朱は數筆あり）。印記は［洒竹文庫］、［雲邨文庫］とある。『五山版の研究』第四三四圖の國立國會圖書館藏本と（卽ち、上述したもの）同版である。ただし、印面の狀態からみて、かなり後に印されたものであると思う。(9)

その他、尊經閣文庫には［五山版］『蕉堅藁』があり、それは絕海和尚語錄が付いた一册のものである。また、お茶の水圖書館に成簣堂文庫本の［五山版］『蕉堅藁』があり、さらには天理圖書館に（二冊に分ける）［五山版］『蕉堅藁』があり、天理圖書館の古義堂文庫には［五山版］『蕉堅藁』がある。

これを要するに、［五山版］の『蕉堅藁』は、日本には以上の六部が殘存している。また、寛文十版の『蕉堅藁』は五部殘存している。ほかに、刊年不明の古本の『蕉堅藁』（二冊に分けるもの）十七册がある。[10]

『蕉堅藁』の寫本については、國立國會圖書館藏の［涼山藏書］の［鶚］詩文二〇八二の末葉の落款には「寛政十年（一七九八）蒼龍戊午春正月書寫於燕都午門蔭涼山中石陽散人釋謙爲溪」とある。また、國會圖書館支部內閣文庫に一册があり、茨城縣水戸市の彰考館文庫に一册があって、ともに三册が殘っている。[11]

## 三　『蕉堅藁』の自選性について

絶海は、五山叢林における文藝作家の白眉である。また、日本漢文學史の中に在っても絶對にない作品集は『蕉堅藁』であり、殊に其の中の漢詩である。

絶海の詩について玉村竹二氏が、「義堂が七言律詩を好んだのに對して、五言長詩を好み、また全く偈頌の體を離れて、在俗人の文學になりきつている。筍蔬の氣なしといわれる所以である」と說いている。[12] 思うに、絶海が、特に五言長篇を好んだという指摘についてはいささか疑議があるが、僧侶としての臭氣を離脱して完全に世俗の風雅文人の詩となっているという說は、たしかに正鵠を得たものと思う。

さて、まず、義堂・絶海二人の詩篇の數量上の比較であるが、岡田正之氏の計算によれば[13]、義堂は七言絶句千三首、七言律詩四百五十首、五言律詩百九十三首、五言絶句五十六首、四言詩十二首、六言絶句十一首、古詩七首、歌三首、五言排律二首、七言排律楚辭各一首。前述のように通算千七百三十九首である。これに對して絶海は、七言律詩六十七首、七言絶句五十二首、五言律詩二十六首、五言絶句十五首、四言詩五首。通算百六十五首である。この計算からも分かるように、絶海の詩の總數は義堂の總數の十分の一にも滿たない。

天才に多作は免れがたいという言葉があるのを考えると、絶海の作品がこれだけなのは如何にも少なすぎるが、その原因を考えてみるに、すでに上述したように、其の詩文集『蕉堅藁』に明の天竺寺如蘭が寄せた跋文の紀年「大明永樂元年（一四〇三）癸未」に注目すると、作者の死の二年前にその稿本は既に明に渡っていたことが明らかである。たしかに『蕉堅藁』は弟子の鄂隱慧奯が實際に編集したことは間違いないものの、作者の絶海自身も當然弟子に自分の文藝的な取捨の選擇基準を教え、さらに自分自身の目を通して嚴しく相當數の詩を除外したことも間違いないと考えられる。以上のことから『蕉堅藁』は作者の自選詩文集の性格をもつものと見るべきだろう。實は、これについては、岡田正之氏がすでに次のように結論を下している(14)。

蕉堅藁はその弟子の鄂隱慧奯の編する所なり。明の僧祿司左善世の道衍の序と、天竺寺如蘭の跋とありて、竝びに永樂元年の冬に書する所なり。明に齎して道衍・如蘭の序跋を乞ひしものは等聞なり。故に如蘭の文中に絶海の徒の等聞上人の請に因れることを述ぶれば、語錄の道聯の序と同年に等聞の斡旋に出で、絶海が生存中に成れるものなり。然れば慧奯の名を以て編纂せらるる其の取捨は絶海の旨に受くる所ありしものならん。殊に詩文の數の割合に少きものは、全く精選の結果に外ならざるべし。

岡田正之氏の結論の理由は「時間」と「數量」にあるが、筆者はこの二つの理由は一見すれば、容易に察するものであり、結論は同じではあるけれども、さらにもう一つの理由は、『蕉堅藁』に收められた絶海の詩作をその詩風によって區分すると、在明留學期・歸國遊歷期・輦寺在住期の三期にしか區分できず、留學以前期の作品が全く見當たらない。この現象は大變不思議なことであり、これはやはり絶海がその在明留學期に看得した中國文人の「遺世の作」

を厳選する慣習に導かれるものであったと言えよう。[15]

注

（1）『羅山林先生文集』巻第五十に據り、「余閲經子史集之暇、偶見本朝詩人文人及五山禪林之遺稿。若『菅家文草』已論於前。至禪家、則虎關『濟北集』、雪村『岷峨集』、絶海『蕉堅藁』、義堂『空華集』、夢岩『旱霖集』……」とある。

（2）『絶海和尚語錄』絶海中津述・西胤俊承等編。室町初期版（五山版）國立國會圖書館藏鶚軒本（一册）。

（3）釋梶谷宗忍『蕉堅藁・年譜』一五三頁を參照（思文閣、一九八〇）。

（4）入矢義高『五山文學集』二頁を參照。

（5）寺田透『義堂周信・絶海中津』一三二頁を參照（筑摩書房、臼井吉見・山本健吉監修『日本詩人選』二十四［全三十一巻］、筑摩書房、一九七七）。

（6）『維摩經』の「方便品」を參照（『國釋一切經』に據る）。

（7）『蕉堅藁』の道衍の序文の落款は「永樂元年蒼龍癸未十一月既望　僧錄司左善世道衍序」である。如蘭の題跋の落款は「大明永樂元年癸未臘月　天竺如蘭」である（國立國會圖書館鶚軒文庫本［五山版］に據る）。

（8）國立國會圖書館鶚軒文庫本［五山版］『蕉堅藁』に據ると、この本の末葉に親書があり、原文は次の如くである。

端肅奉書　　日本國王源道義謹封
朝鮮國王殿下　　（二行可漏之字也）
日本國王源道義、端肅奉書
朝鮮國王殿下。蓋惟天無不覆、地無不載。海
山雖異、聲教攸同、修好善隣、古今雅訓也。
茲奉　使命來莅、惠以　德音、眷顧之厚、不
勝慶幸。共惟大王、君臨三韓、德被四表、考洪
範於往聖、受正朔於

大明、寔彝倫之所克敍也。是以遣僧圭棠、
特隨歸使、以答
下問、重弊盛意、不腆土物、具於別幅、切冀
撫養臣民、以介
景福。
　　永樂二年十一月十日　日本國王源道義（已上十四行、右廣照國師文）

（9）『岩崎文庫貴重書書誌解題Ⅰ』七七頁を參照（財團法人東洋文庫、一九九〇）。
（10）岩波書店編『國書總目錄』に據る。
（11）注（10）に同じ。
（12）玉村竹二『五山文學』一九〇頁を參照。
（13）岡田正之『日本漢文學史』三四二頁を參照（增訂版、吉川弘文館、一九五四）。
（14）注（13）に同じ、三五六頁を參照。
（15）拙論「留明詩僧絕海中津『蕉堅藁』之論考」を參照（『九州學林』總二輯、香港城市大學中國文化センター、二〇〇三）。

## 第二節　絕海中津の文學に對する從來の評價

義堂周信と絕海中津とは從來五山文學の雙璧と稱せられてきた。いわゆる「學殖卽義堂、詩才卽絕海」である。[1]本節では絕海中津の文學に對する中日兩國の從來の評價について檢討する。

### 一　絕海中津の文學に對する中國における評價

明の僧錄司の官にあった左善世道衍[2]は絶海中津の『蕉堅藁』の詩集の巻頭に序文を書いており、序文でつぎの如く述べている[3]。

故漢魏六朝之下、至於唐宋以來、大夫士之尙於詩者特盛。然有一以風雲月露之吟、華竹丘園之詠、留連光景、取快於一時、無補於世教。是亦玩物之一端也。吾浮圖氏之於詩、尙之者猶衆。晉之湯休、唐之靈徹・皎然・道標・齊己、宋之惠勲・道潛、皆尙之而善鳴者也。然其處山林草澤之間、煙霞泉石之上、幽閑夷曠、以道自樂。故其言也、出乎性情之正、而不墜於庸俗、誦之讀之、使人淸耳目、而暢心志也。蓋亦可羨矣。日本絶海禪師之於詩、亦善鳴者也。自壯歳挾囊乘艘、泛滄溟來中國、客於杭之千歳巖。依全室翁以求道、暇則講乎詩文。故禪師得詩之體裁、淸婉峭雅、出於性情之正。雖晉唐休・徹之輩、亦弗能過之也。

漢魏六朝の下、唐宋に至るより以來、大夫士の詩を尙ぶ者は特に盛んなり。然れども一に風雲月露の吟、華竹丘園の詠を以て、光景に留連し、快を一時に取りて、世教に補ふ無き有り。是れまた物を玩するの一端なり。吾が浮圖氏の詩に於ける、之を尙ぶ者猶ほ衆し。晉の湯休、唐の靈徹・皎然・道標・齊己、宋の惠勲・道潛、皆之を尙びて善く鳴る者なり。然れども其の山林草澤の間、煙霞泉石の上に處り、幽閑夷曠、道を以て自ら樂しむ。故に其の言や、性情の正に出でて、庸俗に墜ちず、之を誦し之を讀めば、人をして耳目を淸めて、心志を暢べしむるなり。蓋しまた羨む可し。日本の絶海禪師の詩に於ける、また善く鳴る者なり。壯歳より囊を挾みて艘に乘り、滄溟に泛びて中國に來たり、杭の千歳巖に客たり。全室翁に依りて以て道を求め、暇あるときは則ち詩文を講ず。故に禪師は詩の體裁を得て、淸婉峭雅、性情の正に出づ。晉唐の休・徹の輩と雖も、また之に過ぐること能はざるなり。

ここに引用した左善世の序文の一節は、絶海の詩に對する評語であって、その要旨は、「絶海の詩は『詩經』にいわゆる「思ひ邪無き自然の性情に發して清婉にして峭雅」なものであり、中國古來の著名な詩僧湯休・靈徹・皎然・道標などと、其の力量において匹敵する」と、讚辭を呈しているのである。

次に、明の如蘭(4)の手により書かれた『蕉堅藁』の跋文の一節を引用して見よう(5)。

今觀蕉堅藁、廼知絶海得益於全室爲多。其遊於中州也、覩山水之壯麗、人物之繁盛、登高俯深、感今懷古。及與碩師唱和、一寓於詩。雖吾中州之士老於文學者、不是過也。且無日東語言氣習、而深得全室之所傳也。信矣、其疏語絶類蒲室之體裁。其文縝密簡淨。尤得一家之所傳、誠爲海東之魁。想無出其右者。況其自敍曰、時逢山水幽勝之處、披衣散策、而陶冶於猨鳥雲樹之趣、悠然如遊乎物化之元。此皆樂道之至言、豈可與詩人流連光景、玩物喪志比擬哉。

今、蕉堅藁を觀て、廼ち知る、絶海益を全室に得ること多と爲すことを。其の中州に遊ぶや、山川の壯麗、人物の繁盛を覩、高きに登り深きに俯し、今に感じ古を懷ふ。碩師と唱和するに及びて、一に詩に寓す。吾が中州の士、文學に老なる者と雖も、是れに過ぎざるなり。且つ日東の語言の氣習無くして、深く全室の傳へる所を得たり。信なるかな、其の疏語にはなはだ蒲室の體裁に類す。其の文縝密簡淨、尤も一家の傳ふる所を得、誠に海東の魁たり。想ふに其の右に出づる者無からん。況んや其の自敍に、時に山水幽勝の處に逢へば、衣を披き策を散じて、猨鳥雲樹の趣きを陶冶し、悠然として物化の元に遊ぶが如しと曰ふをや。此れ皆道を樂しむの至言、豈に詩人の光景に流連し、物を玩し志を喪ふと比擬す可けんや。

ここに掲げたのは如蘭の絶海の文學に對する評語であって、絶海が全室和尙の教える所を率直に受け入れ、その詩には多くの日本詩人が陥りがちな所謂和臭がなく、中國の著名な文人と同程度にまで詩才において到達しているものであり、從って日本詩人としては最高級の人である、と言うのである。

同じく明の清遠懷渭禪師(6)の和絕海詩の序を揭げて見よう(7)。

絕海藏主力究本參。禪燕之餘、間事吟詠、吐語輒奇。予歸老眞寂、特枉存慰。將遊江東、留詩爲別。有曰、流水寒山路　深雲古寺鐘。氣格音韻、居然玄勝、當不愧作者。予老矣。無能爲也。不覺有愧後生之歎。遂次韻用答。誠所謂珠玉在側、不自知其形穢也。

洪武六年、歲在癸丑、冬十二月二十日、書眞寂山中。

絕海藏主は力めて本參を究む、禪燕の餘に、間ま吟詠を事とし、語を吐けば輒ち奇なり。予は眞寂に歸老するや、特に存慰を枉げらる。將に江東に遊ばんとし、詩を留めて別れを爲す。曰ふ有り、「流水寒山の路、深雲古寺の鐘」と。氣格音韻、居然として玄勝、當に作者に愧ぢざるべし。予は老いぬ。能く爲すこと無し。覺えず後生に愧づるの歎有り。遂に次韻して用って答ふ。誠に所謂珠玉側らに在って、自ら其の形の穢を知らざるものなり。

と激賞したものである。

また、同じく明の易道夷簡禪師(8)の和詩の序をここに揭げて見よう(9)。

絕海藏主、嘗依今龍河全室宗主、於中天竺室中、參究禪學、暇則工於爲詩。又得楷法於西丘竹菴禪師（清遠懷渭禪師）。故出語下筆、俱有準度。將遊上國、觀人物衣冠之盛、與夫吾宗碩德、禪林之衆、有詩留別竹菴。菴喜而和之。茲承見示、復徵於予。遂次韻一首、奉答雅意云。

絕海藏主、嘗て今の龍河の全室宗主に依り、中天竺の室中に於て、禪學を參究し、暇あれば則ち詩を爲るに工みなり。又、楷法を西丘の竹菴禪師に得たり。故に語を出し筆を下せば、俱に準度有り。將に上國に遊び、人物衣冠の盛んなると、夫の吾が宗の碩德、禪林の衆とを觀んとし、詩有りて竹菴に留別す。菴喜びて之に和す。茲に見示を承り、復た予に徵む。遂に一首を次韻して、雅意に奉答すと云ふ。

と評したものである（筆者が引用文に附している——という傍線は、作者と絶海とのあいだに互いに交渉があった根據であり、〰〰という傍線は、諸作家の讚詞である）。

以上絶海の詩文に關して、中國の文人が如何に見ていたかということを、明代の左善世道衍・如蘭・淸遠・夷簡ら四人の評價を例として考えると、彼等四人はいうまでもなく禪門關係の人々であるから、從って其の文學觀が禪宗に立脚している。そのため詩道を以て人間性情の自然の表現とする純粹な文學として考えるのではなく、其の詩によって讀む人の心を淸め、そこに佛心を釀成せしめるという、佛教倫理的な實利主義に根抵を置く傾向が窺われる點が、四人共に一致した見方である。

## 二　絶海中津の文學に對する日本における評價

東山時代の日本漢文學を代表する一人であった横川景三は、「琴叔趣首座詩稿序」で次のように述べる。

前僧錄北禪翁。曾跋予拙稿。有謂曰。昔時洛社全盛。人物如林。爲詩祖師者唱於上。而爲詩弟子者和於下。……詩祖師、謂蕉堅老師也。詩弟子、汝師養源與雙桂諸老也。

と、「絶海は詩の祖師で、その時洛社は全盛であった」という瑞溪周鳳の言葉を記し、さらに、「次韻正甫少年試筆詩幷敍」では、

苟從事斯文者。一遊其門（絶海）。卽以爲登龍。

とまで記している。[10]そして、横川撰の『百人一首』では絶海の「應制三山」を巻頭に、二番目に義堂の七絶を置いて、

絶海の五山詩史での位置を示している。

林鵞峰著『續本朝通鑑巻百五十五』には、

津絶海能詩文。與義堂齊名。

と稱している。(11)

また、江戸時代の漢文學者江村北海は、『日本詩史』でつぎのように高く評價している。(12)

絶海・義堂、世多竝稱、以爲敵手。余嘗讀蕉堅藁、又讀空華集。審二禪壁壘。論學殖、卽義堂似勝絶海。如詩才、卽義堂非絶海敵也。絶海詩非但古昔、中世無敵手也。

絶海・義堂、世多く竝稱し、以て敵手と爲す。余嘗て『蕉堅藁』を讀み、又『空華集』を讀む。二禪の壁壘を審かにす。學殖を論すれば卽ち義堂、絶海に勝るに似たり。詩才の如きは、卽ち義堂、絶海の敵に非ず。絶海の詩、ただに古昔のみならず、中世に敵手無きなり。

同じ江戸時代の漢文學者賴山陽は、『山陽書後題跋』巻下「書五刹詩鈔後」に、

五山僧侶頗爲瘦硬絶句。其中巨擘有若義堂・絶海頗雄奇、有臺閣儒紳不及處。

と譽めている。(13)

近代の文豪夏目漱石も大正四年の作の「題自畫」に、

机上蕉堅藁　　机上　『蕉堅藁』
門前碧玉竿　　門前　碧玉の竿
喫茶三椀後　　喫茶　三椀の後
雲影入窗寒　　雲影　窗に入りて寒し

と咏じて、絶海の『蕉堅藁』を愛讀していたことが分かる。(14)

その後、釋清潭は、『名詩評釋・王朝五山』で次のように評價している。(15)

絶海が詩の骨子、七絶は杜牧に得る所が多く、五律七律は許渾に得る所多きが如く思はる。要するに晩唐の境域に在って、中唐や盛唐には到らない。況んや魏や漢は遠い。而かも矯々たるは晩唐氣魄の薄きは已を得ずとするも、詩宗の根本獨立するに於ておやである。他五山の法師、何に據る所もなく、抹香紛々たるに較すれば、別境界に地歩を占むるは、偉なる哉偉なる哉。

同時代の漢文學者岡田正之博士は、『日本漢文學史』で次のように激賞している。(16)

義堂は道儀の高古にして、操守の嚴格なるものあり。絶海は神秀超邁にして、懷抱の曠達なるものあり。義堂は學者的の態度を有し、絶海は詩人的の性情を帶びたり。故に義堂は學を講じ、道を論じ孜々として人を導く風あり。絶海は山水に放朗して、悠然自得の趣あり。絶海が詩を以て五山學僧中類を出で、萃を拔くものは、詩人的性格の然らしむる所なきにあらず。蕉堅藁中、律詩に專にして、古詩に闕け、縱横奔放の致を見る事を得ざるは、余の聊か遺憾とする所なるも、其の體裁の整ひて格力の雄なるものに至りては、五山詩僧の冠冕戸爲さざるべからざるなり。

また、中國文學研究者である豹軒老人（鈴木虎雄博士）は、「絶海和尙の文藻」では次の如く言う。(17)

絶海の作は、道衍の評の如く清婉峭雅であって、義堂と共に五山に於て羣を拔いてをる。獨り五山ばかりでなく、德川時代となって正德・享保の頃から、本邦の漢文漢詩は斐然として起ったが、其の間に伍しても、優に一方に旗幟を樹てうるものであろう。德川時代の作は、それが榮えた時でも、支那の或るいは時期の作品を學んでそれに似ん事を務め、いわゆる「沐猴の衣冠」の氣味があり、裝束は立派だが精神が乏しいという憾がある。絶海の作は絶海としての精神が貫いている。この點大に學ぶべきであろう。

さらに、中國文學を研究する昭和の碩學神田喜一郎博士は、『五山の文藝』において次のように極めて高く評價している。[18]

五山の文學が隆盛を極めたのは南北朝である。そうしてその前期を代表したのが虎關師錬、雪村友梅、中巖圓月の三人である。後期になるとその代表として義堂周信と絶海中津との二人が竝び出た。ともに詩文にすぐれたが、とくに義堂周信は文に長じ、絶海中津は詩に長じた。義堂周信の文と絶海中津の詩とは、恐らく五山文學の最高峰をなすものといってよかろう。

〔絶海の〕「多景樓」の詩に至っては、おそらくわが國に漢詩あって以來の絶唱といってもそれほど過褒ではなかろうと思う。

平成時代の中國學の碩學である入矢義高教授は、『五山文學集』で次のように絶海中津を評價される。[19]

今回の編集では、絶海中津を軸に据えた。五山文學者として最高に位置づけ得る成績を示していると認められるからである。

國文學者である安良岡康作氏の「中世文藝史における五山文學」には、次のように述べられている。[20]

中世文藝史の頂點は、室町初期の應永・永享時代（一三九四～一四四一）と考えられる。この時代を代表する作家は、能における世阿彌と、五山文學における絶海中津である。

以上に、掲げた諸家の評價から見ると、中國とは逆に、僧侶一人だけで、殆どの文人學者達は様々な角度から絶海中津の文學を激賞したが、それはほぼ、中國の明代の詩僧の見方と一致したものである。要するに、絶海中津の詩風についていえば、淸・婉・峭・雅の四字が當てはまると考える。このような視點から見れば、絶海中津の漢詩は日本漢詩史において、「絶唱」の地位を得るべきものであろう。

中日兩國の文壇における絶海中津及び『蕉堅藁』に對する各角度からの評價竝びに絶贊を考えると、中國の「誠に海東の魁たりて、其の右に出づる者無からん」という評價と、日本の「「多景樓」の詩に至っては、おそらくわが國に漢詩あって以來の絶唱といってもそれほど過褒ではなかろうと思う」という絶贊とは、適當なものである。だとすると、絶海中津を最高峰とする五山文學は、平安文學と江戸文學との二高峰の間にある最も高い山であるといっても過言ではない。そして『蕉堅藁』は、日本漢文學史上最も優れた詩文集の一つであることもいうまでもない。中國への留學詩僧としての絶海中津はどのように中國の詩精神と禪精神（中國文化）とを受容し、融合して「絶海流」の漢詩（日本漢詩）になるのか、この問題は第二章、第三章に讓って、これを詳細に論考することにする。

**注**

（1）江村北海『日本詩史』に據る（清水茂・揖斐高・大谷雅夫校注『日本詩史・五山堂詩話』新日本古典文學大系六十五、岩波書店、一九九一）。

（2）左善世、僧錄司の最高の役。『增集續傳燈錄』巻五、覺原慧曇禪師の章に、「洪武元年戊申の春、善世院を開き師に詔して、院事を領し、紫衣及び金襴方袍を服せしむ」と見えるのが參考となる。僧錄司とは寺院を取り締まる官である。唐代に始まり、明の洪武十五年に僧錄司を立て、左右善世、左右闡教、左右講經、左右覺義などの官を置き、佛教に關する事務を掌らせた。清朝は禮部に此の官を置く。『釋氏要覽』『僧史略』などに、「唐の文宗の開成中に、初めて左右僧錄を立つ、すなわち端甫法師を初めと爲す云云。內殿の法義を掌らしめ、左街僧事を錄す」と見えるに基づく。道衍とは北京順天府の慶壽獨庵道衍禪師である。『續稽古略』巻二に「僧道衍は蘇の長州の人なり。初め祝髮して相城妙智庵の僧となる。法名は道衍、字は斯道という。時に相城靈應觀の道士韋應眞という者、書を讀み道法を學び、兼ねて兵機に通ず。道衍はこれを師として盡く其の術を得たり云云。或る人、道衍の文武の異才を燕王に薦む云云、靖難の圖は實に道衍より起こるという。燕王密に道衍に問ふ、『人心の向ふ所は如何』と。對へて曰く、『天の造る所は、何ぞ民心を論ぜん』と。是れより遂に道衍を以て軍師と爲す」又、「道衍を左善世に擢し、太子の少師と爲し、始めて姓を姚に復し、名を廣孝と賜ふ。上、是れより稱して姚少師と爲す云云」と見えるのが參考になる。

（3）『蕉堅藁』（室町初期版［五山版］國立國會圖書館藏の鶚軒文庫本）に據る。

（4）如蘭はそのとき、天竺寺に住山していた。彼の師は、全室（季潭宗泐）と同參の大德である。

（5）注（3）に同じ。

（6）紹興府の寶相寺の清遠懷渭禪師は竹庵と號す。南昌の魏氏の子。笑隱（廣智全悟・全室の師）の甥で、又、其の法嗣である。絕海の年譜に、「應安元年戊申、師（絕海）、三十三歳のとき、大明に渡り、杭州の中竺寺において全室禪師に師事した。師は曾て自ら云ふ『余は大明に渡って最初に清遠に師事し、侍者の役を命ぜられたが辭退して、遂に中竺寺の季潭和尚に依る』」とみえるのが參考になる。『續稽古略』卷二にも清遠懷渭禪師の傳記が見える。

（7）注（3）に同じ。

（8）夷簡は天界寺の易道夷簡禪師である。その法系（破庵派）は、無準師範（五山第五育王寺三十二世・五山第一徑山寺三十四世）→雪巖祖欽→及庵宗信→平山處林→易道夷簡と次第する。

（9）注（3）に同じ。

（10）玉村竹二『五山文學新集』第一卷の「橫川景三集」に據る（東京大學出版會、一九九一）。

（11）林恕（鵞峰）『續・本朝通鑑』に據る（國書刊行會翻刻、一九二〇）。

（12）江村北海『日本詩史』四八〇頁を參照。

（13）賴山陽『山陽書後題跋』に據る（『賴山陽全書・文集』、廣島縣廳內賴山陽先生遺蹟顯彰會、一九三一）。

（14）小村定吉『新譯漱石詩選』一一一頁を參照（沖積舍、一九八二）。

（15）釋清潭『名詩注釋・王朝五山』一四四頁を參照（改題復刻版、『漢詩・名詩注釋集成下』、名著普及會、一九八一）。

（16）岡田正之『日本漢文學史』三五五頁を參照。
（17）豹軒老人「絕海和尚の文藻」に據る（『禪文化』四・五、禪文化研究所、一九五六）。
（18）神田喜一郎『五山の文藝』に據る（『書道全集二〇／日本八南北朝・室町・桃山』平凡社、一九六六）。
（19）入矢義高『五山文學集』三三五頁を參照。
（20）安良岡康作「中世文藝史における五山文學」に據る（『新・日本古典文學大系』四十八附錄月報十八、岩波書店、一九九〇）。

## 第三節　絕海中津の傳記に關する考證

ここでは、絕海中津の死後十八年目に編纂された、おそらく寶冠寺時代の弟子である妙祈撰の『佛智廣照淨印翊聖國師年譜』（以下『翊聖國師年譜』と略稱、『續羣書類從』所收）を基盤として、廷寶元祿頃の臨濟宗學僧師蠻の著『本朝高僧傳』中の「京兆相國寺沙門中津傳」を參考にし、また義堂周信の『空華日用工夫略集』（辻善之助編著『空華日用工夫略集』太平社、一九三九）などを隨時に參照しながら、『蕉堅藁』の詩作を手がかりとして、絕海中津の略傳について三つの問題を考えてみたい。

### 一　渡明の往復路線及び九州の旅

絕海中津の渡明の往復路線については、『翊聖國師年譜』『本朝高僧傳』『空華日用工夫集』などの史料の中には記載はなかった。五山文學の研究者にもそれに關する研究はないようである。つまり、參考になる文獻や論文などは全くないのである。故に、ここでは『蕉堅藁』のなか、西海（九州）で作られた「野古島の僧房の壁に題す」「古心藏主の天草の舊隱に歸るを送る」「濟上人の天草に之くを送る」「東營の秋月」「出塞の圖」「人の相陽に之くを送る」「赤間關」「將に近縣に往かんとして、觀中外史に留別す」などの詩篇に基づいて詳細にこれを分析していきたいと思う。

絕海中津の渡明路線は、關東から京都へ、京都から博多へ、それから、博多港より船に乘って、明國の四明港（今の中國の寧波港）[1]に上陸したことが明らかである。ここに、「題野古島僧房壁（野古島の僧房の壁に題す）」（『蕉堅藁』14番）という詩を掲げてみると[2]、

絕島一螺翠　　絕島　一螺翠なり
扁舟數夜維　　扁舟　數夜維ぐ
偶來幽隱地　　偶ま來たる　幽隱の地
似與老僧期　　老僧と期するに似たり
脫衲掛松樹　　衲を脫ぎて　松樹に掛け
煎茶燒竹枝　　茶を煎じて　竹枝を燒く
重遊定何日　　重ねて遊ぶは　定めて何の日ぞ
臨別悵題詩　　別れに臨んで　悵として詩を題す

とある。入矢氏によると、野古島は博多灣に浮かぶ能古島、殘島とも書く。古くから、灣外へ出る舟の泊地であった。萬葉集十五にも「能許のとまり」と詠まれている[3]。

この詩の形式からみると、五律の決まりは頷聯が對句にならなければならない。しかしこの頷聯は對句になっていない、詩形としてはまだ未熟である。とはいえ內容からみると、留學詩僧として、母國と別れ、廣い海を渡って、異

國他鄕へ行くという心情を尾聯の中によく現している。恐らく渡明途中の唯一の作品と思われる。また、絕海の渡明路線は當時の一般的な對明交通路線であることも分かる。

次に、歸國路線の中の上陸點について考察しておきたい。まず、絕海中津の歸國後に初めて作った作品「送古心藏主歸天草舊隱（古心藏主の天草の舊隱に歸るを送る）」（『蕉堅藁』48番）を擧げてみよう[4]。

金鼇背上岌神山　　金鼇の背上に　神山岌く
滿地瑤華照紫煙　　滿地の瑤華に　紫煙照ゆ
島樹深遮僊洞路　　島樹　深く遮る　僊洞の路
海潮直到寺門前　　海潮　直ちに到る　寺門の前
徹雲僧磬清寒殿　　雲に徹る　僧磬　寒殿に淸く
隔岸漁篝明夜舟　　岸を隔つる　漁篝　夜船に明らむ
此日送君歸絕境　　此の日　君が絕境に歸るを送る
青鞋布襪興飄然　　青鞋　布襪　興飄然たり

「鰲」は俗字、正字は「鼇」、想像上の巨大な龜であり、東海の中に住み、神仙が住む蓬萊山を背負っている。鼇山は古代の傳説で、渤海にあり、神僊が住んでいる五つの山、十五匹のすっぽんが頭で支えているという。「岌」は高さの形容。「瑤華」は美玉のような花であるが、張華「遊仙」に「列坐王母堂、艷體飡瑤華」という句があり、「瑤華」は仙人の食物であった。「僧磬」は僧が打ち鳴らす石製の打樂器。「青鞋布襪」は古心という人の旅立ちの裝束ではあるが、衣冠を捨てて歸隱する喩えでもある。この表現は東坡の詩にもよく使われ、例の「青鞋布襪弄雲水」という句もその一例である。

古心藏主の「古心」は、義堂周信の『空華集』中の「古心説」にこれを見ることが出來る。卽ち次の文がそれである。

古心説（爲鏡禪人）

以古爲鏡。雖千萬世、其理昭然。以心爲鏡。雖九類生、而厥性廓爾。故云十世古今。始終不離當念。鏡禪者求立字。輒稱古心。因筆爲説云。

「これは同じ人を指すのかどうか、ごく短い文章なので確定することが出來ない」(5)が、この古心は義堂・絶海のかつての師である龍山徳見の侄法孫古心(6)である可能性が高いと思う。藏主というのは經藏を管理する役職である。

首聯の二句は、實景に對する華やかな虚寫の手法を用いて表現し、歸國時の作者は、船に乘って上陸する前に目に入ってきた天草島の實景に對する中國文學的想像が感じられる。頷聯の二句は無飾の趣き卽ち實寫の手法をもって目の前の實景を描いている。この詩は當時中國から歸り、まだ京都に上らなかった絶海が、連れ立って歸った留學僧の一人と別れるに當って詠じた作品に違いないと想像される。「海潮直到寺門前」という句は、このような背景があるからこそ迫眞の力を持つように感じられるのだろう。

つぎに、「送濟上人之天草（濟上人の天草に之くを送る）」（『蕉堅稾』49番）を掲げて見よう(7)。

相看一笑鬢如銀　　相看て一笑す　鬢の銀の如きを
二十年前同社人　　二十年前　同社の人
覇國提封非舊日　　覇國の提封　舊日に非ず
給園風物際芳辰　　給園の風物　芳辰に際す
琴中白雪天涯意　　琴中の白雪　天涯の意

夢裡青山海上春　　夢裡の青山　海上の春
吾也雲蘿思小築　　吾も也た雲蘿に小築を思ひ
擬隨猿鳥共爲隣　　猿鳥に隨つて共に隣爲らんと擬す

「濟上人」とは、夢窗疎石の法嗣である鐵舟德濟（?〜一三六六）、留學畫僧である。「同社の人」とは、法社を同じくする人。同門の友を「同社」という。つまり二十年前は絕海中津と鐵舟德濟とは同門の友であった。

入矢氏によると、「頷聯の上句は今や諸侯の領土は興廢交替して昔日とは樣子が變わってしまった。南北朝期の變亂を經たあとの狀況を言っている。下句は寺院の風景はめでたい繁榮の時期を迎えている。「給園」は「給孤獨園」の略、つまり祇園精舍である。頸聯の上句の白雪は中國の古い琴曲（歌詞をともなう）に「白雪歌」がある。「天涯の意」とは、この人がかつて遠く元の國にいた時の望鄉の思いを言うのであろう。下句は異國で夢にまで見た故國の青山を、今そなたは春の天草の海上で目にすることになる。ここでもさきの詩と同じく、天草の青山には人の世を越えた世界のイメージが裏打ちされていて、其の思い入れが尾聯の二句へ引き繼がれて行く。尾聯はツタカズラが雲中に生い茂る深山の奥に、ひそやかな住まいを作りたいと思い」(8)、猿や鳥などと隣り合って一緒に生活したい心情を表わしている。

先の詩と比べると、この詩は天草の虛景、所謂天草の青山は人間の世を越えた世界というイメージが充分感じられたのだろう。だが、では、實景でも、虛景でも、もし絕海中津が天草にいたことがなければ、ただ想像だけでは出來ないだろうと思われる。實際はどうであろうか。

室町期から近世初頭にかけては、中國、朝鮮だけでなく、ポルトガルやスペインとの貿易が行われた時期である。中でもポルトガル・スペインは「靈魂と胡椒」といわれるように、キリスト教の傳道と共に、中國產の絹絲や軍需品を日本に運び、日本から銀を輸入して多大な利潤を得ていた。貿易船は平戸・島原口の津・大村横瀬浦・長崎等に入港していたが、天草にも良港があったのである。十七世紀初頭に中國で著述された『圖書編』は貿易や海上交通の様子をよく傳えているが、肥後について「薩摩の北が肥後である。横・縦みな五百里、この港には牙子世六（やつしろ・八代）・阿蔴國撒（あまくさ・天草）・昏陀（ほんど・本渡）・一國撒介烏剌（いくさかうら・軍ヵ浦）・開懷世利（かはしり・川尻）・達加世（たかせ・高瀬）がある」と記されていて、肥後六港の内、天草では、天草港（天草氏の本據地河内浦、異說に久玉港とする說があるが根據がうすい）、本渡港が擧げられている。(9)

本渡港を實地に考察して見ると、本渡市本渡町の町山口川があり、その川の河口はちょうど本渡港の隣である。その川には石造り多脚式アーチ型橋が架けられており、近くに祇園社があるので祇園橋と呼ばれ、縣指定重要文化財である。『熊本縣大百科事典』を勘案すると、天元二年（九七九）京都の祇園社の社地は肥後の花岡山に遷座された（花岡山を祇園山ともいうのはこれに由來）ことが分かる。(10)その後、肥後の祇園社が廣められ、恐らく本渡市の祇園社もその頃に出來たと推定する。また、祇園社の近くに天草一の高山寺である染岳觀音院があり、弘法大師の法孫、妙覺法印が天應四年（九四二）に開基した靈場とも傳えられている。その後一時法燈が絶えたが、興國元年（一三四〇）無外禪師によって再興、中世における眞言宗の中心寺として榮えたと言われる。(11)

絕海中津の歸國の時代は、本渡では「中世天草の領主たち（一般に志岐、天草、上津浦、栖本、大矢野の五氏を指す）の中で志岐氏と天草氏が有力で、天草の中心地本渡をめぐって常に爭った」時代である。(12)

さて、絕海の「覇國提封非舊日、給園風物際芳辰」という詩句中の給園は卽ち祇園である。(13)虛景（史實）でも、實景（遺跡）でも、その詩句と中世の本渡港とはよく暗合されている。また、「島樹深遮遷洞路、海潮直到寺門前」という詩句に描寫された天草の美しい自然風景と今の本渡港の自然風景とはよく似ている。このようなことから推測すると、天草の本渡港は絶海中津の歸國時の上陸港といえるのではないかと思われる。

現段階では、天草島の本渡港は絶海中津の歸國の上陸點であると推定しておく。では、上陸した後の絶海中津の行先はどこであったのか。ここで、「東營の秋月」二首[14]（『蕉堅藁』16番）を擧げて考察してみよう。

其の一

秋夜關山月　　秋夜　關山の月
高懸細柳營　　高く懸る　細柳營
中軍嚴下令　　中軍　嚴に令を下し
萬馬肅無聲　　萬馬　肅として聲無し
寒影旌旗濕　　寒影　旌旗濕し
斜光睥睨明　　斜光　睥睨明らかなり
何人横槊賦　　何人ぞ槊を横たへて賦し
愁殺老書生　　老書生を愁殺す

これを意譯すると、「秋夜關山の月は皓々として高く懸りて細柳の營を照らしている。總大將の軍令は頗る嚴重にて、萬馬は肅々として全く聲がない。月光の寒影下に旌旗は垂れ、月光は斜めに照らして城壁は明らかである。何人か槊を横たえて賦を作り、其の人は老書生を悲しませる。」と。

其の二

南國秋新霽　　南國　秋新たに霽れ
東營月正中　　東營　月正に中す

光寒凝列戟　　光寒くして　列戟に凝り
弦上學彎弓　　弦上って　彎弓を學ぶ
連海風雲慘　　海に連なって　風雲慘たり
振山金鼓雄　　山を振はして　金鼓雄なり
安能永良夜　　安んぞ能く良夜を永くして
一照萬方同　　一照萬方同じからん

これを意譯すると、「南國（九州）は秋の雨が霽れたばかりで、東營も月が正に中天に懸かっている。其の光の寒々として列戟を凝らすが如く、弦月はまるで弓を引きしぼっているようである。海に連なりて風雲の氣は慘として暗く、山嶽を揺り動かして銅鑼や太鼓が勇しく鳴りひびいている。このような狀態がつづく限り、どうして平穩な夜が永くつづき、昇平無事一照の月を看て萬方が同じくこれを樂しむことなどできようか、できそうもない。[15]」と。

この詩はどこで作ったのか、異說がある。釋清潭は「此の五律二首は恐らく在明中の作と思ふ」と指摘し、また、「朱元璋の天下略定まりて、外國の沙門法師に軍營の內部も視せしむることはないはず。故に知る假りに題を設けて、月夜の狀を表すに過ぎずと。尋常の作家も難しとする所を以て沙門法師の手を以て致す。字々句々、雄麗壯絕天下に其の比を見ない。此の如き雄才の沙門を足利の世に出だすは、天何ぞ無情である。天何ぞ無情である」と高く評價している。[16]ただし、「假りに題を設けて」という說においては、「軍營の內部」を見なければ、その「雄麗壯絕天下」の「字々句々」を表すことは出來るはずがないと思われる。ゆえに、「假りに題を設けて」の可能性はないと言えよう。

さて、「東營の秋月」という題目から檢討してみたい。卽ち「東營」は一體どこであろうか。寺田透氏はかつて「いま鎌倉公方、足利氏滿の陣地を指すものと考える。五律として、歸國後第三作」と指摘された。[17]

「東營」という語については、釋梶谷宗忍氏は次のように述べている。[18]

大慈精舍八景の一。『空華集』卷十三に、「日州（宮崎縣）大慈精舍は、其の地蓋し山を負うて海に望み一目萬里、實に九州山川第一の偉觀なり。好事者は、其の景の最絶たるもの八つを采り、之れに目がけて大慈の八景という云々。其の山城の月に宜しきものは、東營の秋月という［以て夜を警むる所也］云々」と見えるのに基づく。

以上のことから考えると、絕海中津は天草に上陸して、古心藏主、濟上人という友人を送ってから、日向の十刹である大慈寺を訪れ、「字々句々、雄麗壯絶」の詩を世に殘し、また「出塞圖」（『蕉堅藁』18番）や「送人之相陽（鎌倉）」（『蕉堅藁』51番）なども恐らく日向から下關への途中で（九州の戰亂はまだ續いていた。史書に記載したこの二首の詩にもその戰亂の影を映じている）作られたものと思われる。そして、下關で歸國後の最初の力作「赤間關」（『蕉堅藁』52番）は作られた。

永和四年（一三七八）四月二十三日の『空華日用工夫集』の記事に、「津絶海書あり歸朝京に達す」とあるのが、絕海の歸國後の動靜の確實な記錄なので、永和三年になってやっと歸國できたにしても、かなり長いあいだ九州に留まっていたことになる。

## 二　明における行先に關する考察

應安元年（一三六八［明の洪武元年］）二月に、絕海中津は博多港から船に乘って、野古島に寄った後、直接明州港（今の寧波港）に上陸した。まず、明州府の太白山五山第三の天童禪寺の了道和尚に參じ、[19]それから、紹興府の寶相寺の清遠和尚に侍し、清遠和尚の書風を受け入れた。[20]續いて、紹興から杭州府へ行き、五山第二の靈隱寺の書記に請われたが辭退して、天竺山の中天竺の法淨寺の全室和尚の弟子になって、師の下で藏主となった。應安五年（一三七二）

には五山第一の徑山興聖萬壽寺の住持全室和尚に招かれて其の首座となった。應安六年（一三七三）には通稱龍河の天界寺に移った。延陵の夷簡禪師の和詩の序に、

［和］

絕海藏主、嘗依今龍河全室宗主於中天竺室中、參究禪學。暇則工於爲詩、又得楷法於西丘竹菴禪師。故出語下筆、俱有準度。將遊上國、觀人物衣冠之盛、與夫吾宗碩德禪林之衆、有詩留別竹菴。菴喜而和之。茲承見示、復徵於予。遂次韻一首、奉答雅意云。

とある。「室中」というのは、其の個室（方丈）に參じて親しく指導を受けた事を謂う。「上國」は明朝の國都の南京である。

この六年間に、絕海中津は藏主として文獻を讀む機會をよく得たので、いわゆる「讀萬卷書」が出來た。中國文化、すなわち禪學、漢詩文、書道など徹底的に身につけた。中國の詩聖杜甫・李白らの成功した原因の一である「讀萬卷書、行萬里路」という祕訣を絕海中津は繼承した。

それから、絕海中津は約四年間のあいだに「行萬里路」を實現した。この旅の路は「寧波→杭州→錢塘→松江→吳興→蘇州→鎭江→南京→天臺山→四明山→寧波→歸國」である。世に殘ったこの旅の諸多懷古、抒情、贈友などの絕唱から見ると、この「遊上國」の旅は、絕海中津にとっては、むしろ心の旅といった方がより一層適切ではないかと思われる。この心の旅には、求道者としての生き方と、文學者としての在り方とが互いに諧和し、同時にそれを支える詩人的感性の豐かさと「日東語言の氣習ない」言語感覺の細やかさもここから生まれたのである。

その時期の作品は、杭州にて、「三生石」（『蕉堅藁』4番）「拜永安塔」（『蕉堅藁』28番）「岳王墳」（『蕉堅藁』37番）「西湖歸舟圖」（『蕉堅藁』73番）「永靑山廢寺」（『蕉堅藁』83番）「和靖舊宅」（『蕉堅藁』85番）、錢塘にて、「錢塘懷古」

（『蕉堅藁』23番）「送雲上人歸錢塘」（『蕉堅藁』40番）、松江にて「雲間口號」（『蕉堅藁』69番）「送良上人歸雲間」（『蕉堅藁』3番）、呉興にて、「趙文敏畫」（『蕉堅藁』81番）「送俊侍者歸呉興」（『蕉堅藁』11番）、蘇州にて、「姑蘇臺」（『蕉堅藁』38番）「文煥章歸姑蘇」（『蕉堅藁』9番）「來上人歸姑蘇覲省」（『蕉堅藁』10番）、鎭江にて、「多景樓」（『蕉堅藁』39番）、南京にて、「應制賦三山」（『蕉堅藁』80番）、天台山にて「送迪侍者歸天台」（『蕉堅藁』41番）、四明山にて、「四明館驛簡龍河猷仲徽」（『蕉堅藁』42番）、寧波にて、「早發」（『蕉堅藁』13番）などがある。

## 三　歸國後本州に着いてからの足跡

本州に着いてからの足跡については、文獻を比較考證した結果、次のように表示することができる。

永和四年（一三七八）四月九州より歸京する（『空華日用工夫集』、以下『日工集』と略す）。

康暦元年（一三七九）正月江州杣にあり（『日工集』）。

康暦二年（一三八〇）四月一日義堂の建仁寺入寺を議す。十月八日惠林寺入寺（『日工集』）。

十月春屋の命令を受け雲居庵に住す。十二月天龍寺の首座となる（『翊聖國師年譜』）。

永徳二年（一三八二）十月義滿の意を受けて義堂は絶海の歸京を促す（『日工集』）。

永徳三年（一三八三）九月鹿苑院に住す（『翊聖國師年譜』）。

至徳元年（一三八四）二月三十日等持寺香雪亭の聯句會に列席（『日工集』）。

六月義滿に直言して忤い、攝津の錢原[21]に隱る（『翊聖國師年譜』）。

至徳二年（一三八五）四月羚羊谷牛隱庵に到る。七月細川賴之の要請を受け寶冠寺に住す（『翊聖國師年譜』）。

至徳三年（一三八六）二月三日義滿は義堂から絶海の消息を聞き、阿波から徵さしむ（『日工集』）。

三月等持寺に入院住す（『翊聖國師年譜』）。秋、山家以下七絶五首相府席上作。
明德三年（一三九二）十月相國寺第六世となる。
應永元年（一三九四）八月相國寺を退く。
應永四年（一三九七）二月相國寺に再住。
應永七年（一四〇〇）『蕉堅藁』に左善世道衍の序及び天竺如蘭の跋を得る。
應永八年（一四〇一）八月相國寺を三度司る。
應永十二年（一四〇五）四月五日相國寺勝定院にて示寂す。

以上は、歸京後二十七年間における彼の足跡の概觀である。なお一三九二年十月五山第二の相國寺の第六世住持となった後、彼は禪宗への精進の道に勵むと同時に、彼の詩風もすっかり變わっていく。これについての詳論は第三章第三節に讓る。

以上、絕海中津の略傳について三つの問題の考察は一應ここまでとするが、資料不足のため、歸國の出帆の月日など詳細はまだ不明であるが、歸國の出發前の詩「早發」には「寒煙人未だ爨がず、野樹鳥相呼ぶ。首を回らす搏桑の日、還って萍實の朱きが如し」とあること、及び天草に着いた時の詩に「送古心藏主歸天草舊隱」には「鳥樹は深く僊洞の路を遮り、海潮は直ちに寺門の前に到る。雲に徹る僧磬は寒殿に清み、岸を隔つる漁篝は夜船に明るし」とあること等から考えると、恐らく歸國の出帆及び天草に歸着したのは永和三年（一三七七）の初春頃と秋頃であろう。(22)とすると、絕海中津の在明の留學期間は前後九年半になる計算になる。「四明館驛簡龍河猷仲徽」詩に「十年跡を寄す江淮の上、此の日鄉に還る雨露の餘」の「十年跡を寄す」という所以である。その後、九州の旅は約八ヵ月程であった。

絶海中津の略傳を考えながら『蕉堅藁』を通讀すると、彼の詩風は大體以下の三期に分けることが出來る。

一、在明留學時代（三十三歳～四十二歳）

二、歸國遊暦時代（四十二歳～五十一歳）

三、輦寺在住時代（五十一歳～七十歳）

**注**

（1）「支那浙江省東部の海に面する處に在り。長崎を距る二百九十六里、……わが國との通商盛なり。昔時わが遣唐使及び入宋求法者の上陸地たり。育王、天童などの諸名刹皆其の附近に在り」（前出。『禪學辭典』一一二頁を參照）。

（2）漢詩文は、『蕉堅藁』の室町初期版（五山版）國立國會圖書館藏鶚軒本に據る。その書き下し文及び語釋は、おおむね入矢義高『五山文學集』に據るものである。以下同じ。

（3）入矢義高『五山文學集』三〇頁を參照。

（4）注（2）に同じ。

（5）寺田透『義堂周信・絶海中津』二四二頁を參照。

（6）玉村竹二『五山禪林宗派圖』八頁を參照。

（7）注（2）に同じ。

（8）注（3）に同じ、九二頁を參照。

（9）『新・熊本の歴史』三［中世］を參照（熊本日日新聞社編、一九七九）。

（10）『熊本縣大百科事典』一九四頁を參照（熊本日日新聞社編、一九八二）。

（11）『本渡市誌』五六八頁を參照（久々山義人發行、一九八四）。

（12）注（8）に同じ、一一八頁を參照。

（13）注（3）に同じ、九三頁を參照。
（14）注（2）に同じ。
（15）釋淸潭『漢詩大講座（第九卷）名詩評釋』（王朝・五山）一一五頁を參照（アトリエ社、一九三六）。
（16）注（15）に同じ。
（17）注（5）に同じ、一八七頁を參照。
（18）釋梶谷宗忍『絕海語錄』二卷（思文閣、一九七六）と釋梶谷宗忍『蕉堅藁・年譜』（相國寺、一九七五）とを參照。
（19）李祖榮『中日佛敎交往史料』油印本三四頁を參照。
（20）拙論「書法・書論雙向國際化論」（共著）を參照（『九州產業大學國際文化學部紀要』第十二號、一九九八）。
（21）攝津の錢原については、次のような見解がある。
⑴蔭木英雄『五山詩史の硏究』では、山地土佐太郎『絕海國師と牛隱庵』に從って、錢原は「大阪府三島郡見山村大字錢原（現在の茨木市）」としている。

⑵釋梶谷宗忍『絕海語錄』では「兵庫縣鳴下郡錢原村」としている。
（22）絕海の歸國の年月については、以下のような見解がある。
⑴『雅友』第二十三號、神田喜一郞「禹域における絕海」では、歸國の年月について、氏は「その歸朝の年月については古來三つの異說がある。一はわが後圓融帝の永和二年（一三七六）とする說、二は同四年（一三七八）とする說。三は康曆元年（一三七九）とする說がある。三說の中いづれが正しいかはいささか考證を要する。わたくしは永和二年說を採るのであるが……」と述べている。

⑵また、山地土佐太郎は『絕海國師と牛隱庵』で、次のように、「その歸朝の年月については、古來三つの異說がある。一つはわが後圓融帝の永和二年（一三七六）とする說、二つは永和四年（一三七八）とする說、三つは康曆元年（一三七九）とする說がある。三說の中いづれが正しいかはいささか考證を要する。わたくしは永和二年說を採るのであるが……」と記したことがある（『絕海國師と牛隱庵』二〇五頁）。

⑶大野實之助「絕海と蕉堅藁」は「『永和二年の說』が正しいものと思う」と言う。

(4) 牧田諦亮「絶海中津と明僧との交渉——文學へのいましめ」にも「『永和二年』という説が正しいと思う」と言う。つまり以上の四氏は、ともに「絶海の在明期間は八年である」と主張している。

(5) 入矢義高『五山文學集』には、「四明の館驛にて龍河の猷仲徽に簡す」という七言律詩の「十年跡を寄す　江淮の上」の注に「絶海の中國滞在は約十年であった」と言う。

(6) 孫東臨は「日僧義堂周信詩選注」（『長崎縣立國際經濟大學論集』）の附錄「絶海中津年譜」に「「十年跡を寄す　江淮の上」という詩句に基づいて、明太祖洪武十一年に歸國した」と考えている。

# 第二章　絶海中津の漢詩の形式上の諸問題に關する研究

## 第一節　律詩の形式における受容

本節では、絶海中津の律詩における形式上の諸問題について考究するが、まず便宜上、問題を「四實」と「四虛」に絞って、それぞれの角度から、規則に基づく、實例を擧げながら、これを歸納的に分析し、比較文學的研究を行ない、絶海中津の具體的な受容態度を明らかにしてみたい。

### 一　「四實」について

『三體唐詩』の「四實」の中には、五言律詩（六十三首）と七言律詩（二十六首）との二種類があるが、主として五言律詩を論じている。しかし、本節では兩方ともに規則から實例まで、絶海中津の漢詩を比較文學的に研究する。

#### 1　五言律詩の「四實」

『三體唐詩』の中で、五言律詩の「四實」について、周弼は次のように論述している。[1]

謂中四句皆景物而實。開元大曆多此體。華麗典重之間、有雍容寬厚之態。此其妙也。稍變然後入虛、間以情思。故此體當爲衆體之首。昧者爲之、則堆積窒塞、寡於意味矣。

中の四句皆景物にして實なるを謂う。開元大曆に此の體多し。華麗典重の間に、雍容寬厚の態あり。此れ其の妙なり。稍〻變じて然る後に虛に入り、間ふるに情思を以てす。故に此の體は當に衆體の首爲るべし。味者之を爲さば、則ち堆積窒塞して、意味に寡なし。

つまり、四實とは中の四句、卽ち頷聯頸聯の對句がすべて「景物」卽ち景色もしくは事物の描寫であって「實」であるものをいう。開元・大曆の頃にこのスタイルが多く、はなやかで堂々としている中に、ゆったりとひろやかな姿があるのが、其の優れた點である。この體が少しく變化してはじめて「虛」の境地に入り、感情や思考をさしはさむようになる。だからこのスタイルは、色々なスタイルの筆頭たるべき地位にある。詩法に通じていない者がこのスタイルを用いると、事物の積み重ねにおわってちぢこまってしまい、深い内容や味わいが乏しくなってしまう（村上譯、下一～二頁）。

村上氏によれば、五言律詩は八句四聯よりなるが、「中四句」というのは、卽ち第二聯（頷聯また前聯）と第三聯（頸聯また後聯）である。規則として、この二つの聯は必ず對句を用うべき所で、五言律詩の中核を成す部分である。この中核部分に具象的な景色・事物の描寫をおくと、「四實」になる。なおそのスタイルは「開元・大曆」時に盛んになった。これは七一三年から七七九年迄の六十六年の間であり、つまり、盛唐より中唐のはじめにかけてということである。其の頃、ちょうど錢起・盧綸・司空曙・李端等と倂せて「大曆十才子」が當時の詩壇に登場した。

一首の中核を成す二つの對句に、具象的な描寫の句（實）をおくか、感情思考を表現する句（虛）をおくかによって、詩の境地が異なってくるというのが、この『三體唐詩』の律詩における分類の基本的な觀點である。

五言律詩の「四實」の妙處、優れた點としては、「華麗典重」であると同時に、「雍容寬厚の態」をそなえているという點である。勿論、「味者」がすると、「堆積窒塞。寡於意味」になってくる。なおこの點について、宋の範晞文は

『對牀夜語』で次のように論じている。(2)

間有過於實而句未飛健者。得以起或者窒塞之譏。然刻鵠不成尙類鶩。豈不勝於空疎輕薄之爲。

間〻實に過ぎて句未だ飛健ならざる者有り。得て以て或いは窒塞の譏りを起こす。然れども鵠を刻んで成らざるも猶お鶩に類す。豈に空疎輕薄の爲すに勝らざらんや。

つまり、「實」を學んでうまくいかなくても、空疎輕薄なものよりはましだ、というのである。(3)

さて、絶海中津のこの「四實」というスタイルにおいては、どのように受容したか。唐の賈島の「四實」の詩と比べながら、考察をしてみたい。まず、絶海中津の「送良上人歸雲間」という五言律詩（『蕉堅藁』3番）を擧げる(4)（▲は實句、◎は押韻）。

往來無住著　　往來　住著するなく
江海任風煙◎　　江海　風煙に任す
▲夜宿中峰寺　　夜に宿る　中峰寺
▲朝尋三泖船◎　　朝に尋ぬ　三泖船
▲靑山回首處　　靑山　首を回らす處
▲白鳥去帆前◎　　白鳥　帆前より去る
十載殊方客　　十載　殊方の客たり
含情一惘然◎　　情を含んで一に惘然

◎下平聲、一先　煙、船、前、然。

「良上人」は傳記未詳。「雲間」は上海西南の松江縣の古名である。「中峰寺」は浙江省天目山に在り、幻住派の祖で「江南の古佛」と稱せられた中峰明本（一二六三～一三二三）が住した寺。一説は、杭州の西湖畔に立つ雷峰であり、その別名は中峰という。その山下に普寧寺などの寺がある。「三泖」は江蘇省松江縣（雲間）の西にある川。

絶海の「送別詩」は、數が多く、殆どが旅人の視點から友人を送るものであり、それは彼の注目されるべき特徴と言える。この詩の首聯には、禪宗の執念が強く、身を風煙に任せ、放浪する游僧の姿が生き生きと描寫されている。游僧は良上人であり、絶海自身でもある。その故に、尾聯には「十載殊方客」の絶海中津が良上人を送った後に、遠く行く舟を眺めながら自身の長い旅情を含んでしばらくとりとめもない思いに沈んだことが詠まれている。

「中四句」即ち「四實」という頷聯・頸聯の對句は、良上人の歸り旅の様子を畫軸のように生き生きと繰り廣げ、我々の頭の中に「夜に宿る中峰寺、朝に尋ぬ三泖船」という速やかな時間感を與えた。又、我々の目の前に繰り廣げられたのは「青山首を回らす處、白鳥帆前より去る」という廣々とした空間感である。こういう描寫された場面は映畫中の「送別」のモンタージュと同じように感じられる。

釋清潭は絶海のこの詩について、次のように評價している。(5)

客中に客を送るの情。良とに想像するに堪たり。五律人を送るの詩として。最上乘に屬するものである。

『三體唐詩』の中に載せられた「四實」の例、賈島の「可久が越中に歸るを送る」の五言律詩を擧げてみたい。賈島（七七九～八四三）、字は浪仙、範陽（河北省涿縣）の人。初めは出家して僧となり無本と稱したが、韓愈に認められて還俗した。其の間の經緯は「推敲」の故事として傳えられている。苦吟の詩人として知られ、自ら其の苦心を「二句三年にして得、一吟すれば雙涙流る」と詠じている。(6)

次に、同じ「送別詩」の賈島の「送可久歸越中」を擧げる。(7)

石頭城下泊　　　石頭城下の泊り

北固瞑鐘初◎　北固　瞑鐘の初め
▲汀鷺衝潮起　汀鷺　潮を衝きて起ち
▲船窓過月虛◎　船窓　月を過りて虛し
▲吳山侵越衆　吳山　越を侵して衆く
▲隋柳入唐疎◎　隋柳　唐に入りて疎なり
日欲供調膳　日に調膳を供せんと欲するも
辟來何府書◎　辟し來るは何れの府の書ぞ

◎上平聲、六魚：初、虛、疎、書。

「石頭城」は金陵卽ち唐代の昇州、今の南京の城である。「北固」は江蘇省鎭江市内にある山の名、長江（揚子江）の流れに突出し要害の地としてしられる。絶海の詩作である「多景樓」はこの北固山の上の建物である。

首聯は時間感を與えられるものである。卽ち絶海の「送良上人歸雲間」中の頷聯の一部の内容である。「中四句」は「皆景物而實」であるが、讀者に與えるのは唯だ空間の景色である。絶海の「中四句」と比べると詩の「意境」は狹くなっている。賈島の詩より、絶海の「四實」の詩の形式の中にゆったりとひろやかな姿がよく分かる。

だが、對句の竝び方を比べると、やはり絶海の方が未成熟である。この點について、まず、賈島の「中四句」の對句を分析してみよう。頷聯の「汀鷺」「船窓」は名詞であり、「衝」「過」は動詞であり、「潮」「月」は名詞であり、「起」「虛」は動詞であり、對句の竝びは名詞、動詞、名詞、動詞とをきちんと綺麗に對應させている。頸聯の方は、「吳山」「隋柳」は名詞であり、「侵」「如」は動詞であり、「越」「唐」は名詞であり、「衆」「疎」は形容詞であり、對句の竝べ方は名詞、動詞、名詞、形容詞と、きちんと竝べている。ただし第五句の「吳」「越」は、歷史的名詞「吳越春秋」中の「吳・越」になり、第六句の「隋」「唐」は同じく歴史的名詞「秦漢隋唐」中の「隋・唐」になっている。また、頷聯の中核動詞「衝」「過」は固定單語の「衝過」であり、頸聯の中核動詞「侵」「入」も固定動詞「侵入」である。やはり「二句三年にして得、一吟すれば雙淚流る」の賈島、彼は近體詩の嚴しい「平仄」も規則を守りながらも、頗る綺麗に對句を作り上げている。次に絶海の「中四句」を分析しよう。頷聯は「夜」「朝」は時間性名詞であり、「宿」「尋」は動詞であり、「中峰寺」「三泖船」は名詞であり、この對句はきちんと竝んでいる。頸聯は「青山」と「白鳥」とは色を付ける名詞で綺麗に對應しているが、「首を回らす處」と「帆前に去る」とは對應していない。絶海が重視しているものは頸聯の畫面の色であり、賈島に負けない氣持ちはよく表している。

次に、絶海の「古寺」詩（『蕉堅藁』8番）[8]を擧げて、司空曙の「廢せる寶慶寺を經」詩と比べてみたい。

古寺門何向　　古寺　門何くにか向かふ
藤蘿四面深◎　　藤蘿　四面に深し
▲簷花經雨落　　簷花　雨を經て落ち
▲野鳥向人吟◎　　野鳥　人に向かつて吟ず
▲草沒世尊座　　草は沒す　世尊の座
▲基消長者金◎　　基に消す　長者の金
斷碑無歲月　　斷碑　歲月無く
唐宋竟難尋◎　　唐宋竟に尋ね難し

◎下平聲、十二侵：深、吟、金、尋。

寺田氏は、「僧侶だからこそどうにかいにしえ（古）に連なる道があるが、一個の詩客としては、今明國に滯在中の自分には、昔を偲ぶよすがさえなく、流離孤獨の思いが深いと歌っているような詩である。[9]」と、評價している。「古寺」は不詳。「簷花」というのは、軒端には花の開く處ではない、それに花が咲くのは、住僧がいないことを表している。「世尊座」は石造の釋迦如來か或るいは彌陀如來の像である。「基消長者金」は、入矢氏によると、「須達長が祇陀太子の所有する莊園を買って祇園精舍を建てようとしたとき、その地面すべてに黄金を敷いたら賣り與えようと言われ、その通りにして買い取ったという故事。ここはかつてこの土地を寄進して寺を建てたであろう長者も、今は名も知れぬままに湮滅していることをいう[10]」ということである。

古寺の門は何處に向いてあるのか、藤の枝や蘿の絲が四面に深くなっている。簷端の奇花が雨に打たれて地に落ち、名の知れぬ野鳥が人に向いて吟じている。草が佛陀の臺座を埋めており、基にはかつての施主の家跡の黄金も消え失せている。斷碑を讀むも歳月の記載がないから、唐か宋か竟に尋ねることができない。「古寺」はこういうふうに我々の目の前に一幅の巨大な空間の水墨畫を繰り廣げた。

「大曆十才子」といわれた司空曙の「廢せる寶慶寺を經[11]」詩を絶海の「古寺」詩と比べるために擧げてみたい。

黄葉前朝寺　　黄葉　前朝の寺
無僧寒殿開◎　　僧無くして　寒殿開く
▲池晴龜出曝　　池晴れて　龜出でて曝し
▲松暝鶴飛回◎　　松暝くして　鶴飛び回る
▲古砌碑橫草　　古砌　碑は草に橫たわり
▲陰廊畫雜苔◎　　陰廊　畫は苔を雜う
禪宮亦消歇　　禪宮も　亦た消歇す

塵世轉堪哀◎　　塵世　轉た哀しむに堪えたり

◎上平聲、十灰：開、回、苔、哀。

村上氏によれば、首聯の第一句、「素隱抄」に「前朝トイフヨリ見レバ、六朝ノ時ニ建チタル寺ノヤウニミエタゾ」とあるように、「前朝」とは唐以前の王朝の意で、六朝時代を指すことが多いが、中唐の代宗、德宗の時の人である作者が則天武后の世を指して「前朝」ということもあり得ないことではない。第二句、「寒殿」の「寒」は、寒々とした、またひっそりしてひとけのないさま。頷聯頸聯の對句はともに寺の周圍に見る實景、「池のほとりは晴れて明るく、龜が出て來て甲羅を干しており、松木立は暗くしげり、鶴がめぐり飛んでいる。古びた石疊、石碑は倒れて草のあいだに横たわり、うすぐらい渡り廊下、壁面の佛畫の彩色に苔がまじっている」。いずれも古びた寺の雰圍氣が思い浮かぶ。尾聯は廢寺を眺めての感懷を詠じて結ぶ[12]。

二首とも古い寺というテーマを吟じ、形式や内容も頗る似ているが（中四句は兩方ともきちんと對應している）、絕海中津の「古寺」詩の尾聯中の「竟」は、司空曙の尾聯中の「塵世轉堪哀」の「堪哀」の情を受け取って、更に一步踏み込んで、佛教の「空」という表現しにくいものをよく讀者に傳えた。

釋清潭はこの二人の詩については、次のように論述している[13]。

司空曙は晩唐の名家と稱せらる。而かも絕海此の古寺の詩を以てすれば、遙かに低處に在るを知る。嗚呼日本國絕海禪師なるかな。

絕海中津は「古寺」詩を創作する前に、恐らく、頭の中にすでに司空曙の「經廢寶慶寺」詩を意識していた。それを目標にして、これを超えるようにかなり努力したことが分かる。そのために改めて兩詩を竝べて、確認したい。

司空曙の「經廢寶慶寺」　　　絕海中津の「古寺」

①黄葉前朝寺　ⓐ古寺門何向
無僧寒殿開　藤蘿四面深
②池晴龜出曝　ⓑ鶯花經雨落
松暝鶴飛回　野鳥向人吟
③古砌碑横草　ⓒ草沒世尊座
陰廊畫雜苔　基消長者金
④禪宮亦消歇　ⓓ斷碑無歳月
塵世轉堪哀　唐宋竟難尋

ⓐは①からの巧妙な變奏であると言えるだろう。ⓑの「鶯花經雨落、野鳥向人吟」は②の「池晴龜出曝、松暝鶴飛回」より「實景」的、無論②からのヒントを得たことは見た通りである。ⓒは全く③からの變奏であることは言うまでもなく。ⓓは④と同じような結び方ではあるが、その「竟」の使い方は絶妙であった。五言律詩は全部で四十文字であるが、絶海中津の「古寺」詩は司空曙の「經廢寶慶寺」詩から、「寺・草・碑・古・無・世・消」七字をもらっており、韻字の四字を除けば全詩の五分の一になっている。その影響は言うまでもなく非常に大きかった。

2　七言律詩の「四實」

七言律詩の「四實」について、周弼は『三體唐詩』の中で次のように述べている[14]。

其説在五言、但造句差長、微有分別。七字當爲一串、不可以五言泛加兩字、最難飽滿、易疎弱。而前後多不相應。
自唐太中、工此者亦有數焉、可見其難矣。

其の説は五言に在り、但し句を造ること差長く、微しく分別あり。七字は當に一串を爲すべし、五言を以て泛りに兩字を加ふべからず、最も飽滿し難く、疎弱なり易し。而かも前後多く相應せず。唐の太中より、此に工なる者亦數あり、其の難を見つ可し

つまり、四實に關する説は五言律詩のところにみえる。ただし七言は五言にくらべて句作りが長いだけに、少しく違うところがある。一句の七字は必ずひと繋がりになっていなければならず、五言の句にいいかげんに二字を加えたものであってはならない。すみずみまで充實するのは大變難しく、とかくすきまができて弱々しくなりがちである。また前後の聯が對應せずばらばらになってしまうものが多い。唐の大中年間以後は、これを善くする者は數えるほどしかいない。この點からも其の難しさが分かる（村上譯、上二二九〜二三〇頁）。

まず、絶海中津の「山居」詩（『蕉堅藁』34番）其二を例として擧げてみたい。[15]

放歌長嘯傲王侯◎　　放歌長嘯　王侯に傲る
矮屋誰能暫低頭◎　　矮屋誰か能く暫くも頭を俯せん
▲碧海丹山多入夢　　碧海丹山　夢に入ること多く
▲湘雲楚水少同遊◎　　湘雲楚水　同に遊ぶもの少なり
▲濛々空翠沾經案　　濛々たる空翠　經案を沾し
▲漠々寒雲滿石樓◎　　漠々たる寒雲は石樓に滿つ
幸是芋香人不愛　　幸いに是れ芋香は人愛せず
從教茱葉逐溪流◎　　從教あれ茱葉の溪を逐うて流るるを

◎下平聲、十一尤：侯、頭、遊、樓、流。

入矢氏によれば、「丹山」は「丹丘」と同じ。僊人の住む所（『楚辭』遠遊篇）。「湘雲楚水」とは湖南・湖北の縹緲たる山水である。「芋香」唐の明瓚和尚は南岳の石窟でひっそりと道を養っていた。その德の高きを聞いた李泌が訪れた所、ちょうど牛糞で蒸し焼きにした芋を食べていて、その半分を分けてくれた（『宋高僧傳』十九）。「芋香」とはそのような簡素な隱遁の樂しみをいう。いま私もそれを享受しているが、世人はこれを好まぬため訪れる者もないのは幸いだという意。「從教……」は、洞山和尚が行脚して潭州の龍山を通っていた時、谷川を流れる菜っ葉を見て、上流に異人が住んでいることを察し、山深く分け入って龍山和尚と會って教えを受けた話（『五燈會元』三）を背景にし、「たとい山中の私の居どころが、谷川を流れる菜っ葉で察知されようとも構いはせぬ」という意。[16]

七言律詩の一番難しいところは「飽滿」（充實）である。絶海のこの「中四句」は皆實景であるが、「空」を以て充實して、非常に「飽滿」な詩境に到っている。まず、頷聯の方を見てみたい。「碧海丹山」と「湘雲楚水」とは名詞の對であるが、一見、濃艷な彩色と神話的な名所が目立っていた。「多」、「少」は形容詞であり、「入夢」、「同遊」は同じく「動賓」單語であり、極めて綺麗に對應している。また、頸聯は「濛々たる空翠」と「漠々たる寒雲」との對應は精緻な文學的感覺が感じられる。また、「沾」「滿」は動詞であるが、特に、「沾」という動詞は全詩の詩眼と言うべきものである。

ここに、許渾の「題飛泉觀宿龍池」という詩[17]を例として擧げて、絶海の「山居」其二と比べてみたい。

西巖泉落水容寬◎　　西巖泉落ちて　水容寬く
靈物蜿蜒黑處蟠◎　　靈物蜿蜒として　黑處に蟠る
▲松葉正秋琴韻響　　松葉正に秋にして　琴韻響き
▲菱花初曉鏡光寒◎　　菱花初めて曉けて　鏡光寒し

▲雲收星月浮山殿　　雲收まって　星月は山殿に浮かび
▲雨過風雷遶石壇◎　　雨過ぎて　風雷は石壇を遶る
僊客不歸龍亦去　　僊客歸らず　龍も亦た去り
稻畦長滿此池乾◎　　稻畦長く滿ちて　此の池乾く

◎上平聲、十四寒：寬、蟠、寒、壇、乾。

村上氏によれば、「飛泉觀」は道觀（道教の寺院）の名。「素隱抄」に「睦州ニ在ル」と。睦州はいまの浙江省建德縣。作者は晩年にここの刺史になっている。其の道觀の宿龍池という池を詠じ、末句よりみれば、すでに枯れてしまった池で、首聯は過去の樣子を想起して詠じているのであろう。「中四句」は皆景物にして實である。頷聯「松葉」の句は古樂府、琴曲に「風入松」というのがあるのに基づいて松風の音を琴の韻べにたとえ、「菱花」の句は鏡に「菱花鏡」というのがあるに因んで菱の花咲く水面を鏡になぞらえるという、なかなか凝った對句である。[18]

その頸聯の「雲收」「雨過」とは「主謂構造」的な單語に對應し、「星月」「風雷」とは天文的單語に對應し、「浮」「遶」は動詞で、「山殿」と「石壇」と對應して、きちんと對句となっている。だが、絕海の「山居」其の二の「中四句」に、なかなか勝ちにくいと思うが、絕海が許渾の文學意識の影響を受けた事は一目瞭然と言うべきである。

續いて、もう一首絕海中津の「送松上人歸總州」という七言律詩（『蕉堅藁』65番）[19]を擧げてみたい。

東風望杳總陽城◎　　東風望杳たり　總陽城
可忍悤々此送行◎　　忍ぶべけんや　悤々として此の行を送るを
▲曉渚鳴鞭逢路熟　　曉渚　鞭を鳴らして　路の熟せるに逢ひ
▲晴江解纜趁潮平◎　　晴江　纜を解いて　潮の平らかなるを趁ふ

▲原情春淺鶺鴒急　　原情　春淺くして　鶺鴒急がはしく
▲山意雪殘鴻雁驚◎　山意　雪殘って　鴻雁驚く
安得海天霞片々　　安んぞ海天の　霞片々たるを得て
爲君裁作錦衣輕◎　君が爲に裁ちて　錦衣の輕きを作らん

◎下平聲、八庚：城、行、平、驚、輕。

入矢氏によれば、「松上人」は傳未詳。「東風……」は、春風が遙かな東の總州から吹いてきて、それに誘われるという意か。望杏は絶海の造語である。「原情」は絶海の造語である。「山意」は杜甫の小至詩「岸容待臘將舒柳、山意衝寒欲放梅」から引いた詩語である。「霞片々」は霞はカスミではなくて、朝焼けか夕焼けの色鮮やかな雲である。だから下句でそれを錦衣に仕立てたいという。唐代の道士が着た霞裙も極彩色のガウンであったし、當時かかれた神仙の像もきらびやかなそれをまとっている[20]。

對句の構造から見て見ると、立派な「中四句」である。頷聯の「曉渚」と「晴江」との對應は視覺的な美しさがあり、「鳴鞭」「解纜」とは「動賓構造」の單語であり、「逢」「趁」は動詞であり、「路熟」「潮平」は「主謂構造」の單語である。靜を以て動を引き立ていて、氣持ちがよさそう。頸聯の方の「原情」「山意」とは造語だが感情が溢れている。「春淺」「雪殘」とは「主謂構造」である。「鶺鴒急」「鴻雁驚」とは「主謂構造」である。この聯は動を以て靜を映えさせて、初春という季節をよく現わしている。

ここに、許渾の七言律詩「晩自東郭留一二遊侶」詩[21]を擧げて比べてみたい。

鄕心迢遞宦情微◎　鄕心迢遞として　宦情微なり
吏散尋幽竟落暉◎　吏散幽を尋ねて　落暉を竟ふ

▲林下草腥巢鷺宿　　林下草腥うして　巣鷺宿し
▲洞前雲濕雨龍歸◎　洞前雲濕うて　雨龍歸る
▲鐘隨野艇回孤棹　　鐘は野艇に隨うて　孤棹を回し
▲鼓絶山城掩半扉◎　鼓は山城に絶て　半扉を掩ふ
今夜西齋好風月　　今夜西齋に風月好からん
一瓢春酒莫相違◎　一瓢の春酒相違ふ莫し
◎上平聲、五微：微、暉、歸、扉、違。

村上氏によれば、首聯の第一句の「迢遞」は雙聲の形容詞であり、遙かに遠いさま。「宦情」の「宦」は官職について仕えること。宦情というのは従って官職にある氣持ちである。柳宗元の「柳州二月」に「宦情羈思共に悽々たり」がある。第二句の「吏散」は役所がひけて役人たちが歸ってしまったこと。「庭前吏散するの後、江畔路乾く時」（白居易の詩）、「疊鼓吏初めて散じ、繁鐘鳥獨り歸る」（許渾の自分の詩）などの例がある。尾聯の「相違」は、たがう、そむく。「相違する莫かれ」とは、こんな夜に酒を飲まなければ、酒に對して申し譯ないでしょうというような氣持ちである[22]（村上譯、上二五九頁）。

「中四句」を味わえば、「林の下に巣くう鷺が眠りについたのは、草が生臭いため。洞穴に雨を起こす龍が戻ってきたのは、雲が濕りを帯びるゆえん。野の船にひびいてくる夕暮れの鐘、舟人は棹を擧げて歸路につき、山の城に時をつげる鼓はなりやんで門を半ばとざす[23]」という生き生きとした場面を我々の目の前に現わしている。だが、對句の構造から見ると、やはり、絶海のほうが上である。

律詩の「四實」について、五言のほうは「華麗典重の間に、雍容寛厚の態有るは、此れ其の妙なり」という中核があり、七言のほうは「最難飽滿」という難しさがある。以上のように絶海の例と唐代の詩人の例とを「句法」「詞の品性」などの角度から分析すると、絶海は確かに唐代詩人の影響を受け、さらにそれを超えようとする自分自身の特殊な感覺を持ち、「五律」では「雍容寛厚の態」があり、「七律」では「飽滿」に至っていることが明らかである。

## 二　「四虚」について

『三體唐詩』では「四虚」という詩の形式を論じているが、「四實」と比べるとあまり重視されなかった。『三體唐詩』には、「四虚」も「五言律詩」（二十三首）と「七言律詩」（十四首）があるので、本節は、五言律語と七言律詩との二種類に分けて、絶海の實例を擧げて、比較し、絶海が「四虚」についての影響をどういうふうに受けているか明らかにしてみたい。

### 1　五言律詩の「四虚」

『三體唐詩』には、「四虚」について、周弼が次のように論述している。(24)

謂中四句皆情思而虚也。不以虚爲虚、以實爲尾、自首至虚。如行雲流水。此其難也。元和已後、用此體者、骨格雖存、氣象頓（頗）殊。向後則偏於枯瘠。流於輕俗不足朶（採）矣。

中の四句皆情思にして虚なるを謂ふなり。虚を以て虚と爲さず、實を以て虚と爲す。首より尾に至るまで、行雲流水の如し。此れ其の難きなり。元和より已後、此の體を用ふる者は、骨格存すと雖も、氣象頗る殊なり。向後は則ち枯瘠に偏にして、輕俗に流れ、採るに足らず。

つまり、中の四句、卽ち頷聯、頸聯の對句がすべて「情思」（感情思考）を詠じていて「虛」であるものをいう。しかしはじめから虛をもって虛として詠ずるのではなく、「實」（具體的な描寫）のうちに、「虛」（情思）を詠ずるようにし、はじめからしまいまで、ただよう雲・流れる水のようにさらりとして滯りがないようにするのが、このスタイルの難しい點である。元和年間よりのちにこのスタイルを用いるものは、その形體はよくたもってはいるものの、精神は變わってしまっている。それ以後は、枯れ細って豐饒さがなくなり、かつ輕薄通俗に墮してもはや採りあげる値打ちもない。(25)

それでは、「四虛」について、絕海中津の「寄寶石寺簡上人」詩（『蕉堅藁』7番）二首の内の一首を掲げてみよう。(26)

長憶相尋處　　長に憶う相尋ねし處
招提北郭旁◎　　招提北郭の旁を
△巖雲依樹々　　巖雲は樹々に依り
△湖月到房々◎　　湖月は房々に到る
△鳥下金繩雪　　鳥は下る　金繩の雪
△童燒石室香◎　　童は燒く　石室の香
二年夢不到　　二年　夢到らず
一望斷人腸◎　　一たび望めば人の腸を斷つ

（△は虛というスタイルを示す）

◎下平聲、七陽：旁、房、香、腸。

「簡上人」は易道夷簡であり、天界寺に住したので天界夷簡とも呼ばれた。『增集續傳燈錄』に略傳がある。「招提」

は寺院であり、この寶石寺を指す。寺の北邊の庵に昜道上人は隱居していた。「金繩」は黄金の繩で區劃された、めでたい地域の意で、寺域の美稱。「石室」は石窟であり、昜道上人の庵が營まれたところ。

「四虛」は「虛を以て虛と爲さず、實を以て虛と爲し、首自り尾に至るまで、行雲流水の如きは、此れ其の難きなり」とされる。絶海のこの詩の「中四句」は、卽ち「實を以て虛と爲し」の實例である。頷聯は「巖雲」と「湖月」（名詞性單語）とを對應させ、「依」と「到」（動詞）とを對應させ、「樹々」と「房々」（雙疊名詞）とを對應させて、きちんと整っている極く綺麗な對句で、優雅な寶石寺の景色が描寫されており、絶海の「長憶」の感情を託するものである。頸聯は「鳥」と「童」（名詞）とを對應させ、「下」と「燒」（動詞）とを對應させ、「金繩雪」と「石室香」（名詞性單語）とを對應させて、寶石寺の高雅の品性をよく現しており、絶海の簡上人への尊敬を託す對句である。二聯を續けて、まさに絶海は自身の簡上人への思慕及び尊敬を行雲流水のように表現した。絶海のこの「中四句」は「四虛」の「骨格」「氣象」の兩方を兼ねると言うべきであろう。

次に、「四虛」の見本として、『三體唐詩』の中にある常建の「題破山寺後院」詩を比較として、ここに擧げてみる。[27]

清晨入古寺　　　清晨　古寺に入り
初日照高林◎　　初日　高林を照らす
△曲徑通幽處　　曲徑　幽處に通じ
△禪房花木深◎　禪房　花木深し
△山光悅鳥性　　山光　鳥性を悅ばしめ
△潭影空人心◎　潭影　人心を空しうす
萬籟此俱寂　　　萬籟　此に俱に寂たり

惟聞鐘磬音◎　　　惟だ鐘磬の音を聞くのみ
　◎下平聲、十二侵：林、深、心、音。

村上氏によれば、「萬籟」、『莊子』齊物論に「女は人籟を聞くも、未だ地籟を聞かざらん。女は地籟を聞くも、天籟を聞かざらんかな」と。郭璞注に「籟は簫なり」、つまり「籟」は原來管樂器の名、ふえであり、轉じて物音、ひびきを意味する。「萬籟」はすべての物音である。(28)

「中四句」を味わえば、「曲りくねった徑は靜かにおくまった處に通じ、僧房の邊りに、花咲く木々が深く茂っている。山中の風光は鳥の本然の性を滿足させ、潭に映ずる影は、人の心の雜念を拭い去ってくれる。(29)」絕海は確かに其の詩意を充分に受容している。更に、詩形上では、對句の竝びかたについてもきちんと整えている。

この詩については、宋魏慶之の『詩人玉屑』十五に「洪駒甫詩話」を引いて次のように論述している。(30)

丹陽の殷蟠、『河嶽英靈集』を撰するに、首めに常建が詩を列し、其の「山光鳥性を悅ばしめ、潭影人心を空しうす」の句を愛し、以て警策と爲す。歐公（歐陽修）また常建が「竹徑幽處に通じ、禪房花木深し」を愛す。常建に效って數語を作らんと欲し、ついに得ること能はず、以て恨みと爲す。豫謂へらく常建が此の詩全篇皆工みにして、獨り此の兩聯のみにあらず。

魏慶之に言わせれば、「常建が此の詩全篇皆工みにして、獨り此の兩聯のみにあらず」であり、にもかかわらず、「四虛」の「虛を以て虛と爲さず、實を以て虛と爲す、首より尾に至るまで、行雲流水の如し」という基準から見れば、絕海の「巖雲は樹々に依り、湖月は房々に到る。鳥は下る金繩の雪、童は燒く石室の香。」のほうが優れているだろう。

2　七言律詩の「四虛」

周弼は七言律詩の「四虚」について、『三體唐詩』の中で次のように論述している。[31]

其説在五言。然比於五言、終是稍近於實、而不全虛。蓋句長而全虛、則恐流於柔弱。要須於景物之中而情思通貫。斯爲得矣。

其の說は五言に在り。然れども五言に比すれば、終に是れ稍實に近く、而かも全くは虛ならず。蓋し句長うして全く虛なれば、則ち恐らく柔弱に流れん。要ず須らく景物の中に於て情思通貫すべし。斯を得たりと爲す。

つまり、四虛についての說は五言の所にみえる。しかし五言に比べると、どうしてもやや實に近くなり、完全に虛ではない。思うに一句が長いのに完全に虛という事になると、弱々しくなってしまうであろう。かならず敍景（實）の中に情思（虛）がつらぬかれているのでなければならない。そうすれば成功といえるだろう。[32]

「四虛」について、五言律詩より七言律詩のほうが難しいので、ここに、まず見本として『三體唐詩』中の「四虛」の七言律詩の「中四句」のみ擧げて、詩句の構造について分析してみたい。

まず、李商隱の「隋宮」の「中四句」をみてみよう。[33]

△玉璽不緣歸日角　　玉璽　日角に歸すに緣らずんば
△錦帆應是到天涯　　錦帆　應に是れ天涯に到るべし
△于今腐草無螢火　　于今　腐草に螢火無く
△終古垂楊有暮鴉　　終古　垂楊に暮鴉有り

「實」と「虛」とは、文法上でいうと「實字」は名詞、數詞であり、「虛字」は動詞、形容詞、副詞、前置詞などである。

この詩の頷聯について、ひとつひとつの言葉について見れば、これが「虛」であるのは「不緣」、「應是」の四文字によるのであって、ほかの十文字は本來「實」の句を構成するはずの言葉であることに注意すべきである。頸聯は實に「實」のように思えるが、「要ず須らく於景物の中に於て情思通貫すべし、斯を得たりと爲す」という基準からみれは、やはり「虛」である。

次に、盧綸の「晩次鄂州」詩の「中四句」をみてみよう。(34)

△估客晝眠知浪静　　估客　晝眠りて浪の靜かなるを知り
△舟人夜語覺潮生　　舟人　夜語りて潮の生ずるを覺ゆ
△三湘愁鬢逢秋色　　三湘の愁鬢　秋色に逢ひ
△萬里歸心對月明　　萬里の歸心　月明に對す

この「中四句」の頸聯は李商隱の「中四句」の頸聯と同じ、まさに「實」のように思えるが、「要ず須らく景物の中に於て情思通貫すべし、斯を得たりと爲す」という基準に當っているからである。

一般的に言う「實」という句は實景の描寫であるから、だいたい名詞・數詞（實字）が多くなり、「虛」の句は主觀的な表現であるから、形容詞・副詞など虛字が多くなる傾向がある。

次の元愼の「鄂州寓嚴澗宅(35)」詩の頷聯・頸聯とは、明らかに「四虛」と言ってよい。

△花枝滿院空啼鳥　　花枝　院に滿ちて　啼鳥空しく
△塵榻無人憶臥龍　　塵榻　人無くして　臥龍を憶ふ
△心想夜閑惟足夢　　心に夜の閑なるを想うて　惟夢みるに足れり
△眼看春盡不相逢　　眼に春の盡くるを看て　相逢わず

頷聯は確かに「實」であるが、この「景物之中」に「情思通貫」であるから、上品な「虛」になっている。

さて、絶海中津の「送雲上人歸錢唐」という七言律詩（『蕉堅藁』40番）を擧げて、[36] 彼の「四虚」はどうなっているかのを見てみたい。

　天街涼雨曉疎々◎　　天街の涼雨　曉疎々たり
　行客東歸碧海隅◎　　行客東に歸る　碧海の隅
△路自近關經北固　　路は近關より北固を經
△舟隨遠水到西湖◎　　舟は遠水に隨つて西湖に到る
△諸峰亂後僧鐘少　　諸峰は亂後に僧鐘少なく
△舊業年深塔樹孤◎　　舊業は年深くして塔樹孤なり
　早晩歸來龍河上　　早晩か龍河の上に歸り來たらん
　從師問道是良圖◎　　師に從つて道を問ふは是れ良圖なり
　　◎上平聲、七虞：疎（上平聲、六魚。）隅、湖、孤、圖。

「雲上人」は傳未詳。「天街」とは、唐代の韓愈の詩「天街小雨潤如酥、草色遙看近却無」とある。星の名、昴星と畢星の間をいう。ここでは明の都の南京の大通りを指す。「涼雨」は唐代の岑嘉州の詩「倉昊霽涼雨、石路無飛塵」とある。「龍河」は中天竺寺の界隈を流れる谷川。

この詩の「中四句」は、盧綸の「晩次鄂州」詩の「中四句」と同じく、眞の「虚」であり、雲上人の歸り道及び歸り先の想像を敍述しながら、「旅中の客が客を送る」という感慨を自ら發揮している。

この詩の詩意を味わえれば、「天街の涼雨が曉天にあらくあらく降っている。このとき東歸する行客（雲上人）が碧海の岸にいる。其の歸り道は近關より北固山下を經るのが陸地の便である。また舟なれば遠い江水を渡って、西湖に到るがよい。其の目に觸れている諸峰は亂後であるから蕭條たる景色である。世を救はんと興りし王の世業も、法を廣げていくと興りし僧業も、年がたってしまって墓前の樹が一本淋しく立っているばかり。いつか龍河の上に歸り來て、師に從って道を問うのがこれ良策である」という送別の情を詠じていることが分かる。

「四虛」というスタイルは、作ることが非常に難しいため、中國の詩の歷史においてはまさに周弼のいう通り、「元和より以後のこの體を用いる者は、骨格存すと雖も、氣象頓に殊なれり。向後はすなわち枯瘠に偏り、輕俗に流れ、呆るにたらず」であり、日本の詩人絕海中津においてはさらに難しいのである。以上の分析からみると、絕海の漢詩における「四虛」は七律より五律の方が巧みであった。例の「巖雲は樹々に依り、湖月は房々に到る。鳥は下る金繩の雪、童は燒く石室の香」（寄寶石寺簡上人、其二）という詩句は、まさに「虛を以て虛と爲さず、實を以て虛と爲し、首より尾に至るまで、行雲流水の如く」である。絕海中津は多く中國詩人の精華を取り入れ、さらにこれを乘り超えて、遂に獨自のものとしたのである。

注

（1）漢詩文は、『文淵閣四庫全書』巻一三五八、集二九七、宋周弼編・淸高士奇輯注『三體唐詩』に據る。臺灣商務印書館刊。以下、『三體唐詩』所收詩文の書き下し文及びその解説は、おおむね村上哲見『三體詩』上・下（朝日新聞社刊『新訂・中國古典選』一六・一七、一九六六・一九六七）に據る。

（2）宋範晞文『對牀夜語』巻二、一四頁を參照（叢書集成初編一五七三、中華書局、一九八五）。

（3）村上哲見『三體詩』下、一一〜四頁を參照。

（4）漢詩文は、『蕉堅藁』の室町初期版（五山版）に據る。その書き下し文及び語釋は、おおむね入矢義高『五山文學集』に據る。

（5）『漢詩大講座（第九巻）名詩評釋』一〇八頁を參照。
（6）注（3）に同じ、付録の八～九頁の賈島小傳を要約したものである。
（7）注（3）に同じ、三八頁を參照。
（8）注（4）に同じ。
（9）寺田透『義堂周信・絶海中津』一八二頁。
（10）入矢義高『五山文學集』二二頁。
（11）注（1）に同じ。
（12）注（3）に同じ、一一頁を參照。
（13）注（5）に同じ、一一二頁。
（14）注（1）に同じ。
（15）注（4）に同じ。
（16）注（10）に同じ、六〇～六一頁を參照。
（17）注（1）に同じ。
（18）注（3）に同じ、上、二五二～二五三頁を參照。
（19）注（4）に同じ。
（20）注（10）に同じ、一一八～一一九頁を參照。
（21）注（1）に同じ。
（22）注（18）に同じ、二五一頁。
（23）注（18）に同じ、二五〇頁。
（24）注（1）に同じ。
（25）注（3）に同じ、一四五～一四六頁。

（26）注（4）に同じ。
（27）注（1）に同じ。
（28）注（3）に同じ、一八四頁。
（29）注（28）に同じ。
（30）『文淵閣四庫全書』卷一四八一、集四二〇、宋魏慶之撰『詩人玉屑』十五卷に據る。
（31）注（1）に同じ。
（32）注（3）に同じ、上、二九四～二九五頁。
（33）注（32）に同じ、二九六頁。
（34）注（33）に同じ、三一二～三一三頁。
（35）注（33）に同じ、三一七頁。
（36）注（4）に同じ。

## 第二節　絶句の形式における受容──「前對」「後對」について──

「前對」については、『三體唐詩』で、周弼が次のように論じている。[1]

接句、兼備虛實兩體。但前句作對、而其接亦微有異焉。相去僅一間、特在乎稱停之間耳。

接句（第三句）は、虛實兩體を兼備す。但し前の句對を作して、其の接亦微し異なる有り。相去ること僅かに一間、特に稱停の間に在るのみ。

つまり、接句（第三句）は虛の場合もあれば實の場合もあるが、前の二句が對句になっており、第三句の續き具合も少し違う點がある。しかしその差はほんの僅かで、天秤ばかりのつりあいのように微妙なものである。[2]

また、「後對」については、同じく周弼が次のように述べている[3]。

此體、唐人用之亦少。必使末句、雖對而詞足意盡、若未嘗對。不然則如半截長律、皚皚齊整、略無結合。此荊公所以見誚於徐師川也。

此の體、唐人之を用ふること亦少なり、必ず末句をして、對すと雖も而かも詞足り意盡きて、未だ嘗て對せざる若くならしむ。然らざるときは長律を半截する如くにして、皚皚齊整として、略結合無し。此れ荊公が徐師川に誚らるる所以なり。

つまり、この體は唐人でもめったに用いないものだ。必ず後半二句が對句になっても、對句でない場合と同様に、表現すべきものを十分に表現し切っていなければならぬ。そうでなければ、八句の律詩を半分に切ったようになり、きちんと整ってはいるが、結びの締めくくりがないということになる。この故に王荊公は徐師川に批判されたのである[4]。

「前對」「後對」については、ほかの説もある。絶句とは律詩を二つに切ったもので、前半だけにすれば後對の絶句となり、後半だけにすれば前對の絶句となるという説がこれである。だが、村上氏によれば、絶句の構成原理における轉、結の働きを十全に備えつつ、しかもこの二句を對句にするというのは容易ではない。特に第四句が第三句に就き過ぎて、一首全體を締めくくるという働きが失われがちである。そうならば律詩の前半を切り取った形となり、しりきれとんぼになる。律詩を半分にすれば絶句になるという説は、ここで明らかに否定される。あくまでも一首全體の構成が優先すべきなのであって、對句の齊整を重んずるためにそれだけが浮き上がってはならない[5]と考える。

『蕉堅藁』には七言絶句が五十五首あり、前對は一首、後對は一首、全部で僅か二首のみである。總數の四％を占めるに過ぎない。一方『三體唐詩』には七言絶句が百七十四首載せており、前對は六首、後對は五首、やはり僅か十一首で、總數の六％を占めるに過ぎない。兩方とも占める比率は極めて少ない。

まず、「前對」から考察することにする。『三體唐詩』中の「前對」六首をここに全部擧げてみよう。

①盧綸「山店」[6]詩、（△は虚對、▲は實對）

（起）△登登たり山路　何れの時か盡ん　　△登登山路　何時盡

（承）△決決たる溪泉　到たる處に聞く　　△決決溪泉　到處聞

（轉）風　葉聲を動かして　山犬吠

（結）一家の松火　秋雲を隔つ

◎上平聲十二文、聞、雲。

②雍陶「韋處士郊居」[7]詩、

▲庭に滿つる詩景　紅葉を飄えし　　▲滿庭　詩景　飄紅葉

▲砌を繞ぐる琴聲　暗泉を滴らす　　▲繞砌　琴聲　滴暗泉

門外の晩晴　秋色老ゆ

蕭條たる寒玉　一溪の煙

◎下平聲一先、泉、煙。

③陸龜蒙「江南」[8]詩、

▲村邊の紫豆　花垂る次で　　▲村邊　紫豆　花垂次

▲岸上の紅梨　葉戰ぐ初め　　▲岸上　紅梨　葉戰初

怪しむこと莫れ煙中に重て首を回らすを

酒旗の青紵　一行の書

◎上平聲六魚、初、書。

高蟾の詩、三首

④「旅夕」[9]詩、

△風古陂に散じて　宿雁を驚かし　　△風散古陂　驚宿雁
△月荒戍に臨んで　啼鴉起つ　　△月臨荒戍　起啼鴉
吟斷に堪へず人の見る無し
時に復寒燈一華を落とす

◎下平聲六麻、鴉、華。

⑤「金陵晩眺」[10]詩、

△曾て浮雲の晩色に歸するに伴ふ　　△曾伴浮雲　歸晩色
△猶お落日の秋聲を泛ぶるに陪す　　△猶陪落日　泛秋聲
世間限り無き丹青の手
一段の傷心畫けども成らず

◎下平聲八庚、聲、成。

⑥「春」[11]詩、

▲明月　斷魂　淸うして靄靄　　▲明月　斷魂　淸靄靄
▲平蕪　歸路　綠にして迢迢　　▲平蕪　歸路　綠迢迢
人生頭をして雪の如くなら遣る莫れ

縱ひ春風を得るも亦消せず

◎下平聲二蕭、迢、消。

以上、『三體唐詩』の「前對」は、實聯三首、虛聯三首となっている。

次に、『蕉堅藁』中の「前對」は一首のみで、「題扇面畫」詩（『蕉堅藁』110番）其の二が、それである。(12)

▲二客　琴を携へて　松下に來たる　　▲二客　携琴　松下來
▲孤舟　棹を移して　月中に回る　　▲孤舟　移棹　月中回
上方の臺殿　何人か住む
懸水秋生じて紫翠堆し

◎上平聲、十灰、來、回、堆。

つぎに、この『蕉堅藁』の「實聯」の「前對」と『三體唐詩』の「實聯」「前對」とを比較してみるために、兩方の「實聯」の「前對」を整理して表示することにする。

『三體唐詩』

②
▲滿庭　詩景　飄紅葉
▲繞砌　琴聲　滴暗泉

③
▲村邊　紫豆　花垂次
▲岸上　紅梨　葉戰初

⑥
▲明月　斷魂　清靄靄
▲平蕪　歸路　綠迢迢

『蕉堅藁』

▲二客　携琴　松下來
▲孤舟　移棹　月中回

右に整理した「前對」を見ると、絶海の「前對」は『三體唐詩』の②③⑥の「前對」を全く受容していないことが分かる。まさに見本とする「前對」の「實聯」は③に一虛字、②に二虛字、⑥に三虛字となっている。どっちも模範である。絶海の「前對」の「實聯」は二虛字となっているが、詩型としては②の「雙動賓型」と違って、絶海は敢えて複雜な「動賓・狀動型」を獨創して、彼自身の詩意を表わした。晩唐の詩人の「前對」と比べると、絶海の「狀動型」後三字の「松下來」「月中回」という表現は遙かに上であると言えるだろう。また、僧侶として、日本人としての表現らしさが全く感じられない。眞の唐代文人の感覺を持っていると感じられる。

一方、以下「後對」について考察する。

『三體唐詩』には「後對」が五首ある。左記に擧げるものがそれである。

劉長卿「過鄭山人所居」[13]詩、

①寂寂たる孤鶯　杏園に啼き
　寥寥たる一犬　桃源に吠ゆ
△落花　芳草　尋る處無く　　　△落花　芳草　無尋處
△萬壑　千峰　獨門を閉づ　　　△萬壑　千峰　獨閉門
　◎上平聲十三元、園、源、門。

王維「寒食汜上」[14]詩、

②廣武の城邊　暮春に逢ひ

汶陽の歸客　涙巾を沾す
△落花　寂寂　山に啼くの鳥
△落花　寂寂　啼山鳥
△楊柳　靑靑　水を渡るの人
△楊柳　靑靑　渡水人
◎上平聲十一眞、春、巾、人。

盧綸「與從弟同下第出關[15]」詩、
③關を出て暮を愁て一び裳を沾ほす
滿野　蓬生ず　古戰場
▲孤村の樹色　殘雨昏く
▲孤村樹色　昏殘雨
▲遠寺の鐘聲　夕陽を帶ぶ
▲遠寺鐘聲　帶夕陽
◎下平聲七陽、裳、場、陽。

韓翃の「後對」は二首ある。
④「宿石邑山中[16]」詩、
浮雲　此の山と共に齊しからず
山靄　蒼蒼　望轉た迷ふ
▲曉月　暫らく飛ぶ　千樹の裏
▲曉月　暫飛　千樹裏
▲秋河　隔てて數峯の西に在り
▲秋河　隔在　數峯西
◎上平聲八齊、迷、西、齊。

⑤「贈張千牛[17]」詩、

蓬萊闕下　是れ天家
上路新たに回る　白鼻騧
△急管　畫催す　平樂の酒
△春衣　夜宿す　杜陵の華

△急管　畫催　平樂酒
△春衣　夜宿　杜陵華

◎下平聲六麻、家、騧、華。

『蕉堅藁』に「後對」というスタイルの詩作は一首のみある。
「懷觀中不至」（『蕉堅藁』86番）[18] 詩がそれである。

苦切に君を思ひて五日過ぐ
親王の舊邸　定して如何
△秋前の白雁　音書少にして
△嵐際の青山　遠夢多し

△秋前白雁　音書少
△嵐際青山　遠夢多

◎下平聲、五歌、過、何、多。

つぎに、この『蕉堅藁』の「虛聯」の「後對」と『三體唐詩』の「虛聯」「後對」と比較してみるために、兩方の「虛聯」の「後對」を整理して置くことにする。

『三體唐詩』

①
△落花　芳草　無尋處
△萬壑　千峰　獨閉門

②
△落花　寂寂　啼山鳥
△楊柳　青青　渡水人

⑤ △急管　晝催　平樂酒
△春衣　夜宿　杜陵華

『蕉堅藁』 △秋前白雁　音書少、
△嵐際青山　遠夢多、

「後對」の難しいところは「雖對而詞足意盡」（對すと雖も而も詞足り意盡く）という點である。ところが絶海中津の「後對」はただ一首にもかかわらず、上品なものである。色彩の對照、數量の對照は一つの對句に揃い、まだ「白雁」の來訪が少ないために「音書」（音信）も「少」なく、かえって「青山」を見るにつけても「遠夢」（遠方の人を偲ぶ夢）が「多」くなる。まさに「雖對而詞足意盡」というべきである。見本としての唐代詩人の「後對」には、絶海のような「後對」は一首も見ることができなかった。

思うに、また絶海の「後對」の詩型は中國の詩人から受容したものではなく、獨創的な作品である。「名詞修飾・主謂型」という獨特な「虛聯」で、周弼の所謂「後聯稍間以實、其庶乎」（後聯稍ゝ間ふるに實を以てすること、其れ庶きか）を超え、實字を連發して、虛字は僅かに二字、且つ對偶的な「多・少」という形容詞を用いる。これは絶海中津的な「美」であると言えるだろう。

注

（1）同章第一節の注（1）に同じ。
（2）村上哲見『三體詩』上、一九八頁。
（3）注（1）に同じ。

（4）注（2）に同じ、上、二〇五頁。
（5）注（4）に同じ。
（6）注（1）に同じ。
（7）注（1）に同じ。
（8）注（1）に同じ。
（9）注（1）に同じ。
（10）注（1）に同じ。
（11）注（1）に同じ。
（12）同章第一節の注（4）に同じ。
（13）注（1）に同じ。
（14）注（1）に同じ。
（15）注（1）に同じ。
（16）注（1）に同じ。
（17）注（1）に同じ。
（18）注（12）に同じ。

## 第三節　「題畫詩」の形式における研究

畫の中に詩を題していることは、中國の繪畫藝術の中でも重要な特徴である。早期の「題畫詩」は、大體詩人が畫家あるいは藏畫家のために詩を題するのが常である。例の、李白の「當題趙炎少府粉圖山水歌」、杜甫の「戲題王宰畫山水圖歌」及び「畫鷹」などが、それである。ところが、宋代に入ってから以後、畫家は自分の畫の中に自分の詩を題することをはじめた。[1] 従って、詩、書、畫が一體となるという藝術傳統が段々形成されていった。「題畫」という詩の形式の受容については、増注本『三體詩』の四百九十四首には一首も見出されなかった。従って唐代の「題畫詩」は少ないと言えるが、但し、杜甫にはいくらかある。絶海中津の「題畫詩」の受容については、題名は宋代詩人達から受けたと言えるが、實は内容については、殆ど唐代詩人から取り入れている。『蕉堅藁』には「題畫詩」は三十二首があり、總數の十九％を占める。形式にも様々ある。本節では、絶海中津の「題畫詩」のそれぞれの形式について比較文學的な立場から論じたい。

## 一　「題畫軸」詩について

入矢義高氏は「題畫軸」詩について、「畫の餘白にみんなで詩を書きつけた軸物。このころ禪林で流行した風雅の風習である。詩畫軸ともいう」と述べられている。[2] 其の風習はおよそ中國の元代の禪林から始まったことである。『蕉堅藁』の中には「題畫軸」詩が三首あり、すべて歸國後の作品である。五言律詩は二首で、七言絶句は一首である。以下、この三首を掲げる。

まず、「題千里明月畫軸、寄濡侍者」詩（『蕉堅藁』20番）[3] を掲げる。

隔千里兮共明月、是蓋謝希逸愬皓月而詠懷者歟。千載之下、諷之詠之、使人愴然。龍山天休濡上人、遠游江東而未還。洛社諸彥、詠謝氏之舊歌以寓懷焉。懷而不已、輒命繪事、以馨縣々裝潢、寄以徵予詩。予老矣、而廢詩久如。迫於諸彥之督責、遂拂拭筆硏、率然而作云。

千里を隔てて明月を共にすとは、是れ蓋し謝希逸が皓月に愬へて懷を詠ぜし者か。千載の下、之を諷し之を詠じて、人をして愴然たらしむ。龍山の天休濡上人は、遠く江東に遊びて未だ還らず。洛社の諸彥、謝氏の舊歌を詠じて以て懷を寓す。懷ひて已まず、輒ち繪事に命じて、以て縣々の裝潢を罄くし、寄せて以て予に詩を徵む。予は老いたり、而も詩を廢すること久如し。諸彥の督責に迫られて、遂に筆硏を拂拭し、率然として作ると云ふ。

京華與江表　　京華と江表と
相別又相望　　相別れ又相望む
△唯有九霄月　　唯だ九霄の月のみ有って
△共茲千里光　　茲の千里の光を共にす
▲山空還獨夜　　山は空しくして還た獨夜
▲水濶更殊方　　水は闊くして更に殊方
顧影徒延佇　　影を顧みて徒らに延佇し
不堪淸漏長　　淸漏の長きに堪へず

（△は虛聯、▲は實聯）

入矢氏によれば、「題千里明月畫軸」とは、千里の遠くに在る友を偲んで、彼も眺めているであろう明月を山水畫に仕立て、餘白にみんなで詩を書き付けた軸ものである。「濡侍者」とは、京都の南禪寺の天休□濡という禪僧だったことがこの序から分かるだけで、詳しい傳記は不明。「謝希逸」とは、謝莊（四二一～六六）。六朝の宋の詩人、字は希逸という。彼の「月の賦」に、「情は紆ぼれ軫みて其れ何にか託せん、皓月に愬へて長歌せん。歌ひて曰く、美人は邁きて音塵闕け、千里を隔てて明月を共にす（情紆軫其何託、愬皓月而長歌。歌曰、美人邁兮音塵闕、隔千里兮共明月）」という表現がある（『文選』巻十三）。「龍山」とは、南禪寺の山號は瑞龍山。「江東」とは、楊子江下流の杭州か蘇州のあたりか。首句にいう「江表」も同じ。「社」とは、法社であり、同門の修行者の仲間をいう。「諸彥」はその人達に對する美稱。「輒命繪事」とは、繪師に頼んで一幅の畫をかかせること。「山空」とは、山には人氣もないこと、畫中の空山のことであるとともに、今われわれの住む寺は、あなた一人が缺けているために空寞な世界になっているという意も含む。「殊方」とは、異邦、しかも廣い海の彼方、ここでは中國を指す。「延佇」とは、いつまでもじっとたたずむ。『楚辭』に、「延佇として吾れ將に反らんとす」と見えるに據る。「漏長」とは、秋の夜長。漏は時を刻む水時計。(4) この詩の頷聯は虛聯であり、謝希逸の「月賦」からの影響は明らかである。

意譯すれば、「京都と楊子江の南岸に、互いに相別れその上互いに相望む。ただ大空の月だけ輝いていて、この遙かな光明を（彼と吾は）同じく眺める。山はがらんとして人氣もなく依然として獨りですごす夜、海水はひろびろとして彼と吾を隔て更に土地を異にしている。わが身の月影を顧みて、いたずらにいつまでも佇んでいると、淸く漏れ出る漏刻の長きに何ともやりきれない(5)」と。

次に、「題白雲山房畫軸」詩（『蕉堅藁』21番(6)）を掲げる。

卜築靑山下　　卜築す　靑山の下
禪房住白雲　　禪房　白雲に住す
▲林泉最幽處　　林泉最も幽なる處
▲猿鳥自成群　　猿鳥自ら群を成す
▲透牖浮嵐濕　　牖を透つて浮嵐濕ひ
▲緣階細草薰　　階に緣りて細草薰る
淸晨課經罷　　淸晨　經を課し罷って
掃石坐氤氳　　石を掃いて　氤氳に坐す

「白雲山房」とは、圓覺寺山内の白雲庵か。「卜築」とは、地勢や風景などを勘案して山房を建てる場所を選ぶこと。「浮嵐」とは、浮動する山氣。「課經」とは、定例の讀經をする。「氤氳」とは、濃密な雲氣。

この詩には、絶海中津の造語が目立っている。例の「猿鳥」「透牖」「緣階」がそれである。意譯すれば、「青山の麓に地を選んで山莊を構えたところ、この禪寺には白雲がただよっている。林と泉の最も奥深いところには、猿や小鳥が自ずから群をなしている。漂える山氣は窗を透ってうるおいをもたらし、細やかな若草は階によりそって薫っている。清らかな早朝に誦經を終わり、石を拂って香ばしい雰圍氣の中で坐禪をしている」と。[7]

最後に、「題伏見親王畫軸」詩（『蕉堅藁』102番）[8]を掲げる。

▲江天落日弄新晴　　江天の落日　新晴を弄し
▲雪後峰巒萬玉清　　雪後の峰巒　萬玉清し
好在梁園能賦客　　好在なり梁園の　賦を能くする客
何時起草直承明　　何の時か草を起こして承明に直せん

「伏見親王」とは、崇光天皇の第一皇子榮仁親王（一三五一～一四一六）。皇位を繼承できず、晩年は佛門に入った。「江天」は、唐の張若虛「春江花月夜詩」にある「江天一色無纖塵」という詩句に據ったもの。「新晴」は、晉の潘嶽「閑居賦」にある「微雨新晴、六合清朗」という文を踏まえたもの。「萬玉清」とは、白玉のように丸々として清らかなこと。「好在」は、あいさつのことば。達者か。例えば、杜甫「送蔡希魯都尉還隴右……」詩に、「因君問消息、好在阮元瑜」と。「梁園」とは、前漢の梁の孝王が築いた莊園。孝王は文藝・管弦を好んで、ここに枚乘ら多くの文人を集めた。例えば唐の李商隱「寄令孤郎中」詩に「休問梁園舊賓客」と。「承明」は、漢代の宮殿の承明廬。宮中の宿直所。例えば、王維「與崔員外秋直」詩にも「承明候曉過」という詩句がある。[9]

意譯すれば、「江上の夕日は晴れたばかりの空に美しく、雪が降りやんだ峰々は多くの白玉で飾ったように清らかである。ところで、親王の傘下に集った詩人たちは今も健在だろうか。私も、いつの日か筆を執って承明廬（伏見宮邸）に伺候したいものだ[10]」と。

以上、絶海中津の「題畫軸」詩（三首）を先行研究の成果を踏えながら詳しく分析してみると、宋代詩人より、唐代詩人及び『文選』を通して、六朝詩人影響されていることが推察される。なお、もう一つ目立っている特徴は、絶海中津の「題畫軸」詩に彼の造語が多いことであり、これは歸國後の作品の特徴でもある。

## 二　「題扇面」詩について

「扇というのは熱さや暑さを消す用具であり、また古代文人の瀟洒生活の象徵でもあった。それ故に歴代の「題扇面」詩は、あるいは輕やかな滑稽の辭をつらねたり、あるいは風流灑脫な語を綴ったりしたのであるが、大體は隨意の作品であって」、唐代には見出されず、無論『三體唐詩』でも見出されなかった。宋代詩人の作品の中に幾つか見出されたが、その一つが李之儀の「書扇」である。『蕉堅藁』には十五首あり、其の中、四言絶句は四首、五言絶句は八首、七言絶句は三首あって、この「題扇面」詩は「題畫詩」の總數の半分以上を占めるから、重視すべきであろう。次に、『蕉堅藁』より上述の三詩體の「題扇面」詩を順次擧げてみよう。

### 1　四言絶句の「題扇面」詩

絶海中津の「題玉畹外史扇」（『蕉堅藁』79番[11]）（四首）を掲げる。

其の一　大暑鑠膚　　大暑は膚を鑠かし

揮汗作雨　汗を揮って雨と作す
此物在握　此の物　握に在らば
爽人襟宇　人の襟宇を爽やかならしむ
其の二　秋風颯至　秋風颯として至り
凄其白露　凄其たる白露
纖絺斁矣　纖絺斁ひて
功袠在御　功袠御に在り
其の三　藏諸篋笥　諸を篋笥に藏するは
亦孔得所　亦た孔だ所を得たり
齊紈湘筠　齊紈と湘筠
物新製古　物新たにして古へを製る
其の四　我友寄我　我が友我れに寄せ
論我出處　我れに出處を論す
載拜謝之　載ち拜して之に謝す
昔迷今悟　昔は迷ひしも今は悟る

入矢氏によれば、玉畹外史、法諱は梵芳。やはり夢窗派の禪僧。南禪寺の春屋妙葩に師侍したあと、永源寺の寂室元光に參じて、その隱逸の宗風に深く感銘した。鎌倉に赴いて義堂周信のもとで文筆の才を磨きもした。建仁寺七十八世・南禪寺八十一世を歴住したあと、世を避けて消息を絶った。水墨畫に長じ特に蘭と竹の畫に秀でた。ここで

「外史」と稱するのは、彼の文人的な氣質に對する親しみを含めた呼びかたであろう。[12]「揮汗作雨」は『戰國策』等に所謂「揮汗成雨」からの變奏である。「襟宇」は胸襟、絶海中津の造語である。「凄」は『詩經』邶風「綠衣」の毛傳に「凄乃寒風也」と訓ずる古い用語である。「纖絺斁矣」二句は、薄い葛布のかたびらが厭になって、皮衣を身につけた、という意味。「功裘」は粗末な皮ごろも。『周禮』天官・司裘に所謂「獻功裘於季秋」から援引した表現である。「在御」とは身邊にあること。『詩經』鄭風「女曰雞鳴」に所謂「琴瑟在御」を踏まえる。「齊紈・湘筠」は、齊の國に產する白絹と、湘南に產する竹。「物新製古」とは、上記の二つを材料として作ったこの扇は、物は當世の物ながら、古風な作りになっている、という意味。[13]

意譯すれば、「夏のひどい暑さは皮膚をとろかし、汗をふるい落せば雨となるほど。この扇子が手中にあれば、人の胸襟をさわやかにする。あたかも秋風がさっと吹いてきて、さむざむとした白露がしたたるようだ。薄い葛衣をいとい、粗末ながらも皮衣を身に着けたくなるほど。これを道具箱にしまっておくのも、はなはだ適當な處置である。なぜならば、齊國の白絹と湘南の竹、これで作った扇子は、物は新しくても古風な値打ち物だから。私の友人が私に與えてくれ、私に產地を教えてくれた。そこで拜んでこれを感謝し、かつては使用を迷っていたが今は悟って愛用している[14]」と。

この「題扇面」詩は四言詩である。四言詩の模範と言えば、もちろん『詩經』である。そのゆえ、この「題扇面」詩の出典は殆ど『詩經』を中心とする先秦文獻から援引したものであるが、中には絶海中津の造語もあった。

## 2　五言絶句「題扇面」詩

ついで五言絶句の「題扇面」詩は、『蕉堅藁』の中に二篇八首ある。その一篇は主題性のない題名で、「題扇面畫」

という題の詩篇が七首ある。他のもう一篇は主題性のある題名で、「扇面竹」という題の詩篇が一首ある。まず、絶海中津の「題扇面畫」（『蕉堅藁』74番[15]）（七首）を掲げてみよう。

其の一

山路險難履　　山路　險しくして履み難く
溪橋危莫過　　溪橋　危くして過ぐる莫し
悠々舟一葉　　悠々たり　舟一葉
隨意弄晴波　　意に隨つて　晴波を弄ぶ

「晴波」は陽光を受けた水波。唐代以後の文學用語。例えば、唐の陸龜蒙「雙矮檜」詩に「更憶早秋登北固、海門蒼翠出晴波」と。意譯すれば、「山道は險しくて歩くに困難で、谷河の橋は高くて通る者も無い。しかし悠々として一艘の小舟が、思いのままに晴れた日の下で波と戯れている」[16]と。

其の二

橋架銀河迴　　橋架かつて銀河迴かに
松榮雨露新　　松榮えて雨露新たなり
相如題柱後　　相如柱に題して後
丁固夢應頻　　丁固は夢應に頻りなるべし

「相如題柱」は『蒙求』下の標題でもある。司馬相如は漢代の蜀の人、志を立てて都へ出發した時、鄉里の昇僊橋の柱に「四頭立ての馬車に乘ってでなければ、再びこの橋は渡らない」と書きつけた（『華陽國志』巻三）。「丁固夢應頻」とは、三國の吳の丁固が、若い時腹のうえに松が生えた夢を見て、あと十八年で公卿になるだろうと予知したことを謂う（『吳志・孫皓傳注』）。「十八」と「公」を組み合わせると「松」の字になる。この詩では、首句の「橋」は第三句の「題柱」に、第二句の「松」は末句の夢の內容にそれぞれ照應させている。右の詩に見える所謂題詠的な手法はまことに見事であって、この詩以上に出るものはない。意譯すれば、「鵲の橋がかかる銀河は天空遙かに横たわり、（地上の）松は榮えて雨と露に濡れて新鮮である。前漢の司馬相如が自分の大志を橋の柱に題してから以後、丁固もこれに影響されて、自分の出世する夢をしばしば見たに違いない[17]」と。

其の三

涼露一枝草　　涼露　一枝の草
輕風半畝秋　　輕風　半畝の秋
香羅舒未擣　　香羅　舒べて未だ擣かず
何以寄邊愁　　何を以て邊愁に寄せん

蔭木氏によれば「涼露」は白樂天の「贈內」にある「微々涼露欲秋天」という詩句から援引したものであり、「一枝草」は『碧巖錄』八十七則「善財乃拈一枝草度與文殊」から援引したものである。「香羅舒未擣」の「香羅」は「いい香りのする薄絹の布。この一句は、それを廣げたままで、まだ砧で打ってはいない」という意味。「未擣」の「擣」は、「擣」の俗字。李白「子夜吳歌」にある「長安一片月、萬戶擣衣聲」という詩句から、邊地の夫を思う妻が連想される。「邊愁」は王維「送平淡然判官」詩にある「畫角起邊愁」という詩句から援引したものである[18]。意譯すれば、「ひえびえとした露が一枝の草にやどり、そよそよと吹く秋風が半畝の庭を吹き過ぎる。香りたかい薄ぎぬは舒べたままでまだ砧を打っておらず、どのようにして邊境にいる夫にこの憂愁を寄せようか[19]」と。

其の四

風吹烏帽欹　　風吹いて烏帽欹つ
覓句扇支頤　　句を覓めて扇もて頤を支ふ
對月無佳句　　月に對ひて佳句無くんば
應爲月所嗤　　應に月の嗤う所と爲るべし

入矢氏によれば「風吹烏帽欹」とは、晉の桓溫が重陽の日に龍山に遊んだ時、從う人達は皆嚴めしい正装だったが、孟嘉は超然としていて、風が吹いて帽子が落ちてもそれに氣付かぬままだった故事を踏まえる（『晉書本傳』）。ここでは、作法にこだわらない、くつろいだ詩會の點景を表現している。次の句も同樣である。「支頤」は白樂天「除夜」にある「薄晩支頤坐」という詩句から引いたものであろう。意譯すれば、「風が吹いて烏帽子が傾いてもそれが氣付かぬほど、また句を作ろうと扇子で頤を支えて思案にふけっている。もし月を眺めてもよい句が浮ばなかったら、きっと月に笑われることだろう[20]」と。

其の五

樹色濃於墨　　樹色　墨よりも濃し
山光雨歇時　　山光　雨歇みし時
扁舟何處客　　扁舟何處の客ぞ
水闊暮歸遲　　水闊くして暮に歸ること遲し

「樹色」は『三體唐詩』盧綸「與從弟同下第出關」にある「孤村樹色昏殘雨」という詩句から援引したもので、「山光」は沈約「泛永康江」にある「山光浮水至」という詩句から援引したものである。「水闊」は絶海中津の造語である。意譯すれば、「樹の色は墨よりも濃く、雨上がりで山が陽光に照らされる時。小舟に乘った人は何處から來た客であろう、水面は闊々として夕暮れの中をゆっくりと歸ってゆく[21]」と。

其の六

過橋欲何往　　橋を過ぎて何くに往かんと欲する
破帽走黄塵　　破帽　黄塵を走る
不有琴隨後　　琴の後ろに隨ふ有らずんば
青山合笑人　　青山は合に人を笑うべし

「破帽走黄塵」は、おんぼろ帽子をかぶって黄塵がたちこめる中を走り廻っている。「黄塵」は『後漢書』馬融傳に見える語である。「不有琴隨後、青山合笑人」とは、「そんな姿で琴を背に負うこともなしに出かけたのでは、きっと青山にあざ笑われることになろう。齊の孔稚珪が周彦倫のエセ隱者ぶりを嘲った」という故事を踏まえ、ここは『文選』巻四十三の「北山移文」を背景とするものである。金の元好問の詩に「歸り來たらば應に青山に笑はるべし、惜しむべし緇き塵は表衣を染めたり」がある。「琴」は高雅の士が携えるべき心の友である。意譯すれば、「橋を渡って何處へ行こうとするのか、破れ帽子を被って俗世間を走りまわっている。もし琴を持つ從者が後に隨っていなかったら、青山はきっとこの人を嘲笑するだろう[22]」と。

其の七

煙藏沙上鷗　　煙は藏す　沙上の鷗
振鷺舊風流　　振鷺　舊風流
一夢迷天外　　一夢　天外に迷ふ
蕭々水國秋　　蕭々たり水國の秋

「鷗」字、底本は「漚」に作るが、「鷗」と通ずる。共に音 ou。「振鷺舊風流」とは、あの『詩經』周頌に賞で詠まれた「振鷺」（空を群がり翔ける白いさぎ）のいにしえの雅びな姿もかくやと偲ばれる意。「振鷺」は『詩經』周頌の篇名でもある。「一夢迷天外」とは、この岸べに遊ぶ鷗の圖は私を天外の遊びへの夢想にいざなう意。「蕭蕭」は『詩經』小雅「車攻」の語である。意譯すれば、「一面のもやは沙のほとりの鷗を隱し、白鷺が群がり飛ぶさまは昔の賢者を偲ばせる。あたかも夢の中で（俗世を超えた）天の彼方にまさよっているようで、淋しい水鄕地帶の秋ではある」[23]と。

以上、一篇七首の「題扇面畫」詩を分析した結果から見れば、その詩は「扇面畫」に合うかどうか分からないが、詩ごとに描いている畫面が異なるようである。また全七首の語彙や出典などは殆ど唐代以前の古典文獻からの影響を受けていることが分かる。

一方、主題性のある絕海中津の「扇面竹」詩（『蕉堅藁』75番[24]）、つまり「竹」を歌う詩を揭げる。

虛玄傾晉室　　虛玄　晉室を傾く
才錄五君名　　才かに五君の名を錄するのみ
玉立萬夫狀　　萬夫に玉立するの狀
高堂日夜淸　　高堂　日夜淸し

「虛玄」は、老莊の玄學を指す。「五君名」は、晉の高士の代表だった竹林の七賢のなかで、五人（阮籍・稽康・劉伶・阮咸・向秀）が『文選』卷二十一宋顏延年「五君詠（五首）」に取り上げられた。「玉立萬夫狀」は、竹は君子になぞらえられる。「玉立」とは竹が美玉のように立っているさま。それを上記の五君子が凡々たる萬人の中に屹立したことに喩える。杜甫の「白鷹」の詩に「雪飛玉立盡く淸秋、惜まず奇毛の遠游を恣にすることを」と見えるのが參考となる。「高堂」は高士の住む家である。意譯すれば、「老莊の玄學は晉の王室を傾け、僅かに五賢の名を記錄するだけ。

萬人に抜きんでて美しい玉のような竹の立ち姿によって、高潔の士の家は晝も夜も清々しい[25]」と。

絶海中津の「扇面竹」詩の主題は「竹」に止まらず、『文選』巻二十一宋顏延年「五君詠（五首）」に取り擧げられた阮籍・稽康・劉伶・阮咸・向秀を歌う作品でもある。たとえ「題扇面」詩にしても、絶海中津はやはり彼なりに練り上げた中國古典の語彙や出典を以て表現している。

3　七言絶句「題扇面」詩

七言絶句「題扇面」詩は、『蕉堅稾』では「題扇面畫」と題する作品（『蕉堅稾』110番[26]）が三首のみ現存する。まずこれを掲げてみよう。

其の一

瀑花吹雪映山明　　瀑花は雪を吹いて山に映じて明らか
五老雲開紫翠生　　五老は雲開いて紫翠生ず
亂後潯陽無隱者　　亂後の潯陽　隱者無し
九江煙雨一舟輕　　九江の煙雨　一舟輕し

「五老」は廬山の名峰の名、陶淵明の潯陽の住まいからも望見できた。李白に「登廬山五老峰」の作がある。「雲開紫翠」は、蘇軾「三月二十九日詩」にある「南嶺過雲開紫翠」という詩句から援引したもの。「亂後」というのは東晉から劉宋への變わり目の戰亂のあと。「隱者」は淵明とその友人の周續之、劉遺民をいう。「九江」は、潯陽のあたりで長江に注ぐ九つの川であり、また其の合流點の地名でもある。意譯すれば、「飛瀑のしぶきは雪を飛び散らしたように山に映えて明らかに、五老峯は雲が晴れて紫や翠の山景色が美しい。晉宋の戰亂ののち潯陽には隱者は無く、ただ九江の煙雨の中を一隻の舟が輕やかに走っているだけ[27]」と。

其の二

二客携琴松下來　　二客琴を携へて松下に來り
孤舟移棹月中回　　孤舟棹を移して月中に回る
上方臺殿何人住　　上方の臺殿　何人か住む
懸水秋生紫翠堆　　懸水秋生じて紫翠堆し

轉句・結句は、『三體唐詩』に見える李郢「江亭春霽」詩に所謂「上方臺殿紫微連」という詩句の變奏である。意譯すれば、「二人の客が琴を携えて松の下に來ており、一艘の小舟が棹を動かして月光の中にただよっている。上方に描かれる臺殿にはどんな人が住んでいるのか、飛瀑に秋の氣が生じて紫や翠の美しい山景色が幾重にも重なっている[28]」と。

其の三

飛流千尺掛雲端　　飛流千尺　雲端に掛かる
矯首槃桓水石間　　首を矯げて槃桓す　水石の間
世路往還塵沒馬　　世路の往還　塵は馬を沒す
靑山乞與二翁閒　　靑山乞與す二翁の閒なるに

起句は李白の「飛流直下三千尺」の變奏である。轉句は「俗塵が馬の姿を埋める」という意味である。二翁は五老峰に因んでの修辭であろう。意譯すれば、「千尺の飛瀑が雲の端から落下し、首を擧げて川の流れと岩石の間をさまよう人がいる。世間の街道には塵埃が馬の姿をも埋めているが、この靑山は二人の老翁に閑けさを與えている[29]」と。

以上、七言絶句「題扇面」詩（三首）を分析しながらも、李白、蘇軾からの影響は莫大なものであるとしみじみと感じられる。

參考までに、絶海中津の「題扇面」詩と比較するため、宋代詩人黄山谷の「題小景扇」を擧げてみよう。

草色青々柳色黄　　草色　青々として　柳色黄なり
桃花零落杏花香　　桃花は零落し　杏花は香し
春風不解吹愁却　　春風　愁を吹きて却くることを解せず
春日偏能惹恨長　　春日は偏に能く　恨を惹いて長し

この詩を意譯すれば、「草の色は青々として柳の芽の色は黄ばんでおり、桃の花は散り落ちてしまって、杏の花が香しい。こんな時に春風は憂愁を吹き飛ばすこともできないで、春の日はいちずに人の悩みをいつまでも長く引き起こしてやまない」[30]と。

黄山谷のこの詩は、唐代詩人の賈至「春思」二首の第一首「草色青々柳色黄、桃花歴亂李花香。東風不爲吹愁去、春日偏能惹恨長」という詩を僅か六字改めただけの作品である。團扇に畫かれた小景が偶々賈至の詩に合致したので、その詩の六字だけを改めたわけだが、その輕妙さは見るべきものがある。[30] たしかに黄山谷は宋代の大詩人であり、五山文學に莫大な影響を與えたことは言うまでもないが、絶海中津がその「題扇面」詩にこれを取り込んだ發想と努力は、黄山谷には全く窺われない。絶海中津の「題扇面」詩には中國文化的なものへの飽くなき追求と受容態度が認められる。

## 三　題「畫」「圖」詩について

『蕉堅藁』には「題畫」と題する詩が十首あり、廣い意味での「題畫詩」總數の約三割を占める。「題畫詩」とは、所謂畫に贊した詩である。宋代詩人の作品には、このスタイルの作品がかなりの數ある。特に、蘇軾の『東坡全集』[31]には多數收められている。ここに宋代の代表詩人として蘇軾、黄庭堅、李唐など詩人の詩作を掲げて、絶海中津の「題畫」詩との比較文學的研究をしてみたい。『蕉堅藁』に收められている「題畫詩」の中には題畫、題□□圖、題畫□□□など三つのスタイルがあるので、次にそれぞれについて考察する。

### 1　題「畫」詩について

まず絶海中津の「題畫」詩（『蕉堅藁』78番[32]）（四首）を掲げてみよう。

其の一（馬の畫に題す）

千里雄姿　　千里の雄姿
未嘗受羈　　未だ嘗て羈を受けず
世無伯樂　　世に伯樂無し
識者爲誰　　識る者は誰なりや

この馬を一日に千里を走る駿馬だと見抜く伯樂は世にいない。『莊子』の「伯樂は善く馬を治める」」、『楚辭・九章』の「伯樂すでに歿す」、韓愈「雜說」の「千里の馬は常に有れども、伯樂は常には有らず」等とあるのを踏まえる。

この詩意を譯すれば、「千里をかける雄姿よ、君はこれまで一度も束縛されたことがない。世に伯樂がいなかったら、君の實力を見出す人は一體誰だろう」と。

其の二（赤壁の畫に題す）

江流無聲　　江流聲無く
斷岸千尺　　斷岸千尺
赤壁之遊　　赤壁の遊び
風清月白　　風清く月白し

この詩は、蘇東坡「後赤壁賦」にある「江流れて聲有り、斷岸千尺」と、「月白く風清し、此の良夜を如何せん」という詩句の變奏である。この詩意を譯すれば、「江の流れは（繪なので）靜かに音はなく、きりたった崖は高さ一千尺。（東坡の）赤壁の游びは、風は清らかに月は明らかな夜だった」と。

其の三（松の畫に題す）

秦爵雖貴　　秦爵は貴しと雖も
乃心弗遷　　乃が心は遷らず
三冬正色　　三冬の正色
萬壑蒼煙　　萬壑の蒼煙

「秦爵」の出典は『史記』秦始皇本紀にある。秦の始皇帝が泰山に登った時、嵐に逢って松の樹下に休み、その松を五大夫の官に封じたという故事によるもの。承句は「しかしそなた（畫中の松）の心はそんな榮譽に動ずることはない」という意味である。「蒼煙」は模糊とした雲霧。陳子昂「峴山懷古」詩にある「野樹蒼煙斷」という詩句を踏まえた語彙。この詩意を譯すれば、「秦の五大夫の爵位はいくら貴くても、君の心（松の節操）は名利によっては變らない。嚴寒の冬期三か月にも本來の靑色を失わず、深い谷で模糊としたもやに包まれている」と。

其の四（秋色の畫に題す）

秋聲一拂　　秋聲一たび拂へば
靑者化紅　　靑き者は紅と化す
人甚於物　　人は物よりも甚だし
勗哉爾童　　勗めよや　爾ら童

この詩は恐らく歐陽脩「秋聲賦」を背景として、描かれた繪に合わせて作られたものであろう。また「勗哉」は『尙書』泰誓の「勗哉夫子」を踏まえた語彙。この詩意を譯すれば、「秋風の音がさっとたび吹き拂うと、靑葉はたちまち紅葉に變る。しかし人間の老衰はそれよりも甚だしい、しっかりやれよ君たち若いものよ(33)」と。

以上、この『詩經』のような詩型を眞似して、其の一、其の三は先秦文獻に依據た出典と、唐代詩人に依據した語彙を用いて作ったものである。また其の二、其の四は宋代詩人の作品を變奏したものである。

また宋代詩人、畫家である李唐(34)は同じく「題畫」（山水畫について）という題目の詩を作っているので、參考までに、ここに掲げる（ただし、書き下し文は省略する）。

雲里煙村雨里灘／看之容易作之難／早知不入時人眼／多買燕脂畫牡丹

この詩を詠めば分かるように、その內容は「時人」の山水畫を鑑賞する目が低いことに對する不滿を言う。しかし、このような「題畫」詩は絶海中津にあまり影響されていないようである。すでに、前節の「題畫軸」詩を論述じた時に分析した絶海中津「題伏見親王畫軸」詩（『蕉堅藁』102番）と比較するために、改めて擧げてみよう。

江天落日弄新晴／雪後峰巒萬玉清／好在梁園能賦客／何時起草直承明

この詩は七言絶句の前對の實聯という詩型である。これはまさに山水畫の「題畫」詩の基本的詩型である。絶海は起句・承句を實聯にして、文字で山水畫の景色を描いている。轉句に中國の前漢文學の典故を引き、結句でその典故と關連づけながら自分の願いを込めて、全詩をきれいに収めた。この絶海中津の「題伏見親王畫軸」詩については大西廣氏は『禪林畫贊』にも言及している。[35]

## 2　題「□□□圖」詩について

題「□□□圖」詩は、『蕉堅藁』では四首ある。これらの受容については、本節で考察することとする。
人物畫に關する題「□□□圖」詩は二首ある。まず、人物畫の其の一、絶海中津の「題四皓圖」詩（『蕉堅藁』72番）[36]を擧げてみる。

一墮子房計　　一たび子房の計に墮ちしも
曾驚隆準君　　曾ては隆準の君を驚かす
直教紫芝嶺　　直ちに紫芝の嶺をして
萬古厭靑雲　　萬古　靑雲を厭わしむ

「四皓」は、秦末の四人の隱君子だった。皆八十歳を越え、白い鬚を垂らし、亂を避けて商山に隱棲していた。漢の天下になった後、高祖が太子を廢して呂后の子を立てようとした時、張良（子房）の進言で、この四皓を召し出した。高祖は四皓に會うと感嘆していった「この長者たちの輔佐があれば、太子は大丈夫だ」と。太子は廢されずに濟んだ。「曾驚隆準君」の「隆準」（高い鼻）は、『史記高祖本紀』に所謂「高祖、爲人隆準而龍顏」を踏まえた表現である。「紫芝嶺」とは、商山のこと。四皓は商山で仙薬の紫芝を食べて生きた。太子輔佐の役を了えると再びその山に歸り、二度と世に出なかった。ここでは、この山を擬人化して言う。[37]「厭青雲」は立身出世などという低俗な欲望を抱くことを嫌うこと。[38]「青雲」とは高い位。『史記』から出た表現である。この詩意を譯すると、「一度は張子房の計略に落ちて高祖の前に出頭したが、漢の高祖を驚嘆させたことがあった。しかし、すぐさま商山の四皓に、久遠に高位高官を嫌わせてしまった[39]」と。

ちなみに、同じ題材である唐代詩人杜牧の「題商山四皓廟」（一絕）[40]を掲げてみよう。

呂氏强梁嗣子柔　　呂氏は强梁　嗣子は柔
我於天性豈恩讎　　我れ（高祖）天性に於て　豈に恩讎あらん
南軍不袒左邊袖　　南軍左邊の袖を袒せざれば
四老安劉是滅劉　　四老の劉を安んずるは是れ劉を滅すなり

「袒左邊袖」とは、左の片肌を脱いで漢室の劉氏に加担する態度を表明すること。（『史記』文帝紀・呂后紀）意譯すると、「呂后を傘に着た呂氏一族の權力は非常に强かったが、呂后が生んだ太子は柔弱だった。それで高祖は太子を廢したい意志を持ったのだが、親子の情からいって何も太子を目のかたきにしたわけでもあるまい。たしかに太子の地位が安全になったのは四皓の力だが、もしその時、南軍（近衞軍）左の片肌を脱いで、劉氏に加担しなかったら、四皓が劉氏を安泰にしたはずが劉氏を滅ぼすことになり、呂后の專權を助成したような始末になってしまったことだろう[40]」と。

兩詩を比べると、杜牧の詩は假定の新しい詠史詩であり、絕海の詩は傳統的な詠史詩であって、作風が全く異なる。この題名の作品は五山文學作品の中でも多かった。例の『翰林五鳳集』卷五十九の中だけでも「商山四皓圖」「扇面四皓」「四皓圍碁圖」「四皓朝太子圖」「四皓來朝圖」を含んで、合計十五首にのぼる。[41]

人物畫の其の二、絶海中津の「題歸田圖」詩（『蕉堅藁』103番[42]）を掲げて見る。

柳色陰々隔水村　　柳色陰々として水村を隔つ
休官歸去問田園　　官を休め歸り去つて田園を問ふ
義熙年後無全士　　義熙年後　全士無し
獨喜先生靖節存　　獨り喜ぶ　先生靖節の存するを

この詩は陶淵明「歸園田居」詩五首を背景として創作した作品。「歸田圖」は陶淵明が官を辭して鄕里に隱退する圖であり、現存していないが、同じ陶淵明に關する人物畫は日本で一枚が殘されていることが分かる。畫名は「陶淵明賞菊圖」、その圖に詩を題したのは同じ五山詩僧惟肖得嚴である。[43]「義熙」は、東晉の年號で、淵明が辭任した年代。「全士」とは、節を貫いた士人。「靖節」は清高な節操の意であり、淵明の謚でもある。

この詩を意譯すれば、「柳色は暗いほどにしげって水村をへだてていたが、彼は官職をやめて故鄕に歸り田園を訪ねることとなった。思えば、義熙三年このかた清節を貫いた人はなくなったが、私は唯一人かの靖節先生が存在したことが嬉しい」と。

絶海中津の二首の「人物畫」に題した詩は、どっちも由緒ある人物の畫を對象とした作品である。このような「人物畫」に題する詩が文人や士大夫の間で流行したのは宋の時代から以後と思う。留學詩僧は、このような流行を日本の禪林社會や貴族社會に傳えたわけである。そこで、このような絶海中津の「題四皓圖」「題歸田圖」（人物畫）比較するために、以下、宋代詩人黄山谷の同じく「人物畫」に題した詩二首を擧げてみたい。

まず、其の一、「題伯時畫嚴子陵釣灘[44]（圖）」を掲げてみる。

平生久要劉文叔　　平生　久要す　劉文叔
不肯爲渠作三公　　肯て渠の爲に　三公と作らず
能令漢家重九鼎　　能く漢家をして　九鼎より重からしむ
桐江波上一絲風　　桐江　波上　一絲の風

『後漢書』逸民傳に、嚴光、字は子陵。若い時に、のちの光武帝とともに遊學したが、その後、帝が卽位した時、度々招かれたのでようやく行ったところ、光武帝は諫議大夫にしようとした從わず、富春山（一名嚴陵山、浙江省桐廬縣の西にある）に耕作して過ごした。人がその釣をした處を名づけて、嚴陵瀨（桐廬縣の南にあり、嚴瀨ともいう）としたとある。嚴光の本來の姓は「莊」というが、明帝の諱を避けて「嚴」とした[44]。

倉田氏によれば、「久要」は、久しき前からの約束。『論語』憲問篇から出た語彙。「劉叔文」は後漢の光武帝。その諱は秀、字は文叔。「三公」、漢代では大司徒（教育）、大司空（内務）、大司馬（軍政）を三公という。「漢家」、漢の朝廷をさす。『漢書』に「宣帝曰ふ、漢家自ら制度あり」と。「九鼎」、禹の時、九州の金を收めて九鼎を鑄た。九州の象徵。傳國の寶として、都に置いた。「桐江」、桐廬縣を過ぎる川、下流は富春江となる。この詩を意譯すれば、「常日頃から昔の約束を守ったのは劉文叔であった、しかしその劉文叔が卽位して舊友の嚴子陵を招いた時、嚴子陵はどうしても彼の爲に三公とはならなかった。かくてして嚴子陵は、漢朝を傳國の寶である九鼎よりも重からしめたわけだが、これは、桐江の波の上に垂れる一本の釣絲の風、つまり嚴光の態度に見られる節操によって、後漢に氣節を重んずる風を起こさせることができたからである[44]」と。

次に、其の二、「追和東坡先生題李亮功歸來圖」を掲げてみる[45]。

今人常恨古人少　　今人　常に恨む　古人の少なきを

今得見之誰謂無　　今　之を見るを得たり　誰か無しと謂はん
欲學淵明歸作賦　　學ばんと欲す　淵明　歸って賦を作ることを
先煩摩詰畫成圖　　先づ煩す摩詰畫いて圖を成すことを
小池已築魚千里　　小池　已に築く　魚の千里
隙地仍栽芋百區　　隙地　仍　栽う　芋の百區
朝市山林倶有累　　朝市　山林倶に累ひ有り
不居京洛不江湖　　京洛に居らず江湖ならず

倉田氏によれば、「古人少」、世上の榮譽ある地位をも慕わず、昔の陶淵明のように隱居して閑適を樂しむ人は少ない、という意味。「先煩摩詰畫成圖」、唐の王維、字は摩詰。藍田縣（陝西省）の南の輞川に別莊があった。輞川圖を畫いた。「魚千里」、『養魚經』に「六畝の地を以て池と成す。池中に九州あり懷子の鯉魚二十頭、牡の鯉魚四頭を求めて池中に內る。魚池中に在って九州を周り遶って窮り無く、自ら江湖なりと謂ふ」とある。魚が島をめぐって、千里もの處と思うのである。「隙地」は空地である。「朝市山林」、朝市に住むことと山林に住むこと。「不居京洛不江湖」、これは李公寅の境地を表したもので、京洛に居るとは朝市に居ること、江湖に居るとは山林に住むと同じ。それに居らないとはどちらにも執着の念を持たないことである。どこでも公寅は歸來隱居するのである。この詩を意譯すれば、「今の人はいつも昔の陶淵明のような人がまれなことを恨んでいる。けれども今この李公寅の歸來圖を見ることが出來、李公寅のような人が居ることを知ったので、誰が古人のような人が居ないなどと言えようか。彼は陶淵明が「歸去來」の賦を作ったのを學ぼうとして、先ず王摩詰を煩わして『歸來圖』を畫いてもらった。ところで其の畫には、小池には魚が千里とも思う島が築かれているし、空地にはやはり芋が百區劃に栽えられているのが畫かれている。市中に住んでも山林に隱居してもどちらもわずらわしいことがあるものであるが、李公寅はどちらにも執着の念を持たないから、都に居るのでもなく、江湖に居るのでもない。この『歸來圖』こそ其の心を表したものである[45]」と。

黄山谷の「人物畫」に題した詩二首は、絶海中津の二首と同じように、どちらも由緒ある人物畫である。無論、絶海中津にこのような影響を與えたのは、まさに宋代の詩人達であって、黄山谷はその代表である。絶海中津の「題歸田圖」は七言絶句で、黄山谷の「追和東坡先生題李亮功歸來圖」は七言律詩であって、詩型こそ異なっているが、その繋がりはやはり陶淵明の「歸去來賦」という共通の題材にある。なお『蕉堅藁』には漢詩が百二十八篇、百六十五首あり、そのうち、陶淵明にかかわる詩が二篇ある。ほかの一篇は「移菊苗」詩である。

次に、絶海の花卉畫に題した詩を考察してみる。すなわち、「題梅花野處圖」(『蕉堅藁』124番[46])がそれである。

淡月疎梅埜水灣　　淡月疎梅　埜水の灣
何人注意寫荒寒　　何人か意を注いで荒寒を寫く
一枝影痩清波上　　一枝影痩す　清波の上
應是孤山雪後看　　應に是れ孤山雪後に看るべし

この詩を意譯すれば、「野の小川のいりえには淡い月が映り、疎らな梅が香っている。誰が心を込めてこのような寒々とした景色を描いたのか。よく見れば、一枝のやせた梅の影が清波の上に映っているので、これはたぶん孤山の雪後の景色なのだろう[47]」と。

絶海中津の「題梅花野處圖」詩は、その孤山に住んでいた宋代詩人林和靖が梅を詠んだ詩「疎影横斜水清淺、暗香浮動月黄昏」という有名な對句からの素晴らしい變奏である。

最後に、絶海中津の山水畫に題した詩について考察する。その「題江天暮雪圖」(『蕉堅藁』107番[48])を掲げて見る。

江天日暮雪漉々　　江天日暮れて雪漉々
客路湘南魂易消　　客路湘南　魂消え易し
罷釣漁舟有何意　　釣りを罷むる漁舟　何の意か有る
氷生埜渡嬾移橈　　氷は埜渡に生じて橈を移すに嬾し

畫の中の風景を「瀟湘八景」の一である「江天暮雪」という風景と見立てる。湘水の南の水鄕地帶で、そこは人の魂も消え入らんばかりの物悲しい眺めである。「罷釣」は『三體唐詩』の司空曙「江村卽事」詩にある「罷釣歸來不繫船」を踏まえた表現であり、「氷生埜渡」は、『三體唐詩』の皇甫曾「晩至華陰」詩にある「埜渡氷生岸」から援引した表現である。この詩を意譯すれば、「大江の空は日暮れて雪がしんしんと降り、湘南の旅路は心が沈みがち。釣をやめた漁舟は何を思っているのだろう、氷の張った野の渡し場で橈を動かすのも大儀そうだ(49)」と。

ここで、この詩を宋代詩人の作品と比較してみたい。すなわち、惠洪(50)の「江天暮雪(51)」(二首)がそれである。

其の一

潑墨雲濃歸鳥滅　　墨を潑すごとく　雪濃く　歸鳥滅す
魂淸忽作江天雪　　魂淸くして　忽ち江天の雪を作す
一川秀發浩零亂　　一川秀發して　洪零亂
萬樹無聲寒妥帖　　萬樹聲無く　寒妥帖

この詩を意譯すれば、「急に空の一方からまるで墨汁を流したように、まっ黒な黒雲が擴がっていて、慌ただしくねぐらに歸る鳥の群も影を消した。身體の芯から冷えこんできたと思っているうちに、大江の上の空から雪が降り始めた。一本の川筋だけが、はっきりと見えるだけで、あとは一面の薄墨色の廣さの中に雪片が飛び狂い、ありとあらゆる木々が雪に被われて、何の物音もなくなり、その頃には寒さもどうやら落ち着いてきたようである」と。

其の二

孤船臥聽打窓扉　　孤舟　臥して窓扉を打つを聽くも
起看宵晴月正輝　　起きて看れば　宵晴　月正に輝く
忽驚盡卷靑山去　　忽ち驚く盡く靑山を卷きて去りしを
更覺重攜春色歸　　更めて覺ゆ重ねて春色を携へ歸るを

この詩を意譯すれば、「一艘の小舟の中、とまの窗や入口の戸に吹き附ける雪のサラサラという音に耳をそばだてじっと聽きいっていたが、そのうちにどうやら雪音もおさまった樣子なので、起き出して舟の上に出てみると、なんという思いがけないことであろうか、夜空は晴れ渡って、月さえ輝いている。最初は靑々とした山を雪が畫軸を捲くようにしてすっかり持っていってしまったかとびっくりしたのに、今はまた持ち去ったその靑々とした山の春景色を、持ち歸ってきたような心地がして、嬉しかった(52)」と。

絶海の起句・承句は、確かに惠洪の第一首の起句・承句の變奏であるが、互いに絶妙な表現を持っている。絶海の場合は「瀟湘八景」の一つである「江天暮雪」という題名をそのまま起句に書き込み、また『詩經』小雅『角弓』に所謂う「雨雪瀌瀌」の詩句から「雪瀌瀌」という表現を借りてきて、上品な起句を作り上げている。一方、惠洪の場合は「江天雪」を承句に、「暮」という字は起句の「歸鳥」に託している。絶海の轉句・結句はまさに惠洪の第二首の起句・承句の正反對である。

「題□□□圖」というスタイルは、中國の宋代から發展したものである。黄庭堅の「題陽關圖」、曾幾の「題訪戴圖」、樓鑰の「題孟東野聽琴圖因次其韻」などがある。このスタイルは日本の禪林社會や貴族社會に莫大な影響を與えたに違いない。これについては別に項を改めてさらに詳細に論述する。

### 3　題「畫□□□」詩について

題「畫□□□」詩の例として、絶海中津の題「畫梅」詩（『蕉堅藁』93番）[53]詩の二首を掲げてみる。

其の一

孤山曾訪中庸子　　孤山曾て訪ふ　中庸子
照水梅花處士家　　水に照る梅花　處士の家
驛使不傳南國信　　驛使は傳へず　南國の信
黄昏和月看横斜　　黄昏月に和して横斜を看る

「孤山」は、宋代詩人林和靖が隠棲した西湖の島。「中庸子」は宋代の僧、法慧智圓（釋氏稽古略四）のこと。字は無號、號は中庸子。孤山の瑪瑙院に住居し、林和靖の親友でその隣りに住んだ僧。著に『閑居篇』がある。『佛祖統紀』には、「智圓、字は無外、自ら中庸子と號し、あるいは潛夫と名づけ、西湖の孤山に居る」と。「處士」は、官途につくことを拒んで在野で通した人、林和靖をいう。「驛使」は、官の文書を傳達する人、また借りて梅の異名。晉の陸凱「與範曄」詩、「折梅逢驛使、寄與隴頭人。江南無有處、聊贈一枝春」という詩句を踏えた表現（『太平御覽』九七〇に引く「荊州記」）。親友への思いを表す結句は、「疎影横斜水清淺、暗香浮動月黄昏」という宋の林逋の名吟「山園小梅」詩から變奏したものである。ちなみに五山の詩僧で、林逋のこの名吟を變奏したのは、絶海中津のこの詩が二回目となる。實は絶海中津の大先輩である五山文學第一期の詩僧鐵庵道生の『鈍鐵集』の「早梅軸」詩にも、やはりこの二句を引いて「是れ老逋の早梅詩なり、調高く韻は嶮、詩人の口に膾炙す」と記している。この詩を意譯すれば、「以前に孤山の法慧法師を訪問したら、隣りの隠士林逋（和靖）の宅には梅花が水に映っていた。しかし、この梅という駅使は南國からの便りを傳えても來ず、黄昏どきに月の光りに照らされて斜に横にと枝や影をのばしているのを見るだけだ[54]」と。

題「畫□□□」詩は必ずしも原畫とぴったり合うものではないことは、この「題畫梅」詩の原畫からも明らかである。現物は正木美術館に保存されている[55]。

其の二

德壽宮中奉敕梅　　德壽宮中　敕を奉ずる梅
君恩只尺愧無媒　　君恩只尺　媒無きを愧づ
蘭亭久逐昭陵化　　蘭亭久しく昭陵を逐つて化し
柳骨顏筋俗眼猜　　柳骨顏筋　俗眼猜ふ

「德壽宮」は、南宋の高宗が退位して隱居した離宮。贅を凝らした庭苑があり、梅のほか多様な花木を植えていた（『夢粱錄』巻八による）。また、『廣群芳譜』巻二十二に、「南宋の淳熙五年（一一七八）、二月一日、孝宗が德壽宮に行って留まり、太上皇は冷泉堂に居た。あるとき孝宗と其の臣が石橋亭に行って古梅を觀賞した時、太上皇がいう、『苔の梅に二種類ある。一種は張公洞の產であり、苔が非常に厚く、花の香りは極めてよい。一種は越の產で苔は綠絲のようで長さは一尺餘りもある。今年は二種同時に花が咲いた。此に留まって暫く觀賞せよ。』……酒を勸め群臣皆な醉って退いた」と。この故事をこの詩の背景としている。「奉敕梅」とは、敕によって取り寄せられた梅の名木。「承句」の意味は、この名梅が君とま近な所で咲きながら、その間を取り持つ人がないために寵愛を得ないままなのを恥じているようだ。この梅の畫が然るべき人に鑑賞される機を得ないでいるのを惜しむ氣持ち。「只尺」は「咫尺」

と同じ。「轉句」は、唐の太宗は苦心して入手した王羲之の「蘭亭帖」を愛玩していたので、死後も其の昭陵に陪葬品として納めさせたことを謂う。「化」は、移ろう。其の眞蹟の名品が空しく墓中に朽ちたことを謂う。「結句」も、唐代の名書家の柳公權の骨っぽい筆法と、顔眞卿の張りのある筆使いの書跡が俗人どもの目からは兎角ねたまれることを謂う。共に、この畫がそのような運命になることを恐れるという含みがあった。[55] この詩を意譯すれば、「德壽宮の庭に敕命を奉じて取り寄せられた梅の名木が植えられているが、この梅は君恩がまじかにあるのに誰ひとり仲介してくれる人もなくて、きまりがわるそうである。唐の太祖が苦心して入手した「蘭亭帖」もその昭陵と共に移ろい朽ち、また柳公權の骨法と顔魯公の強い筆跡も俗人からは兎角ねたまれがちなものだ」と。

なお、絶海にはこの梅の畫についての跋を加えている。以下、これを掲げてみることとする。[57]

作右畫者、不顯姓名、只號九州狂客。余嘗見之塗中、躬荷交牀而行、遇勝景則輒靠此以嘯吟、出語頗異。蓋善畫而隱於狂者也。然其用筆失於瘦硬、不滿人意。故後詩以解嘲云。

右の畫を作りし者は、姓名を顯はさず、只だ九州の狂客と號す。余嘗て之を塗中に見るに、躬ら交牀を荷つて行き、勝景に遇へば輒ち此れに靠りて以て嘯吟す。語を出だすこと頗る異なり。蓋し畫を善くして狂に隱るる者なり。然れども其の用筆は瘦硬に失し、人の意に滿たず。故に後詩は以て嘲りを解くと云ふ。

「題畫□□□」という詩題のスタイルについては、唐代詩人の杜甫の「戲題王宰畫山水圖歌」、李賀の「追賦畫江潭苑」、宋代詩人の蘇軾の「書晁補之所藏與可畫竹」、「（題）惠崇（畫）春江晩景」「書李世南所畫秋景」「（題）李思訓畫長江絕島圖」「（題）高郵陳直躬處士畫雁」「書鄢陵王主簿所畫折枝」、黃庭堅の「次韻子瞻題郭熙畫秋山」「題子瞻（畫）枯木」「題（畫）竹石牧牛」「題伯時畫嚴子陵釣灘」「題伯時畫觀魚僧」「次韻黃斌老所畫橫竹」「題李亮功戴嵩（畫）牛圖」「題花光畫」「題花光畫山水」、韓駒の「題湖南清絕圖」、明代詩人の高啓の「題倪雲林所畫義興山水圖」「題趙希遠（畫）宋杭京萬松金闕圖」「題米元暉（畫）雲山圖」「黄大癡（畫）天池石壁圖」「（題）夏珪（畫）風雪歸莊圖」等の歴代詩人の題目からみると、元來このスタイルの正式な題目は「題□□畫□□圖」であったらしいが、最も簡略な題名様式は「題畫□□」であったと言えよう。

## 四　「□□圖」詩について

「□□圖」詩については、『蕉堅藁』に四首あり、「題畫詩」の總數の十三％を占めている。これを三つのスタイルに分けることができる。すなわち「□□圖」「□□畫」「畫□□」というスタイルである。以下、それぞれについて考察する。

### 1　「□□圖」詩について

まず、絶海中津の「西湖歸舟圖」（『蕉堅藁』73番）[58]を掲げる。

訪僧尋寺去　　僧を訪うて寺を尋ね去き
隨鶴棹舟回　　鶴に隨つて舟に棹して回る
來往倶瀟洒　　來往倶に瀟洒
寧慚湖上梅　　寧んぞ湖上の梅に慚ぢんや

「西湖歸舟圖」という詩には、「鶴」と「梅」が詠じこまれており、しかも舞台が「西湖」とあれば、この詩の背景に想定されているのは、北宋の隱士林和靖である。なぜならば、彼は西湖の孤山に住み、梅を妻とし、鶴を子として、清高な一生を保ったからである。その詳細は前節にすでに紹介した。この詩を意譯すれば、「(林逋は)僧智圓を瑪瑙院にたずねてゆき、鶴をつれて舟に棹さして歸っていく。往きも復りも風流でさっぱりとし淸らな態度であって、どうして西湖畔の梅に慚かしがることがあろうぞ[59]」と。

この絕海中津の「西湖歸舟圖」は、のちの五山文學に莫大な影響を與えた。『翰林五鳳集』卷三十六に「西湖圖」「西湖晴雨圖」「西湖煙雨圖」、卷六十一に「和靖回棹圖」「和靖放鶴圖[60]」などがある。

次に、絕海中津の「寒江獨釣圖」(『蕉堅藁』94番[61])を揭げてみる。

獨釣寒江何處翁　　獨り寒江に釣るは何處の翁ぞ
莎衣堪雪又堪風　　莎衣雪に堪へ又た風に堪ふ
得魚只換漁村酒　　魚を得て只だ漁村の酒に換ふるのみ
未必客星驚漢宮　　未だ必ずしも客星は漢宮を驚かさず

入矢氏によれば「寒江獨釣圖」は、唐代詩人の柳宗元の「江雪」詩「千山鳥飛ぶこと絕え、萬逕人蹤滅す。孤舟蓑笠の翁、獨り寒江の雪に釣る」という詩意によって描いたものであり、所謂詩意圖である。この「江雪」詩は、宋代以來多くの畫家に好んで畫題とされている。「客星」は、後漢の隱者の嚴光を指す。嚴光は若いころ、のちの光武帝の若かりし時の親友であった。帝が卽位するや姓名を變えて世を逃がれたが、帝に探し出されて都に招かれ、寢臺を共にして歡待された末、帝の腹上に足を乘せたまま寢入った。翌朝、司天官が奏上して、昨夜は客星(惑星)が御座を犯して、切迫した狀況でしたと報告すると、帝は笑って、舊友が一緒に寢たのだと答えたという。ここでは、孤絕の境涯に安らぐこの漁翁は、あの嚴光のような人物と同質の俗っぽい隱者ではない、というのである[62]。

この詩を意譯すれば、「獨り寒江で釣りしているのは何處の老人だろう、その衰は雪にも堪えまた風にも堪えている。魚を釣っては只だその魚で漁村の酒を買うばかり、あの嚴光の化身である「客星」が、漢の宮廷の人々を驚かせたように大袈裟なことになるとは限らない」と。

絶海中津の「寒江獨釣圖」の起句・承句は、柳宗元の「江雪」の轉句、結句の變奏である。この「寒江獨釣圖」は第三期五山文學にかなりの影響を與えた。『翰林五鳳集』巻二十一に聖一派栗棘門派東福寺二二三世集雲守藤（?〜一六二一）の「寒江獨釣圖」がある。(63)

中國の歴代の詩の中に「□□□圖」というスタイルの「題畫詩」は唐詩から發展したものである。唐代詩人韋莊の「金陵圖」、宋代詩人文彦博の「雪中樞密蔡諫議借示範寛雪景圖」、蘇東坡の「書王定國所藏煙江疊嶂圖」「虢國夫人夜游圖」、黄山谷の「梧溪圖」「蟻蝶圖」、張元幹の「瀟湘圖」、鄭思肖の「伯牙絶弦圖」、梁棟の「淵明携酒圖」、金代詩人元好問の「家山歸夢圖」、明代詩人高靑邱の「尹明府所藏徐熙嘉蔬圖」「明皇秉燭夜游圖」などがある。「□□□圖」というスタイルはその略稱の題名である。もちろん絶海中津の「西湖歸舟圖」「寒江獨釣圖」は、それらの影響を受け、創作したものである。

2　「□□畫」の詩について

この詩の一例として、絶海中津の「趙文敏畫」詩（『蕉堅藁』81番）(64)を掲げてみる。

苕上秋風一櫂歸　　苕上の秋風　一櫂歸り
靑山綠水繞林扉　　靑山綠水　林扉を繞る
揮毫興與滄洲遠　　毫を揮ひて興は滄洲と與に遠し
落日明邊白鳥飛　　落日の明るき邊リ白鳥飛ぶ

この詩を意譯すると、「一隻の舟は苕溪の秋風をともなって歸り、青山と綠水が林中の門の周圍を取りかこんで見える。筆を揮って畫を描けばその興趣は東海の滄洲の僊境と同じく深遠であり、落日の美しく映えるあたりには白鳥が飛んで歸ってゆく」と。

趙文敏（一二五四〜一三二二）は、元初の詩人・書家・畫家。字は子昂、號は松雪道人、謚は文敏。著に『松雪齋集』がある。行楷書は特に優れて、幻住老人（中峰明本）作の「懷淨土詩」を書寫して珍重され、絕海の書風に大きな影響を與えた。山水、動植物畫もよくし、「馬畫」「墨竹」「夕佳樓圖」などは日本の五山禪林でも愛され、五山文學第三期の大詩僧蘭坡景茝に至っては、「贊趙松雪像」を作って尊敬した(65)。

絕海中津の「趙文敏畫」の轉句は、李白の「江上吟」の「興酣落筆搖五嶽、詩成笑傲凌滄洲」と、杜甫の「曲江對酒」の「吏情更覺滄洲遠」との合唱である。「滄洲」は滄浪水、隱棲するにふさわしい幽遠な山水をいう。絕海中津の漢詩は如何に中國文化を受容したか、この詩を詠めば分かるだろう。

「□□□畫」については、宋代大詩人蘇東坡の「王維吳道子畫」詩が「題畫詩」の畫論として頗る有名であるが、絕海中津は畫論より畫面のほうを重視している。つまり、絕海中津の漢詩は「理」を說くよりも「景」の描寫のほうに優れていると言える。

3「畫□□□」の詩について

まず、絕海中津の「畫鶴」詩（『蕉堅藁』100番(66)）を掲げる。

僊質昂然胎化禽　　僊質昂然として胎に禽と化す
乘軒曾感懿公心　　軒に乘つて曾て懿公の心に感ず

千年留影松堂上　　千年影を留む　松堂の上
只尺蓬萊月色深　　只尺の蓬萊　月色深し

入矢氏によれば「起句」は、僊人としての資質がその高い氣ぐらいのまま鳥と化したのが鶴だ。鮑照の「舞鶴賦」に「胎化の僊禽」がある。「承句」は、衞の懿公は鶴を好んで、公卿の車に乘せたという（『左傳・閔公二年』）。「轉句・結句」は、その畫中の鶴が本來の僊質を保って長生するであろうことをいう。「松堂」は松に圍まれた高堂。「只尺」は「咫尺」と同じ。この詩を意譯すれば、「鶴は脫俗の氣質で志も氣高い胎生の禽、かつて衞の懿公の心を感動させて公卿の車に乘ったことがある。畫を見れば、千年の姿を松堂のほとりに留めており、まじかに見える蓬萊山に月の光りは深遠だ(67)」と。

次に參考までに、同じく「鶴」を對象として書かれた杜牧の「鶴」という詩を擧げてみよう。

清音迎晚月　　清音　晚月を迎へ
愁思立寒蒲　　愁思　寒蒲に立つ
丹頂西施頰　　丹頂　西施の頰
霜毛四皓鬚　　霜毛　四皓の鬚
碧雲行止躁　　碧雲　行止躁に
白鷺性靈麄　　白鷺　性靈麄なり
終日無羣伴　　終日　羣伴なく
溪邊弔影孤　　溪邊　弔影孤なり

この詩を意譯すれば、「涼しい聲は宵月を迎えるのにふさわしく、憂心を抱いて寒々とした蒲の間に立つ姿。その丹頂は西施の頬の色かと疑われ、その雪毛は四皓の鬢のよう。碧雲は高いと言っても擧動に落ちつきがなく、白鷺も清潔だとはいっても性情にがさつな所があって、いずれも鶴とは同日の談ではない。いつまで經っても仲間が大勢あるわけでなく、孤高の風を谷川のあたりに獨り寂しく守るだけである」(68)と。

兩詩とも一言でいうと、終篇「孤高」を言える作品と思うが、絕海中津の「畫鶴」は「昂」を詩眼とし、杜牧の「鶴」は「孤」を詩眼としている。

「畫□□」というスタイルの詩は唐代に發生し、宋代に至ってさかんになった。唐代詩人の杜甫の「畫鷹」、景雲の「畫松」、劉商の「畫石」、李賀の「畫甬東城」、宋代詩人の陸游の「観畫山水」、金代詩人の元好問の「惠崇蘆雁」などがある。ちなみに、同じスタイルの杜甫の「畫鷹」を掲げてみる。

素練風霜起　　素練　風霜起こる
蒼鷹畫作殊　　蒼鷹　畫き作して殊なり
㩳身思狡兎　　身を㩳てて狡兎を思い
側目似愁胡　　目を側てて愁胡に似たり
絛鏇光堪擿　　絛鏇　光り擿むに堪え
軒楹勢可呼　　軒楹　勢い呼ぶ可し
何當擊凡鳥　　何か當に凡鳥を擊ち
毛血灑平蕪　　毛血　平蕪に灑ぐべき

この詩を意譯すれば、「白いねりぎぬの面から風や霜がわき起こるかと思われるのは、靑黑い鷹の繪のできばえが非凡なことによる。その鷹は肩を怒らせてはしこい兎をねらおうとしているのであろうか、その横目にねめつけた目はもの思う胡人に似ている。足をくくるひもは手でつまみとることができそうに光っており、のきばの柱のあたりで呼べばすぐにも飛び出しそうな勢いにある。いつかは凡鳥どもを叩き伏せ、毛や血を荒野に撒き散らすことであろう」[69]と。

畫の中に詩を題することは中國の繪畫藝術の獨特な表現方法である。古代の文人畫家たちは畫の詩意を敷衍し、感慨を畫に托するために、畫を描き終わったら、さらに畫面の中に詩を題し、詩情畫意が兩兩相まってますます効果を收める。畫のために詩を題することは唐代から始まったが、當時はただ詩を以て畫を賛するに留まっていた。本當に詩を畫面の上に題するようになったのは、宋代以後のことである。ただし唐代詩人たちの題畫詩は後世の題畫詩に對して巨大な影響を與えた。其の中でも題畫詩が數多く、その影響が大きい詩人は杜甫である。[70]無論、絶海中津の題畫詩（題畫軸詩を除く）も杜甫からの影響がないとは言えない。

注

（1）唐代はただ詩を以て畫を賛じていただけであったが、宋代に至って、詩を畫の上に題して、詩情に畫意を托することが始まった。『唐詩鑒賞辭典』四一三頁を參照（上海辭書出版社、一九八三）。
（2）入矢義高『五山文學集』四〇頁。
（3）漢詩文は、五山版『蕉堅藁』に據る。その書き下し文及び語釋は入矢義高『五山文學集』に據る。
（4）注（2）に同じ。
（5）釋梶谷宗忍『蕉堅藁・年譜』一九四頁。
（6）注（3）に同じ。
（7）注（5）の一九六頁を參考した。
（8）注（3）に同じ。

（9）注（2）に同じ、一六七頁、また蔭木英雄『蕉堅藁全注』一六五頁も參考した（清文堂、一九九八）。
（10）蔭木英雄『蕉堅藁全注』一六六頁を參考した。
（11）注（3）に同じ。
（12）注（2）に同じ、一三八頁。
（13）a．蔭木英雄『蕉堅藁全注』一四〇頁、b．入矢義高『五山文學集』一三八～一三九頁、c．釋梶谷宗忍『蕉堅藁年譜』三一六頁を參考した。
（14）注（13）c．に同じ、三一五頁を參考した。
（15）注（3）に同じ。
（16）注（10）に同じ、一三一頁を參考した。
（17）注（13）に同じ、a．一三一頁・b．一三〇頁を參考した。
（18）注（13）のa．に同じ、一三二頁を參考した。
（19）注（13）のc．に同じ、三〇七を參考した。
（20）注（13）に同じ、a．一三三頁、b．一三〇頁、c．三〇七頁を參考した。
（21）注（13）に同じ、a．一三三頁、c．三〇七頁を參考した。
（22）注（13）に同じ、b．一三二頁、c．三〇八頁を參考した。
（23）注（13）に同じ、a．一三四頁、b．一三二頁、c．三〇九を參考した。
（24）注（3）に同じ。
（25）注（13）に同じ、a．一三五頁、b．一三三頁、を參考した。
（26）注（3）に同じ。
（27）注（13）に同じ、a．一七一頁、b．一七五頁、c．三六二頁を參考した。
（28）注（13）に同じ、a．一七二頁を參考した。
（29）注（28）に同じ、一七三頁を參考した。

（30）この詩は崇寧二年春、小風景を畫いた團扇に題するものである。『漢詩大系』巻十八『黃山谷』二四七頁を參照（集英社、一九八〇）。
（31）『文淵閣四庫全書』巻一一〇七、集四六、『東坡全集』を參照。
（32）注（3）に同じ。
（33）注（13）に同じ、a．一三七～一三九頁、b．一三六～一三七頁、c．三一三～三一五頁を參考した。
（34）李唐（一〇四九～一一三〇）字は晞古、河陽三城（今河南孟縣南）に生まれ、山水人物、牛を畫くことを世に評價され、『萬壑松風圖』『晉文公復國圖』『采薇圖』等が世に殘っている。『宋詩鑒賞辭典』一四七四頁を參照（上海辭書出版社、一九八七）。
（35）田島修二郎・入矢義高監修『禪林畫贊——中世水墨畫を讀む——』二八〇頁を參照（毎日新聞社、一九八七）。
（36）注（3）に同じ。
（37）注（13）に同じ、b．一二七頁。
（38）蔭木英雄は、「厭」を「壓」と解している。『蕉堅藁全注』一二九頁を參照。
（39）注（13）に同じ、c．三〇四頁を參考した。
（40）市野澤寅雄『杜牧』三〇八～三〇九頁を參考した（『漢詩體系』巻十四、集英社、一九六五）。
（41）『翰林五鳳集』一一四二頁（『大日本佛教全書』巻一四四～巻一四六、佛書刊行會、一九一六）。
（42）注（3）に同じ。
（43）注（35）に同じ、一五六頁を參照。
（44）「伯時が魚を觀る僧を畫くに題す」という詩は、もともと李公麟が、老僧が魚を觀ている圖を畫いたものに黃山谷が題したものである。李公麟、字は伯時、號は龍眠山人。任淵の注に、山谷はこの畫に跋して「玄沙畏影圖」としたというが、『傳燈錄』に「玄沙は宋の一大師、姓は謝氏幼にして好んで釣を垂る。年甫めて三十、忽ち出塵を慕ひ、乃ち釣舟を棄てて落髪す。後に法を雪峯に得たり」とある。倉田淳之助『黃山谷』一七三頁を參考した（『漢詩大系』巻十八、一九六七）。
（45）東坡が李功亮が所藏する歸來圖に題したというのは、東坡の詩集では「李伯時畫其弟亮功舊隱宅圖」となっており、李公寅字は功亮は李公麟字は伯時の弟であることが分かる。李公寅は元祐中に文を以て薦紳（士大夫）の間に鳴るといわれ、『輿地紀勝』に「飛霞亭は乃ち李公寅隱居の處、其の兄伯時爲に舊宅圖を作る。亭は尉署の後に在り」とある。「東坡先生が李亮功が歸來圖に題するに追和す」という詩は東坡の詩に次韻したものである。『黄山谷』一三一頁を參考した。

（46）注（3）に同じ。

（47）注（13）に同じ、c．三七七頁を參考した。

（48）注（3）に同じ。

（49）注（13）に同じ、a．一六九頁。b．一七二頁。

（50）惠洪（一〇七一〜一一二八）とも記す。のちに德洪と名を改めた。字は覺範。園明禪師の稱號を贈られた。俗姓は彭氏。州（今江西省）の人。『宋詩鈔』に「其の詩、雄健振、宋僧の冠たり」と言われている。今關天彭・辛島驍『宋詩選』三四一頁を參照（『漢詩大系』巻十六、集英社、一九八〇）。

（51）「瀟湘八景」は、瀟湘夜雨、洞庭秋月、山市晴嵐、江天暮雪、煙寺晩鐘、漁村夕照。平沙落雁、遠浦歸帆などである。注（50）に同じ、三四二頁を參照。

（52）注（50）に同じ、三四二〜三四三頁を參考した。

（53）注（3）に同じ。

（54）注（13）に同じ、c．三三八頁を參考した。

（55）注（35）に同じ、三九八頁を參照。

（56）注（13）に同じ、b．一五六頁・c．三三九頁を參考した。

（57）注（3）に同じ。

（58）注（3）に同じ。

（59）注（13）に同じ、a．一三〇頁・b．一二八頁を參考した。

（60）注（41）に同じ、七六五頁、一一八五頁。また、注（13）に同じ、a．一三〇頁にも參照。

（61）注（3）に同じ。

(62) 注（13）に同じ、b．一五八頁。
(63) 注（41）に同じ、三八二頁。ちなみに、三九九頁に西胤俊承と九鼎竺重の「寒江釣雪圖」がある。
(64) 注（3）に同じ。
(65) 注（13）に同じ、a．一四七頁を參考した。また、拙論「書法・書論雙向國際化論」にも參照。
(66) 注（3）に同じ。
(67) 注（13）に同じ、b．一六五頁。c．三五〇頁。
(68)『文淵閣四庫全書』巻一〇八一、集二〇、唐杜牧撰『樊川文集』五八八頁を參照。また、注（40）に同じ、二九九頁を參考した。
(69)『叢書集成初編』巻二二二一、『杜工部草堂詩箋』（三）巻一、一七二頁。その書き下し文及びその譯文は、黑川洋一『杜甫詩選』に據るもの（岩波書店、一九九一）。
(70) 注（1）に同じ、『唐詩鑒賞辭典』四二三頁に據るもの。

# 第三章　絶海中津の漢詩の内容上の諸問題に關する研究

## 第一節　「清」という詩語に關する考察

『蕉堅藁』には、「清」に關する用例が二十七例あり、全藁百六十五首の百分の十六を占め、其の中で二度重複する用例は「清名」、「鐘清」などである。中でも絶海中津の歸國直後に作られた「送人之相陽」詩には、「到日諸昆如問我、倦懷不似昔清狂」という詩句があり、これは彼自身の詩境をはっきり表したものといえよう。ところで、絶海中津の「清」という字は一體何を内包するのか。本節では宋・周弼編／清・高士奇輯注『三體唐詩』（『文淵閣四庫全書』卷一三五八、集二九七、臺灣商務印書館）などを底本としてこれを比較文學的考察をしておきたい。

### 一　「清」の詩語の受容性

まず、『蕉堅藁』に見える「清」についての用語を掲げてみれば、

清風、清漏、清晨、清眼、清秋、清白、清池、清寧、清遊、清猿、清霜、清名二、清修、清殿、清狂、清唳、清夜、清新、清波、清淺、日夜清二、聖清、風清、鐘清二、磬清、萬玉清

と、合計二十六例があるが、二十九回使用した（詩語の下にある數字は使用回數を示す）。取りあえず傍線を施している二十例について考察する。

ちなみに、中國詩人の「清」に關する詩語を擧げてみよう――

a．唐代詩僧貫休『禪月集』より絶海中津の詩語と合致するものをあげてみれば、

清風、清晨、清狂、風清、鐘清二

b．『三體唐詩』より「清」についての詩語を擧げれば、

清怨、清隱、清香、清夜、清客、清話、清時、清溪、清明、清泉、清涼、清靄靄、清閑、清梵、清嬴二、清秋、清陰、清景、清霜、清晨、清雨、清猿、清齋二、江清、清野寺、清人骨、自清、漫院清、禁池清、石泉清、夜堂清、夕流清、四座清

と、三十三例があり、うち、傍線を施した六つの詩語が絶海中津の詩語と合致している。

c．唐代詩人李賀の作品より「清」についての詩語を擧げれば、

清溪、清池、清冷、清淚、清秋、清白、清聲、清貧、清露、清漆、清漏、清蘇、清曉、清海、清酥、清氣、清寒、清水二、清涼、清新、清渾、清節、清明、清風、清酒、清臣

と、二十六例があり、うち、傍線を施した七つの詩語が絶海中津の詩語と合致している。

d．宋代詩人蘇軾の作品より「清」についての詩語を擧げれば、

清淨、清齋、清寒、清香、清境、清夜、清淑、清風四、清禁、清冷、清新、清妍、清空二、清江、清白、清華、清溫、清安、清名二、清修、清狂、清淺三、清漫漫、神清、深清、澄清、風清

と、二十七例があり、うち、傍線を施した十つの詩語が絶海中津の詩語と合致している。

e．宋代詩人黃山谷の作品より「清」についての詩語を擧げれば、

清賞、清穎、清澄、清濁、清涼、清風、清深、清江二、清閑、清磬、清秋、清修、潔清、月清、水清、澄清、風

清

と、十七例があり、うち、傍線を施した四つの詩語が絶海中津の詩語と合致している。

f. 明代詩人高靑邱の作品より「淸」についての詩語を擧げれば、

淸渠、淸晨、淸風、淸曉、淸心、淸詩、淸誦、淸輝[二]、淸夢、淸瑟、淸遊、淸狂、淸波、聖淸

と、十四例があり、うち、傍線を施した六つの詩語が絶海中津の詩語と合致している。

以上に列擧した「淸」に關する詩語について、絶海中津と中國詩人とを比較してみると、おおむね唐代詩人よりやや宋代詩人の影響が多かったように思われる。

## 二　「淸」に關する比較研究

本項では、唐の杜甫の作品と絶海中津の『蕉堅藁』とを對照として、兩者の「淸」についての比較的な研究をしておきたい。「杜詩」における「淸」の用例は百七十三例あり、絶海中津の「淸」の用例は僅か杜甫の十六%だが、絶海中津の用例と杜甫の用例とは、それぞれその約半分ほどが重複している。以下、兩者の用例を竝べて掲げて見よう（杜甫の用例は★、絶海の用例は☆）。尙、書き下し文は省略する。

［淸風］★淸風左右至　淸風爲我起　淮海生淸風　亦遣馭淸風　淸風獨杖藜

☆淸風滿竹扉

［淸夜］★淸夜沈々動春酌　淸夜置酒臨前除　況乃淸夜起　淮陰淸夜驛　空悲淸夜徂　風月自淸夜

☆淸夜沈々群籟收

［淸霜］★淸霜殺氣得憂虞　淸霜大澤凍　何當淸霜飛　淸霜九月天　天宇淸霜淨　十月淸霜重　淸霜洞庭葉

☆寒露清霜殘夜夢

［清晨］★清晨陪躋攀　清晨望高浪　洩雲蒙清晨　清晨歩前林　清晨飯其腹　清晨蒙菜把　野鶴清晨出
花下復清晨　良會惜清晨　已費清晨謁　清晨向小園　清晨散馬蹄　老夫清晨梳白頭　清晨合圍歩驟同
蒼江漁子清晨集
☆清晨課經罷

［清池］★清池可方舟　清池有餘花　滋蔓匝清池
☆人閑翡翠下清池

［清波］★落月去清波
☆一枝影痩清波上

［清漏］★清漏往時同
☆清漏不堪長

［清新］★清新庾開府
☆休將桃李鬪清新

［清秋］★少昊行清秋　杖藜望清秋　三歳清秋至　灑落惟清秋　送子清秋暮　清秋多宴會　清秋便寓直
清秋望不極　清秋鶴髮翁　清秋大海隅　鞍馬信清秋　清秋彫碧柳　清秋宋玉悲　清秋草木黄
江漢失清秋　清秋萬估舟　驟雨清秋夜　高擁木石當清秋　巫峽清秋萬壑哀　雲飛玉立盡清秋
氷壺玉衡懸清秋　清秋幕府井梧寒　莫度清秋吟蟋蟀　清秋燕子故飛々
☆清秋百渚落紅蓮

［清猿］★耳邊已似聞清猿
　☆月出聽清猿
［清狂］★在位常清狂　裘馬頗清狂
　☆倦懷不似昔清狂
［日夜清］★幕府秋風日夜清　磵水松風日夜清
　☆高堂日夜清

以上、列擧した兩者の詩句から見ると、絕海中津の杜甫の詩からの攝取態度は、ただ單なる類語の模倣ではない。彼の攝取態度は、宋代詩人が常用する「脫化古人詩句」の方法と同じである。例えば、蘇東坡の「只恐夜深花睡去、故燒高燭照紅妝」という詩句は、李商隱の「客散夜深花睡去、更持紅燭賞殘花」という詩句から「脫化」したものである。「脫化」とは「變奏」ともいう。この手法は、平安時代の詩人の模倣的攝取態度と比べれば、やはり絕海の絕妙なるところであろう。ちなみに、嵯峨天皇の中國漢詩の攝取態度について、菅野禮行氏は精密に論考したことがある。その一例をここに掲げてみよう。(1)

※上段が嵯峨天皇の「折楊柳」、下段が梁の簡文帝の「折楊柳」である。書き下し文は省略する。

楊柳正亂絲　春深攀折宜　　楊柳亂戌絲　攀折上春時
花寒邊地雪　葉暖妓樓吹　　葉密鳥飛礙　風輕花落遲
久戌歸期遠　空閨別怨悲　　城高短簫發　林空畫角悲
短簫無異曲　總是長相思　　曲中無別意　幷爲久相思

これでみると、嵯峨帝は、簡文帝の作品に用いられている語やその類語を多用していることがよくわかる。たとえば第一句の如きは、五字のうち、「楊柳」「亂」「絲」の四字までも同じ文字によっている。のみならずその借用のしかたも、「楊柳」は句の第一・二字に、「絲」は第五字目にというように、簡文帝の第一句の文字の位置までが共通する。ところが第二句の「春」「攀折」のように、簡文帝の句と嵯峨帝の句とでは、同じ文字を用いても第四字目にあった「春」を第一字目に上げ、第一・二字目にあった「攀折」を第三・四句目に下げているというように、その順序を同じ句の中で上下に入れ替えている。また第二聯の上句の「花」と下句の「葉」とは、簡文帝の第二聯では、それぞれ「花」は下句に、「葉」は上句にあったものである。つまり對句の中の文字の位置を交互に入れ替かえた表現である。これは、鎌田正氏がすでに指摘された、菅原道眞の白居易の詩の攝取態度と同じような方法によるものであろう。[2]

とにかく、上述したように、嵯峨天皇、菅原道眞などを代表とする平安期の漢詩人たちの中國の詩の攝取態度は、あくまでも模倣的な漢詩である。これに對して、絶海中津の「變奏」的な漢詩は、六朝・唐代の詩人からの影響だけではなく、特に宋代詩人の影響を受け、日本漢文學史上の歷史的・技術的な改革であり、進歩と見ることができるのではないかと思われる。

## 三　哲學的表現としての「淸」

まず、絶海中津の「山居」詩（『蕉堅藁』34番[3]）の其の六を掲げてみよう。

晨炊不羡五侯鯖◎　　晨炊羨まず　五侯の鯖
葵藿槃中風露馨◎　　葵藿の槃中　風露馨し
霜後年々收芋栗　　霜後年々　芋栗を收め

春前日々劚蔘苓◎　　春前日々　蔘苓を劚る
聽經龍去雲歸洞　　經を聽きし龍は去つて雲は洞に歸り
看瀑僧回雪滿瓶◎　　瀑を看し僧は回つて雪は瓶に滿つ
窮谷深林皆帝力　　窮谷深林　皆な帝力
也知畎畝樂清寧◎　　也た知る　畎畝の清寧を樂しむを

◎下平聲、八庚：鯖。九靑：馨、苓、瓶、寧。

「五侯鯖」とは大變な珍味を謂う。「鯖」とは魚と肉を混ぜて煮た料理（よせなべ）という。漢代、婁護という人が、五侯から賜った種々の魚・肉を雜えて烹た珍味。略して「侯鯖」ともいう。「五侯」とは前漢の成帝の時の王氏の五侯、卽ち平阿侯・成都侯・曲陽侯・高平侯の五人で同日に諸侯となった。『漢書』元后傳に五侯鯖の記事が見え、また『西京雜記』にも五侯鯖に關する記事が見える。「葵藿」は、フユアオイの葉とマメの若葉、澤山とれる最も下級な野菜。「蔘苓」は、人蔘と伏苓、ともに藥草。「聽經龍」とは、龍が佛教の經典の講義を聞いた故事に基づく。『事類前集』巻五に次のような故事が見える。「ある僧が山寺で經を講じていたとき、一人の老人が來聽した。其の僧が老人に姓名は何というかと尋ねると、老人が答えていう、『山下の潭中の龍である。幸いに旱魃が續いて閑であるので、此處に來て說法を聞いている』と。そこで僧は『此の旱魃を救うことができるか』と問うと、老人は『上帝が江湖を封鎖して、水があっても使用することができぬ』と答えた。ついで僧は『此の硯の中の水を使用して雨を降らせることができるか』と問うと、この老人は硯中の水を吸ってすぐに去った。すると、此の日の夕方、雷雨が激しく起こり、朝になってみると雨は總べて黑水であった」と。「看瀑云云」は、故事未詳。「帝力」は帝王の力、帝王の恩德である。『十八史略』に、「老人あり、哺を含み腹を鼓し、壤を擊ちて、歌っていう、〝日出でて作り、日入って息う。

井を鑿って飲み、田を耕して食う。帝力何ぞ我に有らんや〟」と見えるのに基づく。「畎畝」、田の溝と畝。「畎」はみぞ、田の用水路。古の田制では深さ一尺・幅一尺の溝。「畝」は田畑のあぜ。ここでは田舍、或いは田園の人達を指して言う。「清寧」は清く安らかに治まること。『老子』に、「天は一を得て以て淸く、地は一を得て以て寧し」と見えるのに基づく。この詩意を譯すれば、「朝食をたべても五侯の鯖のような珍味は羨ましく思わないし、皿の中の芹と豆の葉は粗末でも大自然の風露で香ばしい。霜が降りると毎年里芋や栗を拾い集め、また春が來るまで毎日人參と茯苓を掘り出して食っている。經典の講義を聞いていた龍が飛び去って雲も洞窟に歸り、飛瀑を看ていた僧がもどってくると雪は淨瓶に溢れている。奥深い谷や林での生活は總て帝王（自然）の恩徳を受けた惠みであり、田夫平民が太平の世を樂しんでいることもよくわかる」と[4]。この詩は老子の思想をよく咀嚼し、釋家思想と老子思想とを見事に融合させている。

次に、五代の釋貫休『禪月集』に絶海が次韻した「山居詩二十四首」のその十二を漢文のままに掲げてみよう[5]。

翠竇煙巖畫不成◎　桂香瀑沫雜芳馨◎
撥霞掃雪和雲母　掘石移松得茯苓◎
好鳥傍花窺玉磬〔傍、一作似〕　嫩苔和水沒金甁〔和、一作如〕◎
從他人說從他笑　地覆天翻也只寧◎

◎下平聲、八庚、成。九靑、馨、苓、甁、寧。

この次韻詩を見れば、絶海中津は貫休の詩の韻を踏んで、その詩風も多分に受けていながら、更にこれを乘り超えている。文學的な感覺にしろ、哲學的な詩境にしろ、すべて、絶海中津のほうが上位にあることがわかる。

つぎに、同じく「山居」詩（『蕉堅藁』34番）[6]其の十五に、

寒山拾得邈高風　　寒山拾得　高風邈かなり
物外清遊誰與同　　物外の清遊　誰と與にか同じくせん

「清遊」を修飾する「物外」という言葉は、もともとは『莊子』の語である。卽ち『莊子』外物篇に、「外物不可必」とあって、例えば、『新唐書』元德秀傳には「彈琴讀書、陶陶然遺身物外」という。「外物」から「物外」へと語彙の順序が變遷したのは、卽ち老莊思想が士大夫の文學に滲透していたことを示す現象であろう。また、絶海中津が直接次韻した五代釋貫休の「山居詩・二十四首」の其の二十三には、「只有逍遙好知己」の句がある。これによっても、五代のときに佛教と道教とが既に合流していたことがよくわかる。從って、絶海中津の「清遊」とは、世俗を超えることが「清」であり、「遊」は卽ち「逍遙遊」である。

且待蓬萊清淺日　　且く蓬萊の清淺なる日を待って
踏鯨直欲訪安期　　鯨を踏んで直に安期を訪はんと欲す（絶海中津「古河の襍言」その二）

ここに見える「清淺」という用語は、『神仙傳』の「向到蓬萊、水清淺往者」を踏まえた表現である。「安期」とは、安期生のこと。彼は秦朝の琅邪阜縣に生まれ、藥を海邊に賣り、學を河上丈人に受け、長壽を得て千歲翁と呼ばれた。秦の始皇が東遊したとき、ともに語ること三晝夜、金璧を賜ったが受けず、「千年後、われを日本の蓬萊山下に求めよ」と言って去った、とされる。『史記』封禪書・『列僊傳』・『高士傳』などに安期の傳記が見える。

上述したところをまとめていうと、絶海中津の哲學的表現としての「清」とは、老莊思想を受容して、道家的超俗的老莊的境地を詠ずるものであった。

絶海中津の「清」に關する詩語については、上述の哲學的な「清白」「清寧」以外に、空間的な「清殿」「萬玉清」、視覺的な「清眼」、そして、聽覺的な「清唳」「磬清」などもよく「脱化」した用例として見かける。このように「清」をもって聽覺的視覺的イメージを形容するのは、まさに彼の内面的詩境が淸らかであったからであると思う。ここに、彼の在明時代の作品「早發」詩（『蕉堅藁』13番）を掲げ、その彼の内面的詩境をみてみよう。

冬行苦短日　蓐食戒長途　雲暗關河遠　風吹鬢髮枯
荒山雖可度　積水若爲踰　岸轉橋何在　沙危杖屢扶
漁篝殘近渚　僧磬徹寒蕪　埜興潛中動　衰容頗外蘇
破衣江上步　圓笠月中孤　天廻長河沒　曙分群象殊
寒煙人未爨　野樹鳥相呼　回首搏桑日　還如萍實朱

この詩意を譯すれば、「冬の旅は日が短いので、早朝に食事をして長旅にそなえる。外は雪雲が暗く、旅路は遙か遠い、風に吹かれて髮も亂れて枯草のように。荒山は越え得ても、大川はどうして渡ろうか。岸邊は變って橋もなく、砂地によろけて度々杖にすがる。漁火は近くの渚に燃え殘り、寺の磬の響は冬野をつんざく。それでも野趣はひそかに胎動し、荒れた景色も今に甦えるだろう。破れ衣の私は川邊を歩き、圓い笠は月光に照らされただ一人。空は廣々と大川に垂れ、夜が明ければ地上の物どもは違って見える。冷たいもやの中、炊煙はまだ上がらぬが、野原の木々に鳥が鳴き交している。ふと振り返ると、朝日がカワホネの實のように眞赤に昇っている(7)」と。

この詩を味わえば味わうほど、彼の内面的な淸らかな詩境をしみじみと感じ取ることができる。明代の左善世道衍の「清婉峭雅」の「清」は、まさに、適評であることがわかる。絶海中津は本當に「清狂」の詩人であったと言えるだろう。

注

（1）菅野禮行『平安初期における日本漢詩の比較文學的研究』二一〇頁を參照（大修館書店、一九八八）。
（2）鎌田正「道眞の詩における白氏文集の投影」を參照（『東京成徳短期大學紀要』、一九六六）。
（3）漢詩は、五山版『蕉堅藁』に據る。その書き下し文は入矢義高『五山文學集』に據る。
（4）釋梶谷宗忍『蕉堅藁年譜』二二三頁～二二五頁を參考した。
（5）五代の釋貫休『禪月集』全一册による（『歷代畫家詩文集』［影宋刊本・補遺配明末毛氏汲古閣刊本］臺灣學生書局、一九七六）。
（6）注（3）に同じ。
（7）蔭木英雄『蕉堅藁全注』三二一頁に據る。

## 第二節　「詠古」詩における受容

絕海中津の在明留學時代の詩作を主題によって大別すると、山居、詠古、望鄉、師友への情、という四グループに分け得る。本節は、その中で「詠古」という絕海中津の留明時代の詩風を特徵づけ主題を取り擧げ、比較文學的立場から論じてみたいと思う。

### 一　「錢塘懷古」詩について

絕海中津の「錢塘懷古次韻」（七言律詩）の二首は、日本で從來非常に高い評價を得ている。その高い評價の中から、とりわけ代表的な二つの評價を擧げれば、以下のごとくである。

まず、同じ僧侶で禪文學に造詣が深い釋清潭は「銭塘懷古、次韻」について、

「前無古人。後無來者」の八字を以て稱するより外に、嘆辭は無い。

と最高の評價を下していた。[1]言うまでもなく、「前無古人」とは、絶海中津は彼以前の詩人をすべて超えるという意味であり、「後無來者」とは、絶海中津以後の詩人は彼を超えることがないという意味である。恐らく釋清潭は絶海中津のこの詩を、日本漢詩史における最高の詠史詩と評價していたのではないか。と言うよりも、もしかすると、釋清潭は自ら目にしたあらゆる詩（中國詩人の詩作を含む）を念頭において、このような高い評價を下していたのかも知れない。

つぎに、昭和の碩學泰斗である豹軒老人も「銭塘懷古、次韻」について、

是れも亦た非常の絶唱である。

と絶贊している。[2]

では、絶海「銭塘懷古、次韻」（『蕉堅藁』23番）の詩は、一體どういう點がこのように高く評價されたのであろうか。まず絶海の詩と、彼が「次韻」した彼の師である全室の詩とを竝べて掲げて見よう。上段は絶海の詩、下段は全室の詩である。[3]

其の一

天目山崩炎運徂◎　天目山崩れて　炎運徂く
東南王氣委平蕪◎　東南の王氣　平蕪に委す
鼓鞞聲震三州地　鼓鞞　聲は震ふ三州の地
歌舞香消十里湖◎　歌舞　香は消ゆ十里の湖

欲識銭塘王氣徂◎　識らんと欲す　銭塘王氣の徂くを
紫宸宮殿入青蕪◎　紫宸の宮殿　青蕪に入る
朔方鐵騎飛天塹　朔方の鐵騎は　天塹に飛び
師相樓船宿裏湖◎　師相の樓船　裏湖に宿す

古殿重尋芳草合　古殿重ねて尋ねれば　芳草合し　白雁不知南國破　白雁は知らず　南國の破るるを
諸陵何在斷雲孤◎　諸陵いづくに在る　斷雲孤なり　青山還傍海門孤◎　青山還た海門に傍つて孤なり
百年江左風流盡　百年江左　風流盡く　百年又見城池改　百年又見る　城池の改まるを
小海空環舊版圖◎　小海空しく環る　舊版圖　多少英雄屈壯圖◎　多少の英雄　壯圖を屈す

其の二

興亡一夢歲云徂◎　興亡一夢　歲ここに徂く　天地無情日月徂◎　天地無情　日月徂く
葵麥春風久就蕪◎　葵麥春風　久しく蕪に就く　鳳凰山下久榛蕪◎　鳳凰山下　久しく榛蕪す
父老何心悲往事　父老何の心か　往事を悲しむ　獨憐內殿成荒寺　獨り憐れむ　內殿は荒寺と成るを
英雄有恨滿平湖◎　英雄恨み有り　平湖に滿つ　空見前山映後湖◎　空しく見る　前山後湖に映ずるを
朱崖未洗三軍血　朱崖未だ洗はず　三軍の血　塞北有誰留一老　塞北誰ありてか　一老を留むる。
瀛國空歸六尺孤◎　瀛國空しく歸す　六尺の孤　海南無處問諸孤◎　海南　處として渚孤を　問ふ無し
天地百年同戲劇　天地百年　戲劇に同じ　蓬萊閣上秋風起　蓬萊閣上　秋風起きる
燕人又獻督亢圖◎　燕人又獻ず　督亢の圖　先向燕京入畫圖◎　先づ燕京に向て　畫圖に入る

以上に掲げた絶海の詩は彼の師である全室の詩の韻を踏んで創作したものである。しかしここに、「模倣」や、「脫化」の影は、全く見えない。このことについて、釋清潭は絶海の「錢塘懷古次韻二首」を以下のように絶贊している。(4)

（絶海の）以上の二首。劍拔弩張の概を爲さず。葩經教ふる所の溫柔敦厚の旨を得たるを覺ふ。……明國全室。日本絶海。師弟唱和の詩として文林梵林の佳話であるが。余は弟子の詩が師匠の頭上を摩して上ると言ひたい。明一代の僧林。全室の上に出る者はない。然るに日本の絶海は又其の上に出るとせば。其の不世出の偉器たること。論ずるの要はない。

釋清潭は、絶海の「錢塘懷古次韻」二首の詩から、彼の詩人としての天才をよく見抜いていた。もし、全室の詩の中に少し潛在的な禪意識があったとすれば、絶海のこの詩にはそのような禪意識は薄かったが、彼の純粹な文學的感覺で悲壯な時空觀をよく詠み込んでいると思う。「天地」「百年」という詩語の使用については、師である全室よりも、むしろ絶海中津のほうがこれを意識的有效的に使用している。その意識とは、師と同じようなキーワードを用いて、より印象的に時間や空間を歌の對象にしようとしているのであり、それは、正に詩語の意識である。しかしながら、絶海のもう一つの意識は、師と同じようなキーワードを用いながら、師よりさらに巧みに詩の全體をまとめていることである。つまり、絶海はこの二つのキーワードをもって、それぞれの詩のまとめである「尾聯」のキーワードとしている。それぞれの「尾聯」にそのキーワードをもってくることによって、彼の純粹な文學的感覺をもって、「百年江左風流盡、小海空環舊版圖」「天地百年同戲劇、燕人又獻督亢圖」という悲壯な時空觀をよく表現している。「百年江左」「天地百年」とは、「時間と空間」「空間と時間」である。これは正に詩感の世界である、と考える。

## 二　「岳王墳」詩について

錢塘（杭州）の西湖の北に葛嶺があり、其の山々のつづきに棲霞嶺があり、嶺下には岳飛の墓がある。岳飛（一一〇三～四一）は南宋の武將であり、忠臣でもある。彼は主戰論者で黄河流域で金軍と對戰したのであるが、時の宰相秦檜が和睦論者であったため、秦檜のために軍隊を引き返させられた。南宋敗亡の遠因は、實にここに在ったともいわれている。その故、古來岳飛の墓に關する多くの詩が殘っている。ここに、幾つか有名なものを掲げて、絶海中津の「岳王墳」と比較してみよう。

まず、南宋の葉紹翁（號、靖遠。生卒年不明）の「題岳飛墓詩」という詩を擧げてみたい。詩は次の通りである。

萬古知心只老天　　萬古　心を知るは　只だ老天
英雄堪恨復堪憐　　英雄　恨みに堪へたり　復た憐むに堪へたり
如公少緩須臾死　　公の如き　少しく須臾の死を緩くせば
此虜安能八十年　　此の虜　安ぞ能く八十年ならむ
漠々凝塵空偃月　　漠々たる凝塵に　空しく偃月
堂々遺像在淩煙　　堂々たる遺像　淩煙に在り
早知埋骨西湖路　　早く骨を西湖の路に　埋むるを知らば
學取鴟夷理釣船　　鴟夷（范蠡）を學取して　釣船を理めむ

この詩は、恐らく岳飛の墓に關する最初の名詩であると思う。(5)

つぎに、趙子昂（一二五四～一三二二）の「岳鄂王墓」詩を掲げてみたい。子昂は南宋の皇族、且つ書畫を以て有名であった。絕海中津は「趙文敏畫」という詩も作っており、このことからも子昂の書法・畫風は絕海中津に大きな影響を與えていたと言えよう。その點については別稿に論じている。(6)子昂自身も、もともとは南宋の皇族で、北宋が滅んでから、元に仕えた人間として、岳飛に對して常人よりも一層感慨が深かったのであろう。その詩には次のように詠んでいる。(7)

鄂王墳上草離々　　鄂王墳上草離々たり
秋日荒涼石獸危　　秋日荒涼石獸危し
南渡君臣輕社稷　　南渡の君臣は　社稷を輕んず

中原父老望旌旗　　中原の父老　旌旗を望む
英雄已死何嗟及　　英雄已に死す　何ぞ嗟及ばん
天下中分遂不支　　天下中分遂に支えず
莫向西湖歌此曲　　西湖に向かつて此の曲を歌ふことなかれ
水光山色不堪悲　　水光山色悲しむに堪へたり（『松雪齋文集』巻四）

まことに名作である。特に、尾聯の内心の感慨——「もしこの歌を歌えば、水光山色がさらに悲しみを増して、私を悲歎に堪えられなくさせるであろう」は、彼しか詠み得ないものである。ちなみに、その後二人の詩人がこの詩の韻を和した。その一人は徐孟岳であり、その詩は次の通りである。(8)

童大王回事已離　　童大王回りて　事已に離る
岳將軍死勢尤危　　岳將軍死して　勢尤も危し
直敎萬歳山頭雀　　直ちに萬歳山頭の雀をして
去遶黄龍塞上旗　　去つて黄龍塞上の　旗を遶らしむ
飲馬徒聞腥鞏洛　　馬に飲かひて徒に聞く鞏洛腥きを
洗兵無復望條支　　兵を洗ひて復た條支に望む無し
湖邊一把摧殘骨　　湖邊一把の摧殘の骨
蓋世功成百世悲　　世を蓋ふ功成りて　百世悲しむ

とある。他の一人は高則誠であり、その詩は次の通りである。(9)

莫向中州唱黍離　　中州に向て黍離を唱ふるなかれ

英雄生死繫安危　　英雄の生死は安危に繫る
内廷不下頒師詔　　内廷下さず頒師の詔
絶漢全收大將旗　　絶漢全く收む大將の旗
父子一門甘伏節　　父子の一門甘んじて節に伏す
山河千里竟分支　　山河の千里　竟に支を分つ
孤臣尙有埋身地　　孤臣尙ほ身を埋むる地有り
二帝遊魂更可悲　　二帝の遊魂　更に悲しむべし

とある。

さらに、絶海とほぼ同じ時代の人物であり、かつ絶海と何らかの繫がりがあったと思われる明の高啓（字季迪、號青邱子、一三三六～七四）の「岳王墓」を掲げてみたい。書き下し文は省略する。[10]

大樹無枝向北風　　千里遺恨泣英雄
班師已詔來三殿　　射虜書猶說兩宮
每憶上方誰請劍　　空嗟高廟自藏弓
棲霞嶺上今回首　　不見諸陵白露中

この詩は、從來高啓の七律懷古の傑作の一とされているものである。

さて、絶海の「岳王墳」（『蕉堅藁』37番）を擧げてみよう。[11]

深入朱僊臨北虜　　深く朱僊に入りて　北虜に望む
不知碧血瘞南州　　知らず碧血南州にうずむるを

龔雲空映吳員廟　　龔雲空しく映ず　吳員の廟（「吳」、疑作「伍」）
湖水無期范蠡舟　　湖水期無し范蠡の舟
四將元動俄寂々　　四將の元動俄に寂々
兩宮歸夢謾悠々　　兩宮の歸夢謾に悠々
他年天塹人飛渡　　他年天塹飛び渡る
添得英雄萬古愁　　添へ得たり英雄　萬古の愁を

これは上述の各詩と同じく「詠岳飛墓」の詩であるが、日本禪師である絶海中津のこの詩作を味わえば味わうほど、さきに擧げた中國の諸詩人の詩に比べても、決して遜色はない。まさに、豹軒老人の言うように「絶海の此作は諸家に伍するも恥ずかしくないようだ」である。

## 三　「姑蘇臺」詩について

『蕉堅藁』に収められている在明留學時期の作品の中で、「詠古」類の詩はいずれも皆優れたものであると思う。以下試みに、まず絶海の「姑蘇臺」（『蕉堅藁』38番）と、彼の師全室の「姑蘇臺」とを比較してみよう。上段は絶海の詩[12]、下段は全室の詩である。[13]書き下し文は省略する。

姑蘇臺上北風吹　　姑蘇臺上麋鹿遊
過客登臨日暮時　　吳江水映西山秋
麋鹿羣遊華麗盡　　館娃宮樹廻不見
江山千里版圖移　　落日荷華今古愁

忠臣甘受屬鏤劍　何來豪客增樓櫨
諸將愁看姑蔑旗　醉擁吳姬夜歌舞
回首長洲古苑外　齊雲易遂浮雲空
斷煙疎樹共凄其　鬼火三更照寒雨

この二つの詩は、見れば直ちに明らかなように、上段七律であり、下段は古詩であって、それぞれ詩體が違うが、詩風から判斷しても、詩語から推察しても、絶海が全室からの影響を受けていることは明らかである。

然るに、詩自體の出來映えは、弟子の作品のほうが師のそれより優れていると言える。なぜならば、絶海の詩は、故事と敍景と、そして風に吹かれる客僧とで構成されているが、例えば、その首聯「姑蘇臺上北風吹、過客登臨日暮時」の場合、過客である作者は廣大悠遠な歴史的空間の中の一點として、北風に吹きさらされている狀景を詠み込んでおり、作者の胸中にある悲壯な情緒を心憎いまでによく現わしているからである。さらに言えば、この部分は、さきに掲げた高靑邱の「岳王墳」詩の首聯「大樹無枝向北風、千里遺恨泣英雄」と驚くほど酷似している。これが本當の受容である。

蔭木氏によれば、高靑邱は詩人として、「靑邱が身は、いやせにやせにたれどもそのむかし、五雲閣上に、すまひけむ、淸き姿ぞしのばるる」という森鷗外の名譯で、日本でも廣く知られる吳中四傑の第一人者である。彼の詩集の中には、道衍・絶海中津の師である全室との交友を歌う作品がいくつかある。『高靑邱詩集』の中に「春日懷十友詩」（卷三）を始めとする道衍に贈る詩があり、また、「次韻靈隱復見心長老見寄、兼簡禪師」（卷十五）と題する七言律詩がある。さらに、道衍の詩集の『獨庵集』の序文は高啓が書いたものであり、絶海中津の詩集『蕉堅藁』の序文は道衍が書いたものである。このように、絶海→全室→高靑邱→道衍→絶海の繋がりをみてみると、高靑邱の文學が絶海中津に影響したと考えても、そう無理な臆測ではない[14]、という判斷は大過ないだろう。
また、『全室外集』[15]を讀むと、絶海の師である全室の詩は筍蔬味がごく薄かったと言える。その詳細は別の論文で論述するが、この點からみてもやはり弟子は師の衣鉢を繼承しつつ、さらに、純粋な文藝的方向へ發展していたと思われる。

## 四　「多景樓」詩について

神田喜一郎は「禹域に於ける絶海」という論文で、「多景樓」について次のように激賞されている。[16]

絶海の禹域に於ける行歷は、概略以上の如き事實ぐらいよりわからない。ただここに特筆しておきたいのは、絶海の禹域に滯留した時代の詩に實に素晴らしい傑作の多いことである。まえにも述べた「錢塘懷古」もその一であるが、特に、「多景樓」の七律などに至っては、わが國に漢詩あって以來、古今未曾有の名什といわれるものである。禹域に於ける絶海が如何に作詩に努力し、また彼地の江山の氣に助を得たか、殆ど我々の想像以上のものがあるように思ふ。

ここに、絶海の「多景樓」（『蕉堅藁』39番）と彼の師全室の「多景樓」とを竝べて掲げてみよう。上段は絶海の七言律詩[17]、下段は全室の五言律詩である[18]。

北固高樓擁梵宮　　北固の高樓　梵宮を擁す　　水際一峰出　　水際一峰出て
樓前風物古今同　　樓前の風物　古今同じ　　飛樓倚沈寥　　飛樓は沈寥に倚る

千年城塹孫劉後　千年の城塹　孫劉の後　　煙雲連北上　煙雲　北上に連なり
萬里鹽麻呉蜀通　萬里の鹽麻　呉蜀通ず　　風物見南朝　風物　南朝を見る
京口雲開春樹綠　京口雲開きて　春樹綠に　　山勢臨淮盡　山勢　淮に臨んで盡き
海門潮落夕陽空　海門潮落ちて　夕陽空し　　江聲入海消　江聲　海に入りて消ゆ
英雄一去江山在　英雄一たび去りて江山在り　　偶來閑眺客　偶ま來る閑眺の客
白髮殘僧立晚風　白髮の殘僧　晚風に立つ　　憑欄興偏饒　欄に憑りて　興　偏へに饒し

この二つの詩を見ると、絶海は彼の師全室との關係を「青出於藍而出於藍」という諺になぞらえることができるだろう。ちなみに、釋清潭は、絶海の「多景樓」については、「此の詩も名篇無類のものである」と激賞し[19]、一方、全室の「多景樓」については、「是れ常人の籬藩を越えない。天人の域には尙遠いと思ふ」と評している[20]。

絶海の詩の首聯は、第一句は「多景樓の景色」を實寫し、第二句は「多景樓の感想」を述べる。頷聯の第一句は作者の足元にある「多景樓の歷史」（いわゆる空間的な時間）を偲び、第二句は目前にある「歷史的な揚子江」（いわゆる時間的な空間）を眺める。頸聯の第一句はその眼前の光景を「綠」でまとめ、第二句はその眼下の光景を「空」で結ぶ。尾聯の「英雄一去江山在」は、流れゆく時間——「英雄一去」と、止まっている空間——「江山在」とを合唱している。しかも、その出典としては、許渾「金陵懷古」詩にある「英雄一去豪華盡」と、杜甫「春望」詩にある「國破山河在」との變奏であって、その「流れゆく時間の推移を歌い上げている[21]」ものである。尾聯にあるこの詩史的な空間の「感懷をひとしお強くする[21]」のは、頸聯の「綠の春樹と、引き潮と共に落ちてゆく眞赤な夕陽[21]」であった。まことに千古絶唱であり、神田博士の激賞は過言ではない[22]。

もう一首の詠古詩を味わいつつ、本節のまとめにしたいと思う。それは、絶海中津の「三生石」（『蕉堅藁』4番）である。(23)

凄涼天竺寺　凄涼たり　天竺寺
片石寄巑岏　片石　巑岏に寄す
千劫空磨盡　千劫　空しく磨し盡して
三生舊夢殘　三生　舊夢殘る
雲根山氣潤　雲根　山氣潤ひ
埜火蘚紋乾　埜火　蘚紋乾く
二子今何在　二子　今何にか在る
臨風一感歎　風に臨んで一たび感歎

「三生石」は、かつて絶海中津が留明中に滯在した中天竺寺の名所の一つである。唐の袁郊『甘澤謠』圓觀に見える傳説によると、開元中、居士李源と僧圓澤と親密な交りを結んでいたが、あるとき圓澤は李源に「私が死んだら、十二年後に杭州の天竺寺で君と再會するよ」と言った。その死後十二年目に李源が寺を訪ねてみると、一人の牧童が出て來て歌を唱った。「三生石上の舊精魂、月を賞じ風に吟ずること論ずるを要せず（これが今の圓觀の姿であることはいうまでもない）。情人遠く相訪ねらる、此の身は異ると雖も性（本來の身）は長へに存す」と。この石が二人の再會した場所だったという。三生とは、佛教語で前生・現生・來生を指す。「天竺寺」は中天竺寺である。晉の聖僧道翊が建立、歷代の住僧皆一世の名德で、絶海の師と仰ぐ全室和尚も以前はこの寺に住していた。杭州の西湖の側にある。「千劫」は千世と同じ。人間の力を以て論じがたき歲月の長さを言う。「雲根」は石の異名である。

圓澤と李源の二子は既にいなくなり、時間の推移の情もここでは切斷される。空しく磨滅した三生石のそばで風に吹かれる客僧である「私」も消滅してしまうだろう。ただ、禪者の感歎のみが殘っている。[24] まさに「幽閑夷曠」の評がぴったりの詩境を示したものである。[25] 釋清潭はこの詩について「假托の寓言、日本高僧の詩と爲り、千に劫磨盡することはない」と絶贊している。[26]

注

（1）釋清潭『漢詩大講座・名詩評釋』（前出）一一三頁を參照。
（2）豹軒老人（鈴木虎雄）「絶海和尚の文藻」（一）七頁を參照（『禪文化』四、一九五六）。
（3）『全室外集』に據る（東洋文庫藏岩崎文庫本五山版『全室外集』）。その書き下し文は注（1）に同じ、一一三を參考した。
（4）注（1）に同じ、一一三頁を參照。
（5）注（2）に同じ、一一頁を參照。
（6）拙論「書法・書論雙向國際化論」を參照。
（7）注（2）に同じ、一二頁を參照。
（8）注（2）に同じ、一二頁を參照。
（9）注（2）に同じ、一二頁を參照。
（10）續國譯漢文大成『高靑邱詩集』に據る。
（11）國立國會圖書館藏の鶚軒文庫本五山版『蕉堅藁』に據る。その書き下し文及び語釋は入矢氏（前出）に據る。
（12）注（11）に同じ。
（13）注（3）に同じ。
（14）蔭木英雄『五山詩史の研究』二八一頁を參照。

(15) 注(3)に同じ。
(16) 神田喜一郎「禹域に於ける絶海」三頁を參照(『雅友』第二十三號、一九五五年六月)。
(17) 注(11)に同じ。
(18) 注(3)に同じ。
(19) 注(1)に同じ、一二六頁を參照。
(20) 注(1)に同じ、一二六頁を參照。
(21) 注(14)に同じ、「　」の中の表現は蔭木氏のものである。
(22) 『書道全集二十・日本八南北朝、室町、桃山』にある神田喜一郎の「五山の文藝」を參照(平凡社、一九六六)。
(23) 注(11)に同じ。
(24) 注(14)に同じ、新版の『中世禪林詩史』二七六頁。
(25) 注(11)に同じ、道衍の序文に據る。
(26) 注(1)に同じ、一〇九頁を參照。

## 第三節　輦寺在住時代の詩風に關する研究

義堂周信『空華日用工夫略集』によると、絶海中津は永和四年(一三七八)四月二十三日に「歸朝して京に達」した。ちなみに、このことは、『佛智廣照淨印翊聖國師年譜』(應永三十年[一四二三]八月、妙祈撰)には記されていない。

この年、絶海は四十三歳であった。その後、彼は五十一歳で足利家の菩提寺である等持寺の住持となり、法兄である義堂の引き立てによって、足利義滿の信頼を得た。嘉慶二年(一三八八)義堂が示寂してからは、絶海に對する將軍義滿の信頼は一層厚くなって、明德三年(一三九二)十月、五十七歳の絶海はついに相國寺第六世住持となった。

かくて彼は前後三次にわたって輦寺（王公の建立した大寺、卽ち五山）に出住し、更に寺院統轄の任に當たる鹿苑僧錄にも任ぜられている。

歸京してから都の大寺に在住したこの晩年二十年の間に、絕海中津の詩風にどのような變化が起きたのか、その特徵を探ってみたい。まず、形式の上から『蕉堅藁』を分析してみよう。『蕉堅藁』に收錄された漢詩は百二十八篇あるが、その中で、在明留學時代の作品は五十一篇で總數の四十％を占め、歸國歷遊時代の作品は十四篇で總數の十一％を占め、輦寺在住時代の作品は六十三篇で總數の四十九％を占めている。また、在明留學時代の五十一篇のうち、律詩はその總數の七十五％を占め、歸國歷遊時代の十四篇もすべて律詩であるのに對して、輦寺在住時代の六十三篇のうち、絕句はその總數の七十五％を占めている。よって、形式上における輦寺在住時代の特徵は、絕句がその總數の七十五％を占めていることにあると言える。以下、內容上における輦寺在住時代の特徵を檢討してみたい。

絕海中津は輦寺に在住の晩年二十年のあいだ、住む環境が變わるにつれ、その詩風、つまり『孟子』晝心篇に所謂「居移氣」（居は氣を移す）の詩風はどのように變化したのか、それを「愁」と「夢」という詩語に絞って考察してみたい。

都の華麗な寺院に在住してから、絕海はこれまで一度も用いることのなかった「愁」の字を吟ずるようになった。これと同時に「夢」という詩語も頻繁に使用され始めた。晝の「愁」は、夜になると「夢」になるのではないかとも推測されよう。これは輦寺在住時代の特徵の一つに違いないので考察してみたい。

まず、「拜觀相府悼深心院殿雅詠、謹奉呈一絕、情見于詞」という詩[1]（『蕉堅藁』104番）を掲げて見よう。

昨日花前觀蹴毬　　昨日　花前　蹴毬を觀しに

今朝淚葉正含愁　　今朝　淚葉　正に愁ひを含む

空餘綠野堂中客　　空しく餘す　綠野堂中の客
無復園林似舊遊　　復た　園林の舊遊に似る無し

「深心院」は、後深心院殿の近衛道嗣をいう。『尊卑分脈』によると、道嗣は至徳四年（一三八七）三月十七日に薨じている。「綠野堂」とは、唐の名臣・裴度が洛陽で築いた別荘で、ここでは近衛邸を指し、そこの「客」とは、かつて故人の愛顧を蒙った人々のことである。[2]

この「愁」について、蔭木英雄氏は次のように認識している。[3]

昨日の華やかさは恆常のものではなく、今朝の涙にぬれた葉はまるで愁を含んでいるよう―とは、近衛道嗣の死を悼む義滿の心を歌ったのだろうが、絶海の詩の俗化を意味するものでもある。彼には、心ならずも官寺に住して、權力社會に交わらねばならぬ煩わしさがあった。

まさにその通りであるが、「正に愁ひを含む」の根本的な理由は、やはり中國留學の十年間で身に染みついている自由な精神が無意識に反發していたからではないかと思われる。

「愁」の表現は、「雨後登樓」という詩[4]（『蕉堅藁』、109番）では次のように表出されている。

一天過雨洗新秋　　一天の過雨　新秋を洗ふ
攜友同登江上樓　　友を攜へて同に登る　江上の樓
欲寫仲宣千古恨　　仲宣の千古の恨みを寫がんと欲するに
斷煙疎樹不堪愁　　斷煙疎樹　愁ひに堪へず

「空いっぱいの雨もやんで洗われたような新秋の山野」の景色を目前にした絶海は、友人と共に喜んでそれを鑑賞したはずなのに、なぜ魏の王仲宣を思い出したのだろうか。やはり、自由であるはずの身が、偉くなったばかりに却って不自由な意識に左右されていたために、すがすがしい秋の景色に對しても「愁」に堪えない氣持ちになったのだろう。このような「愁」が、常に念頭にあるならば、やはり「夢」になるのが普通であろう。そこで、絶海の「春夢」(『蕉堅藁』90番)[5]を鑑賞してみる。

蝶入南華曾栩栩　　蝶は南華に入りて曾て栩栩
相逢欲語意綢繆　　相逢うて語らんと欲するに意綢繆たり
一従宋玉賦成後　　一たび宋玉の賦成りてより後
暮雨朝雲總是愁　　暮雨朝雲　總て是れ愁ひ

夢に關する最も有名な二つの出典を引いたこの詩について、入矢義高氏は次のように論じている。[6]

> 「高唐賦」(宋玉賦)に、楚の襄王が夢で交わった好色な神女が別れぎわに「妾は朝には雲となり、暮れには雨となってお待ちしています」と言ったとある。但し、ここでも、前半の夢の蝶と後半の夢の神女との照應の仕方、また蝶の樂しみが雲雨の愁いに轉ずるわけが曖昧であり、その判りにくさも何らかの含蓄を帶びたそれではない。

入矢氏が言うこの「曖昧」から連想されるのは、やはり「夢」である。「莊周夢飛蝶」「楚王夢神女」はすべて幻想の世界であるが、二十八字中、夢という字は全く使用されていない。典故に覆い隱された夢の世界に、絶海は現實の「愁」を巧みに表現したからこそ、このような「曖昧」を生み出したのであろう。この時期の四十三首の絶句中「夢」に關する詩句には、「嵐際青山遠夢多(嵐峽のほとりの青山を望んで、遙かに夢見ることが多い)」「夢 破曉堂雲一龕(梅花の夢は曉の堂にたなびく一群の雲によって破れた)」「邯鄲枕上夢初醒(邯鄲で枕を借りて見た夢から初めて醒めた)」「蘿月松風入夢龕(はるかに蘿にかかる月と松を吹く風が夢に入ってくる)」「十年夢斷楓橋泊(楓橋に泊りたい十年の夢は今夜で盡きた)」「青童喚起午窓夢(仙人に侍している童子は午睡の夢を喚びさまされた)」などがある。このような諸々の「夢」を通して、輦寺に在住した際の、隠されたさまざまな「愁」が見事に表現されているのである。

以上、輦寺在住時代における絶海中津の詩風について検討してきた。その結論として、絶海は都の華麗な寺院に在住してから、これまで一度も使用することのなかった「愁」の字を吟ずるようになり、これと同時に「夢」という詩語も頻繁に使用するようになった。心に隠れた「愁」が「夢」の中で現われるのを巧みに表現していることが輦寺在住時代の特徴の一つであった。さらに出典の研究によって、絶海の「春夢」（『蕉堅藁』90番）の二十八字には、「夢」という詩語は全く使われていないが、出典に隠された夢の世界に絶海は現實の「愁」を巧みに表現したことと、曖昧を帯びた詩題「春夢」に絶海自身の「愁」が隠されていることを明らかにした。そしてこの時期の四十三首の絶句に、「遠夢」「夢破」「夢初醒」「入夢」「夢斷」「午窓夢」など諸々の「夢」を通して、輦寺在住時代の隠されたさまざまな「愁」がうまく表現されているのである。

注

（1）同篇第二章第一節の注（4）に同じ。
（2）蔭木英雄『中世禪林詩史』（笠間書院、一九九四）二八七頁を參照。
（3）注（2）に同じ。
（4）注（1）に同じ。
（5）注（1）に同じ。
（6）入矢義高『五山文學集』一五三頁。

# 結　語

本篇は、絶海中津の漢詩を代表とする五山文學の最盛期の漢詩について、中國の古典詩歌との比較文學的な視點から、三章九節に分けて論說したものである。

ここに、その結論をまとめるにあたり、それぞれの節の末尾に論點を整理してきているので、ここでは簡潔に述べるにとどめることにする。

本篇の目的は、結局のところ、五山文學の最盛期の漢詩、あるいはその時期の代表詩人としての絶海中津の漢詩の本質を究明するにあった。從って、その方法は當然、中國文學との影響關係を考察することが中心とならざるを得ない。留學詩僧は海を渡って大陸の文化を、如何に吸收し、如何に消化し、如何に自己の文化に溶け込ませたのかということを解明することによって、五山漢詩、あるいは日本漢詩の本質を眞に解明することができると思うからである。

いま一度絶海中津の詠古詩「多景樓」を鑑賞しながら、本篇の結びとしたい。

北固高樓擁梵宮　　北固の高樓　梵宮を擁し
樓前風物古今同　　樓前の風物　古今同じ
千年城塹孫劉後　　千年の城塹　孫劉が後
萬里鹽麻吳蜀通　　萬里の鹽麻　吳蜀通ず
京口雲開春樹綠　　京口雲開きて　春樹綠に
海門潮落夕陽空　　海門潮落ちて　夕陽空し

英雄一去江山在　　　英雄一たび去りて　江山有り
白髪殘僧立晩風　　　白髪の殘僧　晩風に立つ

「英雄一たび去りて江山在り、白髪の殘僧晩風に立つ」とは、杜甫の絶唱「國破れて山河在り」と同じく、「流れゆく時間の推移」を晩風に立つ絶海中津が心から歌い上げていたものである。「この感懐をひとしお強めるのは」、まさに「春樹の綠」と、引き潮と共に落ちる「眞っ赤な夕陽の空」であるが、ここでの全詩の詩眼としての「綠」、生命が滿ち溢れた「空」という概念は、文學的な感覺でもあり、禪的な感覺でもあり、史的な感覺でもあり、哲學的な感覺でもあり、そしてすべてが、絶海なりの超逸的文學なのである。この時代に屬する絶海の文學の内實は、大陸性文化の豊かさと海洋性文化の大和心とを圓滿に結合したものである。

# 結　論

## 一　五山文學の成立

現存する鎌倉・室町時代の詩僧の詩集は、私の不完全な集計によっても、二十一派系の六百六十九名の作家による、都合三百四十六種にものぼり、また撰集も五部が殘存する。そして、これらの作家は、それぞれの作品を通して各々の特質を表現しており、これら作家各々の特質が綜合され、融合されて、ついに「五山文學」という獨特な時代の文化が形成されたわけである。彼等のその知性の流れを辿り、その影響の表徴を見、その努力の迹を追い、そして一方で、平安時代の貴族文學（あるいは公家文學）及び江戸時代の儒家文學と比較してみると、日本文學史における獨特な禪僧を中心とする「五山文學」という文學史的現象の成立した所以が分かり、その歴史的根底が見出されると言えるであろう。本書は、その五山文學のうちの「五山漢詩」をテーマにしたわけであるが、この比較文學史的な研究によって、日本漢詩史における五山漢詩の「繼往開來」という役割が、初めて實證的に明確にされたのではなかろうか。

## 二　模倣文學における類似點と獨自性

いずれの國家間であれ、いずれの時代間であれ、たとえ一方が他方の文化を模倣したとしても、全面的な模倣など存在するはずはない。模倣する側に主體性がある以上、その模倣作品には、模倣による「類似點」と共に、必然的に幾許かの模倣者の「獨自性」も發現されているに違いない。

第五篇において論述した、隆盛期の中期（十四世紀後半）における「日本漢詩の絶唱」たる絶海中津はその典型的な例である。彼は一見中國詩人の詩をそのまま模倣しているかのように見えるので、「全く東土の音無し」と評價されたわけである。確かに、絶海中津の漢詩は詩形・詩語いずれも全く中國的であると言っても過言ではない。しかしそれは、模倣しながらも、自分の特質を隨時に詠じこんでいる日本的受容の典型的態度なのであって、その由來するところは「文化的大和心」である。つまり、詩魂としては純粋に日本的であるから、絶海中津の漢詩は、全く五山漢詩そのものであるとも言えるのではないか。

以上、この二つの結論をもって本書を終えることとする。

# あとがき

拙著は博士學位論文『五山文學における日本漢詩の比較文學史的研究——日本漢詩史における五山漢詩を中心に——』の主要な部分について、論文の口述試験の際、及びその後に福田殖先生・笠榮治先生・岡村繁先生から賜った御質問や御教授を參考にして修正加筆したものです。かくて今年度、日本學術振興會から平成十五年度「研究成果公開促進費」として多額の出版助成金を交附されて刊行が實現化しました。この學位論文を提出した際に、先生方には多大な御迷惑をかけ、特に福田殖先生からは論文の題名・構成・表現・用字に至るまできめ細かくご指導を賜り、この場を借りて衷心より深甚の謝意を申し上げます。

原稿の校正をやっと終え、十三年前の恩師岡村繁先生の「難解な五山文學を本氣にやるなら、熟讀精思の道しかないぞ、學問方法は徹底的に考證だよ」というご教示を座右の銘をとし、今回の修正加筆に當っても、この教訓は骨まで刻み込まれており、本當に感慨無量です。恩師岡村繁先生はあれから十三年間私を手鹽にかけて育ててくださり、私は今、この未熟な拙著を通して、やっと「學問」を知り始めました。この未熟な人間も、これから讀者諸賢の御批正を賜ることによって、精進していく糧となることを確信しております。

顧みれば、私の十七年間の留日生活及び研究活動に日頃常に暖かく御援助と御鞭撻を賜った恩師や學友・知人がいなければ、いまの私は存在しなかったと思います。この場を借りて、特に國際ロータリー二七〇〇地區のパストガバナー川村謙二御夫婦竝びに久留米中央ロータリークラブの皆様・王元化先生・章培恒先生・竹内陽一先生・高木桂藏

先生・芳賀綏先生・野村清暢先生・荒木見悟先生・佐藤仁先生・濱久雄先生・栗原圭介先生・菅野禮行先生・福岡國際大學前學長木下悅二先生・現學長相賀一郎先生・興膳宏先生・清水凱夫先生・兪紹初先生・許逸民先生・佐竹保子先生・甲斐勝二先生・陸曉光先生・胡曉明先生・蔣述卓先生・劉金才先生・王琢先生・劉跌進先生・傅剛先生・汪春泓先生・芳村弘道先生・嘉瀬達男先生・網本義弘先生・石川泰成先生・大本山相國寺管長賴底承默老師・大本山南禪寺法務部長靑木文隆老師・南禪寺派圓通寺住職吉富宜健老師・妙心寺派祥雲寺住職千坂嵃峰老師・妙心寺派靈巖寺住職日種俊英老師・大佛大圓寺住職波多野聖雄老師・田村嘉英氏・茶薗輝夫氏・脇田英太氏・長島昭久氏・黒川幸治氏・石田政誠氏・赤司新一氏・野田公明氏・田中信行氏・井上善吉氏・安部力氏・楢崎洋一郎氏らの諸氏に厚く御禮申しあげます。そしてこの拙著を天國に居られる先妣、及び鈴木明先生、入矢義高先生、奥村三雄先生、越智重明先生、本間四郎先生に捧げたいと思います。

思えば、五山文學の研究に着手してから回數も忘れるほど東京國立國會圖書館、東洋文庫、靜嘉堂文庫、駒澤大學圖書館、東京大學史料編纂所などを訪れ、五山版や寫本などの貴重圖書を中心とする五山文學の原典、及び中國禪僧の原典などを搜し集め、絕海中津ゆかりの土地、つまり日本では京都五山・鎌倉五山・天草、中國では寧波・杭州・餘杭などの中國五山、さらには紹興・南京・鎭江・蘇州などで實地調査も行ないました。そして、先行研究からも多大な學恩を賜りました。北村澤吉・上村觀光・釋淸潭・玉村竹二・今枝眞愛・芳賀幸四郎・岡田正之・足利衍述・寺田透・釋太拙・中川德之助・田中良昭・村上哲見・石井修道・蔭木英雄・朝倉尙ら諸先生に心から感謝の意を表したいと思います。それから、私をして後顧の憂いなく研究に當たらせてくれた恩師岡村繁先生ご夫婦、及び家內陳秋萍女史にも衷心より限りなく深甚の敬意と謝意を申し上げます。

最後に今回、格別な好意をもって拙著の刊行を薦め、さらに絕え間なく熱心にこれを推進してくださった汲古書院の坂本健彦前社長・石坂叡志現社長に衷心より感謝申し上げると同時に、煩瑣な内校をしてくださった責任編集者である小林詔子さんに衷心より厚く御禮申し上げます。

二〇〇四年二月一日

著者　兪　慰　慈

# 索引

# 日本禪僧の道號檢索（五十音順）

## あ行

安溪□穩〔あんけい□おん〕三九五
安山道信〔あんざんどうしん〕六六
安全宜泰〔あんぜんぎたい〕三三九
安禪祖泰〔あんぜんそたい〕三三八
安叟德全〔あんそうとくぜん〕三三九
以遠澄期〔いえんちょうき〕一六六
意翁圓淨〔いおうえんじょう〕三八三
惟鑑慧證〔いかんえしょう〕三三三
惟杏永哲〔いきょうえいてつ〕五三・一七八
惟業元弘〔いぎょうげんこう〕三四〇
惟玉梵瑤〔いぎょくぼんよう〕三九三
育英承才〔いくえいしょうさい〕一五六
怡溪永悰〔いけいえいそう〕五三
惟馨梵桂〔いけいぼんけい〕一六五
葦航至廣〔いこうしこう〕三九三
葦航道然〔いこうどうねん〕一一六・三三七
以亨得謙〔いこうとくけん〕八二・一三二
惟高妙安〔いこうみょうあん〕一七七・二〇七・二三五
以浩妙然〔いこうみょうねん〕三九〇
以參周省〔いさんしゅうしょう〕一七三
惟舟永濟〔いしゅうえいさい〕五三
以住廣清〔いじゅうこうせい〕三八七
惟充守廓〔いじゅうしゅかく〕五五
葦洲等縁〔いじゅうとうえん〕一七三
惟松圓融〔いしょうえんゆう〕五一
惟精見進〔いしょうげんじん〕六〇
以成東規〔いじょうとうき〕一九七
惟肖得巖〔いしょうとくがん〕九七・一五七・二〇〇・二二一
惟正明貞〔いしょうみんてい〕一五八
惟精龍緻〔いしょうりゅうち〕四八
以清嵩一〔いしんすういち〕三三三
以心崇傳〔いしんすうでん〕一七九・二一二・二二〇・二三六・三三四
以清□泉〔いしん□せん〕三三七
以震祖英〔いしんそえい〕三八三
惟心明知〔いしんみょうち〕五五
惟瑞□曇〔いずい□どん〕三九三
以崇自敦〔いすうじとん〕三八三
偉仙方裔〔いせんほうえい〕三八七
惟宗德輔〔いしゅうとくほ〕五八
以足德滿〔いそくとくまん〕三九〇
一菴一如〔いちあんいちにょ〕一二一
一庵一麟〔いちあんいちりん〕四八・一四三・一九六
一翁院豪〔いちおういんごう〕三八三
一翁玄心〔いちおうげんしん〕五九・一七八
一華建怤〔いちげけんぶ〕一六七
一華心林〔いちげしんりん〕九八・一五九・三三二
一華碩由〔いちげせきゆ〕一七三
一源會統〔いちげんえとう〕一四三
一源元統〔いちげんげんとう〕三三二
威仲省儀〔いちゅうしょうぎ〕三三六
惟忠通恕〔いちゅうつうじょ〕一五〇・一九八
一關周玄〔いっかんしゅうげん〕一五九
一關宗萬〔いっかんそうまん〕四八
一韓智翃〔いっかんちこう〕五八・一七五
一關妙夫〔いっかんみょうふ〕一四九・三八九
一機□均〔いっき□きん〕三九六
一休宗純〔いっきゅうそうじゅん〕一六四・一九九・二四七

一業元孜〔いっぎょうげんし〕三三九
一溪方聞〔いっけいほうもん〕三八六
一山一寧〔いっさんいちねい〕九七・一一一・二三〇
一宗元乘〔いっしゅうげんじょう〕三三三
一宗□綱〔いっしゅう□こう〕三九五
一宗廣乘〔いっしゅうこうじょう〕三八七
逸叟有俊〔いっそうゆうしゅん〕三三三
逸叟良驊〔いっそうりょうか〕五三
一桂祖芳〔いっけいそほう〕五七
一中大麟〔いっちゅうだいりん〕五四
一道楚純〔いっどうそじゅん〕三三九
一曇聖瑞〔いっどんせいずい〕一四八・二〇九
一芳應曇〔いっぽうおうどん〕五一
一峰通玄〔いっぽうつうげん〕五四・一二二・二〇一
一峰方玄〔いっぽうほうげん〕三八六
一峰明一〔いっぽうみんいち〕六二・一三六
惟天周球〔いてんしゅうきゅう〕三九六
惟天正球〔いてんしょうきゅう〕三二九
以寧元清〔いねいげんしん〕三三二
惟方梵梁〔いほうぼんりょう〕三九三
惟明瑞智〔いみょうずいち〕一六九
隱元隆琦〔いんげんりゅうき〕八五
□□允卲〔□□いんしょう〕一五四
印空光信〔いんくうこうしん〕三九一
印江有月〔いんこうゆうげつ〕三三二
□□印珠〔□□いんしゅ〕三九一
印叟救海〔いんそうきゅうかい〕四八
因中元三〔いんちゅうげんさん〕三八三
允芳慧菊〔いんほうえきく〕五一・二〇三
禹玉法璨〔うぎょくほうさん〕一七三・三八七
雲庵□□〔うんあん□□〕三三七
雲英首慶〔うんえいしゅけい〕五一
雲英正怡〔うんえいしょうい〕三八五
雲屋慧輪〔うんおくえりん〕一一八・三八三
雲屋□祥〔うんおく□しょう〕三九六
雲嶽圓岱〔うんがくえんだい〕五八
雲關大怡〔うんかんだいい〕五五
雲溪支山〔うんけいしざん〕九八・一四三・二一〇・二三〇
雲溪資龍〔うんけいしりゅう〕三三四
雲溪禪龍〔うんけいぜんりゅう〕三八五
雲溪文龍〔うんけいぶんりゅう〕三三三
雲溪妙澤〔うんけいみょうたく〕三八八
雲谷□□〔うんこく□□〕三八六
雲山祖興〔うんざんそこう〕五三
雲叔周龍〔うんしゅくしゅうりゅう〕五八
雲章一慶〔うんしょういっけい〕五五・一六二
雲韶集會〔うんしょうしゅうえ〕三九五
雲章□昭〔うんしょう□しょう〕三九三
雲心希岳〔うんしんきがく〕三三二
雲心善洞〔うんしんぜんどう〕五六
雲心梵岫〔うんしんぼんしゅう〕三九四
雲叟慧海〔うんそうえかい〕四九
雲叟元云〔うんそうげんうん〕三四〇
雲莊德慶〔うんそうとくけい〕三三一
雲叟靈瑞〔うんそうれいずい〕六一
雲澤叔衡〔うんだくしゅくこう〕一六七
雲夢裔澤〔うんぼうえいたく〕一五〇
雲夢崇澤〔うんぼうすうたく〕三八五
雲峰□□〔うんほう□□〕三八八
雲峰周瑞〔うんほうしゅうずい〕三九五
雲峰梵興〔うんほうぼんこう〕一五〇
雲峰龍興〔うんほうりゅうこう〕四八
雲龍□□〔うんりゅう□□〕三三七
雲林聖東〔うんりんしょうとう〕三三一
雲林妙冲〔うんりんみょうちゅう〕一五一・三八七
雲嶺紹鮚〔うんれいしょうき〕三九三
□□永育〔□□えいいく〕三八八
□□永頊〔□□えいきょく〕一五三

叡山覺阿〔えいざんかくあ〕八一・一一二
瑩山紹瑾〔えいざんしょうきん〕四二
盈進寶泉〔えいしんほうせん〕一五七
英中玄賢〔えいちゅうげんけん〕五九
瑩中昌玖〔えいちゅうしょうきゅう〕四八・一四九
英仲法俊〔えいちゅうほうしゅん〕四二
□□榮朝〔□□えいちょう〕四八・一〇三
永德一笑〔えいとくいちしょう〕二二二
永平道元〔えいへいどうげん〕四二・一一二
英甫永雄〔えいほえいゆう〕一七九・二〇八・三九一
□□永穆〔□□えいぼく〕三二九
□□裔瑤〔□□えいよう〕八二
□□慧雲〔□□えうん〕三八四
益翁祥學〔えきおうしょうがく〕六〇・一四九
益之宗箴〔えきしそうしん〕一六五
益中禪三〔えきちゅうぜんさん〕四八
□□慧月〔□□えげつ〕三八四
□□慧俊〔□□えしゅん〕三八四
□□慧照〔□□えしょう〕三八四
□□慧常〔□□えじょう〕三八三
□□慧眞〔□□えしん〕三八五
□□慧仙〔□□えせん〕三八四
□□慧通〔□□えつう〕三八四
悦雲宏怡〔えつうんこうい〕五四
悦巖智誾〔えつがんちぎん〕三九七
悦岩東悆〔えつがんとうよ〕四九・一七五・一九七・二一七
悦圭顯懌〔えつけいけんえき〕三九〇
越溪秀格〔えつけいしゅうかく〕三三〇
樾溪周庥〔えつけいしゅうきゅう〕三九四
越溪禮格〔えつけいれいかく〕五四
悦山紹誾〔えつざんしょうぎん〕三三三
悦山文怡〔えつざんぶんい〕三三三
悦叔宗最〔えつしゅくしゅうさい〕二二〇
悦堂聰賀〔えつどうそうが〕一一七・三三七
悦堂□柏〔えつどう□はく〕三三二
悦堂本喜〔えつどうほうき〕三八五
悦堂妙可〔えつどうみょうか〕三九三
□□慧曇〔□□えどん〕三八四
□□慧敏〔□□えびん〕三八四
□□慧朋〔□□えほう〕三八四
□□慧明〔□□えみょう〕三八四
□□慧蘭〔□□えらん〕三八四
□□慧蓮〔□□えれん〕三八四
圓鑑梵相〔えんかんぼんそう〕一四七
遠溪祖雄〔えんけいそゆう〕八四・一二三
遠山慧梁〔えんざんえりょう〕三三八
圓叟德方〔えんそうとくほう〕三三九
□□圓泰〔□□えんたい〕三三一
遠峰□□〔えんぽう□□〕三三四
遠芳一大〔えんぽういちだい〕六五
苑芳存覺〔えんぽうそんかく〕三八九
□□圓琳〔□□えんりん〕四七
應準圓然〔おうじゅんえんねん〕五一
横川景三〔おうせんけいさん〕九八・一七〇・二〇六・二一二
膺選超榮〔おうせんちょうえい〕六〇
於船靈穩〔おせんれいおん〕一六六
恩江德荷〔おんこうとくが〕三三四
溫仲敬光〔おんちゅうけいこう〕一七四
溫仲宗純〔おんちゅうしゅうじゅん〕一七七

## か行

可庵圓慧〔かあんえんね〕六二・一一二
快庵祖騮〔かいあんそりゅう〕五三
海印全提〔かいいんぜんてい〕三三五
海印善幢〔かいいんぜんとう〕一四一・三九六
海會元和〔かいえげんわ〕三三七
快翁□□〔かいおう□□〕三三〇
快翁智訓〔かいおうちくん〕三三三
海翁妙振〔かいおうみょうしん〕三八八

□□懐鑒［□□かいかん］四二
□□懐暉［□□かいき］四二
晦極素明［かいきょくそみょう］三八三
晦谷祖曇［かいこくそどん］三九五
海山覺暹［かいさんかくせん］六六
海山寂恵［かいさんじゃくえ］三三六
海山□智［かいさん□ち］三三六
□□懐照［□□かいしょう］四二
海樵眞超［かいしょうしんちょう］三八五
介石法豫［かいせきほうよ］三八六
開先宗園［かいせんしゅうえん］三三九
晦堂元晃［かいどうげんこう］三四〇
回塘重淵［かいとうじゅうえん］五一
介然中端［かいねんちゅうたん］三九六
海門元潮［かいもんげんちょう］三三一
海門元東［かいもんげんとい］三三七
海門承朝［かいもんじょうちょう］一五八
嘉隱道贇［かいんどうびん］三三〇
華翁英冑［かおうえいちゅう］三三五
可翁宗然［かおうしゅうねん］九八・一二二
可翁妙悅［かおうみょうえつ］三八六
華屋宗巖［かおくしゅうごん］一七〇
華嶽建冑［かがくけんちゅう］五七・一七〇
華岩宗観［かがんじゅうかん］三八七
□□覺一［□□かくいち］三八四
鄂隱慧奯［がくいんえかつ］一三四・二〇五
岳雲周登［がくうんしゅうとう］三九五
岳雲□崇［がくうん□すう］三八六
嶽英徳林［がくえいとくりん］一七一
嶽翁藏丘［がくおうぞうきゅう］一七〇
嶽翁長甫［がくおうちょうほ］五四
學海歸才［がくかいきさい］三八八
覺海融圓［かくかいゆうえん］四二
□□覺元［□□かくげん］三八五
□□覺殊［□□かくしゅ］三八八
岳宗桂林［がくしゅうけいりん］三三三
鶴州楚松［がくしゅうそしょう］三三九
鄂渚玄棣［がくしょげんだい］五九
學拙契習［がくせつけいしゅう］一三八
廓禪慧通［かくぜんえつう］三三九
鶴叟慧松［がくそうえしょう］三三九
覺潭充本［かくたんじゅうほん］四九
確堂等契［がくどうとうけい］三三八
鶴峰宗松［がくほうしゅうしょう］三八七
華溪正稷［かけいしょうしょく］三八五
華溪梵英［かけいぼんえい］三九四
可山懐允［かざんかいいん］六六
果山正位［かざんしょうい］一一七・三九〇
峨山韶碩［がざんしょうせき］四二
河清祖瀏［かせいそりゅう］一七七・二一一
華宗心栄［かじゅうしんえい］五四・一四九
喝巖自欽［かつがんじしん］一四九・三八七
喝岩聰一［かつがんそういち］一一七・三三七
賀庭□慶［がてい□けい］三九六
可庭祖芳［かていそほう］三二九
可庭道印［かていどういん］三三〇
可道文昭［かどうぶんしょう］三三九
化原曾贊［かはらそうさん］三八九
華峰僧一［かほうそういち］五七
可廬祖然［かりょそねん］六〇
鑑翁士昭［かんおうししょう］五五
幹翁□楨［かんおう□しん］三九五
寒巖義尹［かんがんぎいん］四二
鑑溪周察［かんけいしゅうさつ］三九六
關西義南［かんさいぎなん］八四
觀山義瑱［かんざんぎてん］三三八
閑室完佶［かんしつかんてつ］三三七
閑室元佶［かんしつげんてつ］一七九
閑叟守閑［かんそうしゅかん］三九四
巖窗仍海［がんそうじょうかい］五六

甘澤宗霖［かんたくしゅうりん］五三・二二四
寒潭慧雲［かんたんえうん］四九
簡中元要［かんちゅうげんよう］一三三
寰中元志［かんちゅうげんし］一三四・三三二
鑑仲眞遠［かんちゅうしんえん］五七
寰中崇樞［かんちゅうすうすう］三八五
觀中中諦［かんちゅうちゅうてい］九八・一三三・二〇七・二二八・三九二
寰中長齡［かんちゅうちょうれい］五四・一四三
寬天元宥［かんてんげんゆう］三三〇
願翁元志［かんのうげんし］三三八
簡翁志敬［かんのうしけい］一四八
簡翁思敬［かんのうしけい］一三八
觀林元察［かんりんげんさつ］三三九
貴庵従尊［きあんじゅうそん］五四
規庵祖圓［きあんそえん］一一八・二二五・三八五
器庵僧璉［きあんそうれん］三三五
希雲慧澤［きうんえたく］五三
儀雲示敦［ぎうんじどん］五一・二〇三
季英妙孫［きえいみょうそん］三九五
義翁紹仁［ぎおうじょうじん］一一〇・三三二
義海阿由［ぎかいあゆう］三三七
義海□節［きかい□せつ］三九四
徽外智猷［きがいちゆう］三三九
希瑱周顗［きぎょくしゅうせん］一七一
季玉承球［きぎょくじょうきゅう］一七二
菊溪周旭［きくけいしゅうきょく］一三七・三九四
菊趣慧園［きくしゅえおん］三八五
菊泉□壽［きくせん□じゅ］三九六
菊莊有恆［きくそうゆうこう］五九
義溪慧宣［ぎけいえせん］五八
季瓊眞蘂［きけいしんずい］一六七・二三四
□□義虎［□□ぎこう］三九八
季光□□［きこう□□］三八六
季高法雲［きこうほううん］三八七
季亨玄嚴［きこうげんごん］五九・一七〇・二〇二
喜江壽歡［きこうじゅかん］一七四
宜斅祖隨［ぎこうそずい］三八三
季弘大叔［きこうだいしゅく］五五・一六八・二〇三・二三五
器才省璉［きさいしょうれん］三三六
奇材□篤［きざい□とく］三三五
奇山圓然［きざんえんねん］五五
棊山賢仙［きざんけんせん］三三五
起山師振［きざんししん］五二・一四〇・二二三
歸山光一［きざんこういち］三八四
希三宗璨［きさんしゅうさん］六六
奇山□瑞［きざん□ずい］三九六
希山道囦［きざんどうりき］三三九
器之□□［きし□□］三九三
希周玄旦［きしゅうげんたん］一七九
熙春龍喜［きしゅんりゅうき］五九・一七八・二〇三
季章周憲［きしょうしゅうけん］三九六
器成昌琇［きしょうしょうしゅう］三三二
季照中明［きしょうちゅうみん］一六五
器之令簠［きしれいほ］一四三
希世靈彥［きせいれいげん］九七・一六五・二一〇
季仙□井［きせん□い］三九五
龜泉集證［きせんしゅうしょう］一七二・二三四
起潛如龍［きせんじょりゅう］一四三
磯叟圭璇［きそうけいせん］三八八
熙叟元雍［きそうげんよう］三四〇
季宗初興［きしゅうしょこう］五三
起宗宗冑［きしゅうしゅうちゅう］四八
□□義存［□□ぎぞん］四二
吉山享貞［きちざんきょうてい］三八九

吉山明兆［きちざんみんちょう］五三・一四七
義堂周信［ぎどうしゅうしん］九七・一四二・二〇四・二二八・二三四・三九二
義堂知信［ぎどうちしん］五六・一三九
輝伯慈暘［きはくじよう］五三
規伯正訢［きはくしょうきん］三三〇
季璞梵珣［きはくぼんじゅん］一四七
希文正綸［きぶんしょうりん］三八五
岐峰慧周［きほうえしゅう］五八
奇峰□玄［きほう□げん］三八三
奇峰志雄［きほうしお］三九七
奇峰妙秀［きほうみょうしゅう］三九〇
季明周高［きみんしゅうこう］一四〇
希明清良［きみんせいりょう］四二・一五九
九淵龍賝［きゅうえんりゅうちん］四八・一五三・一九六
及翁興信［きゅうおうこうしん］三二九
休翁普貫［きゅうおうふかん］一三二・三九七
九華純乾［きゅうかじゅんけん］三八九
級岩□□［きゅうがん□□］三九四
九巖中達［きゅうがんちゅうたつ］二〇八
九成僧菊［きゅうせいそうきく］一七七・三三五
九鼎竺重［きゅうていじくじゅう］一六四・一九八
九峰以成［きゅうほういせい］一六五・三九一
九峰韶奏［きゅうほうしょうそう］六二・一四一
九峰信虔［きゅうほうしんけん］一三九・一四五・三八四
九峰宗成［きゅうほうしゅうじょう］一七一
虚庵寂空［きょあんじゃくくう］五八
虚庵祐圓［きょあんゆうえん］三二九
恭翁運良［きょうおううんりょう］六六・一〇三
鏡空淨心［きょうくうじょうしん］一〇三・三八五
鏡湖以宗［きょうこいしゅう］一四四・三九一
仰之全岱［きょうしぜんたい］一七〇
行岫周勤［ぎょうしゅうしゅうごん］三九六
季揚宗贊［きようしゅうさん］一六九
強中□忍［きょうちゅう□にん］一五九
鏡堂覺圓［きょうどうかくえん］八五・九九・一一一・二二九
恭道元拙［きょうどうげんせつ］三三九
堯夫壽冥［ぎょうふじゅめい］一五五
堯夫承勛［ぎょうふじょうくん］一七四
堯夫寶勛［ぎょうふほうくん］一五八・三三三
岐陽方秀［きようほうしゅう］五七・九八・一五〇・二〇二
巨海周洋［きょかいしゅうよう］三九四
玉隱英璵［きょくいんえいよ］一七二・二一九・三三五
玉隱元札［きょくいんげんさつ］三四〇
玉英慶瑜［ぎょくえいけいゆ］一五五
玉英見璣［ぎょうえいけんき］六一
玉英元珍［ぎょうえいげんちん］三三七
玉英賢韜［ぎょうえいけんとう］三三五
玉圓周悟［きょくえんしゅうご］三九五
玉畹梵芳［ぎょくえんぼんぽう］一四七
玉翁彈玖［ぎょくおうだんきゅう］三二九
玉翁德瑩［ぎょくおうとくえい］三三三
玉溫德潤［ぎょくおんとくじゅん］三三四
玉崖受環［ぎょくがいじゅかん］五二
旭海祖杲［きょくかいそこう］三三五
玉澗□印［ぎょくかん□いん］三三〇
玉溪□□［ぎょくけい□□］三九五
玉溪慧椿［ぎょくけいえちゅう］六一
玉溪周溫［ぎょくけいしゅうおん］三九五

玉岡如金［ぎょくこうじょきん］一四二
玉光智瑛［ぎょくこうちえい］三八五
玉岡文珂［ぎょくこうぶんか］三四〇
玉山玄提［ぎょくさんげんてい］五九
玉山徳璇［ぎょくさんとくせん］一一八・三三二
玉質宗璞［ぎょくしつしゅうはく］三三七
玉岫英種［ぎょくしゅうえいしゅ］一五八
玉岫長璆［ぎょくしゅうちょうきゅう］五五
旭昇慧桑［きょくしょうえそう］五一
玉霄正睬［ぎょくしょうしょうちん］三九〇
玉霄徳瑛［ぎょくしょうとくえい］三三二
旭岑瑞杲［きょくしんずいこう］一七三・二〇六
玉震祖光［ぎょくしんそこう］三八三
玉石靈琳［ぎょくせきれいりん］三八五
玉泉周皓［ぎょくせんしゅうこう］三九五
極先周初［きょくせんしゅうしょ］一四五・三九四
玉叟元種［ぎょくそうげんしゅ］三三三
玉潭慧琢［ぎょくたんえたく］三三三
玉潭中湛［ぎょくたんちゅうたん］三九四
玉田元瑛［ぎょくてんげんえい］三三三
玉堂□璨［ぎょくどう□さん］三九一
玉堂祖昆［ぎょくどうそこん］三三九
玉堂祖珉［ぎょくどうそみん］三三三
玉峰建璘［ぎょくほうけんりん］三三七
玉峰心琢［ぎょくほうしんたく］五一
玉峰潛奇［ぎょくほうせんき］一一七
玉峰中玲［ぎょくほうちゅうれい］三九三
玉芳等金［ぎょくほうとうきん］三三三
玉峰妙圭［ぎょくほうみょうけい］三八八
玉峰靈琇［ぎょくほうれいしゅう］六二
玉浦珠珍［ぎょくほしゅちん］六二
玉林昌旒［ぎょくりんしょうりゅう］一四一
玉林妙璇［ぎょくりんみょうせん］一四二・三九一
巨山志源［きょざんしげん］八三・一一五
虛室希白［きょしつきはく］五七
巨舟□□［きょしゅう□□］三二九
巨川慧鏧［きょせんえがく］三四〇
巨闡崇閶［きょせんすうしょう］三八五
巨川等濟［きょせんどうさい］五七
虛中周頤［きょちゅうしゅうい］一六五
虛白文玄［きょはくぶんげん］三二九
虛白靈眞［きょはくれいしん］五一
起龍永春［きりゅうえいしゅん］五八
金溪壽範［きんけいじゅはん］五七
錦溪守文［きんけいしゅぶん］一四六
琴溪生音［きんけいしょうおん］五五
金溪梵鐸［きんけいぼんだく］一七二
錦江景文［きんこうけいぶん］一六四
錦江省文［きんこうしょうぶん］一五二・三三六
琴江令薫［きんこうれいくん］五七・一五八
金山明昶［きんざんみょうちょう］五三・二二四
琴叔景趣［きんしょくけいしゅ］一六九・二〇七・二一二
金澤素城［きんたくそじょう］三八三
金庭□菊［きんてい□きく］三三七
鈞天永洪［きんてんえいこう］三九一
金峰明昶［きんぽうみんちょう］一四九
欣甫光榮［きんほこうえい］三九一
金龍□準［きんりゅう□じゅん］三二九
久庵僧可［くあんそうか］一三四・三八九
久庵道永［くあんどうえい］三三〇
愚隱昌智［ぐいんしょうち］三九四
空極□性［くうきょく□しょう］三三〇
空谷明應［くうこくみょうおう］一四三・二二七
空山圓印［くうざんえんいん］三三六
空室妙空［くうしつみょうくう］三八九
愚極禮才［ぐきょくれいさい］六〇・

一五七
愚溪知至［ぐけいちし］五一
愚溪右慧［ぐけいゆうえ］一四六・三九四
愚中周及［ぐちゅうしゅうぎゅう］八二・一三二・二〇〇
愚直師侃［ぐちょくしかん］五二・一二一
久甫淳長［くほうじゅんちょう］三三六
君實□貞［くんじつ□てい］三八八
桂庵玄樹［けいあんげんじゅ］五九・一五六・二〇三
桂庵守廣［けいあんしゅこう］五七・一七八
景渭□晃［けいい□ちょう］三八五
桂隱元久［けいいんげんきゅう］三三一
溪雲至一［けいうんしいち］六五
慶岳□誕［けいがく□たん］三九五
桂巖運芳［けいがんうんほう］六六
桂岩□久［けいがん□きゅう］三九三
桂巖子昌［けいがんししょう］五六
桂澗清輝［けいかんせいき］三八三
桂岩存香［けいかんそんか］三八九
慶岩等雲［けいがんとううん］三九六
桂巖德昌［けいかんとくしょう］三九〇
溪月道越［けいげつどうえつ］三三〇
荊山□珠［けいざん□しゅ］三三六
荊山性玉［けいざんしょうぎょく］三九六
桂室光久［けいしつこうきゅう］三九一
桂室禮久［けいしつれいきゅう］三九三
契宗元住［けいしゅうげんじゅう］三三八
繼宗禪派［けいしゅうぜんぱ］三二九
圭叔龍玄［けいしゅくりゅうげん］五八
繼章元暉［けいしょうげんき］三三五
景召瑞棠［けいしょうずいとう］一五八
景徐周麟［けいじょしゅうりん］九八・一七二・二〇七
敬叟彦軾［けいそうげんしょく］一五九
荊叟東玟［けいそうとうびん］四九
慶仲周賀［けいちゅうしゅうが］一五一
繼冑□紹［けいちゅう□しょう］三九四
瑩中昌玖［けいちゅうしょうきゅう］四八
景徹玄蘇［けいてつげんそ］一七八・二〇九
繼天壽戩［けいてんじゅんぜん］一七七・二〇九
瓊田梵玖［けいでんぼんきゅう］三九四
景田□良［けいでん□りょう］三九六
慶堂□□［けいどう□□］三九四
桂堂瓊林［けいどうけいりん］八二・一一六
慶堂資善［けいどうしぜん］三三四
景南英文［けいなんえいぶん］六〇・一五八・二二五
慶年永賀［けいねんえいが］一五九
景坡宗印［けいばしゅういん］三八七
桂峰文昌［けいほうぶんしょう］三三三
景浦玄忻［けいほげんきん］五九
圭圃支璋［けいほししょう］一五五
景甫壽陵［けいほじゅりょう］一七三
慶甫宗誕［けいほしゅうたん］一七四
□□景滿［□□けいまん］三八五
桂林德昌［けいりんとくしょう］一六九・一九九・二一九
桂林曇昌［けいりんどんしょう］五七
桂林明識［けいりんみんしん］六一・一五〇
月翁元規［げっおうげんき］三三一
決翁元勝［げっおうげんしょう］三二九
月翁周鏡［げっおうしゅうきょう］一六八・二〇六・二二七
傑翁是英［けっおうぜえい］九八・一三八
傑翁宗英［けっおうしゅうえい］一一四
傑岩禪偉［けっおうそうえい］三二九
月岩□□［げつがん□□］三三六
月澗元澄［げつかんげんちょう］三四一
月巖今在［げつがんこんざい］五一
月鑑兗宮［げつかんときゅう］三三八
月溪源心［げっけいげんしん］一四二
月溪省心［げっけいしょうしん］三三六

月溪聖澄〔げっけいしょうちょう〕二〇四
月溪中珊〔げっけいちゅうさん〕一六〇・二〇五
月溪德滿〔げっけいとくまん〕三三九
月建令諸〔げっけんれいしょ〕五一
月江元皎〔げっこうげんこう〕三二九
月江元修〔げっこうげんしゅ〕一七二
月湖□范〔げっこう□はん〕三三〇
月山希一〔げっさんきいち〕三三二
月山□烱〔げっさん□けい〕三三一
月山參已〔げっさんさんい〕六一
傑山寂雄〔けっさんじゃくお〕五八
月山周樞〔げっさんしゅうすう〕一四三・三九六
月山友桂〔げっさんゆうけい〕一二二
月舟周勛〔げっしゅうしゅうくん〕三九五
月舟壽桂〔げっしゅうじゅけい〕九八・一七六・二〇九・二二九
月株□桂〔げっしゅ□けい〕三三六
月渚英乘〔げっしょえいじょう〕五九・一五六
月心慶圓〔げっしんけいえん〕一二九・三三一
月岑元圓〔げっしんけんえん〕三三二・三三七
月岑□昇〔げっしん□しょう〕三八五
月心性湛〔げっしんしょうたん〕三九六
月岑長玉〔げっしんちょうぎょく〕五四
月泉祥洵〔げっせんしょうじゅん〕五一・一七〇・二〇三・二二三
月船深海〔げっせんしんかい〕六一
月窻元曉〔げっそうげんぎょう〕三三〇
月窻元朗〔げっそうげんろう〕三九七
月臺妙朗〔げったいみょうろう〕三九一
月庵□圓〔げったん□えん〕三三七
月庵救圓〔げったんきゅうえん〕四八
月庵自昭〔げったんじしょう〕三八三
月庵宗光〔げったんしゅうこう〕一四二・二二〇
月潭中圓〔げったんちゅうえん〕一四三
月汀守澄〔げっちょうしゅちょう〕五七
月庭周朗〔げっていしゅうろう〕三九三
月庭祖訓〔げっていそくん〕三三五
月庭德滿〔げっていとくまん〕三三二
月堂□□〔げつどう□□〕三三五
月堂生明〔げつどうしょうみょう〕五五
月堂宗圓〔げつどうしゅうえん〕一四九
月堂宗規〔げつどうしゅうき〕一三七・二二〇
月篷圓見〔げっぽうえんけん〕一三八
月峰了然〔げっほうりょうねん〕二一九・三三六
月甫清光〔げっぽせいこう〕一七六
月浦宗見〔げっぽしゅうけん〕三八三
月浦明見〔げっぽみょうけん〕三九六
月林道皎〔げつりんどうきょう〕八二・一二七・二〇〇・二二一
玄英玄洪〔げんえいげんこう〕三九五
玄海會妙〔げんかいえみょう〕三八九
嶮崖巧安〔けんがいこうあん〕一一八
玄外崇端〔げんがいすうたん〕三八三
乾巖元雄〔けんがんげんお〕三四〇
謙岩義恭〔けんがんげんちゅう〕三三八
謙巖原冲〔けんがんげんちゅう〕五二・一四九
元幹貞祥〔げんかんていしょう〕三三四
元亨通泉〔げんきょうつうせん〕五四
玄溪□伍〔げんけい□ご〕三八五
賢江祥啓〔けんこうしょうけい〕一七四
劍江妙龍〔けんこうみょうりゅう〕三八六
謙谷用尊〔けんこくようそん〕三八八
原古志稽〔げんこしけい〕一六四
彥材明掄〔げんざいみんろん〕一六七・三九〇
見山崇喜〔けんざんすうき〕三八三
謙室□□〔けんしつ□□〕三三一
玄室維籌〔げんしついちゅう〕五七
賢室壽哲〔けんしつじゅてつ〕三九四

顯室等誠［けんしつどうせい］二二八
堅宗元密［けんしゅうげんみつ］三三九
幻住正證［げんじゅうしょうしょう］一四七・三九〇
乾秀存旭［けんしゅうそんきょく］三九〇
建宗長會［けんしゅうちょうえ］五四
源宗文泉［けんしゅうぶんせん］三三三
元章周郁［げんしょうしゅういく］一三〇・三九二
謙叟周龔［けんそうしゅうくん］三九五
源叟妙本［けんそうみょうほん］三九〇
堅中圭密［けんちゅうけいみつ］一三五・三八八
建中元寅［けんちゅうげんいん］三三三
嚴中周噩［げんちゅうしゅうがく］一五〇・二〇五
乾仲宗貞［けんちゅうしゅうてい］三八五
權中中巽［けんちゅうちゅうそん］一三四
堅中妙彌［けんちゅうみょうみ］一四三・三八四
□□玄珍［□□げんちん］四七
謙道宗設［けんどうしゅうせつ］一五六
言如圓遵［げんにょえんじゅん］五一
建翁慧鼎［けんのうえてい］一一八・三八三
源翁全歸［けんのうぜんき］三八五
元翁本元［げんのうほんげん］一一八・二二六・三八六・三九〇
元璞慧珙［げんはくえきょう］一五一
嚴伯通噩［げんはくつうがく］五八
乾峰元竺［けんぽうげんじく］三三八
乾峰士曇［けんぽうしどん］五四・一三七・二二四
元方正楞［げんぽうしょうりょう］一七一
乾峰祖龍［けんぽうそりゅう］三三三
玄峰中通［けんぽうちゅうつう］三九四
獻甫光璞［けんほこうはく］五三
玄圃靈三［げんほれいさん］一七八・二一〇・二三〇
元晦眞彰［げんまいしんしょう］一六三
元容周頌［げんようしゅうじゅ］一四八
嚴陽聖香［げんようせいこう］五一
彥龍周興［げんりょうしゅうこう］一七四・二〇六
□□嚴琳［□□げんりん］四七
顯令通憲［けんれいつうけん］二一八
悟庵智徹［ごあんちてつ］五四
古庵普紹［こあんふしょう］三九四
悟庵有了［ごあんゆうりょう］三三二
杲庵□□［こうあん□□］三三五
高庵芝丘［こうあんしきゅう］五五
肯庵崇可［こうあんすうか］三八五
耕隱會尹［こういんえいいん］三八九
江隱宗顯［こういんそうけん］一七八
恰雲元順［こううんげんじゅん］三三三
耕雲克原［こううんこくげん］一三六
光遠珍曄［こうえんちんよう］一六六
高崖宗彌［こうがいしゅうみ］一四六
劫外智億［ごうがいちおく］三三八
業海本淨［ごうかいほうじょう］八四・一二六
剛外令柔［こうがいれいじゅう］五二
高岳元正［こうがくげんしょう］三二九
高嶽文德［こうがくぶんとく］三三三
高嶽令松［こうがくれいしょう］五一
悟空敬念［ごくうけいねん］一一六
香溪英郁［こうけいえいいく］三三五
江月□千［こうげつ□せん］五一
香山元郁［こうざんげんいく］三四一
高山慈照［こうざんじしょう］六六・一三六
杲山宗昭［こうざんしゅうしょう］三八六
高山省哲［こうざんしょうてつ］三九七
高山通妙［こうざんつうみょう］四九
香山仁與［こうざんにんよ］三九三
肯山聞悟［こうざんもんご］一三七・三三六
高山令固［こうざんれいこ］三九四

光室□仰［こうしつ□ぎょう］三三四
考宗楚雄［こうしゅうそゆう］三三九
劫初利什［こうしょりじゅう］五三
江西龍派［こうせいりゅうは］四八・
九八・一六二・一九六・二一二・二一七
高叟圓尊［こうそうえんそん］五一
耕叟僊原［こうそうせんげん］五一・
一三六
綱宗宗揚［こうしゅうしゅうよう］五三
翺之慧鳳［こうしえほう］五七・一五三・
二〇二
剛室崇寛［こうしつすうかん］三四〇
香岫周孫［こうしゅうしゅうそん］三九四
綱宗了紀［こうしゅうりょうき］六一
廣叔元運［こうしゅくげんうん］三四一
功叔周全［こうしゅくしゅうぜん］一七四
弘叔清忍［こうしゅくせいにん］三三三
考叔宗穎［こうしゅくしゅうえい］四八・
一六八
□□光信［□□こうしん］三九五
江心承董［こうしんしょうとう］一五三・
二〇七
江心□川［こうしん□せん］一四二
江心龍岷［こうしんりゅうみん］一七四
香叟定薫［こうそうじょうくん］三八七
香仲見橘［こうちゅうけんきつ］六〇

剛中玄柔［ごうちゅうげんじゅう］五九・
一四一・二二三
孝仲光純［こうちゅうこうじゅん］五八
業仲明紹［ごうちゅうみょうしょう］五三
廣道元海［ごうどうげんかい］三三八
杲峰惠亮［こうほうえりょう］三三九
高峰顯日［こうほうけんにち］一一七・
二二六・三八三
江峰宗澂［こうほうしゅうちょう］三三三
香峰祖薫［こうほうそくん］三三三
高峰東晙［こうほうとうしゅん］四九
合浦永琮［ごうほえいそう］二一八
光甫宗曈［こうほしゅうとう］四八・
一六九
興甫智隆［こうほちりゅう］五八・一七二
光甫妙慧［こうほみょうえ］三九六
高明法揚［こうみょうほうよう］五四
衡陽□浦［こうよう□ほ］三三五
興林元香［こうりんげんこう］三三九
香林宗簡［こうりんしゅうかん］一五八
功林宗勳［こうりんしゅうくん］三三〇
香林宗桂［こうりんしゅうけい］三八七
香林讖桂［こうりんしゅうけい］三三六
香林徳聞［こうりんとくもん］三三七
孤雲慧約［こうんえやく］一一八・三八四
孤雲懷弉［こうんかいしょう］四二

古雲清遇［こうんせいぐう］一四四
古雲智云［こうんちうん］一六五
虎岩永遠［こがんえいえん］三九一
古巖慧徵［こがんえちょう］三四〇
古澗慈稽［こかんじけい］一七九・二〇八
古岩周峨［こがんしゅうが］一四一・
三九五
虎關師錬［こかんしれん］五一・九八・
一三七・二二二
古教妙訓［こきょうみょうくん］一六三
古鏡明千［こきょうみんせん］一二六
悟空敬念［ごくうきょうねん］六九
谷翁道空［こくおうどうくう］五七
克中致柔［こくちゅうちじゅう］三八三
古桂弘稽［こけいこうけい］一七五・
二一一
虎溪玄義［こけいげんぎ］三九七
虎溪齊遠［こけいさいえん］五七
悟溪宗頓［ごけいしゅうどん］一六八
五溪宗倫［ごけいしゅうりん］三八七
古溪性琴［こけいしょうきん］三九六
虎溪靈文［こけいれいぶん］三九七
湖月□功［こげつ□こう］三八五
湖月信鏡［こげつしんきょう］五八・
一七六・二〇三・二二四
古源邵元［こげんしょうげん］六〇・

一二六
古劍智訥［こけんちとつ］六五・一三〇
古劍妙快［こけんみょうかい］九八・一三〇・二〇五・三九三
古策圓禪［こさくえんぜん］五二
悟山惟省［ござんいしょう］三三九
固山一鞏［こざんいっきょう］五三・九八・一三七
虎山永隆［こざんえいりゅう］一六五
枯山慧海［こざんえかい］五七
孤山至遠［こざんしおん］六六
虎森□□［こしん□□］三八五
古心士遵［こしんしじゅん］五五
古心慈柏［こしんじはく］三九一
古心□釋［こしん□しゃく］三九五
湖心碩鼎［こしんせきてい］一五六・二〇九
湖心士鏡［こしんせしきょう］五六
古先印元［こせんいんげん］八四・九八・一二五・二二九
虎泉慈隆［こせんじりゅう］六六
古川清勤［こせんせいごん］一五五
古中守哲［こちゅうしゅてつ］三三五
古調省韶［こちょうしょうしょう］三三六
兀菴普寧［ごったんふねい］八六・九八・一一〇・二二二・三四二
古庭子訓［こていしくん］三八四
古篆周印［こてんしゅういん］一四九
古天周誓［こてんしゅうせい］九九・一四一・三九二
古傳崇并［こでんすうへい］三八三
古道資遵［こどうしじゅん］三三四
古幢周勝［ことうしゅうしょう］一五一
古標大秀［こひょうだいしゅう］五五・一四八
孤峰覺明［こほうかくみょう］六五・一九七
五峰師頂［ごほうしきょく］五二
孤峰禪超［こほうぜんちょう］三三八
枯木紹榮［こもくしょうえい］三九四
古倫慧文［こりんえぶん］一一七・三八四
崑山元甫［こんざんげんほ］三三九

## さ行

□□□佐［□□□さ］三八五
在庵普在［ざいあんふざい］六五・一三九・一九八
聯庵明聽［さいあんみんちょう］八四
濟翁景樹［さいおうけいじゅ］五六
濟翁證救［さいおうしょうきゅう］四八
齊岳元重［さいがくげんじゅう］三三〇
最嶽元良［さいがくげんりょう］一九九・二二〇・三四〇
在溪慈穆［ざいけいじぼく］六六
在山素璿［ざいざんそせん］五六・二二二
載之德興［さいしとくよ］五八
濟宗元要［さいしゅうげんよう］三四〇
作成令偉［さいせいれいい］五一
在先希讓［ざいせんきじょう］五一・一四六・二〇二・二二三
在中廣衍［ざいちゅうこうえん］一四一・三八七
在中中淹［ざいちゅうちゅうえん］一四七
□□濟遍［□□さいへん］五六
策彥周良［さくげんしゅうりょう］九八・一五六・二〇七・二三五
三英梵生［さんえいぼんじょう］三九六
三益永因［さんえきえいいん］一七五・二〇七・三九一
三江紹益［さんこうしょうえき］二二一
三克一恕［さんこくいちじょ］六一
山叟慧雲［さんそうえうん］六二
山叟德芳［さんそうとくほう］三三二
三友□益［さんゆう□えき］三二九
慈雲妙意［じうんみょうい］六五
自悅守懌［じえつしゅえき］五七・一七三
紫岩如琳［しがんじょうりん］一五〇

直翁□侃［じきおう□かん］一二九
直翁智侃［じきおうちかん］五四・一一五・二二二
直翁良忠［じきおうりょうちゅう］三八三
直山玄侃［じきさんげんかん］五九
直心是一［じきしんぜいち］六二
直心存廉［じきしんそんれん］三八九
直宗見剛［じきしゅうけんこう］五七
直叟□端［じきそう□たん］三三二
□□子均［□□しきん］三三七
竺院崇五［じくいんすうご］三四一
竺雲慧心［じくうんえしん］五一・一七八・二二四
竺雲圓心［じくうんえんしん］五五
竺雲顯騰［じくうんけんとう］一七五・二〇六・三九〇
竺雲等連［じくうんとうれん］二〇六
竺翁子舟［じくおうししゅう］三二九
竺華梵蕚［じくかぼんがく］一六六
竺關瑞要［じくかんずいよう］一七二
竺源慧梵［じくげんえぼん］一五二
竺源知裔［じくげんちえい］一七三
竺山至源［じくさんしげん］五七
竺西等梵［じくせいとうぼん］一五一
竺仙梵僊［じくせんぼんぜん］八二・九七・一二〇・二〇〇・二二一

竺堂圓瞿［じくどうえんく］九八・一四五
竺峰慧心［じくほうえしん］六〇
竺芳妙茂［じくほうみょうも］一五五
指月僧胝［しげつそうち］三三五
思玄慧忖［しげんえそん］三三三
子建淨業［しけんじょうごう］一三三
慈航榮菩［じこうえいぼ］四八
之好□逑［しこう□きゅう］一七五
字山義篆［じさんぎてん］六〇
此山妙在［しざんみょうざい］一二七・二〇四
子純得幺［しじゅんとくよう］一六九・三八九
子眞禪史［ししんぜんし］三二九
子晉明魏［ししんみょうぎ］六五・一五一
子西廣兌［しせいこうだい］三八七
止拙慧定［しせつえじょう］三四〇
此宗慈超［しそうじちょう］六一
嗣宗東緝［ししゅうとうしゅう］四九
次中壽誠［じちゅうじゅせい］三九三
子通周量［しつうしゅうりょう］一七〇
實夫□秀［じつお□しゅう］三九六
實溪□寔［じつけい□しょく］三九六
實源元充［じつげんげんじゅう］三四〇
實證光秀［じっしょうこうしゅう］五三
十地覺空［じっちかくくう］五二

實傳慈篤［じつでんじとく］六六
實翁聰秀［じつとうそうしゅう］一一七
實堂文誠［じつとうぶんせい］三三三
石屏子介［しっぺいしかい］一三二
子庭梵訓［していぼんくん］一七〇
□□志徹［□□してつ］三九八
字堂慶卍［じどうけいまん］四一・五三
自南聖薫［じなんしょうくん］六六
子璞周瑋［しはくしゅうい］一五五
子文法林［しぶんほうりん］三八七
絲芳□菅［しほう□かん］三九四
士峰元壯［しほうげんそう］三三四
子明紹俊［しめいじょうしゅん］一七四
寂庵上昭［じゃくあんじょうしょう］四八
寂室元光［じゃくしつげんこう］一二三・三二九
寂室了光［じゃくしつりょうこう］四二
若訥宏辯［じゃくとつこうべん］一一六・三三六
□□頌［□□じゅ］三九四
集雲守藤［しゅううんしゅどう］五七・二〇四
秀雲存嶽［しゅううんそんがく］三八九
秀雲妙頴［しゅううんみょうえい］三八八
秀雲妙甫［しゅううんみょうほ］三九〇
宗遠應世［しゅうおんおうせい］一一九・

三三六
秀崖可傑〔しゅうがいかけつ〕三八七
秀涯全俊〔しゅうがいぜんしゅん〕一三二・三三五
秀嶽永松〔しゅうがくえいしょう〕五三
縦岳光巨〔じゅうがくこうきょ〕三八四
秀嶽壽樟〔しゅうがくじゅしょう〕三九四
宗嶽存正〔しゅうがくそんしょう〕三八九
秀壑妙均〔しゅうがくみょうきん〕三九二
秀巖九穎〔しゅうがんきゅうえい〕六一
秀巖玄挺〔しゅうがんげんてい〕一二一・三八七
秋澗道泉〔しゅうかんどうせん〕一一八・一九八・二一八
重丘眞隆〔じゅうきゅうしんりゅう〕三九四
□□宗源〔□□しゅうげん〕三二九
秀江□□〔しゅうこう□□〕三三四
宗綱慧統〔しゅうこうえとう〕二〇一・二二一
秋江義澄〔しゅうこうぎちょう〕三三〇
周興彦龍〔しゅうこうげんりゅう〕九八
秀山元中〔しゅうざんげんちゅう〕三三二
宗山等貴〔しゅうざんとうき〕一七六
□□周眞〔□□しゅうしん〕三九五
周叟妙松〔しゅうそうみょうしょう〕

三八六
秋白妙銑〔しゅうはくみょうせん〕一四九
秀峰□高〔しゅうほう□こう〕三九六
秀寶宗材〔しゅうほうしゅうざい〕三三九
秀峰尤奇〔しゅうほうゆうき〕五七
宗峰妙超〔しゅうほうみょうちょう〕一〇二・二二〇
秀峰妙流〔しゅうほうみょうりゅう〕三九〇
□□周穆〔□□しゅうぼく〕三九四
收甫長全〔しゅうほちょうぜん〕五四
□□壽冥〔□□じゅめい〕一五六
珠巖道珍〔しゅがんどうちん〕四二
祝英周堯〔しゅくえいしゅうぎょう〕三九五
叔英宗播〔しゅくえいしゅうは〕一六二・二三四
叔悦禪懌〔しゅくえつぜんえき〕一七四
肅翁懷欽〔しゅくおうかいきん〕三八五
叔京妙祁〔しゅくきょうみょうき〕一五八
肅元壽嚴〔しゅくげんじゅげん〕一五五
叔逢□霖〔しゅくほう□りん〕三二九
叔明□葆〔しゅくみょう□ほ〕三九三
叔龍東興〔しゅくりゅうとうこう〕五一
叔梁壽津〔しゅくりょうじゅしん〕三九〇
子瑜元瑾〔しゅげんきん〕一五〇・二一九

三三一
壽江宗福〔じゅこうしゅうふく〕三三二
就山永崇〔じゅざんえいそう〕一七六
殊山文珪〔しゅざんぶんけい〕五四・一三五
頌山妙偈〔しゅざんみょうげ〕三九一
壽春妙永〔じゅしゅんみょうえい〕一七二
壽澤元明〔じゅたくげんみょう〕三三八
淳庵□□〔じゅんあん□□〕三三〇
純庵會牧〔じゅんあんかいぼく〕三八九
淳庵素樸〔じゅんあんそぼく〕三三三
春榮清忻〔しゅんえいせいきん〕三二九
俊翁令山〔しゅんおうれいざん〕六五
春屋妙葩〔しゅんおくみょうは〕九八・一〇二・一四〇・二〇五・二二七・三九二
峻厓東佺〔しゅんがいとうせん〕四九
春壑□□〔しゅんがく□□〕三九三
舜岳玄光〔しゅんがくげんこう〕三九五
春岩□寅〔しゅんがん□いん〕三九五
春岩妙育〔しゅんがんみょういく〕三九一
春溪亭藤〔しゅんけいきょうとう〕三九五
春溪景芳〔しゅんけいけいほう〕五六
春溪洪曹〔しゅんけいこうそう〕一六六
春江守潮〔しゅんこうしゅちょう〕五七
春谷德熙〔しゅんこくとっき〕一一八

笑巖知忻［しょうがんちきん］五六
笑巖法誾［しょうがんほうぎん］一五九
□□昌欣［□□しょうきん］三九八
少蕙梵結［しょうけいぼんき］一七二
笑溪妙虎［しょうけいみょうこ］三九一
常光周琛［じょうこうしゅうちん］五八
勝剛長柔［しょうごうちょうじゅう］五四・一六一
樵谷惟僊［しょうこくいせん］八五・一一四
鐘谷利聞［しょうこくりぶん］五三
□□昌才［□□しょうさい］三三二
性才法心［しょうさいほっしん］八六・一〇三・一一三
章山元甫［しょうざんげんほ］三四〇
衡山元霆［しょうざんげんわ］三三七
笑山周念［しょうざんしゅうよ］三九五
讓山俊雄［じょうざんしゅんお］三三七
定山祖禪［じょうざんそぜん］六〇・一三九
奬室景存［しょうしつけいそん］五五
少室慶芳［しょうしつけいほう］一二八・三八九
静室周恬［じょうしつしゅうてん］一四二
少室通量［しょうしつつうりょう］五六・一四九
□□昌殊［□□しょうしゅ］三九三
正宗中序［しょうじゅうちゅうじょ］一四〇
正宗妙恕［しょうじゅうみょうじょ］三八七
正宗龍統［しょうじゅうりゅうとう］四八・九八・一六七・一九六・二一七
□□昌曇［□□しょうどん］三九七
□□聖春［□□しょうしゅん］三八五
承先道欽［しょうせんどうきん］三九〇
正叟妙因［しょうそうみょういん］三九〇
正中□□［しょうちゅう□□］三三二
正仲彦貞［しょうちゅうげんてい］六六・一四〇・二一七
紹中周瓞［しょうちゅうしゅうてつ］三九五
正中祥端［しょうちゅうしょうずい］一六八
性天□廓［しょうてん□かく］三八五
正堂士顯［しょうどうしけん］五六・一二八
正堂俊顯［しょうどうしゅんけん］五二
聖徒明麟［しょうとみょうりん］六五・一五一
省伯令慧［しょうはくれいえ］五六
聖福□宏［しょうふく□こう］三三六
春夫宗宿［しょうふしゅうしゅく］一六二
□□勝辨［□□しょうべん］四二
定峰□法［じょうほう□ほう］三九七
韶陽長遠［しょうようちょうえん］五四・二二四
少林周繁［しょうりんしゅうはん］三九五
少林□春［しょうりん□しゅん］三九一
少林如春［しょうりんじょしゅん］一三三
商林信佐［しょうりんしんさ］五八
祥麟普岸［しょうりんふがん］一四二・一九八
松嶺智義［しょうれいちぎ］五二・一一七
松嶺道秀［しょうれいどうしゅう］三三〇
小魯靈洙［しょうろれいしゅ］一六八
如海□眞［じょかい□しん］三九一
如環等楯［じょかんとうじゅん］三九六
蜀英本棠［しょくえいほんとう］一七一
□□處月［□□しょげつ］五二
如月壽印［じょげつじゅいん］一七五
汝源令見［じょげんれいけん］五一
徐岡梵詳［じょこうぼんしょう］三九五
汝舟元濟［じょしゅうげんさい］三二九
如心中恕［じょしんちゅうじょ］一三四・二〇五・三九三
如琢□玉［じょたく□ぎょく］三九五
恕中中誓［じょちゅうちゅうせい］

一五三・三九三
如仲天誾［じょちゅうてんぎん］ 四二
如天□□［じょてん□□］ 三九四
汝南慧徹［じょなんえてつ］ 五七
汝霖良佐［じょりんりょうさ］ 一三四・二〇五
斯立光幢［しりゅうこうとう］ 一五四
斯立周幢［しりゅうしゅうとう］ 五二・一六九
志林□仲［しりん□しん］ 四八・一五四
士林得文［しりんとくぶん］ 一二二
心庵宗悟［しんあんしゅうご］ 五七
津庵法梁［しんあんほうりょう］ 三八六
仁庵要賢［じんあんようけん］ 三八八
心印可直［しんいんかちょく］ 三八七
仁英省輔［じんえいしょうほ］ 二一九・三三六
進翁寂先［しんおうじゃくせん］ 五八
心界慧業［しんかいえぎょう］ 三三八
深海明弘［しんかいみょうこう］ 五三
震岳金昉［しんかくきんほう］ 三八五
心嶽通知［しんがくつうち］ 五八・二二四
振巖芝玉［しんがんしぎょく］ 六〇
心岩周己［しんがんしゅうき］ 三九二
心關清通［しんかんせいつう］ 一六〇
心空慧有［しんくうえゆう］ 三三三

眞空妙應［しんくうみょうおう］ 一三六・三八八
心華元棣［しんげけんてい］ 一五〇・一九九
心月宗悅［しんげつしゅうえつ］ 五三
心月慧中［しんげつえちゅう］ 三八四
心月元淸［しんげつげんせい］ 三二九
心源希徹［しんげんきてつ］ 三三二
心源周初［しんげんしゅうしょ］ 三九五
神子榮尊［しんしえいそん］ 四八・五六
眞宗元誠［しんしゅうげんせい］ 三三八
眞淨元苗［しんじょうげんびょう］ 三三八
仁恕文山［じんじょぶんざん］ 三二九
心初祖肇［しんせき□あん］ 三九四
心石□安［しんせき□あん］ 三八九
信叟嚴敬［しんそうげんけい］ 三三一
心宗德及［しんしゅうとくきゅう］ 三三八
仁中景壽［じんちゅうけいじゅ］ 三八五
信仲自敬［しんちゅうじけい］ 六六
信仲明篤［しんちゅうみんとく］ 五三・一六〇・二〇二
心田清播［しんでんせいは］ 九八・一五九・二〇五・二二七
心翁中樹［しんのうちゅうじゅ］ 一四六
心翁等安［しんのうとうあん］ 一七五
仁翁有充［しんのうゆうじゅう］ 三三三

伸伯僧蘭［しんはくそうりん］ 五八
信峰大輗［しんぽうだいげい］ 五五・一三八
仁芳法堯［じんほうほうぎょう］ 三八七
仁甫聖壽［じんぽしょうじゅ］ 一六九・三三一
仁甫齊諄［じんぽせいじゅん］ 一六九
仁峰□智［しんほう□ち］ 三三一
眞牧祖蘊［しんまきそうん］ 六一
心聞令聞［しんもんれいもん］ 三八八
瑞雲中嘉［ずいうんちゅうか］ 一六三
瑞翁應嘉［ずいおうおうか］ 三三六
水巖慧瞰［すいがんえかん］ 三三三
瑞巖義麟［ずいがんぎりん］ 六〇
翠巖啓洪［すいがんけいこう］ 五三
瑞巖慶順［ずいがんけいじゅん］ 五五
瑞巖□光［ずいがん□こう］ 三八五
瑞巖曇現［ずいがんどんげん］ 六二
瑞巖龍惺［ずいがんりゅうせい］ 四八・一六一・一九八・二一七
瑞溪周鳳［ずいけいしゅうほう］ 九八・一六二・二〇六・二三四
瑞溪靈玖［ずいけいれいきゅう］ 六二
瑞雪光欽［ずいせつこうきん］ 五三
瑞峰士麟［ずいほうしりん］ 五四
瑞林壽祥［ずいりんじゅしょう］ 三三三

樞翁妙環［すうおうみょうかん］一三六・三八八
嵩嶽明仲［すうがくみょうちゅう］五三
嵩山居中［すうざんきょちゅう］九八・一二二・一九九
□□嵩詢［□□すうしゅん］三八三
西庵敬亮［せいあんけいりょう］四九
西庵中蓮［せいあんちゅうれん］一六三
西胤俊承［せいいんしゅんじょう］九八・一四八・二〇五
西巖玄竺［せいがんげんじく］五九
盛岩元昌［せいがんげんしょう］三三九
西澗子曇［せいかんしどん］八三・一一一・二二〇
清河統三［せいがとうざん］三八八
清巖正徹［せいがんしょうてつ］五七・一六一・二〇二・三九〇
清岸妙瀏［せいがんみょうりゅう］三九〇
清溪□□［せいけい□□］三三五
清溪通徹［せいけいつうてつ］一二八・二二六・三九二
西源榮竺［せいげんえいじく］三八九
西源景師［せいげんけいし］五五・一三八
盛元梵鼎［せいげんぼんてい］一五七・三九五
西江集龐［せいごうしゅうほう］一七六
西江宗湛［せいごうしゅうたん］一四二
青山慈永［せいざんじえい］一三九・二二七
星山至道［せいざんしどう］五四
靜室周恬［せいしつしゅうてん］三九五
星若統悟［せいじゃくとうご］三八九
靖叔德林［せいしゅくとくりん］二二〇・三三四
西笑承兌［せいしょうじょうたい］一七九・二〇八・二三六
清拙正澄［せいせつしょうちょう］八六・一一二・二一〇・二三〇
西泉中琮［せいせんちゅうそう］三九三
誠中中欵［せいちゅうちゅうかん］一五〇
清堂眞元［せいどうしんげん］三八三
西派□源［せいは□げん］三二九
西派法崑［せいはほうこん］三八七
青峰玄顚［せいほうげんてん］五九
西浦師曇［せいほしどん］五二
石庵旨明［せきあんしみん］一三八・三三六
石牛廣鞏［せきぎゅうこうきょう］二八七
碩山□□［せきざん□□］三三一
石室善玖［せきしつぜんきゅう］八二・九八・一三一・二二一
石室德瑛［せきしつとくえい］三三九
赤城了需［せきじょうりょうじゅ］六一・二二四
石心德固［せきしんとくこ］三三四
石窗長珉［せきそうちょうみん］五四
石門源聰［せきもんげんそう］六〇
石屋眞梁［せきやしんりょう］四二
石梁元珉［せきりょうげんみん］三三九
石梁仁恭［せきりょうじんきょう］一一一
絶海中津［ぜっかいちゅうしん］八〇・九七・一三三・二〇七・二三〇・三九二・四〇一
絶學應宰［ぜつがくおうさい］一三八・三三六
絶巖運奇［ぜつがんうんき］六二
雪巖永嵩［せつがんえいすう］三三三
節岩元貞［せつがんげんてい］三三八
拙巖德鷹［せつがんとくおう］三三九
絶疑□信［ぜつぎ□しん］三九一
說溪光演［せっけいこうえん］三九一
雪溪周錬［せっけいしゅうれん］三九六
雪溪正安［せっけいしょうあん］一五七・三九〇
說溪□訔［ぜつけい□べん］三九四
雪軒□成［せっけん□じょう］一二一
雪江宗深［せっこうしゅうしん］一六六
雪江中梁［せっこうちゅうりょう］三九七

雪江□釣［せっこう□ちょう］三二九
雪岡方林［せっこうほうりん］五二
節山□高［せつざん□こう］三九一
拙山等猷［せつざんとうゆう］三三八
雪舟嘉猷［せっしゅうかゆう］五七
雪洲如積［せっじゅうじょせき］一五〇
雪舟等楊［せっしゅうとうよう］一五四
節秀法忠［せっしゅうほうちゅう］三八七
絶照智光［ぜっしょうちこう］三九七
雪岑津興［せっしんしんこう］三八五
雪心等柏［せっしんとうはく］一六一
雪心□要［せっしん□よう］三八五
絶窻明心［ぜつそうみんしん］三三〇
雪村周繼［せっそんしゅうけい］一七八
雪村友梅［せっそんゆうばい］九八・一〇二・一二三・二一〇・二三〇
雪庭周立［せっていしゅうりゅう］三九六
拙堂元劼［せつどうげんけつ］三三八
雪嶺永瑾［せつれいえいきん］一七三・二〇七・二二六・三九一
仙英□□［せんえい□□］三三〇
先覺周怙［せんかくしゅうこ］三九五
千巖寂大［せんがんじゃくだい］五八
千巖友俊［せんがんゆうしゅん］五七
潛溪處謙［せんけいしょけん］五六・一一七・二二五
全悟□保［ぜんご□ほ］三三一
仙山玄槃［せんさんげんはん］五九
全室慈保［ぜんしつじほ］六五
善室周慶［ぜんしつしゅうけい］五一
旃室周馨［せんしつしゅうけい］一六七
栴室周馥［せんしつしゅうふく］三九四
闡提正具［せんだいしょうぐ］四八・一二一
仙阜法鶴［せんふほうがく］三八六
全璧志藺［ぜんへきしりん］五七
千畝周竹［せんぼうしゅうちく］二〇一
千峰本立［せんほうほんりゅう］三三五
□□祖阿［□□そあ］一三五
□□宗圓［□□しゅうえん］四二
象外集鑑［ぞうがいしゅうかん］三九四
藏海性珍［ぞうかいしょうちん］一四四
象外禪鑑［ぞうがいぜんかん］三三三
藏外素聞［ぞうがいそもん］三八三
藏海無盡［ぞうかいむじん］六六
藏岩昌瓊［ぞうがんしょうけい］三三二
總龜壽兆［そうきじゅうちょう］六六
曹源周派［そうげんしゅうは］三九四
藏山順空［ぞうざんじゅんくう］五三・一一七・二二四
象初仲爻［ぞうしょちゅうきゅう］六二
象先會玄［ぞうせんえげん］五七
象先乾有［ぞうせんけんゆう］三三七
象先文岑［ぞうせんぶんしん］三三三
藏叟朗譽［ぞうそうろうよ］四八
藏中殊琛［ぞうちゅうしゅちん］三八六
象田□嵩［ぞうでん□すう］三三八
桑田道海［そうでんどうかい］一〇二・三三五
艸堂林芳［そうどうりんほう］四八
雙峰宗源［そうほうそうげん］五九・一三六・二二五
霜林中果［そうりんちゅうか］三九四
足庵祖麟［そくあんそりん］一二三・三三五
息庵知止［そくあんちし］五四
足庵□也［そくあん□や］三九七
足庵靈知［そくあんれいち］六二・一四六
足翁□睡［そくおう□すい］三三〇
即宗宗教［そくしゅうしゅうきょう］三三九
即宗中遇［そくしゅうちゅうぐう］三九五
續宗法紹［ぞくしゅうほうしょう］三八六
續芳以蓀［ぞくほういそん］三九一
即門慧樞［そくもんえすう］三四〇
祖繼大智［そけいだいち］四二
祖溪德濬［そけいとくしゅん］一六四・二〇八

楚材寶梁［そざいほうりょう］三三〇
祖山慧範［そざんえはん］三三〇
素中□璞［そちゅう□はく］三九七
祖庭□芳［そてい□ほう］三九七
存耕祖默［ぞんこうそもく］五六・一六六

## た行

大安法慶［だいあんほうけい］三八六
大蔭明樹［だいいんみょうじゅ］五三
大蔭妙繁［だいいんみょうはん］三八八
泰雲□丈［たいうん□じょう］三三九
大雲素大［だいうんそだい］三三四
大圓智硯［だいえんちげん］三三五
大縁中勝［だいえんちゅうしょう］三九四
大翁禮圓［だいおうれいえん］六〇
大海寂弘［だいかいしゃくこう］五八
大雅慧音［だいがえおん］三四〇
大岳周崇［だいがくしゅうすう］一四七・二〇五
大嶽妙積［だいがくみょうせき］一三〇・三八八
大雅省音［だいがしょうおん］三三六
大化淨舜［だいかじょうしゅん］三三三
太華心璞［たいかしんぼく］五一
大華□西［だいか□せい］三三五
大歇勇健［だいかつゆうけん］六六
大歇了心［だいかつりょうしん］四七・一一五
太華令瞻［たいかれいせん］五二
臺巖能秀［たいがんのうしゅう］六五
大器□□［だいき□□］五六
大機以從［だいきいじゅう］三九一
大器慧成［だいきえじょう］三三三
大義周敦［だいきしゅうとん］三九二
大喜法忻［だいきほうきん］三八六
大機智碩［だいきちせき］五四
大暉祖璨［だいきそさん］五六
大疑寶信［だいぎほうしん］五八
大休元寔［だいきゅうげんしょく］三四一
大休正念［だいきゅうせいねん］八三・九九・一〇三・一一〇・二一七・二一八・三五五
大休宗休［だいきゅうしゅうきゅう］一七六
大休妙心［だいきゅうみょうしん］二一一
大業德基［だいぎょうとくき］二一九
大亨妙亨［だいきょうみょうきょう］三九四
太虛元壽［たいきょげんじゅ］一二八・三三一
大業德基［だいぎょうとくき］三三四
大虛契充［だいきょかいじゅう］一二九
太極正易（藏主）［たいきょくしょうい］一六八・二三五
太虛元壽［たいきょげんじゅ］一二八
太虛玄冲［たいきょげんちゅう］五九
太虛祥廓［たいきょしょうかく］五七
太虛梵仝［たいきょぼんどう］三九六
大愚性智［だいぐしょうち］五八
大愚道賢［だいぐどうけん］三三二
大圭宗价［だいけいしゅうかい］二三一
大慶道周［だいけいどうしゅう］三三九
大建巨幢［だいけんきょとう］五五
大建元幢［だいけんげんとう］三三一
太原崇孚［たいげんすうふ］一七七
大源宗眞［だいげんしゅうしん］四二
大見妙喜［だいけんみょうき］三八八
大綱歸整［だいこうきせい］三八八
退耕行勇［たいこうぎょうゆう］四七・九九・一〇三
大光□謙［だいこう□けん］三三七
大杭慈船［だいこうじせん］四八
退耕周立［たいこうしゅうりゅう］三九五
大功□績［だいこう□せき］三三二
大岡祖運［だいこうそうん］三三二
太古世源［たいこせいげん］三八四
太山一元［たいざんいちげん］六二
泰室德安［たいしつとくあん］三三七

岱宗慈云［だいしゅうじうん］　三三九
大周周奝［だいしゅうしゅうちょう］　一四七・二〇五・三九四
大宗□盛［だいしゅう□せい］　三三五
岱宗中岳［だいしゅうちゅうがく］　三九三
大叔尚祐［だいしゅくしょうゆう］　五二
大樹存松［だいじゅそんしょう］　三八九
大照圓熙［だいしょうえんき］　三九四
大章元繼［だいしょうげんけい］　三二九
大成法行［だいじょうほうぎょう］　三八六
太初啓原［たいしょけいげん］　八一・一一六
大敍士倫［だいじょしりん］　五四
兌心正豫［だいしんしょうよ］　六一
太清宗渭［たいしんしゅうい］　一四一・二三一
大進彌忠［だいしんみちゅう］　三九七
大隋慈篆［だいずいじてん］　六六
大拙祖能［だいせつそのう］　八五・一二九
大拙文巧［だいせつぶんこう］　三三三
大仙光心［だいせんこうしん］　三八四
大川元達［だいせんげんたつ］　三四一
大川元枕［だいせんげんちん］　三三九
大川通衍［だいせんつうえん］　五八
太祖契觀［たいそけいかん］　五六
大素素一［だいそそいち］　三三四
大素方中［だいそほうちゅう］　六〇
大癡堅淳［だいちけんじゅん］　五八
大忠賢勛［だいちゅうけんくん］　三八七
大中玄任［だいちゅうげんにん］　五九
大仲壽誕［だいちゅうじゅたん］　三三三
大椿周亨［だいちんしゅうこう］　一五八
大徹性同［だいてつしょうどう］　三三五
大道一以［だいどういちい］　五三・一三八・二〇一
大同可圓［だいどうかえん］　三八五
大道清心［だいどうせいしん］　三二九
大同妙喆［だいどうみょうてつ］　一〇二・三八七
大日能忍［だいにちのうにん］　四二・八〇・一一二
大寧集康［だいねいしゅうこう］　三九五
大寧存清［だいねいそんせい］　三八九
大寧了喜［だいねいりょうき］　六一
大年周延［だいねんしゅうえん］　三九五
大年祥登［だいねんしょうとう］　一三二・三三四
大年□椿［だいねん□ちゅん］　三八八
大年法延［だいねんほうえん］　一四五
大梅源粱［だいばいげんりょう］　三三五
太平妙準［たいへいみょうじゅん］　三八六
大方源用［だいほうげんよう］　六〇
太朴玄素［たいぼくげんそ］　五九・一二三
大朴□淳［だいぼく□じゅん］　三八七
太白眞玄［たいはくしんげん］　一四八・二一〇・二三一
大方元恢［だいほうげんかい］　三三二
大法大闡［だいほうだいせん］　三九四
大寶法僧［だいほうほうそう］　一三二
大本良中［だいほんりょうちゅう］　一三二・二一〇
大茂淨林［だいもじょうりん］　三三三
大冶永鉗［だいやえいかん］　八四
大有康甫［だいゆうこうほ］　五四
大融禪海［だいゆうぜんかい］　三三九
大有德歡［だいゆうとくかん］　五八
大有有諸［だいゆうゆうしょ］　一五七・二一〇・二三五
大用慧堪［だいようえじん］　三八三
大用□機［たいよう□き］　三九七
大陽義冲［だいようぎちゅう］　六〇
大用子興［だいようしこう］　五七
大用全用［だいようぜんよう］　一三四
泰龍元勳［たいりょうげんこん］　三三九
大嶺東愚［だいれいとうぐ］　三三七
諾庵西肇［だくあんせいちょう］　三三五
澤隱壽彰［たくいんじゅしょう］　三三一
擇言素詮［たくげんそせん］　三三四

脱叟□□［だっそう□□］三三五
達宗元教［たつしゅうげんきょう］三三九
達宗元孝［たつしゅうげんよう］三四〇
斷岸□空［だんがん□くう］三八三
檀溪心凉［だんけいしんりょう］五一・一三九
檀溪□叢［だんけい□そう］三八五
斷際□運［だんさい□うん］三八五
湛堂元丈［たんどうげんじょう］三三八
□□湛慧［□□たんね］五二
檀嶺□縁［だんれい□えん］三三九
智庵元周［ちあんげんしゅう］三三〇
智海充察［ちかいじゅうさつ］四九
竹庵□撃［ちくあん□げき］三九一
竹庵大縁［ちくあんだいえん］五五・一五七
竹隠廣虎［ちくいんこうこ］三八七
竹院妙淇［ちくいんみょうき］五六
竹居正猷［ちくきょしょうゆう］四二・一六一
竹溪正節［ちくけいしょうせつ］三九〇
竹心周鼎［ちくしんしゅうてい］五四
竹窻智嚴［ちくそうちげん］四二
癡兀大慧［ちこつだいえ］五八・一一七
知山禪能［ちざんぜんのう］三三八
竹香全悟［ちっこうぜんご］一六七
知堂玄覺［ちどうげんかく］三九六
癡鈍空性［ちどんくうしょう］三三六
智門周恬［ちもんしゅうてん］三九六
仲安眞康［ちゅうあんしんこう］一六六
仲安梵師［ちゅうあんぼんし］一四八
仲英昌哲［ちゅうえいしょうてつ］三九五
中瑩豐璵［ちゅうえいほうよ］五四
仲英本雄［ちゅうえいほんお］三九〇
忠英有恕［ちゅうえいゆうじょ］三三三
仲轅□□［ちゅうえん□□］三三五
中圓法方［ちゅうえんほうほう］三八六
□□中賀［□□ちゅうが］三九六
中巖圓月［ちゅうがんえんげつ］八〇・九八・一二七・一九八・二一七
中岩元紹［ちゅうがんげんしょう］三四〇
中岩中本［ちゅうがんちゅうほん］三九七
仲幹□貞［ちゅうかん□てい］三三四
仲寬法廣［ちゅうかんほうこう］三八六
中溪文正［ちゅうけいぶんしょう］三三四
仲謙□□［ちゅうけん□□］三三二
仲剛□柔［ちゅうごう□じゅう］三九七
中谷元梗［ちゅうこくげんこう］三四〇
中山清誾［ちゅうざんせいぎん］一二九
中山中嵩［ちゅうざんちゅうすう］一四六・三九三
仲山□甫［ちゅうざん□ほ］三三三
中山法頴［ちゅうざんほうえい］一二九・三八六
籌叔顯良［ちゅうしゅくけんりょう］三九〇
中川永原［ちゅうせんえいげん］五一
中叟顯正［ちゅうそうけんしょう］三九〇
中叟良鑑［ちゅうそうりょうかん］六一
中庭宗可［ちゅうていしゅうか］四二
仲方圓伊［ちゅうほうえんい］一四八・二〇二・二一九・三三一
仲方中正［ちゅうほうちゅうしょう］一三五
忠寶梵良［ちゅうほうぼんりょう］三九二
中明心正［ちゅうみょうしんしょう］五四
仲邑景允［ちゅうゆうけいいん］五二
仲猷祖闡［ちゅうゆうそもん］一二一
仲立一鶚［ちゅうりゅういちがく］六五・一九八
仲和聖睦［ちゅうわしょうぼく］三三一
頂雲靈峰［ちょううんれいほう］一二五
趙裔光潙［ちょうえいこうい］五二
頂山□居［ちょうざん□きょ］三三七
超山宗格［ちょうざんしゅうかく］三三九
釣叟玄江［ちょうそうげんこう］五九
椿洲玄昌［ちんしゅうげんしょう］五九
椿庭海壽［ちんていかいじゅ］一三一・

一九一
通玄元聰［つうげんげんそう］三三八
通幻寂靈［つうげんじゃくれい］四二
通叟慧徹［つうそうえてつ］五三
通叟宏感［つうそうこうかん］三九六
通叟至休［つうそうしきゅう］五七
通方□叡［つうほう□えい］三三二
鼎湖□銘［ていこ□めい］三八五
鼎山顯周［ていさんけんしゅう］三三八
廷秀孝賢［ていしゅうこうけん］三九一
諦州至信［ていしゅうししん］五一
廷瑞□□［□□ていずい］三九一
貞叟梵利［ていそうぼんり］三九四
貞芳昌忠［ていほうしょうちゅう］三八九
昪甫崇鎭［ていほすうちん］三八五
廷麟英瑞［ていりんえいずい］六〇
適庵法順［てきあんほうじゅん］三九六
適中□愜［てきちゅう□きょう］三八八
徹翁義亨［てつおうぎきょう］二二〇
哲巖祖濬［てつがんそしゅん］一三一
鐵牛圓心［てつぎゅうえんしん］五六
鐵牛景印［てつぎゅうけいいん］六〇・一三二
鐵牛西堂［てつぎゅうせいどう］二一一
鐵舟德濟［てっしゅうとくさい］九八・一三二・二〇四・二二六・三九四
鐵叟景秀［てっそうけいしゅう］一七八
徹叟寂晃［てっそうじゃくこう］三九七
徹叟珠得［てっそうしゅとく］五七
徹叟道英［てっそうどうえい］五六
鐵菴道生［てったんどうしょう］一一八・一九八・二一八
徹通義介［てっつうぎかい］四二
徹堂□源［てつどう□げん］三三五
徹堂玄薫［てつどうげんくん］五九
天庵懷義［てんあんかいぎ］四二
天庵源祐［てんあんげんゆう］四八
天庵妙受［てんあんみょうじゅ］一〇三・三八七
天隱龍澤［てんいんりゅうたく］九八・一六八・二一一・二三一・二三五
天英義教［てんえいぎきょう］三三九
天英元淸［てんえいげんせい］三三八
天英周賢［てんえいしゅうけん］一六五
天外慧天［てんがいえてん］三三三
天外寂晴［てんがいじゃくせい］五八
天覺宗綱［てんかくそうこう］五九
天岸慧廣［てんがんえこう］九九・一二二・二〇四・三八七
天岸覺葩［てんがんかくは］六六
天鑑存圓［てんかんそんえん］一四五・三八九
天境靈致［てんきょうれいち］九八・一三九・二一〇
天桂元眞［てんけいげんしん］三四〇
天桂宗昊［てんけいしゅうこう］五四
天啓周聰［てんけいしゅうそう］三九五
天刹正日［てんさつしょうにち］三八三
天錫貲疇［てんしゅくしちゅう］四八
天錫周壽［てんしゅくしゅうじゅ］三九六
天錫成綸［てんしゅくじょうりん］一五七
天順通祐［てんじゅんつうゆう］五八
天章慈英［てんしょうじえい］六五
天章周文［てんしょうしゅうぶん］一六四
天章祖愛［てんしょうそあい］五五
天章澄彧［てんしょうちょういく］一六〇・二〇五
天初玄廓［てんしょげんかく］三八八
天初顯朝［てんしょけんちょう］三九〇
天心惟中［てんしんいちゅう］三八六
天眞自性［てんしんじしょう］四二
天泉志淳［てんせんしじゅん］三八六
傳宗長派［でんじゅうちょうは］五四
天澤宏潤［てんたくこうじゅん］一四〇
天澤佐津［てんたくさしん］三八五
天澤等恩［てんたくとうおん］一七三
天寧元仙［てんねいげんせん］三四一
天甫□恩［てんほ□おん］三三五

天霖正濡［てんぼくしょうじゅ］三九〇
天遊爲播［てんゆういは］一六五
天祐思順［てんゆうしじゅん］六七・一一二
天祐梵蝦［てんゆうぼんか］一六六・二〇六
天用廣運［てんようこううん］三八七
天容紹普［てんようしょうふ］三三〇
天用眞燾［てんようしんどう］三九五
天與建祚［てんよけんそ］三三〇
天與清啓［てんよせいけい］一五四・二三五
天林禪育［てんりんぜんいく］三三七
天倫道彝［てんりんどうい］一二一
天麟普岸［てんりんふがん］六五
□□等［□□□とう］三八六
道庵會顯［どうあんえけん］三九〇
同安禮倫［どうあんれいりん］三三五
桃隱玄朔［とういんげんさく］一六九・二一〇
桃隱崇悟［とういんすうご］三八五
東雲景岱［とううんけいたい］一七七
東越允徹［とうえついんてつ］三八五
東遠正渭［とうえんしょうい］三九〇
東遠妙裔［とうえんみょうえい］三九五
東海竺源［とうかいじくげん］六五
東海總暉［とうかいそうき］三八九
登嶽元俊［とうがくげんしゅん］三三八
東岳祖岱［とうがくそだい］三九三
東嶽澄昕［とうがくちょうきん］一六二
東巖□□［とうがん□□］三八三
東巖慧安［とうがんえあん］六九
東巖守旭［とうがんしゅきょく］五四
東巖曇春［とうがんどんしゅん］五二
東輝永杲［とうきえいこう］二二六・三九一
東歸光松［とうきこうしょう］五二
東暉僧海［とうきそうかい］三三五
東旭等輝［とうきょくとうき］一六四
東溪□□［とうけい□□］三九一
東溪惟丘［とうけいいきゅう］三八六
桃溪德悟［どうけいとくご］一一四・三三三
東啓梵晃［とうけいぼんこう］三九五
桃源瑞仙［どうげんずいせん］九八・一七一
同源道本［とうげんどうほん］三三四
東源文易［とうげんぶんえき］三三三
道元文信［どうげんぶんしん］一二〇
桃縣妙令［どうけんみょうれい］三九一
桃源了勤［どうげんりょうごん］六一
東岡希杲［とうこうきこう］三三二
道山玄晟［どうざんげんせい］五九
東山崇忍［とうざんすうにん］三八五
東山湛照［とうざんちんしょう］五一・九八・一一七・二二二
東山妙演［とうざんみょうえん］三九七
道者超元［どうじゃちょうげん］八五
東洲□□［とうしゅう］三八七
東洲明昕［とうしゅうみんきん］三八八
登叔法庸［とうしゅくほうよう］五五
東昇希杲［とうしょうきこう］五一
東沼周嚴［とうしょうしゅうげん］一六三・二〇六・二二八
東漸健易［とうぜんけんえき］五七・一四七・二〇二・二二三
東川元罐［とうせんげんかん］三三九
道泉元如［どうせんげんじょ］三三九
東川素順［とうせんそじゅん］三八三
□□道通［□□とうつう］三三〇
洞天源深［どうてんげんしん］五九
東傳士啓［とうでんしけい］五五
東傳正祖［とうでんしょうそ］八〇・一一五
東白圓曙［とうはくえんしょ］一二三
東白長旭［とうはくちょうきょく］五四
東福圓爾［とうふくえんに］八六・一〇二・一一二

## な行

南宗士綱［なんしゅうしこう］五六
南叟源康［なんそうげんこう］六〇
南叟龍朔［なんそうりゅうさく］四八・一五四
南仲景周［なんちゅうけいしゅう］三八五
南樵中以［なんしょうちゅうい］三九三
南堂處薫［なんどうしょくん］五二
南堂宗薫［なんどうそうくん］八三・一一五
南堂徳薫［なんどうとくくん］一二四
南峰妙譲［なんほうみょうじょう］三八八
南浦紹明［なんぽじょうみん］八三・一一四・二二〇
南明寂詢［なんみょうじゃくじゅん］五八
南溟□周［なんめい□しゅう］三三五
南溟殊鵬［なんめいしゅほう］三八八
南陽中庸［なんようちゅうよう］三九三
南陽□滕［なんよう□とう］三三一
南林□□［なんりん□□］三九〇
南嶺元長［なんれいげんちょう］三三七
南嶺子越［なんれいしえつ］三三一
日庵慧圻［にちあんえぎん］三三三
日田利渉［にちでんりしょう］五二
日巌一光［にっがんいちこう］六五
日照明東［にっしょうみょうとう］五三
日東□杲［にっとう□こう］三九七
日東祖旭［にっとうそきょく］五六
日峰士東［にっぽうしどう］五五
日峰□舜［にっぽう□しゅん］三八三
日峰法朝［にっぽうほうちょう］三八六
□□忍［□□にん］三九八
任運自肯［にんおうじこう］三三八
仁中景壽［にんちゅうけいじゅ］三八五
仁如集堯［にんじょしゅうぎょう］一七七


## は行


梅隠祐常［ばいいんゆうじょう］六六
梅隠有林［ばいいんゆうりん］三九四
梅雲承意［ばいうんじょうい］一七〇・二〇七
梅屋慈孚［ばいおくじふ］三三五
梅屋宗香［ばいおくしゅうこう］一七九
梅岩元眞［ばいがんげんしん］三三三
梅山聞本［ばいざんもんほん］四二
梅州省因［ばいしゅうしょういん］三三六
梅眞玄湜［ばいしんげんしょく］三九五
梅心正悟［ばいしんしょうご］三八五
梅仙□眞［ばいせん□しん］三九六
梅仙東逋［ばいせんとうほ］四九・一九七・二一七
梅陽章杲［ばいようしょうこう］四八・一六四・二一二
梅嶺禮忍［ばいりょうれいにん］二一八
白雲慧曉［はくうんえぎょう］五七・一一三・二二三
白雲慧崇［はくうんえすう］三八四
伯英徳儁［はくえいとくしゅん］一三〇・一九九・三三四
白翁守明［はくおうしゅみょう］三八三
伯溫徳瑛［はくおんとくえい］一六〇・三九〇
白崖寶生［はくがいほうしょう］二二九
柏岩□□［はくがん□□］三三一
柏巖繼趙［はくがんけいちょう］三三六
柏巖可禪［はくがんけいちょう］三三一
柏岩純榮［はくがんじゅんえい］三八七
白牛寂聰［はくぎゅうじゃくそう］五八
白圭□玄［はくけい□げん］三三二
白圭信玄［はくけいしんげん］五八・二二四
伯巖殊楞［はくげんしゅりょう］六五
伯始慶春［はくしけいしゅん］一五五
伯師祖稜［はくしそりょう］二二九
柏舟宗趙［はくしゅうそうじょう］一六八
伯順祖恭［はくじゅんそきょう］五七
伯純□陽［はくじゅん□よう］三三四
白堂竺津［はくどうじくしん］六六
柏堂梵意［はくどうぼんい］一四八・

別傳妙胤［べつでんみょういん］八四・一二三
別峰大殊［べっぽうだいしゅ］五五・一三一
辯翁智訥［べんおうちとつ］六五
邊岩周乙［べんかんしゅうおつ］三九六
勉之肯旃［べんしこうせん］三八五
勉之聖勗［べんししょうきょく］三三二
勉中周勗［べんちゅうしゅうきょく］三九四
蒲庵曾孝［ほあんそうこう］三八九
芳隱省菊［ほういんしょうきく］三三六
蓬雲有慶［ほううんゆうけい］三三三
芳園□桂［ほうえん□けい］三九六
峰翁祖一［ほうおうそいち］一三六
寶翁聰秀［ほうおうそうしゅう］三三七
方外行圓［ほうがいぎょうえん］八五・一一五
方涯元圭［ほうがいげんけい］三三〇
方外宏遠［ほうがいこうおん］九九・一四五・三九二
芳巖心要［ほうがんしんよう］六一
芳磵妙菊［ほうかんみょうきく］三九一
放牛光林［ほうぎゅうこうりん］四八・一二六
芳卿光隣［ほうきょうこうりん］五二・一七六・二〇三
芳鄉妙續［ほうきょうみょうぞく］三九〇
寶慶寂圓［ほうけいじゃくえん］四二
芳谷芳蓀［ほうこくほうそん］三八九
鳳山□□［ほうざん□□］三八八
芳山□菊［ほうざん□きく］三九一
方山元矩［ほうざんげんく］三二九
寶山乾珍［ほうざんけんちん］一六四
寶山慈瓌［ほうざんじかい］三三五
豊山自謀［ほうざんじぼう］三三九
豊山正義［ほうざんしょうぎ］五四
寶山□鐵［ほうざん□てつ］三二九
寶室德珍［ほうしつとくちん］三九〇
芳洲眞春［ほうじゅうしんしゅん］一七三
彭叔守仙［ほうしゅくしゅせん］五七・一七七・二〇三・二二三
芳春圓柔［ほうしゅんえんじゅう］一七四
抱節中孫［ほうせつちゅうそん］一六七
□□法操［□□ほうそう］三八六
□□芳貞［□□ほうてい］一五三
芳庭法菊［ほうていほうきく］三八六
寶田元穎［ほうでんげんえい］三三二
方田玄圭［ほうでんげんけい］五九
芳林廣譽［ほうりんこうよ］三八七
芳林全瑞［ほうりんぜんずい］三三五
芳林中恩［ほうりんちゅうおん］一七三
鳳林德彩［ほうりんとくさい］三三五
浦雲師棟［ほうんしとう］五二・一三八
穆庵梵昭［ぼくあんぼんしょう］三九三
牧翁性欽［ぼくおうしょうきん］四二
北翁妙濟［ぼくおうみょうさい］三八九
北仙禪古［ぼくせんぜんこ］三三七
朴中梵淳［ぼくちゅうぼんじゅん］二二六・三九六
牧中梵祐［ぼくちゅうぼんゆう］一六六
北溟元濟［ぼくめいげんさい］三三〇
牧林□囿［ぼくりん□ゆう］三三三
輔宗妙佐［ほしゅうみょうさ］三八七
北海元超［ぼっかいげんちょう］三三一
北澗道爾［ぼっかんどうじ］三三三
慕哲龍攀［ぼてつりゅうはん］四八・一六〇
保寧□勇［ほねい□ゆう］三八五
□□梵檝［□□ぼんえつ］三九三
梵瞬藏主［ぼんしゅんぞうしゅ］二三七
梵西清瞿［ぼんせいせいく］一四四

## ま行

昧室□□［まいしつ□□］三九五
卍庵士顔［まんあんしがん］五六
滿翁明道［まんおうみょうどう］三九六
萬江守一［まんこうしゅいち］五九

萬宗中囦［まんしゅうちゅうえん］一四四
萬宗芳統［まんしゅうほうとう］三八九
萬年□祝［まんねん□しゅく］三三〇
滿翁明道［まんのうみんどう］一二四・二一一
未宗正藝［みしゅうしょうげい］三九〇
密印□嚴［みついん□げん］三九五
密巖光堅［みつがんこうけん］五四
密山聖巖［みっさんしょうがん］三三〇
密室守嚴［みっしつしゅげん］一四六・三三五
密堂元多［みつどうげんた］三三七
密傳中隱［みつでんちゅういん］三九四
密傳中穩［みつでんちゅうおん］一四六
彌天永釋［みてんえいしゃく］二一九
妙翁弘玄［みょうおうこうげん］六二
明海壽晙［みょうかいじゅしゅん］三八八
明岳壽聰［みょうがくじゅそう］三九四
□□妙愚［□□みょうぐ］一二四
明溪光聞［みょうけいこうもん］三九一
妙見道祐［みょうけんどうゆう］八六・一一三
明江□永［みょうこう□えい］三三七
明江聖悟［みょうこうしょうご］五一
□□妙克［□□みょうこく］三八六
明谷□聰［みょうこく□そう］三三五

明湖法永［みょうこほうえい］三八六
□□妙珠［□□みょうしゅ］三九八
明宗芳淵［みょうしゅうほうえん］三三七
□□明佺［□□みょうせん］四七
明叟景因［みょうそうけいいん］三八五
明叟彦洞［みょうそうげんとう］一六一・二三一
明叟玄倫［みょうそうげんりん］五九
明叟齊哲［みょうそうさいてつ］八五・一二五
明窻宗鑑［みょうそうしゅうかん］三三三
明叟有昕［みょうそうゆうきん］三三三
明中慧昉［みょうちゅうえほう］三三三
明徹光琮［みょうてつこうそう］三八四
明堂慧文［みょうどうえぶん］三八四
□□妙南［□□みょうなん］三九八
妙峰□覺［みょうほう□かく］三九六
明峰素哲［みょうほうそてつ］四二
明甫宗賢［みょうほしゅうけん］六六
明浦德聰［みょうほとくそう］三三六
未了龍緣［みりょうりゅうえん］四八
明庵榮西［みんあんえいさい］四七・八〇・九八・一〇二・一一二
明極聰愚［みんきそうぐ］一三八
明極楚俊［みんきそしゅん］八二・九七・一二〇・二〇〇・二二一

明江宗叡［みんこうしゅうえい］一六一
明室玄亮［みんしつげんりょう］五九
明室梵亮［みんしつぼんりょう］一三五
明叔玄晴［みんしゅくげんせい］五九・一四六
明遠彦諒［みんのんげんりょう］一四六
明遠俊哲［みんのんしゅんてつ］一五九
明遠梵徹［みんのんぼんてつ］三九六
明遠天哲［みんのんてんてつ］一五九
夢庵顯一［むあんけんいち］一二六
無爲祥學［むいしょうがく］三三四
無爲昭元［むいしょうげん］六〇・一一七
無一周眞［むいちしゅうしん］三九五
無隱圓範［むいんえんぱん］一一三・三三五
無隱元晦［むいんげんかい］八四・一二五
無隱自道［むいんじどう］三三八
無因宗因［むいんしゅういん］一四二
無印素文［むいんそぶん］三三四
無隱法爾［むいんほうじ］二〇四
無雲義天［むうんぎてん］一二六・一二九
無外慧方［むがいえほう］三八四
無外圓照［むがいえんしょう］四二
無外圓方［むがいえんぽう］一四四
無外□廣［むがい□こう］三八八
無外爾然［むがいじねん］六二・一一八

二〇四・三八五
黙庵周諭［もくあんしゅうゆ］一四一・二〇四・三九二
黙庵靈淵［もくあんれいえん］一二九
黙翁祖淵［もくおうそえん］三九〇
黙翁妙誠［もくおうみょうかい］一三九・二〇四・三九二
黙室榮宜［もくしつえいぎ］三八五
木禪慧眞［もくしつえいぎ］三三三
黙堂智及［もくどうちきゅう］三三五
茂源紹柏［もげんしょうはく］二三一
茂彦善叢［もげんぜんそう］五二・一七七・二〇三
茂叔集樹［もしゅくしゅうじゅ］一七五・二三一
物先周格［もっせんしゅうかく］一三一
物外可什［もっがいかじゅう］九八・一二五
物外祖萬［もっがいそまん］三三七
物應崇格［もっおうすうかく］三三九
沒倫紹等［もつりんじょうとう］一六七
茂堂亨林［もどうきょうりん］三九五
模堂周楷［もどうしゅうかい］一四四・三九七
模堂承範［もどうじょうはん］一四四
茂伯□繁［もはく□はん］三三五
茂林周春［もりんしゅうしゅん］三九六
聞溪□宣［もんけい□せん］一三五
聞溪良聰［もんけいりょうそう］一三八

## や行

約庵徳久［やくあんとくきゅう］六六・一二九
約翁徳儉［やくおうとくけん］一一四・二一八
約之令契［やくしれいけい］一七一
友月龍珊［ゆうげつりゅうさん］五八
有材慧棟［ゆうざいえとう］三八四
友山士偲［ゆうざんしさい］五六・一二八・二〇二・二二四
友山周師［ゆうざんしゅうし］一六一
有自瑞承［ゆうじずいしょう］二二九
友七周賢［ゆうしちしゅうけん］三九六
攸敍承倫［ゆうじょじょうりん］一三五
有節瑞保［ゆうせつずいほ］二二七
遊叟周藝［ゆうそうしゅうげい］一五九
猷仲昌宣［ゆうちゅうしょうせん］一五九・三九五
雄峰永俊［ゆうほうえいしゅん］五八
雄峰奇英［ゆうほうきえい］三八三
友峯等益［ゆうほうとうえき］一四三
有蘭□蕙［ゆうらん□けい］三九六
有隣□倫［ゆうりん□りん］三九五
有隣靈翰［ゆうりんれいかん］一六五
庾嶺是明［ゆれいしみん］三三六
要翁□玄［ようおう□げん］三三六
要翁玄綱［ようおうげんこう］五九
陽巖濟高［ようがんさいこう］六一
揚玉省珉［ようぎょくしょうみん］三三六
養愚宗育［ようぐしゅういく］三八七
用健周乾［ようけんしゅうけん］一五〇
用剛乾治［ようごうけんち］一五九
暘谷乾瞳［ようこくけんとう］一七六・三八七
陽谷周向［ようこくしゅうこう］一四五・三九七
陽谷友南［ようこくゆうなん］一六一
養之玄長［ようしげんちょう］五五
揚州元明［ようしゅうげんみょう］三三七
揚宗法葩［ようしゅうほうは］三八六
用章如憲［ようしょうじょけん］一六二
要津東梁［ようしんとうりょう］五一
揚清周伊［ようせいしゅうい］三九五
用仲昌遵［ようちゅうしょうじゅん］三九七
用中中孚［ようちゅうちゅうふ］一四五
用堂資禮［ようどうしれい］三三四
用堂中材［ようどうちゅうざい］一六四

用堂明機［ようどうみんき］一三一
雍伯□睦［ようはく□ぼく］三九一
陽坡祖暾［ようばそとん］三三五
瑤甫慧瓊［ようほえけい］五一
用林顯材［ようりんけんざい］一七六・三九〇
用林梵材［ようりんぼんさい］一五五・二三五
與可心交［よかしんこう］五九・一四九・二〇二

## ら行

雷溪存聞［らいけいそんもん］三八九
雷峰□□［らいほう□□］三三五
雷峰妙霖［らいほうみょうりん］三八八
樂堂法音［らくどうほうおん］三八六
蘭隱□馨［らんいん□しん］一五四
藍英善玉［らんえいぜんぎょく］一七四
懶牛希融［らんぎゅうきゆう］一二〇
蘭溪道隆［らんけいどうりゅう］八三・九八・一〇三・一一〇・三一七
鸞岡省佐［らんごうしょうさ］一五六
蘭室清藝［らんしつせいげい］四二
蘭洲良芳［らんしゅうりょうほう］一三九・二三一
蘭叔□秀［らんしゅく□しゅう］三三九
蘭窻元香［らんそうげんこう］三三九
藍田素瑛［らんでんそえい］三三四
蘭坡景茝［らんぱけいし］九七・一六八・二〇六
蘭浦□□［らんほ□□］三三九
利涉守溱［りしょうしゅしん］六五・一六七
履中元禮［りちゅうげんれい］三三一
理中光則［りちゅうこうそく］五二
理中周益［りちゅうしゅうえき］三九五
利峰東鋭［りほうとうえい］四九・一九七・二一七
立翁廣本［りゅうおうこうほん］三八七
柳溪契愚［りゅうけいけいぐ］三九七
龍山德見［りゅうざんとくけん］四八・一二三・二一六
立之瑞幢［りゅうしずいとう］一七〇
龍田法震［りゅうたほうしん］三八六
龍峰宏雲［りゅうほうこううん］三八三
流芳□傳［りゅうほう□でん］三九三
龍門長原［りゅうもんちょうげん］五六
了庵會辨［りょうあんえべん］三八五
了庵慧明［りょうあんえみょう］四二
了庵桂悟［りょうあんけいご］五八・九八・一五六・二二四・二三五
龍井聞玉［りょういもんぎょく］三四〇
龍淵存胤［りょうえんそんいん］三三九
嶺翁寂雲［りょうおうじゃくうん］五八
龍巖士呈［りょうがんしてい］五六
梁溪□棟［りょうけい□とう］三三八
龍江□□［りょうこう□□］四八
龍江應宣［りょうこうおうせん］一一〇
龍江玄澤［りょうこうげんたく］三八六
龍江妙濬［りょうこうみょうしゅん］三九五
龍崗眞圭［りょうこうしんけい］一七〇・三九四
了山昌義［りょうざんしょうぎ］三九六
龍山全理［りょうざんぜんり］三四〇
龍室道淵［りょうしつどうえん］一二一・三三六
龍湫周澤［りょうしゅうしゅうたく］九八・一四〇・二〇四・二二七・三九二
龍章宗潭［りょうしょうしゅうたん］三三五
龍泉令淬［りょうせんりょうずい］五一・九八・一三七・二〇一
了中全曉［りょうちゅうぜんぎょう］三三五
了堂慧安［りょうどうえあん］五八
了堂慈穩［りょうどうじおん］六五
了堂眞覺［りょうどうしんかく］四二

## わ行

# 中國禪僧の道號検索（五十音順）


## あ行

育王常坦（いおうじょうだん）　三三
潙山靈祐（いさんれいゆう）　五・八六
以中智及（いちゅうちきゅう）　二一四
隱之重顯（いんしじゅうけん）　三一
雲外雲岫（うんがいうんしゅう）　三〇・七九
雲臥□榮（うんが□えい）　二九
雲巖曇晟（うんがんどんじょう）　七八
雲居曉舜（うんきょぎょうしゅん）　二八
雲居道膺（うんきょどうおう）　七八
雲居道齊（うんきょどうさい）　二五・三二
雲谷懷慶（うんこくかいけい）　二一五
雲庵克文（うんなんこくぶん）　二一三
雲庵祖慶（うんなんそけい）　二三
運庵普巖（うんなんふがん）　二四・二九・八三
雲峰妙高（うんぽうみょうこう）　二四・八一
慧照蘊聰（えしょううんそう）　二五
永明延壽（えいみんえんじゅ）　二四・三〇・七八
永明光鴻（えいみんこうこう）　三〇
雲門文偃（うんもんぶんえん）　七八・二一三
悅堂祖門（えつどうそもん）　二一七
慧滿□扶（えまん□ふ）　二二
慧明延珊（えみんえんさん）　二五
圓應□仁（えんおう□じん）　二三
鹽官齊安（えんかんさいあん）　二二
偃溪廣聞（えんけいこうもん）　二四・二七・三四・八一・二一四
演敬□賞（えんけい□しょう）　二二
圜悟克勤（えんごこくごん）　二三・八一・一九〇・二一三
圓悟了粹（えんごりょうすい）　二三
掩室善開（えんしつぜんかい）　二四・八三
圓照宗本（えんしょうしゅうほん）　二八・三〇
圓智法淳（えんちほうじゅん）　二五
圓通圓機（えんつうえんき）　三三
圓明正童（えんみんしょうどう）　二五
應庵曇華（おうあんどうげ）　二三・八一・二一四
横川如珙（おうせんじょきょう）　三五・八二・二一四
黄檗希運（おうばくきうん）　七九
黄龍慧南（おうりょうえなん）　八〇・一九一

## か行

可庵蘊衷（かあんいんちゅう）　二三
晦庵慧光（かいあんえこう）　二四
晦庵大明（かいあんだいみょう）　三四
晦庵彌光（かいあんみこう）　三〇
海印□雲（かいいん□うん）　三四
晦翁悟明（かいおうごみょう）　三一
晦巖大光（かいがんだいこう）　二九・三四
晦機元熙（かいきげんき）　二四・三二・八〇
契　嵩（かいすう）　七
介石智朋（かいせきちほう）　三二・二一四
晦堂祖心（かいどうそしん）　八〇
晦堂法明（かいどうほうみょう）　三四
介堂□倫（かいどう□りん）　二六
海門師齊（かいもんしさい）　二六・二九
覺潤□雲（かくじゅん□うん）　二三・二五
覺範慧洪（かくはんえこう）　一九〇
覺範德洪（かくはんとくこう）　一九一

覺浪道成（かくろうどうじょう）七九
□□可齊（かさい）二八
闊堂大文（かつどうだいぶん）七九
鶴林玄素（がりんげんそ）二二
簡翁居敬（かんおうきょけい）二九・三二・五〇
頑極行彌（がんきょくぎょうみ）三五・八六
環溪惟一（かんけいいいち）二九・五〇・八五
寒　山（かんざん）一八九
□□義興（□□ぎこう）二七
虛舟普度（きしゅうふど）二四・二七・八二・二一四
歸宗義柔（きしゅうぎじゅう）二八
歸宗智常（きしゅうちじょう）七九
希叟紹曇（きそうしょうどん）五〇・一九一・二一五
季潭宗泐（きたんしゅうろく）八〇・一九一
虛堂智愚（きどうちぐ）二四・三二・八三・二一五
朽庵□祥（きゅうあん□しょう）三五
虛庵懷敞（きょあんかいへい）二八・四六・八〇
香嚴智閑（きょうげんちかん）六
仰山慧寂（きょうさんえじゃく）六・八六
行中至仁（ぎょうちゅうしじん）一九〇
玉山德珍（ぎょくざんとくちん）二七
玉泉神秀（ぎょくせんじんしゅう）七八
虛谷希陵（きょこくきりょう）二四・八四
寓庵德濳（ぐあんとくせん）二三
空巖□有（くうがん□ゆう）八一
空叟宗印（くうそうしゅういん）三一・三四
虎丘紹隆（くきゅうじょうりゅう）一八・二八・八一・二一四
愚極智慧（ぐきょくちえ）三二・八六
古林淸茂（くりんせいむ）八二・一九一・二一五
徑山道欽（けいざんどうきん）一八・三二・七八
敬叟居簡（けいそうきょかん）三一・八〇・一九一・二一四
荊叟如珏（けいそうにょかく）二四・二七・三二・八一
月庵善果（げつあんぜんか）八一
月江正印（げっこうしょういん）八二・二一五
月潭智圓（げったんちえん）八六
月堂彥允（げっどうげんいん）三〇
月堂道昌（げっどうどうしょう）一八・二三・二六
月坡普明（げっぱふみょう）二九
傑峰世愚（けっほうせぐ）八一
月林師觀（げつりんしかん）八一
玄沙師備（げんしゃしび）七八
見心來復（けんしんらいふく）八二・一九一
元叟行端（げんそうぎょうたん）二四・二七・八一
興化存奬（こうげぞんしょう）七九
高原祖泉（こうげんそせん）二六
光孝道端（こうこうどうたん）二五
香山□遠（こうさん□おん）三三
廣燈惟湛（こうとういじん）二三
高峰原妙（こうほうげんみょう）八三・二一五
孤雲道權（こうんどうけん）三一・三四
虎岩淨伏（こがんじょうふく）二四・二七・八二
谷源至道（こくげんしどう）三一
克　新（こくしん）一九〇
互信行彌（ごしんぎょうみ）八五
牛頭法融（ごずほうゆう）七八
枯禪自鏡（こぜんじきょう）二六・二九
五祖弘忍（ごそこうにん）七八
五祖師戒（ごそしかい）二八

五祖法演（ごそほうえん）八一
古智慶哲（こちけいてつ）八一
古田徳垢（こでんとくこう）三二
古梅正友（こばいせいゆう）八四
孤峰明徳（こほうみんとく）一五
混源曇密（こんげんどんみつ）三〇

さ行

最庵道印（さいあんどういん）一八・二六
三祖僧璨（さんそそうさん）七八
此庵景元（しあんけいげん）八一
慈雲遵式（じうんじゅんしき）三〇
慈覺雲知（じかくうんち）二五
竺西懷坦（じくせいかいたん）三〇
止泓道鑑（しこうどうかん）二九
慈航了朴（じこうりょうぼく）二八・三三
慈濟文勝（じさいぶんかつ）二五
慈受懷深（じじゅかいしん）二六
資湶□源（しせん□げん）二八
四祖道信（しそどうしん）七八
支提辯隆（していべんりゅう）二五
實存子英（じつそんしえい）一九〇・一九一
自得慧暉（じとくえき）三〇
慈明楚圓（じみんそえん）二八
寂室慧光（じゃくしつえこう）二六
寂窗有照（じゃくそうゆうしょう）三五
秀巖師瑞（しゅうがんしずい）三三
首山省念（しゅざんしょうねん）七九
壽昌慧經（じゅしょうえきょう）七九
□□守素（□□しゅそ）一九一
純庵善淨（じゅんあんぜんじょう）二九・三四
如庵慧崇（じょあんえすう）三四
笑庵了悟（しょうあんりょうご）二六・二九
淨因自覺（じょういんじかく）五
笑隱大訢（しょういんだいきん）八〇・一九一・二一四
淨慧□儀（じょうえ□ぎ）二三
淨惠擇隣（じょうえたくりん）二二
笑翁妙堪（しょうおうみょうこん）二六・三一・三四・八一
松巖□印（しょうがん□いん）二九
招慶省僜（しょうけいしょうとう）七
松源崇嶽（しょうげんすうがく）一八・二六・八二・二一四
淨衆梵言（じょうしゅうぼんげん）二二
淨照崇信（じょうしょうすうしん）二三
少瞻普巖（しょうせんふがん）二一四
照堂了一（しょうどうりょういち）二三
松坡宗憩（しょうばしゅうけい）一九〇
少林妙崧（しょうりんみょうすう）二四・三一
眞戒曇振（しんかいどんしん）三三
眞歇清了（しんけつせいりょう）二三・三三・七九
振宗義懷（しんしゅうぎかい）三〇
心聞曇賁（しんもんどんふん）二八
水庵師一（すいあんしいつ）二六・二九
誰庵了演（すいあんりょうえん）二六
瑞巖子鴻（すいがんしこう）三三
崇壽契稠（すうじゅうけつちゅう）二八
清遠懷渭（せいえんかいい）八〇
西巖了惠（せいがんりょうえ）二九・五〇・二一五
清溪了浣（せいけいりょうかん）三二
青原行思（せいげんぎょうし）七・七八
西江廣謀（せいこうこうぼう）二九
清涼文益（せいりょうぶんえき）三〇
石橋可宣（せききょうかせん）一七・二四
石溪心月（せきけいしんげつ）二四・二七・八三・二一五
石鼓希夷（せきごきい）二六
石霜楚圓（せきそうそえん）八〇
石窻法恭（せきそうほうきょう）三一
石田法薰（せきでんほうくん）二六・

三一・八六
石頭希遷（せきとうきせん）七八
石帆惟衍（せきはんいえん）二九・三二・八三
石林行鞏（せきりんぎょうこう）三二
雪庵從瑾（せつあんじゅうきん）二八
拙庵德光（せつあんとくこう）三三・八〇
浙翁如琰（せつおうにょえん）一七・二四・二九・八一
絶學世誠（ぜつがくせいせい）八四
絶岸可湘（ぜつがんかしょう）五〇
雪巖祖欽（せつがんそちん）五〇・八三
雪竇重顯（せっちょうじゅうけん）一八九・二一三
雪庭正傳（せっていしょうでん）二七・三二
雪峰慧空（せっぽうえくう）一九一・二一六
雪峰義存（せっぽうぎそん）七・七八
雪岑行海（せつれいぎょうかい）一九〇
潛庵慧光（せんあんえこう）三一
千巖元長（せんがんげんちょう）八五
宣密居素（せんみつきょそ）一九・三二
祖印常悟（そいんしょうご）二二
宗衍道原（そうえんどうげん）一九一
曹源道生（そうげんどうせい）二四・八六・二一六
曹山本寂（そうさんほんじゃく）七八
藏叟善珍（ぞうそうぜんちん）二四・八一・一九〇
草堂善清（そうどうぜんせい）三三
息庵達觀（そくあんたっかん）二六・二九
足庵智鑑（そくあんちかん）二九・三一
卽休契了（そくきゅうけいりょう）八二
□□祖慶（□□そけい）一九二
祖照道和（そしょうどうわ）二五

## た行

退庵道奇（たいあんどうき）二六
大慧宗杲（だいえそうこう）一六・一八・二三・八一・二一四
大圓遵璞（だいえんじゅんぼく）三三
大覺懷璉（だいかくかいれん）二二・三三
大休宗珏（だいきゅうしゅうかく）二八
退耕德寧（たいこうとくねい）二七・五〇
大洪法爲（だいこうほうい）二八
退谷義雲（たいこくぎうん）三一・三四
大川普濟（だいせんふさい）二七・三一・三四・二一四
大禪了明（だいぜんりょうみん）二三
大通善本（だいつうぜんほん）二二
大梅法常（だいばいほうじょう）七九
大夢祖因（だいむそいん）三四
達磨大師（だるまだいし）四
斷崖蘊躬（だんがいおんきょう）三四
丹霞子淳（たんかしじゅん）二三・七九
斷橋妙倫（だんきょうみょうりん）三二・五〇・二一五
□□智境（□□ちきょう）一九一
竹塢□常（ちくう□じょう）二七
癡絶道冲（ちぜつどうちゅう）二四・二七・二九・八六・二一六
癡禪元妙（ちぜんげんみょう）二三・二六
癡鈍智穎（ちどんちえい）二四・二七・八一
智門光祚（ちもんこうさく）二八
中庵重皎（ちゅうあんじゅうこう）三一
仲澤曉瑩（ちゅうたくぎょうえい）一九〇
中峰明本（ちゅうほうみんぼん）一五・八三・一九〇・二一五
仲靈契嵩（ちゅうれいかいすう）一九〇
澄慧□國（ちょうえ□こく）二二
長翁如淨（ちょうおうにょじょう）一九・二九・三一・七九
趙州從諗（ちょうしゅうじゅうしん）七九
長靈守卓（ちょうれいしゅたく）三三
直翁德擧（ちょくおうとくきょ）三〇・七九

廷俊（ていしゅん）一九〇
鐵牛持定（てつぎゅうじじょう）八四
鐵牛心印（てつぎゅうしんいん）二六
典牛天游（てんぎゅうてんゆう）二三
天台德韶（てんたいとくしょう）二四・七八
天竺慧理（てんちくえり）二四
天童懷情（てんどうかいじょう）二八
天童咸啓（てんどうかんけい）二七
天童□義（てんどう□ぎ）二七
天童子凝（てんどうしぎょう）二八
天童□新（てんどう□しん）二八
天童清簡（てんどうせいかん）二八
天童清遂（てんどうせいつい）二八
天童澹交（てんどうたんこう）二八
天童普交（てんどうふこう）二八
天童寶堅（てんどうほうけん）二八
天童利章（てんどうりしょう）二八
天皇道悟（てんのうどうご）七八
道惠性空（どうえじょうくう）一九〇
東巖淨日（とうがんじょうじつ）三〇
東皐心越（とうこうしんえつ）七九
東谷妙光（とうこくみょうこう）二七・三四
東山慧日（とうさんえにち）五〇
洞山良价（どうさんりょうか）二七・七八
道者道寧（どうじゃどうねい）八一
□□道世（□□どうせい）一九一
東生德明（とうせいとくみん）三五
東叟仲穎（とうそうちゅうえい）三二
東叟元愷（とうそうげんがい）三四
兜率徒悅（とうそつとえつ）八〇
□□道泰（□□どうたい）一九一
道寧善果（どうねいぜんか）二一三
東明慧日（とうみんえにち）七九
東嶼德海（とうよとくかい）三二
東陽德輝（とうようとくき）八〇
東陵永璵（とうりょうえいよ）七六・七九
東林常總（とうりんじょうそう）八〇
獨菴道衍（どくあんどうえん）一九一
□□德因（□□とくいん）二一六
德山宣鑑（とくさんせんかん）七八
毒川□濟（どくせん□さい）三四
獨孤淳朋（どっこじゅんほう）二七
塗毒智策（とどくちさく）二三
遯庵宗演（どんあんしゅうえん）三四

## な行

南院慧顒（なんいんえぎょう）七九
南嶽懷讓（なんがくかいじょう）七九
南泉普願（なんせんふがん）七九
南楚師說（なんそしせつ）八二
二祖慧可（にそえか）七八

## は行

破庵祖先（はあんそせん）二四・八三・二一五
白雲守端（はくうんしゅたん）八一
百丈懷海（はじょうえかい）七九
芭蕉慧清（ばしょうえせい）六
馬祖道一（ばそどういち）七九
費隱通容（ひいんつうよう）八五
風穴延沼（ふうけつえんしょう）七九
福巖慈感（ぶくがんじかん）三三
福昌重善（ふくしょうじゅうぜん）三三
普慈蘊聞（ふじおんもん）二三
普慈幻旻（ふじげんぶん）二五
無準師範（ぶしゅんしばん）二四・五〇・八三・二一五
普照□象（ふしょう□ぞう）三〇
普照□明（ふしょう□みん）三一
普明□舜（ふみん□しゅん）二三
佛惠□泉（ぶつえ□せん）三四
佛海慧遠（ぶっかいええん）一八・二六・八一
佛海智訥（ぶっかいちのう）二三
佛光如滿（ぶっこうにょまん）七九
佛行妙崧（ぶっこうみょうすう）二六

佛照德光（ぶっしょうとくこう）一七・二三・二六
物初大觀（ぶっしょたいかん）二四・三二・八〇・二一四
佛智道容（ぶっちどうよう）三〇
佛智端裕（ぶっちたんゆう）二三・二五・三〇
普明慧林（ふみんえりん）二三
芙蓉道楷（ふようどうかい）五
汾陽善昭（ふんようぜんしょう）七九
平石如砥（へいせきじょてい）二一五
平田普岸（へいでんふがん）六
別山祖智（べっざんそち）二九
別峰寶印（べっほうほういん）二三
辯山了阡（べんざんりょうせん）二九
寶印楚明（ほういんそみん）三〇
法　雲（ほううん）一九〇
法眼文益（ほうがんぶんえき）二五・七七
寶鑑法達（ほうかんほうたつ）三三
豐　干（ほうかん）一九〇
法警□庠（ほうけい□しょう）二二
寶月□方（ほうげつ□ほう）二二
法濟洪譓（ほうさいこういん）二二
方山文寶（ほうざんぶんほう）三二
法眞守一（ほうしんしゅいち）三一
寶峰克文（ほうほうこくぶん）八〇
睦庵善卿（ぼくあんぜんけい）一九〇
睦州道蹤（ぼくじゅうどうしょう）六
保福從展（ほふくじゅうてん）七
本源善達（ほんげんぜんたつ）二四・三二

ま行

卍庵道顔（まんあんどうがん）三〇
密庵咸傑（みつあんかんけつ）一八・二三・八一・二一四
密印安民（みついんあんみん）二三
滅翁文禮（みつおうぶんれい）二九
妙空智訥（みょうくうちのう）二五
妙空□明（みょうくう□みょう）二三
妙湛思慧（みょうじんしえ）二二・三〇
妙智從廓（みょうちじゅうかく）三三
妙峰之善（みょうほうしぜん）二四・二六・三二・八一
明覺重顯（みんかくじゅうけん）二七
明極慧祚（みんきょくえさく）二七・三四
無畏維琳（むいいりん）二二
無竭淨曇（むかつじょうどん）三三
無極□觀（むきょく□かん）三一
無際了派（むさいりょうは）二九
無示介湛（むじかいじん）二八
無著道忠（むじゃくどうちゅう）一五
無上鑑宗（むじょうかんそ）二二
無象元淨（むじょうげんじょう）三〇
無傳居慧（むでんきょえ）二六
無等有才（むどうゆうさい）二三
無得覺通（むとくかくつう）二四・二七・八二
無明慧性（むみんえしょう）八三
無門慧開（むもんえかい）八一・二一三
無文正傳（むもんしょうでん）三二
無文道璨（むもんどうさん）八一
無用淨全（むようじょうぜん）二六・二九・八一
滅翁文禮（めつとうもれい）八二
蒙庵元聰（もうあんげんそう）二四
蒙庵思嶽（もうあんしがく）二三
木庵安永（もくあんあんよう）三一
默庵□賢（もくあん□けん）二七

や行

藥山惟儼（やくさんいげん）七八
野堂普崇（やどうふすう）三三
楊岐方會（ようぎほうえ）八〇
用貞輔良（ようていほりょう）八〇
永明延壽（ようみんえんじゅ）一八・三〇
永明光鴻（ようみんこうこう）三〇

## ら行

懶庵鼎需（らいあんていじゅ）　三一
懶庵道樞（らいあんどうすう）　二六
羅漢桂琛（らかんけいちん）　七八
龍潭崇信（りゅうたんそうしん）　七八
了庵清欲（りょうあんせいよく）　八二・二一五
了堂□潭（りょうどう□たん）　三三
靈隱玄本（りんいんげんほう）　二五
靈隱紹光（りんいんじょうこう）　二五
靈隱清聳（りんいんせいそう）　二五
靈隱處光（りんいんしょこう）　二五
臨濟義玄（りんざいぎげん）　七九
靈雲志勤（れいうんしごん）　六
靈樹如敏（れいじゅにょびん）　六
靈石如芝（れいせきにょし）　八三
老衲祖證（ろうのうそしょう）　八一
六祖慧能（ろくそえのう）　七八
泐潭應乾（ろくたんおうがん）　二八
泐潭懷澄（ろくたんかいちょう）　二五
鹿門自覺（ろくもんじかく）　七九

## わ行

淮海原肇（わいかいげんちょう）　二四・二七・三二
或庵師體（わくあんしたい）　八一
宏智正覺（わんししょうかく）　二五・三三・七九

**著者略歴**

兪　慰慈（ゆ　いじ）

昭和31年7月24日　上海に生まれる

平成8年　久留米大學大學院比較文學研究科比較文學專攻博士課程單位取得

平成12年　文學博士（久留米大學）

現在　福岡國際大學助教授

現住所　福岡市東區香椎驛前2-6-30-1106



五山文學の研究

平成十六年二月二十八日　發行

著　者　兪　慰慈

發行者　石坂叡志

整版印刷　富士リプロ

發行所　汲古書院

〒102-0072 東京都千代田區飯田橋二-五-四

電　話　〇三（三二六五）九七六四

FAX　〇三（三二二二）一八四五

ISBN4-7629-3458-5　C3092





KYUKO-SHOIN, Co., Ltd. Tokyo.